LA CONTADINA

Alexandra Ripley est née à Charleston. Elle a vécu à New York et en Europe avant de retourner s'installer dans le sud des États-Unis. Elle a publié plusieurs livres – dont *Charleston* (Belfond, 1983) et *La Demoiselle du Mississippi* (Belfond, 1993). Elle est l'auteur de *Scarlett*, paru simultanément dans vingt-trois pays en septembre 1991.

Paru dans Le Livre de Poche :

SCARLETT

RETOUR À CHARLESTON

LA DEMOISELLE DU MISSISSIPPI

ALEXANDRA RIPLEY

La Contadina

TRADUIT DE L'AMÉRICAIN
PAR CATHERINE ORSOT

BELFOND

Titre original :

THE TIME RETURNS
Doubleday & Company, Inc., New York.

Livre I

Laurent

1469-1478

1469

Chapitre 1

Laurent ouvrit les yeux et s'assit dans son lit, frais et dispos. Ses réveils faciles, à l'abri de ces états brumeux au sortir du sommeil qui ralentissent la vie de tant d'individus, étaient un des nombreux bienfaits dont l'avait comblé la nature.

Dans la chambre obscure, les longs rectangles des fenêtres étaient légèrement plus pâles que les murs mais le jour n'était pas encore levé. Il dut allumer une bougie pour s'habiller.

Il enfila des hauts-de-chausses bicolores — une jambe rouge, l'autre blanche —, une chemise en soie ivoire et un pourpoint de brocart rouge matelassé, rehaussé de dessins brochés en fil d'or. Pour le jour de son anniversaire, il voulait accorder sa tenue à son cœur en fête. Il fixa le long de son mollet un poignard orné de pierreries au lieu de la dague en acier qu'il portait habituellement, transféra son épée dans un fourreau en or et en argent suspendu à une ceinture piquetée de rubis, enfila une houppelande en velours marron doublée de fourrure et glissa les pieds dans des bottillons de daim. Dans les rues de Florence, il ferait encore plus froid que dans sa chambre. C'était le 1er janvier de l'an de grâce 1469.

La chambre de Laurent, située au rez-de-chaussée du palais Médicis, donnait sur la galerie de la cour carrée. Il souffla la bougie et sortit de la pièce à pas de loup. Des torches trouaient çà et là l'obscurité de l'imposante demeure. Devant la porte d'entrée monumentale, les sentinelles somnolaient. Laurent sourit. Il se rappela l'époque où la maison restait sur le qui-vive jour et nuit, après que son père eut échappé de justesse à une tentative d'assassinat. En ce temps-là, il était dangereux d'être à la fois le chef des Médicis et le premier personnage de l'Etat florentin. Mais presque cinq ans avaient passé. Aujourd'hui les gardes pouvaient dormir sur leurs deux oreilles.

Laurent traversa rapidement la cour puis le jardin couvert de givre. La petite porte dans le mur de clôture s'ouvrit aisément et se referma sans bruit.

Le ciel paraissait bas et gris sous les lueurs annonciatrices de l'aube qui ensanglantaient les vapeurs humides accrochées aux pavés et aux rangées de maisons de chaque côté. Laurent n'avait pas besoin d'y voir clair pour se diriger ; il connaissait le chemin par cœur. Il courait avec une longue foulée d'athlète, sans efforts inutiles, la brume et ses bottillons en daim étouffant le bruit de ses pas.

En approchant des remparts, Laurent ralentit le pas. Les gardes postés à la Porta San Gallo ne dormiraient pas et il était interdit de sortir la nuit. Ne voulant pas les effrayer, il s'annonça :

— Gardes, c'est moi, Laurent de Médicis. Je viens vous aider à ouvrir les portes.

Il avait une voix très particulière : perçante et criarde, surprenante chez un jeune homme de sa constitution. Les soldats lui adressèrent un salut amical. Laurent avança dans le cercle de lumière entourant le feu de bois allumé devant le corps de garde.

A la vue des bijoux étincelants de Laurent, les deux gardes écarquillèrent leurs yeux encore pleins de sommeil.

— On s'est fait beau, on dirait, dit l'un d'eux. Qu'est-ce que tu espères trouver derrière les portes, Laurent ?

Le soldat écarta du coude son compagnon plus jeune et lorgna le jeune Médicis du coin de l'œil.

Laurent sourit.

— Tu as peut-être besoin de te mettre sur ton trente et un pour plaire aux femmes, Sebastiano, répondit-il d'une voix traînante. Mais moi, vois-tu, je leur fais plus d'effet quand je me déshabille.

Sur ce, Laurent fit un clin d'œil au plus jeune.

Sebastiano, qui ne voulait pas s'avouer vaincu, répliqua :

— Bien dit, mais tu n'as pas répondu à ma question. Tout le monde sait que tu prends du bon temps sur tes terres. Quelle est la fermière qui t'a fait sortir de ton lit, ce matin ?

La route qui partait de la Porta San Gallo serpentait à travers les collines jusqu'à la région du Mugello d'où étaient originaires les Médicis. Les fermes y étaient nombreuses et plusieurs d'entre elles appartenaient encore à la famille de Laurent. Le jeune homme, qui s'y rendait souvent, bénéficiait des faveurs des filles ou des femmes des fermiers. Comme tous les jeunes gens de l'époque, il était libertin et ne s'en cachait pas.

Il adressa un grand sourire à Sebastiano.

— Si tu m'ouvres la petite porte, tu pourras voir toi-même qui c'est. Avec un peu de chance, elle aura amené sa jeune sœur.

Le garde souleva la barre de fer qui bloquait la petite porte découpée dans l'énorme portail en bois puis il entrouvrit le battant. Avant de se glisser à travers l'ouverture, Laurent prit une branche dans le feu en guise de torche, et d'un bond, sauta sur l'un des énormes contreforts en pierre.

D'autres torches éclairaient la foule d'hommes, de femmes, d'enfants et d'animaux agglutinée de l'autre côté des portes. Il y avait là des fermiers et des artisans venus vendre leurs produits sur le grand marché de Florence. Certains d'entre eux avaient voyagé la moitié de la nuit pour être les premiers à entrer quand les portes de la ville ouvriraient. L'apparition de Laurent provoqua les cris des marchands toujours prêts à faire l'article : « Excellence, regardez ces belles brebis... des œufs tout frais pondus... un fromage dont vous me direz des nouvelles... de l'huile qui vient des meilleures olives... ce raisin vous réchauffera par ce petit air frisquet... un cheval digne d'un roi... du jambon aussi doux que le baiser d'une vierge. »

Laurent leva plus haut sa torche afin que tout le monde puisse voir le mouvement de sa tête signifiant son refus. La lumière creusa ses joues, projeta des ombres sur ses mâchoires saillantes et allongea son grand nez à l'arête aplatie. Son air menaçant fit reculer ceux qui se trouvaient le plus près de lui. Mais d'autres le reconnurent et se mirent à scander :

— Laurent ! Laurent !

Alors il sourit et les lignes sévères de son visage se déplacèrent, révélant sa jeunesse et une joie de vivre contagieuse.

— Mes amis, dit-il, je vous invite tous à fêter mon vingtième anniversaire. Au palais Médicis sur la Via Larga, on servira à manger et à boire toute la journée. Et il y aura aussi de la musique. Viendrez-vous ?

Quand il entendit la clameur enthousiaste répondant à son invitation, le sourire de Laurent s'élargit et ses yeux pétillèrent. D'un geste de la main, il salua la foule puis sauta à terre. Glissant un coup d'œil en coin pour s'assurer que les gardes l'observaient, il passa son bras autour des épaules d'une vieille femme drapée d'un châle noir, aux prises avec une chèvre ruant et tirant sur sa longe.

— Laissez-moi vous aider, madame, dit Laurent en lui prenant la corde des mains. Nous allons entrer ensemble dans la ville. Vous pourrez choisir votre emplacement sur le marché.

Il lui parla gentiment en usant du dialecte paysan dans lequel il s'était adressé à la foule.

La femme essuya ses mains meurtries sur sa jupe sombre et poussiéreuse.

— Mais il fait encore noir, Excellence. Personne n'a le droit d'entrer.

— Avec moi, si. C'est mon anniversaire, aujourd'hui, les gardes ne peuvent rien me refuser. Venez, madame. Voyez, le soleil atteindra bientôt le sommet des collines. Il faut nous dépêcher si nous voulons arriver avant les autres.

— Dieu vous bénisse, Laurent, dit la vieille en le gratifiant d'un large sourire édenté.

Laurent embrassa la joue toute fripée et, d'une main ferme, conduisit la femme et la bête jusqu'à la porte.

— Ouvre donc, Sebastiano, dit-il en riant. Ma bien-aimée et moi désirons entrer. Désolé de te décevoir mais la chèvre est un bouc. Tu devras chercher un amusement ailleurs.

Comme ils franchissaient la porte, la foule massée à l'extérieur s'écria : « Joyeux anniversaire, Laurent ! »

Lorsque le jeune Médicis prit congé de la vieille femme, elle lui adressa tous ses vœux de bonheur. Laurent la remercia du fond du cœur. Il savait qu'à l'avenir, ils lui seraient aussi précieux que sa bonne étoile et l'aide de Dieu. Sa vie ne serait pas une vie ordinaire.

Le soleil qui s'était levé pendant que Laurent conduisait la femme et la chèvre sur la place du marché fut salué comme tous les matins par la grande cloche du palais de la Seigneurie. A ce signal, les onze portes de Florence s'ouvrirent et les gens massés derrière entrèrent à flots dans la ville. Après une halte pour payer des taxes sur leurs produits et en discuter le montant, ils se précipitèrent vers le marché dans la délicate lumière rose qui se répandait sur la ville. Les carillons des églises se répondant à travers les rues se noyaient dans le tumulte des tentes que l'on dressait et les salutations des vendeurs criées d'un étal à l'autre.

Laurent avait envie de s'attarder sur le marché. Il aimait l'activité qui y régnait, les bruits et les odeurs. Depuis les vêtements usagés jusqu'aux perles fines importées de Perse, on pouvait trouver tout ce qu'on voulait. Alors que les feux de l'aube éclaboussaient encore le ciel, des oiseaux bien gras apportés par des chasseurs et de succulents foies de porc arrosés d'huile d'olive de Toscane, renommée dans le monde entier, cuisaient déjà sur plusieurs grils. Trois femmes tendaient quelques pièces dans leur main gantée pour acheter un pigeon rôti à la broche. C'étaient des prostituées. Comme l'exigeait la loi, elles portaient des gants, signe distinctif de leur profession.

— Comme tu es élégant, Laurent, dit l'une d'elles. Tu veux partager mon petit déjeuner ?

— Tu es gentille, Anna. Malheureusement, c'est impossible. Je vais avoir une journée très chargée. Mais laisse-moi t'offrir un second pigeon.

Laurent prit une pièce dans la bourse fixée à sa ceinture et, d'une chiquenaude, l'envoya dans la main agile du cuisinier.

La jeune prostituée eut un sourire reconnaissant.

— Alors peut-être à demain, dit-elle. Je te revaudrai ça.

— On verra. En attendant, régale-toi.

Laurent lui envoya un baiser de la main puis il se fraya un chemin à travers la foule. Tant de gens lui adressaient la parole qu'il n'avançait que très lentement mais cela ne l'ennuyait pas. Il aimait être reconnu, appelé par son prénom et regardé avec sympathie par les citoyens de Florence. Il les invita tous à son anniversaire.

Au moment où les cloches se turent, il plaisantait avec quelques étudiants.

— Je vais finir par être en retard, dit Laurent. Au revoir.

Et à ces mots, il partit en courant. En bon Florentin, il allait quotidiennement à la messe. Ce jour-là, il voulait assister à la plus matinale pour commencer sa vingt et unième année en rendant grâce à Dieu.

Le soleil, déjà haut dans le ciel, réchauffait les épaules de Laurent et coulait de l'or sur la pierre brune des rues. Le ciel était d'un bleu très pur, sans un nuage. Laurent, impatient de mordre dans la vie à pleines dents, se réjouit d'un si heureux présage.

— Maudit soit ce Laurent ! Je refuse de perdre la matinée pour sa vulgaire fête d'anniversaire.

— Plus bas, Francesco ! Bianca pourrait t'entendre.

— Cesse de hurler pour me demander de parler moins fort. D'ailleurs Bianca peut bien entendre, cela m'est égal. Je suis prêt à le lui dire moi-même. Je n'aime pas son affreux frère, ce n'est un secret pour personne.

Les deux hommes qui se disputaient ainsi étaient Guglielmo (surnommé Elmo) et Francesco de Pazzi. Ils avaient l'habitude de ces violences verbales. Ils étaient frères mais leur tempérament opposé formait un mélange explosif et leur famille était célèbre pour ses emportements.

Les Pazzi appartenaient à la haute noblesse florentine — privilège qui leur avait coûté cher. Deux siècles plus tôt, à l'époque où Florence était devenue une république, faire partie de l'aristocratie était considéré comme un crime. Les nobles étaient tenus à l'écart des affaires publiques tandis que les commerçants et les artisans pouvaient voter et exercer des charges au plus haut niveau de l'Etat. La plupart changèrent de nom et se déclarèrent roturiers — stratagème qui leur permit de rentrer dans le jeu complexe des intrigues politiques. Pas les Pazzi. Ils remâchèrent leur rancœur et affichèrent des airs de supériorité pendant qu'ils devenaient des banquiers prospères et faisaient fructifier leur immense fortune.

En Italie, des douzaines de banques étaient aux mains des grandes familles. La plus riche de toutes appartenait aux Pazzi mais la plus importante et la plus respectée était la banque Médicis. Rien d'étonnant à ce que l'obligation d'honorer Laurent de sa présence pour son anniversaire mît Francesco de Pazzi hors de lui. Il méprisait les Médicis à cause de leurs humbles origines, s'irritait de leurs succès financiers, trouvait intolérable le contrôle qu'ils exerçaient sur le gouvernement de Florence et vivait très mal l'admiration et l'affection que chacun vouait à Laurent. Francesco savait que les gens se moquaient de sa petite taille, du raffinement ostentatoire de ses vêtements et de ses manières ainsi que de la demi-douzaine de jolis pages venant grossir sa suite habituelle.

Francesco considéra son aîné d'un œil mauvais. Elmo était grand et encore beau malgré ses trente et un ans et l'habitude de ne jamais rien se refuser. Mais sa peau devenait flasque, nota Francesco avec satisfaction. On allait enfin découvrir sa vraie nature : c'était un lâche. La lâcheté d'Elmo avait permis aux Médicis d'acheter facilement son allégeance : il avait suffi qu'ils lui donnent un petit titre d'ambassadeur et rendent aux Pazzi leurs droits de citoyen. Il fallait n'avoir aucun amour-propre non plus pour être le plus vieil ami de Laurent, son conseiller et qui plus est, soutenir les intérêts des Médicis en acceptant d'épouser Bianca, la petite-fille de ce vieux renard de Cosme de Médicis.

Francesco avait deux raisons de détester Bianca : c'était une Médicis et c'était une femme, il n'y avait rien à faire. Elle virevoltait du matin au soir dans le grand palais Pazzi, surveillant le ménage, les cuisines et les dispositions complexes concernant les soins à donner à sa nombreuse progéniture. Une odeur de lait et de bébé la suivait partout car elle était toujours enceinte ou en train d'allaiter ou les deux à la fois. En neuf ans de mariage, elle avait donné sept enfants à Elmo. Quatre d'entre eux étaient toujours en vie. Francesco admettait que Bianca faisait ce qu'on attendait d'une femme, mais cette extraordinaire fécondité offensait sa nature délicate. Se reproduire à ce rythme, c'était bon pour les fermiers, pensait-il.

De vrais paysans, ces Médicis ! se dit Francesco. Comment ne pas rager de voir des roturiers gouverner Florence alors que les Pazzi — des aristocrates — en étaient réduits à accepter des miettes : des fonctions publiques subalternes.

— C'est bien les Médicis, dit-il en ricanant, de nourrir la ville entière pour les vingt ans de leur précieux rejeton. Quelle vulgarité !

— Eh bien, n'y va pas ! rugit Elmo. Personne ne te regrettera.

Précédée de trois minuscules chiens jappant et d'un énorme ventre de fin de grossesse couvert de riches brocarts, Bianca de Médicis de Pazzi fit son entrée dans la salle dont les murs en pierre résonnaient encore de la voix forte de son mari.

— Eh bien, vous en faites un tapage tous les deux, dit-elle calmement.

Il y avait des années qu'elle supportait patiemment les discussions orageuses dans sa belle-famille. Le soleil qui se déversait en oblique à travers les hautes fenêtres glissait des reflets roux dans les boucles dorées de ses tresses. Même affublée d'un gros ventre, Bianca était une ravissante jeune femme. Bien qu'elle eût déjà vingt-cinq ans, sa peau lisse et ses grands yeux bleus lui donnaient l'air d'une très jeune fille.

— Elmo, je suis extrêmement contrariée.

Sa voix posée semblait contredire ses paroles mais ses joues étaient anormalement colorées. Elmo la conduisit à un banc.

— Assieds-toi et raconte-moi ce qui ne va pas, dit-il.

— Nous ne pouvons pas aller à l'anniversaire de Laurent, murmura Bianca.

Puis ses lèvres se mirent à trembler, des larmes jaillirent de ses yeux et inondèrent son visage rougi.

— Bonne nouvelle, grommela Francesco.

Il eut un grand sourire et sortit en toute hâte, laissant son frère calmer la tempête.

Chapitre 2

Après la messe, Laurent sortit de l'église en compagnie de quelques amis.

— Prévenez ma mère que j'arriverai dans une dizaine de minutes, leur demanda-t-il en s'arrêtant sur le parvis. J'ai quelque chose à faire avant.

Ses amis éclatèrent de rire et le laissèrent sans poser de questions. Leur conviction était faite : Laurent voulait certainement passer voir sa jolie maîtresse.

— Quelle meilleure façon de célébrer le jour où l'on devient officiellement un homme ? dit l'un d'eux.

Laurent devina la raison de leur hilarité mais il ne les détrompa pas. Ce qu'il allait faire était trop personnel pour en parler, fût-ce à ses plus proches amis. Lorsqu'ils eurent disparu au coin de la rue, Laurent pénétra de nouveau dans l'église.

L'intérieur était silencieux et sombre. Le jeune homme chemina lentement le long des belles colonnes en pierre grise. Dans l'air flottait une odeur d'encens et de cire à laquelle se mêlaient encore les parfums des femmes. D'un pas aussi léger qu'un murmure, il gagna la nef et fit halte.

— Je t'avais promis de venir, murmura-t-il. Me voici.

Devant les pieds de Laurent, se découpait un rectangle de marbre sur lequel étaient gravés ces simples mots : *PATER PATRIAE* (Père de la Patrie), l'épitaphe la plus élogieuse jamais attribuée à un citoyen de la République florentine.

La plaque de marbre était la pierre tombale du grand-père de Laurent, Cosme de Médicis, héros du jeune homme et symbole à ses yeux de tout ce qu'un homme était capable de réaliser.

Maigre, de taille moyenne et d'un naturel peu avenant, Cosme avait mis toute son intelligence et son sens des relations humaines au service de la République florentine. Il mit fin à une période d'affrontements incessants et instaura une paix durable. Mécène insigne, il s'entoura d'intellectuels et d'artistes qui firent de Florence le principal foyer de l'activité intellectuelle et artistique du pays et contribuèrent à son embellissement. Cosme accumula les richesses, multiplia par mille la fortune des Médicis et leur donna une place éminente dans la conduite des affaires. A sa mort, survenue un peu moins de cinq ans auparavant, Laurent avait quinze ans.

Le jeune homme s'agenouilla et, du doigt, suivit le tracé des lettres ciselées dans le marbre.

— Grand-père, dit-il doucement, tu me manques beaucoup. Tout le monde te regrette à Florence. Mon père est un brave homme mais il ne peut pas te remplacer.

« Ainsi que tu me l'as ordonné, je lui obéis en tout et je fais de mon mieux pour l'aider. J'ai rempli avec succès deux missions diplomatiques. Je suis fiancé à une jeune fille de la famille des Orsini de Rome. Cette union renforcera notre influence dans les cercles du pouvoir autour du pape. Je continue d'étudier et de remplir mes devoirs religieux. Je crois que je serai digne de devenir le chef de notre famille et de l'Etat quand le moment viendra. »

Laurent se baissa davantage. Ses lèvres esquissant un sourire se trouvaient maintenant tout près du titre attribué à son grand-père. Ses yeux brillaient.

— Grand-père, chuchota-t-il, je vais te confier un secret comme j'en avais l'habitude. Tu étais le seul à qui j'ouvrais mon cœur. Je ne veux pas me contenter de mener à bien la tâche que tu m'as confiée : défendre notre famille et la république de Florence. J'ai l'intention de faire beaucoup plus. Je ne sais pas encore comment je m'y prendrai mais tu verras, grand-père, je te surpasserai.

Laurent était debout à présent, son sourire flottant encore sur ses lèvres.

— Tu m'avais dit de venir te voir le jour où j'atteindrais l'âge d'homme pour que je me rappelle toutes les recommandations que tu m'as faites. Tu voulais être sûr que je n'avais rien oublié et que je consacrerais ma vie à honorer ton nom et notre famille. Je te promets de réaliser tous tes rêves et d'agir en sorte que le nom des Médicis reste à jamais célèbre, à Florence et dans le monde entier.

Le sourire de Laurent s'élargit.

— Et contrairement à toi, grand-père, ajouta-t-il, je serai heureux. Je suis musicien et poète. La musique et la poésie m'accompagneront tout au long de ma vie. Je te ferai honneur. Et grâce à mes actions, je rendrai notre peuple fier et joyeux.

Laurent salua la mémoire de son grand-père.

— Repose en paix auprès de Dieu, Cosme. Tu as tout mon amour et mon respect.

Laissant son enfance derrière lui, Laurent fit demi-tour, la tête haute.

Les amis de Laurent ne s'étaient pas attardés après l'avoir quitté. Malgré un soleil resplendissant, il faisait frais. Les jeunes gens avaient rejoint rapidement le palais Médicis, situé non loin de l'église San Lorenzo, en se frayant un chemin à travers la foule déjà rassemblée à l'extérieur.

D'énormes braseros avaient été disposés devant le palais, des deux côtés de la Via Larga, pour réchauffer les Florentins occupés à déguster les pâtés en croûte tout fumants apportés sur de grands plateaux par des pages dans la livrée des Médicis. Dans la loggia — sorte de salle d'assemblée à colonnades ouverte au public — située à l'angle du palais, d'autres pages offraient une coupe de vin à chaque nouvel arrivant. Des jongleurs distrayaient ceux qui faisaient la queue pour entrer dans la loggia et un groupe de chanteurs interprétait des chansons paillardes pour la plus grande joie de tous.

A l'intérieur du palais, le calme régnait. Les murs en pierre d'un mètre d'épaisseur étouffaient les bruits de la rue. Les amis de Laurent montèrent l'escalier quatre à quatre et saluèrent la mère de Laurent qui se tenait dans le grand hall du premier étage.

— Madame Lucrèce, dit l'un d'eux, après avoir vu toute cette multitude dans les rues, je crains qu'il ne reste plus assez de nourriture pour un ventre d'artiste affamé.

Sur ce, le jeune homme embrassa Lucrèce sur les deux joues. Sandro Botticelli appartenait presque à la famille. A quinze ans, il était venu habiter au palais Médicis où il avait passé dix années de sa vie. Un an plus tôt, le succès lui souriant, il avait pu s'acheter une petite maison dans le voisinage de la Via Larga et il y avait installé son atelier.

La crainte de Sandro fit sourire Lucrèce de Médicis. L'appétit d'ogre de ce beau jeune homme blond était un éternel sujet de plaisanterie. Il mangeait comme quatre sans jamais prendre un gramme de graisse. Lucrèce souhaita la bienvenue aux étudiants qui l'accompagnaient puis elle les introduisit dans le grand salon où un feu ronflait dans la cheminée monumentale. Eux aussi étaient peintres mais moins connus que Botticelli. Leur manteau était trop mince pour la saison et ils avaient les joues creuses. Un bon feu et le repas chaud qui allait être servi leur feraient le plus grand bien.

Dans la salle de réception, tout était prêt pour les festivités. Des petits groupes discutaient près de la cheminée ; d'autres, postés devant les hautes fenêtres, observaient l'animation bruyante de la rue. En l'absence de Laurent, c'était Julien, son frère cadet, qui remplissait ses devoirs d'hôte et s'assurait que chacun ait une coupe de vin et un petit pâté chaud pour tromper sa faim en attendant le repas.

A seize ans, Julien était déjà plus grand que son frère. Il avait hérité de la beauté des Médicis dont Laurent, lui, avait été lésé. Sandro Botticelli qui observait Julien avec l'œil exercé du peintre songea qu'il serait bientôt temps de faire un nouveau portrait du fils cadet des Médicis. Julien était à cet âge intéressant où les changements de posture et d'éclairage laissent entrevoir l'homme qui éclora bientôt de l'adolescent. Les deux jeunes gens s'étreignirent puis, après avoir présenté ses compagnons, Sandro les laissa pour aller bavarder avec les autres membres de sa famille adoptive. Laurent et Julien avaient trois sœurs. Seules Nannina et Maria étaient présentes. Bianca devait être en train de mettre au monde son dernier bébé, songea Sandro. Rien d'autre ne pouvait l'empêcher d'être la première le jour du vingtième anniversaire de son frère Laurent.

La mère de Bianca se faisait la même réflexion. Profitant de quelques instants de répit entre deux groupes de nouveaux arrivants, Lucrèce chuchota quelques mots à un page qui partit à toutes jambes en direction du palais Pazzi.

Les convives continuaient d'arriver, toujours plus nombreux. Très occupée, Lucrèce ne s'aperçut de l'entrée de Laurent qu'au moment où elle sentit une main sur son épaule et où l'homme en face d'elle sourit en disant : « Bon anniversaire ! »

Lucrèce tourna la tête.

— Bon anniversaire, mon fils, dit-elle avec bonheur.

La fête battait son plein. Lucrèce se tenait devant la porte du grand salon, prête à sortir dans le hall pour accueillir les retardataires ou intercepter le page qu'elle avait envoyé prendre des nouvelles de Bianca.

A l'intérieur de l'immense salle, dans le joyeux brouhaha des conversations et des rires auxquels s'ajoutaient les crépitements du feu, c'est à peine si l'on entendait les musiciens installés dans la galerie en surplomb. Le soleil qui coulait à flots à travers les hautes fenêtres accrochait des scintillements sur la soie et le satin des habits. Les gemmes brillaient de mille feux. Les longues tables drapées de lin étaient dressées pour le banquet. On pouvait commencer. Lucrèce fit un geste au majordome et aux serviteurs qui attendaient dans l'office au fond du salon. Des pages commencèrent aussitôt à circuler par groupes de trois parmi l'assistance. Le premier tenait une cuvette en argent sous les mains d'un invité pendant qu'un autre versait dessus de l'eau parfumée d'un pot également en argent. Le troisième, enfin, présentait une serviette en lin pour les sécher. C'étaient les préliminaires traditionnels d'un banquet et le signal de prendre place à l'une des tables.

Lucrèce se dit qu'il était temps d'aller chercher son mari. Deux rides creusèrent la peau satinée entre ses sourcils. Il allait remarquer l'absence de Bianca et voudrait en connaître la raison. Lucrèce s'approcha d'une fenêtre en espérant apercevoir le page qu'elle avait envoyé au palais Pazzi.

C'est alors qu'elle vit Bianca. Elle rit sous cape à la vue de sa fille.

La jeune femme était emmitouflée dans une grande cape de velours rouge vif doublée de fourrure qui accentuait son embonpoint. On aurait dit une grosse barge peinte de couleurs vives fendant un fleuve humain. Sa taille imposante ne la ralentissait pas le moins du monde. Son mari, sa suivante, les bonnes et les enfants venaient loin derrière, perdus au milieu de la foule. Lucrèce se rendit en hâte dans la chambre de son mari. Il n'aurait plus de raisons de s'inquiéter à présent.

Pierre de Médicis était infirme depuis des années. Il souffrait d'arthrite déformante, que les Florentins appelaient la goutte. Son père, Cosme de Médicis, était mort de la même maladie à l'âge de soixante-quinze ans mais, excepté les derniers mois de sa vie, il n'avait pas trop souffert. Pierre n'avait pas cette chance. Il avait ressenti les premiers symptômes de son mal dès l'enfance. A l'âge adulte, il avait des crises parfois si violentes que le moindre mouvement lui faisait souffrir le martyre. A quarante ans, il se déplaçait dans un fauteuil, ou couché sur une litière quand la douleur était trop forte et l'empêchait de s'asseoir. A cinquante-deux ans, il avait encore un très beau visage, mais son corps aux articulations gonflées et aux membres tordus n'était plus qu'une masse grotesque.

Lorsque Lucrèce entra dans sa chambre, Pierre reposait sur son lit. Elle s'arrêta net, craignant qu'il fût trop mal en point pour supporter la fatigue d'une visite. Il s'était fait une telle joie d'assister aux vingt ans de son fils. Lucrèce sentit ses yeux s'emplir de larmes. A cet instant, Pierre releva la tête et sourit.

— Je rassemblais mes forces, dit-il. C'est l'heure ?

Lucrèce sonna pour appeler les valets de chambre.

— Oui, mon chéri.

— Bien, j'arrive. Laisse-moi maintenant.

Lucrèce obéit. Son mari n'aimait pas qu'elle soit témoin de sa dépendance envers les serviteurs qui prenaient soin de lui.

Bianca arriva dans le hall en même temps que sa mère.

— Je suis vraiment désolée d'être en retard, dit Bianca, haletante. Vous avez déjà commencé ?

— Pas encore. Tu arrives juste à temps. Tu te sens bien ?

Le visage de sa fille était rouge comme une pivoine et luisant de sueur.

— Oui, oui, très bien. J'ai marché vite, voilà tout. Nous avons été retardés. A l'aube, avant même que j'aie fini de m'habiller, un page étranger est venu m'annoncer que nous allions recevoir des visiteurs d'une minute à l'autre. J'ai pensé que j'allais devoir les attendre et que je ne pourrais pas assister à l'anniversaire de Laurent. Tu sais ce que veut dire « d'une minute à l'autre ». Parfois, on attend toute une journée.

Bianca s'éventa avec un pan de sa cape.

— Mon Dieu, qu'il fait chaud ici, dit-elle.

Elle défit le cordon noué autour de son cou et laissa tomber négligemment la somptueuse fourrure sur un tabouret.

Lucrèce ramassa la cape avec un murmure désapprobateur et la plia avec soin pendant que Bianca continuait son récit :

— En fait, ils étaient là moins d'une heure après. Ils étaient toute une troupe, et très bruyants. Ils ont passé la nuit derrière les remparts parce que les portes de la ville étaient déjà fermées. En voyant tous ces gardes et ces chevaux, je me suis sentie totalement découragée. On aurait cru l'arrivée du roi de France ou de quelque grand seigneur, mais pas du tout, ce n'était qu'une enfant, la petite-fille d'Antonio, un oncle d'Elmo. Tu te souviens que la fille d'Antonio a épousé un comte de Bourgogne. Eh bien, elle est morte en couches et c'est sa fille, Ginevra, une gamine insupportable. Affreuse, en plus de ça, et accoutrée de manière ridicule, à la mode des Bourguignons. J'avais honte d'être vue dans la rue avec elle.

— Tu l'as amenée ici ?

— Bien sûr. Je l'ai casée avec mes enfants et leurs bonnes. Ils vont s'occuper d'elle. On ne peut pas me demander de consacrer mon temps à distraire une enfant. De plus, on ne se comprend pas. Mon français est épouvantable et elle parle horriblement mal l'italien. Je suppose qu'elle a dû l'apprendre avec l'une des servantes de sa mère... Ah, les voici. Avec Elmo, Francesco et leur oncle Jacopo.

Lucrèce embrassa son gendre puis elle tendit la main à Jacopo, chef de la maison Pazzi. Il s'inclina et baisa la main tendue avec tant de dignité que seul le souffle de ses lèvres effleura la peau de Lucrèce.

— Je suis très honoré de vous rencontrer, madame Lucrèce.

— Votre présence parmi nous fait honneur à mon fils, Jacopo. Francesco, je suis très heureuse de t'accueillir.

Son art consommé de la courtoisie l'abandonna soudain quand les enfants de Bianca s'agglutinèrent autour d'elle en tirant sur ses jupes et en lui quémandant des baisers.

— Petits monstres, dit Lucrèce affectueusement en se penchant pour accéder à leur demande.

A cet instant précis, elle découvrit stupéfaite la toute jeune personne qui arrivait de Bourgogne.

Ginevra avait un visage pâlot et apeuré. Comme tous les enfants de cette époque, elle portait une version miniature d'un vêtement d'adulte, mais la mode des Bourguignons était si extravagante que Lucrèce en resta bouche bée. La cape de brocart bleu de la petite fille était toute cousue de fils d'or et constellée de grosses perles. Doublée et bordée de bandes de fourrure noire et blanche alternées, elle se prolongeait en une longue traîne qui avait ramassé toute la poussière des rues de Florence. Sa coiffe de brocart perlé, en forme de cône, était presque aussi haute qu'elle et drapée de plusieurs mètres de gaze de soie dorée qui pendaient tout embrouillés depuis le sommet et dépassaient la traîne. L'ensemble pesait lourd et tirait la tête de l'enfant en arrière ; le cordon en soie qui retenait la coiffe comprimait son jeune cou. Lucrèce eut pitié de la petite fille.

— Viens me voir, Ginevra, dit-elle en lui tendant les bras.

Mais l'enfant était trop absorbée pour prêter attention à Lucrèce. Par la porte ouverte du salon, elle regardait fixement Laurent. Il riait au milieu d'un groupe d'amis, le visage illuminé par la clarté tombant de la fenêtre près de lui.

C'est lui, se dit la petite fille. L'homme qui est venu ce matin aux portes de la ville où nous devions attendre. Son cœur bondit d'espoir. Elle se sentait si seule et si perdue. Elle avait bien essayé de parler à Bianca mais elle n'arrivait pas à se faire comprendre et ne comprenait pas ce qu'on lui disait. A la Porta San Gallo, Laurent s'était adressé au peuple dans le dialecte qu'elle connaissait. Peut-être accepterait-il de l'écouter. Si elle trouvait le courage de lui demander son aide.

Ginevra sentit alors une main se poser sur son épaule. C'était Bianca qui, l'interpellant d'une voix irritée, la poussait vers les enfants emmenés par les bonnes.

— Non ! s'écria Ginevra.

Retenant à deux mains sa coiffe branlante, elle s'élança vers Laurent.

— Aidez-moi, je vous en prie, bredouilla-t-elle d'une voix suppliante en l'agrippant par la manche.

Laurent regarda, éberlué, cette brusque apparition pendue à son bras, puis il prit conscience de l'appel désespéré contenu dans ces quelques mots confus. Il mit un genou à terre et passa son bras autour de la petite fille.

— Raconte-moi ce qui ne va pas, ma chère enfant, dit-il dans le dialecte des paysans. Je suis tout disposé à t'aider.

Apercevant Bianca furieuse, prête à intervenir, le jeune homme leva la main pour l'arrêter.

Le bruit des voix diminua puis se tut. Dans le silence revenu, chacun observait ce couple étrange près de la fenêtre, engagé dans une grande discussion. Quelques instants plus tard, Laurent dénoua délicatement les rubans qui retenaient la coiffe de Ginevra, l'ôta et la posa à même le parquet. Puis il embrassa la petite fille sur le front, se mit debout, la souleva dans ses bras et l'installa sur ses larges épaules.

— Mes amis, déclara-t-il en souriant, j'aimerais vous présenter une jeune demoiselle. Elle s'appelle Ginevra et elle a six ans aujourd'hui. Nous sommes nés sous la même étoile. Je l'ai invitée à célébrer son anniversaire avec moi. Que la fête commence !

L'anniversaire de Laurent fut pour les Florentins une fête mémorable, non pas en raison du festin qu'on y donna — la bonne chère n'était pas chose rare à Florence — mais parce qu'elle leur offrit matière à commérages, ce dont ils étaient beaucoup plus friands que des mets les plus fins. Dans la vieille cité entourée de remparts où tout le monde se connaissait, une des principales distractions consistait à parler les uns des autres. Comme presque tous les gens importants avaient assisté à l'anniversaire de Laurent et y avaient vu les mêmes choses, ils ne se privèrent pas du plaisir délicieux de comparer sans fin leurs impressions. On évoqua tour à tour la prodigalité des Médicis qui n'avaient pas hésité à nourrir toute la ville, le déclin de Pierre depuis sa dernière apparition en public, le départ précipité de Bianca au moment du dessert et le bébé qui était né deux heures plus tard. Mais on parla surtout de Ginevra.

Inviter un enfant à une fête d'adultes était sans précédent. C'était l'anniversaire de Laurent, soit ! Le jour entre tous où il pouvait agir à sa guise, mais ce n'en était pas moins choquant.

Une majorité pensait à juste titre que Laurent avait invité la petite fille parce qu'elle était née le même jour que lui. La coïncidence était assez exceptionnelle pour avoir une signification particulière. A cette époque, l'astrologie était une science reconnue et respectée ; rien d'important n'était entrepris sans consulter au préalable l'horoscope. Quelques jeunes femmes firent remarquer avec un regard attendri que l'attitude de Laurent montrait toute sa générosité. Il serait certainement un bon père. C'était une honte qu'il épouse une étrangère alors qu'il y avait à Florence tant de jeunes filles dignes de lui.

Quelques jours après l'anniversaire de Laurent, d'autres détails ayant transpiré, les rumeurs reprirent de plus belle. Le grand-père de Ginevra était, paraît-il, loin d'être enchanté de sa venue.

Antonio de Pazzi était un homme fier et solitaire qui habitait à la campagne, dans une villa sans prétention à deux kilomètres au sud de Florence. Les serviteurs des Pazzi soufflèrent à l'oreille d'autres domestiques qu'Antonio avait rugi comme un fauve quand son frère lui avait demandé de venir à Florence. Lorsqu'on lui avait amené la petite fille, il l'avait questionnée, s'était irrité de son accent et, pour finir, avait déclaré qu'il la reverrait quand elle saurait l'italien de Florence. Pas avant. Les serviteurs l'ayant répétée à leurs maîtres, l'histoire avait fait le tour de la cité et diverti les commères.

Quelques jours plus tard, la curiosité céda la place à l'intérêt le plus vif. On apprit que Ginevra n'était pas venue à Florence pour passer quelque temps dans sa famille maternelle. Son père l'avait rendue définitivement aux siens ; il s'était remarié et sa nouvelle femme ne voulait pas de la petite fille chez elle. C'était une insulte envers les Pazzi, admissible uniquement parce que la dot de la mère avait été renvoyée en même temps, ou plus exactement doublée. C'était la contribution du comte de Bourgogne. La petite fille bizarrement accoutrée, sans beauté et sans manières, était une riche héritière. Dans toutes les bonnes maisons, on tint conseil pour chercher le meilleur moyen de présenter comme un beau parti un ou plusieurs enfants mâles.

Le palais Médicis ne faisait pas exception. Pierre n'avait qu'un seul cousin proche : Pier Francesco. Des dissensions ayant opposé les deux hommes à propos du partage des biens de Cosme de Médicis, Pier Francesco n'avait pas adressé la parole à Pierre depuis cinq ans ni répondu aux lettres dans lesquelles son cousin plaidait en faveur d'une réconciliation. Pier Francesco avait deux fils. L'aîné n'avait que quelques mois de moins que Ginevra.

— Pierre, si tu peux arranger des fiançailles, cela mettra un terme à notre différend avec Pier Francesco, dit Lucrèce qui tenait la main noueuse de son mari entre ses paumes douces et fermes.

Elle savait que Pierre redoutait de mourir avant de s'être réconcilié avec son cousin.

— Tu es le chef de la famille, mon chéri. Pier Francesco ne peut agir seul. Et c'est Jacopo qui prend les décisions pour les Pazzi. Veux-tu que je lui écrive en ton nom ? C'est une affaire trop délicate pour la confier à un secrétaire.

Pierre réfléchit puis secoua la tête.

— Jacopo voudra certainement quelque chose d'extraordinaire en échange de son héritière, dit-il. Elle peut rester libre de tout engagement des années durant pendant qu'il se gaussera de tous ceux qui lui chercheront un mari. Nous devons trouver le moyen de susciter son intérêt, de le disposer en notre faveur. Rien ne presse. Jacopo n'acceptera pas d'offres avant un certain temps.

Mais si, c'est urgent, mon chéri, répondit Lucrèce en son for intérieur. Tu t'affaiblis de jour en jour.

Chapitre 3

Vers la mi-janvier, les bavardages sur l'anniversaire de Laurent cessèrent. On ne parlait plus que du tournoi prévu le 7 février 1469, lequel promettait d'être le spectacle le plus éblouissant jamais organisé à Florence, pourtant célèbre dans le monde entier pour l'éclat inégalé de ses fêtes.

Les joutes avaient évolué depuis le Moyen Age. On n'y voyait guère que des soldats de métier, et un jeune homme avait plus de chances de gagner la célébrité et le cœur des belles jeunes filles par une réussite financière qu'en désarçonnant un adversaire. Mais la tradition restait vivace. Beaucoup de villes italiennes offraient des tournois avec à la clef une bourse bien remplie pour le vainqueur. Un « chevalier » itinérant possédant un bon cheval et sachant manier une lance gagnait largement sa vie.

A cause de ses origines aristocratiques, l'art de la chevalerie était peu prisé dans l'Etat florentin, mais chaque tournoi était l'occasion de mettre en scène l'intensité dramatique de la compétition et un déploiement de pompe et de magnificence. Tout le monde trouvait excellente l'idée de Laurent d'organiser un tel spectacle.

L'annonce du tournoi fut également l'occasion de mille spéculations captivantes. Bien qu'il fût donné officiellement en l'honneur du prochain mariage de Laurent, il était de notoriété publique que la reine du tournoi serait Lucrèce Donati, la maîtresse de Laurent. Laurent allait-il dépenser une fortune simplement pour rendre hommage à Lucrèce ? Le lui avait-elle demandé ? La fiancée de Laurent était-elle au courant ? Et Lucrèce de Médicis ? Les femmes de Florence se passionnaient presque autant pour toutes ces questions que pour les détails de la nouvelle toilette qu'elles porteraient ce jour-là et qui devrait éclipser toutes les autres.

Laurent de Médicis et Lucrèce Donati étaient les deux seuls à Florence à rester indifférents à la rumeur citadine et aux rivalités vestimentaires. Laurent avait dessiné et commandé leurs vêtements au moment où il avait pris la décision d'organiser un tournoi, plusieurs mois avant son annonce officielle. Et Lucrèce ne demandait jamais à Laurent la raison de ses actes. Elle comprenait mieux que lui combien sa position était délicate.

Laurent était tombé amoureux de Lucrèce à seize ans. Elle en avait onze, à l'époque. Sa beauté venait juste d'éclore sous l'anonymat de l'enfance. Laurent avait brûlé le premier poème d'amour qu'il avait écrit pour elle parce qu'il ne le trouvait pas assez parfait pour une déesse. A ses yeux, Lucrèce n'était pas moins belle que Vénus naissant de l'écume, lui-même se voyant comme un mortel lourdaud qui avait eu la grâce insigne que sa bien-aimée lui sourît en sentant le regard du jeune homme posé sur elle pendant la messe.

Les Donati étaient issus de la haute noblesse. Ils habitaient encore dans la tour inconfortable construite plusieurs siècles auparavant sur la toute petite place portant leur nom. Laurent arpentait la rue d'en face en rêvant à la belle jeune fille qui vivait à l'intérieur, nourrissant l'espoir de l'apercevoir à l'une des étroites fenêtres au-dessus de lui. Il lui vouait une adoration sans bornes. Il voulait l'épouser, lui construire un temple et lui apporter des offrandes de fleurs et des rayons de miel.

Pierre de Médicis rappela à Laurent ses obligations envers sa famille et le chargea de sa première mission diplomatique. A son retour, toutes les dispositions nécessaires avaient été prises. Les Donati n'étaient plus des gens influents ; le mariage avec Lucrèce ne présenterait plus aucun avantage. Mais si Laurent l'aimait toujours quand elle aurait atteint l'âge où un homme et une femme peuvent s'aimer et si elle acceptait son amour, il n'y aurait pas d'obstacles.

Trois ans plus tard, Lucrèce fut mariée nominalement à Niccolo Ardinghelli. Ce dernier, nommé ambassadeur de Florence au Portugal, partit dès le lendemain et Lucrèce déménagea dans une maison achetée tout spécialement pour elle sur la Via de Pucci, non loin du palais Médicis. Laurent l'attendait. Il lui offrit des fleurs, du miel et un poème :

Le ciel était-il bleu ou gris lors de notre première rencontre ?
Qu'importe ! Sous tes yeux, ma mie, je vois la lumière de l'été
Et ton beau visage est un paradis.

A son amant, Lucrèce donna son corps à adorer.

Presque un an avait passé. Laurent avait encore du mal à croire à son bonheur. Il allait voir Lucrèce presque tous les jours. Il lui apportait souvent des fleurs, et toujours un poème célébrant sa beauté. Elle l'attendait, parfumée et vêtue de couleurs pastel. « Chut ! murmurait-elle en posant ses doigts sur les lèvres de son amant. Nous n'avons pas besoin de parler. Porte-moi dans le lit. » Alors Laurent la déshabillait lentement, s'émerveillant chaque fois de la blancheur laiteuse de sa peau, de la perfection de son corps et de la délicatesse de ses traits. Quand elle était debout devant lui, nue, il la caressait longuement. La peau mate de Laurent paraissait noire à côté de celle de Lucrèce. Elle semblait faite d'un marbre pur, chaud et soyeux. Il la soulevait dans ses bras et elle se serrait contre lui, épousant les formes de son corps, posant sa tête délicate au creux de l'épaule du jeune homme. Pas un son n'était perceptible en dehors du souffle rapide de Laurent.

On dirait une plume, pensait-il chaque fois, étonné par la légèreté de Lucrèce. Il la portait jusqu'au lit, l'étendait doucement sur le couvre-lit en soie rose, ôtait une à une les épingles en ivoire de son magnifique diadème de tresses et dénouait ses cheveux ; quand ils formaient un éventail doré autour de son adorable visage, il reculait d'un pas, Lucrèce ouvrait ses yeux bleus et souriait.

Le cœur de Laurent cognait douloureusement, son sexe raidi lui faisait mal mais il ne bougeait pas. Posséder

Lucrèce avec les yeux portait son excitation à son comble. Il se forçait à endurer ce supplice le plus longtemps possible puis il se débarrassait brusquement de ses vêtements et enfilait un préservatif sur son pénis douloureux. Lucrèce lui tendait les bras et il se jetait sur elle avec un cri de soulagement et de triomphe.

Plus tard, tenant la jeune fille dans ses bras, il s'enivrait du parfum de ses cheveux et l'entretenait si longtemps de son amour qu'à la fin, il avait la gorge sèche. Alors il fermait les yeux et s'endormait d'une masse.

Lucrèce se détachait tout doucement de ses bras. Elle ramassait ses vêtements, les pliait, les posait au pied du lit, puis se rendait au salon. Laurent allait dormir dix ou quinze minutes et à son réveil, il déborderait d'une énergie nouvelle. C'était sa façon de repousser les limites du temps. Il pouvait s'assoupir n'importe où : à cheval, par terre, le dos droit dans un fauteuil. Il se réveillait toujours en pleine forme. Grâce à ces petits sommes dès qu'il avait dix minutes devant lui, il pouvait rester éveillé la nuit. Les gardes qui faisaient leur ronde dans les rues obscures de Florence étaient habitués à voir une des fenêtres du palais Médicis éclairée. C'était la pièce où Laurent travaillait, lisait, écrivait ou composait. Il ne perdait jamais une minute. Pourtant le temps lui manquait. Il avait tant de projets en tête ; il désirait goûter à tant de plaisirs. Il y avait tant à apprendre et à voir.

A son réveil, Laurent s'habillait rapidement et rejoignait Lucrèce au salon. Il remplissait leur coupe de vin, s'asseyait en face d'elle et disait : « Raconte-moi les derniers ragots. »

En vraie Florentine, Lucrèce adorait les potins. Elle devisait gaiement pendant que Laurent buvait son vin à petites gorgées et l'écoutait parler du nouveau cuisinier engagé par son cousin ; d'une robe qu'elle avait commandée ; du dernier scandale qui avait éclaté lors de la visite de l'archevêque dans un couvent huppé où les religieuses avaient des amants ; du prix du pain dans la boulangerie qui venait d'ouvrir ; de la rumeur selon laquelle Maria Rasponi mettait en gage ses bijoux pour payer les dettes de jeu de son mari.

Laurent hochait la tête, souriait, l'encourageait. Il ne se

lassait jamais des mouvements gracieux de ses mains et de la courbe changeante de ses lèvres. Quand l'heure était venue de partir, il prenait le visage de Lucrèce entre ses mains et contemplait ses grands yeux.

— Tu es heureuse, mon amour ?

— Oui.

Après un dernier baiser, Laurent s'en allait. Lucrèce ne lui demandait pas quand il reviendrait. Il enverrait un page la prévenir. Elle l'attendrait.

Lucrèce était sincère en se disant heureuse. Elle aimait la vie que Laurent lui avait donnée. Elle avait un intérieur luxueux et confortable ; des servantes attentives à satisfaire ses besoins et ses moindres caprices ; des vêtements, des bijoux, des parfums et des huiles de bain. Lucrèce avait connu les restrictions de la pauvreté au sein d'une famille qui gardait le souvenir de sa fortune passée. La jeune fille s'émerveillait encore du confort et des satisfactions que lui apportait la richesse.

Lucrèce se rappelait que son père avait pleuré après son entretien avec Pierre de Médicis. Elle était trop jeune à l'époque pour comprendre. A présent, quatre ans après, elle savait que son père avait eu le cœur brisé d'apprendre que sa fille était désirée comme maîtresse et non comme épouse. Lucrèce ne s'expliquait pas sa réaction.

Ses sœurs aînées, ses amies et ses cousines de son âge étaient toutes mariées. Leur sort d'épouse lui semblait infiniment moins désirable que le sien. On leur demandait de mettre au monde des enfants, de s'occuper de leur intérieur et de satisfaire tous les désirs de leur mari. Pour Lucrèce, c'était l'inverse. Laurent était uniquement préoccupé de lui plaire. Il la couvrait de cadeaux et de poèmes, se montrait toujours prévenant et attentionné.

Etant de la noble famille des Donati et sous la protection de Laurent, Lucrèce était traitée par tous avec respect. Son mariage nominal et l'absence commode de son mari lui permettaient d'être reçue partout où allaient les femmes mariées d'une manière conventionnelle. Lucrèce était certaine d'être enviée par tous, notamment en raison de sa beauté. Elle savait qu'elle était belle. Elle le voyait dans les miroirs et dans le regard de ceux qui l'approchaient. Les Florentins avaient le culte du beau et de toutes les formes d'art. Lucrèce avait été unanimement reconnue comme la plus belle femme de la ville. Chaque jour, la maîtresse de Laurent recevait des dizaines de poèmes et de chansons, des bouquets de fleurs, des boîtes de friandises, des peignes et des éventails en or.

Laurent ne trouvait rien à objecter à cette adulation. C'était une coutume florentine n'impliquant aucune familiarité. On déposait pareillement des fleurs et des poèmes devant les œuvres d'art, les sculptures de Donatello, les peintures de Masaccio et de Giotto.

Lucrèce aimait la célébrité. Il lui arrivait de remercier le ciel dans ses prières. Elle se sentait l'égale d'une reine. Assister au tournoi assise sur un trône lui paraissait tout naturel.

Elle ne se demandait jamais si cela finirait un jour. Elle avait quinze ans et croyait que cela durerait éternellement.

La procession de Lucrèce jusqu'au trône dressé pour elle sur le lieu du tournoi fut annoncée par des trompettes et des hérauts. Quand elle arriva devant l'église Santa Croce, on lui fit une ovation. Elle tourna la tête de côté et d'autre, acceptant l'hommage de la foule agglutinée tout autour de la place. Des cordons de perles de la couleur de sa peau et des saphirs du bleu de ses yeux, de sa robe et de la voûte du ciel, paraient les boucles dorées de ses tresses. Elle prit place sur le trône recouvert de velours, placé au centre des tribunes réservées aux juges et aux citoyens privilégiés. Puis elle hocha la tête avec un port de reine et le tournoi commença.

Laurent avait promis aux Florentins un spectacle haut en couleur, riche en rebondissements et en émotions. Personne ne fut déçu. Vingt concurrents, baptisés « chevaliers » pour l'occasion, s'affrontèrent. L'un d'eux était un célèbre jouteur professionnel qui participait à tous les tournois. Dix-huit candidats venaient des grandes familles de Florence. Et, bien sûr, il y avait Laurent.

Les participants se rendirent en cortège sur la place, précédés de serviteurs en livrée portant un étendard aux armoiries du chevalier et de pages tenant une bannière en soie décorée d'une allégorie représentant la dame de ses pensées. Avec les étendards et les bannières chamarrés qui flottaient au vent sous un soleil éclatant, ce fut un défilé magnifique.

Même les illettrés, familiarisés avec les récits de la Bible et les saints qui ornaient les églises, étaient capables de déchiffrer les allégories. Ils applaudirent la nymphe en robe blanche aux lignes épurées qui brisait les flèches de Cupidon, la déesse qui d'une caresse redonnait vie au blé desséché, la jeune fille caressant la crinière d'une licorne.

Les plus instruits comprenaient les jeux de mots et les allusions inspirés par l'histoire ou le caractère du chevalier et de la dame de son cœur. Ils acclamaient autant l'esprit du peintre que son talent artistique.

Les cavaliers étaient vêtus d'habits somptueux et parés de bijoux ; les chevaux arboraient des caparaçons de tournoi de velours et de brocart. Chacun leur tour, ils soulevèrent des cris d'admiration et des applaudissements enthousiastes.

Laurent entra le dernier. Un tonnerre d'acclamations résonna d'un bord à l'autre de la place carrée, amplifié par les murs en pierre de l'église et les maisons de chaque côté. Puis les gens poussèrent des vivats en frappant dans leurs mains au-dessus de leur tête. Les spectateurs se pressaient aux fenêtres, sur les balcons et sur les toits. Ils se poussaient et tendaient le cou, manquant de tomber et criant au péril de leur vie :

— Laurent ! Laurent ! Laurent !

Il était superbe sur son magnifique cheval blanc offert par le roi de Naples. L'étalon avançait en levant haut les pattes et en redressant fièrement la tête comme s'il avait conscience de son appartenance royale. Le harnais et la selle étaient en cuir rouge ciselé d'or, les mors et les étriers en or massif.

Les éperons de Laurent étaient également en or et une admirable broderie dorée ornait son surcot de soie rouge et blanc. Une aigrette en or sertie de diamants et de rubis rehaussait sa toque de velours noir perlée. De ses épaules tombait une écharpe en soie blanche allant jusqu'à la queue torsadée du cheval garnie d'un ruban doré. Sur l'écharpe semée de roses, certaines fanées, d'autres épanouies, un lacis de perles formait sa devise : « Le temps revient ».

Des murmures admiratifs parcoururent la foule qui s'enquérait de la traduction de ces trois mots écrits en français. Chacun pensait en comprendre le sens :

La république de Florence était le renouveau de la liberté et de la puissance de l'ancienne Rome.

L'essor des lettres et des arts rappelait le rayonnement de la Grèce antique.

Seul Laurent savait que sa devise symbolisait également la promesse qu'il avait faite en secret au peuple de Florence, à tous ceux qui étaient réunis en ce jour : les notables dans les tribunes, les artisans et le petit peuple rassemblés dans les rues, leurs femmes et leurs enfants se bousculant sur les toits et aux fenêtres. Il les aimait tous, y compris les coupeurs de bourses qui s'affairaient parmi la marée humaine, les prostituées qui interpellaient les clients, les vendeurs de vin coupé d'eau et de fromage avarié qui s'évanouissaient avant que leurs clients aient eu le temps de goûter leurs produits. Laurent voulait leur donner beaucoup plus que ce tournoi. Le jour où il régnerait, il redonnerait à Florence la gloire qu'elle connaissait du vivant de son grand-père. Et plus encore. C'était sa promesse à la foule, sa promesse à Cosme de Médicis.

Lorsque le tournoi prit fin, les somptueux harnachements des chevaux et les parures des cavaliers n'étaient plus que des lambeaux déchiquetés, maculés de boue. Des taches de sang souillaient beaucoup de manches et de jambes. Après s'être brièvement consultés, les juges remirent à Laurent la récompense promise au vainqueur : un casque d'argent surmonté d'une statuette du dieu Mars. Laurent le tint levé très haut et fit le tour de la place au trot pour permettre à tous les spectateurs de le voir. Il sourit en entendant les vivats criés de toutes parts. Il n'était pas dupe ; il savait, comme tous les gens présents, qu'il n'avait pas été particulièrement brillant. Le trophée lui revenait surtout pour ses talents d'organisateur. Et puis, c'était lui qui l'avait payé, ainsi que tout le reste : bannières, hérauts, pages, musiciens, armures décorées, lances, serviteurs, bancs des juges — jusqu'au trône de Lucrèce. Le tournoi était son cadeau à la ville.

Mais Laurent savait aussi que les acclamations de la foule n'en étaient pas moins sincères. Les parties de *calcio*

— jeu de balle brutal ressemblant plus au rugby qu'au football où tous les coups étaient permis —, qui se disputaient sur la Piazza Santa Croce, déchaînaient les mêmes cris enthousiastes. Tous les hommes et les garçons de Florence pouvaient y jouer, à condition d'être assez téméraires. Il n'y avait pas de barrières sociales. A peine Laurent avait-il su courir qu'il s'était jeté dans la mêlée. Il en ressortait ensanglanté, couvert de bleus, hué, mortifié. Mais il ne s'était pas découragé et en prenant des forces, il était devenu un des meilleurs joueurs de la ville. Il était devenu un héros et il ne le devait qu'à lui seul. Lors des parties de *calcio*, il était Laurent, tout simplement, non pas Laurent de Médicis. Alors, debout sur ses étriers en or, il passa devant la foule en délire, en acceptant l'hommage qui lui était rendu, sans fausse modestie.

Du haut de son trône, Lucrèce Donati n'avait d'yeux que pour lui. Il était pareil à un roi et elle était sa reine.

Juste au-dessus, dans la tribune, une femme plus âgée admirait elle aussi Laurent. C'était sa mère, Lucrèce de Médicis. Son beau visage très doux rayonnait de fierté et d'amour. Ceux qui l'entouraient trouvaient tout naturel de voir ses yeux embués de larmes mais ils ne pouvaient connaître le fond de sa pensée. Savoure ce triomphe, mon fils, songeait-elle. Savoure cette liberté grisante et ce bonheur. Bientôt — trop tôt — lorsque tu seras devenu le chef de la maison Médicis, que chaque visage souriant pourra cacher un ennemi et que Florence te demandera beaucoup plus qu'une journée de liesse sous un soleil radieux, tu n'en auras plus le loisir. J'aimerais tant que tu restes éternellement jeune, confiant et joyeux. Mais ta nature est, de tous les dangers qui t'attendent, celui que je redoute le plus.

Pardonne mes pensées, Vierge Marie, priait-elle en silence. Mes enfants sont mon bien le plus précieux et je leur en rends grâce. Mais ils sont beaucoup plus fragiles qu'ils ne le pensent et la peur que je conçois pour eux est une épée plantée dans mon cœur.

A côté de Lucrèce, Julien s'enrouait à force d'acclamer son frère. Près de lui, ses sœurs applaudissaient, la tête haute, heureuses et fières du triomphe de Laurent.

Gênée par les enfants de Bianca, la petite Ginevra dut s'accroupir entre les jambes du plus grand des garçons pour voir. Les yeux fixés sur Laurent, elle tremblait de tout son corps frêle. Ce Laurent, le héros de toute une ville, l'avait portée sur ses épaules ! Il avait partagé son repas d'anniversaire avec elle. Il l'avait appelée sa sœur-étoile ! Elle pensa qu'il était un dieu et elle lui voua une adoration infinie.

Chapitre 4

— Tiens-toi droite, ne baisse pas la tête et regarde-moi.

Bianca recula de quelques pas et scruta de la tête aux pieds la petite cousine de son mari.

Ginevra n'avait plus rien de commun avec l'enfant à l'accoutrement ridicule qui était arrivée un beau jour de Bourgogne. Hormis quelques maladresses d'expression dans une langue qu'elle ne maîtrisait pas encore parfaitement, elle ressemblait à toutes les petites filles florentines de bonne famille. Et grâce au précepteur engagé par Bianca, elle faisait de rapides progrès en italien. La jeune femme était contente des résultats obtenus en l'espace de quelques mois. Ginevra, métamorphosée par Bianca, avait l'air d'une personne respectable.

Les mêmes vêtements composaient la garde-robe des femmes et des petites filles de Florence : la *gamurra* était une longue et mince chemise à col rond et à manches longues, généralement blanche, se portant sous une robe appelée *cioppa*. Un long manteau doublé, le plus souvent sans manches, ouvert sur le devant, complétait le tout. On jugeait l'habileté d'un tailleur à la coupe de la *gamurra*. Elle avait un col rond, un peu plus échancré que la chemise et de longues manches étroites. Elle se laçait dans le dos et tombait des épaules en s'évasant vers le bas. Coupé par un maître, ce vêtement d'une grande simplicité était très seyant et mettait en valeur les courbes du buste, de la taille et des hanches.

Selon le goût, la bourse ou la condition de sa propriétaire, la *cioppa* pouvait être plus ou moins élaborée.

Florence était le centre mondial de la filature, du traitement et de la teinture de la laine, mais ses ateliers produisaient aussi du lin, du velours, de la soie, des brocarts et des broderies d'une richesse incomparable qui permettaient de renouveler sans fin le choix des vêtements.

Bianca avait bien fait les choses pour Ginevra. La petite fille avait deux chemises de lin blanc et deux *gamurras* en belle laine florentine, une couleur châtaigne, l'autre vert foncé. Les ourlets de la jupe et des manches étaient profonds et dans le dos, il y avait de la marge sous les lacets. Ginevra pouvait grandir. La *cioppa*, doublée de tissu marron et vert, avait un grand ourlet. Ginevra pourrait la mettre jusqu'à ce qu'elle ait fini de grandir car la laine fabriquée à Florence était inusable. Pour l'été, on pouvait remplacer les trois vêtements de laine par des étoffes plus légères et plus claires. Les chemises de lin pouvaient se porter toute l'année.

Bianca avait acheté la même garde-robe pour ses filles. Comme toutes les Florentines, Bianca avait beaucoup de sens pratique et évitait les dépenses inutiles.

En inspectant son œuvre, Bianca s'estimait presque satisfaite. Il était regrettable que les cheveux de la petite fille soient châtains et non de ce blond tant prisé à Florence mais Bianca ne pouvait rien faire pour y remédier. Si Ginevra réussissait son examen d'italien, elle lui serait probablement retirée dans quelques jours.

— Tiens la tête droite, ordonna Bianca, répète après moi et articule : « Bonjour, cher grand-père. » Vas-y.

Le grand-père de Ginevra, Antonio de Pazzi, allait venir à Florence.

Il avait accepté de quitter sa retraite pour assister à la cérémonie au cours de laquelle Jacopo de Pazzi serait fait gonfalonier.

Tradition, spectacle, intrigues, tels étaient les ingrédients de la vie politique à Florence. Tous les citoyens étaient fiers de leurs institutions, même ceux qui savaient qu'on tirait les ficelles dans les coulisses, car les autres cités d'Italie étaient gouvernées par des despotes. A Florence, la chance d'accéder aux plus hautes charges de l'Etat était égale pour tous.

Le pouvoir était officiellement détenu par la Seigneurie, un groupe de neuf prieurs ayant à leur tête le gonfalonier, élus pour deux mois par un système de tirage au sort consistant à extraire des noms de bourses en cuir.

Durant toute la durée de leur charge, les prieurs et le gonfalonier résidaient dans le palais du gouvernement au milieu d'un luxe fabuleux. Ils portaient des robes de cérémonie somptueuses, mangeaient des mets préparés par les meilleurs cuisiniers de Florence, se faisaient servir par une nombreuse suite de valets en livrée verte. Des gardes en uniforme assuraient leur protection ; un bouffon de la cour et des musiciens avaient pour tâche de les divertir et de les rasséréner.

Les prieurs et les gonfaloniers étaient les hommes les plus respectés de la ville. Ils avaient le privilège de pouvoir conserver toute leur vie les honneurs de leur fonction.

Aucune décision officielle ne pouvait être prise sans leur accord. La Seigneurie constituait le corps législatif de l'Etat. Elle était assistée de nombreux conseils chargés de l'exécution des lois.

Le personnage le plus important de la République n'avait ni titre, ni insigne, ni fonction. C'était le chef de la maison Médicis. Il contrôlait tous les rouages de l'Etat. Ses suggestions ou ses recommandations décidaient des nominations aux différentes fonctions publiques et des noms à mettre dans les bourses en cuir avant le tirage au sort des membres de la Seigneurie. Il en était ainsi depuis trente-cinq ans, depuis que Cosme de Médicis, après quelques ajustements habiles n'entraînant aucun changement visible, s'était octroyé le vrai pouvoir.

Cosme de Médicis avait sorti Florence du chaos et ramené l'ordre. A sa mort, les Florentins, qui l'avaient nommé Père de la Patrie, lui choisirent pour successeur son fils, Pierre.

Pierre de Médicis avait fait en sorte que Jacopo de Pazzi soit élu gonfalonier.

— C'est le prix à payer pour que le fils de Pier Francesco obtienne la main de l'héritière, expliqua-t-il.

Lucrèce avait approuvé l'idée de son mari.

— Jacopo fait grand cas des honneurs publics. Tu as trouvé son point faible. Il ne refusera pas sa charge même si cela lui donne une dette envers moi.

La nomination d'un nouveau membre de la Seigneurie donnait toujours lieu à des festivités. Cette belle journée de printemps du 25 mars était doublement une fête car l'Ascension coïncidait pour les Florentins avec le début de la nouvelle année. On n'avait pas vu autant d'affluence sur la Piazza Santa Croce depuis le tournoi de Laurent. Le temps clément et la journée sans travail mettaient tout le monde de joyeuse humeur.

Lorsque Jacopo apparut à la porte de l'église en habit de cérémonie, l'ovation qu'il reçut lui réchauffa le cœur. Les prieurs portaient des manteaux à doublure, à col et à poignets d'hermine. L'habit du gonfalonier était brodé d'étoiles d'or.

Jacopo leva le bras pour répondre au salut de la foule. Puis il accepta l'étendard en soie de la République que lui tendait le gonfalonier sortant. Le lys rouge sur un fond blanc était le symbole de Florence. Au cours des deux mois qui allaient suivre, personne n'aurait le droit d'y toucher, à l'exception de Jacopo. Le sort de la République était entre ses mains.

Tenant bien haut l'étendard resplendissant, il descendit fièrement les marches et la procession majestueuse s'ébranla en direction du palais du gouvernement. Les anciens marchaient juste derrière lui. Jacopo était submergé de bonheur. A peine entendait-il les acclamations du peuple massé sur le parcours de la procession. Ses pieds foulaient les fleurs lancées sur son passage avec la négligence d'un empereur.

« Il aurait pu au moins hocher la tête », dit Bianca.

Dans l'église, Jacopo n'avait même pas remarqué la présence des membres de sa famille. La voix de Bianca ne trahissait néanmoins nulle irritation. Elle était trop heureuse de la nomination de Jacopo à la fonction de gonfalonier. Pendant les deux mois où il allait habiter dans le palais de la Seigneurie, elle régnerait sans partage sur le palais Pazzi.

Ses décisions ne rencontreraient aucune opposition. Elle allait ordonner un nettoyage complet de toutes les pièces et peut-être commander de nouveaux rideaux. Sa tête bouillonnait de projets.

Elmo la poussa du coude.

— On dirait que tout se passe bien pour notre petite invitée, murmura-t-il.

— Hein ?

Bianca regarda dans la direction que lui indiquait Elmo.

Antonio de Pazzi était penché en avant, la tête à la même hauteur que celle de Ginevra. Le vieil homme bavardait avec sa petite-fille.

L'élection de Jacopo entraîna de grands changements dans la vie de Ginevra. Au lendemain de la cérémonie, elle alla habiter chez son grand-père, à la villa La Vacchia.

Et dans la semaine qui suivit la sortie de charge de Jacopo, Antonio de Pazzi envoya un mot à Pierre de Médicis dans lequel il disait simplement que Jacopo souhaiterait rendre visite à Pierre le jour qui lui conviendrait. Les deux hommes savaient pertinemment que c'était le signal de l'ouverture des négociations portant sur les fiançailles de Ginevra avec le jeune cousin de Pierre.

Ils savaient également que Jacopo n'aurait pu choisir plus mauvais moment pour manifester son intention d'en discuter. Il ne restait que huit jours avant le mariage de Laurent. Le palais Médicis s'était transformé en une véritable ruche : chacun s'affairait pour les préparatifs de la noce.

Pierre envoya un page mander sa femme et Laurent. Avant de donner une réponse à Jacopo, la famille devait mettre au point les détails au sujet des probables fiançailles. En tant que chef des Médicis, c'était à Pierre que reviendrait le dernier mot mais il était d'usage de se réunir avant de prendre une décision importante car tous les actes d'un des membres d'une famille pouvaient entraîner des conséquences pour les autres. La famille n'était pas seulement un groupe de personnes unies par les liens du sang. C'était la seule alliance sûre dans une époque encore troublée. Tous les membres d'une même famille se devaient assistance, que ce soit en offrant un toit, de l'argent ou même sa vie dans une bataille. On pouvait être tenu responsable d'un crime perpétré par quelqu'un portant le même nom que soi, même un cousin très éloigné.

Le conseil de famille qui se tenait au palais Médicis différait quelque peu des réunions du même type : il n'y avait que trois personnes et l'une d'elles était une femme.

Seuls les hommes majeurs étaient considérés comme étant capables de prendre des décisions. Mais Lucrèce de Médicis n'était pas une femme ordinaire. Cosme respectait son jugement et il l'avait toujours incluse dans ses discussions avec Pierre sur l'art délicat de gouverner Florence. Elle était la plus proche conseillère de son mari depuis qu'il était le chef de la famille et de l'Etat.

Et l'avis de Laurent avait toujours été sollicité avant même qu'il ait atteint la majorité. Mais trois personnes, aussi sages et expérimentées fussent-elles, ne suffisaient pas à constituer un conseil de famille au sens où les Florentins l'entendaient. Lorsque Lucrèce et Laurent entrèrent dans son bureau, Pierre avait le visage congestionné et se trouvait dans un état de grande agitation.

— Jacopo de Pazzi veut me voir, dit-il. Nous allons enfin pouvoir nous réconcilier avec Pier Francesco.

— Quelle bonne nouvelle ! s'exclama Lucrèce.

Laurent éclata de rire.

— Je vous avais bien dit que la petite Ginevra nous porterait chance. Lorsque Bianca l'a amenée ici et que j'ai appris qu'elle avait son anniversaire le même jour que moi, j'ai pensé que c'était un heureux présage. La naissance de mon neveu dans l'après-midi m'a persuadé que j'avais raison. Comment allons-nous annoncer la nouvelle à Pier Francesco ?

Pierre sourit.

— C'est toi qui iras le voir, mon fils. Le fils de Pier Francesco porte le même prénom que toi, aussi ton intérêt est-il tout naturel. Ne tarde pas. Pier Francesco peut encore assister à ton mariage.

Lucrèce remarqua chez Laurent une brusque inspiration. Le pauvre, pensa-t-elle. Il est terrifié à l'idée de se marier bientôt.

Chapitre 5

Ce fut une des rares fois où l'intuition maternelle de Lucrèce se trouva prise en défaut. Le mariage n'effrayait pas Laurent. Il s'était simplement souvenu qu'il avait donné rendez-vous à quelques amis sur la Piazza Santa Croce. S'il se dépêchait, il pourrait passer voir Lucrèce Donati avant de les retrouver. Ils feraient une partie de *calcio* puis ils iraient à la villa des Médicis à Fiesole pour commencer le dressage d'un nouveau faucon.

Laurent pensait peu à son mariage ; cela n'apporterait pas de grands changements dans sa vie. Il lui resterait du temps pour le *calcio*, les faucons et les amis. Et pour sa maîtresse. Il savait ce qu'on attendait d'un mari. La fidélité n'entrerait pas dans ses nouvelles obligations. Les structures et le protocole du mariage étaient clairement définis par la loi et la coutume. Il les connaissait bien ; et Clarice Orsini, sa future femme, aussi.

Il devrait la protéger, lui assurer un toit, subvenir à ses besoins et à ceux de ses enfants. Il la traiterait avec le respect dû à son rang mais en toutes choses, il demeurerait le maître.

Il irait régulièrement la retrouver dans son lit. On escomptait qu'ils aient beaucoup d'enfants, pour plaire à Dieu et parce que les mariages de leurs enfants permettraient aux Médicis de nouer de nouvelles alliances. Laurent ne doutait pas de sa faculté à procréer ; bien qu'il prît toutes les précautions pour ne pas avoir d'enfants naturels, il faisait preuve depuis des années d'une virilité sans faille.

Clarice rencontrerait peut-être certaines difficultés. Le mariage allait bouleverser ses habitudes : elle quittait Rome pour Florence où il lui faudrait adopter un style de vie très différent de celui auquel elle était accoutumée. Mais ce serait à Lucrèce de résoudre ces problèmes.

Dans le palais Médicis comme dans toutes les grandes maisons, les femmes avaient leurs propres appartements. Leurs chambres et leurs salons étaient commodément regroupés à proximité des cuisines, des offices, des buanderies et des salles de couture, ce qui leur permettait de surveiller la bonne exécution des travaux domestiques. Clarice se trouverait non loin de Lucrèce et de la grand-mère de Laurent, Contessina Bardi, veuve de Cosme.

Lucrèce avait fait le voyage jusqu'à Rome pour représenter son mari, trop malade pour se déplacer, et elle avait accepté Clarice. Laurent se fiait au jugement de sa mère ; mais à sa manière d'insister sur la modestie, la soumission et la bonne santé de la jeune fille, Laurent se demandait parfois si la femme qui lui était destinée n'était pas un vrai laideron. Ce n'était pas d'une importance capitale mais un joli visage rendrait les choses plus agréables.

Il serait bientôt fixé. Clarice et sa suite de servantes étaient déjà en route. Julien et une cavalcade de jeunes patriciens l'escortaient. Conformément à la tradition, les noces auraient lieu dans la famille du futur marié.

Le mariage de Laurent répondit à l'attente de tous. Les réjouissances durèrent trois jours et trois nuits, au palais Médicis et dans les rues de la ville ; le temps était superbe ; la mariée et ses cinquante demoiselles d'honneur portaient des robes magnifiques ; le vin coulait des fontaines. Toutes les personnes conviées aux six banquets servis au palais reçurent un coffret en argent contenant des amandes sucrées. Le petit peuple festoyant dans les rues ne fut pas oublié : chacun reçut un coffret en bois argenté. A toutes les fêtes familiales d'importance, les Florentins offraient des confiseries, symboles d'un bonheur partagé.

Sandro Botticelli fut le dernier à recevoir son coffret.

— Que le ciel te garde, dit-il à Laurent qui le poussait hors du grand salon.

— Merci, Sandro.

Laurent prit l'ultime coffret en argent sur la table de l'entrée et le mit dans les mains de Botticelli.

— Je te prie d'accepter ce petit souvenir et de le rapporter au plus vite chez toi, suggéra-t-il en riant.

Sandro sourit. Il regarda Clarice. Puis Laurent.

— J'ai idée que tu veux que je m'en aille, répliqua Sandro.

Et après un clin d'œil appuyé, il dévala l'escalier en courant.

Lucrèce exhala un soupir.

— On peut faire confiance à Sandro pour être le dernier à partir. Je parie qu'il ne reste plus rien à manger dans tout le palais. Bonne nuit, mes enfants. Je vais donner à ces vieux os fourbus un repos bien mérité.

Sur ce, elle embrassa Laurent. Puis Clarice.

— Ma chère fille, ajouta-t-elle gentiment, j'ai été très fière de toi. Je suis sûre que tous les Florentins m'envient de t'avoir dans notre famille.

— Merci, madame Lucrèce, dit Clarice d'une voix à peine audible.

C'était une grande fille toute mince qui, sans être vraiment belle, avait un visage agréable, que déparaient cependant des lèvres trop fines et un petit air pincé.

Laurent prit la main de sa femme dans les siennes.

— Elle a raison, Clarice. Ces trois journées ont été éprouvantes et tu t'es montrée très courageuse. Nous sommes tous fiers de toi.

Il avait remarqué la pâleur effrayante de Clarice. Elle était si fatiguée qu'elle avait les lèvres et les ongles gris.

— N'aie aucune crainte, Laurent, dit-elle. Je sais quel est mon devoir. Je ne m'y déroberai pas.

Clarice parla pour la première fois d'une voix ferme et forte, au grand soulagement de Laurent qui commençait à croire qu'elle ne savait que chuchoter. Le ton était presque hostile mais il comprenait sa défiance et la lui pardonnait. Elle devait être terrorisée. Elle était loin des siens, entourée d'étrangers, et recrue de fatigue après trois longues journées de festivités ininterrompues. Et le moment était venu de consommer le mariage. L'allusion transparente de Sandro n'avait pu lui échapper. Une femme élevée dans une bonne famille ne perdait pas sa virginité sans crainte. Laurent se souvenait du tremblement irrépressible de sa maîtresse la première fois qu'ils avaient fait l'amour ensemble. Clarice avait seize ans. Elle n'avait probablement jamais été seule avec un homme.

Laurent réfléchit rapidement. Qu'est-ce qui serait le plus facile pour Clarice ? Qu'il la suive maintenant dans sa chambre ou après qu'une bonne nuit eut dissipé sa fatigue ?

Il tenait toujours la main sans ressort de Clarice. Malgré l'atmosphère étouffante de cette soirée de juin, elle était froide et moite. Il attendrait.

— Je vais te reconduire jusqu'à ta chambre, dit-il doucement, puis je te laisserai. Nous avons tous les deux grand besoin de repos.

Le lendemain matin, tout le monde dormait encore lorsque Laurent quitta le palais. Il avait beaucoup de choses à faire. Il ne restait plus que trois petites semaines avant le carnaval annuel de Florence et il s'occupait de l'un des chars.

Laurent avait laissé un message à son frère pour lui demander de venir le rejoindre dans l'atelier où se construisait le char en grand secret.

— Tu vois, mamina, je ne peux pas m'empêcher de manger, dit Julien.

Il prit un bout de fromage et un morceau de pain.

— Bonjour, Clarice. Au revoir.

Il embrassa sa mère et sa grand-mère sur le front et partit en hâte.

Lucrèce éclata de rire.

— La vie de famille reprend son cours. Assieds-toi près de moi, Clarice. Nous allons pouvoir déjeuner tranquillement.

La salle à manger familiale était attenante au grand salon, mais plus petite. En l'absence d'invités, c'était là que les Médicis prenaient leurs repas autour d'une table, chacun disposant d'une chaise, réservée ailleurs au chef de famille, les autres personnes prenant place sur des bancs.

Assise très droite sur le bord de sa chaise, Clarice sourit à Lucrèce et à la mère de Pierre. Contessina était une adorable vieille dame énorme. Elle était dure d'oreille mais elle avait encore toutes ses dents et en tirait gloire. Elle adorait exhiber ses molaires intactes et brillantes. C'était aussi une source de satisfactions car elle aimait les plaisirs de la table. Elle hocha gaiement la tête à l'adresse de Clarice, puis elle se remit à manger.

C'était un petit déjeuner copieux mais simple comme tous les repas servis au palais. Clarice regarda les coupes remplies d'oranges, les corbeilles de pain en argent, les plateaux de fromage et de saucisses, en se demandant quand les serviteurs allaient apporter la suite. A Rome, toutes les grandes familles avaient à leur service plusieurs cuisiniers qui rivalisaient entre eux dans l'art culinaire.

— Nous avons de bons puits, dit Lucrèce. Ici, tu n'as pas de crainte à avoir mais dans la ville, ne bois jamais l'eau des fontaines.

Elle plaça un pichet de vin et une cruche d'eau devant sa bru après s'être versé un gobelet de vin coupé d'eau pour montrer à Clarice l'usage en vigueur à Florence. Rome avait la réputation d'être une ville de débauche et les Florentins détestaient les excès.

Clarice emplit d'eau son gobelet.

— Dans ma famille, les femmes boivent du vin uniquement à la communion, madame Lucrèce. J'ai l'habitude de prendre un jus de citron avec du miel et de l'eau.

A la bonne heure, cette enfant n'a pas peur de parler franchement, songea Lucrèce. Nous allons pouvoir nous entendre.

— Je vais t'en faire préparer un tout de suite, dit-elle en faisant signe au majordome.

Puis elle piqua sa saucisse à l'aide de sa fourchette, ustensile encore inconnu en dehors de Florence.

— J'ai été ravie quand les gens ont commencé à se servir de ces instruments, dit-elle. Ne pas avoir les mains grasses permet de garder le linge propre plus longtemps.

Clarice suivit l'exemple de Lucrèce.

— Après le petit déjeuner, je te ferai faire le tour du propriétaire, Clarice. Tu te sentiras vite chez toi. Puis nous irons à la messe. Tu préfères aller à l'église San Lorenzo, notre paroisse, ou à la cathédrale ? Tous les Florentins en sont très fiers. La coupole est l'une des merveilles du monde.

— J'aimerais beaucoup la voir.

Lucrèce en fut ravie.

Laurent découvrit avec satisfaction que la construction du char monté sur douze roues aussi hautes que lui était déjà bien avancée. Les gens pourraient voir facilement la petite pièce que les comédiens joueraient dessus.

— Il est magnifique, déclara-t-il. Tu es sûr que personne ne l'a vu, Andrea ?

— Non, personne, à part mes apprentis qui ont dû abandonner tous les autres chantiers. Tu vas finir par me mettre sur la paille.

Laurent eut un rire ironique. Andrea del Verrocchio dirigeait l'atelier le plus lucratif de tout Florence. On lui commandait des fresques murales, des peintures sur bois, des statues en marbre, des bronzes, des poteries, des meubles de luxe ou des pièces d'orfèvrerie. Avec l'aide de ses apprentis, il fabriquait des bijoux, des armures, des fontaines, des instruments de musique, des épées, des éventails en parchemin décoré. Verrocchio pouvait tout faire. A condition d'être suffisamment payé.

Le jeune homme avait une grande admiration pour le vieil homme et il était fier de l'avoir pour ami. Quant à Andrea, il appréciait les qualités de poète, de musicien, de philosophe et d'athlète de Laurent.

— Pour l'accompagnement, j'ai dessiné un luth superbe, dit Andrea avec un sourire malicieux. Tu as écrit la chanson ?

— Non, j'ai été trop occupé, répondit Laurent. Je pense que Gigi fera ça beaucoup mieux que moi.

— Vous entendez ! s'écria Luigi Pulci, surnommé Gigi.

C'était l'un des meilleurs amis de Laurent. Fils d'un fermier du Mugello, il se plaisait à Florence où il gagnait sa vie comme amuseur public. A la demande des patrons de taverne, il était capable de composer des poèmes sur n'importe quel thème et d'improviser des comédies burlesques ou des calembours qui faisaient pleuvoir des pièces dans la coupe posée sur la table à côté de lui.

— Etant donné le sujet, tu as peut-être raison, dit Andrea.

La chanson devait raconter l'histoire d'un vieillard que sa jeune épouse fait cocu. C'était un des sujets de prédilection du carnaval. Les variations sur ce thème et les embellissements apportés par l'auteur montraient son talent et son esprit.

Julien dut crier pour couvrir les rires sonores qui venaient de l'atelier.

— Laissez-moi entrer et dites-moi ce qu'il y a de si drôle !

Verrocchio déverrouilla la porte. L'effet de surprise étant un élément primordial dans la réussite du carnaval, on gardait les nouveaux chars à l'abri des regards indiscrets.

— Entre vite. On ne t'a pas suivi au moins ?

— Non, j'ai fait attention. C'est pour ça que j'ai mis si longtemps. Qu'est-ce qui vous réjouit autant ?

— Qu'un jeune marié achète une pièce sur l'infidélité des femmes, répondit Andrea en se tordant les côtes de rire. Ce sera d'un comique irrésistible. Est-ce que ton frère aurait déjà des doutes ?

Une crispation involontaire déforma le beau visage de Julien. Laurent était son idole. Il ne supportait pas le moindre soupçon de critique à son égard. Mais en entendant son frère s'esclaffer, il se dérida.

— Regarde un peu ça, Julien, cria Laurent en lançant quelque chose au jeune homme.

Julien attrapa l'objet au vol. Puis il pouffa de rire à son tour. Fabriqué à partir de différents bois, le luth avait la forme d'un gigantesque phallus.

Les Florentins aimaient l'humour truculent dont Boccace avait donné un bel exemple dans son chef-d'œuvre, *Le Décaméron*. Ses histoires amusaient encore tous ceux qui savaient lire.

— Bravo, Andrea, dit Laurent. Voilà qui sort de l'ordinaire. Pourquoi ne pas reprendre cette idée dans les décorations ? Au lieu des dorures habituelles de chaque côté du char, nous pourrions demander à Robbia de faire des panneaux en céramique émaillée qui représenteraient l'amant en train de donner des sérénades en s'accompagnant d'un luth énorme qu'il aurait du mal à porter.

— Ou en train de frapper le mari avec son luth, suggéra Gigi.

— Ou d'enfoncer la porte de la maison avec, ajouta Laurent.

Avant que Gigi Pulci ait pu suggérer autre chose, Verrocchio leva la main pour les arrêter.

— Economisez votre salive, mes amis. Il faut faire votre deuil des Della Robbia. Le vieil Antonio de Pazzi les a tous engagés pour décorer sa villa.

— Ils peuvent se décommander, dit Pulci.

— Non, pas si c'est un Pazzi qui a besoin d'eux, dit Andrea. Ils soutiennent Luca depuis ses débuts. Il ne voudra jamais décevoir Antonio.

Laurent haussa les épaules.

— De toute façon, il aurait probablement refusé de travailler pour nous. Luca n'a pas le sens de l'humour et ses neveux non plus. Mais ce qu'ils arrivent à faire est tout simplement incroyable. Il doit y avoir des anges sur leurs épaules quand ils mélangent leurs couleurs.

Verrocchio hocha la tête.

— Il paraît que ce qu'ils préparent pour le vieux Pazzi dépassera en beauté tout ce qu'ils ont créé jusque-là. Il me préviendra quand ils poseront les panneaux sur les murs de la villa. Nous pourrions aller les voir.

— Bonne idée, dit Laurent. J'aimerais rencontrer ma petite paysanne.

Le regard de Pulci s'éclaira.

— Ne rêve pas, Gigi, ce n'est pas une délicieuse paysanne à la peau brune qui attend d'être déflorée. Je veux parler de la petite-fille d'Antonio. « Ma petite paysanne » est un petit nom affectueux.

Il leur conta l'irruption de Ginevra le jour de son anniversaire et comment elle s'était adressée à lui dans le dialecte des paysans. Mais il resta muet sur les négociations entamées avec Jacopo de Pazzi.

— Ginevra est ma bonne étoile, conclut-il.

Verrocchio s'esclaffa.

— Ne dis pas à Andrea Della Robbia que cette enfant porte chance. Il a cru devenir fou avec elle. Antonio la laisse vivre comme une sauvageonne dès qu'elle a fini ses leçons. Quand Andrea prenait des mesures, elle le suivait partout. Elle grimpait même sur les échelles et n'arrêtait pas de lui poser des questions.

Laurent resta impassible mais ses pensées se déroulaient très vite. Pier Francesco ne serait pas du tout ravi d'apprendre que Pierre envisageait pour son fils des fiançailles avec une petite sauvageonne. Il pouvait le prendre mal et rompre de nouveau avec la famille.

— Préviens-moi quand Luca te fera signe, dit Laurent. J'aimerais voir ses céramiques le plus tôt possible.

Et je dirai deux mots à Antonio de Pazzi, se jura-t-il. Il ne devait pas autoriser le moindre relâchement dans l'éducation de la petite fille.

Il tourna de nouveau autour du char à la recherche de nouvelles idées.

— Bon, revenons à nos décors, dit-il. Si on doit renoncer aux panneaux de céramique, il reste la peinture, qu'en penses-tu ?

Il était deux heures de l'après-midi quand ils se mirent d'accord pour des bas-reliefs en bois peint.

— Je dois partir, dit soudain Laurent.

— Ah, ces jeunes mariés, grommela Pulci. Dès l'instant où ils ont une femme, on ne les voit plus.

Laurent répondit à ses amis par un pied de nez.

Il les quittait en effet pour rejoindre Clarice. Il voulait se montrer attentionné pour l'aider à s'adapter à sa nouvelle vie.

Dans le secret de son cœur, il espérait avoir un jour avec Clarice le même genre de relation qui existait entre ses parents : partager des projets communs, les rires et les larmes, unis dans une tendre affection. Mais il n'osait se l'avouer ouvertement. Pierre et Lucrèce de Médicis formaient un couple parfait, peut-être unique.

Alors Laurent se disait simplement qu'il était plus poli de passer un moment avec sa femme au lieu de s'amuser avec ses amis. Pour pouvoir bavarder, se toucher et faire l'amour, il fallait qu'ils apprennent à se connaître.

Il était heureux que Clarice ne fût pas affreuse. En fait, son long cou blanc était tout simplement adorable.

Chapitre 6

De retour au palais, Laurent, qui ne voulait pas paraître devant sa femme et sa mère dans des vêtements tout poussiéreux, se dirigea vers sa chambre. En posant la main sur la poignée de la porte, il se rappela soudain qu'il avait désormais des appartements plus luxueux à l'étage au-dessus. Il s'envola par le petit escalier de service en spirale, fit une rapide toilette, se changea et courut jusqu'à la salle à manger.

— J'ai une faim de loup ! s'écria-t-il en entrant. J'espère que vous n'avez pas tout mangé.

Clarice et Lucrèce en étaient au dessert.

— On croirait entendre Sandro Botticelli, dit Lucrèce en riant. Il n'a jamais faim, il est toujours affamé. Assieds-toi. Tu vas être servi tout de suite.

Laurent prit place à côté de Clarice. Elle lui sourit puis elle se perdit dans la contemplation du gâteau posé devant elle.

— Alors, Clarice, tu as fait quelque chose d'intéressant, aujourd'hui ? s'enquit Laurent.

— Nous avons assisté à une messe à la cathédrale.

— Elle est très belle, tu ne trouves pas ? Le monde entier nous l'envie. Et si grande. Elle pourrait contenir presque toute la population de Florence.

— Oui, elle est très belle, murmura Clarice, le visage empourpré à la fois par le mensonge et par la colère.

En réalité, elle avait été trop choquée pour prêter une attention quelconque à l'architecture de la cathédrale.

A Florence, on n'allait pas seulement à la messe pour assister aux services religieux. Les huit messes quotidiennes étaient pour les Florentins une occasion de se rencontrer : les femmes échangeaient les derniers potins ; les hommes traitaient des affaires. On déambulait au milieu des grands espaces vides aménagés à l'intérieur des églises, en se déplaçant d'un groupe à l'autre, en entamant chaque fois de nouvelles discussions.

Le silence n'était respecté qu'au moment de l'élévation.

Chacun se tournait alors vers l'autel en courbant la tête. Clarice jugeait l'attitude des Florentins scandaleuse.

Pour Clarice, comme pour tous les Romains, la messe était un devoir sacré qu'on se devait d'accomplir dans une entière dévotion.

A Rome, la toute-puissance de l'Eglise n'était pas un vain mot. Dans tous les Etats pontificaux, territoires contrôlés par l'Eglise, qui couvraient le quart de l'Italie, l'autorité suprême était exercée par le pape. Les taxes, les produits et les tributs provenant des régions assujetties faisaient du Saint-Père le souverain le plus riche du pays. Son pouvoir temporel, à l'intérieur de son domaine, était illimité. Son pouvoir spirituel s'étendait à travers toute l'Europe.

On ne pouvait sans risques manifester publiquement son dédain pour les sermons des prêtres. Les Florentins étaient sacrilèges, conclut Clarice. Leur comportement constituait une insulte envers l'Eglise et portait atteinte à ses convictions. Clarice avait un oncle cardinal et deux cousins archevêques. La fortune des Orsini avait beau provenir de l'exploitation de leurs domaines, qui s'étendaient de Rome jusqu'aux faubourgs de Naples, leur sécurité et leur influence dépendaient des membres de sa famille les plus haut placés dans la hiérarchie de l'Eglise.

Depuis son plus jeune âge, Clarice avait appris que les femmes doivent respecter leur mari, faire preuve d'obéissance et d'humilité. Voilà pourquoi elle avait menti à Laurent comme à sa belle-mère. Dans sa conception de la religion, l'observance des rites était primordiale.

Comment, dans ces conditions, aurait-elle pu deviner que sa belle-mère était une femme profondément pieuse ?

Lucrèce aimait le caractère convivial des messes, mais elle passait aussi de longues heures à étudier les textes sacrés et les écrits des grands théologiens. En offrande à Dieu, elle travaillait depuis des années à la traduction des Psaumes en italien, tâche qu'elle gardait secrète, conformément au commandement de la Bible.

Laurent attendit le temps nécessaire pour permettre à Clarice d'ajouter, si elle le souhaitait, quelque chose à sa brève remarque sur la beauté de la cathédrale. Mais elle garda le silence. Laurent n'était pas habitué à prendre ses repas en silence. A Florence, la conversation, élevée à la hauteur d'un art, était aussi un moment de détente. Laurent se mit alors à raconter ce qu'avait dit Verrocchio à propos du dernier chantier de la famille Della Robbia. Clarice écouta poliment.

Un serviteur apporta une coupe de raviolis fumants qu'il plaça devant Laurent.

— Les cuisiniers n'ont pas pris ta faim à la légère, dit Lucrèce en dissimulant un petit sourire derrière sa serviette de table.

La coupe, qui servait habituellement de plat, était remplie à ras bord. Il y avait à manger pour six.

Laurent avait le sens de l'humour ; il rit de bon cœur.

— Tu vas mettre deux heures à manger tout ça, déclara Lucrèce. Cela nous laisse le temps de prendre un peu de repos. Clarice et moi avons eu une matinée fatigante et tes sœurs viennent nous rendre visite cet après-midi.

Lucrèce emmena la jeune épouse de Laurent, le laissant seul.

Elle revint dix minutes plus tard.

— Je voudrais te parler de Clarice, Laurent. Elle est terriblement timide, vois-tu. Tu es un homme. Tu ne peux pas imaginer les émotions et les frayeurs d'une jeune fille.

Lucrèce lui prit la main, signe, depuis qu'il était petit, qu'elle réclamait toute son attention.

— Mon cher fils, malgré ton tempérament impétueux, tu dois, pour une fois, refréner ton impatience, maîtriser tes forces. Un peu de patience est nécessaire. Sois un mari pour Clarice ; elle a la maturité nécessaire pour devenir une épouse. Mais ne lui demande pas d'être totalement à l'aise avec toi tant qu'elle ne se sentira pas ici chez elle.

Laurent prit la main de Lucrèce et la porta à ses lèvres. Elle sentit le sourire de son fils quand il posa un baiser sur ses doigts.

— Je m'en souviendrai, mamina, dit-il. Merci.

Ce soir-là, Laurent se rendit dans la chambre de sa femme. Clarice l'attendait. Une cassolette en cuivre remplie d'herbes aromatiques était suspendue au-dessus du grand lit bordé de draps de soie. Ses longs cheveux étaient parfumés. La chemise en soie brodée à longues manches ornementées de dentelle laissa Laurent perplexe. A Florence, les hommes et les femmes dormaient nus, à l'exception d'un bonnet de nuit.

Clarice détourna la tête pour ne pas voir la nudité de son mari ; elle tira sur les côtés de sa chemise pour lui montrer l'ouverture qui permettait les relations sexuelles sans offenser la pudeur.

Elle ne cria pas quand il la pénétra et déchira l'hymen. Elle se contenta de serrer les poings en enfonçant jusqu'au sang ses ongles dans ses paumes. Elle ne dit rien non plus quand il la laissa. Mais après son départ, elle pleura longtemps.

Ce fut la seule fois qu'elle versa des larmes. Elle avait trop d'amour-propre pour s'autoriser ce genre de faiblesse. Si les Romains étaient un peuple fier, les Orsini surpassaient tous les autres. De par son éducation, Clarice n'avait qu'un idéal : se conduire comme il convenait à un membre de l'aristocratie romaine ; faire son devoir et ne montrer aucune défaillance.

Quelques semaines suffirent à Lucrèce pour se rendre compte que les silences de Clarice étaient dus à son caractère hautain et non à sa timidité. Elle espérait que le carnaval dériderait sa belle-fille ; donné en l'honneur de saint Jean-Baptiste, patron de Florence, il était célèbre dans toute l'Italie. Pendant quatre jours, c'était une succession ininterrompue de festivités. Il y avait les processions religieuses qui partaient de tous les coins de la ville en direction de la cathédrale ; la présentation à la Seigneurie par les villes rattachées à la République de cent magnifiques tours dorées ; le célèbre *Palio*, folle course de chevaux à travers la ville ; des parades et des joueurs de trompette ; des compétitions entre divers groupes de porte-étendards faisant tournoyer et lançant en l'air leurs énormes bannières en soie chamarrées ; sans compter les féroces parties de *calcio* qui duraient toute une journée et opposaient des équipes des quatre quartiers de la ville.

Drapeaux, tapisseries, longs pans de soie ou de brocart aux couleurs vives, tapis persans et peintures décoraient les échoppes et les maisons. Les Florentins, parés de leurs plus beaux atours, flânaient dans la ville où l'on pouvait voir des attractions à tous les coins de rue : numéros d'animaux savants, jongleurs, avaleurs de feu, acrobates, troubadours, funambules, musiciens, avaleurs de sabres. C'était un spectacle continuel auquel participaient tous les habitants.

Clarice jugea les fêtes du carnaval vulgaires et le contact avec le peuple la rebuta. A Rome, expliqua-t-elle, les aristocrates ne côtoyaient jamais les roturiers.

Le dernier jour, pour le grand défilé, sa désapprobation se mua en une réaction de rejet quasi hystérique. Sur toutes les places, la fête battait son plein. On jouait de la musique et on dansait. C'était partout une explosion de gaieté débridée ponctuée de rires et de chahuts. Alors que les femmes célibataires devaient se contenter de regarder les défilés burlesques de leur fenêtre ou de leur balcon, les femmes mariées, de tout âge et de toute condition, pouvaient se mêler aux flots humains bruyants et joyeux. La plupart des festivaliers étaient masqués et costumés. Souvent des jeunes gens travestis en femmes prenaient des poses suggestives en chantant des chansons paillardes à des femmes plus âgées, amusées et ravies, qu'ils retenaient prisonnières en les encerclant. Les chars magnifiquement décorés défilaient lentement à travers les rues. Des haltes fréquentes permettaient aux comédiens qui étaient juchés dessus de déclamer des poèmes, de raconter des histoires ou de jouer des saynètes. Des hommes, arborant des épaulettes et des braguettes exagérément rembourrées, invitaient les spectateurs à s'extasier de leur dimension et à venir les tâter. Ceux qui succombaient à l'ivresse de cette célébration de la vie et de la sensualité, qui durait une journée et une nuit entières, trouvaient dans les ruelles une obscurité propice aux accouplements hâtifs.

Clarice ne supporta pas dix minutes les bousculades de cette foule en liesse.

— Je voudrais qu'on me ramène à la maison, dit-elle en se tournant vers Lucrèce. J'ai envie de vomir.

A travers les fentes de son masque en satin rose tendre, ses yeux lançaient des éclairs.

Lucrèce donna des instructions aux intendants qui leur servaient d'escorte. Jouant des coudes, ils entreprirent aussitôt de frayer un chemin aux deux femmes à travers l'insouciante marée humaine.

— Laurent espérait que tu aurais aimé le char qu'il a dessiné, dit-elle sur un ton faussement détaché.

— Cela ne fait pas partie de mes devoirs ! s'écria Clarice d'une voix perçante.

De ce jour, Lucrèce ne parla plus jamais à son fils des vertus de la patience.

Laurent devina tout de suite que l'opinion de sa mère sur Clarice s'était modifiée. Non que Lucrèce eût changé d'attitude ; elle continuait à se montrer prévenante envers Clarice et heureuse d'avoir une belle-fille. Mais quand l'un de ses proches était triste, Laurent s'en apercevait tout de suite. Sa mère n'avait pas besoin de parler ; il sentit qu'elle était déçue par Clarice et s'en voulait d'avoir choisi pour son fils une épouse auprès de laquelle il ne trouverait pas le bonheur.

Laurent savait depuis quelque temps ce que Lucrèce avait appris au carnaval. Clarice bornait sa vie à son étroite conception du devoir. En raison de sa haute naissance et parce qu'elle s'acquittait scrupuleusement de toutes ses obligations, elle se considérait supérieure aux autres. Elle se prenait pour une martyre, une de ces saintes auxquelles elle rendait un culte en plus de ses dévotions quotidiennes.

Le rituel dans le lit de sa femme était immuable. Clarice avait réussi à rendre le devoir conjugal aussi désagréable pour Laurent qu'il l'était pour elle.

Je ne me suis jamais attendu à des merveilles, se dit-il, alors à quoi bon se lamenter ! Et il n'y songea plus. Il y avait tant de choses à faire quand on aimait la vie. Les longues journées d'été donnaient des heures supplémentaires précieuses que Laurent se gardait bien de gaspiller.

Lorsque toute la ville était endormie pendant la sacro-sainte sieste de deux heures au début de l'après-midi, Laurent allait à cheval à Careggi, dans la plus proche des villas des Médicis, pour surveiller l'entraînement de ses chevaux. Son rêve le plus cher était de gagner la course du *Palio*. Trois ans plus tôt, il avait ouvert un haras. Il achetait les chevaux les plus rapides que sélectionnaient pour lui les directeurs des filiales de la banque Médicis à Rome, Venise, Naples, Milan, Pise, Anvers, Bruges, Londres, Genève, Lyon et Avignon. On lui avait même envoyé des étalons et des juments arabes de Constantinople. Les entraîneurs les faisaient se reproduire et consignaient dans leurs registres les qualités et les défauts de chaque animal, pour chercher à produire le cheval intrépide, rapide et endurant qui serait capable de remporter le *Palio*.

Le soir, Laurent se rendait dans la belle demeure de la Via de Pucci où l'attendait la sublime Lucrèce. Ensuite il rentrait chez lui pour dîner tranquillement en famille dans le jardin pendant que le jour déclinait lentement. Pierre se trouvait souvent parmi eux. Après un repas simple et paisible, Laurent aidait les serviteurs à reconduire son père dans sa chambre. Avant de devoir subir les soins pénibles qui précédaient son coucher, Pierre de Médicis mettait son fils au courant des affaires de l'Etat et lui expliquait les rouages du pouvoir afin de le préparer au rôle qui serait un jour le sien. Lorsque Pierre, trop fatigué, ne pouvait plus parler, il donnait congé à son fils. La respiration sifflante de son père résonnait encore aux oreilles de Laurent lorsqu'il accomplissait son devoir conjugal dans la chambre de Clarice.

Puis Laurent allait chercher Julien et ils partaient s'amuser. Avec une bonne épée, un flambeau et une bourse bien remplie pour payer les amendes, on pouvait se jouer de tous les dangers et du couvre-feu. Il régnait toujours une grande animation dans les tavernes. En compagnie de Gigi Pulci, les deux frères arrivaient presque à oublier que leur père se mourait et que rien ni personne ne pouvait soulager ses souffrances.

Peu après le carnaval, Andrea del Verrocchio avisa Laurent que les Della Robbia avaient terminé les décors de la villa d'Antonio de Pazzi.

— Nous irons demain, dit Laurent à Lucrèce. J'ai déjà envoyé un messager pour le prévenir de notre arrivée.

Lucrèce était inquiète.

— Antonio vit comme un ermite, il ne voudra peut-être pas vous recevoir.

— Au contraire, mamina. C'est un étrange vieillard mais l'art le passionne. Il sera ravi de montrer ses trésors. Verrocchio et Botticelli seront avec moi.

— Ah, bien, dans ce cas... J'espère que tu ne découvriras rien de fâcheux. On raconte que la jeune Ginevra vit comme une sauvage. Cela me donne du souci. Les contrats pour les fiançailles sont presque signés. Pier Francesco montre déjà des signes d'impatience. Si nous devions tout annuler, je ne sais pas comment il le prendrait.

Laurent posa un baiser sonore sur les joues de Lucrèce.

— Je veillerai à ce que tout se passe bien. Ne te fais pas de souci.

Il aurait aimé être aussi confiant que ses paroles le laissaient penser. Antonio avait la réputation d'être un homme très difficile.

Chapitre 7

Laurent s'était fait une tout autre idée de la villa La Vacchia. Le portail monumental, en fer forgé et non en bois massif, était ouvert, invitant à entrer. Par la fenêtre de leur petite maison, le gardien et sa femme jetèrent un coup d'œil curieux sur les visiteurs mais ils ne leur demandèrent rien.

Une allée sinueuse montait à travers une oliveraie jusqu'à la villa, bien assise au sommet d'une colline. C'était une maison à un étage, de dimensions modestes, sans rien de commun avec le palais grandiose de Jacopo de Pazzi à Florence. Une seule petite tour carrée s'élevait au centre du toit de tuiles rouges. Il n'y avait point de créneaux. Les grilles en fer forgé qui protégeaient les fenêtres constituaient le seul ornement.

Avec, bien sûr, la lunette en demi-cercle, au-dessus de la porte d'entrée, décorée par Della Robbia.

Laurent perçut l'émotion de Sandro Botticelli à la vue de la céramique. Elle était d'une saisissante beauté.

— Bienvenue, messieurs.

Laurent, sous le charme, n'avait même pas remarqué Antonio debout sur le pas de la porte. Le vieil homme souriait.

Laurent se hâta de descendre de cheval.

— Pardonnez-moi, messire Antonio. J'étais tellement...

— Ne t'excuse pas, Laurent. L'art est fait pour captiver le regard. Tu es bien Laurent, n'est-ce pas ? Je vois si peu de monde que je ne suis jamais sûr de me souvenir de tous les visages.

— Oui, c'est moi. Je vous suis très reconnaissant d'avoir accepté de nous recevoir. Permettez-moi de vous présenter mes amis...

Andrea et Sandro avaient également mis pied à terre.

— Ah ! mais c'est cette fripouille de Verrocchio, s'exclama Antonio. Il m'a réclamé une jolie somme pour me faire un pupitre. Mais je lui ai pardonné parce que c'était du bon travail. Vous, vous devez être Botticelli. Je m'incline devant votre génie, jeune homme.

En hommage au talent du peintre, Antonio inclina la tête.

Laurent était fasciné par le propriétaire de la villa La Vacchia. Grand et maigre, comme son frère Jacopo, Antonio avait le long nez en lame de couteau des Pazzi. Mais alors que les yeux mi-clos de Jacopo étaient vifs et soupçonneux, ceux d'Antonio, étrangement transparents, semblaient fixés sur quelque horizon intérieur. C'était un regard d'intellectuel, à mille lieues de la réalité quotidienne, songea Laurent.

Le vieil homme portait une tunique, un beau pourpoint, des hauts-de-chausses et une chemise, le tout en soie. Mais la tunique lui arrivait au mollet comme dans l'ancien temps et la soie bleue était si vieille qu'elle était mouchetée de vert. Fixée à une chaîne en or, son épée tout aussi démodée, trop longue et trop étroite, était plus un ornement qu'autre chose. Laurent réprima un sourire.

— Venez avec moi, dit Antonio. J'insiste pour que vous regardiez la lunette en dernier. Sinon vous négligerez les panneaux de l'autre côté de la maison. Par ici.

Prenant les devants d'un pas vif, il traversa une vaste entrée carrée et un salon au mobilier austère jusqu'à une porte ouverte sur un jardin clos.

— Maintenant, retournez-vous, dit le vieil homme.

L'espace compris entre les longues fenêtres du rez-de-chaussée et celles du premier étage était décoré de sept panneaux en céramique émaillée de couleurs vives représentant des scènes de l'Ancien Testament : Daniel dans la fosse aux lions ; Joseph vêtu de son manteau multicolore ; David et Goliath ; Jonas et la baleine ; les animaux montant dans l'arche de Noé ; la traversée de la mer Rouge.

— Quelle merveille ! s'écria Verrocchio. Messire Antonio, vous avez une échelle ?

— Je vais en demander une.

Antonio fit un geste à un serviteur presque aussi vieux que lui. L'homme s'en alla en clopinant et revint à une vitesse surprenante en tirant une échelle derrière lui. Botticelli courut à sa rencontre pour lui venir en aide. Puis les trois jeunes gens montèrent dessus chacun leur tour, la déplaçant d'un panneau à l'autre, pour examiner de plus près l'œuvre des Della Robbia.

Antonio écoutait en souriant les commentaires passionnés des jeunes gens. Ils tombèrent tout de suite d'accord pour déclarer que l'atelier des Della Robbia avait produit là un chef-d'œuvre. Quant à décider quel panneau était le plus beau, ils étaient très partagés, chacun réclamant des autres une attention plus soutenue pour tel ou tel détail, l'intensité d'une couleur, une composition ou un effet de perspective. Certaines de leurs observations étaient si techniques qu'Antonio dut demander des éclaircissements.

Une dispute éclata entre Botticelli et Verrocchio, en désaccord sur la meilleure façon de fournir les explications demandées.

Laurent regarda Antonio avec une certaine inquiétude. Il aurait aimé débattre la question avec ses amis, mais cela risquait d'entraîner une vive discussion qui pour quelqu'un d'extérieur ressemblerait plus à une horrible cacophonie. Il craignait qu'Antonio ne leur demande de partir avant d'avoir pu se rendre compte si ce qu'on racontait sur Ginevra était vrai. Il devait faire taire Andrea et Sandro.

Avant qu'il ait pu attirer leur attention, une autre querelle parvint à leurs oreilles. Deux hommes disputant en latin avec force gesticulations pénétrèrent dans le jardin par une petite porte dans le mur en briques.

Botticelli et Verrocchio se turent à la vue des nouveaux venus. Le plus petit des deux était un moine à l'allure chétive, perdu dans une volumineuse soutane élimée. Sa tonsure formait un disque rose et luisant au milieu de sa maigre chevelure blanche. Le second, quoique plus grand, paraissait tout aussi frêle. Ses poignets osseux dépassaient des manches de sa tunique en coton noir et ses genoux semblaient prêts à percer le haut-de-chausses en coton qui enserrait ses longues jambes maigres. Il était très blond et très jeune, sa grande bouche aussi rose que la tonsure du moine.

Leur aspect prêtait indiciblement à rire. A nous tous, songea Laurent, on pourrait croire que nous sommes en train de jouer une farce carnavalesque. Il y a le vieillard d'une autre époque, dans le rôle de l'hôte, les artistes chahuteurs, et les misérables latinistes. Laurent se demanda quel rôle il jouait.

— Mateo, Marco, dit Antonio, laissez là votre différend et venez voir nos invités.

Stoppant net leur discussion, les nouveaux arrivants s'immobilisèrent. Puis ils sourirent et se hâtèrent de rejoindre le groupe près de la villa.

Antonio fit les présentations. Fra Marco était un ami de longue date. Il résidait à la villa et disait la messe dans la petite chapelle.

— Mateo est le précepteur de ma petite-fille. Cela ne fait pas longtemps qu'il est parmi nous.

Laurent se montra enchanté de faire leur connaissance. Puis, saisissant la balle au bond, il demanda s'il pouvait voir Ginevra.

— Bien sûr, dit Antonio. Où est-elle, Mateo ?

Le précepteur cligna les yeux.

— Je n'en ai pas la moindre idée, Votre Excellence. Et vous, Fra Marco ?

Le moine secoua la tête pour indiquer sa totale ignorance.

Antonio contempla un citronnier d'un œil rêveur comme si l'enfant avait pu s'y trouver.

— Elle doit être avec votre femme, Mateo.

— Non, Votre Excellence. Emilia est partie dans sa famille à Arezzo, vous vous souvenez ?

Laurent sentit la colère le gagner. C'était donc vrai ! Antonio laissait la petite fille courir à sa guise. Que faire ? Le lui reprocher ? Non, ce serait totalement inutile. Le vieil homme vivait dans son univers. Les deux autres ne valaient pas mieux. Ils avaient l'air dans la lune, eux aussi. Ginevra pourrait se faire dévorer par des loups sans qu'ils lèvent les yeux du texte qu'ils étaient en train d'étudier. La réconciliation de son père et de son cousin allait être rendue impossible par ce trio d'intellectuels écervelés.

Antonio présentait le moine et le précepteur aux artistes. Laurent serra les dents.

Perchée tout en haut d'un arbre, Ginevra ne perdait pas une miette de la scène au-dessous d'elle.

Elle aurait répondu si on l'avait appelée, mais personne n'y avait songé. En attendant, elle pouvait profiter pleinement de la présence de Laurent et l'adorer en paix. Lorsqu'il avait demandé à la voir, elle avait voulu descendre mais ses bras s'y étaient opposés en s'agrippant de toutes leurs forces à la branche. Elle avait pu parler avec une grande liberté à Laurent, le jour de leur anniversaire, mais les choses avaient changé depuis. Elle n'était qu'une enfant, une petite fille ignorante comme le répétait son grand-père. Et les petites filles n'adressaient pas la parole à un héros.

Rien ne les empêchait néanmoins d'observer les expressions de leur héros et de les garder en mémoire en même temps que ses paroles, les intonations de sa voix et la sonorité de son rire.

— Ginevra ! tonna le petit moine fluet. Elle n'est peut-être pas très loin, ajouta-t-il en reprenant une voix normale.

Puis son regard se tourna vers les feuilles frissonnantes d'un arbre.

— Ah, la voilà ! C'est incroyable.

Laurent resta stupéfait : la petite fille dégringola de l'arbre avec l'agilité d'un singe. La peau brunie par le soleil, les pieds terreux, elle était vêtue d'une tunique de paysanne en grosse toile bise serrée à la taille par un morceau de ficelle effilochée. Ses cheveux étaient retenus dans le dos par une simple tresse parsemée de brins d'herbes, à moitié défaite.

Debout contre le tronc de l'arbre, elle levait vers Laurent de grands yeux bruns qui paraissaient immenses dans son visage hâlé.

— Une vraie *contadina*, murmura Laurent.

Une vraie petite paysanne : c'est ce que Pier Francesco aurait pensé. Laurent était au désespoir.

Ginevra prit la remarque de Laurent comme un rappel affectueux de l'anniversaire qu'ils avaient fêté ensemble et elle se mit à rire, d'un rire argentin, libre et joyeux.

— Bonjour, Laurent, dit-elle en latin.

Laurent sentit sa curiosité s'éveiller. Il regarda Antonio et, passant outre l'air sévère du vieil homme, demanda :

— M'autorisez-vous à faire une promenade en compagnie de votre petite-fille, Votre Excellence ?

— Volontiers, si tu n'as pas peur d'être contaminé. Elle est d'une saleté repoussante.

Laurent conduisit l'enfant au bout du jardin où ils s'assirent sur un banc de pierre et se mirent à bavarder. Laurent découvrit tout de suite que le latin de Ginevra était très limité, mais qu'elle parlait parfaitement l'italien. Et elle n'avait pas oublié le dialecte des paysans.

Répondant à ses questions sans détour, elle lui brossa un tableau détaillé de sa nouvelle vie auprès d'Antonio. A La Vacchia, on mettait les études au-dessus de tout. A l'aurore, elle prenait un petit déjeuner composé de lait et de pain, puis elle travaillait avec son précepteur jusqu'à midi. L'après-midi, pendant que Mateo enseignait le grec à Antonio et à Fra Marco, Ginevra allait dans une des fermes situées sur les terres d'Antonio. Elle jouait avec les enfants et aidait aux travaux des champs. Lorsque le soleil était bas sur l'horizon, elle rentrait à la villa, prenait un bain et mettait des vêtements propres. Puis elle dînait avec les adultes et continuait à s'instruire en les écoutant parler.

— Et tu te plais ici, ma *contadina*, ma petite paysanne ? demanda Laurent.

— Oh oui, énormément !

Ses yeux brillaient et la fougue avec laquelle elle avait répondu rosissait ses joues hâlées.

— Tu veux que je te raconte quelque chose, Laurent ?

— Volontiers, répondit-il en dissimulant son amusement.

— Eh bien, quand Mateo m'explique une règle de grammaire ou la composition d'un poème, j'ai parfois du mal à saisir la leçon. Une fois seule, je tourne plusieurs fois ce qu'il a dit dans ma tête et à force, je commence à y voir un peu plus clair. Je repense à ce que j'ai appris la veille ou l'avant-veille ou à ce que j'ai entendu à table et tout à coup — pof ! — ça y est, je comprends. Je trouve ça magique.

Laurent considéra l'expression ardente de la petite fille,

son visage sale. Quel phénomène étrange d'éprouver du respect pour une enfant. Ginevra venait de décrire une expérience qu'il avait vécue des centaines de fois. Pour lui aussi, la compréhension était toujours un moment magique.

Mais l'érudition ne suffirait pas à conclure des fiançailles. Ginevra devait apprendre à se conduire en société.

— Qui est la femme de Mateo ? demanda-t-il. Te donne-t-elle aussi des leçons ?

— Emilia ? Oh non, pas du tout. Elle est ignorante comme une carpe. Elle me lave les cheveux et lace ma robe, c'est tout. Parce qu'à la maison, je porte de vrais vêtements. Ceux-ci, je les mets pour travailler dans les champs.

— Je vois. Aimes-tu autant la vie de la ferme que tes leçons ?

— Plus parfois. C'est tellement passionnant. Si on plante des graines et qu'on en prend soin, Dieu nous récompense. On peut les voir pousser. Et on peut voir grandir les animaux. Dans notre ferme, il y a cinq poussins. Je les ai vus sortir de leur coquille. J'y vais souvent. Il y a une fille de mon âge. Sa mère est merveilleuse. Elle m'appelle sa petite orpheline. Je partage leur repas parce qu'on ne mange pas assez à la villa. Grand-père dit qu'un estomac plein émousse l'esprit.

Laurent était pris dans un dilemme. Ginevra menait une vie totalement inadéquate pour une jeune fille de sa condition. Il fallait absolument remédier à cet état de choses. Pourtant il aurait préféré ne pas avoir à l'arracher à cette vie paradisiaque. Laurent, qui avait toujours aimé la campagne et ne se lassait jamais d'apprendre, enviait cette enfant qui pouvait profiter de la nature tout en s'instruisant.

A quoi bon sermonner Antonio ! Le vieil homme se sentirait offensé et oublierait probablement toutes les recommandations dès qu'il serait retourné à ses livres. Laurent se creusait la tête pour trouver une solution.

Ce fut Ginevra qui la lui donna.

— Laurent, est-ce que tu as vu Bianca ? Est-ce que son bébé a beaucoup grandi ? Je suis heureuse de ne plus habiter là-bas, mais Bernardo me manque. Son anniversaire tombe le même jour que nous, tu te souviens ?

Laurent sourit.

— Oui. Je vais m'arranger pour que tu puisses le voir. Je parlerai à Bianca dès demain.

— Vraiment ? Oh, merci, Laurent.

— Je suis heureux de faire cela pour toi, ma petite paysanne, dit-il.

Il était plus qu'heureux. Bianca allait apprendre à Ginevra les bonnes manières. Elle a des filles, elle saura comment s'y prendre, songea-t-il. Il était perdu dans ses réflexions, soulagé d'avoir trouvé une solution. Il en oublia la petite fille assise près de lui.

Ginevra l'observait, muette d'admiration. J'aurais dû me douter que Laurent arrangerait tout, se dit-elle. Il peut tout faire. Quelle chance d'avoir parlé de Bernardo. Il suffisait de demander... Et si je parlais de cette autre chose que j'aimerais tant... ? Est-ce qu'il ferait ça, aussi... ? Est-ce qu'il se fâcherait... ?

Un sourire satisfait se dessina sur les lèvres de Laurent.

Je vais le lui demander, décida Ginevra. Tremblante, elle se lança :

— Pourrais-tu aussi parler à grand-père, Laurent ?

La question tira Laurent de sa rêverie.

— Hein ? Parler à ton grand-père ? De quoi donc ? demanda-t-il en fronçant les sourcils.

Ginevra tressaillit. Elle aurait mieux fait de se taire mais maintenant il était trop tard pour reculer.

— D'un cheval, bredouilla-t-elle d'une voix chevrotante. J'aimerais tant avoir un cheval. Grand-père ne veut pas me laisser monter le sien et Fra Marco n'a qu'un âne. Mateo a tellement peur des chevaux qu'il se déplace dans une charrette tirée par une grosse mule.

Laurent était ennuyé mais la frayeur de la fillette visible à sa brusque pâleur le toucha. C'était vraiment une petite orpheline.

— Ce ne serait pas correct de ma part d'en parler à ton grand-père, répondit-il. Il est plus âgé que moi. Ce n'est pas à moi de lui dire ce qu'il doit faire pour toi.

Laurent se rappela les projets de fiançailles qui l'occupaient. Force lui fut de reconnaître que dans ce cas précis, il ne demandait pas à Antonio son avis. Comme nous sommes hypocrites avec les enfants, se dit-il.

— Pourquoi ris-tu, Laurent ?

— Parce que je suis content. Je peux te promettre une chose, ma petite paysanne. Le jour viendra où tu auras un cheval. Est-ce que cela te satisfait pour le moment ?

Le visage de Ginevra s'éclaira.

— Oh, oui ! dit-elle.

— Bien. Maintenant, je dois rejoindre mes amis. Aide-moi à les retrouver.

Verrocchio et Botticelli étaient en train d'admirer la lunette au-dessus de la porte d'entrée.

— A mon tour de monter sur cette échelle, coquins, cria Laurent.

Après un examen minutieux, il fit glisser respectueusement ses doigts sur le modelé de la faïence en suivant la voussure harmonieuse de l'arche supérieure et les courbes puissantes des ailes des anges. Puis il descendit de l'échelle, s'éloigna du mur et leva la tête.

A l'intérieur du demi-cercle bleu, deux anges aux ailes dorées encadraient le Christ vêtu d'une longue tunique verte. D'une main, Il tenait un livre ouvert à une page sur laquelle on pouvait lire les lettres alpha et omega. Son autre main était levée, les doigts légèrement recourbés. Laurent eut l'impression que le ciel lui accordait sa bénédiction.

— Tu dois avoir perdu la raison, Laurent. Si je reprenais Ginevra à la maison, les bonnes ne me le pardonneraient jamais.

Bianca était calme, comme à son habitude, mais on voyait à son menton décidé qu'elle n'avait pas l'intention de céder.

Laurent tombait des nues. Il avait toujours été plus proche de Bianca que de ses deux autres sœurs et il pensait bien la connaître. Cette résistance inattendue dévoilait un trait de son caractère qu'il ne soupçonnait pas. Il aurait voulu la saisir par les épaules et la secouer comme un prunier. Sagement, il opta pour la persuasion.

— Ma sœur adorée...

Bianca éclata de rire.

— Non, cela ne prendra pas, mon cher frère.

Laurent leva les bras au ciel.

— Bianca, il faut absolument que tu m'aides. La

situation est désespérée. Tout ce que je te demande, c'est de donner à cette enfant des manières décentes pour la cérémonie des fiançailles.

Sa curiosité soudain éveillée, Bianca ouvrit des yeux ronds.

— Quelles fiançailles ? demanda-t-elle. Tout le monde se demande qui sera l'heureux élu.

— Tu n'es donc pas au courant ? Elle va épouser le fils de Pier Francesco, mon filleul, Laurent.

— Notre cousin ? Mais c'est magnifique ! Elle a une dot fabuleuse. Lorsque Antonio mourra...

Bianca se rembrunit.

— Mais cette enfant est une abomination, Laurent. Nous ne pouvons pas la laisser devenir une Médicis. Elle va déshonorer notre famille. A moins qu'on lui apprenne à se tenir convenablement.

Laurent attendit que sa sœur décide elle-même de faire ce qu'il espérait d'elle.

— Eh bien, soit. J'enverrai un mot demain à Antonio, dit Bianca.

— Tu es un ange.

Laurent embrassa sa sœur.

— Pendant un moment, tu m'as fait très peur. Je ne te reconnaissais plus. J'étais sûr qu'Elmo t'avait parlé des fiançailles.

Bianca lui rendit son baiser.

— Comme tu es jeune, Laurent. Elmo ne me dit jamais rien. Tu n'es pas marié depuis assez longtemps pour le savoir mais les hommes et les femmes vivent dans deux univers séparés. Les maris et leurs épouses se voient uniquement pour faire des enfants et se rendre à des réceptions. Tu verras.

Laurent se sentit mieux en entendant Bianca accepter avec philosophie le sort des femmes mariées. Il n'avait pas besoin de se sentir responsable du bonheur de Clarice. Les femmes menaient leur vie de leur côté.

Lorsqu'il quitta le palais Pazzi, Laurent examina le ciel et la position des ombres pour se faire une idée de l'heure. S'il se dépêchait, il avait encore le temps de passer chez sa maîtresse avant de rentrer. Il avait envoyé un mot à Lucrèce

Donati pour lui annoncer sa venue et il ne voulait pas la décevoir. Il s'engagea dans la rue au pas de course.

Pour éviter à Lucrèce de se sentir délaissée et de s'inquiéter pour son avenir, une fois qu'il serait marié, Laurent avait pris la décision de continuer à la voir régulièrement. Mais il s'avéra que ses visites servaient davantage à le rassurer, lui. Avant Clarice, Laurent avait toujours eu beaucoup de succès auprès des femmes. La sexualité sans joie dont il faisait l'expérience dans le mariage lui donnait l'impression d'être une brute épaisse. La maison de la Via de Pucci était devenue une oasis où il puisait un regain de jeunesse et d'énergie. Sans cesser de courir, il composa un poème pour la femme de son cœur.

Chapitre 8

Les fiançailles de Laurent di Pier Francesco de Médicis et de Ginevra de Pazzi furent célébrées le 10 octobre. Selon la coutume, la cérémonie se déroula dans la famille de la fiancée, en l'absence du futur marié. Ce fut Laurent de Médicis qui représenta son jeune cousin, puis son père, Pierre de Médicis, lors de la signature du contrat.

Bianca avait accompli des prodiges : la conduite de Ginevra fut exemplaire tout le temps que durèrent les formalités, les signatures et l'attestation des documents. Lorsqu'on l'appela, elle fit un pas en avant et attendit sagement, les yeux baissés.

Elle avait un petit air réfléchi tout à fait irrésistible. Plusieurs couches de poudre dissimulaient son hâle et lui donnaient un teint de porcelaine. Des rangs de perles fines ornaient ses cheveux châtain clair rendus lumineux et brillants par plusieurs rinçages aux herbes et une longue séance de brossage. Bianca n'avait rien négligé pour que Ginevra fasse honneur aux Pazzi. Leurs couleurs étant le bleu et l'or, elle portait une *gamurra* en soie jaune damassée et une *cioppa* en laine d'un bleu soutenu. La manche gauche de sa *cioppa* était enrichie de deux dauphins brodés en fil d'or. On distinguait chacune de leurs écailles ; leurs yeux étaient des saphirs et leur langue de minuscules rubis. Des fils d'argent dessinaient leurs dents pointues. C'était le blason des Pazzi.

Ginevra ayant tendu la main comme on le lui demandait, Laurent fit glisser la bague de fiançailles le long du pouce de la petite fille et l'y maintint quelques instants. La bague était un rubis rond sur lequel étaient gravées les armoiries des Médicis : six balles de fer sur un bouclier. En cet instant solennel, Laurent se retint de sourire : la main non poudrée de Ginevra était aussi brune qu'une châtaigne.

La petite fille leva les yeux vers le jeune homme et sourit. Laurent dut faire appel à toute sa volonté pour ne pas éclater de rire. Ses dents de lait étaient tombées, découvrant au milieu de son sourire une rangée de gencives rose vif.

Laurent retira la bague et la tendit au notaire qui attendait de l'ajouter à la dot. Ginevra fit une révérence à chacun des adultes présents, puis elle s'approcha de Pier Francesco, s'agenouilla et lui embrassa la main en témoignage de soumission filiale. Bianca retenait sa respiration. Pier Francesco embrassa le sommet de la tête penchée de Ginevra.

La petite fille se leva, se retourna lentement et sortit de la pièce, la tête et le dos droits. Bianca laissa échapper un soupir de soulagement. Ginevra avait tenu son rôle à la perfection.

Des serviteurs apportèrent des plateaux croulant sous des coupes en or remplies de vin et des plats en argent débordant de petits gâteaux. Les formalités accomplies, l'heure était à la détente. On porta des toasts en se félicitant mutuellement. La famille Pazzi était réunie au grand complet. Il y avait là Jacopo au sourire aussi féroce que celui des dauphins sur les armoiries des Pazzi ; Antonio, l'esprit ailleurs ; leur jeune frère Andrea avec ses six fils ; Elmo et ses jeunes frères, Giovanni et Francesco. Les femmes, qui formaient un groupe à part dans un coin de la pièce, parlaient de leurs enfants. Les hommes s'entretenaient de la chasse.

Laurent attira l'attention de sa sœur et lui fit un clin d'œil. Bianca éclata de rire puis elle raconta tout bas aux femmes qui l'entouraient le tour de force qu'elle avait accompli pour rendre Ginevra présentable.

Après la cérémonie, Laurent et Pier Francesco repartirent ensemble en emportant chacun un coffret en or frappé aux armes des Pazzi, contenant les traditionnelles friandises.

Pier Francesco suivit Laurent à l'intérieur du palais Médicis.

— Je vais voir ton père, dit-il.

Pier Francesco venait fréquemment rendre visite à Pierre. Il restait peu de temps pour rattraper les années de désunion. Pierre perdait chaque jour des forces.

Lucrèce de Médicis accueillit les deux hommes en haut de l'escalier. Laurent répondit à sa question muette par un sourire rassurant. Tout s'était bien passé.

— Avez-vous des friandises... ? Parfait. Ici aussi, nous avons quelque chose à fêter. Clarice vient de m'annoncer qu'elle est enceinte. Ce sera une grande joie pour Pierre. C'était son vœu le plus cher. Toutes mes félicitations, mon fils.

Laurent poussa des cris de joie, sauta en l'air, souleva sa mère dans ses bras et la fit tournoyer. Cosme avait fait remarquer un jour tristement que le palais Médicis était trop vaste pour une si petite famille. Laurent s'était rappelé ses paroles en voyant les fils robustes des Pazzi et leurs femmes bavardes et enjouées. Mais bientôt une vie nouvelle égaierait la grande demeure. Laurent se sentit plus heureux qu'il ne l'avait jamais été.

Je savais bien que ma petite paysanne nous porterait chance, pensa-t-il. Le lendemain, il se rendit à son haras où il choisit le plus beau des yearlings.

— Dressez-le bien, dit-il. Je veux qu'il soit très doux. Puis vous l'apporterez de ma part à ma jeune amie de la villa La Vacchia.

— Laurent...

Le jeune homme avait approché son oreille des lèvres de son père pour entendre ce qu'il disait.

— Mon fils, je t'aime tant. Je voudrais t'épargner le fardeau qui va retomber sur tes épaules quand je ne serai plus là. Je voudrais vivre pour le porter plus longtemps mais, hélas, c'est impossible.

— Père, ne parle pas ainsi. Ce n'est qu'une mauvaise passe. Tu vas te remettre.

— Nous n'avons pas le temps de nous mentir, Laurent. Ecoute-moi...

— Oui...

— Prends soin de ton frère. Tu dois être un père pour lui comme tu le seras pour ton fils.

— Je te le promets.

Pierre respirait avec difficulté. Laurent ne pouvait lui être d'aucune aide. Il savait qu'en le touchant, il ne ferait qu'accroître les douleurs de son père. Il était blême et plus fragile que du verre. Il toussa faiblement. Des larmes montèrent à ses yeux presque transparents. Le raclement au fond de sa gorge cessa.

— Tommaso Soderini... peut t'aider à gouverner... murmura-t-il. Ta mère... saura te donner de sages conseils... tu m'entends ?

— Oui, je t'entends, père. Je suivrai tes conseils.

Le visage ravagé de Pierre fut pris d'horribles convulsions. Puis ses traits se relâchèrent. Sous le regard de Laurent, les rides profondes autour de la bouche et des yeux s'atténuèrent, le visage marqué retrouva sa douceur. Pierre avait glissé dans le coma.

Il s'éteignit trois jours plus tard, le 3 décembre 1469.

Le 5 décembre, il fut enterré dans la sacristie de l'église San Lorenzo, non loin de la tombe de Cosme.

Cette nuit-là, Laurent ne dormit pas. Il savait ce qu'on attendait de lui et ce qui allait se passer le lendemain ou le surlendemain. On allait lui demander de protéger la cité et l'Etat et de devenir le chef de la République. Pendant plusieurs heures, il arpenta son bureau dans une agitation fébrile où s'épuisaient son esprit et son cœur.

— C'est trop tôt, dit-il tout haut. Je ne suis pas prêt.

Et il ajouta :

— Ce n'est pas juste. Pierre avait quarante-sept ans quand cette charge lui est incombée. Je n'ai même pas vingt et un ans.

Il lui sembla voir ricaner les profils des hommes d'Etat sur les médaillons antiques dont il faisait collection. Il crut les entendre dire : « Est-ce bien toi qui faisais le fanfaron sur la tombe de Cosme ? »

L'envie lui prit de les jeter par terre et de les piétiner.

Furieux, il marcha jusqu'à la vitrine, ouvrit la porte et... un fou rire le prit. Laurent, se dit-il, si la Seigneurie apprend que tu entends des voix au milieu de la nuit, tu n'auras plus besoin de te demander ce que tu dois faire. Ah, mais voici l'aube. La nuit est finie.

Il traversa une nouvelle fois la pièce, lentement cette fois, et s'arrêta devant la fenêtre. Sa nervosité était retombée. Il regarda le soleil se lever sur Florence.

Pourquoi se conduisait-il comme un enfant ? Pourquoi cherchait-il à se mentir à lui-même ?

Il sourit à sa belle cité.

— Comment pourrais-je refuser de devenir le chef de la République florentine, dit-il tout haut. Les obligations, la gloire, les triomphes, les échecs, je veux tout. Les risques et les dangers aussi. Je prends tout. Je tiendrai la promesse que j'ai faite à Cosme. Je t'aimerai, Florence, je te protégerai et je te guiderai. Je te ferai mienne.

La délégation arriva dans l'après-midi. Tommaso Soderini présenta ses condoléances à Laurent au nom du gouvernement et lui demanda solennellement d'assumer la protection de l'Etat.

Laurent répondit par un discours aussi brillant que celui de Soderini. Il remercia le gouvernement de ses témoignages de sympathie à l'occasion du décès de son père et de l'honneur qu'on lui faisait en lui proposant la charge de l'Etat. Il déclara que servir la République était un privilège et son désir le plus cher.

A une condition.

Les membres de la Seigneurie avaient prévu la réponse de Laurent, mais ils ne s'attendaient pas à ce coup de théâtre.

Laurent insista pour que son frère soit considéré comme son égal. Il y eut un long moment de silence.

Puis Soderini accepta au nom des citoyens de Florence.

Laurent avait éprouvé sa force. Il avait gagné.

1470-1471

Chapitre 9

Très vite, la force de caractère de Laurent fut de nouveau mise à l'épreuve. Une poignée d'aristocrates florentins bannis engagèrent une armée de mercenaires et attaquèrent Prato, petite ville de Toscane située à une trentaine de kilomètres de Florence. Ils croyaient qu'ils pourraient ensuite s'emparer facilement de Florence gouvernée par un jeune homme inexpérimenté.

Mais les habitants de Prato ne se joignirent pas aux rebelles et ils écrasèrent facilement leur armée. Florence apprit la nouvelle du soulèvement une fois le péril conjuré.

Laurent exulta. Il n'ignorait pas que les nobles en exil étaient toujours en train de conspirer et constituaient une menace pour la paix. Comme toutes les grandes familles, les Médicis avaient des informateurs un peu partout en Europe qui leur envoyaient des rapports réguliers sur toutes les activités subversives. Après une défaite aussi écrasante, les dissidents ne referaient pas parler d'eux avant longtemps. C'était un souci de moins pour Laurent.

Mais son plus grand motif de satisfaction était que les habitants de Prato soient demeurés fidèles à Florence. On lui avait demandé de défendre l'Etat. Dans son esprit, cela signifiait avant tout servir le peuple.

Désireux de se rendre disponible pour écouter les petites gens, Laurent se promenait plus souvent que jamais dans les rues de Florence, montrant qu'il prenait leurs intérêts à cœur et préférait leur compagnie à celle des conseillers, des législateurs et des bureaucrates avec lesquels il était obligé dorénavant de passer de longues heures.

Il écoutait avec la même patience les centaines de Florentins qui venaient au palais quémander son aide pour trouver du travail, obtenir de l'avancement ou payer moins de taxes. Face au surcroît de travail que lui valaient ses nouvelles responsabilités, il n'avait fait qu'une concession : s'attacher les services d'un secrétaire, car il ne pouvait plus répondre lui-même à toutes les lettres.

— Mon fils, tu ne vivras pas douze mois si tu continues à ce rythme, lui dit Lucrèce, anxieuse.

Laurent éclata de rire et l'embrassa.

— Mais si, tu verras. Je ne me suis jamais senti aussi bien. J'ai besoin d'être occupé.

Julien aussi s'inquiétait pour son frère. Le jeune adolescent, qui faisait partie de la bande accompagnant Laurent dans presque toutes ses activités de loisir, était bien placé pour savoir que son frère ne prenait presque jamais de repos. Ils allaient voir travailler leurs amis peintres ou sculpteurs ; chassaient dans les bois autour des villas Médicis ; chevauchaient jusqu'à Pise, à deux jours de route, à la recherche d'un gibier plus rare. Ils visitaient leurs fermes ; imaginaient des chars et de nouveaux spectacles pour le prochain carnaval ; applaudissaient dans les tavernes les dernières ballades de Luigi Pulci ; jouaient au *calcio* sur la Piazza Santa Croce. Laurent exhortait aussi Julien à s'intéresser aux affaires de l'Etat mais le cadet ne voulait rien entendre.

— J'ai déjà du mal à te suivre. Si j'en faisais plus, ce serait ma mort assurée. Pourquoi ne pas diminuer un peu tes activités, Laurent ?

— Mais c'est ce que je fais, répondit Laurent, les yeux pétillants de malice. Tu n'as pas remarqué que l'autre jour à Pise, j'ai laissé passer l'occasion de consoler la jolie petite veuve qui en aurait eu tant besoin ? Et je vois moins souvent Lucrèce. Je me demande si la Seigneurie est capable d'apprécier les grands sacrifices que je fais pour l'Etat.

Julien pouffa.

— Ils sont si vieux qu'ils ne peuvent pas se souvenir de la valeur de tes sacrifices.

Laurent sourit. Pour avoir souvent entendu les membres de la Seigneurie débiter à table des histoires à faire rougir les dames, il savait que Julien avait une fausse idée de ces illustres personnages.

Leurs propos n'étaient pas moins salés que ceux qui avaient cours à sa table. Désormais Laurent ne prenait que rarement ses repas avec les femmes. Quand il était au palais, il tenait table ouverte afin de continuer à voir ses amis, qui pouvaient venir à n'importe quelle heure, accompagnés de gens spirituels ou talentueux. Des rires sonores s'échappaient des fenêtres éclairées et résonnaient souvent dans la rue sombre jusqu'aux premières lueurs du jour.

Au début du mois de juin, Clarice donna naissance à un beau bébé. Laurent s'extasia devant la petite créature toute rouge, qui criait à pleins poumons. Il insista pour qu'on l'appelle Lucrèce, le prénom féminin le plus cher à son cœur.

Julien le taquina.

— Tu es un petit malin, mon frère. Maintenant ta maîtresse ne pourra plus se sentir négligée et notre mère n'osera plus te reprocher de transformer le palais en taverne.

— Tout comme elle ferme les yeux sur tes défauts, rétorqua Laurent. Maintenant que j'ai un enfant, je comprends mieux pourquoi. Par une sorte d'alchimie, on est en admiration devant une peau violacée, et une oreille minuscule devient une œuvre d'art.

A vrai dire, Laurent était plus heureux qu'à l'époque où il menait une vie insouciante. Il était fier de participer aux décisions du gouvernement, même si l'air condescendant des conseillers l'agaçait. Le faste et le cérémonial diplomatique déployés lors des visites d'ambassadeurs ou de hauts dignitaires lui plaisaient. Il éprouvait une grande satisfaction à donner des offices à des gens méritants et aimait plus encore proposer des postes à un certain nombre de personnes qui n'avaient d'autres mérites que leurs talents de musicien ou de poète.

Laurent aimait le pouvoir.

Mais il veillait à ne pas en abuser. Florence, sa population et sa législation républicaine gardaient la première place dans son cœur. Cosme restait son idéal.

Laurent voulait lui aussi mériter le titre de Père de la Patrie.

Le jour de ses vingt-deux ans, il retourna sur la tombe de Cosme.

— Je crois que tu peux être content de moi, grand-père. Je fais tout ce qu'on me demande et même davantage pour servir la République. J'ai une fille qui met de la vie dans le palais et dans sept mois, j'aurai un deuxième enfant. Savoir que Florence me rend l'attachement que je lui voue est mon plus grand bonheur.

Dans le silence et la pénombre de la grande église, Laurent, le cœur plein de gratitude, se sentait en paix. Il pria une heure à genoux.

Aucun présage ne vint le mettre en garde contre les épreuves qui l'attendaient.

Deux mois plus tard, Laurent reçut Galeazzo Sforza, duc de Milan, l'allié le plus puissant de Florence. Sforza, conscient de son importance, se montra un hôte difficile et extravagant. Une suite immense composait le cortège du duc, accompagné de la duchesse et de ses filles : outre les dames d'honneur, on comptait cinq cents fantassins, cent cavaliers, cinquante valets, une fanfare de trompettes et de tambours, des équipages de chasse comprenant des fauconniers et une meute de chiens. Laurent dut nourrir tous ces gens, les loger et les distraire à ses frais, pendant toute une semaine. Secondé par son frère, il organisa une série de spectacles qui stupéfièrent les Milanais pourtant réputés pour être des gens blasés.

Clarice prit part aux réjouissances avec un entrain inhabituel. Même pour une femme issue de l'une des plus grandes familles de Rome, être l'hôtesse d'un puissant chef d'Etat était un grand honneur. Etre l'épouse de Laurent de Médicis procurait des avantages que Clarice commençait à apprécier. De même qu'on faisait la queue dans la cour du palais pour avoir une entrevue avec son mari, elle était fréquemment sollicitée par des gens qui la traitaient avec déférence et la suppliaient d'user de son influence auprès de son mari. Clarice était ravie d'être respectée comme elle le méritait.

Elle devint sincèrement attachée à son mari et si elle ne trouvait aucun plaisir à ses visites régulières le soir, du moins le recevait-elle sans répulsion. De plus, ses grossesses faciles lui donnaient de l'assurance. Avoir des enfants était le premier devoir d'une femme.

Le cinquième jour de la visite du duc, une tragédie interrompit brutalement le cours des festivités. L'église Santo Spirito prit feu pendant le déroulement d'une pièce sacrée. Des centaines de personnes périrent ou furent gravement brûlées dans l'incendie qui s'ensuivit ou piétinées par la foule éperdue cherchant à s'enfuir.

Les Florentins virent dans ce drame un signe de la colère divine contre ces impies de Milanais qui festoyaient du matin au soir pendant le carême.

Même Clarice prit peur. Elle passa des heures entières à prier chaque jour dans la petite chapelle du palais avec le chapelain des Médicis.

Laurent, dont le sens de la diplomatie était un des meilleurs garants de la République, n'en négligea pas pour autant ses devoirs envers ses hôtes afin que Galeazzo garde un bon souvenir de sa semaine à Florence. A quinze ans, lors de sa première mission diplomatique à Milan, Laurent s'était lié d'amitié avec Galeazzo et sa sœur, Ippolita, fiancée à Alphonse d'Aragon, héritier du roi Ferrante de Naples. Le frère d'Alphonse se trouvant à Milan pour représenter le fiancé lors de la cérémonie des fiançailles, Laurent était devenu un intime de la famille du roi Ferrante. Ces amitiés renforçaient les alliances entre Milan et Naples dont dépendait la sécurité de Florence.

Quand le séjour du duc de Milan toucha à sa fin, Laurent se montra enjoué et uniquement soucieux de distraire ses hôtes.

Mais dès que l'immense cortège se fut ébranlé, le comportement de Laurent changea du tout au tout. Il nomma une commission chargée de porter assistance aux victimes de l'incendie de l'église Santo Spirito — paroisse fréquentée par les habitants les plus pauvres de Florence, employés dans les manufactures lainières.

Laurent, qui avait été profondément affecté par la catastrophe de Santo Spirito, sombra dans une profonde mélancolie lorsque Clarice, dix jours après le départ du duc de Milan et de sa suite, fit une fausse couche. Pour la première fois de sa vie, il n'arrivait pas à se concentrer et n'avait pas le cœur à travailler.

— Telle est la volonté de Dieu, déclara Clarice en repoussant les paroles de compassion de son mari. C'est un châtiment mérité, après les blasphèmes des Milanais.

Lucrèce de Médicis serra dans ses bras son fils en larmes. Puis elle lui conseilla de sortir.

— Va te promener dans Florence, dit-elle. Laisse le peuple partager ta douleur et panser les blessures de ton cœur.

Laurent obéit à sa mère et découvrit qu'elle avait raison. Partout où il allait, il trouvait sollicitude et compassion. Sur le marché, c'était à qui lui offrirait une aile de poulet, un morceau de fromage, une coupe de vin ou un gâteau au safran. La sympathie des Florentins était générale et se manifestait par des présents et des larmes. On lui ouvrait un chemin dans les rues pleines de monde pour faciliter sa progression. Tout en avançant d'un pas hésitant parmi ses concitoyens, Laurent sentait tous les regards tournés vers lui et entendait des sanglots étouffés. La part que tous prenaient à son chagrin eut pour effet d'en diminuer l'intensité.

Lorsqu'il rentra au palais à la nuit tombante, son regard était encore triste mais dénué d'amertume. Il s'agenouilla à côté du fauteuil de Lucrèce, lui prit les mains et les retournant, posa un baiser au creux de ses paumes.

— Merci pour tes sages conseils, mamina.

Lucrèce appuya légèrement sa joue contre la tête penchée de son fils.

— Julien, je vais chez Verrocchio afin de commencer les plans du char pour le prochain carnaval. Remue ta carcasse, paresseux, je t'attends.

— Ma carcasse est déjà promise à une partie de *calcio*. Pourquoi ne viens-tu pas plutôt avec moi ?

Laurent refusa. Il ne se sentait pas d'humeur à donner des coups et à en recevoir. Il avait plutôt besoin d'une activité créatrice. Et il avait une idée qu'il fallait traduire sur le papier pendant qu'elle était encore fraîche.

L'atelier d'Andrea del Verrocchio était situé non loin des rives de l'Arno. Une brise légère qui courait sur l'eau apporta à ses narines l'odeur des champs fraîchement labourés sur les collines alentour. En sentant le printemps tout proche, il se rappela soudain que la fête de l'Annonciation, qui coïncidait avec le début de la nouvelle année, était seulement dans quelques jours. Laurent se mit à marcher d'un pas et d'un cœur plus légers.

En tournant dans la ruelle où se trouvait l'atelier, il se cogna contre un jeune homme aussi grand que maigre.

— Excusez-moi, dit Laurent. J'espère que je ne vous ai pas fait mal ?

Sa victime secoua la tête.

— Non, non, Votre Excellence. Je ne regardais pas où j'allais, c'est ma faute, dit-il en lissant de ses longs doigts son manteau noir.

Laurent le dévisagea. Les traits du jeune homme lui étaient familiers mais il n'arrivait pas à mettre un nom dessus. Puis il vit les longues jambes d'échassier flottant dans leurs bas noirs et cela lui revint. C'était Mateo, le précepteur de la petite-fille d'Antonio de Pazzi.

— Comment va messire Antonio, Mateo ?

— Très bien, Votre Excellence.

— Et Ginevra ? Elle fait des progrès ?

Mateo eut un sourire.

— Avec moi, oui, répondit-il. Mais avec son professeur de musique, c'est une autre histoire. C'est l'heure de sa leçon, justement.

A cet instant, une exclamation affligée s'échappa de l'atelier de Verrocchio. C'était une voix d'homme.

— C'est son professeur ? s'enquit Laurent.

Le précepteur hocha la tête.

— C'est toujours la même chose, expliqua-t-il. Je fais les cent pas dans la ruelle en récitant à haute voix pour ne pas être obligé d'entendre.

Laurent éclata de rire, puis il se glissa sans bruit dans l'atelier mal éclairé de Verrocchio. Caché parmi les ombres, il regarda dans la direction d'où venait la musique et découvrant celui qui jouait du luth, il resta planté là, bouche bée. Avec ses magnifiques cheveux blonds qui encadraient son visage d'une beauté très pure et flamboyaient dans le halo d'une fenêtre, le jeune maître de musique ressemblait moins à un homme en chair et en os qu'à l'idéal de la beauté masculine sculptée dans le marbre.

— Je n'en revenais pas non plus, dit tout bas Andrea del Verrocchio en surgissant des ténèbres. C'est un nouvel apprenti. Il est aussi doué que beau, je trouve ça terriblement injuste. Il n'a qu'un défaut : il manque de discipline. Il veut toujours entreprendre quelque chose de nouveau.

— C'est un bon musicien ?

— Excellent. Mais avec la petite Pazzi, il a du fil à retordre. Regarde. C'est ma distraction hebdomadaire.

L'apprenti joua une note qu'il chanta.

— Tu m'entends ? dit-il à Ginevra. L'instrument et ma voix produisent le même son.

Il répéta l'exercice.

— La... La... La... Maintenant, je chante... La... La... La... Tu entends ? Bien. Maintenant, joue cette note et chante en même temps.

— La... La... La...

— ASSEZ !

L'ordre était un cri de douleur. Le jeune musicien se bouchait les oreilles.

— C'est épouvantable, grogna-t-il.

Se redressant, il saisit la tête de Ginevra dans ses mains.

— Ouvre la bouche toute grande.

Il regarda au fond de la gorge de Ginevra, palpa son cou, essaya de voir à l'intérieur de son oreille.

Découragé, il laissa retomber ses mains et secoua lentement la tête.

— Je n'y comprends rien, dit-il en soupirant.

La voix de fausset de Ginevra était une énigme et comme toutes les énigmes, elle le passionnait. Chaque semaine, il croyait avoir la solution, mais chaque fois, il essuyait un nouvel échec.

Ginevra exhala à son tour un soupir.

— Moi non plus, je ne comprends pas, dit-elle. J'entends l'air dans ma tête. Puis je joue ce que j'entends sur le luth et tu me dis que c'est bien. Mais dès que je chante ce que j'entends, tu te mets en colère et tu recommences avec les « la... la... la... » et je dois encore ouvrir la bouche. C'est le même air quand je joue et quand je chante. Tu es sûr de ne pas te tromper ?

— Sûr et certain. Bon, essayons encore une fois.

— Attends, dit Verrocchio en tirant Laurent à la lumière. Je veux éviter à mon ami de souffrir avec nous.

En voyant Andrea et Laurent, le maître et l'élève se levèrent.

— Laurent, je te présente Léonard de Vinci. Léonard, tu seras soulagé d'apprendre que Laurent n'a pas besoin de leçons.

Laurent s'esclaffa. Tout le monde savait qu'il chantait aussi faux que Ginevra. Il regarda attentivement la petite fille ; elle avait tellement grandi depuis le jour de ses fiançailles qu'il ne l'aurait pas reconnue. Mais Laurent fut heureusement surpris. Elle était bien habillée et gardait le silence en attendant qu'on lui adresse la parole. Bianca avait fait des merveilles. Pier Francesco n'aurait pas de raisons de se plaindre.

— Comment vas-tu, Ginevra ? demanda Laurent.

Le cœur battant, la petite fille fit une révérence.

— Bien, merci, murmura-t-elle d'une voix à peine audible.

La satisfaction de Laurent baissa d'un cran. Ginevra s'exprimait clairement avec Léonard. Pourquoi était-elle si timide tout à coup ? Il ignorait l'adoration qu'elle avait pour lui et qui lui nouait la gorge. Pour Ginevra, Laurent était un être surnaturel, une sorte de magicien capable d'exaucer ses vœux les plus chers, comme le cheval arrivé mystérieusement à l'écurie.

— Tu aimes la musique ? demanda-t-il.

Ginevra hocha la tête d'un air hébété. Cela n'ira pas, pensa Laurent. Il ne faut pas qu'elle soit si timorée.

— Alors joue-nous quelque chose.

C'était un ordre.

Ginevra s'exécuta sur-le-champ. Elle aurait fait n'importe quoi pour Laurent, trop heureuse d'avoir une occasion de lui plaire.

Léonard accompagna la petite fille : son subtil contrepoint étoffa les notes hésitantes de Ginevra et parvint à les rendre harmonieuses.

Laurent fit un signe de tête à Andrea. Léonard avait du talent assurément. A la fin du morceau, Laurent demanda au musicien s'il voulait bien leur jouer quelque chose.

— Volontiers, dit-il.

Le jeune homme, serrant le luth de plus près, se pencha vers l'instrument dans l'attitude d'un amoureux. Sa belle main agile caressa les cordes et fit naître une musique chatoyante. Chaque note, à la fois forte et tendre, d'un son très pur, leur allait droit au cœur. Léonard avait non pas du talent mais du génie.

Pendant l'exécution du morceau, les autres apprentis s'étaient rapprochés et à la fin, ils rendirent hommage à l'interprète en observant un silence absolu, tandis que le souvenir de la musique restait suspendu dans l'atelier.

Puis Laurent s'écria :

— Bravo ! Bravo, maître !

Léonard sourit et attaqua un vieil air folklorique. Les apprentis se mirent aussitôt à chanter. Laurent regarda Ginevra en riant.

— Voilà tout à fait une chanson pour nous, s'écria-t-il.

Et il joignit sa voix aux autres en prenant le fort accent des paysans.

Ginevra le dévisagea. Son idole braillait comme un âne. Sa voix lui écorchait les oreilles. Elle se tourna vers Léonard.

— C'est aussi affreux quand je chante ? cria-t-elle.

Léonard hocha la tête. Son front se plissait de douleur chaque fois qu'une fausse note atteignait ses tympans délicats.

— Alors je suis désolée, hurla-t-elle. Je ne chanterai jamais plus devant toi...

Comme les couplets d'une gaieté exubérante se succédaient les uns aux autres, Ginevra sauta sur ses pieds et courut se placer à côté de Laurent. Sa voix criarde le rendait plus accessible. Elle s'appuya contre son bras et ajouta ses couacs aux siens.

Enfin, la chanson s'acheva et Laurent quitta l'atelier avec Ginevra qu'il confia à Mateo. Ce moment de détente l'avait remonté et en respirant l'air vif et printanier, si plein de promesses, il sentit son cœur se gonfler d'un amour infini pour la vie et tous les êtres vivant sur terre.

— Donne-moi la main, ma petite paysanne. Je vais te ramener jusque chez toi et j'en profiterai pour rendre visite à celui qui fête son anniversaire le même jour que moi, notre cher Bernardo. Fait-il des misères à son petit frère ?

Après Bernardo, Bianca avait eu un autre fils — né dans un contexte plus serein que le jour où elle avait dû quitter précipitamment la fête d'anniversaire de Laurent — et elle était de nouveau enceinte jusqu'aux yeux.

— Bernardo est un adorable bébé tout potelé, mais je ne rentre pas tout de suite, dit Ginevra. Mateo m'emmène d'abord chez le tailleur. Tu veux venir avec nous ?

— Bonne idée. Tout compte fait, je préfère marcher qu'être enfermé.

La petite fille applaudit puis elle glissa sa main dans celle de Laurent.

— Cette année, j'ai grandi de sept centimètres et demi, expliqua-t-elle. C'est pour ça que je vais chez le tailleur. Il doit défaire les ourlets des vêtements de fête que je porterai pour le *Scoppio*. C'est la première fois que je suivrai une procession et que je sortirai la nuit. C'est à minuit, tu sais.

— Oui, je sais.

Ginevra devint songeuse. Laurent savait tout, bien sûr.

— Laurent, c'est quoi exactement le *Scoppio* ? Tout ce qu'on m'a dit, c'est que je ne devais pas parler.

— Non, c'est absolument interdit. C'est une cérémonie très solennelle, dit Laurent avec un sourire, pour dissiper la menace contenue dans ses paroles. Cela te plaira, ajouta-t-il d'un ton moins sévère. Pendant la messe de minuit, à la cathédrale, l'archevêque allume au-dessus du maître-autel une fusée cachée à l'intérieur d'une belle colombe en soie blanche. Des étincelles jaillissent de la queue et l'oiseau glisse sur un fil qui fait toute la longueur de la nef et se prolonge à l'extérieur jusqu'à un énorme tas de fusées placé sur un char, que la colombe fait exploser.

« Les fusées s'élèvent très haut dans le ciel et des pétards éclatent un peu partout. Cela fait un bruit assourdissant. Sur la place, tous les gens poussent des cris de joie. Lorsque la colombe s'envole de l'autel, les personnes qui se trouvaient dans la cathédrale se mettent à courir derrière. Une fois dehors, ils regardent le feu d'artifice en ajoutant leurs acclamations à celles de la foule.

— Pourquoi les gens sont-ils si contents ?

— Parce que le *Scoppio* annonce que les récoltes seront

bonnes et que personne ne souffrira de la faim. Plus l'explosion est forte, meilleure sera la récolte.

— Que j'ai hâte de voir ça ! Grand-père ne m'avait pas dit qu'il y aurait un feu d'artifice et autant de monde. Je croyais que cela ne concernait que notre famille.

Laurent était secrètement amusé. Il reconnaissait bien là Antonio. Et à travers lui, tous les Pazzi, si imbus de leurs quartiers de noblesse. Plus encore que les parents de Clarice. La cérémonie du *Scoppio* était pour Jacopo de Pazzi, et sans doute aussi pour Antonio, l'événement le plus important de l'année. La veille de Pâques, tous les membres de leur famille quittaient le palais Pazzi, parés de vêtements bleu et or et portant leur blason. Sur le surcot de Jacopo se détachait une admirable broderie d'or représentant cent petits dauphins. Il conduisait la procession jusqu'à Santi Apostoli, la plus vieille église de Florence. Là, l'archevêque lui remettait le plus grand trésor des Pazzi : des silex provenant du Saint Sépulcre, le tombeau du Christ à Jérusalem. Un ancêtre des Pazzi les avait rapportés en 1099, au retour de la première croisade. Puis Jacopo, à travers les rues de la ville éclairées par des torches, reprenait jusqu'à la cathédrale la tête de la procession suivie par l'archevêque, les membres du clergé et la chorale.

Devant le maître-autel, Jacopo rendait les silex à l'archevêque qui s'en servait pour allumer la fusée insérée dans la colombe. Beaucoup de Florentins, y compris Laurent, étaient persuadés que le vieux Jacopo devait prendre pour un hommage personnel les génuflexions de la foule sur le passage de la procession. Ainsi que tous les Pazzi, sans doute.

Laurent se demanda si Ginevra, au contact de son grand-père, ne prendrait pas l'air suffisant des Pazzi ; cela pourrait faire d'elle une épouse difficile pour son jeune cousin. Non, il avait sans doute tort de s'inquiéter. Aucun signe d'arrogance n'était perceptible chez Elmo, le mari de Bianca, bien qu'après la mort de son père, il eût été confié à Jacopo, ainsi que ses frères.

De plus, Ginevra était également sous l'influence de Bianca. Même si la jeune femme refusait de se charger de Ginevra plus d'une fois par semaine, Laurent faisait confiance à sa sœur pour produire une impression plus durable en une seule journée qu'en six jours trois intellectuels qui, la plupart du temps, devaient oublier l'existence de la petite fille.

— Tu vas encore jouer à la ferme, l'après-midi ? demanda-t-il.

Ginevra secoua la tête.

— Bianca dit que c'est interdit de travailler dans les champs. Si je ne peux pas me rendre utile, je gêne, alors je n'y vais pas.

— Avec qui joues-tu ?

— Parfois, le soir, je joue aux échecs avec Fra Marco mais je n'ai besoin de personne pour m'amuser. J'ai César.

Laurent sourit. Ses trois compagnons avaient dû se charger de trouver un nom à son animal familier.

— César est ton chien ?

— Mais non, c'est mon cheval. Celui que tu m'as offert. Je l'aime plus que tout au monde. Et il m'aime aussi. Il vient dès que je l'appelle, même si je n'ai pas de sucre.

Laurent songea à son premier cheval et à l'attachement très particulier qu'il avait eu pour lui. Il ne se souvenait plus qu'il avait offert un cheval à la petite fille, mais il était heureux de lui avoir fait plaisir.

— Il est si beau, dit Ginevra avec fierté, et si courageux. Il court aussi vite que le vent et il peut sauter n'importe quel obstacle.

— Je suis ravi que tu sois contente, dit Laurent.

Ils étaient arrivés devant la boutique du tailleur.

— Mateo !

Il saisit le bras du précepteur qui, totalement absorbé dans ses pensées, continuait d'avancer.

Laurent se pencha et baisa la main de Ginevra, comme il l'aurait fait à une adulte.

Le jeune homme parti, Ginevra examina sa main, persuadée qu'elle ne pouvait être pareille après que les lèvres de Laurent se furent posées dessus. Mateo dut tirer sur sa longue tresse pour la ramener à la réalité. Le tailleur leur faisait signe d'entrer. Pour la première fois de sa vie, Ginevra examina ses vêtements d'un œil critique. Elle voulait être aussi belle que possible pour le *Scoppio*. Laurent y serait et elle pourrait le voir.

Elle l'aperçut juste au moment où elle atteignait la porte de la cathédrale, quand tout le monde courait après la colombe. Elle l'appela mais sa voix se perdit dans les cris de la foule agglutinée sur la place.

Tommaso Soderini arpentait fiévreusement le bureau de Laurent. Suivant la recommandation de son père, Laurent tenait toujours compte des conseils de Soderini, esprit à la fois pondéré et résolu. Le jeune homme ne l'avait jamais vu dans un tel état d'agitation.

— De mémoire de Florentin, jamais *Scoppio* ne fut d'aussi mauvais augure, Laurent. La colombe s'est arrêtée, sa tête a explosé, puis le char et les vêtements de ceux qui étaient pressés autour se sont embrasés. Trois personnes sont mortes et qui sait combien il y a de blessés.

— Je sais, je sais, Tommaso. J'y étais. Il ne nous appartient pas de contester la volonté de Dieu.

Sans cesser de marcher de long en large, Soderini répondit :

— Tous ces mauvais présages sont comme la proclamation d'un désastre à venir et sèment le trouble dans la population. Ils ne savent pas comment faire pour rentrer dans les bonnes grâces de Dieu. Les églises sont pleines du matin au soir. Les gens ont acheté tellement de cierges qu'on n'en trouve plus nulle part.

Laurent hocha la tête sans trahir l'impatience qui le gagnait à entendre cette énumération de faits connus de tous.

— Ils ont besoin d'être rassurés, Laurent. Ils ont besoin de croire qu'ils peuvent surmonter les tristes présages que sont Santo Spirito et le *Scoppio*. Nous pouvons les encourager en leur donnant un signe que Dieu Lui-même verrait. Nous devons achever Sa cathédrale, Laurent. Nous devons couronner la coupole.

Laurent sut tout de suite que Soderini avait trouvé la bonne réponse. La coupole de la cathédrale, brillant exemple de la Renaissance italienne, était le vrai symbole de la richesse et de la puissance de Florence. C'était la plus grande et la plus belle du monde. Visible à des kilomètres à la ronde et de presque partout à l'intérieur de la cité, elle donnait à Florence cette ligne de toits si caractéristique. Les architectes qui venaient de tous les coins du monde pour l'admirer cherchaient en vain à la copier.

Par malheur, Filippo Brunelleschi, le génial inventeur de la coupole, était mort avant d'avoir achevé son œuvre et il manquait la touche suprême qu'il avait dessinée : une grande boule dorée qui réfléchirait les rayons du soleil et guiderait les voyageurs bien avant qu'ils ne soient en vue de Florence.

Andrea del Verrocchio avait reçu la mission prestigieuse de construire la boule qui devait couronner la coupole. Mais il ne l'avait toujours pas terminée.

— Andrea est ton ami, Laurent, insista Soderini. Il t'écoutera. Demande-lui de se presser.

Laurent se rendit tout de suite dans l'atelier de Verrocchio où son ami l'accueillit chaleureusement.

— Je viens d'entendre une merveilleuse plaisanterie, dit Verrocchio. Tu arrives juste à temps pour que je te la raconte avant de l'oublier.

— Cela peut attendre, Andrea. Je suis venu pour te parler d'une affaire urgente.

Verrocchio reprit son sérieux. Laurent avait un air soucieux qu'il ne lui connaissait pas.

— Je t'écoute.

— Il faut que je sache où en est la boule pour la coupole.

— Suis-moi.

La boule qui mesurait trois mètres cinquante de diamètre se trouvait tout au bout de l'atelier, derrière de gigantesques voiles de mousseline. Formée de plaques de cuivre martelées à la main, fixées sur une ossature en bois puis satinées sans raccord visible ni trace de marteau, elle étincelait comme un énorme soleil couchant. Les traits de Laurent se détendirent et sa voix s'adoucit.

— Andrea, tu es le plus grand artiste de tous les temps, dit-il. La dernière fois que j'ai vu ce monstre, on aurait dit qu'il avait la petite vérole.

Verrocchio apprécia le compliment.

— Tu devrais pouvoir terminer pour la fête de la Saint-Jean, poursuivit Laurent en souriant.

— Hein ! mais tu es fou ? balbutia Andrea. On voit que tu n'as jamais travaillé l'or. Il faut d'abord le marteler à la main jusqu'à ce qu'on obtienne des couches plus minces que la soie, puis il faut appliquer les feuilles l'une après l'autre avec la douceur d'un baiser d'ange, ensuite...

— Oui, je sais, c'est une tâche insurmontable. Sauf pour toi.

— Tu as beau me passer de la pommade, cela ne changera rien.

— Combien veux-tu ?

— Et tu m'insultes en plus. Je n'essaie pas de monter mon prix. Je te dis que c'est impossible.

— Andrea, je t'implore. Florence a besoin de toi.

Laurent lui répéta toutes les raisons que Soderini lui avait exposées, en y ajoutant ses propres arguments.

— En couronnant la cathédrale le jour où la ville fêtera son saint patron, Florence s'adressera directement à Dieu. Ne comprends-tu pas à quel point c'est important et nécessaire pour nous tous ?

Verrocchio embrassa du regard la volumineuse surface en cuivre. Il plissa les yeux pendant qu'il calculait mentalement.

— Il faudrait que je demande à tous les apprentis d'arrêter ce qu'ils font en ce moment... que je sollicite l'aide de plusieurs orfèvres... que je scelle des anneaux dans les murs pour fixer des torches qui nous permettent de travailler la nuit... et que je prie tous les saints... alors peut-être, mais seulement peut-être...

Laurent prit Andrea par les épaules et l'embrassa sur les deux joues.

— Tu vas t'y mettre tout de suite ?

— Presque. Dès que j'aurai mis de côté ce que j'ai commencé et que nous aurons le ventre plein. Tu manges avec nous ?

— Non, je ne peux pas. La Seigneurie attend mon rapport.

— Alors vas-y et laisse-moi travailler.

Andrea souleva une des tentures et poussa Laurent à travers l'ouverture.

— N'oublie pas de dire aux membres de la Seigneurie que j'aurai besoin de leurs prières.

Chapitre 10

Verrocchio fit l'impossible et le 25 juin, l'énorme boule dorée fut lentement hissée au sommet de la coupole. Les Florentins célébrèrent l'événement par un carnaval qui revêtit un éclat exceptionnel.

Comme si la grande boule surmontant la coupole était véritablement un soleil, les raisins des vignes étaient plus gonflés que jamais et le blé dépassait la taille d'un homme.

Le 26 juillet, le pape Paul II mourut. Lorsque la nouvelle de sa mort parvint à Florence — le 1er août —, toute la ville prit le deuil. Dans le palais Médicis, Lucrèce fit poser des tentures noires devant les fresques polychromes de la chapelle. Puis elle pria toute la nuit en compagnie de Clarice. Pendant ce temps, Laurent consultait les prieurs dans le palais de la Seigneurie. La mort de Paul II était un motif d'affliction pour les chrétiens mais c'était aussi un sujet d'inquiétude car le pape était le chef des Etats épiscopaux et le commandant des armées pontificales. Les alliances fragiles entre Etats pouvaient être remises en cause par la personnalité et les choix politiques de son successeur. Comme tous les autres Etats d'Europe, Florence voulait envoyer à Rome une délégation chargée d'établir avec le nouveau souverain pontife les meilleures relations possibles. Les diplomates les plus talentueux décidèrent d'un commun accord que Laurent, malgré son jeune âge, était le plus qualifié pour cette mission.

Une semaine plus tard, une sourde appréhension gagna le cœur de Laurent quand la délégation quitta Florence sous un véritable déluge. Lorsqu'il arriva à Rome, l'élection avait déjà eu lieu. Le nouveau pape était le cardinal Francesco Della Rovere, qui prit le nom de Sixte IV. Né dans un pauvre village de pêcheurs dans les environs de Gênes, Della Rovere avait rejoint très jeune l'ordre des franciscains. Grâce à ses talents de prédicateur, il était devenu général des franciscains avant même d'avoir cinquante ans. Trois ans plus tard, il réussissait à se faire nommer cardinal. Et à cinquante-sept ans, voilà qu'il était pape ! On le disait intelligent et éminent théologien. On lui prêtait une ambition démesurée pour lui et ses proches et il avait la réputation d'être un homme qui aimait se battre.

Pour Laurent, il était capital de se faire un ami de cet homme belliqueux et soupçonneux ; la paix et l'avenir de sa famille en dépendaient. Plus de la moitié des bénéfices de la banque Médicis provenait de la gestion des biens épiscopaux, et les Médicis partageaient avec le souverain pontife les énormes profits tirés de l'exploitation de l'alun à Tolfa, près de Rome. L'alun était une poudre blanche cristalline, essentielle pour le développement du commerce florentin de la laine car il permettait de fixer durablement les célèbres couleurs. En 1462, sous Pie II, Cosme de Médicis avait passé un accord avec le Saint-Siège pour la vente de l'alun pontifical. Pierre l'avait renouvelé l'année où Paul II était devenu pape, après la mort de Pie II et de Cosme. C'était au tour de Laurent de préserver cet arrangement coûte que coûte. Pour faciliter son entreprise, il emportait dans ses bagages dix mules chargées de présents.

Un mois plus tard, Laurent rentrait à Florence avec les mêmes mules, peinant cette fois sous le poids de présents qui lui étaient destinés. Le nouveau pape s'était montré fort aimable et l'accord commercial pour la vente de l'alun avait été maintenu ; Sixte IV avait également offert à Laurent deux bustes de marbre antiques pour enrichir sa collection de statuaires et il lui avait permis d'acquérir pour un prix très raisonnable de nombreux objets d'art ayant appartenu à Paul II. Pourtant Laurent n'était pas tout à fait rassuré.

Peu après le retour de Laurent à Florence, on découvrit

de l'alun à Volterra, une des villes attachées à Florence. Quoi que décide Sixte IV, le commerce de la laine était sauvé !

Si seulement la pluie avait pu s'arrêter. Dans les eaux boueuses de l'Arno, à son plus haut niveau, il était devenu impossible de laver la laine qui, faute de place dans les entrepôts, s'entassait dans les sous-sols des marchands. Des messes spéciales étaient dites pour favoriser le retour du beau temps mais le ciel restait désespérément gris et la pluie tombait sans discontinuer. On reparla du *Scoppio* de si mauvais augure. Les récoltes pourrissaient dans les champs. La Seigneurie envoya des soldats pour renforcer les troupes qui gardaient Or San Michele, le grenier à blé de la ville. Ils s'y introduisaient quelques heures avant l'aube afin que personne ne pût voir ce qu'ils faisaient.

Mais les gens n'étaient pas dupes. Le spectre de la famine menaçait. Avant la fin de la journée, on ne trouvait plus de farine dans lcs boulangeries. Le gouvernement avait commencé à constituer des réserves.

Lorsque la pluie s'arrêta enfin, il était trop tard. Dès les premiers jours de l'hiver, la ville puisa dans les stocks d'Or San Michele et distribua des rations hebdomadaires à peine suffisantes pour rester en vie. Les plus faibles moururent.

1472

Chapitre 11

L'arrivée du printemps et le début de la nouvelle année furent salués avec gratitude et soulagement par les Florentins. Des pousses vigoureuses striaient déjà de vert tendre les terres brunes des champs. Il faisait doux et le soleil brillait. La veille de Pâques, le feu d'artifice du *Scoppio* envoya dans le ciel des floraisons de fusées multicolores dans l'allégresse générale. Le lendemain, pour la commémoration de la résurrection du Christ, les églises étaient pleines à craquer.

Pour remercier Dieu d'avoir sauvé sa ville bien-aimée et permis que sa femme porte un nouvel enfant en son sein, Laurent acheta vingt kilos de cierges pour l'autel de San Lorenzo et promit de faire agrandir à ses frais le gîte pour les voyageurs situé devant la Porta San Gallo.

Il débordait d'énergie.

— J'ai un projet grandiose, déclara-t-il à sa mère.

Lucrèce plia son ouvrage et le mit de côté.

— Je t'écoute, dit-elle.

Trop agité pour rester en place, Laurent se mit à marcher de long en large dans la pièce.

— Je te demande un peu de patience, mamina. Je vais d'abord te donner tous les éléments. D'abord, il y a Pise.

Laurent tendit la main gauche et avec la droite, en replia l'auriculaire.

— Depuis soixante ans, ajouta-t-il, cette ville subit à son corps défendant la tutelle de Florence.

Il baissa l'annulaire.

— Autrefois, c'était un grand port mais depuis qu'il est ensablé, seuls les petits bateaux y ont accès.

Le majeur replié, Laurent poursuivit :

— Avec la fin du commerce portuaire, Pise a cessé d'être une ville prospère. Elle s'est vidée de la moitié de sa population. Des centaines de maisons abandonnées commencent à tomber en ruine. Les marais qui ont recouvert le sable provoquent des maladies.

L'index alla rejoindre les autres doigts rabattus contre la paume de Laurent, qui tenait devant lui son pouce levé comme un trophée.

— Regarde bien, c'est l'université de Pise, la fierté de toute la Toscane depuis un siècle.

Il tourna le poignet, pointant son pouce vers le plancher.

— Dieu ait son âme !

Il arrondit les épaules et baissa la tête en signe de deuil.

Lucrèce applaudit. Laurent se redressa, sourit et salua.

— Deuxième élément ! s'écria-t-il en levant de nouveau la main. La ville de Florence.

Appliquant la main contre son visage, il regarda à travers ses doigts légèrement écartés.

— Florence a toujours épié Pise et vécu dans la crainte d'un soulèvement.

Laurent baissa sa main gauche et les doigts de sa main droite la serrèrent comme dans un étau.

— Nos remparts empêchent la ville de s'étendre, expliqua-t-il.

Il comprima davantage la main emprisonnée.

— Les étudiants de l'université, plus nombreux chaque année, s'entassent dans des logements en quantité insuffisante. Résultat : des émeutes dans la rue, dit-il en libérant brusquement les doigts de sa main gauche.

Laissant ses deux mains pendre mollement au bout de ses poignets, Laurent prit un air consterné.

— Notre université n'a aucun renom. Les bons professeurs ne veulent pas avoir la charge d'étudiants rebelles ni supporter de longues attentes pour entrer dans un amphithéâtre.

Laurent sourit à Lucrèce.

— Je suppose que tu as deviné quelle est mon idée, à présent.

— C'est magnifique, Laurent. Quelles sont les disciplines que tu garderas à Florence ?

— La philosophie et la philologie. Pise peut prendre la médecine, le droit et la théologie. Ce sont les cours les plus chargés.

Lucrèce éclata de rire.

— Dis plutôt que ce sont ceux qui t'intéressent le moins.

— Mamina ! C'est secondaire. Sincèrement, qu'en penses-tu ?

— Je trouve que tu as du génie.

Laurent éclata de rire.

— C'est aussi mon avis. Pise retrouvera sa gloire passée et c'est à Florence qu'elle le devra. Nous assécherons les marais et nous planterons de l'herbe. Il y aura des parcs et l'air sera pur.

Stimulé par sa vision, il se remit à faire les cent pas.

— Tout le monde s'entend pour dire que l'université de Bologne est le haut lieu du savoir. On y trouve effectivement les professeurs les plus éminents, mais je crois pouvoir en faire venir quelques-uns. Il suffit que je leur dise : « Maître, vous serez libre de choisir votre programme, et de dessiner les plans de votre amphithéâtre. »

La peau mate de Laurent s'était colorée ; ses cheveux noirs collaient à son front mouillé par la transpiration.

— Si je réalise mon projet, je donnerai à notre peuple la possibilité de s'instruire. Il n'y a pas de plus grand cadeau.

Il eut un petit rire.

— Je suis prêt à jurer que je n'ai qu'un souci : les intérêts conjugués de Florence, de Pise et de la République. Mais je viens de penser que cela augmenterait la valeur de nos propriétés près de Pise. Ce ne serait pas une mauvaise chose.

— En effet, dit Lucrèce. Et moi, je n'aurais plus à redouter que Julien et toi attrapiez quelque maladie quand vous allez chasser là-bas. As-tu réfléchi à la façon dont tu vas demander l'appui du gouvernement ?

— Non, pas encore. Tu as le temps d'en discuter ? Tu as des conseils à me donner ?

— J'ai tout mon temps, mon chéri. Et j'ai deux suggestions à te faire. La première, c'est de t'asseoir car je commence à avoir le tournis à te voir gigoter ainsi. La seconde, c'est d'aller parler avec les grands négociants installés dans le quartier étudiant. Avec la progression du vandalisme, ils verront d'un bon œil une diminution de la population estudiantine. Et leur influence compensera les cris d'orfraie des marchands de vin.

La mère et le fils discutèrent pendant plus de trois heures. A la fin, Laurent avait un plan d'action précis. Il savait qui aller voir, dans quel ordre, et avec quels arguments il pourrait emporter l'adhésion des uns et des autres.

— Je ne suis jamais resté immobile aussi longtemps, dit-il en se levant et en s'étirant. Marcher me fera du bien. J'ai le temps de voir au moins cinq ou six personnes avant la nuit. Tu es mon meilleur conseiller.

D'un doigt, il caressa la joue de sa mère.

Lucrèce lui prit la main.

— Je voudrais te dire encore quelque chose avant que tu t'en ailles.

Lâchant la main de son fils, elle planta ses yeux dans les siens.

— Ton grand-père m'a confié que sa plus grande fierté était d'avoir donné une chaire de grec à Argyropoulos. Avant qu'il ne vienne à Florence, personne ne pouvait lire Platon dans le texte. Cosme disait, comme toi tout à l'heure, qu'il n'y avait pas de plus grand cadeau que l'instruction.

Laurent resta une longue minute silencieux, puis d'une voix émue, murmura :

— Merci de me l'avoir dit.

— Arrêtons-nous un instant, mon frère. J'adore la vue qu'on a d'ici.

Parvenu au sommet de la colline, Laurent arrêta son cheval. Julien vint se placer à côté de lui. Les chevaux s'ébrouèrent en projetant des gouttes de sueur.

Les deux jeunes gens en nage passèrent la main sur leur visage. Ils avaient chevauché à bride abattue dans la pleine chaleur du mois d'août, parcourant les cent soixante kilomètres entre Pise et Florence en seulement deux jours.

Chatoyante sous son voile de brume dorée, leur chère

cité s'étalait au-dessous d'eux. La grande boule dorée coiffant la coupole brillait de tous ses feux sous le soleil déclinant.

Laurent prit une profonde inspiration. Le spectacle de cette ville qu'il chérissait lui allait droit au cœur. Avec l'agréable petit goût salé de sa sueur sur la langue, il savoura la joie de rentrer chez lui et le sentiment exaltant de réussir tout ce qu'il entreprenait.

Son projet de réorganisation de l'université avançait plus vite qu'il ne l'avait espéré et recevait un accueil favorable de toutes les parties concernées. Sa position à l'intérieur du gouvernement en avait été modifiée. On le considérait désormais comme le véritable maître de Florence, capable de planifier et de prendre des initiatives. Il n'était plus simplement l'héritier à titre honoraire.

Laurent recevait déjà des lettres de professeurs lui demandant quand ouvrirait la nouvelle université et s'il aurait besoin d'eux. Le Vatican s'était engagé à soutenir le collège de théologie en participant à son financement et en envoyant des étudiants et des professeurs.

Laurent avait néanmoins eu raison de se méfier du pape ; Sixte avait suspendu la participation des Médicis dans l'exploitation de l'alun pontifical au moment même où il se disait prêt à accorder son soutien à l'université. Laurent se consolait en se disant que la venue d'éminents professeurs à Florence était plus importante qu'une perte d'argent. Et il restait l'alun de Volterra.

Laurent négligeait le rôle du pape dans l'avenir de Florence pour une bonne raison : les rapports qu'ils recevaient de Rome disaient tous la même chose : Sixte IV était uniquement soucieux de favoriser l'avancement de ses neveux et de ses fils naturels. La dernière plaisanterie qui courait le long du Tibre en était une bonne illustration : « Quel est l'homme le plus riche de Rome ? Il y en a deux : le vendeur de teinture pourpre et le chapelier. » Sixte IV avait déjà promu au cardinalat six de ses neveux, posant lui-même le chapeau rouge de cardinal sur leur tête.

Le cheval de Laurent, nerveux, faisait des écarts pour éviter l'ombre allongée d'un cyprès.

— Il se fait tard, dit-il. Rentrons.

Julien éperonna son cheval et partit au galop le long de

la pente escarpée en criant à son frère : « Essaie donc de me rattraper. »

Laurent se lança derrière lui à bride abattue.

Les riches familles de Florence passaient les mois d'été dans leurs villas à la campagne. Les femmes de la famille Médicis se trouvaient à Fiesole où Julien les rejoignit. Laurent s'y rendait tous les jours pour déjeuner mais il continuait d'habiter au palais. Les voyages à Pise ayant accaparé presque tout son temps depuis le début du printemps, il voulait reprendre contact avec les habitants de Florence. Il dînait le soir dans la loggia ouverte sur la rue, partageant son repas avec ses amis, parlant avec les passants, invitant certains d'entre eux à s'arrêter et à boire une coupe de vin.

De nombreux résidents de la Via Larga dans laquelle, outre le palais Médicis et la grande demeure de Pier Francesco de Médicis, on trouvait des boutiques, des petites maisons et des ateliers, avaient pris l'habitude de se joindre, après leur repas, au groupe installé dans la loggia où l'on bavardait jusqu'à la tombée de la nuit.

La conversation roulait sur le temps, ses conséquences sur le commerce et sur les récoltes. Tous les Florentins, hormis les plus humbles, possédaient une parcelle de terre à la campagne qui leur permettait d'avoir des produits frais et un peu de vin. Il était aussi question des différentes équipes de *calcio* et du vainqueur du dernier *Palio*, et on engageait des paris pour les compétitions à venir. On parlait des plantes étranges que Bernardo Rucellai plantait dans son jardin et de l'astrologue oriental qui avait dressé une tente sur le marché. Et leurs voix se traînaient parce qu'il faisait chaud et que la nuit tombait. Et au lieu du « vous » formel, ils se tutoyaient car ils étaient tous des citoyens de la République florentine où tous les hommes étaient considérés égaux entre eux quelle que soit leur classe sociale ou leur situation financière.

A la fin du mois d'août, Clarice donna naissance à un garçon. Laurent ramena sa fille à Florence. L'ayant assise sur ses épaules, il sillonna la ville à cheval en invitant les citadins à prendre part à sa joie et en leur distribuant à tous des friandises. Il appela le bébé Pierre.

Pour honorer la mémoire de son père, Laurent demanda à Verrocchio de construire un tombeau qui éclipserait tous les autres et il offrit une fête somptueuse dans l'atelier d'Andrea pour célébrer l'entrée de Léonard de Vinci dans la guilde des artistes de Saint-Luc.

Ce jeune artiste exerçait sur Laurent une véritable fascination. Compositeur et interprète de grand talent, il fabriquait aussi ses instruments de musique en leur donnant parfois des formes surprenantes. Il avait fait, par exemple, une mandoline représentant le ventre rebondi d'un homme en train de rire et un luth en forme de tête de cheval. Mais aussi extravagants soient-ils, ils produisaient tous un son d'une grande pureté. Surtout quand c'était Léonard qui jouait.

Comme tous les hommes instruits, Laurent connaissait la musique et composait de la poésie, et en tirait de grandes joies. Ses qualités de poète étaient incontestables. Quant à ses talents de musicien, ils valaient ceux de ses pairs. Mais la musique de Léonard était d'une tout autre dimension. Laurent avait bien envie de prendre des leçons avec lui. La plupart des membres du gouvernement ayant élu temporairement domicile dans leurs villas, il avait un peu plus de temps libre.

Vers la même époque, il trouva une lettre glissée dans un bouquet de fleurs envoyé par la jeune et jolie femme d'un riche négociant en bois, parti à Venise pour ses affaires. Elle racontait qu'étant venue dans leur maison de Florence pour surveiller l'aménagement de leur jardin, elle se trouvait maintenant désœuvrée et seule.

C'était aussi une maîtresse experte et sensuelle. Laurent décida de remettre les leçons de musique à plus tard. L'absence du mari ne durerait que quelques semaines.

Trois jours après le début de cette aventure, un messager tout couvert de poussière annonça que la ville de Volterra s'était soulevée. Les habitants occupaient les mines d'alun.

— Non, il n'est pas nécessaire d'avoir recours à la force, Laurent.

Tommaso Soderini pensait que tout pourrait se régler par des négociations et des compromis.

Mais Laurent était résolu à écraser la rébellion. Si Florence était privée du gisement de Volterra, le pape aurait le monopole de l'alun et pourrait fixer les prix selon son bon plaisir.

Si Volterra pouvait se rebeller impunément, d'autres villes attachées à Florence pourraient suivre son exemple.

De plus, le bruit courait que les exilés florentins étaient à l'origine du soulèvement et qu'ils incitaient les Volterrans à prendre Florence d'assaut pour renverser les Médicis.

Mais Laurent en avait surtout assez que Soderini lui dicte ses actes. Il voulait faire d'une pierre deux coups : obliger Volterra à reconnaître, de gré ou de force, la tutelle de Florence et montrer aux vieillards composant la Seigneurie qu'il n'était plus disposé à se cantonner dans le rôle de bon élève déférent qui avait été le sien pendant presque trois ans. Il était temps de faire valoir ses droits.

Il insista pour engager une armée de mercenaires, la meilleure, avec à sa tête le célèbre condottiere Frédéric de Montefeltre, duc d'Urbin. La Seigneurie donna son accord.

Après un mois de siège, Volterra capitula. Laurent triomphait.

Un second courrier arriva alors à Florence, l'air hagard, les vêtements couverts de sang.

— Nous nous sommes rendus, cria-t-il, nous avons ouvert nos portes. Les soldats sont entrés et... oh, Dieu, ayez pitié... ils ont tout détruit... tout. Ils ont incendié, pillé, assassiné, violé, même les enfants.

Laurent partit sur-le-champ vers la commune rebelle. Il ne pouvait croire à une issue aussi tragique. Comme les joutes, les guerres obéissaient à des règles strictes. Capituler vous donnait la vie sauve.

En approchant de la ville perchée au sommet d'une colline et en voyant les portes ouvertes, Laurent fut persuadé que tout allait bien. C'est alors qu'il aperçut sur les remparts les hordes de vautours.

L'air vif d'octobre chassa les Florentins de leurs villas. Pendant plusieurs jours, on se raconta à la messe les événements survenus pendant la séparation de l'été. Puis les conversations portèrent sur le changement intervenu dans la personne de Laurent.

Il avait abandonné la soie et le velours pour porter le *lucco*, robe austère en laine sombre des vieillards et des lettrés florentins qui paraissait incongrue sur un corps jeune et athlétique.

On murmurait que Laurent portait le deuil à cause du massacre de Volterra car son *lucco* était le plus souvent noir.

Laurent ne démentit pas les rumeurs. Mais son *lucco* n'était pas un vêtement de deuil, c'était le symbole d'un engagement. Cosme, qui avait toujours porté le *lucco*, n'avait jamais agi de façon impulsive ni pour chercher des gratifications. Cosme avait apporté la paix, non le pillage. Laurent jura devant l'autel qu'il préserverait cette paix. Il travailla plus intensément que jamais, dormit encore moins. Des rides creusèrent son visage.

Mais il continuait à écrire des poèmes, à faire l'amour et à faire rire ses amis. Et avec le temps, les gens s'habituèrent à ses rides. Et au *lucco*.

1475

Chapitre 12

— Si seulement Laurent pouvait porter autre chose que cet horrible *lucco* ! s'écria Lucrèce de Médicis dans son sommeil.

Réveillée par sa propre voix, elle essaya de se souvenir de son rêve, mais en vain.

A peine se fut-elle assise dans son lit qu'elle se laissa retomber sur les oreillers. Elle n'avait pas la moindre envie de se lever. « Je dois couver quelque chose », dit-elle tout haut. Elle porta une main à son front ; il était frais et sec. Elle remua les bras, les jambes, palpa sa gorge, ses seins, son ventre ; elle n'avait mal nulle part.

Mais sortir du lit lui apparaissait comme une tâche insurmontable. Jamais encore, elle ne s'était sentie aussi lasse. Elle dut faire un effort énorme pour se lever, prendre un bain et s'habiller. Aussitôt prête, elle se rendit dans les appartements de Laurent.

— Je veux voir mon fils, dit-elle.

Le secrétaire de Laurent fit jaillir de l'encre sur la lettre qu'il était en train d'écrire, bondit de sa chaise et s'empressa d'aller annoncer que madame Lucrèce attendait dans l'antichambre et qu'elle n'avait pas l'air dans son assiette.

Laurent s'éleva aussitôt contre le projet de sa mère.

— Laisse-moi au moins appeler un médecin.

— Laurent, si j'avais voulu voir un médecin, j'aurais pu

en faire venir un moi-même. Je ne suis pas malade, juste un peu fatiguée. Je t'ai demandé de me donner une escorte pour aller prendre les eaux à Morba. Est-ce si compliqué ?

— Non, bien sûr, mais il vaudrait peut-être mieux que tu ne voyages pas si tu ne te sens pas bien.

— Je t'ai déjà dit que je n'étais pas malade. Combien de fois devrai-je te le répéter ?

L'irritation de Lucrèce était à son comble.

— Alors, je t'accompagne. Je ne veux pas que tu sois seule là-bas.

— Il n'en est pas question. Un peu de solitude est justement ce dont j'ai besoin. Serais-tu devenu sourd ? Je veux simplement une escorte.

Laurent, qui n'avait jamais vu sa mère dans une telle colère, en conçut une certaine frayeur.

— Très bien, mamina, tu vas aller prendre les eaux, dit-il sur le ton apaisant avec lequel il aurait parlé à un animal effrayé. Toute seule. Mais je t'en supplie, ne va pas à Morba. Il y a des thermes plus récents qui ont de meilleures installations et un plus grand confort.

— J'aime beaucoup Morba, répliqua-t-elle en serrant les mâchoires.

Laurent capitula.

— Tes désirs sont des ordres, mamina, je ferai ce que tu voudras.

Avant même d'arriver à Morba, Lucrèce se sentait déjà mieux. Il y avait des années qu'elle n'avait pas fait un si long voyage à cheval et elle était tout endolorie après une demi-journée en selle mais les courbatures étaient cent fois préférables à une fatigue inexpliquée. Lorsque le capitaine de l'escorte lui demanda si elle voulait faire halte pour la nuit, Lucrèce lui ordonna de continuer. Les ombres étaient profondes lorsqu'ils arrivèrent à un monastère situé au sommet d'une colline. Après avoir avalé quelques cuillerées de soupe, Lucrèce s'allongea sur une maigre paillasse avec autant de volupté que si cela avait été le plus confortable des lits et elle s'endormit avant même d'avoir dit ses prières.

Quand elle se réveilla, à l'aube, Lucrèce eut l'impression d'avoir tous les os broyés. Cela m'apprendra, se dit-elle.

Quelle vieille mule je suis pour rester à cheval quand j'ai déjà mal partout. En y repensant, il lui prit un fou rire qui lui arracha un cri de douleur. Mais elle était heureuse d'avoir retrouvé son sens de l'humour.

En arrivant à Morba, le lendemain, elle en eut particulièrement besoin. L'établissement thermal avait perdu une grande partie de sa toiture et se trouvait encerclé par un fouillis de ronces. Le bâtiment des curistes était dans le même état de délabrement. La plupart des volets et des portes avaient disparu. Sur le seuil, une odeur de chou et de renfermé la prit à la gorge.

Lucrèce gardait le souvenir d'un établissement austère mais reluisant d'une propreté monastique, agrémenté de beaux jardins et disposant d'un personnel nombreux et compétent.

— Je ne comprends pas ce qui a pu se passer, dit-elle au capitaine qui hésitait à entrer.

Puis elle se rappela que sa dernière visite remontait à l'époque où Julien venait de naître. Cela faisait vingt-deux ans.

— Voilà les avantages d'être une Médicis, fit remarquer Lucrèce.

Elle inhala les vapeurs âcres montant de l'eau très chaude dans laquelle elle baignait jusqu'au menton.

— Un de ces avantages, et non des moindres, poursuivit-elle, est que les gens ont peur de moi... enfin la plupart. Toi, je ne te fais pas peur, n'est-ce pas ?

Il n'y eut pas de réponse. La femme décrépite à laquelle s'adressait Lucrèce était sourde comme un pot et n'avait plus de dents. Lucrèce sourit devant l'expression béate de la vieille servante suçant un citron confit. Elle s'appelait Caterina et avait pour tâche d'assister Lucrèce dans les bains. Elle faisait vaguement attention à ce que Lucrèce ne se noie pas en glissant dans l'eau et tenait une serviette prête pour le moment où elle sortirait. De temps en temps, Caterina lui présentait un citron. Si Lucrèce n'en voulait pas, elle se désignait du doigt, et après avoir reçu un acquiescement, le mangeait.

C'était une masseuse inefficace car ses pauvres mains ridées n'avaient plus assez de force et elle ne pouvait pas obéir car elle n'entendait pas. Lucrèce appréciait pourtant la compagnie de Caterina car elle pouvait lui dire tout ce qui lui passait par la tête.

Depuis plus de trente ans, Lucrèce ne pouvait confier à personne ses tourments personnels car Pierre et les enfants avaient besoin de sa force tranquille. Et parce qu'elle était une Médicis, elle devait toujours surveiller ce qu'elle disait à ses amies. Tout ce qui se passait au palais alimentait les ragots et apportait des renseignements aux dizaines d'informateurs travaillant pour le compte de leurs ennemis ou de leurs concurrents commerciaux.

Pour une fois, elle pouvait converser librement sans avoir à peser ses mots. Et elle trouvait un profond soulagement à se plaindre auprès de Caterina qui ne savait pas qui elle était et ignorait que Lucrèce de Médicis était, de toutes les femmes au monde, celle qui avait le moins de raisons de se lamenter. Lorsque la vieille servante voyait remuer les lèvres de Lucrèce, elle hochait vigoureusement la tête pour l'encourager.

— J'ai quarante-huit ans, lui dit Lucrèce. Je suis vieille... le problème, c'est que je me sens encore jeune. Je déteste être traitée comme une antiquité...

« Et quand je pense que Laurent voulait appeler un médecin ! Il aurait voulu se débarrasser de moi, il ne s'y serait pas pris autrement. Si tu veux mourir, va chercher un médecin. Il trouvera toujours un moyen de te tuer même si tu n'es pas malade...

« Après tout ce que mon pauvre Pierre a enduré pendant des années, je ne veux plus entendre parler des médecins. Je les vois encore arriver avec leurs robes de velours graisseuses garnies de fourrure mitée, leurs éperons recouverts de dorure écaillée et leurs bagues en verre teinté à leurs doigts crasseux. Ils lui ont lu son horoscope, l'ont bercé de vaines promesses, lui ont fait ingurgiter des remèdes de charlatan à moitié empoisonnés et, à la fin, ils portaient les velours les plus lourds, de somptueuses fourrures, des rubis à chaque doigt et des éperons en or massif. Des médecins, ça ? Des voleurs, oui ! Des astrologues avec un diplôme de Salerne qui les autorise à s'habiller comme des seigneurs et à dépouiller les malades ! Comment mon propre fils a-t-il pu avoir l'idée d'appeler un médecin ? Toi, Caterina, je suis sûre que tu n'as jamais vu un médecin de ta vie, et regarde-toi, tu dois avoir deux cents ans... Non, en fait, tu ne dois pas être beaucoup plus âgée que moi. Ta vie n'a pas dû être facile tous les jours.

« Et il te faut continuer à travailler à ton âge. Mais au moins, cela te donne l'impression d'être encore utile à quelque chose.

« Moi, plus personne n'a besoin de moi. »

De grosses larmes roulèrent le long des joues de Lucrèce et tombèrent dans l'eau chaude du bain.

— Mais qu'est-ce qui m'arrive ? s'écria-t-elle en éclatant en sanglots.

La vieille femme vit le visage convulsé de Lucrèce. Elle sortit le citron de sa bouche et sourit.

— Bien, dit-elle, bien. Propre dehors et propre dedans.

Puis elle considéra son citron, le jeta par terre et en prit un frais dans la coupe qui se trouvait à côté d'elle.

Lorsque Lucrèce eut épuisé toutes ses larmes, elle sortit de la baignoire et accepta la serviette des mains noueuses de Caterina.

— Merci, dit-elle. Merci, répéta-t-elle une fois habillée. Tu es beaucoup plus sage que moi, vieille femme. Je me sens lavée intérieurement.

Elle sourit à Caterina.

— Maintenant je vais retourner terroriser mon hôte. C'est un exercice très salutaire.

Lucrèce surveillait le nettoyage et la réfection de l'établissement thermal. Elle donnait des ordres, n'acceptait aucune excuse, laissait planer la menace de terribles représailles si on ne suivait pas ses instructions à la lettre, exigeant toujours plus du propriétaire sale et de son personnel revêche.

Elle s'amusait énormément et se comparait à Hercule dans les écuries d'Augias.

Cela faisait très longtemps qu'elle n'avait pas eu à relever un tel défi.

Trois semaines plus tard, Morba était presque entièrement restauré. Les murs avaient été enduits de stuc et repeints, et les nouvelles tuiles rouges de la toiture luisaient au soleil automnal. Les jardins dépouillés des fouillis de verdure avaient retrouvé leur aspect ordonné. De gros tas de mauvaises herbes pourrissaient dans les coins. Lucrèce s'occupa elle-même des rosiers. Au fond d'un buisson, elle découvrit un bouton de rose qui, retrouvant enfin l'air et la lumière, s'épanouit.

Lucrèce vit dans l'éclosion de cette fleur un heureux présage. Le long chapelet de lamentations qu'elle égrenait devant Caterina n'était pas sans analogie avec la taille des arbustes. Son cœur, libéré de griefs trop longtemps gardés secrets, s'allégeait. Une fois exprimées, ses contrariétés lui paraissaient moins graves. C'est à peine si elles méritaient d'être mentionnées.

Au palais, elle était supplantée par Clarice. La belle affaire ! Ce n'était pas non plus la bru dont elle avait rêvé. Quelle importance ! Clarice avait donné à Laurent deux filles et un fils. Que demandait-on de plus à une femme ? Et Lucrèce devait se féliciter d'avoir désormais trois petits-enfants qui mettaient de la gaieté dans la vaste demeure.

Quant à l'indolence de Julien, elle n'était dangereuse pour personne. Pas même pour lui. Bien qu'ayant déjà vingt-deux ans, il ressemblait plus à un adolescent qu'à un homme mais ce n'était pas surprenant chez un cadet qui n'avait pas de responsabilités à assumer. Etre riche, élégant et insouciant suffisait à son bonheur. Qui pouvait le lui reprocher ? Certainement pas les Florentins. Ils étaient tous en adoration devant lui, parce qu'il était beau, que c'était un athlète accompli et qu'il avait la nature tendre des enfants qui ont été entourés d'amour et pour lesquels tout est facile et le ciel toujours bleu. Lucrèce l'aimait elle aussi. Le souhaiter différent n'avait aucun sens.

C'était d'ailleurs cette douceur de caractère partagée par le père et le fils qui l'avait tellement attirée chez son mari et expliquait qu'il lui manquât terriblement. Pierre aimait Julien tel qu'il était. Il s'était reconnu en lui. Il l'avait compris. En vérité, de leurs cinq enfants, Julien avait toujours été le préféré de Pierre. Il n'avait jamais eu les mêmes sentiments pour Laurent.

Elle, au contraire... Le moment était venu. Elle s'était dérobée le plus longtemps possible mais à présent, il fallait regarder la vérité en face. Tous les autres problèmes s'étaient facilement évanouis dans la vapeur des bains chauds. L'épine qui était plantée dans son cœur avait pour nom Laurent.

— Laurent ! Laurent ! cria Lucrèce.

Et les murs autour lui renvoyèrent son cri : « Laurent ! »

— Est-ce que tu sais ce que c'est, Caterina, d'être trahie par la personne qu'on aime le plus au monde, celle à qui on faisait le plus confiance ? As-tu une idée du déchirement que l'on éprouve à le voir changer ? A le voir s'éloigner ?

« Volterra ! La peste soit de cette ville. C'est Volterra qui l'a transformé. Non pas au moment où il a appris que le gisement d'alun était sans valeur, mais avant, quand la ville a été mise à sac par l'armée. De tout temps, les hommes ont tué, pillé, volé. Est-ce sa faute si la nature humaine est ainsi faite ? Il devrait le savoir depuis le temps. Il assiste au Conseil où sont rapportés les crimes. Il connaît l'existence des gibets à l'extérieur de la ville, près de la Porte de la Justice. Il n'a pas pu ne pas voir les gens qui se délectent du spectacle des pendus, rient, boivent et se goinfrent pendant que les jambes des suppliciés gigotent encore dans l'air. Il ne peut pas ignorer qu'il y a des bandits de grand chemin qui tuent les voyageurs pour les détrousser, sinon il ne m'aurait pas donné une escorte aussi importante.

« Pourquoi veut-il être un surhomme ?

« A cause de Cosme ! Il veut lui ressembler. L'idiot ! Cosme était loin d'être un saint. Je le connaissais bien. Cosme voyait les hommes tels qu'ils sont. Il aurait oublié Volterra en une semaine, ou plutôt il y aurait vu une erreur qui ne devait pas se reproduire. Il en a commis des erreurs, le Père de la Patrie, seulement voilà, il s'est toujours arrangé pour les dissimuler.

« Si Laurent m'avait accompagnée, j'aurais pu lui dire tout ça. Depuis l'affaire de Volterra, il ne me demande plus jamais mon avis. Cela fait trois ans qu'il ne me met jamais au courant de ses projets. J'ai cessé d'exister pour lui. Je ne sers plus à rien. »

Lucrèce eut une nouvelle crise de larmes. La vieille servante l'encourageait de la tête en suçant un citron. Lorsque Lucrèce fut à bout de forces, Caterina l'aida à s'extirper du bain, l'enveloppa dans une serviette puis lui couvrit les épaules d'une grande cape.

— Maintenant, il faut dormir, dit Caterina.

A son réveil, Lucrèce s'assit dans son lit et contempla les étoiles jusqu'à ce qu'elles commencent à pâlir. Les émotions tumultueuses qui l'avaient assaillie tous ces derniers jours s'estompèrent du même coup ; elle dit adieu à Morba. Elle était prête à prendre le chemin du retour.

Son cœur était apaisé, ses pensées en ordre ; elle n'avait plus besoin de parler à une confidente dure d'oreille. Elle avait compris qu'il ne tenait qu'à elle d'avoir une vie riche et bien remplie. La métamorphose des thermes prouvait qu'elle en était capable.

Elle était fière de son œuvre. Presque autant que je l'étais de mes enfants, songea-t-elle, en esquissant un sourire. Ah, l'amour maternel, quel miroir aux alouettes ! Il y entre une part de vanité impossible à démêler !

Quoi de plus normal que Laurent mène une vie indépendante. Il avait vingt-six ans et la charge de l'Etat pesait sur ses épaules depuis presque six ans. Respecterait-elle un homme qui courrait voir sa mère avant chaque décision à prendre ? Non. Ni elle ni personne.

Elle devait le laisser s'éloigner. Il était grandement temps.

Lucrèce vit devant elle le visage de Laurent et son cœur déborda de tendresse. Tous mes enfants ont été de très beaux bébés, sauf toi, mon cher fils. La beauté t'a été refusée. Les gens se détournaient en voyant ce large nez aplati et cette grande bouche dans ton minois d'enfant. Peut-être est-ce pour cela que tu as toujours été mon préféré.

J'ai brodé moi-même tes petites chemises pour compenser le désintérêt des autres. Et j'ai toujours choisi les laines les plus fines et les coloris les plus éclatants pour tes vêtements.

Elle secoua la tête avec un petit sourire triste. Tu ne te mets pas à ton avantage en portant un *lucco*, mon chéri, songea-t-elle. Cela t'enlaidit encore plus. Pas étonnant que cela me donne des cauchemars.

Laurent retrouva Lucrèce aux approches de Florence.

— Comment as-tu su que j'arrivais ? demanda-t-elle.

— J'ai mes espions. Tu as une mine radieuse, mamina. Morba t'a fait du bien.

— Oui. C'est un endroit délicieux. Un peu austère mais propre et net. Je m'y plais tant que j'ai décidé de l'acheter. Avec quelques améliorations, ce seront les meilleurs thermes de toute la Toscane. Je vais devenir une femme d'affaires et gagner beaucoup d'argent.

Laurent essaya de sourire.

— Enfin une bonne nouvelle. J'espère que tu n'es pas trop fatiguée du voyage, mamina, j'ai beaucoup de choses à te raconter. Ta sagesse me sera très précieuse.

Lucrèce oublia en un instant sa résolution de laisser son fils diriger seul sa vie.

— Je ne suis absolument pas fatiguée, dit-elle.

Chapitre 13

— Ne parle pas si vite, Laurent. Je ne comprends rien à ce que tu racontes.

Laurent écrasa son poing sur son bureau.

— Je dis que ce sont des traîtres. Ils m'ont trahi et plus grave encore, ils ont trahi la République.

— Reprenons au début... Le pape a demandé un prêt à notre banque, c'est ça ?

— Oui. Quarante mille florins. Une fortune. Evidemment, nous aurions pu les lui accorder. Les intérêts nous auraient énormément rapporté. Le problème, c'est que tout cet argent n'était pas destiné au Vatican. Sixte voulait s'en servir pour acheter le comté d'Imola à son neveu préféré ou plutôt, son bâtard de fils. Après avoir promu cardinaux ses neveux paysans, il voulait créer une petite principauté pour Riario et menacer Florence par la même occasion.

« Je ne pensais pas que la vente d'Imola pouvait nous causer des ennuis. Florence s'était portée acquéreur car, bien que ce soit une ville sans grande importance, elle se trouve sur notre frontière et sur la route que nos marchands empruntent pour aller au port de Ravenne. Comme le prix était trop élevé, j'ai commencé à négocier, puis Galeazzo s'est présenté et l'a achetée pour Milan. Je n'avais pas de raison de m'inquiéter. C'est un allié sur lequel nous pouvons compter car il a autant besoin de nous que nous de lui.

— Alors, où est le problème ?

— C'est Sixte, ce vieux roublard. Il a proposé de marier Riario à Catherine Sforza si Galeazzo acceptait de lui vendre Imola dont il ferait cadeau au couple. Comme sa fille n'avait pas de soupirants, car c'est une enfant illégitime — et une chipie en plus à ce qu'on dit —, Galeazzo a accepté.

« Alors Sixte est allé demander un prêt. Il était tout sucre et tout miel, et intarissable sur les vertus de Riario qui, comme chacun sait, est un rustre et un débauché. A l'entendre, l'expansion des Etats épiscopaux jusqu'à la frontière est de la République ne lui aurait jamais traversé l'esprit.

« La filiale de Rome m'a demandé mon avis. J'ai conseillé de lui opposer un refus courtois. »

Le directeur de la filiale de Rome était le frère de Lucrèce. Elle savait qu'il avait l'art et la manière de dire non.

— Sixte n'a donc pas eu son argent. Où est la trahison dans tout ça ?

— Tu ne m'écoutes pas ! Les traîtres, ce sont les Pazzi. Il y a une trentaine de banques à Rome mais à part nous, la seule qui soit assez riche pour prêter une telle somme est celle des Pazzi. Avant d'envoyer un mot à mon oncle, je suis passé chez eux. J'ai parlé à Jacopo, à Elmo et à Julien. Antonio qui avait de la fièvre était alité à La Vacchia et Francesco était à Rome chez son cousin Renato. Je leur ai expliqué le danger que pourrait représenter la présence du neveu de Sixte à Imola et ils m'ont promis de ne rien verser au pape.

« J'ai écrit ensuite à Renato en lui racontant ce qui s'était passé. Sa lettre et celle destinée à notre filiale sont parties par le même courrier.

« Et ce matin, j'apprends qu'à Rome, tout le monde parle du prêt que les Pazzi auraient l'intention d'accorder à Sixte. Si c'est vrai, c'est une trahison infâme. »

Lucrèce comprit parfaitement le danger que courrait Florence si le pape venait à mettre la main sur Imola. Et si la rumeur se confirmait, Renato et Francesco Pazzi auraient causé effectivement un grave préjudice à la République. Mais les rumeurs étaient si souvent fausses.

— Laurent, ne gaspille pas ton énergie dans une colère qui n'est peut-être pas justifiée, dit Lucrèce. Attends la suite des événements. Quant à moi, j'ai chevauché six heures durant sur des routes poussiéreuses. Je vais me laver, me reposer un peu puis j'irai voir mes petits-enfants. Comment vont-ils ?

— Bien, répondit distraitement Laurent, entièrement habité par sa rage contre les Pazzi.

Les enfants étaient resplendissants de santé. Lucrèce, qui avait cinq ans, était grande pour son âge et très bruyante. Lorsque sa grand-mère entra dans la nurserie, elle criait contre Pierre qui s'acharnait sur une de ses poupées. Malgré le bruit, la petite Maddalena, âgée de deux ans, dormait d'un sommeil paisible.

Quel bonheur d'avoir une maison pleine d'enfants, pensa Lucrèce.

— Bonjour, Maria, dit-elle à la gouvernante.

Abandonnant la poupée, Pierre courut vers Lucrèce, sa sœur sur ses talons.

— Tu nous as rapporté quelque chose, grand-mère ?

Trois semaines plus tard, le 11 décembre, la nurserie reçut un nouveau pensionnaire. Clarice avait mis au monde un garçon qu'on appela Jean.

Le bébé était venu quelques semaines trop tôt mais il pesait plus de huit livres et il était si vigoureux qu'il criait presque aussi fort que sa sœur aînée.

— On croirait vraiment entendre rugir un lion, dit Clarice un rien effrayée.

Elle avait raconté à Laurent que la nuit précédant la naissance de Jean, elle s'était vue en rêve se tordant sur le sol en mosaïque de la cathédrale, dans les douleurs de l'enfantement, et accouchant non d'un enfant mais d'un énorme lion.

Pour Laurent, la signification de ce rêve était évidente : Jean était destiné à entrer dans les ordres. Il serait le protecteur de Florence, son lion, symbole de la ville.

La naissance de Jean accompagnée d'un rêve prémonitoire de bon augure sortit Laurent de l'abattement, si étranger à sa nature, où l'avait plongé une succession de mauvaises nouvelles.

En premier lieu, la rumeur concernant le prêt des Pazzi au pape s'était révélée juste.

Puis le Vatican avait fait savoir que le Saint-Siège retirait à la banque Médicis la gestion si lucrative des biens pontificaux confiée dorénavant à la banque Pazzi. C'était plus de la moitié des revenus de la banque des Médicis qui partait en fumée.

— Je ne connais rien au trafic bancaire, dit Laurent avec amertume. Je n'ai jamais eu le temps d'apprendre. Ni le goût. Et nos ressources excédaient toujours nos dépenses. Nos besoins restent les mêmes mais nos moyens ont beaucoup diminué. La filiale de Londres a dû fermer à cause des guerres des Plantagenêts qui ont dévasté l'Angleterre et parce que le roi Edouard IV est incapable de rembourser les prêts faramineux que nous lui avons faits. La même chose est en train de se produire à Bruges avec le duc de Bourgogne. Je ne sais plus quoi faire.

— Tu dois laisser les directeurs diriger les filiales, répondit Lucrèce. C'est ce que ton père a fait et avant lui ton grand-père. Même en étant le plus grand banquier du monde, tu ne pourrais être dans dix villes à la fois. Ta place est ici, à Florence, à la tête du gouvernement.

— Oui. Et tu sais ce que cela signifie : payer les divertissements de nos hôtes, les feux d'artifice du carnaval, les chars, les costumes, les pièces sacrées les jours de fête ; les contributions pour ceci ou cela, les cadeaux au roi de France et au roi de Naples, aux ducs de Milan, d'Urbin et de Ferrare, au doge de Venise et même à ce vieux satan de Sixte pour essayer de se concilier tous ceux qui sont susceptibles de porter atteinte à la République. Sans argent, comment pourrai-je continuer à protéger l'Etat ?

Sa mère passa la main sur les épaules de son fils découragé.

— N'exagère pas, Laurent. Même amputée d'une moitié, ou même des trois quarts, notre fortune reste suffisante pour te permettre de faire face à tes obligations. Les Pazzi sont plus riches que nous à présent, qu'importe ! Ils sont liés à notre famille par le mariage de Bianca avec Elmo et les fiançailles du fils de Pier Francesco et de Ginevra. Mieux vaut s'allier à des gens qui ont les moyens ; ils ne sont pas tout le temps à vous demander des faveurs.

« Chasse tes idées noires, mon fils. Tu as trouvé plus malin que toi en affaires. C'est désagréable mais ce sont des choses qui arrivent. Quant à Riario, le neveu du pape, on dit qu'il est stupide. Il ne constitue pas un réel danger pour Florence. Tu n'es peut-être pas le meilleur banquier de l'Italie mais comme homme d'Etat, tu es irremplaçable. Tu sauras contenir facilement ses ambitions. Les Pazzi le savent aussi. Leur prêt à Sixte n'est pas vraiment une trahison. C'est la dure loi des affaires. Vis ta vie. Au lieu de ressasser tes déboires économiques, pense à la chance que tu as. »

Laurent embrassa la main de sa mère.

— Tu es d'un grand réconfort, mamina, même quand tu énonces des vérités que je préférerais ne pas entendre. Tu as raison ; je me conduis comme un enfant à qui on a retiré son jouet. Il faut être idiot pour perdre son temps à bouder au lieu de profiter de chaque instant qui passe. Merci de me le rappeler.

Deux jours plus tard, Laurent s'échappa jusqu'à ses écuries, à Careggi ; il revint à Florence au galop en chantant à tue-tête sans se soucier de ses fausses notes.

— Enfin un cheval qui va aussi vite que l'éclair ! dit-il à Julien. Je l'ai vu courir, mes yeux arrivaient à peine à le suivre. L'année prochaine les Médicis gagneront le *Palio*.

Julien jeta ses bras autour de son frère et le serra à l'étouffer.

— Et c'est moi qui le monterai. Dis oui ou je te tords le cou.

Laurent se dégagea en décochant une série de coups de coude dans le ventre de Julien. Il s'ensuivit une lutte au corps à corps féroce ponctuée de hurlements de rire jusqu'à ce que les deux frères soient trempés de sueur et couverts de bleus.

— Vous ressemblez à deux poteries en majolique, dit Lucrèce, admirant les visages colorés de ses fils quand les ecchymoses passèrent du bleu au pourpre. J'aime beaucoup les couleurs vives dans un appartement.

Cette remarque donna à Laurent l'idée d'aller chercher le cadeau que les deux frères voulaient faire à leur mère le jour de l'Epiphanie. Pourquoi attendre ? Le moment ne pouvait être mieux choisi. Après s'être éclipsé quelques instants, il revint avec deux bustes en terre cuite, grandeur nature et étonnamment ressemblants.

Le premier était une réplique de Laurent vêtu d'un *lucco*, le front légèrement soucieux. Le second buste représentait Julien esquissant un sourire et enrichi de l'armure en argent ciselé qu'il avait portée à son tournoi.

— C'est magnifique ! s'écria Lucrèce.

Elle effleura du bout des doigts les visages en terre cuite en les comparant aux modèles vivants tout boursouflés.

— Rien ne pouvait me faire plus plaisir, dit-elle. Je vous remercie de tout mon cœur.

Lucrèce ne se lassait pas d'admirer son cadeau.

— C'est Andrea del Verrocchio qui les a faits, n'est-ce pas ? Il doit beaucoup vous aimer. Moi aussi.

Laissant les bustcs, clle serra ses fils dans ses bras en soufflant doucement sur leurs bleus pour les guérir.

1476

Chapitre 14

— Cette année, le carnaval sera d'une splendeur incomparable, annonça Laurent, plein d'entrain depuis plusieurs mois.

Fidèle à sa promesse, il avait tourné le dos à la mélancolie et la vie l'avait récompensé par de belles journées dorées et un bonheur paisible. Il caressa la crinière de son cheval, posa sa joue contre son cou et, d'une voix affectueuse, chuchota des paroles d'encouragement dans ses oreilles mobiles.

— Morello, mon beau, mon Pégase, mon amour. Tu vas laisser les autres si loin derrière qu'ils croiront avoir rêvé.

Julien eut un sourire crispé et se pencha en avant pour détendre ses muscles.

— J'aimerais bien que ce soit déjà commencé, dit-il.

La même scène se répétait dans toute la ville. Une heure avant le début de la course, l'approche du moment fatidique mettait tout le monde dans un état de fébrilité croissante : les spectateurs qui se pressaient sur le parcours de la course et augmentaient leurs mises sur le cheval qui serait en tête à tel ou tel endroit ; les juges qui se racontaient des anecdotes sur les courses des années précédentes en taisant leurs préférences ; les propriétaires des chevaux dont les blasons étaient brodés sur la tapisserie en laine attachée par une sangle sur le dos des chevaux ; et, bien sûr, les cavaliers. Une victoire pouvait leur apporter la gloire. Une défaite les hanterait toute leur vie. Le *Palio* n'était pas une course ordinaire.

Au vainqueur était remis le « *palio* », bannière frangée d'or d'environ un mètre de long, d'une grande valeur symbolique. Offert par les villes assujetties à la République, cet emblème admirablement exécuté témoignait de la puissance de Florence et de sa prééminence dans l'artisanat d'art et la confection des vêtements. Le « *palio* » était la récompense la plus convoitée de toute l'Italie. Mais c'était aussi la course la plus dangereuse.

— Et fais attention aux fleurs, dit Laurent.

— Tu me l'as répété plus de mille fois.

— Morello a l'habitude de courir à la campagne et il est jeune. Il ne comprendra pas ce qui se passe.

— Laurent ! J'ai déjà du mal à rester calme, alors si tu n'arrêtes pas de me mettre en garde...

— Excuse-moi. Tu seras parfait. Et Morello aussi. Mais surtout n'oublie pas que...

— Tais-toi, pour l'amour de Dieu !

Jacopo de Pazzi menaça du regard le jeune page qui allait défendre ses couleurs.

— Rappelle-toi que ce n'est pas un cheval ordinaire, mon garçon. A lui seul, il vaut plus cher que toi et toute ta famille. Si jamais il doit y avoir une jambe de cassée, mieux vaut que ce soit une des tiennes.

La gorge du garçon, nommé Santino, se serra. Il jura sur la tombe de son grand-père qu'il s'en souviendrait. Mais ce qu'il avait surtout à l'esprit, c'étaient les cent florins que le vieil homme lui avait promis s'il menait à la victoire cet étrange cheval venu d'un pays lointain. Cent florins, c'était ce qu'il gagnerait en dix ans ; en y pensant, il eut la bouche toute sèche.

Le grand étalon gris, qui n'avait pas l'habitude des pavés, piaffait d'impatience. On l'avait amené en grand secret à Florence depuis le désert d'Arabie où le sable est si doux.

La grande cloche sonna au beffroi du palais de la Seigneurie. Toute la ville tressaillit. C'était le premier signal, l'invitation pour les participants à se diriger vers la ligne de départ.

— Que Dieu te garde, dit Laurent.

Il embrassa Julien et lui fit la courte échelle. Pour le *Palio*, il n'y avait ni selle ni étriers. Les cavaliers montaient à cru.

Julien se dérida. L'attente était presque terminée. Le plaisir du sport l'emportait sur la peur.

La deuxième cloche signalait aux cavaliers de gagner leur place. Les trente-six chevaux engagés formaient avec leurs cavaliers une longue ligne mouvante au bout de la prairie qui s'étalait devant la Porta al Prato. C'était un spectacle magnifique. Les cavaliers, coiffés d'une casquette ornée de plumes, vêtus d'une casaque serrée à la taille par une ceinture et de hauts-de-chausses bicolores, arboraient les couleurs des familles pour lesquelles ils couraient. Julien adressa un grand sourire à son ami Matteo de Tornabuoni. Matteo, en vert et or, avait le teint cireux. Il avait relevé un défi un jour où il était ivre et à présent, il aurait donné n'importe quoi pour être ailleurs. A côté de lui, en bleu et noir, Alberto Palmieri, nerveux, était impatient de s'élancer. Alberto avait quarante ans. C'était son vingt-cinquième *Palio*. Il aimait à répéter que rien dans la vie — ni le vin, ni les femmes, ni la chasse — ne le rendait plus heureux que cette course. Il n'avait jamais terminé mieux que cinquième mais il ne désespérait pas de gagner un jour, si la course ne le tuait pas avant. Les jumeaux Alessandrini n'avaient que quatorze ans. C'étaient les concurrents les plus jeunes. L'un d'eux défendait les couleurs de leur mère. Julien, placé entre les deux frères, se répétait mentalement les recommandations que lui avait faites Laurent à propos des fleurs qui risquaient d'effrayer les chevaux. Tout le long du parcours, les spectateurs se penchaient aux fenêtres ; et il arrivait souvent que des jeunes filles lancent des bouquets à leurs favoris.

Au troisième coup de cloche, les chevaux s'élancèrent. Dans l'explosion de cris qui retentit, un nom se détacha des autres : « Julien ! »

La prairie était longue d'environ cinq cents mètres et les cavaliers, couchés sur l'encolure, éperonnaient leur monture et les encourageaient de la voix pour être en tête à l'entrée de la rue, tout au bout. La Via Borgo Ognissanti était une artère relativement large. Quatre chevaux au pas pouvaient la prendre de front. Trois au galop.

Les spectateurs se ruaient eux aussi en avant sans se soucier de la gêne qu'ils provoquaient pour voir qui serait le premier à entrer dans la rue. « Rucellai », crièrent-ils. Et : « Julien ! » C'est de là que débutait réellement le *Palio*. Les concurrents jouaient des coudes et des pieds pour pousser leurs adversaires sur le côté et prendre l'avantage. Les chevaux se cabraient et piquaient du nez en se pressant les uns contre les autres, écrasant leur cavalier contre les murs en pierre des maisons. Ce fut une belle pagaille. En arrivant devant la mêlée, le cheval de Matteo de Tornabuoni prit peur et fit un brusque écart qui jeta à terre son cavalier. Matteo roula en boule en se protégeant la tête avec les mains. Quatre chevaux sautèrent par-dessus lui. Un sabot le heurta, déchirant sa tunique et lui cassant trois côtes. Mais Matteo était sauf. « Merci, mon Dieu », murmura-t-il.

Devant, la course continuait de plus belle. La Via Borgo débouchait sur une petite place au pied du pont Alla Carraia où les spectateurs se massaient tout autour, offrant un espace suffisant pour permettre à un cavalier audacieux de pousser son cheval et d'aborder en meilleure position la Via del Parione, plus étroite que la Via Borgo. Santino, le valet d'écurie des Pazzi, vit un gros tas de florins devant ses yeux. Il invoqua tous les saints, poussa un cri sauvage et gagna une demi-longueur sur son adversaire le plus proche. Il s'engouffra dans la voie étroite en neuvième position. Julien menait, suivi d'Alberto Palmieri à quelques centimètres derrière. Le bruit était assourdissant : les sabots martelaient les pavés, les chevaux renâclaient, le public hurlait des encouragements, les cavaliers criaient de douleur quand leurs jambes heurtaient les murs dans un virage.

Les chevaux débouchèrent ventre à terre sur la Piazza Santa Trinita, plus large que la précédente mais tout de suite après il y avait un coude sur la gauche pour rejoindre la rue suivante, et le bruit et les fleurs affolaient les chevaux. Un des frères jumeaux perdit le contrôle de sa monture et fonça dans la foule. Son frère essaya de s'arrêter mais le gros du peloton derrière lui l'envoya rouler à terre avec son cheval. Des spectateurs se précipitèrent pour tirer sur le côté le corps inerte et vulnérable qui gisait sur les pavés. Les cavaliers qui arrivaient au triple galop tentèrent désespérément de les éviter. Santino y parvint. Deux autres tombèrent, les chevaux continuant seuls leur course folle.

Dans la Via Rossa, plus large que la Via Parione, c'était l'occasion ou jamais de prendre la tête. De nombreux concurrents étaient déjà tombés et les chevaux les moins endurants perdaient du terrain. Le groupe de tête était à plusieurs rues devant, salué par des vivats criés des fenêtres et du seuil des boutiques dont les portes ouvertes constituaient un péril supplémentaire. Santino priait, pleurait, jurait.

L'angle droit à la sortie de la Via Rossa pour s'engouffrer dans la Via dei Calzaiuoli était la partie la plus dangereuse de la course. Une barricade en bois protégeait la foule massée derrière. Les chevaux pouvaient avoir l'impression que leurs cavaliers les dirigeaient droit dans un mur humain. Morello chercha à se dérober. Julien glissa sur l'encolure mais il garda le contrôle de son cheval, le força à obéir, tourna. Alberto Palmieri dépassa Julien. A sa vingt-cinquième tentative, il voyait enfin la victoire à sa portée. Un tonnerre d'applaudissements salua Palmieri qui enleva sa casquette et l'agita.

Derrière lui, Julien était à terre. Voyant le chemin libre, Morello avait accéléré l'allure avant que Julien ait entièrement recouvré son équilibre. Le jeune Médicis s'était retrouvé dans une position ridicule sur la croupe du cheval d'où il avait fini par tomber en faisant une roulade suivie d'une culbute arrière pour atterrir sur ses pieds.

— Julien ! crièrent les spectateurs.

Il sourit, haussa les épaules, éclata de rire puis courut au centre de la place pour éviter les chevaux qui arrivaient au triple galop.

Le cheval des Strozzi passa comme une flèche suivi de Soderini, de Rucellai et de l'étalon des Pazzi monté par Santino, jurant à la Vierge qu'il ne dirait plus jamais de gros mots à sa mère s'il gagnait. Le cheval d'Alessandrini délesté de son cavalier arriva sur la place, les yeux exorbités, la robe mouillée d'écume. Perdu, il commençait à ralentir. Julien courut au côté du cheval, le rattrapa et empoignant les rênes et la crinière, sauta sur son dos. Ce fut du délire dans la foule mais Julien était déjà loin, calmant et ramenant dans la course ce cheval inconnu, suivi de onze cavaliers. Dix-neuf concurrents, tombés ou blessés, avaient abandonné à la suite de chutes ou de blessures.

Le long du Borgo dei Greci, Alberto Palmieri dut céder la première place à un écuyer hurlant tout ce qu'il savait, en bleu et or, sur un cheval arabe à la robe grise. C'était Santino, martelant des talons les maigres flancs de son cheval, criant des prières, battant l'air du bras en dépassant ses adversaires. Son cheval était splendide, imbattable dès qu'il y avait un peu d'espace devant lui. Il enfila la Via de Benci comme s'il avait des ailes et déboucha le premier sur la Piazza Santa Croce. C'était là, à l'arrivée, que les spectateurs étaient les plus nombreux, les applaudissements le plus forts, et les gerbes de fleurs le plus fournies. Santino tira doucement sur les rênes. Les yeux brouillés par les larmes, il se pencha en avant pour embrasser le cou couvert d'écume. Puis il s'agenouilla sur le dos de l'animal, souleva un pied, chercha l'équilibre et d'un bond, se mit debout. Tremblant de tout son corps, son haut-de-chausses et les manches de sa tunique ensanglantés et déchiquetés, il passa ainsi devant la loge des juges. Son visage était trempé de sueur et de larmes mais il rayonnait de bonheur.

— Frère, je t'ai déçu. Je devrais être pendu.

Dans l'écurie du palais, Julien avait retrouvé Laurent qui pansait une longue blessure sur le flanc de Morello.

Laurent le regarda avec un sourire.

— Ne sois pas bête. C'était sa première course et il a eu peur. Mais l'année prochaine, ce sera différent. Si tu ne gagnes pas, je te tuerai de mes propres mains. Maintenant, dis-moi, comment ça s'est passé ? Comment a-t-il couru, mon trésor ?

Pendant le carnaval, les deux frères s'amusèrent comme jamais. Leur char, qui reçut l'accueil le plus enthousiaste, gagna le concours et la chanson écrite par Laurent, illustrant parfaitement l'esprit du carnaval, fut rapidement sur toutes les lèvres.

Quant'è bella giovinezza
che si fugge tuttavia !
Chi vuol esser lieto, sia ;
di doman non c'è certezza.

Comme elle est belle la jeunesse
Comme elle est éphémère !
Soyez heureux, n'attendez pas ;
Demain n'est que vaine promesse.

Chapitre 15

Le plus pénible pour Laurent, qui n'était pas homme à aimer les défaites, était non pas d'avoir perdu lc *Palio* mais que les Pazzi aient gagné.

Chaque fois qu'il les voyait — la vie publique à Florence rendant les rencontres inévitables —, Laurent ne pouvait s'empêcher de voir une nuance de raillerie dans le sourire carnassier de Jacopo et il imaginait que Francesco se vantait partout d'avoir retiré la gestion des biens pontificaux à la banque Médicis.

Cependant les craintes de Laurent concernant l'installation du neveu du pape à Imola n'avaient pas été confirmées. Riario passait peu de temps dans sa principauté et les marchands florentins continuaient à faire le voyage jusqu'à Ravenne sans augmentation de leurs taxes. Sixte semblait n'avoir d'yeux que pour son voisin du sud. Il avait signé un traité avec Ferrante, le roi de Naples, et on disait qu'il couvrait son nouvel allié d'attentions et de riches présents.

La situation était délicate pour Florence car les retournements d'alliances créaient toujours une insécurité. Laurent aurait peut-être pu influencer le pape s'il était resté son banquier mais à présent, il n'avait plus de contact avec le Vatican. Jamais, depuis la fin de l'Empire romain, l'équilibre des pouvoirs en Italie n'avait été aussi précaire.

Laurent décida de rester vigilant sans dramatiser. Après tout, les Pazzi n'avaient pas nui véritablement à la République et s'entêter à leur garder rancune d'un revers financier n'était pas légitime. Il était dans la logique du métier de banquier de chercher à prendre des clients à ses concurrents.

Mais Laurent avait beau se raisonner, il avait du mal à se montrer amical avec Jacopo. Avec Francesco, c'était presque impossible. Même avec Elmo, le mari de sa sœur et son ami depuis plus de dix ans, il se sentait mal à l'aise.

Si seulement son frère et son cheval avaient été battus par une autre famille !

— Tu ne peux pas faire ça, Laurent !

Elmo de Pazzi avait saisi Laurent par le bras et l'entraînait à l'écart de la foule qui déambulait autour de l'église pendant la messe.

— Faire quoi ? Je ne comprends pas de quoi tu veux parler, Elmo.

— Ne fais pas l'hypocrite. Tout le monde est au courant. Le vieux Borromeo n'avait pas d'autre enfant que sa fille Alessandra. A sa mort, elle aurait dû hériter de toute la fortune de son père. Seulement voilà, comme c'est la femme de mon frère, tu veux remettre une vieille loi en vigueur pour te venger des Pazzi.

Laurent reprit sa promenade d'un pas nonchalant en dégageant son bras.

— Ce n'est pas moi qui fais les lois, Elmo, tu le sais bien. Celle à laquelle tu fais allusion existe depuis cent ans. Si un homme meurt sans testament écrit, les héritiers sont ses parents mâles les plus proches. Dans le cas de Borromeo, c'est son neveu.

Elmo marchait à la même allure que Laurent mais sa voix monta d'un cran.

— Laurent, je suis ton ami et ton frère par les liens du mariage. Ne fais pas une chose pareille, je t'en supplie. Tu n'es pas sans savoir que cette loi est tombée en désuétude depuis des décennies. Tout le monde le sait et on sait aussi que c'est toi qui as convaincu la Seigneurie de l'appliquer dans ce cas précis.

Laurent lui fit signe de se taire. La cloche tintait pour attirer l'attention de l'assemblée sur le point culminant de la messe. L'aîné des Médicis baissa la tête et ses lèvres remuèrent en silence pendant qu'il priait.

Elmo s'inclina également mais il ne pria pas. Il attendit que l'instant solennel soit passé. Quand les gens se remirent à marcher et à bavarder, il reprit Laurent par le bras.

— Je te dis ça pour ton bien, Laurent. Tu te fais des ennemis. Je pense moins à Julien, bien qu'il soit le mari d'Alessandra, qu'à Francesco. Il est tellement furieux qu'il veut aller habiter à Rome. Il dit qu'il ne supporte plus de vivre dans la même ville que toi.

Laurent éclata de rire.

— Si ce n'est que ça, souhaite-lui bon vent de ma part. Plus vite il partira, mieux ce sera. Je n'ai pas plus d'affection pour Francesco qu'il n'en a pour moi.

Laurent répondit au salut d'un ami.

— Excuse-moi, Elmo, dit-il avec un sourire. Il faut que je parle à Luciano.

Au début de l'automne, l'affaire Borromeo — ainsi qu'on l'appela — fit marcher les langues pendant plusieurs semaines. On se délectait de l'habileté avec laquelle Laurent s'était vengé et on riait de savoir Jacopo de Pazzi — connu pour son avarice — privé d'une immense fortune au profit de son neveu.

Mais Laurent était trop occupé par une autre succession pour savourer son succès. Son cousin Pier Francesco venait de mourir en laissant deux fils. Leur tuteur n'était autre que le maître de Florence.

Laurent prit ses nouvelles responsabilités avec son énergie et son sens du devoir habituels.

Pier Francesco, qui s'était plaint toute sa vie d'être pauvre, ne possédait pas de villa. Quant à sa maison en ville, elle était pauvrement meublée, manquait de confort et nécessitait des réparations. Laurent avait donc décidé de loger ses cousins au palais Médicis quand il apprit de la bouche du notaire que, conformément aux dernières volontés du défunt, les fils de Pier Francesco devaient habiter chez eux.

Laurent se demanda alors s'il ne fallait pas avancer le mariage de son pupille. La dot de Ginevra de Pazzi à laquelle était fiancé le jeune Laurent était considérable. Elle suffirait amplement à financer le train de vie que devaient avoir les deux garçons.

Cependant Laurent était très jeune. Il n'avait que treize ans et sa fiancée aussi. Beaucoup de filles, il est vrai, se mariaient à cet âge. C'était assez vieux pour avoir un enfant et le devoir conjugal serait sans doute une bien douce obligation pour son pupille. Lui-même aurait été comblé d'avoir dix épouses à treize ans.

Laurent éclata de rire. Ce mariage apparaissait tout indiqué et offrait un petit avantage non négligeable : Francesco de Pazzi serait furieux de savoir que la dot de la petite héritière servirait non seulement à renflouer la fortune des Médicis mais l'augmenterait. Et il deviendrait inutile d'acheter une villa pour les garçons. Le vieil Antonio de Pazzi serait sans doute ravi que les jeunes gens passent l'été à La Vacchia.

Plus Laurent songeait à ce mariage, plus l'idée lui plaisait.

Encore fallait-il que les Pazzi n'aient pas contaminé Ginevra. Laurent avait la responsabilité de son jeune cousin ; il ne pouvait pas le pousser à épouser aussi jeune une version féminine de Francesco.

Il essaya de se rappeler depuis quand il n'avait pas vu Ginevra... Cela devait faire au moins cinq ans. Etait-elle restée cette enfant attachante dont il gardait le souvenir ou avait-elle adopté l'arrogance des Pazzi ?

Il décida d'aller à la villa La Vacchia pour en avoir le cœur net. C'était justement une belle journée ensoleillée succédant à une semaine pluvieuse.

Le portail de la villa était grand ouvert, sans surveillance. Laurent monta l'allée, attacha les rênes de son cheval à l'anneau en fer scellé près de la porte d'entrée, qui n'était pas fermée non plus, et recula de quelques pas pour admirer la lunette de Della Robbia. Il tomba de nouveau en admiration devant le décor en céramique.

Tout était tranquille. Il n'y avait pas de vent et les feuilles des oliviers étaient immobiles. N'était un murmure venant de l'intérieur de la maison, il aurait pu croire l'endroit désert. Il inspira pour s'annoncer d'une voix forte mais troubler la paix de ce lieu lui parut tout à coup inconvenant. Il laissa l'air s'échapper lentement de ses poumons et avança doucement en direction des chuchotis.

Ils devinrent plus forts et plus distincts au fur et à mesure qu'il s'en rapprochait. Un homme récitait en latin un texte de Cicéron extrait de *Sur la nature des dieux*. Laurent fit halte sur le seuil de la salle à manger pour attendre la fin de la lecture.

La scène austère que Laurent avait sous les yeux s'accordait bien avec les paroles du célèbre orateur romain. Des feuilles de papier, des plumes soigneusement disposées et un canif couvraient la longue table en chêne polie, au centre de la pièce. Quatre personnes déjeunaient à une table plus petite placée devant les fenêtres le long du mur de gauche. Elles mangeaient de la soupe servie dans des bols en bois et du pain.

Le récitant était Mateo, le tuteur de Ginevra. Il était assis sur un banc à côté du vieux moine, juste au-dessous de la fenêtre. Laurent les trouva aussi pauvrement mis que dans son souvenir.

Antonio de Pazzi faisait face à Laurent. La lumière qui tombait de la fenêtre jouait dans ses cheveux blancs et creusait des ombres profondes dans les plis de son pourpoint de velours à l'antique, éclairant en plein son visage émacié au profil d'aigle. Le sourire qui vint sur les lèvres de Laurent en constatant l'air concentré et radieux du vieillard s'évanouit dès qu'il vit ses yeux bleus. Ils étaient laiteux et vagues. Antonio était aveugle.

Lorsque Mateo se tut, les autres tambourinèrent contre la table en guise d'applaudissements. Fra Marco déclara en latin que les dieux romains étaient moins parfaits que les dieux grecs. Une discussion des plus vives s'engagea aussitôt entre Antonio et Mateo, l'un s'exprimant en latin, l'autre en grec. Ginevra se moquait de leurs protestations indignées. Fra Marco l'écoutait taquiner ses deux amis avec un grand sourire.

Assise en face du moine et de son tuteur, Ginevra tournait le dos à Laurent. Elle était mince et se tenait très droite. Ses cheveux étaient retenus par une simple tresse qui lui arrivait à la taille. Elle comprenait manifestement ce que disaient ses compagnons et prenait un plaisir évident à les écouter. Laurent était fort impressionné. L'instruction pour les femmes était considérée comme une bonne chose à Florence mais combien d'entre elles étaient capables de discuter de Cicéron à table ? Et combien de Florentins connaissaient le grec ? Laurent lui-même n'avait étudié les écrivains grecs qu'à travers les traductions en latin. Si Ginevra est aussi bien disposée que cultivée, mon cousin aura une femme remarquable, songea-t-il.

— Pardonnez mon intrusion, dit Laurent dans un latin à l'accent chantant. Puis-je me joindre à votre discussion ?

— Qui est là ? demanda Antonio.

Ginevra se retourna vivement.

— C'est Laurent de Médicis, répondit-elle.

La jeune fille avait très peu changé. Elle avait toujours le même nez allongé et le même menton pointu. Son visage aurait été très quelconque sans la profondeur de ses grands yeux sombres et le dessin ravissant de sa bouche. Mais elle était d'une pâleur maladive.

Laurent ne pouvait deviner que Ginevra avait perdu toutes ses couleurs dès l'instant où elle avait reconnu le son de sa voix. Au fil des ans, l'adoration qu'elle vouait au héros de son enfance s'était encore renforcée. Elle l'avait associé aux figures mythiques de l'Antiquité dont elle apprenait les exploits : Jason, Ulysse, Achille et Hercule, Persée et Bellérophon. Laurent était devenu dans son esprit un personnage de légende et, en le voyant soudain sur le seuil, elle s'était sentie près de défaillir.

— Sois le bienvenu, Laurent, dit Antonio. Entre, je t'en prie.

Laurent remercia le vieillard, salua les autres et vint s'asseoir à côté de Ginevra. La jeune fille n'aurait pas été plus éblouie si le soleil s'était posé près d'elle. Elle se demandait si elle ne rêvait pas et avait un mal fou à suivre la discussion sur les dieux ; elle n'entendait que la voix de Laurent.

Cesse de faire l'idiote, s'admonesta-t-elle intérieurement en cherchant de toutes ses forces à se ressaisir. Elle fit un petit geste de la main au vieux serviteur, lequel apporta un bol de soupe fumant qu'il plaça devant Laurent. Puis, ainsi qu'elle le faisait toujours, elle veilla avec sollicitude sur Antonio, plaçant un verre d'eau dans sa main quand il avait la voix rauque, répondant avec pertinence et d'une voix claire à ses questions, mettant un terme à la conversation quand il fut à bout de forces.

— Je crois qu'il est l'heure de ta sieste, grand-père.

Antonio soupira.

— Tu es un vrai tyran, Ginevra, maugréa-t-il d'une voix où l'on pouvait déceler toute la tendresse qu'il avait pour sa petite-fille.

Quel changement depuis la dernière fois ! songea Laurent. L'agacement avec lequel Antonio avait accepté la responsabilité de Ginevra s'était mué en une tendre affection, uniquement comparable à celle qui existait entre ses parents. Quel étrange nid d'érudits, se dit Laurent.

Ginevra éloigna de la table la chaise de son grand-père puis elle se retourna de façon qu'il puisse poser la main sur son épaule.

— J'ai apprécié ta compagnie, Laurent, déclara Antonio. J'espère te trouver encore ici quand je me réveillerai de ma sieste. Je serais heureux de continuer cette discussion.

— Moi aussi, messire Antonio.

Laurent était sincère. Il avait pris un grand plaisir à discuter avec eux.

Antonio sourit et salua. Puis, suivant Ginevra, il sortit de la pièce d'un pas lent mais confiant.

— Elle est adorable, fit remarquer Laurent.

Fra Marco et Mateo, saisissant l'occasion, chantèrent à qui mieux mieux les louanges de Ginevra. Ils l'aimaient autant qu'Antonio, c'était manifeste.

Lorsque la jeune fille revint, Laurent lui demanda si elle voulait bien lui montrer les panneaux en céramique émaillée des Della Robbia dans le jardin.

— Cela fait longtemps que je les ai vus.

Il était placé devant un curieux dilemme. Le calme de Ginevra et son niveau d'instruction la faisaient paraître beaucoup plus âgée qu'elle ne l'était en réalité. Cela risquait d'intimider son jeune cousin. Laurent avait vu des unions où la femme régnait en despote ; c'était épouvantable.

En revanche, elle était obéissante et déférente. Garderait-elle la même attitude avec le jeune Laurent ?

Il avait besoin de mieux la connaître.

Elle avait un corps de garçon qui pouvait laisser présager des maternités difficiles mais elle paraissait robuste et n'était pas aussi pâle qu'il l'avait cru au premier abord. La jeune fille en vérité rougissait, gênée par le regard scrutateur qu'il posait sur elle.

— Excuse-moi, ma petite paysanne. Tu es tellement grande, je n'arrive pas à y croire. Je suppose que je ne devrais plus appeler une jeune fille aussi instruite que toi « ma petite paysanne ».

— Oh, mais cela me fait plaisir !

Les pommettes toutes rouges, Ginevra regarda ses pieds. N'ayant plus à penser à Antonio, son assurance l'abandonnait. Elle se sentait gauche et maladroite. Un coup d'œil furtif vers Laurent la réconforta. Il souriait, heureux de la réponse qu'elle lui avait faite. Son regard était attentif et chaleureux. Ginevra eut soudain l'intime conviction qu'elle pourrait tout lui dire sans qu'il le prenne mal.

— Personne d'autre que toi ne m'a donné de surnom, confia-t-elle. Cela me donne l'impression que nous sommes vraiment des amis, comme le fait d'avoir notre anniversaire le même jour... Les friandises que tu m'envoies chaque année me font toujours très plaisir. Est-ce que tu reçois mes lettres ?

— Bien sûr.

Laurent se rappela qu'il recevait chaque année un mot de remerciement d'une écriture soignée en réponse aux petits souvenirs que son secrétaire expédiait de sa part. Bernardo n'en faisait pas autant. Il faudrait qu'il lui parle. Son neveu aurait bientôt huit ans. Il était assez grand pour écrire.

— Oui, j'aime beaucoup tes lettres. Cela me change de celles que je reçois habituellement.

Ginevra sourit. Elle paraissait très jeune et désireuse de plaire. Elle ferait une bonne épouse pour le fils de Pier Francesco.

— Tu sais que tu épouseras un jour mon cousin, n'est-ce pas, Ginevra ?

— Oui.

Le visage de Ginevra s'empourpra de nouveau. Malgré toute sa confiance en Laurent, il y avait certaines choses qu'elle ne pouvait pas lui confier. Elle avait cru longtemps que c'était lui, le Laurent qu'elle épouserait. Elle n'avait pas oublié qu'au cours de la cérémonie des fiançailles, il avait glissé la bague le long de son doigt. Dans son esprit, il ne pouvait y avoir qu'un Laurent sur terre. Dans son ignorance, « épouser » restait un mot très vague et lui permettait d'envisager qu'un homme puisse vivre avec deux femmes. Elle s'était donc imaginé qu'elle ferait un jour partie de la famille de Laurent et habiterait au palais Médicis où sa vie serait une succession magique de fêtes d'anniversaires, de chansons avec les apprentis de Verrocchio et de folles randonnées sur des chevaux toujours fringants.

— César va bien, murmura-t-elle. C'est mon cheval, celui que tu m'as offert. Tu aimerais le voir ?

— Oui, beaucoup. Tu le montes encore ?

— Tous les jours, pendant que grand-père fait la sieste.

— Alors tu es privée de ta récréation, aujourd'hui ?

— Ce n'est pas grave. Je préfère être avec toi.

— Si on faisait une promenade ensemble ? Mon cheval a eu tout le temps de se reposer.

— Vraiment ? s'écria Ginevra. Tous les deux ?

Attrapant Laurent par la main, elle s'élança en courant vers l'écurie en le tirant derrière elle.

Ginevra montait à cru. De cette façon, expliqua-t-elle à Laurent, César et elle étaient plus proches l'un de l'autre et ils pouvaient se comprendre sans qu'elle ait besoin des rênes.

Laurent n'avait jamais vu personne monter aussi bien. Le bas de sa robe coincé dans une bande de cuir serrée autour de la taille, ses genoux et ses jambes nus enserrant les flancs de César, Ginevra et son cheval en ne faisant plus qu'un évoquaient une sorte de centaure. La jeune fille galopait à côté de Laurent, le visage rayonnant de bonheur. Parfois elle le dépassait et lui criait de la rattraper. On aurait dit quelque créature mystique appartenant plus au monde de la nature qu'à celui des humains. Lorsque le chemin devint à la fois plus raide et plus large, elle lui proposa une course. Il accepta et enfonça ses éperons dans les flancs de son cheval, gagné par la gaieté sauvage et contagieuse de Ginevra. Il poussa son cheval tant qu'il put mais elle atteignit la première le sommet de la colline, les bras grands ouverts en un geste de triomphe dans lequel Laurent reconnut l'image même de la liberté.

Désireux de réfléchir un peu avant de se replonger dans son univers compliqué, Laurent, après avoir pris congé des habitants de La Vacchia, rentra tout doucement à Florence. Il repensa à Ginevra qui lui avait assuré être très heureuse de mener cette existence retirée du monde où elle consacrait de longues heures à l'étude et était toujours prête à prévenir les moindres besoins des uns et des autres. Quand Laurent lui avait posé la question, elle s'était étonnée qu'il puisse en douter.

Et la vie émotionnelle de la jeune fille ne souffrait pas de ce cadre rigide. A vrai dire, Ginevra ne semblait vivre que dans la passion. Lorsqu'elle avait parlé de son affection pour Mateo, Fra Marco et son grand-père, Laurent avait perçu à travers son attitude protectrice à leur égard une sensibilité ardente qui avait quelque chose d'effrayant chez quelqu'un d'aussi jeune.

Ginevra lui avait raconté que la femme de Mateo avait quitté son mari parce qu'elle détestait le calme qui régnait à la villa. Elle était retournée à Arezzo, dans sa famille, et d'après le cuisinier, elle vivait avec un autre homme. Elle était revenue deux fois à La Vacchia pour réclamer de l'argent à Mateo. Chaque fois, il lui avait donné tout ce qu'il possédait et il avait revécu les affres de la séparation. « Je lui ai dit que si elle revenait encore, je la tuerais », avait expliqué Ginevra. Laurent n'avait eu aucune peine à la croire.

Comment parvenait-elle à concilier les pulsions conflictuelles de sa nature ? Comment cette âme passionnée arrivait-elle à s'épanouir dans cette vie domestique bien réglée qui ressemblait à une vieillesse prématurée ?

La réponse à ces questions était non pas une énigme susceptible d'être déchiffrée mais un mystère inaccessible à la raison. Laurent eut l'impression étrange, presque inquiétante, d'être lié à l'esprit de cette femme-enfant par des liens mystérieux. Un frisson courut tout au long de sa colonne vertébrale. C'était comme si elle recherchait pour lui l'absolu qu'il ne pouvait jamais atteindre. Elle connaissait la paix qu'il appelait si souvent de ses vœux, les émotions sans retenue auxquelles il n'avait jamais vraiment osé donner libre cours, et la liberté qu'il avait prise jusque-là pour une métaphore poétique.

Comme elle était née sous la même étoile que lui, elle partageait peut-être aussi son âme. Peut-être était-elle une part de lui, la part qui lui manquait.

Il ne savait plus quelle décision prendre à propos du mariage. Il chassa l'image pénible d'un oiseau aux ailes brisées qui lui vint à l'esprit.

Un peu plus tard ce même jour, le notaire de Pier Francesco, venu rendre visite à Laurent, résolut le problème. Les garçons héritaient en réalité d'une fortune considérable. Francesco avait investi chaque florin qu'il touchait.

Le mariage pouvait être différé indéfiniment.

— Ange, il faut que tu m'aides, dit Laurent. Il n'y a pas garçons plus incultes dans tout Florence que mes jeunes cousins. Par avarice, leur père a économisé sur leur instruction comme sur tout le reste. Quand je pense que Laurent va épouser une femme comme Ginevra alors qu'il arrive à peine à déchiffrer *La Guerre des Gaules* et qu'il ne sait même pas reconnaître un bon cheval d'un canasson ! C'est une abomination. Tu veux bien m'aider à trouver un précepteur ?

Ange Politien prit un air grave.

— J'essaierai, Laurent, mais je n'ai pas grand espoir. A cet âge, si on n'a pas le désir d'apprendre, les cours sont inutiles, et si on veut apprendre, peu importe les qualités du professeur.

— Je suppose que cela ne t'intéresse pas...

— Non ! Pour tes fils, je le fais volontiers, par amitié pour toi, mais je ne veux pas être le précepteur de tes jeunes cousins. Pas après la description que tu m'en as faite.

Laurent sourit.

— Je n'aurais pas dû te parler d'eux. Cela aurait été d'un comique irrésistible de te voir te casser la tête pour essayer de faire entrer un grain de bon sens dans leur crâne vide.

Le Politien eut une seconde d'hésitation puis il éclata de rire. Comme il ne savait pas toujours quand Laurent plaisantait, ce dernier prenait d'autant plus de plaisir à le taquiner. Mais uniquement quand ils étaient seuls car Ange était très susceptible et Laurent ne voulait pas qu'il se sente ridicule devant ses amis. Il avait un grand respect pour l'intelligence et l'humanisme du Politien.

Ils avaient fait connaissance dix-huit mois plus tôt. Le Politien qui cherchait un mécène avait envoyé à Laurent un poème épique sur les joutes en l'honneur de Julien.

Plusieurs douzaines de poètes avaient eu la même idée. Mais le Politien leur était de loin supérieur. Ses poèmes lyriques et gracieux s'inspiraient de la mythologie grecque et de la philosophie néo-platonicienne à laquelle Laurent était si attaché.

Il envoya chercher Ange sur-le-champ. Le jeune poète avait vingt ans, six ans de moins que Laurent. Avec son corps puissant et musclé, et son visage taillé à la serpe dominé par un grand nez crochu, il avait plus le physique d'un soldat que celui d'un lettré. Contrairement à la plupart de ceux qui demandaient à Laurent des faveurs, il n'avait pas du tout un comportement servile.

Ange avait étudié de nombreuses années avec les fondateurs de l'Académie platonicienne pour lesquels Laurent avait la plus haute estime. Lorsque Laurent avait demandé au Politien pourquoi il ne leur avait pas demandé de le recommander auprès de lui, Ange avait répliqué qu'il voulait être jugé uniquement sur ses mérites.

Laurent l'invita à habiter au palais Médicis et lui accorda un revenu annuel. Quelques mois plus tard, le jeune poète était le meilleur ami de Laurent après Julien. Il devint aussi le préféré de Lucrèce et des quatre enfants.

Ange était entièrement dévoué à Laurent. Il admirait sa vitalité, sa grande capacité de travail, l'étendue de ses compétences, son imagination fertile ; estimait ses talents de politicien et de diplomate ; appréciait sa vivacité d'esprit et reconnaissait mieux que quiconque l'étonnant don poétique de Laurent. Il trouvait presque tragique que Laurent ne puisse consacrer tout son temps à l'écriture.

— Tu m'ôtes un grand poids, Ange. Je t'en suis profondément reconnaissant. Lorsque tu auras trouvé quelques précepteurs susceptibles de faire l'affaire, nous déciderons ensemble lequel choisir. En attendant, je vais m'occuper des détails matériels.

Laurent engagea des ouvriers pour réparer et rendre plus confortable la maison de ses cousins. Il passa aussi le plus de temps possible en compagnie des garçons afin de mieux les connaître et les initier aux joies d'être un Médicis à Florence.

A la fin de l'année, il était plus que jamais impatient de les confier à un précepteur. Malgré tous ses efforts, il n'était pas parvenu à leur communiquer le désir d'apprendre.

— N'importe qui fera l'affaire, dit-il au Politien. Tu dois déjà avoir trouvé quelques candidats ?

— Je t'en amènerai au moins trois la semaine prochaine. Tu pourras faire ton choix.

Mais, à ce moment-là, des problèmes autrement plus graves accaparèrent Laurent.

1477

Chapitre 16

Le jour de son anniversaire, Laurent apprit la mort de Galeazzo Sforza, duc de Milan, l'allié le plus puissant de Florence.

Galeazzo avait été assassiné sur le seuil d'une église, le lendemain de Noël, alors qu'il se rendait à la messe.

A cette nouvelle, Laurent demeura cloué sur son siège, assommé, tandis que Bruno, son secrétaire, reconduisait le messager et lui donnait une récompense pour avoir risqué sa vie en se hâtant sur les routes de montagnes verglacées entre Milan et Florence.

Resté seul dans son bureau, Laurent contempla les sinistres visions qui défilaient devant ses yeux en pensant à l'avenir.

— La République est en danger, murmura-t-il dans la pièce vide. Il aurait suffi de quelques pas de plus pour qu'il soit sauvé. Si seulement il était entré dans le sanctuaire de l'église...

La nouvelle parvint à Rome quelques jours plus tard. Le pape Sixte tomba à genoux en gémissant :

— C'en est fini de la paix en Italie !

Ce même soir, dans un palais sur le mont Palatin, le neveu de Sixte, Girolamo Riario, offrait à son ami Francesco de Pazzi un festin en musique. Comme tout un chacun à Rome, à Florence, à Venise, à Pérouse, à Assise, dans toutes les villes, grandes ou petites, ils parlaient de l'assassinat du duc de Milan.

— Si je m'attendais à ça ! dit Francesco. Sforza ne se déplaçait jamais sans ses gardes armés. A Florence, ce serait différent. Laurent de Médicis se promène partout sans protection...

Ne terminant pas sa phrase, Francesco laissa s'installer un silence éloquent puis il regarda Riario.

Le seigneur d'Imola ne baissa pas les yeux.

Ce fut dans ce regard que germa l'idée d'assassiner Laurent.

Le premier choc passé, Laurent réagit. Il prit les décisions qui s'imposaient, donna des ordres, écrivit des lettres, tint des discours et convoqua des assemblées.

Le fils de Galeazzo, nouveau duc de Milan, n'étant encore qu'un enfant, sa mère, la duchesse Bona, exerçait la régence. Les trois jeunes frères de Galeazzo allaient essayer de s'emparer du pouvoir et aucun d'eux ne se sentirait tenu de respecter l'alliance entre Milan et la république de Florence.

Laurent dépêcha à Milan Tommaso Soderini, son plus ancien conseiller, et Luigi Guicciardini, diplomate chevronné. Les deux hommes emportèrent avec eux une autorisation de tirer n'importe quelle somme d'argent sur la filiale de la banque Médicis à Milan et une lettre écrite de la main de Laurent dans laquelle ce dernier présentait ses condoléances à la duchesse Bona et l'assurait de toute sa sympathie et de l'appui de Florence. « Les deux émissaires que je vous envoie sont des esprits sages et des cœurs nobles, avait écrit Laurent. Vous pouvez leur faire confiance. Ils sauront vous indiquer la meilleure voie à suivre pour préserver la sécurité et l'avenir de votre Etat et de votre fils orphelin. »

Pendant que Laurent rédigeait le message pour la duchesse Bona, Bruno transcrivait des lettres de Laurent à tous les souverains d'Italie et d'Europe où il réaffirmait la détermination de Florence à soutenir la régente.

Ensuite, il ne resta plus à Laurent qu'à attendre les rapports des informateurs ; les réactions de tel ou tel nécessitant de prendre position ; l'indice d'un changement dans l'équilibre des forces en Italie ou d'une menace sérieuse contre la République soudain si vulnérable. Laurent avait plus que jamais besoin d'être tenu informé. La nuit, il triait la masse des dépêches qui arrivaient chaque jour, les étudiait, les comparait, rédigeait des notes pour réclamer des détails et connaître la source des informations qui lui semblaient les plus importantes.

Le bruit d'un complot contre lui n'était pas nouveau et ne le préoccupait pas. Il était sûr de n'avoir rien à craindre. La République florentine n'était pas gouvernée par un despote. Pourquoi aurait-il pris des mesures de prudence particulières ? Sa garde était le peuple de Florence.

Dans l'attente d'éléments nouveaux, d'autres choses monopolisèrent l'attention de Laurent. A la fin du mois de janvier, il eut la joie d'être père pour la cinquième fois. Le bébé, Luisa, dormit paisiblement tout le temps que durèrent les festivités auxquelles donna lieu cet heureux événement.

Il y eut aussi les célébrations traditionnelles des saints, avec les processions et les pièces sacrées qui, en ces temps d'incertitude, revêtirent une dimension particulière et furent l'occasion de prier les saints de protéger Florence.

Et Laurent dut entourer de prévenances sa maîtresse ; ses visites lui pesaient de plus en plus. Lucrèce Donati se morfondait à l'idée qu'elle allait mourir un jour. Elle n'avait que vingt et un ans et elle était d'une très grande beauté, mais elle avait remarqué quelques rides minuscules au coin de ses yeux et soutenait que la texture soyeuse de sa peau perdait de sa douceur. Elle vieillissait, gémissait-elle en sanglotant dans les bras de Laurent.

Lucrèce Donati, sacrée plus belle femme de Florence, avait vu la fin de son règne deux ans plus tôt, lorsque Marco Vespucci était revenu de Gênes avec sa femme. Du jour au lendemain, Simonetta Vespucci était devenue l'idéal féminin de tous ceux qui avaient courtisé Lucrèce. Les poèmes, les chansons, les fleurs, les friandises, les colifichets étaient tous adressés au palais Vespucci.

Sur le moment, Lucrèce ne parut pas en souffrir. Laurent ne diminuait ni le nombre de ses cadeaux ni la fréquence de ses visites. Lucrèce disait d'un air enjoué que son abdication forcée était une bénédiction car cela lui permettait de consacrer plus de temps à Laurent et de préserver leur intimité.

Pour les joutes données en l'honneur de Julien, elle prit place avec un sourire radieux sur le trône de la Reine du Tournoi bien que Simonetta fût à son côté en qualité de Reine de l'Amour et de la Beauté.

Mais le triomphe de Simonetta ne dura que dix-huit mois. Elle mourut subitement, emportée par la tuberculose. Personne n'avait jamais soupçonné son mauvais état de santé, pas même elle. Sa mort survint quelques semaines après les premiers symptômes de la maladie.

Lucrèce en conçut une vive angoisse. C'était la première fois dans sa vie qu'elle était forcée de constater que la mort n'épargnait pas les femmes jeunes et belles. Et si la mort n'intervenait pas de façon brutale comme dans le cas de Simonetta, c'était de toute façon une issue fatale. La mort viendrait aussi un jour pour elle.

Lucrèce ne fut pas la seule personne à être profondément affectée par la mort de Simonetta. Le chagrin de Julien de Médicis, qui avait été très amoureux d'elle, fut immense.

Sandro Botticelli, quant à lui, portait encore le deuil un an après les funérailles de Simonetta.

Au début, Laurent fut peiné de voir son vieil ami affligé au point de n'être plus que l'ombre de lui-même. Sandro ne produisait plus rien. Un an s'écoula ainsi. Un beau jour, Laurent explosa :

— Tu étais au sommet de ton art, Sandro. Je t'aime toujours mais le respect que j'avais pour toi est mort parce que tu es mort. Est-on encore peintre quand on ne peint pas ?

Botticelli détourna la tête. Des larmes roulèrent le long de ses joues creuses.

— Laurent, ne me tourmente pas, je t'en supplie. Je suis trop malheureux.

Laurent traversa d'un pas décidé l'atelier plongé dans le noir et ouvrit les volets.

— Laisse donc entrer l'air et la lumière. Ton atelier est un tombeau.

Le soleil se déversa sur les peintures séchées qui couvraient la table de travail. Sandro se couvrit les yeux.

L'attrapant par les poignets, Laurent découvrit de force le visage de Sandro.

— Ecoute-moi, cria-t-il. Tu n'as pas le droit de négliger le don que Dieu t'a donné. C'est un blasphème de ne pas peindre. Regarde tes peintures. Elles sont toutes sèches, inutilisables. Les saints doivent hurler en voyant ça.

Sandro se libéra avec la force d'un dément.

— Eh bien, que le ciel me foudroie, hurla-t-il. C'est tout ce que je désire. Au moins, je pourrai la revoir parmi les anges.

Laurent recula. Son accès de colère était passé. Il se demanda avec angoisse si son ami n'était pas réellement devenu fou.

— Laisse-moi, dit Botticelli. Si tu m'aimes, je t'en supplie, Laurent, laisse-moi.

Comme il se dépêchait de rentrer au palais, Laurent entendit derrière lui le bruit des volets qu'on refermait.

— Je ne comprends pas ce qui arrive à Sandro, dit Laurent à sa mère. Du jour où Simonetta est arrivée à Florence, il a cessé d'avoir un comportement normal. Quand il l'a vue sur le marché, portée sur une litière, il est tombé amoureux d'elle. Jusque-là, rien d'anormal. Il n'a pas été le seul dans ce cas.

« Mais... tu te souviens, mamina, il a refusé de la rencontrer. Il ne voulait pas se trouver dans la même pièce qu'elle. Nous nous moquions de sa timidité excessive.

« S'il avait été son amant, s'il avait possédé son corps, si elle avait répondu à son amour, sa souffrance aurait pu s'expliquer. Mais là... c'est de la démence ! »

Lucrèce commença à enfiler les chaussures qu'elle mettait pour sortir.

— Je ne pensais pas que c'était à ce point, dit-elle. Je vais aller le chercher et le ramener à la maison. Tu dois te montrer patient avec lui. C'est un peu ta faute, Laurent.

— Ma faute ? Est-ce que tu aurais perdu aussi la raison ? Est-ce moi qui ai tué Simonetta ?

— Tu as fait entrer Sandro dans ton Académie platonicienne. Tu as enflammé son imagination avec le concept de l'idéal du beau. Sandro n'est pas un philosophe, c'est un artiste. Quand il a vu une femme qui, à ses yeux, était l'incarnation de la beauté, il ne s'est pas assis autour d'une table pour discuter des œuvres de Platon sur ce sujet, il s'est livré corps et âme. Je sauverai les deux, le corps et l'âme.

Veillé par Lucrèce avec une sollicitude toute maternelle, Sandro reprit peu à peu des forces.

Mais ce fut Laurent qui le sauva.

Plusieurs fois par semaine, Laurent et Julien chevauchaient à travers la campagne à la recherche d'une villa pour les fils de Pier Francesco. Laurent voulait que les garçons quittent la ville durant l'été et apprennent à connaître les plaisirs et les défis de la vie en pleine nature. Ange Politien leur avait trouvé un jeune précepteur. C'était loin d'être un brillant lettré mais il compensait les lacunes dans ses connaissances par le désir d'apprendre à ses élèves à monter à cheval, à chasser et à prendre les risques auxquels devait se confronter tout homme digne de ce nom.

Au début du mois de mai, prenant ce dont il avait besoin dans l'héritage de Pier Francesco, Laurent acheta la villa de Castello. C'était un élégant petit château au pied d'une colline, à cinq kilomètres de Florence en direction de Prato. Laurent réussit à persuader Botticelli d'y aller avec lui un après-midi. Les ondulations de la prairie étaient parsemées de délicates fleurs sauvages qui frissonnaient sous les souffles légers du vent.

— C'est un modèle de perfection, n'est-ce pas, Sandro ?

Le regard émerveillé du peintre était une réponse éloquente.

— Est-ce que tu voudrais bien peindre ça pour moi, mon ami ? Je voudrais décorer l'espace entre les fenêtres qui donnent sur la colline. Est-ce possible ?

— Je veux bien essayer, dit Botticelli. Mais je voudrais voir si c'est assez large. Il faut un grand tableau.

Laurent se retint d'embrasser son ami pour ne pas exercer de pression sur lui au moment où il commençait tout juste à revenir à la vie.

— Entrons, dit-il. S'il n'y a pas assez de place, je ferai déplacer les fenêtres.

— Béni soit le ciel, notre Sandro est guéri, dit Lucrèce.

Après sa visite à la villa de Castello, Botticelli était

rentré au palais en appelant le Politien à grands cris. Pendant deux semaines, il travailla avec Ange aux esquisses qui lui serviraient de guide pour la peinture qu'il avait en tête. Le peintre voulait utiliser plusieurs images allégoriques créées par Ange dans ses *Stances* pour le tournoi.

— Je ne peux pas vous dire ce qu'il fait, dit le Politien aux Médicis. Il m'a demandé le secret.

Laurent était dévoré de curiosité mais ne se formalisait pas d'être tenu à l'écart, trop heureux que Sandro se soit remis au travail.

Lucrèce était ravie d'entendre Sandro se plaindre d'avoir toujours faim. Cela lui rappelait l'époque où Sandro vivait parmi eux.

Lorsque la chaleur de l'été prit la ville dans un étau, Lucrèce et Clarice partirent avec les enfants à la villa de Fiesole. Julien resta à Careggi où se trouvait le haras car il ne restait plus que quelques semaines avant le *Palio*.

— Je vais câliner Morello pour qu'il m'aime autant que toi, Laurent, dit-il. Cette année, ce sont les Médicis qui vont gagner.

Laurent aurait aimé participer à l'entraînement de son cheval mais sa présence au palais était nécessaire. Il devait étudier les rapports quotidiens qui arrivaient de Milan. Avec l'appui de Florence, la duchesse arrivait à tenir les rênes du pouvoir malgré un soulèvement sanglant à Gênes et l'agitation entretenue par les trois frères Sforza.

Laurent reprit son habitude estivale des longues soirées dans la loggia. A la messe, dans les rues, dans les réunions du gouvernement, tout le monde voulait être rassuré sur le sort de Florence.

Laurent se réserva aussi du temps pour des occupations qui lui apportaient un peu de détente. La villa de Castello avait besoin de meubles, et il fallait aussi redessiner le jardin. Il décida des rénovations à apporter, fit les dessins des meubles et les plans du jardin et trouva un plaisir tout particulier à choisir les peintures. Depuis que le pape avait transféré son compte à la banque Pazzi, il manquait d'argent pour passer des commandes aux artistes.

Laurent puisa librement dans l'héritage de Pier Francesco pour acheter ce qu'il fallait aux deux garçons et renoua avec la tradition du mécénat, si nécessaire pour les artistes de Florence. Il écouta respectueusement les propositions d'Antonio Pollaiuolo que Pierre, son père, considérait comme le plus grand peintre de tous les temps. Laurent lui commanda une peinture et une statuette en bronze qui devaient représenter le combat d'Hercule et d'Antée.

Laurent se montra d'une politesse moins formelle avec Luca Signorelli. Luca avait l'âge de Laurent. Il n'était pas encore considéré comme un maître mais Laurent croyait en son talent.

Luca voulait faire une grande madone à l'enfant. Laurent voulait une scène mythologique classique. Ils se disputèrent bruyamment, mangèrent du pain, du fromage, des radis et, à la fin, trouvèrent un compromis qui les contenta tous les deux. La villa de Castello aurait une garde-robe. Sur les portes des armoires serait peint le siège de Troie. Et Luca ferait une petite madone à l'enfant qui serait placée au-dessus de l'autel dans la chapelle.

Laurent s'attarda dans l'immense atelier de Verrocchio, pour choisir des lampes, des couteaux, des fourchettes, des verres à pied, des pupitres, des motifs de tapisserie, des bancs de jardin, des fontaines et des coffres de toutes tailles.

— C'est un plaisir de t'avoir parmi nous ! s'écria Andrea. Hé, mes petits poussins, nous allons être riches.

Les apprentis répondirent par des hourras.

— Ne vous emballez pas, dit Laurent en riant. Je ne paierai qu'une fois le travail terminé. Je ne veux pas de couleurs délayées dans le vin.

Mais alors qu'ils buvaient tous ensemble, il n'émit pas d'objection quand le Pérugin fit une esquisse sur la table en bois avec un doigt plongé dans le chianti, laquelle lui valut d'obtenir immédiatement le monopole de toutes les peintures sur coffre qui représenteraient des scènes de fêtes florentines.

Laurent commanda également à Filippino Lippi des fresques pour les murs de la chapelle. Le père du jeune homme était Fra Filippo Lippi, célèbre moine libertin qui avait été l'ami de Cosme. Filippino n'avait que douze ans quand son père était mort, huit ans auparavant. Depuis lors, il était l'apprenti de Sandro Botticelli. C'était lui qui avait fait marcher l'atelier de son mieux pendant les douze mois qu'avait duré le deuil de son maître.

Laurent n'alla pas voir Sandro. Il savait qu'il était rentré chez lui et travaillait fiévreusement. Les volets étaient grands ouverts.

Les dépenses engagées par Laurent étaient considérables par rapport à la fortune des Médicis mais elles entamèrent à peine la fortune amassée par Pier Francesco. Laurent accomplit en bonne et due forme les formalités nécessaires à l'obtention d'un prêt de soixante mille florins. Le maintien de la paix avec Milan coûtait cher. Et en Bourgogne, Charles le Téméraire était mort sans avoir remboursé les quatre-vingt-quinze mille florins empruntés à la filiale de Bruges.

La villa et le nouveau mobilier enthousiasmèrent le jeune Laurent et Giovanni. Ils n'auraient pu trouver meilleur tuteur, assurèrent-ils à Laurent qui prenait plaisir à leur rendre visite.

Ils apprirent à monter suffisamment bien à cheval pour l'accompagner à Careggi où Julien s'entraînait pour le *Palio*. Et ils furent encore plus déçus que Laurent lorsque Julien, qui était tombé malade, ne fut pas en mesure de participer à la course. Un cheval monté par un valet d'écurie défendit les couleurs des Médicis mais termina loin derrière les autres. Seul Julien avait le droit de monter son précieux Morello.

Ce fut Alberto Palmieri qui gagna enfin à sa vingt-sixième course. Il fit couler du vin de plusieurs fontaines et le carnaval fut plus flamboyant et plus joyeux que jamais. Jour et nuit, on chanta dans les rues la chanson composée par Laurent l'année précédente : « ... Comme elle est belle la jeunesse, comme elle est éphèmère !... »

Laurent sourit en l'entendant.

— Je vois que tu aimes l'immortalité, lui dit son ami Luigi Pulci. Ton succès me rend malade de jalousie. C'est une injustice. Je trouve que je suis bien meilleur poète que toi.

Laurent le poussa en riant dans une fontaine qui débitait du vin. Pulci s'écria qu'il avait enfin trouvé sa vraie place.

— Je me disais bien que ça sentait bon, dit Sandro Botticelli en entrant, le nez en l'air et reniflant.

Laurent sauta de sa chaise et courut vers son ami. Après une accolade, il regarda Botticelli des pieds à la tête. Bien coiffé, l'air bien portant et souriant, Sandro était redevenu lui-même.

— Viens manger, dit Laurent en brossant la neige sur les épaules de son ami.

C'était une froide journée de décembre. Ange Politien se poussa pour faire de la place sur le banc à côté de lui. Botticelli s'assit et commença à manger tranquillement dans l'assiette d'Ange.

Un jeune ambassadeur de Milan, en visite officielle au palais Médicis, resta bouche bée devant l'effronterie de l'artiste mais ne fut pas étonné outre mesure. Rien ne pouvait plus le surprendre dans la demeure du maître de Florence. Au château de la duchesse de Milan, l'étiquette et le protocole étaient très stricts. Ici, c'était l'anarchie. On appelait Laurent par son prénom, on se tutoyait et on parlait avec une liberté qui, à Milan, vous aurait conduit tout droit au donjon.

— Monsieur l'ambassadeur, dit Laurent, ce malappris est le très célèbre Sandro Botticelli... Sandro, je te présente le marquis Stefano Vallambroso. Il nous a apporté une information réconfortante : le calme règne à Milan. J'espère que tu as d'aussi bonnes nouvelles à nous communiquer.

Botticelli fit un signe de tête au Milanais en guise de salut, se déclara enchanté de le rencontrer, puis se mit à saucer son assiette en prenant un soin tout particulier à rompre le pain, à le poser juste au centre de l'assiette puis à le déplacer en cercles concentriques.

— Mon poignard a la lame qui le démange, dit Luigi Pulci. Il meurt d'envie de transpercer Sandro. Puis-je l'y autoriser ?

— Aide-le à viser juste, grogna Andrea del Verrocchio. Je n'aime pas qu'on me fasse de l'ombre.

Ange fit mine de s'écarter.

— Pas de taches de sang sur mes vêtements, s'il vous plaît.

— Je tremble de peur, dit Sandro, la bouche pleine.

Laurent frappa sur la table avec le dos d'une cuillère.

— Je réclame votre attention, dit-il. Regardez ceci.

Ce disant, il souleva d'une main le couvercle de la soupière et de l'autre, poussa la vapeur qui s'en échappait en direction de Botticelli. Puis il reposa brusquement le couvercle.

— Les affamés ne mourront pas de faim à condition qu'ils cessent de me rendre fou.

Sandro sourit.

— J'ai fini, dit-il. Je vous invite tous à passer à mon atelier demain pour voir mon tableau.

Il tendit l'assiette vide du Politien.

— Bravo ! s'écria Laurent en poussant la soupière vers lui. Bravissimo !

Il fit un geste en direction du majordome devant la porte.

— Apportez du pain pour un peintre affamé.

— Et une autre assiette pour le philosophe affamé, ajouta le Politien.

Chapitre 17

Comparé à l'immense entrepôt de Verrocchio, l'atelier de Botticelli, qui était aussi sa maison, n'était pas très grand. Il avait un lit et un endroit pour cuisiner ; Filippino, son élève, dormait dans un petit appentis adossé au bâtiment. Pour recevoir tous les amis qu'il avait invités, Sandro avait empilé contre un mur le poêle, le lit et le coffre.

Pourtant, il n'y avait pas encore assez de place. Verrocchio avait prévenu tous les gens qu'il connaissait, lesquels à leur tour en avaient parlé autour d'eux, et la nouvelle s'était rapidement propagée. Tous les amateurs d'art que contenait la ville faisaient la queue dans la rue, attendant impatiemment mais dans le calme de pouvoir entrer dans le studio pour voir la dernière œuvre de l'artiste.

On se poussa pour laisser passer Laurent qui accepta ce privilège parce qu'il était accompagné de l'ambassadeur de Milan et qu'il était, comme tout le monde, terriblement curieux de voir ce fameux tableau.

C'était une grande toile mesurant presque deux mètres cinquante de haut sur trois mètres de large, très différente de tout ce que Sandro et les artistes florentins avaient produit jusque-là. Pour avoir une vision d'ensemble, il fallait reculer tout au fond de l'atelier où la tour branlante des meubles menaçait de s'écrouler à tout instant.

L'envoyé de Milan, bien que d'un naturel timoré, oublia tous les dangers dès l'instant où il vit le tableau. Il comprit même qu'un chef d'Etat accepte d'être traité familièrement à sa table par un homme capable de créer un tel chef-d'œuvre. Quant à cet homme, il n'avait nul besoin de se montrer obséquieux envers quiconque.

Botticelli avait peint une allégorie du printemps d'où il se dégageait une grâce et une douceur admirables. La scène lyrique, qui se déroulait dans la prairie émaillée de fleurs sauvages près de la villa del Castello, était dominée par Vénus debout sous une tonnelle d'orangers.

On retrouvait, merveilleusement rendues, les images allégoriques décrites dans le poème du Politien : Mercure, la déesse Flora, Zéphyr. Sur la gauche, les Trois Grâces, trois incarnations de la beauté, de la jeunesse et de la vie, ébauchaient une danse en se tenant gracieusement du bout des doigts.

Dans sa peinture, Sandro avait exprimé tout son amour pour Simonetta.

— Tu as vu la peinture de Sandro, Laurent ? Elle est superbe. Et lui, je l'ai trouvé en pleine forme.

Julien, entré en trombe dans le bureau de Laurent, avait les joues roses sous l'effet conjugué du froid et de l'émotion.

— Oui, je sais, je l'ai vu. Il est venu manger avec nous hier soir. J'aurais aimé que tu sois là. En écoutant la ballade que Pulci a composée sur les artistes et leurs modèles et tous les usages des pinceaux, le Milanais a failli avoir une attaque.

— Je regrette d'avoir manqué ça. J'étais avec ma maîtresse, dit Julien d'un air de défi.

Laurent fronça les sourcils.

— Tu plaisantes ?

— Non, mon frère. Je sais : les maîtresses sont plus exigeantes que les épouses et il ne faut pas se sentir d'obligations envers elles, c'est toi qui me l'as dit. Mais Fioretta n'est pas comme Lucrèce Donati. Elle ne demande pas qu'on soit aux petits soins pour elle. Elle n'exige rien.

Laurent leva la main pour arrêter l'explication volubile de son frère.

— Holà, pas si vite. Je ne comprends pas un mot de ce que tu me racontes. Fioretta ? Quelle Fioretta ?

— Fioretta Gorini. La sœur de Gorini, le tailleur, celui qui joue au *calcio*.

Laurent éclata de rire.

— Ah, c'est bien une blague, alors. Dieu merci. Je me souviens très bien de la sœur de Gorini. Elle assistait à tous les matchs. Elle est laide comme un pou. Tu ne devrais pas me faire de telles peurs. J'ai cru un moment que tu parlais sérieusement.

— Je suis très sérieux. Fioretta est ma maîtresse. J'ai parlé avec son frère des dispositions à prendre car son père est mort. Elle habite chez elle, pas dans un petit palais comme Lucrèce ; Fioretta ne veut pas se servir de moi.

Julien serrait les poings.

— Très bien, très bien, dit Laurent en ayant le pressentiment que cette conversation présageait celles qu'il aurait plus tard avec ses fils. Ce sont tes affaires, après tout. Tu n'es plus un gamin. Mais il y a une question que j'aimerais te poser. Simple curiosité de ma part, tu n'es pas obligé de répondre. Pourquoi elle justement ? On trouve à Florence des tas de belles filles instruites et spirituelles qui sont presque toutes folles de toi. Pourquoi en choisir une qui est si...

Laurent se tut pour ne pas offenser son frère.

Julien sourit.

— Parce que justement, elle n'est ni belle, ni instruite, ni spirituelle. La seule chose qu'elle ait à offrir est un cœur aimant. Et ça, tout le monde s'en moque. Si je ne l'aime pas, jamais personne ne s'intéressera à elle. Les belles filles trouveront toujours à se caser.

— Je comprends, dit Laurent.

Pas étonnant que j'aime tant mon frère et que tout le monde l'adore, songea-t-il.

— Allons voir si on peut entrer chez Sandro, dit-il. Je veux lui demander de faire un portrait de ta Fioretta. Sandro la rendra belle. C'est un cadeau qu'elle appréciera, surtout quand elle commencera à vieillir.

— Merci, mon frère. Je n'y aurais pas pensé. Mets ton manteau et tes bottines. Regarde par la fenêtre, il neige.

De petits flocons tombaient régulièrement en tournoyant dans le jour gris.

Une épaisse couronne de neige coiffait déjà les dauphins

de pierre, à l'angle du palais Pazzi. Bien qu'il ne fût que deux heures de l'après-midi, il y avait de la lumière à l'une des fenêtres ; elle faisait scintiller les flocons qui passaient devant et dorait les couronnes des dauphins. A l'intérieur de la pièce éclairée, trois hommes étaient assis autour d'une table. Le feu dans la cheminée n'était plus qu'un lit de braises. La porte étant fermée à clef, les serviteurs ne pouvaient entrer pour ranimer le feu.

— Ça ne me plaît pas, disait Jacopo de Pazzi. C'est une décision qui devrait être prise par tous les membres de la famille.

Francesco réussit à rester calme.

— Cela ne concerne pas toute la famille, mon oncle, dit-il en adoptant un ton raisonnable. Et une fois que ce sera fait, ils nous remercieront car les Pazzi retrouveront la place qui leur est due. En dehors de nous trois, personne n'a besoin d'être au courant pour l'instant. Il ne faut rien faire qui puisse éventer le secret. L'effet de surprise est essentiel.

Jacopo hocha la tête.

— Comment puis-je être sûr que le pape nous soutient, comme tu le prétends ?

Le visage de Francesco s'empourpra mais il resta maître de lui.

— Je t'enverrai le condottiere du pape en personne. Il est le seul à vouloir utiliser l'épée. Il a l'habitude. Il était à l'audience pontificale avec Riario et moi. Il sait que Sixte nous donne sa bénédiction et nous aidera, si nécessaire, avec une armée ou tout autre moyen.

Franco se tourna vers son frère.

— Elmo, il ne reste plus que toi. Notre oncle a donné son consentement, je ne me trompe pas, Jacopo ?

Jacopo hocha de nouveau la tête.

Elmo s'écarta de la table en secouant la tête.

— Je ne peux pas accepter une chose pareille.

Francesco posa la main sur la chaise de son frère pour l'empêcher de se lever.

— Il le faut. Pense à ta famille, à tes enfants. Notre oncle sera ton conseiller mais ce sera toi qui gouverneras. Tu es l'aîné. Florence redeviendra un royaume comme il se doit et les roturiers retrouveront leur place, au bas de l'échelle. Tu seras le roi de la Toscane, Elmo. Et ton fils sera prince.

— Mais Bianca est leur sœur !

— Oui. Mais tes enfants sont aussi ses enfants. Une femme doit-elle d'abord loyauté envers ses frères ou envers ses enfants ? Tu dois bien comprendre que s'il reste quelques partisans des Médicis, il leur sera plus facile de te donner acte d'allégeance si l'héritier du royaume est à moitié un Médicis.

« Tu n'auras pas besoin de frapper, Elmo. Tu n'auras même pas besoin d'être présent. Tu n'auras qu'une chose à faire : rassembler le peuple autour de toi une fois que ce sera fini. »

Une sueur froide luisait sur le visage d'Elmo.

— Alors c'est d'accord.

— Eh bien, l'affaire est réglée, dit Jacopo. Retourne à Rome et dis à ce condottiere de venir me voir. Comment s'appelle-t-il ?

— Montesecco.

— Très bien. S'il confirme que Sixte est avec nous, nous agirons. As-tu un plan ?

— Non, pas encore. Il va falloir trouver le moyen de dissiper les soupçons. Je t'enverrai un mot.

Elmo humecta ses lèvres.

— Est-ce vraiment nécessaire... pour Julien ? Il ne s'occupe pas des affaires politiques.

Jacopo échangea un regard de connivence avec Francesco : quand ils auraient pris le pouvoir, le rôle d'Elmo serait purement décoratif.

— Oui, c'est nécessaire, expliqua le vieil homme. Après la mort de Julien, le peuple ne doit avoir personne vers qui se tourner. A part nous.

1478

Chapitre 18

— Laquelle est-ce, Laurent ? Tu as promis de me la montrer.

Un petit coup tiré sur sa manche sortit Laurent de sa léthargie.

— Oui, attends, je la cherche.

Laurent se trouvait dans la cathédrale, juste devant la porte, en compagnie de ses pupilles, Laurent et Giovanni. C'était la veille de Noël. Lorsqu'il avait dit au jeune Laurent que sa future femme suivrait la procession des Pazzi et qu'elle porterait les fameux silex pour le *Scoppio*, le garçon avait insisté pour que son tuteur l'emmène et lui montre Ginevra.

La curiosité de son jeune cousin était légitime, mais Laurent aurait préféré être seul. Il voulait observer attentivement le déroulement du *Scoppio*. Tout le monde en attendait une indication sur la prochaine récolte, mais pourquoi ne pas en tirer aussi un présage sur le sort de Florence au moment où la situation à Milan était si inquiétante ?

— Laurent ! C'est laquelle ?

— Attends... tiens, la voilà. Tu vois le vieil homme vêtu de velours doré qui pose la main sur l'épaule d'une jeune fille ? Eh bien, c'est elle. Ginevra.

La jeune fille ne remarqua pas Laurent dans la foule trop dense. Elle gardait les yeux fixés droit devant elle, l'air respectueux, son dos bien droit offrant un solide appui au bras malingre de son grand-père. Les flammes des milliers de cierges faisaient scintiller sur sa manche les dauphins brodés de fils d'or et incrustés de pierreries.

— Qu'elle a l'air sévère ! dit Giovanni.

— Chut ! fit Laurent. C'est une messe très importante.

Giovanni sautilla d'un pied sur l'autre en pouffant.

— Elle a l'air sévère... tu vas avoir une femme qui t'en fera voir de toutes les couleurs.

Avant que Laurent n'ait eu le temps d'intervenir, le fiancé de Ginevra tordit le bras de Giovanni.

— Si tu ne te tais pas, je t'arrache le bras, dit-il entre ses dents. Elle n'a pas l'air sévère, espèce d'idiot, elle est distinguée. Ils ont tous un grand air avec leurs insignes dorés. Les Pazzi sont des gens très importants, n'est-ce pas, Laurent ?

— C'est ce qu'ils pensent, du moins, dit Laurent tout bas.

Plus fort, il ajouta :

— Regarde là-bas, Laurent, c'est ta cousine Bianca, ma sœur.

Comme toujours en voyant Bianca, il sourit. Avec son énorme ventre de fin de grossesse, elle était en parfait accord avec l'allure majestueuse de la procession. Un dauphin brodé décorait, de la poitrine aux genoux, chaque pan de sa *cioppa* de brocart bleu ouverte sur le devant. On aurait dit qu'ils soutenaient sur leur dos le ventre proéminent de la jeune femme drapé de soie jaune. Elle tenait Bernardo, le filleul de Laurent, par la main, ignorant ses tentatives pour se libérer avec le calme serein d'une mère de famille nombreuse. Bernardo aura dix ans le jour de mon anniversaire, songea Laurent. Je l'emmènerai à Careggi choisir un jeune cheval. C'est ridicule de ne plus voir ma sœur et mon filleul parce que j'en veux à Francesco. Et j'en profiterai pour rendre visite à Elmo. On dirait qu'il m'évite depuis quelque temps.

J'irai demain, décida-t-il. Le jour de Pâques est tout indiqué pour une réconciliation.

Pendant la messe, Laurent réfléchit au mystère de la Résurrection et à celui, aussi fabuleux, de la naissance. Il pensa à la fierté que tirait Bianca de la maternité, à sa propre famille qui ne cessait de s'agrandir. Sa dernière-née,

Contessina, n'avait que trois semaines mais elle avait déjà une personnalité très différente de ses frères et sœurs. Mes enfants sont ma richesse, se dit-il, et il pria pour exprimer sa gratitude.

Les feux d'artifice allumés par la colombe illuminèrent le ciel comme une bénédiction divine. Laurent fut allégé d'un poids. La République n'était pas menacée, il en était sûr à présent. Les troubles à Milan seraient résorbés.

Debout sur les marches de la cathédrale, il mêla ses cris de joie à ceux qui s'élevaient de la foule massée sur la place. Les fusées montaient vers les étoiles et explosaient très haut dans le ciel en larges panaches blancs, rouges, verts et bleus qui éclairaient Laurent.

De toutes parts, on entendit crier :

— Laurent ! Laurent !

Laurent ouvrit tout grands ses bras en riant, heureux de partager avec ses concitoyens le même amour pour la Toscane et la République.

A cent mètres de là, un homme basané de haute taille avec un visage aux traits accusés tendit le cou pour voir ce qui se passait. C'était Montesecco, capitaine romain de l'armée papale. Il était entré à l'intérieur des remparts au milieu d'un groupe de pèlerins venus célébrer la semaine sainte dans la capitale de la République. Les portes étaient ouvertes et ce jour-là, les sentinelles ne demandaient pas aux voyageurs ce qui les amenait à Florence. Vingt soldats de Pérouse s'introduisirent de la même façon dans la ville.

Une fois à l'intérieur des murs, ils n'avaient plus qu'à attendre le moment de passer à l'action.

Chapitre 19

— Je te répète qu'il vaut mieux tout arrêter, Francesco, geignit Elmo en agrippant son frère par l'épaule. Tu m'entends ?

Francesco allongea lentement le bras, se saisit de la main d'Elmo et la laissa tomber comme une chose dégoûtante.

— Ce que j'entends surtout, ce sont les élucubrations d'un lâche, dit-il.

— Je n'invente rien, Laurent se méfie. Il est trop attentionné, trop aimable. Cela fait deux semaines, depuis Pâques très exactement, qu'il me rend visite régulièrement, m'invite à manger avec lui, va voir Bianca et mes enfants. Il sait certainement quelque chose. Je suis sûr qu'il cherche à nous tendre un piège.

D'un geste suppliant, Elmo implora l'attention des autres personnes présentes dans la pièce.

— Vous ne comprenez donc pas ? s'écria-t-il. Nous devons arrêter avant qu'il ne soit trop tard.

Ses mains tremblaient.

Tous les regards convergèrent vers Francesco.

— Il est trop tard, Elmo, proféra ce dernier en détachant chaque mot. Nos armées ne sont qu'à une journée de marche de Florence. Tout est prêt. Si tu te calmes, tout ira bien.

Il agita une feuille de papier sous le nez de son frère mort de peur.

— Tu vois ceci. C'est une invitation de Laurent à venir

dîner dans sa villa de Fiesole. C'est exactement ce que nous voulions. Jacopo lui a écrit que le cardinal et l'archevêque étaient arrivés chez nous et Laurent leur a envoyé immédiatement une invitation en précisant qu'ils pouvaient venir accompagnés. C'est pour aujourd'hui. Va dans tes appartements. Nous te préviendrons quand tout sera fini, dit Francesco avec un petit ricanement assorti d'une bourrade dans le dos de son frère.

Elmo vacilla sur ses jambes mais ne bougea pas.

— C'est un traquenard, je te dis. Il aura des gardes, des soldats.

— Imbécile. Les dix serviteurs de l'archevêque sont tous des hommes d'armes. Les Pérugins de Montesecco seront derrière nous, les prêtres du cardinal sont armés et Laurent ne se doute de rien.

Elmo cherchait d'autres arguments quand un homme debout près de la fenêtre se mit à rire.

— Viens voir ce que je vois au lieu de t'inquiéter.

L'opulente soie pourpre de sa manche chatoya lorsqu'il leva le bras pour leur indiquer quelque chose du doigt. C'était Francesco Salviati, archevêque de Pise, un homme maigre dont le visage de fouine trahissait l'avarice et la nature haineuse.

— Et voici ton suspicieux beau-frère. Il ne cherche pas à nous tendre une embuscade ; c'est un hôte si attentionné qu'il nous évite le tracas d'avoir à sortir pour le tuer. Il vient jusqu'à nous, et sa suite se compose en tout et pour tout d'un jeune homme et d'un enfant.

— Est-ce Julien ? demanda Francesco en se précipitant à la fenêtre avec Elmo. Où est Montesecco ? La chance nous sourit.

Les autres hommes présents dans la pièce étaient des prêtres portant de simples soutanes noires.

— Je vais chercher Montesecco, dit l'un d'eux en courant vers la porte.

— Si tu ne le trouves pas, ce n'est pas grave, dit l'autre avec un sourire diabolique.

Les yeux flambant de haine, il extirpa de sa manche une dague à la lame étincelante.

Francesco fit entendre un grognement et se détourna de la fenêtre.

— Range ça, Stefano. Ce n'est pas Julien. Appelez le cardinal.

Elmo traversa précipitamment la pièce.

— Je ne suis pas ici. Vous ne m'avez pas vu, bredouilla-t-il. Je vais me cacher dans ma chambre.

Francesco eut une moue de dédain pour son frère qui battait en retraite.

— Il m'écœure, dit-il. Je le noierais si nous n'avions pas besoin de lui. Mais les gens l'aiment bien et sa femme est une Médicis.

Salviati haussa les épaules.

— Ce n'est pas la peine de t'excuser, mon ami. On ne choisit pas ses père et mère et pas davantage ses frères. Il nous est utile, c'est la seule chose qui compte.

Il lissa les plis de sa toge somptueuse et ajusta son chapeau sur sa tête de façon à laisser son visage dans l'ombre.

— Comme j'ai hâte d'être à ce soir, dit-il.

Il y avait dans sa voix une volupté malsaine.

— J'espère que Laurent mourra lentement. Cela fait si longtemps que je le déteste.

Le cardinal était Rafaello Riario. A dix-sept ans tout juste, il avait connu tant de bouleversements dans sa vie qu'il n'était pas encore revenu de sa surprise. Issu d'une famille de paysans pauvres, il avait vu ses parents devenir les personnes les plus riches de leur village ; alors qu'il savait à peine lire et écrire, il avait été ordonné prêtre ; à quinze ans, on l'avait envoyé à l'université de Pise où les professeurs se montraient étonnamment patients avec lui ; et deux mois auparavant il avait été fait cardinal, nomination à laquelle étaient associés les énormes revenus provenant de la région autour de Pérouse.

Le grand-oncle de Rafaello était le pape Sixte IV.

Regardant le crâne grisonnant de Laurent de Médicis qui pliait un genou pour embrasser sa bague, le jeune cardinal eut l'impression d'être un enfant déguisé en adulte.

Après cet hommage incontournable, Laurent se releva, sourit et demanda au cardinal s'il se plaisait à l'université.

— J'entends toujours le point de vue des professeurs, dit Laurent. Je te serais reconnaissant de m'apprendre ce que pensent les étudiants.

Cette question ravit Rafaello. Il avait beaucoup de sujets de mécontentement mais personne ne voulait jamais l'écouter. L'intérêt de Laurent était sincère, c'était visible. Et l'homme qui l'accompagnait avait l'air tout aussi intéressé ; Laurent le présenta comme le précepteur de son fils. C'était Ange Politien.

— Et voici mon fils Pierre, Eminence. Il a presque six ans. Il ira également à l'université quand il sera plus grand.

Le petit Pierre était fasciné par la robe écarlate de Rafaello et l'énorme saphir qui brillait à son doigt. Le jeune cardinal se sentit soudain très adulte. Pour la première fois, il appréciait d'être une Eminence et de faire ce voyage organisé par l'archevêque.

Il n'était pas au courant de la conspiration contre les frères Médicis, ignorait la véritable raison de sa rapide ascension dans la hiérarchie de l'Eglise et ne savait pas pourquoi ils avaient fait ce détour par Florence pour rejoindre ses territoires ecclésiastiques à Pérouse ; en tant que maître de la République florentine, Laurent se devait d'accueillir tous les visiteurs du rang de Rafaello.

— Nous avons hâte de vous recevoir à Fiesole, Eminence, dit Laurent. Nous sommes venus à cheval pour vous escorter ainsi que vos amis. Nous vous montrerons quelques beaux points de vue en chemin.

— Le cardinal se réjouit de cette visite, dit l'archevêque à Laurent.

Rafaello se mordit les lèvres. Il aurait pu le dire lui-même. Salviati poursuivit :

— Le cardinal sera aussi très heureux de rencontrer votre frère. Il sera là, bien sûr ?

Laurent adressa sa réponse à Rafaello :

— Je crains que mon frère ne puisse se joindre à nous, Eminence. Il est resté en ville car il se sentait souffrant.

Salviati prit de nouveau la parole. Il parlait d'une voix chaude où ne perçait aucune trace de sa frustration ni de son impatience à avoir les deux frères Médicis à sa merci.

— Son Eminence a si souvent entendu vanter votre collection d'objets d'art antiques qu'elle aimerait beaucoup la voir mais sa modestie l'empêche de vous le demander.

Rafaello ne se rappelait pas qu'on lui ait jamais parlé de la collection de Laurent et cela ne l'intéressait pas outre mesure, mais il avait envie d'être avec Laurent et de discuter avec lui des changements à apporter à l'université pour en faire un endroit plus agréable. Lorsque Laurent invita Rafaello à venir au palais Médicis le lendemain, le jeune cardinal accepta avec une gratitude non feinte.

— Je serai en ville, ajouta-t-il, en essayant de prendre un ton nonchalant. On a prévu une grand-messe pour moi à la cathédrale. Je porterai mes habits de cérémonie. Vous viendrez ?

— Oui, bien sûr, dit Laurent, et ensuite nous irons déjeuner chez moi. Je vous montrerai ma collection et je vous présenterai le reste de ma famille.

Salviati glissa un coup d'œil discret en direction de Francesco. Parfait, dit le regard de Francesco.

Le dimanche matin, le chant des oiseaux réveilla le jeune cardinal avant que le soleil n'ait percé la grisaille du petit matin. Il se demanda pourquoi il était de si bonne humeur puis il se rappela la merveilleuse soirée qu'il avait passée la veille. Dans la villa des Médicis, un troubadour étonnamment drôle avait interprété des chansons bourrées de calembours à forte tonalité sexuelle. En l'écoutant, Rafaello s'était senti à la fois très excité et à la page. Laurent, son nouvel ami, avait promis de lui transcrire les paroles et la musique des chansons. Il les apprendrait et les chanterait à ses camarades d'université quand il retournerait à Pise. « Mon ami Laurent de Médicis, leur dirait-il, m'a appris ces chansons quand j'étais son hôte à Florence. Il les a écrites lui-même. »

Rafaello quitta, pour une fois sans réticence, la chaleur du lit. La journée s'annonçait bien.

Lorsque Ginevra de Pazzi se réveilla, le ciel était strié de rose et d'or. Elle resta un moment au creux de son lit douillet avant de se lever d'un bond. Tremblant de froid, elle sautilla d'un pied sur l'autre sur le carrelage glacé pendant qu'elle se lavait et s'habillait. Puis elle ouvrit les fenêtres toutes grandes et respira à pleins poumons le parfum enivrant des fleurs humides de rosée. Ce serait une journée superbe.

Elle décida de faire servir le petit déjeuner dehors.

Après une messe matinale, elle ramena son grand-père jusqu'à son fauteuil devant la table de jardin et s'assit à côté de lui. Avec le soleil qui lui chauffait le dos, elle éprouva une douce sensation de bien-être ; elle s'y abandonna avec ravissement, fermant les yeux pour ne pas se laisser distraire par le spectacle captivant qu'offrait le jardin.

Antonio, Mateo et Fra Marco parlaient de la représentation de la mort et de l'enfer dans la légende de Perséphone.

Ginevra glissait dans une bienheureuse torpeur traversée par le parfum des fleurs. Elle reprit ses esprits en entendant Fra Marco qui disait... Laurent de Médicis.

— Hein ? Qu'est-ce que tu dis ? Je dormais presque.

— Hier en ville, j'ai entendu dire que Laurent recevait un cardinal. Je me demande s'il l'amènera ici pour lui montrer les décorations de Della Robbia... Je n'ai encore jamais rencontré de cardinal, vois-tu.

— Je ne crois pas que Laurent viendra avec lui, Fra Marco. Il y a tant de belles choses à voir à Florence, dit Ginevra gentiment.

Si elle avait su que c'était si important pour le vieux moine de rencontrer un cardinal, elle aurait écrit à Laurent pour le prier de venir ou d'inviter Fra Marco au palais.

— J'ai péché par vanité, dit le moine. J'ai laissé un petit mot au palais Médicis pour dire que nous nous ferions une joie de montrer les céramiques au cardinal.

Ginevra se mit à rire.

— Tu es merveilleux, dit-elle. Je ne trouve pas du tout que ce soit vaniteux. C'est généreux au contraire.

Fra Marco secoua la tête.

— J'ai bien peur que non. J'irai me confesser demain. En attendant, je vais polir les chandeliers de l'autel.

Il étouffa un soupir et se leva. Les lourds chandeliers en argent étaient si ouvragés que leur polissage était une tâche longue et fastidieuse. Fra Marco se l'imposait souvent en guise de pénitence pour son attachement aux biens de ce monde.

Mateo se leva aussi et passa son bras autour des frêles épaules du vieux moine.

— Comme tu le sais, mon père, j'ai plus de péchés que ma mémoire ne peut en contenir. Je les polirai avec toi.

— Braves cœurs et bons amis, déclara Antonio après leur départ.

— Oui, dit Ginevra, comme toi, grand-père.

Antonio étendit le bras vers elle.

— Dieu te bénisse, ma petite-fille. Prends ma main et raconte-moi ce que tu vois.

Ginevra tint les doigts noueux d'Antonio entre ses paumes lisses.

— C'est une journée magnifique, commença-t-elle. La terre se gorge d'une vie nouvelle. Les oliviers ont tourné leurs feuilles du côté argenté pour sentir la brise ; de petites pousses de vignes s'enroulent autour du treillis ; il y a des oisillons dans le nid du figuier. Leur mère est fière mais très nerveuse. Ecoute-la...

« Et là, tu as entendu ? Un poisson rouge vient de sauter dans le bassin. Il doit célébrer l'arrivée du printemps.

« Les arbres portent des fruits et des fleurs. Une abeille bourdonne autour des citronniers en pot sur la terrasse. On dirait qu'elle est soûle. On le serait à moins avec toutes ces odeurs enivrantes et la douceur de la température. »

Ginevra appuya sa tête contre le bras d'Antonio et prit une profonde inspiration.

— Fais comme moi, grand-père. Tu vas voir, on dirait que l'air pétille.

Antonio respira en souriant. Chose curieuse, la vie était devenue infiniment plus riche depuis qu'il était aveugle. Il « voyait » des choses auxquelles il n'avait jamais fait attention quand il avait de bons yeux. Il redécouvrait le monde à travers le regard de la jeunesse.

— Merci, ma chère enfant ; je suis prêt à rentrer maintenant.

Antonio se leva. Ginevra le conduisit dans la maison. Comme elle avait l'ouïe fine, elle entendit Mateo et Fra Marco qui chantaient en travaillant dans la chapelle. Elle sourit.

A Florence, Bianca de Pazzi entendit chanter elle aussi en entrant dans sa maison mais cela ne la fit pas sourire.

— Tu as de la chance que ce soit moi qui te surprenne à faire un tel vacarme et non ton maître, dit-elle à la cuisinière qui tirait un seau d'eau du puits. Pose ça par terre et aide-moi à monter l'escalier. En silence.

A trente-quatre ans, Bianca approchait du terme de sa douzième grossesse. Elle se sentait très vieille, très lourde et fatiguée.

A mi-étage, elle manqua d'être renversée par Francesco qui dévalait le long escalier de pierre.

— Pour l'amour de Dieu, Bianca, ne laisse pas traîner ton ventre partout ! s'écria-t-il.

— Et toi, tu veux donc me tuer ? Tu ne peux pas regarder où tu vas ? cria Bianca encore plus fort.

Francesco eut l'impression d'avoir reçu une gifle. Etait-elle au courant de quelque chose ? Elmo lui avait-il parlé ? Repoussant la servante, il prit le bras de sa belle-sœur, demanda pardon pour ses paroles violentes et insista pour l'aider.

Bianca regretta de s'être emportée. Cela ne lui ressemblait pas. Elle remercia Francesco et s'efforça de ne pas s'appuyer trop lourdement sur lui.

— Excuse-moi, dit-elle, je n'aurais pas dû réagir aussi violemment.

— Non, c'est ma faute.

Malgré le poids à son bras, Francesco respira plus librement. Il s'était inquiété pour rien.

Bianca lui parlait aimablement pour essayer d'effacer les mots blessants qui lui avaient échappé. Mais lorsque Francesco prit conscience de ce qu'elle racontait, ce fut un nouveau coup.

— Que le diable emporte Julien de Médicis ! s'exclama-t-il en entrant dans le bureau de son oncle quelques instants plus tard.

Les sept hommes présents dans la pièce blêmirent et s'empressèrent de se signer. La mort, même le meurtre, étaient monnaie courante mais la damnation était trop horrible pour seulement l'évoquer.

Francesco traversa la pièce d'un pas fébrile. Agitant les bras, jurant, il leur annonça que Julien était toujours souffrant. Ce matin, à la messe, Bianca avait vu sa mère, Lucrèce de Médicis, qui lui avait appris que son fils n'assisterait pas au banquet donné par Laurent en l'honneur du jeune cardinal.

— Il y a trop de serviteurs et d'hommes d'armes dans le palais pour aller dans sa chambre sans éveiller les soupçons, dit Francesco dans tous ses états. Il nous faut les deux frères ensemble, sans escorte et désarmés.

Les conjurés se regardèrent avec anxiété. Francesco était leur chef. C'était le plus déterminé de tous. Devant sa colère et son incertitude, ils se sentaient moins forts.

L'archevêque Salviati s'avança au centre de la pièce.

— Calme-toi, Francesco, dit-il d'une voix douce en les regardant l'un après l'autre avec un petit sourire assuré. Il existe une solution très simple et bien meilleure que notre plan initial.

Il marcha lentement jusqu'à Francesco et s'arrêta. Plus grand, plus vieux, plus maître de lui, il éclipsait le frère d'Elmo.

— Voici ce que nous allons faire, énonça-t-il avec une autorité qui relégua d'un coup Francesco au second plan.

Ce dernier accusa le choc mais les autres ne lui prêtaient déjà plus attention.

Réunis par des motivations diverses, allant du patriotisme exalté et vengeur à la simple convoitise pour les richesses des Médicis, ils formaient à eux sept un groupe étrange.

Ceux qui connaissaient uniquement l'appât du gain étaient deux bons à rien : Baroncelli, couvert de dettes et Bracciolini, un aventurier.

Jacopo de Pazzi, lui, voulait le pouvoir ; l'autre prêtre présent était son secrétaire privé et sa créature. Il s'appelait Stefano da Bagnone. Il était prêt à tout pour son maître, y compris à tuer.

Le plan de Salviati reçut l'approbation générale. La seule objection vint de Montesecco, chef d'une armée de mercenaires.

— Tuer est mon travail, dit-il. Mais je me refuse à prendre la vie d'un homme devant l'autel de Dieu. C'est un blasphème.

Salviati venait en effet de proposer d'assassiner les deux frères Médicis pendant la messe. Julien refuserait peut-être de participer au banquet mais il ne pourrait pas ne pas assister à la messe un dimanche à moins d'être beaucoup plus malade que Bianca ne l'avait laissé entendre.

La déclaration de Montesecco mit l'archevêque hors de lui. De quel droit osait-il, lui, un profane, un simple soldat, se placer au-dessus d'un archevêque, de deux prêtres et des souhaits du pape pour juger de ce qui convenait ou non à Dieu !

Mais Montesecco se montrait inflexible et le temps passait. Salviati finit par capituler.

— Bon, dit-il. Francesco, Baroncelli et toi, vous vous occuperez de Julien. Et les deux prêtres de Laurent. Le signal sera le tintement de la cloche au moment de l'Elévation, quand toutes les têtes sont baissées. Je partirai juste avant pour conduire les Pérugins au palais de la Seigneurie où nous éliminerons les prieurs. Lorsque nous nous serons emparés de la forteresse, je ferai sonner la cloche du beffroi ; les Florentins se précipiteront sur la place où je leur annoncerai que la tyrannie des Médicis a pris fin et que les Pazzi gouvernent. Toi, Jacopo, quand tu entendras la cloche, tu conduiras tes hommes d'armes dans la ville pour appeler la population à nous soutenir. Tout sera fini avant midi et les armées seront devant les remparts avant la fin du jour pour occuper la ville et réprimer toute tentative de rébellion.

« Le soleil est déjà haut. Le petit cardinal doit être en route vers Florence où il doit se préparer pour la messe. Ce sera bientôt l'heure. Francesco, va me chercher ton poltron de frère. Je veux dire une prière pour demander à Dieu de bénir notre entreprise et assurer son succès. »

Chapitre 20

— Comment me trouves-tu, Laurent ? demanda le cardinal en tenant les mains levées de crainte d'abîmer sa robe de cérémonie.

La somptueuse cape de brocart dorée était brodée de larges volutes rouges et vertes entourant des croix de Malte en perles fines.

— Vous êtes splendide, Votre Eminence, dit Laurent.

Il ajusta la robe sur les minces épaules du garçon pour qu'elle tombe encore mieux.

— La barrette n'est peut-être pas tout à fait droite. Je vais l'ajuster.

Laurent enfonça un peu plus le chapeau de soie rouge sur la tête du cardinal.

— Tu es très gentil, dit le garçon. Je n'aurais pas pu le faire moi-même. Et j'aurais eu horreur de venir en ville en grande toilette allongé sur une litière. Je te remercie de m'avoir laissé me changer au palais.

— C'est un honneur que vous me faites, Votre Eminence.

Le garçon rougit.

— Tu ne pourrais pas m'appeler Rafaello ? demanda-t-il.

Laurent sourit et secoua la tête.

— Je suis désolé, répondit-il gentiment, mais ce serait malséant. Le pape et les autres cardinaux peuvent vous appeler par votre prénom, mais pas un prêtre d'un rang inférieur ni un laïc. Occuper une charge élevée a ses avantages et ses inconvénients. Il y a des choses auxquelles un homme doit renoncer quand il devient prince de l'Eglise, Votre Eminence.

— Tu as dû renoncer à beaucoup de choses quand tu es devenu le prince de Florence ?

Laurent éclata de rire mais, voyant que le cardinal le prenait mal, il s'arrêta net.

— Pardonnez-moi, dit-il vivement. Je ne me moquais pas de vous. C'est l'idée de ce titre, « prince de Florence », qui m'amuse. Nous sommes une république, Eminence, et nous en sommes fiers. Il n'y a pas de prince chez nous, excepté aujourd'hui où nous avons la visite d'un prince de l'Eglise. Venez. La cathédrale doit commencer à se remplir de Florentins impatients de vous voir.

Rafaello suivit docilement Laurent. Durant le court trajet du palais Médicis à la cathédrale, il fit le signe de croix en direction des passants qui s'inclinaient très bas pour le saluer. Pendant qu'il s'habillait, Laurent lui avait montré comment faire. Le jeune cardinal découvrit vite qu'il était extrêmement plaisant de voir les gens s'incliner sur son passage. Il entra dans la cathédrale, les épaules rejetées en arrière, ses jambes gainées de bas rouges avançant d'un pas ferme.

Laurent l'escorta le long de la nef jusqu'à la plate-forme octogonale située au centre du transept où se trouvait l'autel. Le prêtre qui officiait se dépêcha d'ouvrir la grille dans la clôture de marbre entourant le chœur. Il s'agenouilla rapidement et embrassa la bague de Rafaello.

— C'est un grand honneur pour moi, Votre Eminence, murmura-t-il.

En guise de réponse, le jeune garçon baissa gracieusement la tête.

Laurent s'éloigna discrètement en dissimulant un sourire. Comme il l'avait prédit, beaucoup de gens curieux de voir le cardinal emplissaient la cathédrale. Laurent se faufila à travers l'assistance, saluant, répondant aux salutations, s'arrêtant de temps en temps pour dire quelques mots. Ses trois sœurs étaient là, toutes enceintes. La grossesse de Bianca était la plus avancée. Des gouttes de sueur perlaient à son front et elle s'appuyait pesamment au bras d'Elmo. Il n'a pas l'air en forme, songea Laurent. C'est encore pire que les dernières fois où je l'ai vu. Il voulut le rejoindre pour le remplacer un moment auprès de Bianca mais Sandro Botticelli l'arrêta au passage.

— Ton jeune invité ferait un très beau tableau, Laurent, dit Sandro. Toi aussi d'ailleurs.

L'artiste pencha la tête de côté pour admirer la splendide tenue de Laurent. Pour faire honneur au cardinal, Laurent avait remplacé son habituel *lucco* par un pourpoint en soie moirée vert sombre garni de manches à crevés qui laissaient voir leur doublure violette. Ses hauts-de-chausses étaient bicolores, vert et jaune, son surcot cramoisi avec des soleils brodés en fil d'or autour de semis d'émeraudes. La poignée et le fourreau de son épée étaient sertis d'émeraudes et de rubis.

Botticelli hocha la tête d'un air approbateur.

— J'aime ces couleurs. Tu devrais t'habiller plus souvent ainsi. Mais je ne suis pas venu pour te faire des compliments. Je tiens à témoigner mon mécontentement. Julien n'est pas venu à sa séance de pose. Résultat : je n'ai pas pu finir son portrait. Où le caches-tu ?

— Pourquoi t'en prendre à moi ? dit Laurent, feignant d'être offensé. Je ne suis pas responsable des allées et venues de mon frère.

— En tout cas, tu ne fais rien pour l'inciter à respecter ses obligations. La semaine dernière, il m'a fait faux bond pour aller à la chasse avec toi.

Laurent gloussa. Se rapprochant de Sandro, il lui glissa à l'oreille :

— Et il a été bien puni, tu peux me croire. Son cheval lui a écrasé la jambe contre un arbre et après ça, il ne pouvait plus marcher. Il raconte qu'il a mal à la gorge pour que personne ne sache ce qui lui est arrivé.

Sandro rit avec délices. Julien était réputé pour être le meilleur cavalier de toute la Toscane.

— Qu'est-ce qu'il y a de si drôle ? demanda le Politien qui s'était frayé un chemin à travers l'assemblée très dense des fidèles.

— Je racontais à Sandro comment Julien avait attrapé son mal de gorge, dit Laurent.

Ange, qui se trouvait ce jour-là parmi le groupe des chasseurs, rit de bon cœur avec eux.

— La messe a commencé, déclara Ange. Tu ferais mieux de te rapprocher, Laurent, sinon le petit cardinal va se vexer... Tu viens avec nous, Sandro ?

— Non, je vais voir si je peux trouver Julien pour lui demander si sa gorge est guérie.

— Toujours aussi méchant, Sandro, dit Laurent. Mais ce n'est pas ton jour de chance. Julien est resté au palais.

Botticelli haussa les épaules.

— Eh bien, tant pis, je le verrai demain. En attendant, je peux toujours raconter cette histoire à plusieurs dizaines de personnes. Je n'ai rien à faire avec les princes de l'Eglise.

Sur ce, Laurent et Ange le laissèrent. Sandro faisait déjà des messes basses à l'un de ses amis.

La foule dans le transept se déplaçait d'une façon plus disciplinée que le reste de l'assistance réparti dans la cathédrale. A proximité de l'autel, il était habituel de marcher lentement et de parler à voix basse en progressant autour du vaste chœur octogonal dans le sens des aiguilles d'une montre. Laurent et le Politien rejoignirent un groupe de cinq jeunes gens que Laurent formait à la politique. Le plus âgé, Antonio Ridolfi, avait vingt-neuf ans, le même âge que Laurent. Il prit place à côté du maître de Florence comme s'il avait un droit d'ancienneté. Ange et les autres marchaient légèrement devant.

Laurent attira l'attention du jeune cardinal et lui sourit. Rafaello allait lui rendre son sourire quand il se rappela où il était. Il adopta une expression solennelle et se consacra entièrement à la célébration de la messe et à la musique. Laurent se remit en marche avec un petit signe de tête approbateur.

— Dis-moi, Antonio, dit Laurent à Ridolfi, as-tu des amis dignes de confiance à Venise ? Comme je n'ai pas reçu de nouvelles fiables depuis des semaines, j'ai l'intention de créer une mission diplomatique et d'envoyer quelqu'un là-bas pour savoir ce que trament les doges.

— Je connais mal Venise, dit Antonio à regret. Nori, lui, y a de la famille ; il ferait un meilleur émissaire.

— Bon, je vais lui parler. Mais ne t'inquiète pas. Je te

trouverai une autre mission. Fais-moi savoir dans quel Etat d'Italie tu penses pouvoir être le plus efficace. L'instabilité règne partout dans le pays.

Laurent se retourna pour observer une nouvelle fois le cardinal avant de parler à Francesco Nori. L'espace d'un instant, il crut apercevoir Julien de l'autre côté du chœur mais non, ce n'était pas possible, il avait dû se tromper.

Il ne se trompait pas. Francesco de Pazzi et Bernardo Baroncelli s'étaient rendus au palais Médicis et avaient décidé Julien à venir à la cathédrale avec eux. Ils marchaient au même pas que lui, en l'encadrant de près. Au fond de la cathédrale, une grande silhouette en soie blanche ornée de mauve se glissa par la porte et descendit les marches quatre à quatre. C'était l'archevêque Salviati.

Laurent remarqua qu'on approchait de l'Elévation. Les gens ralentissaient l'allure, prêts à s'arrêter. Je parlerai à Nori après, se dit-il. Il tourna la tête vers le chœur pour voir si le cardinal s'en sortait bien ; Laurent le trouva touchant. Il était si jeune, si timide, perdu dans ses somptueux vêtements volumineux. Le prêtre tenait l'hostie, et s'apprêtait à la lever. Laurent baissa la tête.

Ce faisant, il glissa un coup d'œil de côté pour voir qui le serrait ainsi. Il vit un vêtement noir. Un prêtre, se dit-il en se rapprochant pour mieux voir le cardinal. Un petit tintement résonna près de l'autel : au moment de l'Elévation, la cloche retentit. Laurent porta la main à son front pour faire le signe de croix. A cet instant, il sentit qu'on l'agrippait par l'épaule. Un trait étincelant traversa le coin de sa prunelle.

Ses réflexes furent plus rapides que sa pensée. En une fraction de seconde, il se dégagea et d'un bond, s'éloigna de l'éclat luisant du métal. Il eut une sensation de froid, de chaud, toucha son cou. De sa main gauche, il fendit sa cape et l'enroula autour de son bras tandis que la droite cherchait son épée. Il se retourna pour faire face à son agresseur, son épée déjà à moitié dégainée, le bras gauche enveloppé de son manteau pour parer les coups. C'était non pas un prêtre mais deux, brandissant chacun un poignard dont l'un était taché de sang.

Combien étaient-ils en tout ? Et où ? Laurent ne pouvait pas se permettre de quitter des yeux ses adversaires. Il croisa le fer, sentit l'air vibrer près de lui. Il entendit des cris, sentit qu'on le poussait. Le Politien se jeta dans la mêlée, les bras tendus, comme un bouclier humain entre lui et les prêtres.

— Sauve-toi, Laurent, dit le Politien haletant.

— Par ici, vite, cria Antonio Ridolfi. Dans la sacristie. Il doit y en avoir d'autres.

Laurent attrapa le Politien par le bras.

— Ne reste pas là, Ange, viens.

Laurent bondit par-dessus la clôture du chœur. Il passa en courant devant le maître-autel, le Politien sur ses talons, écarta le cardinal d'une poussée et franchit la clôture de l'autre côté en direction de la porte de la sacristie. Pâles, les yeux brûlants, les deux prêtres couraient après eux mais leur soutane entravait leurs mouvements. Devant la porte de la sacristie, Francesco Nori se battait à l'épée. Dans le bruit des lames qui s'entrechoquaient, Laurent eut à peine le temps de reconnaître dans son adversaire Francesco de Pazzi. Le Politien le poussa dans la sacristie. « Mais tu es blessé ! », s'écria Ridolfi tandis que trois autres de ses compagnons poussaient de toutes leurs forces les lourdes portes de bronze qui les mettraient à l'abri des prêtres et des hommes d'armes robustes arborant les couleurs des Pazzi et agitant épées et poignards.

— Nori ! cria Laurent. Viens vite !

Mais alors que les battants n'en finissaient pas de tourner sur leurs gonds, il vit l'épée transpercer la poitrine de Nori et entendit son cri terrifiant suivi d'un gargouillement et du fracas des portes qui se refermaient.

Malgré les épaisses portes en bronze qui étouffaient les bruits, ils entendirent des cris, des coups frappés à la porte, une course de pas précipités. Antonio Ridolfi saisit Laurent par les épaules.

— Tu as une entaille, s'écria-t-il. La lame a pu être empoisonnée. Ne bouge pas.

Collant sa bouche contre le cou de Laurent, il aspira le sang de sa blessure.

Laurent n'avait même pas conscience de ce que faisait Ridolfi. Une seule question le préoccupait : avait-il réellement vu Julien ? Son frère se trouvait-il dans la cathédrale ? Etait-il blessé ?

— Julien ! Est-ce que quelqu'un a vu Julien ? Savez-vous où il est ? Laissez-moi sortir. Il faut que je le trouve.

Les cris de Laurent se noyèrent dans le grondement de la grosse cloche du palais de la Seigneurie.

Lorsque l'énorme bruit se tut, il se fit un silence de mort.

Puis des coups de poing retentirent contre les portes.

— Nous sommes des amis, entendit faiblement Laurent.

Mais les voix étaient méconnaissables derrière la barrière des portes.

Les six hommes enfermés dans la sacristie ne pouvaient savoir si on venait les sauver ou les tuer.

— La tribune d'orgue ! dit soudain le Politien. Où est l'échelle ?

Antonio Ridolfi et un jeune homme nommé Cavalcanti apportèrent une échelle du fond de la sacristie et l'appuyèrent contre les portes. En les voyant, Laurent eut un haut-le-cœur. Le pourpoint de Cavalcanti était tout taché de sang coulant d'une blessure qu'il avait au côté ; les lèvres de Ridolfi étaient blêmes sous les filets de sang séché qui aurait pu l'empoisonner quand il avait aspiré la plaie de Laurent. Les Pazzi devraient payer ça.

Sigismond della Stufa, le plus jeune du groupe, grimpa à l'échelle jusqu'à la tribune d'orgue. De là, le regard embrassait toute la cathédrale. Il rampa sur les mains et les genoux vers le balcon de marbre sculpté. Le plancher vibrait sous lui car la grosse cloche sonnait de nouveau à toute volée.

A deux kilomètres au sud, les oiseaux poussèrent des piaillements affolés et furieux en voyant approcher de leur nid un gros matou.

— Allez, ouste ! Sors d'ici ! dit Ginevra de Pazzi au chat. Et vous, cessez de vous énerver comme ça. Vous êtes des oiseaux stupides. C'est le chat du cuisinier. Il est trop paresseux et trop bien nourri pour s'intéresser à vous.

La jeune fille attacha un tablier autour de sa taille, sortit une paire de gants et entra dans le jardin où étaient cultivées les fleurs destinées à la maison.

Elle se mit à chantonner en coupant les tulipes qu'elle disposait dans un panier. Quand il fut plein, elle en remplit un second avec des marguerites et des iris. Un bruit de pas sur le gravier la fit taire. Elle n'infligeait jamais aux autres sa voix discordante.

Fra Marco se tenait sous le porche menant au jardin. Ginevra lui sourit puis elle tourna rapidement la tête de côté en tendant l'oreille.

— Qu'y a-t-il, Ginevra ?

— J'ai cru entendre une cloche.

Elle coupa quelques tiges de pieds-d'alouette et les ajouta au panier qui déjà débordait.

— Les fleurs ont fleuri plus tôt que d'habitude cette année, dit le vieux moine. L'été sera là avant qu'on s'en aperçoive.

— Oui, ça m'en a tout l'air, dit Ginevra toujours souriante.

Fra Marco disait la même chose chaque année.

— Ainsi, nous aurons de beaux bouquets pour le 1er mai, ajouta-t-elle, puis elle se rappela qu'elle disait ça aussi tous les ans et elle éclata de rire.

Fra Marco, qui s'en était souvenu, rit avec elle. Ils prirent chacun un panier et allèrent à une table sur la terrasse où des vases attendaient. Ils devisaient tranquillement — Ginevra s'occupant des fleurs pour la maison, Fra Marco composant des bouquets pour la chapelle — bercés par le bourdonnement de petites abeilles qui voletaient au-dessus des vases remplis de fleurs, et le murmure de la fontaine. De temps à autre, un poisson sautait dans le bassin. Un souffle de vent fit frissonner les feuilles des arbres.

— Tiens, écoute, dit Ginevra. Cette fois, je suis presque sûre d'avoir entendu une cloche... enfin, peu importe...

Arrivé au bord du balcon, Sigismond releva lentement la tête. Les grands espaces de la cathédrale presque déserts s'étendaient au-dessous de lui. Un prêtre emmenait le cardinal ; les mains du jeune garçon s'agrippaient à l'étole de l'ecclésiastique ; on devinait qu'il tremblait comme une feuille sous ses vêtements empesés.

Une douzaine de jeunes gens se tenaient juste au-dessous du balcon. Sigismond pouvait les entendre clairement à présent. C'étaient des amis. Mais il était incapable de les appeler. Un spectacle épouvantable le clouait sur place. Le sol de la cathédrale en mosaïque verte, rose et blanche, disparaissait sous une énorme flaque de sang déjà noir, à l'endroit où Francesco Nori était tombé.

Et, devant l'autel, un corps gisait dans la posture grotesque où la mort l'avait surpris. Souillé, les vêtements de soie déchirés, les cheveux autrefois brillants emmêlés et collés sur son crâne défoncé, les mains vides et implorantes, Julien de Médicis avait été sauvagement assassiné.

Laurent ne doit pas voir ça, se dit Sigismond en étouffant un cri. La fureur du désespoir lui donna la force d'attirer l'attention des gens qui se trouvaient au-dessous de lui, de contrôler sa voix de façon qu'on ne l'entende pas de la sacristie. Il leur donna des consignes et apprit que le corps de Nori avait été emporté par son père. Puis il se tourna et cria en direction de la sacristie :

— Vous pouvez ouvrir les portes à nos amis. La cathédrale est vide.

Entouré de toutes parts, presque porté, le cœur déchiré d'inquiétude, Laurent traversa en courant la cathédrale sans voir le corps affreusement mutilé de son frère. Le parvis et la place étaient vides et il n'y avait personne dans les rues alentour. Devant le danger, les gens s'étaient retranchés chez eux, portes et volets clos.

Quatre sentinelles montaient la garde devant le palais Médicis. En voyant le groupe arriver, elles accoururent, l'épée en avant, puis, reconnaissant Laurent, accélérèrent l'allure pour le protéger jusqu'à ce qu'il ait atteint la petite porte à côté du grand portail en bois barricadé.

Une fois à l'intérieur, Laurent n'en continua pas moins de courir.

— Je ne suis pas blessé, cria-t-il par-dessus son épaule aux gardes rassemblés dans la cour. Je reviens tout de suite pour vous donner des ordres.

Il trouva sa mère qui l'attendait en haut des escaliers.

— Laurent ! Ton cou !

— Une égratignure, mamina. Dieu merci, tu es sauve. Et Clarice ? Et les enfants ?

— Ils vont tous bien. Laisse-moi panser ta blessure.

— Non, je n'ai pas le temps. Je dois savoir ce qui se passe en ville.

Son pourpoint vert était marbré de sang. Il avait le cou

enveloppé dans un morceau de la chemise en soie blanche du Politien que le sang striait de brun et de rouge.

— Où est Julien, mamina ?

Lucrèce, incapable de répondre, se contenta de le regarder.

— Mamina ?

Les lèvres tremblantes, elle tendit les bras vers lui.

— Mon pauvre chéri. Je croyais que tu savais.

Laurent recula, refusant le réconfort des bras maternels.

— Non ! rugit-il. Non ! Ce n'est pas possible !

— Bianca l'a vu, Laurent.

— Bianca ? Où est-elle ? Ici et mariée à un Pazzi ? Elle ment. Tous les Pazzi mentent. Je saurai bien la faire parler.

— Laurent !

Le ton autoritaire de Lucrèce était aussi un appel à la raison. C'était la voix d'une mère s'adressant à son fils. Laurent la regarda d'un air hébété, redevenu momentanément un enfant, un enfant éperdu de douleur.

— Laurent, répéta-t-elle, en mettant tout son cœur dans ces deux syllabes. Mon fils, tu es vivant. Béni soit le ciel. Demain, nous pleurerons Julien. Mais à présent, le temps manque pour exprimer notre peine. Florence a besoin de toi. Voici ce que j'ai appris...

Bianca avait conduit Elmo chez sa mère pour le mettre à l'abri. Il avait confessé en sanglotant tous les détails du complot.

Laurent écouta attentivement le rapport de Lucrèce. Son visage était pâle et dur comme le granit.

— Garde-le hors de ma vue sinon je le tuerai, dit-il quand Lucrèce eut fini. J'épargne la vie de ce misérable uniquement parce que tu me le demandes ; les autres Pazzi n'auront pas cette chance.

Il se précipita dans la cour et donna des ordres sans émotion apparente. Quelques minutes plus tard, les hommes se dispersèrent aux quatre coins de la ville pour chercher à savoir ce qui se passait. Un solide gaillard escorta le chapelain du palais chargé d'administrer à Julien les derniers sacrements et de ramener son corps.

Laurent ne se sentait pas encore le courage de voir son frère. Pas encore. Il retourna au premier étage, installa son quartier général dans le grand salon, s'occupa de la blessure de Cavalcanti, écrivit aux fils de Pier Francesco, à Lucrèce Donati, aux administrateurs des villas Médicis et aux membres de la Seigneurie. S'ils étaient toujours vivants.

Il était encore en train d'écrire lorsque ses hommes commencèrent à revenir. Il termina sa phrase avec un grand soin, différa le moment où il saurait si les Pazzi contrôlaient ou non la ville, s'il était prisonnier chez lui. Puis il leva les yeux. L'expression des visages lui apprit l'échec de la conjuration.

Salviati et ses partisans avaient été capturés par les prieurs. La cloche avait prévenu les Florentins de la rébellion.

En entendant sonner le beffroi, Jacopo avait cru au succès du complot. Aussitôt, il avait enfourché son cheval et parcouru la ville comme convenu avec une centaine de cavaliers en criant à la population de le suivre mais, de tous côtés, les gens criaient : « *Palle, Palle !* » (« Boules, Boules ! »), symbole héraldique des Médicis auquel se ralliait la population de Florence. En arrivant au palais de la Seigneurie, Jacopo, salué par des pierres jetées de la tour, s'était enfui avec Montesecco. Les gardes aux portes de la ville les avaient vus passer au grand galop.

Après la retraite de Laurent dans la sacristie, Francesco et les autres conjurés avaient quitté la cathédrale. On ignorait où ils se trouvaient.

L'assassinat de Julien, les rumeurs de la mort de Laurent, la haine féroce pour les Pazzi et l'intense besoin de vengeance mettaient la ville en ébullition.

Laurent serra la main de ses hommes et les remercia du travail qu'ils avaient accompli.

— Allez porter ces messages, dit-il ensuite. Essayez de découvrir où se cachent les Pazzi et leurs acolytes et conduisez-les au palais de la Seigneurie. Je vous rejoindrai dès que j'aurai vu la milice. Des armées avancent sur Florence. Il y a beaucoup à faire.

Il pencha la tête et écouta le bruit confus qui montait de la rue.

— Beaucoup de gens nous ont suivis jusqu'ici, dit un garde. Ils pensent que vous avez été tué.

Laurent alla à la fenêtre.

— Vous devriez peut-être changer de vêtements avant

de vous montrer. Vous êtes plein de sang. La foule risque de lyncher tous ceux qui seront dénoncés comme des amis des Pazzi.

Laurent posa la main sur la soie ensanglantée autour de son cou.

— Je veux qu'ils sachent, dit-il en fixant sur eux des yeux rouges terrifiants. Ce n'est rien en comparaison de ce qu'a subi mon frère...

Il ouvrit la fenêtre et se montra, les traits déformés par la colère.

Ange Politien se chargea lui-même de porter le message de Laurent aux prieurs. Il avait du mal à avancer parmi les flots humains qui couvraient chaque pavé aux abords du palais de la Seigneurie. Lorsqu'il arriva sur la place, une foule compacte réclamait justice.

Ils n'eurent pas longtemps à attendre. Ange arrêta de jouer des coudes et de supplier qu'on le laisse passer, fasciné malgré lui par ce qui se passait. Aux cris qui s'élevaient, il sut qu'on traînait de force Francesco de Pazzi dans le palais. On l'avait retrouvé dans la demeure de Jacopo, caché sous un lit.

Quand les gardes de la Seigneurie sortirent sur la plateforme devant les portes en brandissant au bout de leurs piques les têtes dégoulinantes de sang des Pérugins, Ange s'entendit pousser un cri de triomphe bestial.

Puis son regard suivit la direction que tous pointaient du doigt. Derrière les fenêtres de la tour, il reconnut le gonfalonier et les prieurs. Il applaudit et, comme tout le monde autour de lui, se mit à hurler :

— Justice ! Justice ! Justice !

Avec une satisfaction intense, il regarda les prieurs attacher une corde au meneau d'une fenêtre, lutter un moment avec Bracciolini, le complice de Salviati, attacher le nœud coulant autour de son cou et le jeter dans le vide. Les cris que Bracciolini poussa en tombant ravirent le Politien ; en voyant le corps gesticuler au bout de la corde, il ressentit une joie démoniaque qui fit naître un rictus sur ses lèvres. Puis ce fut au tour de l'archevêque Salviati. Il portait encore ses riches vêtements de prélat et la robe de soie rutilante flotta comme une bannière tandis qu'il se débattait avec la corde.

Francesco de Pazzi vint juste après. On l'avait mis nu avant de le pendre. La foule exulta de le voir humilié et lança des obscénités sur son ventre flasque et son érection au moment de l'agonie. Lorsque Salviati, dans un dernier spasme, se heurta à Francesco et planta ses dents dans son corps nu, la foule jubila. Les deux conjurés quittèrent la vie ensemble.

Les serviteurs de Salviati ne furent pas pendus mais défenestrés vivants, leurs cris restant comme suspendus dans l'air, plus hauts que leurs corps tombant à pic. Ils se fracassèrent sur la plate-forme en pierre dans un bruit écœurant, moitié solide, moitié liquide, au milieu d'un grand silence ; puis la clameur qui reprit s'enfla comme le mugissement profond d'une tempête qui se lève. Hommes et femmes coururent vers les corps brisés et les dépouillèrent de leurs vêtements. Puis une sorte de lutte étrangement fraternelle s'engagea autour des cadavres pour se disputer leurs restes. A la fin, chacun s'en retourna chez soi en portant un lambeau de vêtement déchiqueté, une poignée de cheveux ou un morceau de dent — souvenirs macabres de la défaite de leurs ennemis.

Ils ne prêtèrent pas attention à la silhouette pliée en deux du Politien qui, à genoux, rendait tripes et boyaux pour extirper le mal ancré en lui qui l'avait fait exulter au spectacle des pendaisons. La découverte de la barbarie jusque dans le cœur d'un philosophe lui était insupportable.

Lorsqu'il ne resta plus rien dans son estomac hormis la honte, il se remit debout tant bien que mal et marcha en titubant jusqu'à la fontaine où il plongea plusieurs fois sa tête jusqu'à ce qu'il se sente assez propre pour porter le message de Laurent.

Chapitre 21

Un bruit de sabots sur le gravier fit sortir Fra Marco sous le porche de la petite chapelle.

Dans la chambre de son grand-père, Ginevra avait entendu elle aussi. Elle posa un vase de fleurs sur la table, entre les deux fenêtres, et admira les magnifiques chevaux et les uniformes rouge et blanc de leurs cavaliers.

— Nous avons de la visite, grand-père. Trois soldats portant les couleurs des Médicis. Ils doivent précéder une escorte. Laurent aura décidé de montrer les céramiques de Della Robbia au cardinal.

Ginevra, qui portait les vieux vêtements qu'elle mettait pour jardiner, regretta de n'être pas mieux habillée. Elle s'essuya les mains sur son tablier et les passa dans son dos pour dénouer les cordons.

Fra Marco sourit à la vue des soldats puis il jeta un coup d'œil par-dessus son épaule. Oui, la petite chapelle était digne de recevoir un cardinal. Les fleurs étaient un cadeau de Dieu et leur parfum était aussi riche que l'encens.

Les cavaliers descendirent de cheval et s'approchèrent de l'entrée de la villa. Ils avançaient groupés pour mieux se défendre au cas où des hommes armés se tiendraient en embuscade. Le premier d'entre eux frappa la porte avec la poignée de son épée.

— Ouvrez ! cria-t-il.

Juste au-dessus, derrière la fenêtre, Ginevra se rembrunit.

Quelles brutes ! se dit-elle. Il faudrait qu'elle en parle à Laurent. Elle regarda vers la route dans l'espoir de le voir arriver.

Fra Marco quitta la pénombre du porche, la main levée en signe de bienvenue. Surpris par le bruit de pas derrière eux, les trois hommes firent volte-face en même temps. Le bras dressé de Fra Marco projetait une ombre menaçante sur le gravier blanc.

Les soldats se ruèrent sur le moine et le jetèrent brutalement à terre. Ginevra, atterrée et tremblante, abandonna les cordons de son tablier et ses mains cherchèrent un appui sur le rebord de la fenêtre.

La porte d'entrée s'ouvrit ; le vieil intendant sortit de la maison en gémissant. Les soldats se retournèrent comme un seul homme. Ginevra sursauta à la vue des épées.

— Non ! murmura-t-elle, horrifiée.

Un bras en uniforme fendit l'air, le serviteur chancela en tournoyant sur lui-même, les bras levés, la bouche grande ouverte, pareille à un trou noir d'où ne sortait aucun son, la poitrine transpercée d'une lame étincelante.

— Eh bien, que fais-tu, Ginevra ? demanda Antonio d'un ton bougon. Je dois aller accueillir nos hôtes. Viens, aide-moi à descendre.

— Oui, grand-père, oui.

Il faut fuir, se dit-elle. Ce n'est pas le moment d'essayer de comprendre... il faut fuir... fuir... oh, mon Dieu, mais que se passe-t-il ?

Elle entendit un cri.

La tour ! Je vais conduire grand-père dans la tour. Je mettrai la barre et j'empilerai tous les sacs de grains contre la porte.

— Grand-père, écoute-moi. Nous devons marcher le plus vite possible, sans faire de bruit. Viens, mets ta main sur mon épaule. Allons-y.

— Mais que me chantes-tu là, Ginevra ? Et que signifie cet horrible vacarme ?

— Chut ! Suis-moi. Il y a des gens dans la maison... des voleurs... Il faut aller dans la tour. Vite.

— Des voleurs ? Que veux-tu dire ?

— Tais-toi, grand-père, je t'en prie.

Et par la longue galerie, elle le conduisit jusqu'à l'escalier. La porte de la tour se trouvait sur le palier, à une volée de marches du grand salon et des bruits affreux qui venaient d'en bas.

Ginevra donna une petite tape sur la main d'Antonio. C'était le signal qu'il pouvait commencer à descendre, une marche à la fois.

A petits pas prudents, terriblement lentement, comme elle le lui avait toujours recommandé, il descendit les marches de pierre.

Enfin, ils arrivèrent sur le palier. Ginevra entendit la voix de Mateo. Il criait, jurait.

Je dois avancer. Il le faut. La porte est juste là. Elle entraîna son grand-père dans la moitié du palier exposée aux regards, à mi-étage. Elle avançait instinctivement, la tête dans les épaules, les muscles tendus, anticipant les cris qui s'élèveraient si on venait à les apercevoir.

Elle toucha la poignée de la porte. Merci, mon Dieu, dit-elle en son for intérieur.

Elle s'interdit de regarder en bas mais ce fut plus fort qu'elle. Comme ses doigts tournaient la poignée, elle glissa un coup d'œil sur la gauche.

« Oh, Jésus Marie ! »

Devant la porte de la salle à manger, le cuisinier était étendu par terre, presque méconnaissable. Ce n'était plus qu'une horrible masse de chair taillée en pièces au regard fixe, baignant dans une flaque de sang. Au pied de l'escalier, Mateo s'affaissait en se recroquevillant doucement sur lui-même, les mains tendues, coupées net par la lame aiguë qu'elles avaient tenté d'arrêter ; l'épée était remontée jusqu'à son cou et l'avait traversé de part en part, provoquant cette chute interminable. La partie blanche de la manche qui recouvrait le bras vigoureux à l'autre bout de l'épée était éclaboussée d'un sang plus rouge que celui de l'uniforme.

Ginevra s'arracha de force à ce spectacle pour se concentrer sur la poignée. La porte ne s'ouvrit pas. Elle était fermée à double tour.

Ne force pas, se dit-elle, ne la fais pas cogner. Ça n'avancera à rien. Elle vit clairement devant ses yeux la clef posée négligemment sur la table d'Antonio... dans son bureau, de l'autre côté du salon.

Mais pourquoi cette porte aurait-elle été fermée à clef ? Cela n'arrivait jamais. Elle tira, tira encore, voulant nier l'évidence. Mais force lui fut de constater que quelqu'un l'avait bel et bien verrouillée. Il fallait trouver une autre solution.

Sur le toit de la cuisine, il y avait un petit jardin auquel on accédait par la chambre de Fra Marco. Si elle pouvait conduire son grand-père jusque-là, s'ils ne faisaient pas de bruit, s'ils s'allongeaient sur les tuiles derrière le parapet, invisibles d'en bas... C'était leur seule chance. Elle tapota la main d'Antonio pour attirer son attention et doucement, très lentement, elle repartit en direction de l'escalier qu'il venait de descendre.

— C'est lui ! tonna une voix dans le salon.

A la vue de l'homme qui les montrait du doigt, le premier mouvement de Ginevra fut de fuir à toutes jambes.

Mais à peine s'était-elle mise à courir qu'Antonio lâcha prise. Fondant en larmes, Ginevra se retourna et l'attrapa par le bras.

— Cours, grand-père, cours avec moi.

Elle passa son bras autour de sa taille, et moitié le tirant, moitié le poussant, le soutenant quand il titubait, elle le fit monter au premier étage.

Derrière eux, un martèlement de pas bottés résonna au bas de l'escalier.

Ginevra claqua la porte à l'entrée de la galerie et tourna la clef dans la serrure.

— Ginevra, dit Antonio. J'ai besoin de savoir ce qui se passe.

— Dépêche-toi ! chuchota-t-elle en replaçant sur son épaule la main de son grand-père.

Leurs poursuivants tambourinaient contre la porte en braillant. Ginevra avançait très vite, Antonio sur ses talons.

— Que se passe-t-il, Ginevra ?

— Ils veulent nous tuer, grand-père. Je ne sais pas pourquoi. Ils ont tué tout le monde — Mateo et les domestiques.

Elle n'eut pas le courage de lui dire pour Fra Marco.

— Je t'emmène sur le toit. Ils ne regarderont peut-être pas par là.

Antonio s'arrêta. Ginevra lui saisit le poignet et le tira en avant.

— Non, dit-il. Toi, sauve-toi. Moi, je vais rester ici pour les arrêter pendant que tu te cacheras.

Et pour donner plus de poids à ses paroles, il posa la main sur la poignée de son épée décorative.

— Non !

Ginevra serra fermement la main de son grand-père et le tira derrière elle avec une détermination qui eut raison de la résistance d'Antonio.

La barrière qui les séparait de leurs attaquants céda juste au moment où ils arrivaient dans la chambre de Fra Marco.

— Nous sommes perdus, grand-père, dit Ginevra, mais il faut quand même essayer.

Elle lui fit traverser la pièce et l'emmena sur le toit de la terrasse dans les ombres des volets et des portes ouvertes.

Quelques secondes plus tard, les trois hommes se ruaient sur la terrasse.

— Attrapez-la, dit l'un.

Il empoigna Ginevra par le bras et la lança vers les deux autres. Deux bras se refermèrent sur la jeune fille, l'enserrant dans leur étau.

— Laissez-moi ! hurla-t-elle.

— Relâchez-la, commanda Antonio en tirant son épée.

L'épée de l'un des soldats croisa celle d'Antonio.

— Arrêtez ! s'écria Ginevra. Regardez ses yeux. Vous ne voyez donc pas qu'il est vieux et aveugle ? Quel mal pourrait-il vous faire ?

Elle se débattait contre les muscles d'acier qui la retenaient prisonnière.

— Aveugle ? Un joli petit coq de combat qui n'y voit rien ?

Les deux hommes qui se trouvaient près d'Antonio partirent d'un gros rire.

— On va pouvoir faire joujou avec un Pazzi, dit l'un.

Raillant, persiflant, ils se mirent à sautiller devant le vieil homme, parant les bottes que celui-ci portait en se dirigeant au son de leurs voix, lui entaillant de la pointe de leur épée le menton et les joues. Des traînées rouges se mêlèrent bientôt aux larmes coulant des yeux embués du vieillard.

La torture infligée à son grand-père parvenait par fragments à la conscience de Ginevra qui fournissait des efforts désespérés pour échapper à son ravisseur. Elle se tordait comme une anguille et lançait de violents coups de pied mais ses pauvres mules étaient sans pouvoir contre les solides jambes de l'homme. A force de se démener, elle réussit pourtant à planter ses dents dans l'épaule qui se trouvait derrière sa tête. Jetant un cri de douleur, son geôlier la repoussa violemment contre le mur en stuc de la villa. La jeune fille profita de sa liberté retrouvée pour courir vers les bourreaux d'Antonio.

Ils tournèrent la tête, sans plus penser à l'épée tâtonnante du vieil homme aveugle qui réussit à atteindre l'un d'eux à la poitrine. La pointe glissa sur la cotte de mailles. Le soldat fit volte-face et enfonça avec un juron sa lame dans le cœur d'Antonio. Ginevra arriva comme un boulet sur l'autre qui chancela et s'écroula contre le parapet.

Avant qu'elle ait eu le temps de se jeter sur lui, le meurtrier d'Antonio lui assena un coup de poing dans la tempe et les deux autres la clouèrent au sol.

Des douleurs fulgurantes et une sensation de vertige brouillaient sa vision des carreaux rouges de la terrasse et de la main ouverte et étrangement molle de son grand-père. Des voix dures, des mains calleuses s'acharnaient sur ses bras, tordus, écartelés comme pour les lui arracher. Ginevra essaya de secouer la tête pour effacer les taches noires qui troublaient sa vue. Lorsqu'elle y parvint, une violente nausée la prit et ce fut bien pire.

Tirée brutalement par les cheveux, sa tête bascula en arrière.

— Regarde ton maître, maintenant, entendit-elle.

C'est alors qu'elle vit son grand-père. Ses bras et ses jambes pliés étaient tournés en dehors, sans vie, sans dignité. Elle en ressentit une souffrance plus cruelle que celle qui lui lacérait le crâne et les bras. N'avoir rien pu faire pour empêcher la fin avilie de son grand-père ajouta à son supplice.

— Attrape ça, vieillard, de la part de Laurent, entenditelle encore.

Une botte frappa le visage d'Antonio.

Dans un accès de fureur qui la rendit insensible à la douleur, elle se jeta en avant toutes griffes dehors pour attraper la jambe bottée.

Avant d'avoir pu l'atteindre, un poids écrasant s'abattit sur ses épaules et son dos, et son menton vint heurter durement le sol.

Des éclats de rire lui écorchèrent les oreilles.

— On a bien rigolé avec le vieux. Et celle-là, qu'est-ce qu'on en fait ? Elle a de l'énergie à revendre. M'est avis qu'elle a besoin d'être matée.

— Elle serait peut-être pas fâchée de tâter d'une vraie bite d'homme après sa vieille queue flétrie.

— C'est toi qu'elle a mordu, Guido, à toi l'honneur.

— Cette salope serait capable de me mordre encore. Je préfère te la tenir.

— Tenez-la-moi tous les deux. J'ai besoin d'un fourreau pour mon épée.

Ginevra fut soulagée quand le poids qui l'empêchait de respirer disparut. Puis ses bras subirent de nouvelles torsions, sa tête frappa contre le carrelage et des ongles s'enfoncèrent dans sa gorge. Elle entendit une déchirure, eut chaud et froid lorsque sa poitrine nue fut exposée à l'air, sous le soleil.

Des dents pointues s'enfoncèrent dans la chair tendre de ses seins. Ginevra entendit un cri, sentit une âpreté dans sa gorge. C'est moi qui ai dû crier, se dit-elle en se jurant en silence de ne plus recommencer, de ne pas pleurer. En voyant une figure approcher de la sienne, elle trouva assez de salive dans sa bouche sèche pour cracher. Une main la frappa à la bouche, puis à la mâchoire. Et d'autres mains la frappèrent, la giflèrent à toute volée, lui écartèrent les bras et les jambes dans une ronde nauséeuse de visages, de voix, d'éclat d'armures et de carrés de soie rouges et blancs.

— Un petit cadeau pour toi de la part des Médicis, entendit-elle au moment où s'enfonçait en elle une douleur nouvelle arquant son dos.

Le nom Médicis accompagné d'une haleine fétide était martelé à chaque assaut brutal la déchirant un peu plus. « Médicis », « Médicis », « Médicis », « Médicis ».

Pardonne-moi, grand-père, cria-t-elle intérieurement. Je ne peux pas tenir ma promesse. Et elle cria, cria, jusqu'à ce qu'elle s'évanouît.

Les trois soldats qui se trouvaient à la villa étaient sous les ordres d'un lieutenant. Ce dernier en avait emmené trois autres avec lui fouiller les fermes à la recherche de Jacopo de Pazzi. Bredouille, le lieutenant était de mauvaise humeur quand il arriva à La Vacchia pour prendre possession de son prisonnier et ramener ses hommes. En voyant le carnage, il entra dans une colère noire. Parcourant la maison au pas de charge, il trouva la terrasse.

— Espèce d'imbéciles, rugit-il. Je vous avais dit de l'arrêter, pas de le tuer.

— Il a dégainé son épée. Qu'est-ce qu'on pouvait faire ?

L'officier haussa les épaules. Il était outré qu'on ait outrepassé ses ordres, non pas qu'Antonio soit mort. Les Pazzi avaient assassiné Julien ; ils méritaient leur sort.

Il marcha jusqu'au corps inerte et atrocement meurtri de Ginevra. Ses jambes nues étaient couvertes de sang.

— Vous ne pouviez pas vous en trouver plusieurs ? Vous l'avez mise dans un drôle d'état, celle-là.

Il poussa la tête avec la pointe de sa botte.

En découvrant le visage couvert d'ecchymoses, il se crispa.

— Seigneur ! Vous savez ce que vous avez fait, bande d'abrutis ? Ce n'est pas une domestique. Je la connais. Je lui ai apporté un cheval, un jour, de la part de Laurent. Elle est fiancée à son neveu. Vous serez pendus pour l'avoir violée.

— Mais c'est une Pazzi.

— Elle est fiancée, je vous dis. Propriété des Médicis. Que Dieu nous aide.

Le plus vieux des violeurs s'agenouilla près de Ginevra et la souleva dans ses bras.

— Elle ne pourra rien dire à personne si elle est morte.

Il alla au bord de la terrasse.

— Elle aurait pu tomber en cherchant à s'enfuir, ajouta-t-il. Ils n'avaient qu'à construire ce parapet plus haut.

Il jeta par-dessus le mur le corps de la jeune fille qui dégringola comme un paquet de chiffons.

Le lieutenant fit la grimace.

— Je rapporterai l'accident, dit-il. De toute façon, ils auraient certainement annulé les fiançailles.

Chapitre 22

Laurent revint au palais en fin d'après-midi après avoir donné des ordres à la milice et s'être entretenu avec les prieurs. Jamais encore il ne s'était senti aussi las. Les événements dramatiques de la journée, les élancements que lui causait sa blessure, le sang qu'il avait perdu, les mesures à prendre d'urgence pour assurer la défense de la ville, l'incertitude, la peur, tout cela avait sapé ses forces. Mais le plus épuisant était l'effort qu'il devait fournir pour ne pas penser à son frère avant d'en avoir fini avec les tâches les plus urgentes.

La table du grand salon disparaissait sous des piles de rapports sur la situation en ville. Comme il les regardait, il sentit ses genoux se dérober sous lui et se laissa tomber dans un fauteuil.

— Tu dois te reposer, Laurent, dit son secrétaire, alerté par le teint livide et les épaules voûtées de Laurent.

— Quand j'aurai fini, répondit Laurent en prenant la feuille qui se trouvait sur le dessus de la pile la plus proche de lui.

Une demi-heure plus tard, il avait entre les mains le rapport du lieutenant sur l'« accident » survenu à la villa La Vacchia. Il fut submergé par une douleur qu'il avait réussi à contenir jusque-là tant bien que mal. Il ne pouvait pas se permettre de penser à Julien ; trop de souvenirs le rattachaient à lui, les liens entre eux étaient trop forts. Mais les images qu'il avait de Ginevra affluèrent librement à sa mémoire. Il revit la jeune orpheline avec son chapeau ridicule ; l'enfant si pleine de vie à sa leçon de musique ; la jeune fille libre et sauvage galopant en levant les bras pour embrasser le monde. L'impression que Ginevra, née sous les mêmes étoiles, était en quelque sorte une part de lui, qu'elle partageait un coin de son âme, s'en trouva renforcée. Et voilà qu'elle avait disparu et, avec elle, sa fraîcheur et sa gaieté. Innocence et joie de vivre avaient également déserté le cœur de Laurent. Son âme était morte. Ses mains étaient deux poings serrés, le rapport du lieutenant tout froissé dans l'un d'eux.

Rejetant la tête en arrière, il poussa un cri de bête à l'agonie qui était à la fois une protestation et une prière.

Il n'y eut pas de réponse.

Lorsque Laurent rencontra le regard affolé de son secrétaire, il avait les yeux rouges, cernés par les ombres du malheur. Mais ils étaient secs. La détente apportée par les larmes ne lui fut pas accordée. Il parla d'une voix atone :

— Porte ce mot au Politien, Bruno. Je voudrais qu'il aille chercher un prêtre et quelques femmes pour apprêter les corps en vue de l'enterrement.

Chapitre 23

Lucrèce de Médicis interrompit Laurent dans son travail, chose qu'elle n'avait jamais faite.

Cette journée interminable, il est vrai, ne ressemblait à aucune autre.

— Laurent ! s'écria-t-elle d'une voix haletante. Ange vient de rentrer. Il a ramené Ginevra. Elle est grièvement blessée mais elle vit !

Laurent se leva d'un bond en renversant son fauteuil, toute fatigue envolée. Sa petite paysanne était en vie. Plus que jamais il lui sembla que des puissances mystérieuses unissaient leurs deux vies. Elle avait été blessée le même jour que lui. Lorsqu'il l'avait crue morte, il avait aussitôt pensé que sa propre fin était proche. Mais elle était vivante ! Il sentit monter en lui un regain d'espoir et d'énergie. Dieu n'avait pas laissé mourir Ginevra. Il n'avait pas abandonné Florence, ni les Médicis, ni Laurent.

— Va chercher des médecins, ordonna-t-il à son secrétaire.

— Non ! protesta Lucrèce. Je ne permettrai pas qu'on la torture davantage. Il vaut mieux faire appel à des sœurs infirmières de l'hôpital des Innocents. Je m'occuperai de Ginevra avec leur aide.

Laurent frappa du poing sur la table.

— Tu te soignes comme tu l'entends, mamina, mais pour Ginevra, c'est moi qui décide. Il va y avoir la guerre.

Nous pouvons être attaqués d'un moment à l'autre. Je ne veux pas que ma famille reste à Florence. Clarice et les enfants vont se réfugier dans un endroit sûr et tu les accompagneras.

— Il n'en est pas question.

La mère et le fils se mesurèrent du regard de part et d'autre du vaste bureau. Le secrétaire de Laurent retint son souffle.

Puis Lucrèce traversa lentement l'espace qui la séparait de Laurent et posa doucement la main sur son bras rigide.

— Mon enfant, murmura-t-elle. Tu es le seul garçon qui me reste. Ne me force pas à partir. Mon cœur se briserait s'il me fallait perdre deux fils dans la même journée.

Laurent laissa échapper un cri plaintif. Les paroles de sa mère avaient fait s'écrouler le mur qu'il avait construit pour ne pas penser à Julien.

Il attira sa mère vers lui et Lucrèce le serra dans ses bras. Touchés par un malheur commun, ils pleurèrent ensemble.

Le secrétaire de Laurent sortit sur la pointe des pieds pour aller chercher les sœurs infirmières.

Ginevra était dans un état effroyable. Un prêtre vint lui administrer les derniers sacrements car il était inimaginable qu'elle puisse vivre. Les sœurs, qui la baignèrent en disant tout bas des prières, s'exclamèrent d'horreur devant la gravité de ses blessures. Elle avait les deux bras cassés et une jambe fracturée à trois endroits. Les clavicules, les côtes, le bassin et la mâchoire présentaient également des fractures. Elles posèrent des attelles en remerciant le ciel de l'état comateux de Ginevra qui l'empêchait de bouger.

Lucrèce aida les infirmières à appliquer un baume sur la peau lacérée de Ginevra et elle pansa elle-même le vagin déchiré et ensanglanté de la jeune fille en pleurant devant tant de sauvagerie. Elle ne dirait pas à Laurent que Ginevra avait été violée. Qu'il punisse les hommes qui avaient fait cela n'arrêterait pas l'hémorragie. Elle s'associa aux prières des infirmières, prépara une potion aux herbes et en tamponna les blessures de la tête après que les cheveux de Ginevra eurent été coupés ras.

Lucrèce aida ensuite les sœurs à bander les membres et

la tête de la jeune fille et enfin elle étendit un édredon sur le pauvre petit corps emmailloté comme une momie.

— Brûlez ça, dit-elle à une servante en poussant du pied le reste des vêtements tachés de sang. Puis allez prévenir mon fils qu'il peut venir s'il le souhaite.

Laurent blêmit à la vue du visage contusionné et boursouflé, seule partie visible de Ginevra.

— Je ne l'aurais pas reconnue, dit-il.

Se penchant vers Lucrèce, il lui demanda à l'oreille :

— Est-ce qu'elle vivra ?

— A la grâce de Dieu, répondit Lucrèce à haute voix. Tu n'as pas besoin de parler tout bas, elle n'entend rien. Elle ne souffre pas non plus. Le coma peut la sauver.

Laurent s'agenouilla près du lit.

— Ma petite paysanne, chuchota Laurent sans tenir compte des explications de Lucrèce car ce qu'il avait à dire était uniquement pour Ginevra. Sois courageuse. Tu dois vivre. Tu m'as très souvent porté chance. Ne m'abandonne pas au moment où j'ai tant besoin d'être fort.

Il observa la forme inerte étendue sur le lit en cherchant une réponse quelconque, un mouvement imperceptible, un battement de cils. Mais Ginevra était aussi immobile qu'une morte. Sa respiration, lente et faible, inaudible, ne parvenait pas à soulever l'édredon au-dessus d'elle. Elle était plongée dans les ténèbres de l'inconscience.

Dans les semaines qui suivirent, Ginevra dériva dans un état comateux comme au fond d'un océan de miséricorde. De temps à autre, elle se rapprochait de la surface, entendait des bruits confus et sentait le tube en argent que les infirmières introduisaient entre ses lèvres pour la nourrir. Mais elle esquivait toujours la douleur accompagnant immanquablement chaque remontée vers la conscience, et retrouvait avec gratitude le gouffre de l'oubli où se refermaient les graves blessures de son corps et de son cœur.

Cependant les états de conscience devinrent à son corps défendant plus longs, plus fréquents. Ses jambes et ses bras bandés ne bougeaient pas, ses yeux trop tuméfiés ne pouvaient s'ouvrir mais son cerveau enregistrait les élancements violents qui lui faisaient souffrir le martyre et lui rendaient présentes à la mémoire les images de l'agression sauvage dont elle avait été victime et celles, plus terribles encore, de la mort des gens qu'elle aimait le plus, et de la fin avilie de son grand-père.

Les conversations des infirmières augmentèrent ses tortures. Elles prenaient un plaisir tout particulier au récit de l'arrestation de Jacopo de Pazzi près de la frontière de la Toscane. Ramené enchaîné à Florence, il avait été torturé et, pour finir, pendu à une fenêtre du palais de la Seigneurie.

— En expirant, il a recommandé son âme au diable, dit sœur Serafina.

— C'est le meilleur ami des Pazzi, renchérit sa compagne.

— Renato de Pazzi a eu une belle fin, poursuivit sœur Serafina. Il a confessé ses péchés et embrassé la croix avant d'être pendu.

— On devrait tous les pendre. Les emprisonner dans la forteresse de Volterra est un châtiment trop doux.

— Sœur Constantia ! Ce n'est pas une pensée charitable.

— Les Pazzi sont les acolytes du diable. Il n'y en a pas un pour racheter l'autre.

Ginevra se replongea dans les ténèbres mais n'y trouva pas la paix car elles étaient peuplées désormais de corps secoués d'ultimes soubresauts, agonisant au bout d'une corde.

Il y avait parfois d'autres infirmières moins cruelles que sœur Constantia. Mais leur voix à toutes trahissait la même satisfaction de savoir les Pazzi anéantis. Plus de deux cents personnes — serviteurs ou partisans des Pazzi — avaient été exécutées et leur tête brandie sur des piques à travers toute la ville... s'appeler Pazzi était dorénavant un signe d'infamie... la Seigneurie avait décrété que quiconque épouserait une femme de la famille Pazzi serait à jamais privé de ses droits civiques... la procession du *Scoppio* fut abolie... les deux fiers dauphins, armes des Pazzi, furent effacés sur tous les édifices où ils apparaissaient, et les biens des Pazzi furent confisqués au profit de Laurent de Médicis.

Ginevra ne chercha plus à retrouver le néant de l'inconscience. Elle courait, pensait-elle, un trop grand danger pour s'offrir ce luxe. Dans son esprit, Laurent avait fait massacrer tous les gens de sa famille dans le seul but de mettre la main sur leurs richesses.

Pourquoi ne l'avait-il pas laissée mourir ? Pourquoi la retenait-il prisonnière dans son palais ? Trouvait-il une satisfaction particulière à savoir ce qu'elle endurait ? Elle se força à rester lucide pendant de plus longues périodes. Elle accepta toutes les souffrances parce que c'était le prix à payer pour écouter ce qu'on disait autour d'elle, et réfléchir. Elle trouva le moyen de se protéger des Médicis : elle feignit d'être toujours plongée dans le coma. Malgré les douleurs atroces que lui causaient les infirmières en la manipulant, elle se soumit aux soins, sans un cri, et garda les yeux fermés même après qu'ils eurent désenflé. Elle força son corps à rester sans ressort et lourd même quand ses os qui se ressoudaient la brûlaient comme du feu.

Ses sens s'aiguisèrent, son discernement s'affina. Elle apprit que, contrairement à ses suppositions, elle n'était pas prisonnière dans le palais Médicis. Lucrèce désirait sincèrement qu'elle se rétablisse. Elle venait une douzaine de fois par jour. Sa voix trahissait une réelle inquiétude et ses mains, douces et fraîches, lui apportaient l'apaisement. Ginevra mourait d'envie de s'abandonner à la tendre sollicitude de Lucrèce.

Mais c'était impossible. Les souvenirs qui la hantaient étaient plus vivaces que son besoin de réconfort ; elle revoyait la botte frappant son grand-père au visage et entendait : « Attrape ça, vieillard, de la part de Laurent » ; elle sentait les mains rêches sur sa peau et avait dans l'oreille les voix des soldats assenant : « Médicis », « Médicis », « Médicis » en abusant d'elle. Alors son cœur se durcissait.

Tandis qu'elle reposait sans signe de vie apparent, son esprit ne cessait de fonctionner. Après la peur et le désespoir vint une froide détermination. La fièvre baissait, l'hémorragie s'arrêtait et les douleurs diminuaient. Mais Ginevra savait que sa guérison était le fruit de la haine, non de l'amour. C'était sa haine, pareille à un curetage au fer rouge, qui lui donnait la volonté de rester en vie.

Il ne me reste plus rien, pensa-t-elle. J'ai tout perdu le jour où les soldats des Médicis ont traversé l'oliveraie en direction de la villa. Mais je ne peux pas mourir maintenant. Je ne peux pas mourir sans avoir vengé grand-père, Fra Marco, Mateo, les domestiques de La Vacchia, l'honneur de ma famille, mes blessures et ma honte.

Ginevra remua les doigts, les serra, jura en prenant conscience de leur faiblesse. Je vous rendrai de nouveau forts, se jura-t-elle en silence, aussi forts que ma haine. Je tuerai Laurent de mes mains. C'est la seule chose qui puisse me donner envie de vivre. Et quand ce sera fait, je pourrai mourir et me libérer enfin du cauchemar de mes souvenirs.

Je ferai payer à Laurent ce qu'il a fait.

Je le tuerai.

Livre II

Ginevra

1478-1483

1478

Chapitre 24

Ginevra était passée maître dans l'art de la tromperie. Après ses efforts surhumains pour faire croire plusieurs semaines durant qu'elle était toujours dans un état comateux, le nouveau rôle qu'elle s'était assigné était d'une simplicité enfantine. Cela l'amusait parfois. Lorsque les infirmières lui demandaient la raison de sa gaieté, elle répondait toujours :

— C'est parce que je suis heureuse d'aller mieux.

La nuit, profitant du sommeil des infirmières, elle exerçait ses muscles atrophiés par des mouvements de flexion et d'extension. A leur réveil, elle demandait de l'eau d'une voix éteinte. Une fois débarrassée des bandages et des attelles, elle fit travailler indépendamment chaque partie de son corps, dissimulant le mouvement de son genou, de sa cheville ou de son ventre sous les couvertures. Son travail de musculation était si constant, si énergique qu'il provoqua une remontée de la fièvre qui l'affaiblit un peu plus.

Mais aussi faible fût-elle, elle ne perdait jamais de vue le but qu'elle s'était fixé, y puisant la force de surmonter ses nombreuses rechutes. Elle jouait à la perfection le rôle de la malade chétive, pathétique et pleine de reconnaissance, même lorsque la soif de revanche consumait son cœur et que son corps amaigri devenait plus vigoureux et lui obéissait mieux.

Elle n'eut pas de peine à se rendre toute molle quand

Laurent la prit dans ses bras pour la descendre au rez-de-chaussée, dans la chambre qu'il occupait quand il était jeune.

— Je pense que tu seras mieux, ici, Ginevra. Tu pourras regarder le grand tableau avec des chevaux en face du lit. Cela te donnera envie de guérir pour remonter à cheval le plus vite possible.

Ginevra réussit à verser quelques larmes et à murmurer tout bas : « Merci. » Puis, comme Laurent la posait tout doucement sur son ancien lit, elle mima un évanouissement.

Derrière ses paupières mi-closes, elle vit la poitrine vulnérable de Laurent tout près de son visage, ses bras incapables de se défendre, empêtrés par le poids de son corps à elle. Si seulement elle avait eu un poignard et la force de le planter dans son cœur !

Elle augmenta le rythme de ses exercices physiques clandestins.

Très vite, elle découvrit que sa nouvelle chambre comportait de nombreux avantages. C'était la fin de l'été et par la porte laissée entrouverte pour aérer la chambre, elle pouvait suivre les conversations des hommes d'armes dans la cour, et les allées et venues entre le palais et la rue.

Elle apprit ainsi que Laurent ne sortait jamais sans escorte et cela la fit rire car il ne courait pas de plus grand danger qu'à l'intérieur du palais.

Ginevra entendit parler de la guerre contre Rome et Naples. Les armées ennemies occupaient déjà plusieurs villes assujetties à la République. Les gardes étaient inquiets. Florence avait une armée mal entraînée, formée de petits contingents de pauvres gens envoyés par Milan, Bologne et les parents de Clarice, les Orsini. Le roi de France, allié de longue date des Médicis, avait détaché en ambassade Philippe de Commynes avec une lettre d'encouragement et la promesse d'envoyer cinq cents lanciers, mais les soldats n'étaient toujours pas arrivés alors que l'ambassadeur et sa suite demeuraient au palais Médicis. La charge supplémentaire que leur présence occasionnait pour les gardes préposés à leur escorte alimentait un fond de mécontentement.

Ignorant les horreurs de la guerre, Ginevra était ravie de l'inquiétude des gardes. Elle en venait même à souhaiter la prise de Florence si cela devait entraîner l'anéantissement des Médicis.

A condition que sa main seule portât à Laurent le coup fatal.

Elle avait beau avoir étudié les textes des philosophes grecs, des poètes et des hommes d'Etat romains, Ginevra ne savait rien des mystères de l'amour. Si quelqu'un lui avait dit que sa haine implacable contre Laurent était d'autant plus forte qu'elle l'avait considéré comme un héros dans sa jeunesse, elle n'aurait pas voulu le croire. Venger son rêve trahi, tel était le but qu'elle poursuivait sans en avoir le moindre soupçon.

Ginevra semblant hors de danger, la présence des infirmières ne s'avérait plus aussi nécessaire. La seule qui demeura auprès d'elle dormait dans la pièce contiguë. Cet arrangement permit à la jeune fille de s'entraîner plus souvent et plus énergiquement et même d'entreprendre ses premiers pas hésitants autour du lit, en prenant appui sur le matelas.

A cause de son activité intense durant la nuit, elle dormait presque toute la journée. Ce sommeil lui permettait de récupérer tout en entretenant l'illusion de son extrême faiblesse.

Lucrèce s'inquiétait beaucoup à son sujet.

— J'espérais qu'elle se remettrait vite une fois la crise passée, dit-elle à l'infirmière. Mais cela fait presque six mois que nous l'avons amenée ici et elle est toujours aussi apathique. Dans son état, son organisme ne pourra pas se défendre contre la maladie et elle est trop fragile pour pouvoir voyager.

Une épidémie de peste s'était déclarée à Florence. Tous ceux qui en avaient les moyens fuyaient la ville dans la plus grande panique. Le 1er octobre, on avait trouvé la première victime sur les marches de l'église Santa Croce. Une semaine plus tard, on comptait neuf morts par jour.

Lucrèce avait fait frotter tous les planchers et les murs du palais avec de la lessive et du vinaigre. Toutes les fenêtres étaient scellées par de la cire et des cassolettes d'herbes odorantes brûlaient jour et nuit dans les soixante-dix pièces, occupées ou non.

Il y avait trois encensoirs dans la chambre de Ginevra.

Lucrèce lui prépara également d'épaisses soupes de bœuf au chou et elle réveillait la jeune fille toutes les deux heures pour lui donner à manger.

— Il faut te forcer, la suppliait Lucrèce. C'est la seule façon de recouvrer tes forces.

Ginevra qui mourait littéralement de faim depuis des semaines se montra très coopérante. Son corps soumis à des exercices de musculation constants avait grand besoin d'une nourriture plus riche que le bouillon de viande et le lait chaud qui constituaient son régime habituel.

Des larmes coulèrent des yeux de Lucrèce qui regardait Ginevra dévorer.

— Ma pauvre enfant, dit-elle. C'est ça qu'il te fallait et je ne m'en doutais pas. Pardonne-moi.

Ginevra ne répondit pas. Elle était trop occupée à manger pour parler. Et elle se refusait à donner son pardon à une Médicis, même si cette femme ressemblait tant à la mère que la petite Ginevra orpheline rêvait d'avoir.

Cette soupe nourrissante lui suffit pendant quelque temps. Elle se sentit moins fatiguée après ses exercices. Ses membres se fortifièrent. Bientôt, elle put marcher, se baisser, puis sauter d'un bond sur le matelas. Elle arrivait presque à porter le lourd escabeau en bois placé à côté du lit ; elle savait qu'elle arriverait à le soulever d'un centimètre, puis de deux, puis de trois et enfin jusqu'à la hauteur de sa tête.

Mais elle n'avait pas encore assez à manger. Il lui fallait quelque chose de plus substantiel. Elle avait terriblement envie d'un croûton de pain bien dur ou d'une saucisse épicée, quelque chose à mâcher, quelque chose qui ne coulerait pas au fond de sa gorge avant qu'elle ait pu en savourer le goût. Elle n'osait demander de supplément à Lucrèce car si on s'apercevait de l'amélioration de son état de santé, on pourrait lui faire quitter la ville dévastée par la peste.

Et il était vital qu'elle reste au palais Médicis parce que c'était le seul endroit où Laurent était désarmé et sans méfiance.

Je dois rêver, se dit Ginevra. Elle se pinça le bras, renifla. Une délicieuse odeur de fromage lui chatouillait les narines.

A pas de loup, elle traversa l'obscurité profonde de la

chambre. Ses yeux s'étaient depuis longtemps habitués à la faible lueur des herbes qui brûlaient au-dessus de sa tête. Prête à se précipiter dans son lit au moindre grincement, elle tourna lentement la poignée de la porte en se demandant si l'infirmière l'avait fermée à clef en s'en allant. Le loquet se souleva. Elle tira avec précaution.

Un flot de lumière se répandit à travers l'entrebâillement de la porte ; certaine d'avoir été découverte, Ginevra eut un mouvement de recul. Puis elle reconnut le bruit qui montait de l'autre côté de la porte. C'était un ronflement comme celui de Fra Marco quand il s'endormait dans sa chaise après le repas du soir.

A ce souvenir, ses yeux se remplirent de larmes amères. Elle ravala sa tristesse, tendit l'oreille, ouvrit plus grand la porte.

Cinq hommes portant l'uniforme des Médicis dormaient dans la cour, étendus à même le sol devant les portes de la rue, du jardin, de la loggia, et au pied des escaliers menant aux étages, en tenant dans leurs mains une épée ou une lance.

Ginevra sentit ses jambes se dérober sous elle. Elle s'agrippa à la porte. Elle les écoutait parler entre eux depuis des semaines mais ce n'étaient que des voix désincarnées. A la vue de ces hommes en chair et en os, elle se mit à trembler comme une feuille. Les torches allumées dans la cour faisaient luire les tuniques rouges et blanches ; les armures étincelaient ; dans la lumière tremblotante, les armes paraissaient vivantes.

Tout lui revint brusquement dans un kaléidoscope d'images plus insupportables les unes que les autres : la soie blanche éclaboussée de sang, les anneaux métalliques des cottes de mailles contre sa peau nue, les épées se croisant, tailladant, tuant. Fra Marco frappé à mort, la vie de Mateo sortant à gros bouillons du trou à sa poitrine, son grand-père...

Elle se laissa tomber à terre, la tête dans ses bras, en se mordant l'épaule pour essayer d'arrêter ses gémissements et le claquement de ses dents.

Il lui sembla qu'elle resta ainsi une éternité, paralysée par la peur, revivant en détail les scènes d'un cauchemar qui, à tout instant, pouvait recommencer.

Le ronflement s'arrêta. Saisie d'une peur panique, Ginevra retourna vers son lit en rampant sur le ventre.

A l'aube, l'infirmière la découvrit sous le lit, se tordant dans des convulsions, les yeux chavirés en arrière, les lèvres à vif. L'infirmière appela à l'aide. Un garde passa la tête par la porte puis courut chercher Lucrèce.

— Il faut la coucher bien au chaud, dit Lucrèce. Ensuite, nous prierons.

Elle demanda à tous les gens de la maison de se joindre à leurs prières.

Dès qu'il reçut le message de sa mère, Laurent se précipita dans la chambre de Ginevra. Il s'agenouilla un moment avec Lucrèce près du lit, puis il remonta au premier étage où, incapable de rester en place, il fit les cent pas dans la longue galerie qui conduisait à son bureau. La veille, il avait appris que son filleul, Bernardo, était mort de la peste. Le garçon aurait dû être épargné en vivant à la campagne, dans la villa où Elmo et Bianca avaient été exilés. Mais l'enfant, né le jour de l'anniversaire de Laurent et de Ginevra — le jour où la petite fille était arrivée à Florence, le jour des vingt ans de Laurent —, avait succombé.

Et voilà que Ginevra souffrait d'une maladie aussi mystérieuse que la peste noire. Juste au moment où elle commençait visiblement à se remettre.

Laurent était accablé par un sentiment d'impuissance face au destin et par l'incapacité où il était de comprendre ces présages de malheur. Si la rechute de Ginevra et la mort de Bernardo avaient une signification.

Il ne pouvait être sûr de rien : c'était sa seule certitude.

Se sentir en plein désarroi et désarmé était si nouveau pour lui, si contraire à sa nature que cela lui était intolérable. Il marcha donc longtemps de long en large dans la galerie pour essayer de se débarrasser de ses doutes et de son indécision, de les écraser sous ses talons, de retrouver sa fermeté de caractère sur laquelle comptaient la Seigneurie, le peuple de Florence. Et lui le premier.

A tous ceux qui vinrent le voir avec des questions — courriers, messagers, représentants du comité de la guerre — il apporta des réponses. Ils attendaient des ordres ; il les leur donna. Ils le considéraient comme leur chef et cherchaient à retrouver confiance auprès de lui. Il ne les déçut pas.

Puis Laurent entra d'un pas décidé dans son bureau et

s'assit à sa table, prêt à s'attaquer à l'énorme courrier qui réclamait son attention. Tant de choses, tant de gens dépendaient de lui. Il ne pouvait se permettre de perdre un temps précieux pour réfléchir à des questions insolubles.

Ginevra s'en sortirait. Il en était sûr à présent. Elle avait toujours été plus proche de lui que Bernardo. Elle n'abandonnerait pas sa lutte pour la vie. Il déplia une carte de Toscane et y indiqua les dernières positions des troupes ennemies.

Trois heures plus tard, Ginevra poussa un soupir, ses tremblements cessèrent et ses muscles se relâchèrent. Lucrèce embrassa ses paupières closes.

— Elle dort, Dieu soit loué !

A son réveil, Ginevra se sentait reposée et détendue. C'était la première fois que son sommeil n'avait pas été perturbé par des cauchemars. Elle comprit qu'un grand changement s'était produit dans sa vie. Elle resta étendue à méditer jusqu'à ce qu'elle ait compris ce qui lui était arrivé.

J'ai eu peur de quelque chose qui s'est produit dans le passé, raisonna-t-elle. Je n'ai plus rien à craindre maintenant. Rien ni personne ne pourra jamais me faire autant de mal. J'ai connu l'enfer. Je ne crains plus rien, pas même la mort, car je sais qu'on y trouve le repos. La seule douleur est d'être obligé de vivre.

Elle s'étira lentement, savourant la réponse docile de ses muscles qu'elle avait reconstruits à force de persévérance, se délectant du sentiment tout neuf d'être invincible.

Cette nuit-là, elle rôda dans la cour silencieuse, trouva la petite pièce où l'on disposait de la nourriture pour les gardes, et dévora son content de fromage, d'olives et de pain.

Trois nuits plus tard, elle découvrit la salle d'armes. Elle choisit une dague à poignée courte qu'elle tenait bien en main ainsi qu'une pierre à affûtage et les rapporta dans sa chambre. Elle les cacha sur le ciel de lit qui soutenait les rideaux de brocart protégeant des courants d'air. C'était un jeu d'enfant de monter sur les colonnes sculptées, aussi épaisses que des troncs d'arbre. Chaque nuit, elle pourrait aiguiser la lame en attendant l'occasion de s'en servir.

— Je suis prête, dit-elle aux chevaux qui décoraient le mur, en riant tout bas.

Chapitre 25

Lucrèce remarqua tout de suite qu'un changement s'était produit chez Ginevra.

— Notre malade est heureuse, ma sœur. Regardez, elle sourit dans son sommeil.

Lorsqu'elle réveilla Ginevra pour lui donner sa soupe, Lucrèce invita la jeune fille à se lever et à sortir un peu de sa chambre.

— Je t'ai fait descendre un fauteuil. C'est celui qu'utilisait mon mari. Comme il ne pouvait pas marcher, on le transportait ainsi. Si tu le désires, tu auras deux valets à ta disposition qui te promèneront à ta guise à l'intérieur du palais, même dans le jardin s'il fait beau.

— Oh, merci, madame Lucrèce. C'est une idée merveilleuse.

La reconnaissance de Ginevra était sincère. Il fallait qu'elle connaisse tous les coins et recoins de la grande demeure et sache où trouver Laurent seul et sans défiance. En se déplaçant de cette façon, personne ne saurait qu'elle était capable de marcher. Cela lui donnerait un avantage supplémentaire.

Mais à peine Ginevra avait-elle commencé à faire le tour du premier étage que Laurent quitta le palais.

— Ses enfants lui manquent terriblement, expliqua Lucrèce. Il va passer quelque temps dans notre villa de Cafaggiolo. Clarice les a emmenés là-bas pour qu'ils soient à l'abri de la guerre qui a éclaté à la fin du mois de juin. C'est relativement loin et la villa est entourée de douves et de solides remparts avec un pont-levis.

— Est-ce que la guerre est finie ?

— Non, répondit Lucrèce.

Une ombre passa sur son visage puis elle ajouta avec un sourire :

— Mais les combats sont arrêtés pour plusieurs mois, reprit-elle. Les armées obéissent à des règles strictes. Lorsque le froid arrive, les troupes se replient dans une ville où les chevaux peuvent trouver un abri et les hommes un peu de confort. Ils recommenceront à se battre au printemps.

« D'ici là, nous aurons la maison pratiquement pour nous toutes seules. Lorsque Laurent est absent, il y a peu de visiteurs. J'ai l'intention de profiter au mieux de cette période de calme. Laurent m'a dit que tu étais un vrai puits de science, Ginevra ; si nous lisions et discutions ensemble ? Nous avons une bibliothèque bien garnie. Il y a tant de choses que j'aimerais apprendre, tu voudrais bien m'aider ? »

Ginevra n'aurait jamais imaginé qu'une vieille personne ait le désir de s'instruire. Elle scruta le visage encore beau de Lucrèce d'un regard suspicieux mais n'y découvrit aucun signe de condescendance ou de duplicité.

— Je ferai de mon mieux, répondit Ginevra.

Ce fut un hiver heureux, sans haine, sans conspiration, sans la pensée obsédante de la mort, ni celle qu'elle destinait à Laurent ni sa mort à elle qui viendrait forcément après. Ginevra accepta ce don sans colère. L'heure de la vengeance pouvait attendre. Elle viendrait en son heure. Ginevra chassa Laurent de ses pensées et se consacra entièrement à Lucrèce.

— Allons d'abord dans la bibliothèque, proposa Lucrèce.

En entrant dans la pièce, Ginevra se rendit compte à quel point les heures paisibles consacrées à la lecture lui avaient manqué. Elle n'avait jamais vu autant de livres à la fois. Son cœur se mit à battre plus vite. Une famille qui possédait cinq ou six livres était considérée comme riche. Il y en avait plus de cinq cents dans la bibliothèque des Médicis.

Le palais recelait également d'autres trésors, notamment

de nombreuses œuvres d'art — peintures, sculptures, tapisseries, tapis orientaux. Lucrèce les montra une par une à Ginevra pour lui laisser le temps de les bien examiner et de les savourer. Elle en profitait pour lui raconter de merveilleuses histoires sur les artistes qui avaient créé beaucoup de ces merveilles.

— Donatello était peut-être le meilleur ami de mon beau-père. C'était un grand sculpteur et un homme adorable. La statue de Judith et d'Holopherne qui se trouve dans le jardin, c'est lui qui l'a faite. Cosme voulait qu'elle soit très grande car il s'inquiétait pour Donatello qui semblait n'avoir jamais de vêtements chauds à se mettre ni manger à sa faim. Il l'a payé à l'avance en monnaie d'or et lui a donné le nom d'un administrateur de la banque en lui disant : « Va voir cet homme, confie-lui ton or et demande-lui de l'investir. Cela te donnera un revenu confortable. »

Ginevra écarquilla les yeux.

— C'était très généreux. Ça ne m'étonne pas que Donatello ait été son ami, dit-elle.

Lucrèce éclata de rire.

— Pour Donatello, l'argent n'avait aucune valeur. Il a pris l'or de Cosme et il l'a mis dans un panier suspendu au plafond de son atelier, là où il avait l'habitude de le mettre. Son cuisinier, ses apprentis et ses amis se servaient au fur et à mesure de leurs besoins. Ils n'en crurent pas leurs yeux en découvrant des florins d'or au lieu des habituels *scudos*.

Ginevra rit avec Lucrèce.

— Quelle a été la réaction de Cosme ?

— Il lui a commandé la statue de David que tu aimes tant, celle qui se trouve près de la porte de ta chambre.

— En le payant à l'avance ?

— Bien sûr. Il n'a jamais renoncé à son idée.

— Et Donatello a mis l'argent dans le panier ?

— Bien sûr.

Ginevra aimait les histoires que lui racontait Lucrèce. Et l'art. Elle cessa de prétendre qu'elle était incapable de marcher seule et adopta une démarche hésitante qui lui permettait de se déplacer toute seule et d'admirer quand elle le voulait ses œuvres préférées parmi lesquelles le *Cortège des mages* qui couvrait trois murs de la petite chapelle. C'était une fresque aux couleurs vives et pleine de surprises. Chaque fois que Ginevra la regardait, elle découvrait quelque chose qu'elle n'avait pas remarqué jusque-là, une fleur exotique, un animal, un petit détail dans les costumes des Rois ou un minuscule insecte posé sur une plume de l'aile d'un ange.

Lucrèce apprit que Ginevra restait parfois une heure entière toute seule dans la chapelle. Cette nouvelle la soulagea car la vie spirituelle de la jeune fille lui donnait de l'inquiétude. Ginevra venait rarement à la messe matinale célébrée dans la chapelle et quand elle y assistait, elle avait le plus souvent un air sévère.

Mais si elle se rendait à la chapelle quand il n'y avait personne, c'est qu'elle préférait peut-être faire ses dévotions toute seule. C'était compréhensible, songea Lucrèce. Le père Paolo était un homme agité qui rendait tout le monde nerveux. Il disait la messe à toute vitesse en avalant la moitié des mots et en entrechoquant les récipients du saint sacrement.

Lucrèce aurait bien aimé prendre un autre prêtre mais elle n'avait pas le cœur à faire une telle peine au père Paolo qui vivait dans le palais depuis presque vingt ans. Et pour être tout à fait juste, sa fébrilité n'était pas totalement injustifiée. Après la rébellion des Pazzi, le pape avait excommunié Laurent et menacé de prononcer l'interdiction des prêtres si les Florentins ne livraient pas le chef de la maison Médicis à la justice de Rome.

La Seigneurie refusa d'envoyer Laurent à une mort certaine et l'excommunication s'étendit à toute la République. Toutes les églises furent fermées. On ne pouvait plus célébrer ni messe, ni baptême, ni mariage, ni enterrement. Mais les évêques de Toscane refusèrent de se soumettre et les membres de la Seigneurie, réfutant la bulle d'excommunication, écrivirent un long discours contre le pape qui fut envoyé à tous les princes de la chrétienté.

En fils soumis de l'Eglise, le père Paolo craignait pour son âme chaque fois qu'il célébrait la messe. Il avait l'habitude de suivre les directives du pape. Le défi schismatique des évêques le mettait devant un terrible dilemme.

Lucrèce comprenait qu'il soit perturbé par cette situation conflictuelle et faisait preuve de patience avec lui tout comme avec Ginevra. Elle ne s'attendait pas à ce que la jeune fille comprît l'ampleur du problème. Que savait-elle au juste de la conspiration des Pazzi ? Lucrèce n'osait soulever la question. Elle avait choisi de croire que Ginevra était innocente de toute complicité parce qu'elle l'aimait profondément et de plus en plus.

Son affection était manifeste quand elle lui prit les mains le lendemain de Noël et la mena à un banc près du feu qui pétillait dans la cheminée du grand salon.

— Assieds-toi près de moi, ma chérie et aide-moi. J'ai une tâche difficile à remplir.

— Dites-moi ce que je dois faire, dit Ginevra sans hésiter.

— Tu n'as qu'à m'écouter, mon enfant. Mais je crains que ce ne soit plus douloureux que pour moi de parler.

« Ginevra, tes fiançailles avec mon jeune cousin ont été rompues. Tu ne pourras pas l'épouser. »

Ginevra sourit.

— C'est tout ? Vous ne devriez pas me faire de telles peurs, madame Lucrèce. Je redoutais je ne sais quelle catastrophe. Ça m'est égal de ne pas me marier avec quelqu'un que je n'ai jamais vu.

Lucrèce serra plus fort les mains de la jeune fille.

— Ce n'est pas tout, Ginevra. Ce sera difficile de te trouver un mari digne de toi.

Ginevra retira ses mains et tourna la tête de côté pour que Lucrèce ne puisse voir son visage.

— Je sais, dit-elle d'une voix dure. J'ai entendu les infirmières parler entre elles. Aucun homme ne peut épouser une Pazzi. C'est une loi.

Lucrèce retint ses larmes.

— On peut tourner les lois. Il est facile de changer de nom. C'est assez courant. On peut constituer une dot. Mais on ne peut rien faire pour réparer le dommage qui t'a été fait. Ma pauvre chérie, tu ne pourras jamais avoir d'enfants. J'ai essayé d'arrêter l'hémorragie, j'ai employé tous les remèdes que je connaissais...

Les larmes ruisselaient sur les joues de Lucrèce.

— Ginevra, tu n'as plus d'utérus. Tu seras toujours stérile. Un homme se marie pour avoir une descendance. Notre seul espoir est qu'un veuf ayant déjà des enfants consente...

Ginevra tourna son visage vers elle.

— Je vous en prie, madame, ne pleurez pas. Votre chagrin me brise le cœur.

Elle serra maladroitement ses bras autour de la vieille femme.

— Ce n'est pas grave, je vous assure. Je me moque d'avoir un mari et des enfants. Grâce à vous, je suis vivante, et grâce à vous, je suis heureuse. Vous n'avez pas de raison de pleurer.

Elle plaça sa joue contre celle de Lucrèce et sentit leurs larmes se mêler. Je n'aurais jamais dû la laisser m'aimer, songea Ginevra, ni me mettre à l'aimer. Ce sera beaucoup plus dur à présent de tuer son fils.

1479

Chapitre 26

Lucrèce ne comprenait pas que Ginevra ne soit pas affectée d'être stérile. Avoir des enfants était pour les femmes une joie et un devoir. Elle chercha une explication dans l'histoire de la jeune fille. Ayant vécu dans une campagne isolée avec pour seuls compagnons des hommes âgés et de vieux domestiques, elle n'avait probablement aucune idée de ce que signifiait la maternité et ne pouvait désirer quelque chose qu'elle était incapable d'imaginer.

Par une belle journée de février d'une douceur printanière, Ginevra en fit pour la première fois l'expérience.

Comme le soleil tapait contre la fenêtre de la bibliothèque, elle eut soudain la nostalgie du jardin de La Vacchia. L'odeur de la terre, la vue des plantes, le chant des oiseaux et le bruit des poissons sautant dans l'eau lui manquaient terriblement. Le jardin du palais, en dehors de la statue de Donatello, n'offrait aucun intérêt à ses yeux. Elle gardait le souvenir d'un endroit froid, gris et désolé.

Mais par un temps pareil, ce serait sûrement différent. Il y aurait au moins des oiseaux buvant à la fontaine et elle sentirait la chaleur du soleil sur ses épaules. Dans sa hâte, elle oublia de remettre le livre à sa place. Elle ne voulait pas perdre une minute de ce beau temps.

En approchant du jardin, elle crut percevoir le gazouillis d'un oiseau inconnu et descendit les dernières marches en courant. Sur le seuil, elle s'arrêta net. Juste devant elle, un bébé était couché sur une couverture en laine vert vif posée sur l'herbe hivernale encore brune. Il babillait avec délices en cherchant à attraper ses orteils. Il était presque nu. Ses langes à moitié défaits découvraient une peau rose satinée.

Ginevra regarda à droite, à gauche ; il n'y avait personne d'autre dans le jardin. Elle se laissa tomber à genoux près de l'enfant et tendit tout doucement la main pour toucher le petit pied nu grassouillet.

— Comme tu as la peau douce ! s'exclama-t-elle.

Le bébé gloussa de joie.

Une demi-heure plus tard, Lucrèce découvrit Ginevra en train de frotter son nez contre le ventre du bébé, riant de ses cris de jubilation, feignant d'être prisonnière des minuscules poings potelés qui agrippaient son fichu et ses courts cheveux bouclés au-dessous.

— Tu as fait la connaissance de Jules, à ce que je vois, dit Lucrèce. Il est adorable, tu ne trouves pas ?

— Je crois qu'il m'aime bien, répondit Ginevra avec un sourire radieux.

— J'en suis sûre. Je l'entendais rire de la cour. C'est un vrai petit diable. Qu'est-ce que ce sera quand il commencera à marcher !

Lucrèce s'assit sur l'herbe à côté de Ginevra. Elle dégagea les menottes du bébé des cheveux de la jeune fille et embrassa les doigts creusés de fossettes.

— Je pensais qu'il serait en train de pleurer. L'heure de sa tétée est passée.

Comme s'il en prenait brusquement conscience, le bébé devint ronchon. Ginevra le chatouilla pour essayer de le divertir mais il se mit à pleurer.

— Oh, mon Dieu ! gémit-elle. Qu'est-ce qui s'est passé ? Est-ce que je lui ai fait mal ?

Lucrèce éclata de rire.

— Il vient simplement de s'apercevoir qu'il a faim. Maria !

Une jeune femme accourut dans le jardin tout en commençant à défaire les lacets de son corsage.

— Excusez-moi, madame, dit-elle. Je n'ai pas vu le temps passer.

Elle se baissa et ramassa le bébé ; ses cris ne semblaient pas la déranger le moins du monde.

Maria s'assit sur un banc du jardin et dégagea un sein aussi rond qu'une sphère. Ginevra regardait, fascinée. Jules cessa de crier et se mit à téter vigoureusement.

— Quel glouton ! dit Lucrèce avec amour. Qu'en penses-tu, Ginevra ?

— Je le trouve merveilleux. J'ignorais que des bébés vivaient dans le palais. Il y en a beaucoup ?

La question embarrassa Lucrèce.

— Laurent et Clarice ont six enfants mais en ce moment, ils sont tous à Cafaggiolo.

— Je veux parler des enfants des domestiques. Maria est une domestique, n'est-ce pas ?

— Oh, je comprends. Non, les enfants des domestiques ne demeurent pas au palais. Quand une de nos servantes a un bébé, nous l'envoyons avec son mari, si elle en a un, dans l'une de nos villas. Un enfant n'a pas la place de s'ébattre ici. Les enfants de Laurent passent la plus grande partie de l'année à la villa Fiesole.

— Mais...

Ginevra s'interrompit et contempla la jeune femme.

— Maria est la nourrice de Jules, expliqua Lucrèce. C'est mon petit-fils, le fils de mon plus jeune fils, Julien. Sa mère était la maîtresse de Julien. Laurent lui a demandé de lui laisser l'enfant et elle a accepté. Jules sera élevé avec les enfants de Laurent comme s'il était son propre fils.

— Mais pourquoi Julien ne le garde-t-il pas ? Comment peut-il supporter de laisser son enfant à son frère ?

— Julien est mort, dit-elle, le visage très pâle.

— Je ne savais pas. Je suis désolée. J'espère que je ne vous ai pas fait trop de peine.

Lucrèce caressa les cheveux de Ginevra.

— Ce n'est rien. Je suis sûre que tu ne l'as pas fait exprès.

Elle sentit les cicatrices sur le crâne de la jeune fille. Julien n'était pas la seule victime.

Elle revint à un sujet plus gai.

— Jules est arrivé chez nous au mois d'août. Il a six mois maintenant. C'est l'âge intéressant chez les bébés. Plus jeunes, ils dorment tout le temps ; plus vieux, ils ne restent jamais en place. Quand il a l'estomac plein, il fait une sieste d'environ une heure, puis il est prêt à jouer tout l'après-midi. Nous pouvons demander à Maria de nous l'amener dans mon salon. Tu aimerais bien ?

— Oh oui, beaucoup.

Ginevra devint l'esclave de Jules, son amour pour lui frisant l'adoration. Elle cessa de faire semblant d'être malade et jouit pleinement de la vie. Pendant plus d'un mois, elle se crut au paradis. Elle vécut avec Jules l'arrivée du printemps, lui nomma chaque oiseau et chaque fleur, enleva patiemment les brins d'herbe, les feuilles et les brindilles qu'il portait à sa bouche, joua à cache-cache, lui apprit à taper dans ses mains, à faire « au revoir », à émettre un son qui, elle en était sûre, était son prénom à elle. Lucrèce venait souvent les rejoindre dans le jardin. Elle brodait de tout petits points sur un métier à tapisserie au milieu des rires et de la joie retrouvée.

L'idylle fut brisée au début du mois d'avril avec le retour de Laurent.

Le palais se trouva du jour au lendemain transformé en une ruche bourdonnante. Les gens entraient et sortaient à toute heure ; la cour était pleine d'hommes d'armes surveillant en permanence les gens qui attendaient jusque dans le jardin pour voir Laurent ; les couloirs et les escaliers grouillaient de messagers, de pages, de secrétaires et de conseillers. Même la bibliothèque était occupée par des professeurs que Laurent avait rencontrés lors d'une visite à l'université de Pise et qu'il avait invités à loger et à étudier au palais.

Moins de vingt-quatre heures après l'arrivée de Laurent, Maria amena Jules dans la chambre de Ginevra pour les adieux. Laurent les envoyait à Cafaggiolo. Le bébé fit au revoir de la main comme Ginevra le lui avait appris puis, comme elle le pressait dans ses bras un peu trop fort, il poussa un petit cri. La dernière image qu'elle eut de lui fut un visage rouge par-dessus l'épaule de Maria et deux yeux noirs et ronds, brillants de larmes.

Lucrèce ne montra aucune compassion pour le chagrin de Ginevra.

— Il a toujours été convenu que Jules aille retrouver les autres enfants. Quand il est né, les soldats sillonnaient les routes et l'hiver était trop froid pour lui imposer un si long voyage.

Sur ce, elle retourna en hâte aux cuisines. Une maisonnée si nombreuse réclamait une intendance rigoureuse.

Plus tard, quand elle put souffler un moment, elle regretta d'avoir été si brusque. La jeune fille était terriblement attachée au bébé. Mais peut-être trop. Alors ne valait-il pas mieux rompre ce lien avant qu'il ne soit trop fort ?

Quoi qu'il en soit, Lucrèce n'avait pas le temps de s'appesantir plus longtemps sur ce sujet. Laurent avait besoin d'elle. La guerre entraînait une augmentation des taxes et les Florentins commençaient à se demander si cela valait la peine de soutenir Laurent contre la volonté du pape. Surtout quand il était manifeste que Florence était en train de perdre la guerre. Laurent devait agir avec circonspection s'il voulait rester le chef du gouvernement. Il passa la nuit à élaborer des plans et à discuter avec Lucrèce toutes les formes d'action envisageables.

Ginevra passa elle aussi une nuit blanche. La dureté de Lucrèce lui laissait un goût amer mais elle savait que son mal était plus profond et que personne ne pouvait lui être d'aucun secours.

Le départ de Jules lui avait fait prendre conscience de ce qu'impliquait la stérilité. Jamais elle ne pourrait être enceinte ! Elle avait appris ce que c'était que de tenir un bébé dans ses bras, de sentir ses petits bras autour de son cou, d'avoir de grands élans de tendresse simplement en le regardant ou quand il vous faisait de gros bisous sur les joues. Si l'enfant d'une autre pouvait émouvoir à ce point, l'amour d'une mère pour son enfant devait être infini ! Ginevra comprima ses seins pour leur faire mal comme son cœur avait mal de savoir qu'ils ne se rempliraient jamais de lait, ne connaîtraient jamais le pincement de lèvres goulues, ne nourriraient jamais un petit être s'endormant heureux et repu.

Elle avait seize ans. Elle était déjà une femme sans l'être vraiment et ne le serait jamais tout à fait.

Aucune vie ne pourrait jamais se développer à l'intérieur de son ventre ; elle marchait, respirait et parlait, mais elle n'était plus que l'ombre d'elle-même.

Ginevra eut un petit rire sarcastique. C'est normal que je n'aie pas peur de la mort, pensa-t-elle. Je suis déjà morte.

Elle sentit tomber sur elle le froid de l'hiver emmagasiné dans les épais murs de pierre, frissonna, jeta une couverture sur ses épaules voûtées.

Une bouffée de haine arriva à point nommé pour la réchauffer et repousser le désespoir glacé auquel elle commençait à s'abandonner. Toutes les victimes de Laurent criaient vengeance : les gens que Ginevra avait aimés et ceux qu'elle ne pourrait jamais aimer, les enfants qu'elle ne mettrait jamais au monde.

Elle grimpa le long de la colonne du lit pour récupérer son arme. La lame commençait à rouiller et s'était ternie durant les mois où elle était restée cachée. Ginevra cracha sur la lame et se mit à l'affûter.

Tuer Laurent n'était pas aussi facile que Ginevra l'avait cru. Il passait la plus grande partie de la journée dehors. Parfois il s'absentait plusieurs jours de suite. Quand il était au palais, il était toujours entouré et, à toute heure, on faisait la queue pour le voir. Elle avait appris à se repérer dans le palais, savait où le trouver, mais Laurent n'était jamais seul. Elle devait frapper à un moment où il aurait le dos tourné et ne se méfierait pas ; il ne fallait pas songer à employer la force. Et elle ne pouvait pas courir le risque qu'un tiers appelle à l'aide ; les réflexes de Laurent étaient trop rapides. Elle n'aurait pas de seconde chance. Elle devait parfaitement calculer son coup.

Laurent était vulnérable le soir, quand il s'entretenait avec sa mère dans son bureau. Ginevra était sûre que Lucrèce ne soupçonnerait rien et que tout serait terminé avant qu'elle ait compris ce qui se passait. Mais Ginevra ne pouvait se résoudre à trahir l'affection et la confiance de sa seule amie.

Au début, ce fut presque un jeu de chercher le moment favorable mais au fil des semaines, Ginevra se sentit de plus en plus frustrée. Elle ne supportait pas d'échouer.

Les jours allongèrent et se réchauffèrent. Lucrèce annonça à Ginevra qu'elle avait donné des instructions pour apporter quelques modifications à la routine habituelle des changements de saison. Les citronniers dans leurs grands pots en terre cuite seraient comme chaque année sortis de la serre. Mais au lieu d'être disposés dans le jardin, on les monterait sur la terrasse du premier étage où ils serviraient de haie.

— On ne peut plus aller dans le jardin avec tout ce monde... Qu'à cela ne tienne ! La terrasse sera notre petit coin de paradis privé.

Les fenêtres du bureau de Laurent n'étaient qu'à quelques mètres au-dessus de la terrasse. Enfin, pensa Ginevra. Je n'ai plus qu'à attendre une occasion favorable.

Le premier jour, le moment qu'elle attendait se présenta.

Chapitre 27

— ... merci d'être passé me voir, Luca, et de m'avoir laissé la primauté. Tu avais raison comme toujours. C'est un manuscrit superbe. Ce sera l'un des trésors de ma bibliothèque... Bruno, reconduis mon ami jusque dans la rue et protège-le de la horde qui attend dans la cour. Un libraire est trop précieux pour se faire bousculer par des politiciens.

Ginevra entendit la démarche traînante du vieil homme et le pas assuré du secrétaire de Laurent.

— Et fais patienter le suivant le plus longtemps possible. J'aimerais passer un moment avec saint Augustin.

La porte se referma. Le seul bruit était celui des pages que l'on tourne. Ginevra porta la main à sa manche. Le stylet était bien caché. La tête lui tournait comme si elle était soûle. Le sang battait dans ses tempes. Avec l'impression de flotter, elle se hissa sur le large rebord de la fenêtre.

Laurent bondit de son fauteuil avec un cri et fit volte-face, son poignard déjà prêt à frapper. Elle aurait pourtant juré avoir été très discrète.

— Ginevra ! Quelle peur tu m'as faite !

L'arme rentra sagement dans son étui.

— Tu ne devrais jamais surprendre un homme par-derrière. J'aurais pu te tuer avant même de t'avoir reconnue.

Laurent arriva à la fenêtre au moment où deux gardes faisaient irruption dans la pièce en brandissant leur épée.

— Tout va bien, leur dit-il. Retournez à votre poste. Entre donc, Ginevra. Cela me fait plaisir de te voir.

Il sourit et tendit la main pour l'aider à descendre.

Ginevra n'avait pas vu Laurent depuis des mois. Elle remarqua qu'il avait les traits tirés. Des rides s'étaient creusées de chaque côté de sa bouche. Feignant de ne pas voir la main tendue, elle sauta lestement à terre.

Elle aurait voulu crier : « Mais comment oses-tu te dire mon ami et te montrer heureux de me voir après tout ce que tu m'as fait ? »

C'est d'une oreille distraite qu'elle écouta le récit animé de la découverte par le libraire d'un manuscrit de saint Augustin dans un monastère abandonné. Il lui fallut fournir un gros effort pour émettre quelques sons témoignant de son intérêt et sourire quand Laurent la raccompagna.

— Voici comment on entre dans une pièce, dit-il en riant lorsqu'il ouvrit la porte.

Lucrèce ne trouva pas cette histoire amusante. Elle réprimanda vertement Ginevra, la traitant d'écervelée, de casse-cou, d'ingrate, d'enfant gâtée, d'étourdie, de sauvageonne.

— Laurent doit s'occuper de problèmes de la plus haute importance, dit-elle. Il n'a pas le temps de jouer avec toi. Ce n'est pas parce qu'il ne s'intéresse pas à ton sort, Ginevra. Il s'est tenu régulièrement au courant de tes progrès. Et malgré la lourde charge qui pèse sur ses épaules, il a déjà effectué les premières démarches pour te trouver un foyer et un mari. Sans succès encore, il est vrai, mais on ne t'a pas oubliée. Tu as eu une conduite puérile, indigne de toi. Tu me déçois beaucoup...

Ginevra écouta cette diatribe en silence, les yeux humblement baissés.

— Je suis sincèrement désolée, madame Lucrèce, dit-elle. Je ne recommencerai plus.

Elle n'avait en effet aucune envie de recommencer, pour une bonne raison : ce n'était pas ainsi qu'elle arriverait à ses fins. Il fallait chercher autre chose. A la mi-novembre, elle trouva la solution.

Tous les soirs, elle se postait sous les fenêtres du bureau de Laurent. Invisible dans le noir, elle entendait les plans secrets et les informations confidentielles que le chef des Médicis ne confiait qu'à Lucrèce, une fois le palais endormi.

Personne à Florence ne devait apprendre l'échec des opérations militaires, pas même la Seigneurie ni le comité de la guerre. Personne ne se doutait que les derniers événements à Milan menaçaient la sécurité de la République. Sous l'autorité mal assurée de la régente, les Milanais s'étaient déjà montrés des alliés peu fiables mais depuis le mois de septembre, ils pouvaient à tout moment se retourner contre la République. La duchesse avait dû faire face aux attaques simultanées de ses trois beaux-frères. Florence étant dans l'incapacité de lui envoyer des soldats ou de l'argent pour l'aider à se défendre, elle s'était résolue à accepter l'offre du plus puissant des trois pour anéantir les deux autres. Ludovic Sforza était devenu corégent du jeune duc. Il n'avait pas tardé à envoyer des missives au roi Ferrante de Naples dans lesquelles il laissait entendre que Milan pourrait accepter de reconsidérer ses alliances. Ferrante avait répondu immédiatement.

Les espions de Laurent avaient réussi à intercepter un grand nombre de lettres et à en faire des copies. Cette correspondance donna à Laurent une idée audacieuse.

— Mamina, je suis sûr que cela vaut la peine de courir le risque.

— J'aimerais pouvoir en être sûre, Laurent. Mais je crois que tu prends tes désirs pour des réalités.

— Et quand bien même ce serait le cas ? La situation est désespérée. Les armées de Rome et de Naples sont à moins de cinquante kilomètres au sud de Florence ; le neveu maudit de Sixte IV a des troupes à l'intérieur des frontières de la Toscane, au nord de Florence ; notre allié, le roi de France, nous envoie des courriers pour nous demander toutes sortes de faveurs, mais les cinq cents lanciers promis sont tous engagés dans les batailles qu'il mène contre l'empereur des Habsbourg. Venise est tellement affaiblie par la guerre contre les Turcs qu'on ne peut espérer aucune aide de son côté.

« La seule chose qui nous a sauvés d'une défaite certaine, c'est le calendrier. Les armées ont pris leurs quartiers d'hiver. Si je dois tenter quelque chose, c'est maintenant ou jamais.

« Les avances de Sforza n'ont pas l'air d'enthousiasmer Ferrante et il ne se montre pas très élogieux à propos de son ami le pape. Je dois pouvoir le convaincre de lâcher Sixte et de renouveler un traité de paix avec Florence. Sforza serait forcé de rester notre allié. J'ai donc décidé d'aller à Naples. Je quitterai Florence incognito avec pour seule escorte quelques gardes en qui j'ai toute confiance. Mon audace séduira Ferrante. Il a toujours eu un goût marqué pour les coups de théâtre.

— Et pour la trahison. Je tremble pour toi, mon fils.

— Et moi, je tremble pour l'avenir de Florence, mamina. Sixte veut me détruire et il est sur le point de réussir. Il est prêt à tout pour m'avoir. Naples est ma seule chance. Je dois la saisir.

Ginevra, invisible, hochait la tête en signe d'encouragement. Il serait déguisé, mal protégé, loin de Florence. Elle ferait en sorte qu'il n'atteigne jamais Naples.

Laurent et ses compagnons avaient prévu de quitter Florence séparément. Ils porteraient une robe de moine pardessus leur armure et le grand capuchon dissimulerait leur visage. La route de Pise partait de la Porta San Frediano. Un monastère se trouvait dans les champs de l'autre côté des remparts. Les gardes n'interpelleraient pas un moine sortant de la ville, surtout au crépuscule qui était l'heure d'affluence. Le rendez-vous était fixé derrière le monastère ; des chevaux les attendraient.

Ginevra déroba l'un des frocs de père Paolo et l'enfila dans la serre vide réservée aux citronniers. Ainsi vêtue, elle se faufila à travers les groupes déambulant dans les allées du jardin et sortit par la petite porte. Le garde qui faisait le guet se signa à son passage. Ginevra s'engagea dans la rue en réprimant une forte envie de rire. Elle se sentait si gaie tout à coup qu'elle avait un mal fou à marcher d'un pas mesuré, les yeux baissés. Elle avait envie de courir, de danser, de chanter, de crier de joie.

Elle touchait au but mais ce n'était pas l'unique raison de son accès de gaieté. Elle était tout simplement heureuse de ne plus être entourée de murs ! Enfin, elle n'était plus prisonnière ! Le palais Médicis, aussi luxueux fût-il, avait été sa prison pendant plus d'un an. Les jeunes femmes célibataires ne pouvaient sortir dans les rues de Florence, sauf pour aller à la messe, mais même ce plaisir lui avait été interdit par Lucrèce qui jugeait trop dangereux pour une Pazzi d'apparaître en public.

Ginevra mourait d'envie de regarder autour d'elle, de savoir d'où venaient les bruits et les odeurs qui l'entouraient. Réprimant sa curiosité, elle se concentra sur la suite de son plan : s'introduire dans le petit groupe de Laurent. Puis le supprimer. La liberté était à ce prix.

Elle arriva au rendez-vous très en avance pour pouvoir se repérer avant la tombée de la nuit. A la différence des soldats qui allaient arriver, Ginevra ne connaissait pas le monastère en question. Il fallait qu'elle ait le temps de chercher l'endroit le plus favorable pour dresser une embuscade. Laurent attendait quatre hommes déguisés en moines. Un cinquième ne passerait pas inaperçu.

C'était le 6 décembre. Avec la tombée de la nuit, un vent froid se leva mais Ginevra transpirait dans sa cachette. Ses mains moites glissaient sur l'épais gourdin qu'elle tenait serré contre elle. Ce n'était plus un jeu de l'imagination. C'était la réalité. Pour la première fois, elle prit conscience de ce qu'elle allait faire : tuer Laurent. Et qui sait, il ne serait peut-être pas sa seule victime. Laurent n'aura que ce qu'il mérite, se dit-elle, et ses gardes aussi. Ils ne valaient pas plus cher que ceux qui avaient tué Fra Marco (la créature la plus innocente que la terre ait jamais portée), Mateo et son grand-père.

Mais serait-elle capable de lever sa main ? De frapper ? Elle tremblait. Son bras était flasque.

Tu dois le faire. Tu en as la force. Elle fit appel à toute sa volonté. Si elle avait pu surmonter la douleur, résister au pouvoir de séduction de la mort et forcer son corps à lui obéir, elle pouvait maîtriser ses divagations.

Elle frotta ses paumes moites sur sa robe. Le contact rugueux du tissu contre sa peau lui remit les pieds sur terre.

Un moine passa devant elle en direction de l'écurie, suivi d'un second quelques instants après. Le vent agitait les feuilles des buissons qui la masquaient, l'empêchant d'entendre clairement ce que les deux hommes chuchotaient. L'un d'eux devait être Laurent.

A la troisième silhouette encapuchonnée, elle sut qu'elle s'était trompée. Un seul homme au monde avait cette démarche rapide et ce maintien noble. Et la voix, assurée et douce, était reconnaissable entre toutes :

— Détachez les chevaux. Nous devons être prêts à partir dès que Sebastiano et Guido arriveront.

Lequel des deux serai-je ? se demanda Ginevra, prise d'un besoin soudain de poser des questions, de parler tout haut.

Puis une angoisse lui contracta la gorge. Des pas approchaient. Pourvu qu'il ne soit pas trop grand, pensa-t-elle. Pourvu que je ne flanche pas. Elle souleva son gourdin.

La chance lui sourit. La silhouette qui se détachait sur le ciel strié de rouge était plus petite qu'elle. Absorbé dans ses pensées, le soldat ne l'entendit pas. Lorsqu'elle le frappa sur le côté de la tête, il poussa un simple petit grognement étouffé, tomba dans une tache d'ombre et dégringola le talus herbeux. Ginevra retourna dans sa cachette.

— Qu'est-ce que c'est ? dit une voix.

Ginevra mit une main sur sa bouche pour étouffer sa respiration haletante.

Le dernier garde arriva une minute plus tard. Il courait presque.

— Doucement, Guido, souffla quelqu'un, on dirait un éléphant.

— Je crois qu'on m'a reconnu, dit Guido. Il vaut mieux partir tout de suite.

— C'est impossible, Sebastiano n'est pas encore là.

— Allons-y !

C'était la voix de Laurent. Ginevra entendit les crissements des harnais et le pas de côté des sabots au moment où les hommes montaient à cheval. Elle baissa le capuchon sur son visage et s'élança vers la cour.

— Par ici, Sebastiano.

Quelqu'un lui tendit les rênes de deux chevaux. Elle vit que chacun des hommes tenait une monture de rechange. Le cavalier de tête était Laurent. Il avait déjà franchi la porte et galopait sur la route. Les autres suivaient. Ginevra venait en dernier.

Ses mains et son corps s'ajustèrent à l'allure du cheval et à son tempérament nerveux comme si elle l'avait monté toute sa vie. Son visage se mouillait de larmes de bonheur. Comme cela m'a manqué, pensa-t-elle. Même s'ils me démasquent et me tuent dans cinq minutes, cela valait la peine.

Ils allaient vite, trop vite pour parler. Le clair de lune éclairait l'Arno. Nous ressemblons à des fantômes, songea Ginevra avec un frisson. Le chemin poussiéreux qui longeait le plus souvent le fleuve étouffait le bruit des sabots ; le vent gonflait les robes sombres, pareilles à de gros nuages dans le dos des cavaliers ; l'air froid transformait leur haleine en petites plumes argentées. De temps à autre, l'homme devant Ginevra tournait la tête pour s'assurer qu'elle suivait. On aurait dit qu'il n'y avait qu'un trou noir dans l'ombre profonde de son capuchon.

Ginevra vit que chacun changeait de monture de sa propre initiative. Elle le fit après les autres pour rester en dernière position.

Ils chevauchèrent jusqu'à ce que le reflet de la lune dans l'eau pâlît et que l'Arno se teintât de rose.

— Nous allons nous arrêter à cette ferme, juste devant, cria Laurent.

Chapitre 28

La porte de la ferme s'ouvrit juste au moment où Laurent mettait pied à terre. Il serra dans ses bras l'homme venu en courant à sa rencontre.

— Merci, Mario, répondit-il à la question du fermier. Non, nous n'avons pas rencontré de problèmes. Nous sommes juste fatigués. Surtout ces braves chevaux. Demande à tes fils de les bouchonner avec la même attention qu'ils auraient pour une jolie fille. Puis donne-leur un repas aussi copieux que celui que tu nous as préparé... mais où est Claudia, la femme de ma vie ? Ah, la voilà.

Il appliqua un baiser sonore sur les joues de la fermière.

— J'espère que cette fois tu vas quitter ton rustre de mari pour mener avec moi la vie sauvage des nomades.

Laurent réussit à faire sourire comme une jeune fille cette femme maigre d'un certain âge, au visage austère. Elle mit sa main devant sa bouche pour cacher ses gencives édentées mais ses yeux sombres riaient au fond de leurs nids ridés.

— Tu me demandes ça chaque fois que tu viens, rétorqua Claudia. Un jour, je te prendrai au mot et tu seras bien embêté, bandit.

Ce fut dans une demi-torpeur d'épuisement que Ginevra entendit ce dialogue. Ses perceptions, tantôt claires tantôt confuses, suivaient un mouvement de pendule qui lui donnait le vertige. Laurent et les fermiers parlaient le dialecte paysan qu'elle avait appris dans son enfance. D'abord déroutée, elle se sentit vite en terrain connu. Dans son corps transi, monta une étrange sensation de bien-être où se combinaient son amour pour sa première nourrice, la gentillesse de ce couple de fermiers, le soulagement de savoir leur cavalcade terminée, l'odeur appétissante qui chatouillait ses narines et la vision par la porte entrouverte d'un grand feu flambant dans l'âtre. Je suis heureuse, se dit-elle, stupéfaite.

Elle descendit de cheval et avança en titubant vers la maison chaude.

— ... et voici Sebastiano, annonça Laurent d'une voix forte. Le plus petit de mes gardes, mais pas le moins courageux.

Ginevra se recroquevilla sous son vêtement de moine.

— Tu as si froid que ça, Sebastiano ? demanda Laurent. Viens te réchauffer près du feu.

Attrapant le bout pointu du capuchon, il le baissa d'un coup sec sur les épaules de Ginevra.

Lorsque la lumière éclaira en plein son visage, Ginevra trouva en elle l'énergie de faire front. Le dos bien droit et levant crânement le menton, elle eut un rire triomphant.

Laurent ouvrit la bouche de stupeur puis il éclata de rire. Les autres regardaient la scène comme hébétés. Lorsque Laurent se tourna vers eux, il paraissait dix ans de moins.

— J'ai de bonnes nouvelles, s'exclama-t-il joyeusement. Je peux vous annoncer dès à présent que notre mission sera couronnée de succès. Cette personne qui n'est pas Sebastiano est ma sœur étoile. Elle m'a toujours porté chance. Avec elle, c'est le succès assuré.

Pendant que ses compagnons accueillaient ce discours avec des démonstrations de joie, Laurent s'adressa doucement à Ginevra.

— Mais comment se fait-il que tu sois ici, ma petite paysanne ? Dis-moi, ce sont les anges qui t'envoient ? Où est passé Sebastiano ?

Après un sourire espiègle, Ginevra lui raconta de quelle manière elle avait appris ce qu'il comptait faire et ce qu'il était advenu de Sebastiano. Le choc produit sur elle par la réaction de Laurent en la voyant et le sentiment confus d'être considérée de façon inexplicable comme une héroïne se mêlaient à sa fatigue et avaient pour effet de la mettre dans une sorte d'état second.

— Mais pourquoi tenais-tu tant que ça à venir ? insista Laurent. Nous allons au-devant de grands dangers.

— J'avais tellement envie de monter à cheval. Les peintures des chevaux sont magnifiques mais elles ne me suffisaient plus. Et puis j'étouffais, je voulais être libre. Je ne supporte pas de vivre continuellement enfermée. Le danger m'est égal. J'ai soif d'aventure.

Elle s'entendit parler dans le dialecte des paysans et comprit qu'elle disait la vérité. Pour ne pas laisser échapper le motif plus profond, au départ de tout, et se mettre dans une situation fâcheuse, elle recourut à la ruse. Elle soupira et bâilla.

— Je meurs de faim, Laurent. Et je suis très, très fatiguée.

Après avoir dévoré le repas qui leur fut servi, les voyageurs se laissèrent tomber sur les paillasses posées à même le sol et, brisés de fatigue, s'endormirent aussitôt. Laurent se réveilla au bout d'une heure. Il avait suffisamment récupéré pour reprendre la route, mais il savait que les autres avaient besoin de se reposer plus longtemps. Il fit une lettre à sa mère pour l'informer que Ginevra se trouvait avec lui et qu'elle allait bien. Puis il écrivit aux prieurs (et par leur intermédiaire aux habitants de Florence) qu'il se rendait à Naples et désignait Tommaso Soderini pour le représenter en son absence. Il promettait de tout mettre en œuvre pour rétablir la paix par la voie diplomatique ou, en désespoir de cause, par le sacrifice de sa vie. Deux des fils du fermier partirent sur-le-champ porter les deux missives.

— Je vais remplacer tes garçons, Mario, dit Laurent. Je viens avec toi dans la vigne.

Couper des tuteurs et y attacher les sarments gris et secs dans l'air froid en sentant la caresse du soleil sur ses épaules rendit Laurent heureux. Voilà ce dont j'avais besoin, se dit-il : transpirer en faisant un travail honnête, à mille lieues du monde des espions, de la politique, de la corruption, de l'intimidation et des compromis, à mille lieues des réunions interminables qui me donnent des sueurs froides parce que je n'ai plus confiance en personne.

Ferrante est mon ennemi juré. Je sais le danger que je cours en allant le voir. Mais quelle que soit l'issue, j'en porterai seul la responsabilité. Echec ou victoire, ce ne sera pas le résultat d'intrigues politiques, de tractations financières ou d'une bataille menée par des hommes achetés à une autre province.

Laurent se redressa, étira ses muscles endoloris, frissonna sous sa chemise mouillée de sueur. Il se sentait libre. Et cette sensation-là valait bien qu'on risquât sa vie.

Mais ce serait une folie d'entraîner une faible femme dans une aventure aussi périlleuse. Je laisserai de l'argent à Mario, se dit-il. Il pourra payer une escorte pour la ramener à Florence.

— Tu as dit toi-même hier qu'elle nous porterait chance, Laurent. Tu ne peux pas la renvoyer maintenant.

— Guido a raison. Je t'ai promis de te suivre n'importe où. Mais si elle ne vient pas, ça change tout.

— Moi, je ne suis pas superstitieux comme ces deux idiots. Il vaut mieux qu'elle ne vienne pas.

Ginevra les écoutait discuter entre eux de la décision à prendre à son propos. Elle jubilait sous son masque d'indifférence. Sur trois, il y en avait deux qui prenaient son parti. Trois sur quatre, si elle comptait Laurent. Et elle était certaine de pouvoir l'inclure. Il avait été heureux de la voir, elle le savait. Et personne un tant soit peu raisonnable ne tournerait sciemment le dos à la chance. Pour la première fois, elle était sûre de son fait : qu'avait-elle à craindre de lui s'il était crédule au point de confondre la main de la vengeance avec l'incarnation de la chance ?

Avant de changer officiellement d'avis, Laurent emmena Ginevra dehors pour avoir avec elle une discussion privée.

— Tu dois bien réfléchir, Ginevra. Il ne s'agit plus d'un jeu maintenant. Tu voulais vivre une aventure. Tu l'as eue : tu t'es déguisée, tu as chevauché plusieurs heures en pleine nuit. C'était merveilleux mais sans réel danger. A partir de maintenant, nous nous exposerons à chaque instant. Tu ne te rends pas bien compte de ce que cela signifie.

Ginevra planta ses yeux dans ceux de Laurent. Elle chercha sa salive et cracha sur le sol entre eux.

— Tu oublies une chose, dit-elle. J'ai approché la mort de plus près que toi. Je n'ai pas peur de mourir.

Il y avait une telle intensité dans son regard qu'il détourna la tête.

— Les femmes courent aussi... des dangers qui n'existent pas pour un homme... des choses pires qu'une mort rapide...

Il était gêné, incapable de trouver les mots pour exprimer ce qu'il voulait dire à une jeune fille qu'il croyait vierge.

Ginevra ne l'aida pas. L'eût-elle voulu qu'elle en aurait été incapable. Sa poitrine se contractait de rage. Aurait-il oublié ce que ses soldats lui avaient fait ? Il avait ordonné de tuer tant de gens qu'il ne se rappelait même plus tous les crimes dont il était responsable.

— ... je ne peux même pas garantir la conduite de mes hommes, disait Laurent. Et il y aura des dizaines de marins. Si tu viens avec nous, tu devras rester près de moi, jour et nuit.

Le cœur de Ginevra ne fit qu'un bond. Elle n'aurait pu rêver mieux. Du coup, elle retrouva sa voix.

— Je te le promets, Laurent, dit-elle avec un accent de sincérité.

Ginevra garda sa robe de moine et Laurent leur donna les consignes :

— Comme nous ne pouvons pas courir le risque que quelqu'un demande à Ginevra de le bénir ou de dire la messe, ancrez-vous bien dans la tête que je voyage, par charité, avec un des simples d'esprit à qui Dieu a promis le royaume des cieux. Mon protégé s'appelle... Tino, qui est un diminutif de *cretino*, idiot.

Laurent se mit à rire. Il s'amusait. Cela faisait des mois que cela ne lui était pas arrivé.

— Tino est un demeuré, reprit-il. Cela expliquera toutes les bizarreries de son comportement. Le ton de sa voix, par exemple. N'oubliez jamais que Tino est un homme. Sinon, nous pourrions le payer de notre vie. Les marins croient que les femmes sur un bateau portent malheur.

« Si des gens s'étonnent que j'emmène un demeuré avec moi, dites-leur que je crois que Tino me porte chance. Au moins cela est vrai. »

— Je sens que ça va me plaire de jouer à l'idiot, dit Ginevra à Laurent.

Elle galopait à ses côtés, en tête de leur petit groupe, ravie de repartir sur les grands chemins. Quelques heures après leur départ de la ferme, ils quittèrent la route principale pour s'engager sur un étroit sentier qui montait dans les montagnes. Bientôt il se mit à neiger. Les hommes, derrière eux, jurèrent. Laurent les consola en leur expliquant que la neige aurait l'avantage de couvrir leurs traces et que, par un temps pareil, les brigands qui rançonnent les voyageurs resteraient devant leur cheminée. C'était la première fois de sa vie que Ginevra voyait autant de neige. Elle s'amusait à attraper les flocons sur le bout de sa langue et s'émerveillait de voir les arbres recouverts d'un épais manteau blanc.

Le sentier les amena plus haut que la tempête, dans un paysage d'un blanc immaculé étincelant sous le soleil.

— Oh, comme c'est beau ! C'est certainement ce que voient les anges quand ils regardent autour d'eux.

Ginevra baissa son capuchon et ouvrit tout grands les bras pour embrasser ce monde de lumière.

Laurent lui avait déjà vu faire ce geste en montant à cheval au sommet d'une colline à La Vacchia. C'était la Ginevra libre et sauvage qu'il connaissait. Il était content qu'elle soit avec eux. Toutes ses craintes se dissipèrent subitement et il cessa de lui envier sa liberté. Lui aussi était libre. De joie, il entonna une chanson !

Ginevra pouffa en l'entendant puis elle chanta avec lui, aussi faux, mais en y mettant tout son cœur.

Trois jours plus tard, ils atteignirent la côte.

— Je croyais qu'il n'existait rien de plus beau que les champs de neige, dit Ginevra. Je me suis trompée.

Ils se trouvaient sur la crête d'une colline surplombant une étroite bande de terre le long de la Méditerranée. La mer s'étalait jusqu'à l'horizon où elle rejoignait l'immensité du ciel. L'infinité des bleus s'offrant à leurs yeux surpassait en éclat toutes les pierres précieuses sorties des profondeurs de la terre.

— J'aimerais la toucher, dit Ginevra.

— Tu vas le faire, répondit Laurent en éperonnant son cheval.

Ginevra n'avait pas de mots pour dire son émerveillement. Tandis que les autres sortaient des sacoches de selle le reste de pain et de fromage pour se restaurer un peu avant de reprendre la route, elle pataugeait dans l'eau tiède du bord, s'amusait à sentir le sable passer entre ses doigts de pied ou à le faire couler entre ses doigts, courait d'un bord à l'autre de la plage en s'exclamant d'admiration devant chaque coquillage.

— Je n'ai nulle envie de partir, cria-t-elle quand Laurent l'appela.

— Il est l'heure, dit-il.

Ils parcoururent des kilomètres sur la plage. Laurent avait bien choisi leur itinéraire. La bande de sable était étroite, sans crique ni bras de rivière ni village de pêcheurs. Ils ne virent aucune créature vivante, à l'exception des grands oiseaux blancs qui suivaient les courants au-dessus de l'eau. La solitude, la douceur de la température et l'air salin avaient quelque chose de grisant et ils se sentirent bientôt gagnés par une joie enfantine. Même Maurizio, le plus taciturne des gardes, inventa un jeu avec la mer : il s'amusait à entrer dans l'eau puis à en sortir au galop en essayant de suivre le déferlement irrégulier de la vague.

Le jour déclina, le soleil baissa à l'horizon, s'agrandit, empourprant le bleu de la mer. Spontanément, ils mirent les chevaux au pas. Les sabots dans le sable ne troublaient pas le silence du soir. Lorsque l'arc inférieur du soleil toucha la mer violette, ils retinrent leur souffle, en proie à une même émotion.

Le vent se leva, poussant devant lui l'eau ourlée de rose. Le soleil s'élargit, s'aplatit, chatoya, remonta un bref instant puis fut avalé par la mer soudain très sombre. Ginevra frissonna.

Le sable blanc s'étendait devant eux comme un pont étroit et fragile. Les chevaux s'arrêtèrent.

Le rire tranquille de Laurent les fit sursauter.

— Nous allons nous éclairer nous-mêmes, dit-il. Suivez-moi.

Il lança son cheval au galop dans l'eau peu profonde du bord ; des étincelles d'un vert céleste se mêlaient aux éclaboussures.

— C'est magique ! s'écria Ginevra en s'élançant à sa poursuite.

Les autres suivaient juste derrière. Leurs éclats de rire, tandis qu'ils galopaient dans l'eau chargée de phosphore, tenaient à distance la présence inquiétante de la mer.

En approchant de ce qui ressemblait à un mur de pierre, Laurent leur fit signe de se taire.

— Nous voici presque arrivés, dit-il. Une fois que nous aurons franchi ce promontoire, vous verrez un feu de bois. Quelques pêcheurs nous ont préparé un repas. Tino, n'oublie pas qui tu es. Et rappelez-vous tous qu'il vaut mieux écouter que parler. Les sons portent sur l'eau et les hommes de Ferrante ne sont pas loin.

Le feu réchauffait la nuit et l'arôme qui montait du chaudron suspendu au-dessus mettait l'eau à la bouche. Ginevra dont l'appétit était aiguisé par l'air salin trouva qu'elle n'avait rien mangé d'aussi délicieux que le ragoût épicé aux fruits de mer préparé par les pêcheurs. Elle ne ressentait aucune envie de parler, uniquement une agréable fatigue à la fin d'une journée parfaite. Elle arrangea sa robe autour d'elle et se coucha en chien de fusil contre une dune encore chaude. Bercée par le chant de la mer, elle s'endormit, un sourire aux lèvres.

En se réveillant à l'aube, elle entendit le bruit des vagues et se rappela où elle était. Son sourire s'élargit. Elle tourna lentement la tête pour regarder la mer.

La silhouette sombre et basse d'un vaisseau se détachait dans la lumière grise. Ses hauts mâts nus disparaissaient sous un voile de brume et il semblait flotter sur des volutes de fumée se déplaçant mystérieusement à la surface de l'eau. Une rangée de fentes noires pareilles à des yeux bordaient son flanc.

Fini de jouer, se dit-elle. L'aventure commence. Fais attention à toi, Tino.

Chapitre 29

Pour avoir espionné Laurent, Ginevra n'ignorait rien des risques qu'il encourait en allant à Naples. Le roi Ferrante était un tyran fantasque qui avait un goût marqué pour le macabre et dépassait en cruauté l'ancien duc de Milan. On ne pouvait absolument pas lui faire confiance. Un an auparavant, il avait violé une des règles sacrées de la guerre. Il avait adressé un sauf-conduit de sa main à un général opposé en l'invitant à des pourparlers de paix et l'avait fait exécuter dès son arrivée à Naples.

Ginevra se demanda si le vaisseau que Ferrante avait généreusement envoyé à Laurent n'était pas un sauf-conduit du même type.

Elle chercha Laurent des yeux, espérant lire la réponse sur son visage.

Assis près du feu qui baissait, il mangeait avec les pêcheurs, parlant et riant avec eux.

Ginevra courut les rejoindre. Sa propre mission pouvait bien attendre un peu.

Laurent avait fait partir les bagages en avant. Sur les bateaux de pêche tirés sur le sable s'entassaient des piles de coffres, des bourses en cuir, de gros paquets entourés de soie huilée. Laurent grimpa jusqu'à un grand coffre rouge vif dont il souleva le couvercle. Il en retira d'élégantes livrées rouges, bleues, jaunes et vertes, destinées à ses hommes, et un somptueux *lucco* en velours bleu bordé de fourrure pour lui-même.

D'une des bourses en cuir, il sortit des pièces d'or qu'il distribua aux pêcheurs et une chaîne en or massif sertie de saphirs. Les maillons étaient en forme de fleurs de lys. Cela rappellerait à Ferrante que Louis XI était l'allié de Laurent et qu'il avait accordé aux Médicis le privilège d'ajouter l'emblème de la royauté à leurs armoiries.

Bravo, Laurent, pensa Ginevra. Il n'arriverait pas en suppliant mais en montrant qu'il pouvait recevoir le soutien d'une armée puissante si aucun traité de paix n'était conclu. En épiant Laurent sous les fenêtres de la terrasse, Ginevra avait également appris que la France avait des prétentions au royaume de Naples et pourrait être tentée de se saisir du premier prétexte venu pour s'en emparer. Ferrante était assis sur un trône branlant. Succédant à son père qui avait pris Naples aux Français, il n'était que le second roi de sa lignée et de plus, fils illégitime. Il vivait constamment dans la crainte d'une contre-offensive française.

Ginevra sourit et mangea de bon cœur. Dans l'air vivifiant de la mer qui dansait à présent sous le soleil levant, elle se sentait un appétit d'ogre et une énergie à déplacer les montagnes. Son seul regret était de devoir garder son froc de bure poussiéreux, indispensable à son rôle. Elle aurait préféré porter des couleurs qui s'accordent avec sa bonne humeur.

Le bateau était commandé par le « capitaine-gentleman », Filippo Gambassi, comte d'Ardenza. Avec ses fourrures, ses brocarts et ses pierreries, il respirait l'opulence. Il avait un visage émacié et un air sardonique, et donnait l'impression de cacher des pieds fourchus dans ses bottes. Ginevra n'eut aucun mal à bégayer comme un idiot quand Laurent présenta Tino au capitaine.

— Ce pauvre homme est ma mascotte. Il se prend pour un prêtre. Son nom est Tino.

Gambassi inclina la tête en signe de salut. Il était amusé et en même temps impressionné. Tous les souverains avaient leur fou mais c'étaient souvent des gens spirituels et raffinés. Avoir un fou vraiment fou était pour le moins original.

Sa surprise augmenta quand Laurent annonça que Tino partagerait sa cabine. Gambassi était un homme averti habitant dans une ville libertine. Qu'un homme riche ait un protégé n'était pas pour l'étonner mais de là à s'amuser avec un idiot se prenant pour un prêtre ! Décidément, ce Laurent était un excentrique.

Ginevra sentit que Gambassi la regardait avec curiosité et elle se réjouit de pouvoir dissimuler son visage sous le profond capuchon. Elle avait un air radieux qui l'aurait sûrement trahie. Tout se mettait en place. Elle pourrait facilement s'acquitter de sa propre mission si elle partageait la cabine de Laurent. Elle serait seule avec lui ! Il n'y avait qu'à attendre qu'il s'endorme puis... Il lui avait même donné une dague à dissimuler sous sa robe, sans soupçonner qu'elle en avait déjà une.

Mais elle avait une journée entière devant elle pour jouir du spectacle de la mer et connaître la vie à bord d'un bateau. Comme s'il lisait dans ses pensées, Laurent dit à Gambassi qu'il aimerait faire le tour du vaisseau.

C'était une galère luxueusement aménagée avec un pont supérieur construit au-dessus du niveau des rameurs. Les rayures rouges et bleues des voiles se retrouvaient sur les coussins des banquettes du salon et les couvre-lits des vastes cabines. Sous un auvent formé de carrés de soie bleus et rouges étaient disposés une table et des fauteuils. Ginevra était assise dans l'un d'eux pendant que Laurent buvait du vin et jouait aux dés avec Gambassi. Ginevra était heureuse de prendre un peu de repos après l'ivresse de cette première matinée en mer. Il lui fallait assimiler tant d'impressions nouvelles : le claquement des voiles hissées le long des mâts, le vent tendant la toile, le spectacle magnifique des raies bleues et rouges gonflées par le vent se détachant sur le bleu du ciel et de la mer, la vibration du pont, le bruit de l'eau serrant la coque, les gouttes salées des embruns lui piquant le visage, la sensation grisante de la vitesse.

Elle aurait voulu que cela durât éternellement.

— Combien de temps mettrons-nous pour aller à Naples ? demanda-t-elle à Laurent quand ils se retirèrent dans la suite qui leur avait été attribuée.

— C'est difficile à dire. Nous avons du vent, aujourd'hui. Demain, si c'est le calme plat, ce sont les rameurs qui feront marcher le bateau et ils ne sont pas aussi rapides. Et en cas de tempête, nous devrons rejoindre la côte. Mais si tout se passe bien, nous arriverons dans six ou sept jours.

Si vite, pensa Ginevra. Voici déjà une journée de passée. Elle se mit à parler mais elle s'aperçut que Laurent s'était endormi, la tête appuyée contre le haut dossier d'un fauteuil pareil à un trône sous la lampe à huile qui oscillait.

Le haut de son *lucco* était ouvert et dégageait sa gorge.

Je peux le tuer maintenant, se dit Ginevra en dirigeant lentement sa main droite vers son bras gauche où était fixée la dague. Le bruit rauque de sa respiration lui parut très fort.

Elle referma ses doigts sur la poignée.

Puis sa main retomba. Pourquoi ne profiterait-elle pas encore un peu de la mer ? D'autres occasions se présenteront, se dit-elle, alors que c'est ma seule traversée en mer.

Le lendemain soir, elle se fit la même réflexion et, de nouveau, le jour suivant. Ginevra remettait chaque fois au lendemain. Elle se plaisait trop à bord du bateau. Elle avait connu des jours heureux, mais jamais elle ne s'était amusée à ce point. La vie sur la galère était un plaisir de tous les instants.

Laurent voulait tout voir, tout apprendre, tout essayer. Ginevra aussi. Et comme on la prenait pour un homme, rien n'était plus facile. Laurent causait avec les marins, leur posait des questions sur les voiles, le gréement, les vents. Ginevra, près de lui, apprenait en même temps. Et quand il aidait les matelots à haler un cordage, elle tirait avec lui.

Ils apprirent ensemble à faire les nœuds marins et grimpèrent au grand mât, l'un en face de l'autre, jusqu'à la vigie. Le balancement tout là-haut était terrifiant et terriblement excitant. Lorsque leurs yeux se croisèrent, ils éclatèrent de rire, amusés de voir la peur sur le visage de l'autre.

Ils aperçurent deux marsouins qu'ils admirèrent en silence, émerveillés par la grâce et la beauté de ces animaux, se rappelant la place qu'ils occupaient dans la mythologie.

Le soir, dans leur cabine, ils parlèrent du mystère de la mer, de la magie du vent, d'Ulysse et de Jason, des

Hespérides et de Zéphyr, de leurs livres et de leurs poèmes favoris. Ginevra récita des passages d'Homère. Laurent lui confia qu'il avait l'intention d'apprendre le grec.

— Moi, j'aimerais apprendre à nager, dit Ginevra. Cela a l'air si drôle.

— C'est amusant, en effet. Et très simple. Je t'apprendrai quand nous rentrerons à Florence.

Ni l'un ni l'autre ne fit remarquer qu'ils ne reverraient peut-être jamais leur belle cité.

Ginevra était très consciente du changement qui survenait dans la personne de Laurent quand il se trouvait avec le comte. Dans ces moments-là, elle l'appelait en son for intérieur le Laurent de Naples. Pendant les repas ou quand les deux hommes discutaient en arpentant le pont, elle restait silencieuse, la bouche ouverte, le regard vide. Mais elle ne perdait rien de la lutte acharnée que se livraient, l'air de rien, les deux hommes, Gambassi, onctueux et insidieusement menaçant, Laurent, apparemment sans arrière-pensée et sûr de lui envers et contre tout. Ginevra avait l'impression que Gambassi était diminué par la présence de Laurent et rétrécissait un peu plus chaque jour. Il restait dans sa cabine pendant des périodes de plus en plus longues, comme si Laurent prenait le commandement du bateau. Ginevra était heureuse. Elle allait de découverte en découverte et ne s'en lassait pas.

Laurent aussi était heureux, manifestement. Il était plus humain quand le capitaine n'était pas dans les parages. Le matin du quatrième jour, Gambassi n'apparut pas au petit déjeuner. Laurent fit un clin d'œil à Ginevra.

— Viens, dit-il.

Ils descendirent sur le pont inférieur où Gambassi leur avait interdit d'aller et découvrirent des rangées d'esclaves enchaînés par les chevilles. Laurent parla à plusieurs d'entre eux et demanda à Ginevra de traduire les paroles d'un Grec ; il lui prit la main quand il la sentit au bord des larmes. Puis il demanda aux galériens de lui apprendre les chansons qu'ils chantaient en ramant et quand il les accompagna, Ginevra fut la première à rire des horribles couacs qui sortaient de sa gorge.

Un peu plus tard, le vent tomba. Alors Laurent prit la place du Grec et rama pendant une heure. Ginevra resta près du joueur de tambour qui donnait le rythme, furieuse que ses mains ne soient pas assez fortes pour ramer elle aussi.

— Tu es très maligne, lui dit Laurent après. Cinq minutes après avoir commencé, je voulais arrêter mais je n'ai pas osé l'avouer.

Il lui montra ses paumes couvertes d'ampoules.

— Tino lancera les dés à ma place, dit-il à Gambassi quand ils commencèrent leur partie quotidienne avant le dîner. J'ai les mains en trop mauvais état pour le faire moi-même.

Gambassi eut un petit rire.

— J'ai entendu parler de ta République et de ses lois, Laurent. Quand tu m'as dit que tu voulais ramer, j'avais peur que tu veuilles répandre tes idées parmi les galériens.

— Je ne pensais pas du tout à la politique, Filippo. Ma curiosité excessive et ma vanité masculine sont seules en cause. J'ai été largement puni. J'espère que les dés ne me porteront pas le dernier coup. Vas-y, Tino, porte-moi chance.

Ginevra s'exécuta et peu à peu, elle se sentit gagnée par la fièvre du jeu. Elle ne pouvait détacher ses yeux des dés et voulait passionnément que ce soit le bon numéro qui sorte.

Laurent lui donna les pièces qu'ils gagnaient et une bourse en cuir pour les y ranger, en lui arrachant la promesse de ne pas jouer avec les marins.

Mais pendant qu'il faisait un petit somme, Ginevra joua avec trois jeunes matelots. Elle perdit tout son argent, cependant cela lui fut égal. C'était la première fois qu'elle avait des compagnons de son âge.

Laurent la chapitra sévèrement, mais Ginevra ne se vexa pas car elle vit au léger tremblement au coin de sa bouche qu'il avait du mal à garder son sérieux.

— Promets-moi que tu ne recommenceras pas, dit-il à la fin.

— Mais comment veux-tu que je recommence ? Je n'ai plus un sou.

Laurent ne put réprimer plus longtemps son fou rire.

Ginevra le regarda. Il avait le visage brûlé par le soleil et le vent, les mains abîmées et des lignes blanches là où il plissait les yeux à cause de la lumière trop vive. Elle se demanda si la peau que le soleil n'avait pu bronzer était plus douce que ses joues rougies. Il lui sembla qu'il riait plus faiblement et ce fut sa propre voix qu'elle entendit en son for intérieur : « Je me suis menti à moi-même. Je ne peux pas tuer cet homme. Je l'aime. Peu importe ce qu'il a fait ou peut être capable de faire. Je l'ai toujours aimé et je l'aimerai toujours. »

Chapitre 30

— Ginevra ! cria Laurent.

— Excuse-moi, je pensais à autre chose. Qu'est-ce que tu disais ?

— Je t'ai demandé si tu aimerais faire une promenade sur le pont avant de dormir. Les nuits sont chaudes à cette latitude.

— Oui, avec plaisir.

Ginevra avait besoin d'espace. En proie à une émotion trop forte, troublée par l'émergence de sentiments inconnus, elle se sentait à l'étroit dans la cabine. Si impérieux était son désir de toucher Laurent qu'elle avait peur de rester seule avec lui, peur de perdre la tête. Il fallait qu'elle s'éloigne au plus vite de lui et de la nouvelle Ginevra.

— Alors, viens ! dit Laurent en lui offrant sa main couverte d'ampoules pour l'aider à se lever de la banquette où elle s'était blottie.

Ginevra sauta sur ses pieds et courut à la porte. S'il me touche, je ne réponds pas de moi. Je suis capable de fondre en larmes. De tout lui avouer. De m'enfuir. Ou que sais-je encore !

Elle s'engagea sur le pont en pressant le pas, poursuivie par les battements tumultueux de son cœur, aveugle et sourde à ce qui se passait autour d'elle. Laurent la rattrapa et l'obligea à s'arrêter en la retenant par le pan de sa robe.

— Je t'ai proposé de faire une promenade, pas une

course, dit-il d'une voix chaleureuse et amusée. Regarde, ma petite paysanne, regarde le ciel.

Dans le Sud, le ciel est totalement différent, songea Ginevra. Les étoiles sont plus proches, moins froides. Au lieu de scintiller comme des diamants lointains, elles diffusent une lumière très douce. Ou est-ce moi qui ai changé ? Je ne me reconnais plus ; je ne comprends pas ces passions qui m'agitent et me rendent soudain si faible.

La tête levée vers la voûte céleste, Laurent passa négligemment son bras autour des épaules de la jeune fille. Ginevra s'appuya contre le support d'une tente de pont. Ne te penche pas contre lui, sinon tu es perdue. Sans savoir pourquoi, elle était convaincue d'une chose : en aucun cas, elle ne devait avouer à Laurent l'amour qu'elle avait pour lui.

— Ce sont nos étoiles, dit-il. Elles se déplacent à dessein de former les conjonctions qui gouvernent notre vie. Le destin semble avoir voulu que je rencontre Ferrante au moment où nous allons entrer dans le signe du Capricorne. Cela veut dire que ma force sera ascendante. La tienne aussi, Ginevra, puisque nous avons le même signe, et comme tu es avec moi, nous serons deux fois plus forts. Je suis heureux de t'avoir ici.

Il imprima une pression un peu plus forte sur ses épaules et la regarda avec un sourire.

— Tu t'es bien amusée, Ginevra ?

— Oh, oui !

— Moi aussi. C'était une bonne chose de passer quelques jours en mer, loin du monde, sans responsabilités ni soucis. J'ai souvent eu l'impression d'être redevenu un enfant. C'est étrange mais plusieurs fois, j'ai failli t'appeler Julien. J'ai passé tellement de bons moments avec lui. Nous avons tant ri...

La voix de Laurent s'étrangla.

Ginevra pressa de toutes ses forces ses mains l'une contre l'autre pour s'empêcher de le prendre dans ses bras pendant qu'il pleurait.

Au bout de quelques instants, Laurent s'éclaircit la gorge.

— A présent, il faut réfléchir à ce que nous allons faire en débarquant à Naples, dit-il. Nous arriverons demain.

— Déjà ? s'écria-t-elle d'une voix douloureuse.

— Oui, la traversée a été très rapide, les vents nous ont été favorables. Ce soir, Gambassi a débarqué des hommes qui iront annoncer notre arrivée ; pour leur laisser le temps, il ne lèvera l'ancre que demain matin, après le petit déjeuner, et il réduira les voiles. Selon toute probabilité, il m'observera avec une attention soutenue. Si je trahis des signes d'inquiétude, il s'empressera d'aller le raconter à Ferrante.

« Je te confierai à Guido. Il restera près de toi pour te protéger. Je serai sans doute conduit immédiatement auprès de Ferrante. Il est trop malin pour commencer la guerre des nerfs en me faisant attendre une audience.

— Je te verrai à quel moment ?

— Je ne sais pas, Ginevra. Je n'ai aucune idée de ce qui va se passer.

— Tu as peur ?

Laurent éclata de rire.

— Non, dit-il, pas encore. J'aurai tout le temps pour ça si je me suis trompé... Et toi, tu as peur, petite sœur ?

Ginevra se mit à rire à son tour.

— Il n'y a pas de raison. Qui pourrait vouloir faire du mal à un simple d'esprit ? Surtout aussi sale que Tino. Il me faudrait une nouvelle robe. Je sens le bouc.

— Pas étonnant que notre brave capitaine ait passé autant de temps dans sa cabine. Mon nez, vois-tu, a d'autres avantages que sa beauté. Je n'ai aucun odorat. Cela me rend supportables mes séjours à Rome et à Naples. Tu comprendras demain ce que je veux dire. Ce n'est pas du tout comme Florence.

La galère amena les voiles et entra avec ses rangées de rames parfaitement à l'unisson dans la baie de Naples où elle reçut un accueil somptueux. Une flottille de bateaux dont les drapeaux claquaient au vent l'attendait pour l'escorter jusqu'au quai. A la proue de chaque embarcation, jouaient des trompettes tandis que des pages agitaient des bannières aux armes du roi Ferrante et du maître de la République florentine.

Laurent leva le bras pour répondre aux saluts. Il avait délaissé le *lucco* pour des habits de cour, la chaîne en forme de fleurs de lys bien en vue. Il paraissait détendu, mais ses yeux fouillaient les ponts des bateaux à la recherche de visages familiers. Il aurait besoin de l'appui de ses amis vivant à Naples.

Ginevra se tenait à quelque distance de lui, à côté des trois gardes en livrée. Elle était si fascinée par la beauté du golfe qu'elle fit à peine attention à leur arrivée triomphale. Le bleu qui les avait suivis pendant toute la traversée se parait à présent d'autres couleurs, des turquoises et des verts. La galère semblait avancer sur un champ de pierres précieuses. De la mer, son regard se porta sur la rive où d'autres couleurs attiraient l'œil : maisons pareilles à des morceaux d'arc-en-ciel, fleurs, costumes des gens qui grouillaient sur toute la longueur du quai. Puis la courbe de la côte conduisit le regard hypnotisé de Ginevra vers son point le plus éloigné, et de là, jusqu'au sommet mystérieux du Vésuve. Elle contempla avec un étonnement mêlé de crainte les fumerolles qui apparaissaient sur les flancs du volcan, prête à croire que Vulcain s'activait dans la terre au-dessous.

Lorsque la galère approcha de la terre, Ginevra huma l'air avec ravissement. Laurent avait dû se tromper, songeat-elle. Les fleurs embaumaient. Le 17 décembre, c'est déjà le printemps ! Quel dommage que Laurent ne puisse pas sentir cette odeur. Laurent ! Elle garda dans la bouche ce prénom aussi doux que le parfum qui venait à ses narines. Le visage dissimulé par son capuchon, elle ne se lassait pas de le regarder. Comme il se tenait droit ! Comme il était large d'épaules ! Et ses cheveux étaient aussi brillants que sa coiffe en soie parsemée de bijoux, ses jambes gainées de soie blanche aussi solides que des colonnes de marbre de Carrare.

Il avait dit qu'il était heureux qu'elle soit avec lui, et il l'avait tenue par l'épaule.

Un printemps plus doux que celui qui montait de la terre coulait dans ses veines. Tous les poèmes qu'elle avait lus sans comprendre lui revinrent à la mémoire, berçant d'une musique céleste les mouvements de son âme.

Ce bonheur parfait dura jusqu'à ce que la galère accostât sur le quai, le long des larges marches en pierre. Laurent, qui sauta avec aisance sur la plate-forme décorée, fut aussitôt entouré par une foule de gens souriant, parlant, gesticulant, qu'il embrassa les uns après les autres, les femmes aussi bien que les hommes, avant de s'éloigner du bateau sans un regard en arrière.

Ginevra eut l'impression que le soleil se cachait derrière un nuage.

Le roi Ferrante habitait avec sa cour dans un château en brique dominant la baie. Il attribua à Laurent un petit palais situé juste en face. Un très solennel chambellan y conduisit d'un air hautain le petit groupe composant la suite de Laurent. Ils n'étaient que quatre et l'un d'eux était un abruti incapable de dire deux mots sensés à la suite. Il leur montra leur chambre ; celle de Ginevra se trouvait à proximité de la chapelle. Le chambellan reniflait ostensiblement un diffuseur de parfum à l'orange piqueté de clous de girofle chaque fois qu'il se trouvait à moins de deux mètres d'elle.

Ginevra garda pour elle les réflexions désobligeantes qui lui démangeaient la langue. En comparaison de la puanteur de la ville, sa robe de moine portée plusieurs jours de suite sentait délicieusement bon. En parcourant la distance qui séparait le quai du palais, elle avait découvert ce à quoi Laurent avait fait allusion en parlant de Naples. Une large avenue pavée conduisait au château de Ferrante mais les rues de chaque côté étaient des monceaux de boue puante où l'on déversait depuis les fenêtres les ordures et les eaux sales.

Après avoir exploré sa chambre, Ginevra partit à la découverte du palais. Il était clair et aéré, avec des fenêtres à balcon donnant sur la mer et dans chaque pièce, des décorations dorées ou polychromes de coquillages, de nymphes de marsouins, de poissons et de végétaux fantastiques. Son moral remonta en flèche ; comment croire qu'on courait un danger au milieu d'une ornementation aussi frivole ? Derrière sa porte fermée à clef, elle dansa de joie. Même si sa chambre était éloignée de celle de Laurent, même s'il l'avait oubliée dès l'instant où il avait vu ses amis, c'était le printemps et elle était amoureuse.

Le lendemain, Ginevra trouva difficile de sortir de son lit. La veille, trop agitée pour trouver le sommeil, puis tenue éveillée par les mille et une questions qui se pressaient dans sa tête, elle avait à peine dormi.

Elle avait essayé de comprendre ce qui lui arrivait. Que veut dire au juste être amoureuse ? s'était-elle demandé. Que dois-je faire ? Que puis-je faire ? Quels sont les sentiments de Laurent à mon égard ?

Je sais qu'il m'aime bien. Il m'a emmenée avec lui, n'en est-ce pas la preuve ? Et il a dit que je lui portais chance... Oui, mais en arrivant ici, il est parti sans me dire au revoir.

Comme toutes les femmes amoureuses depuis la nuit des temps, elle avait pesé chaque mot, chaque regard, chaque geste, chaque inflexion de la voix de l'objet aimé en essayant de les interpréter de façon à leur faire dire ce qu'elle voulait tant entendre.

De l'exaltation, elle était passée au découragement avant de s'enflammer de nouveau. Je me torture, pensa-t-elle. Il vaut mieux que j'arrête. J'y vois de moins en moins clair.

Mais si douce était cette torture qu'elle ne put y mettre un terme. Elle imagina des conversations entre Laurent et elle, des situations où elle lui confessait son amour ; d'abord surpris, il découvrait avec un étonnement joyeux qu'il l'aimait, lui aussi. Ou il avouait tout de suite qu'il l'aimait depuis toujours mais n'avait jamais osé espérer que ses sentiments soient partagés. Ou bien encore il la prenait simplement dans ses bras, sans un mot... et la scène restait inachevée. Le monde imaginaire de Ginevra n'admettait aucun souvenir du contact d'une main sur sa peau ou du désir brutal des hommes qui l'avaient violée.

Elle s'était agenouillée près de la fenêtre et, en contemplant les étoiles qu'elle partageait avec Laurent, avait adressé des prières confuses aux astres, à Dieu, aux saints, à la Vierge, à Jésus, à la mer. Faites qu'il m'aime... pas comme je l'aime, c'est trop demander. Faites qu'il m'aime juste un peu... ou si c'est trop, faites qu'il me laisse l'aimer.

Elle était encore à genoux quand elle avait fini par s'endormir. Les cris des mouettes affamées l'avaient réveillée à l'aube. Des courbatures dans tout le corps et un torticolis lui arrachèrent un gémissement. Titubant, elle avait rejoint son lit où elle était tombée dans un profond sommeil.

Quand elle entendit frapper à la porte, il lui sembla qu'elle n'avait dormi que quelques secondes. Mais en ouvrant les yeux, elle fut éblouie par la lumière et comprit qu'il devait être tard.

— Un instant, dit-elle.

Elle repoussa ses cheveux en arrière et passa sa robe de moine crasseuse.

Elle déverrouilla la porte et l'ouvrit brusquement.

— Que voulez-vous ?

Effrayée, la servante recula en bafouillant quelques mots. A cause de son accent, Ginevra, mal réveillée, dut lui faire répéter trois fois. Quand elle comprit enfin ce qu'on lui disait, sa fatigue et sa mauvaise humeur s'envolèrent comme par enchantement. De l'eau chaude, une baignoire et des vêtements propres l'attendaient dans la pièce où la servante se proposait de la conduire. Son Excellence, invité d'honneur du roi Ferrante, les avait commandés pour son prêtre.

Laurent ne l'avait pas oubliée !

Avant le déjeuner, un officier de la garde de Ferrante fit faire le tour du château aux trois serviteurs et au simple d'esprit venus de Florence.

La salle du trône, les salles de réception, la salle à manger, les salles de bal étaient toutes immenses, somptueusement décorées et meublées.

— C'est tout à fait ce qui convient à un roi napolitain, dit Maurizio, l'un des gardes de Laurent.

Les deux autres se mirent à rire. En bons Florentins fiers de l'austère beauté de leur ville, l'abondance des chérubins les faisait ricaner.

L'officier se vexa. Il décida de pousser plus loin.

— Voici l'endroit du château que notre roi préfère, dit-il.

Il ouvrit une épaisse porte en bois et cédant le pas, il les fit passer devant.

Alors commença une visite qui leur fit dresser les cheveux sur la tête. L'officier leur montra en effet en détail les différents instruments de torture dont un grand nombre était inconnu des gardes des Médicis qui n'étaient pourtant pas des novices. Puis il les pilota jusqu'à un jardin clos de murs. Croyant la visite terminée, Ginevra se félicitait d'avoir montré un visage impassible.

Au même instant, elle aperçut une cage. Un homme décharné, nu, avec des cheveux et une barbe d'une saleté repoussante, y était enfermé. Il roulait des yeux égarés et poussait des cris d'animaux pitoyables, tendant les mains vers elle à travers les barreaux.

— Il croit qu'on lui apporte à manger, dit l'officier avec un gros rire. D'habitude, les gens viennent les voir à l'heure des repas. C'est très amusant. Parfois on leur jette des bouts de bois peints pour imiter la viande ou le pain. Celui-là mord si fort qu'il fait voler des éclats de bois.

— Combien sont-ils ? demanda Maurizio comme si cela le laissait indifférent.

— Ça dépend. En ce moment, il y en a seulement quatre ou cinq. Suivez-moi.

Ce doit être des fous qu'on enferme ainsi, songea Ginevra qui se sentit mal à l'aise, travestie en idiot.

Guido, le garde chargé de la protéger, était inquiet lui aussi. Au troisième prisonnier fièrement exhibé par l'officier, Guido demanda si tous les fous de Naples étaient mis dans des cages.

— Les fous ? Ils ne sont pas fous quand ils arrivent ici. Ce sont des ennemis du roi. Des nobles. Le roi Ferrante aime les voir supplier qu'on les relâche, puis supplier qu'on les tue, et enfin supplier qu'on leur donne quelque chose à manger pour rester en vie. Il fait des paris avec ses amis sur le temps qui sera nécessaire pour briser chacun d'eux.

L'officier adressa un sourire aux visiteurs de Florence. Il savait qu'ils redoutaient le même sort pour Laurent de Médicis.

— Bon, ça suffit comme ça, dit-il. Ça devient assommant à la longue.

Ils furent soulagés de le suivre le long d'un ruban d'herbe tondue qui les éloignait des cages.

L'officier de Ferrante avait atteint son but mais il s'amusait trop pour s'arrêter là.

Sur le moment, Ginevra crut qu'il avait dérangé une réunion par mégarde. Des hommes vêtus avec recherche étaient assis dans des fauteuils dorés ou se tenaient debout tout autour de la pièce élégante décorée de riches tapisseries dans laquelle ils venaient de pénétrer. D'énormes vases de fleurs garnissaient le rebord des fenêtres.

Puis, en sentant l'odeur que le parfum des fleurs ne parvenait pas à masquer tout à fait, elle eut un haut-le-cœur.

— Parmi les ennemis du roi, ce sont ceux qu'il estimait le plus, expliqua leur guide. Il les admirait et les considérait comme ses amis. Lorsque leur amitié s'est révélée fausse, il a dû les exécuter. Mais comme il ne voulait pas renoncer au plaisir de leur compagnie, il les a fait embaumer. De cette façon, il peut leur parler chaque fois qu'il en a envie... C'est du beau travail, n'est-ce pas ? On jurerait qu'ils vont dire quelque chose ou bouger... Vous voulez que je vous présente ? Nous avons trois généraux, deux ducs, plusieurs comtes...

Et c'est avec un homme pareil que Laurent veut essayer de raisonner, se dit Ginevra. Il n'arrivera jamais à le persuader de cesser la guerre contre Florence. Ferrante jouera avec lui comme un chat avec une souris.

Elle se méprisa d'avoir la tête uniquement occupée de rêves de jeune fille amoureuse alors que Laurent était à la merci de Ferrante, avec pour seule arme son intelligence. Abandonnant ses rêves égocentriques, elle prit toute la mesure de Laurent. C'était un homme courageux. Et fier. Un fin diplomate. Un grand chef d'Etat.

Et nous partageons les mêmes étoiles, se dit-elle avec satisfaction. Je dois trouver un moyen de l'aider. Le ciel me montrera sûrement comment m'y prendre.

Chapitre 31

Un nombre relativement important de Toscans vivait à Naples. La banque Médicis et plusieurs autres banques plus petites y avaient des filiales. On trouvait aussi les succursales de compagnies de transport maritime, des négociants en laine, des joailliers, des marchands d'épices et des négociants en vins. De riches Toscans avaient choisi de s'installer là parce qu'ils préféraient le mode de vie plus insouciant des gens du Sud. Certains s'y adonnaient à la débauche, fort répandue.

Tous réservèrent à Laurent un accueil chaleureux. Les invitations avaient commencé à arriver au palais avant même qu'il ne soit arrivé.

Cependant les meilleurs amis de Laurent ne se trouvaient pas parmi ses compatriotes. C'étaient des membres de la famille du roi Ferrante. A l'âge de quinze ans, une quinzaine d'années auparavant, Laurent avait été dépêché à Milan pour une mission diplomatique. En débarquant à Gênes, il avait rencontré le plus jeune fils du roi Ferrante, Federigo, avec lequel il s'était rendu à Milan. Là, il avait fait la connaissance d'Ippolita, la fille du duc Sforza qui régnait à cette époque à Milan. Federigo avait ensuite escorté à Naples Ippolita, laquelle devait épouser son frère aîné Alfonso, héritier du trône et duc de Calabre. En route vers Naples, tous les participants au mariage avaient séjourné pendant plus d'une semaine au palais Médicis.

Federigo, Ippolita et Laurent avaient à peu près le même âge ; ils avaient en commun l'enthousiasme et l'énergie de la jeunesse. Et quelques qualités moins éphémères. Comme tous les jeunes gens instruits, Federigo écrivait des poèmes et soutenait fermement le plaidoyer de Laurent en faveur de l'emploi de l'italien vernaculaire en poésie. Ippolita était une jeune femme brillante, fascinée par les idées de l'Académie platonicienne que Cosme de Médicis avait restaurée. Les trois jeunes gens s'étaient pris d'amitié et leurs liens s'étaient consolidés au fil des ans. Lettres et manuscrits circulaient régulièrement entre Florence et Naples.

Laurent se demandait ce que pensaient ses amis de la guerre menée par Ferrante contre Florence. L'armée qui menaçait Florence était sous le commandement d'Alfonso, frère de Federigo et mari d'Ippolita.

— Les traités et les guerres vont et viennent mais la poésie est éternelle, dit Federigo. Je suis heureux d'avoir enfin l'occasion de te rendre ton hospitalité. J'espère que nous nous amuserons autant ici que pendant notre séjour à Florence.

Ippolita déclara qu'elle ferait tout pour cela. Un grand sourire suggéra qu'elle offrirait à Laurent beaucoup plus que Federigo.

Laurent avait gagné la première manche.

Dans la chapelle, Laurent trouva Ginevra en train de prier avec ferveur.

— Viens avec moi, ma petite paysanne. Je veux te montrer une spécialité de Naples.

Après avoir quitté ses amis, il était d'une humeur radieuse.

Ginevra était encore sous le coup de sa visite macabre. Elle aurait voulu lui crier de se méfier, de fuir Ferrante. Mais elle se contenta de sourire et de le suivre. A quoi bon lui dire ce qu'il savait déjà ? De toute façon, il ne se sauverait pas.

Dans la cathédrale où ils allèrent ensemble, avait été installée une crèche ornée de santons grandeur nature qui formaient un tableau vivant. Des anges magnifiques étaient suspendus dans l'étable au-dessus de la Sainte Famille : Joseph, Marie et le petit Jésus, entourés d'animaux en adoration. Un système de tapis roulant faisait sortir les bergers et leurs moutons de derrière une colline. Ils se dirigeaient vers la crèche, passaient devant puis disparaissaient dans un petit bois. Lorsque le dernier berger fut parti, les Rois mages apparurent, accompagnés tous les trois de pages, de chevaliers et d'esclaves. Il y avait des dromadaires, des éléphants, des zèbres, des chevaux. Ginevra qui n'avait jamais rien vu de semblable, regardait bouche bée. Chaque statuette était en soi une œuvre d'art. Les vêtements, les vrais cheveux, les bijoux, les selles et les présents au pied de l'enfant Jésus, tout était admirable.

Lorsque le dernier page fut entré dans le bois, Ginevra regarda Laurent. Il partageait son émerveillement.

— J'avais entendu parler de ces crèches mais je ne pensais pas que c'était aussi beau. Il faudra que j'en fasse une à Florence.

— Oh, regarde, Laurent, ce n'est pas fini. Il y a un joueur de cornemuse.

— Oui. Et un fermier avec une faux. Et sa femme qui conduit une chèvre.

— Cette vieille femme, derrière, ressemble à Claudia qui nous a fait à manger à la ferme où nous nous sommes arrêtés en quittant Florence.

Des dizaines d'hommes, de femmes et d'enfants se déplaçaient devant eux. Toutes les couches de la société, tous les métiers qu'on trouvait dans la région de Naples étaient représentés.

Laurent et Ginevra les trouvaient criants de vérité. C'était de l'art, un art simple, sans prétentions, peut-être le seul qui fût absent à Florence. Laurent aurait aimé que ses amis artistes puissent voir cette crèche et sa résolution d'en fabriquer une en fut renforcée.

Le premier berger réapparut. Ginevra poussa un soupir.

— Je pourrais les regarder toute la journée.

— J'aimerais rester mais je n'ai pas le temps. Je voulais te dire que notre bonne étoile veille sur nous et que tu ne dois pas t'inquiéter. Tu es bien installée ? Ils t'ont donné une chambre agréable ?

— Oui, elle est très jolie. Et je me sens beaucoup mieux dans des habits propres. Merci, c'est très gentil à toi d'y avoir pensé.

— Je défends mes intérêts avant tout, repartit Laurent avec un sourire. Je ne voulais pas risquer d'être jeté à la rue.

Il redevint sérieux.

— Ecoute-moi bien, Ginevra. Tu dois savoir que tous nos faits et gestes sont observés. Ne dis aux servantes que le strict minimum et la nuit, ferme ta porte à clef. N'oublie jamais que tu es un religieux. Tu dois aller à la messe au moins deux fois par jour. Tu peux venir ici sous la protection de Guido aussi souvent que tu en auras envie.

« Je vais être très occupé mais je passerai à la chapelle au coucher du soleil chaque fois que je le pourrai. Si tu as besoin de quelque chose, tu pourras m'y retrouver.

« J'espère que ma mission sera terminée dans une semaine ou deux. Tu trouveras à t'occuper ? »

Ginevra hocha la tête.

— Oui. Je peux toujours trouver quelque chose à faire.

— Brave petite fille. Maintenant, dépêchons-nous de rentrer.

Il l'embrassa rapidement sur les deux joues.

Ginevra s'interdit de penser à ces baisers tout de suite. Garde-les pour ce soir quand tu seras seule et anxieuse. Mais ses joues la brûlaient. Elle toucha du doigt l'endroit où il l'avait embrassée pour s'en souvenir plus tard.

Laurent était furieux.

— Ce salaud sait parfaitement que son trône serait moins menacé s'il avait Florence pour alliée et non le pape qui ne rêve que d'étendre ses frontières. Mais ça l'amuse de tirer les ficelles avec ses gros doigts boudinés et de me voir danser comme une marionnette. Qu'il aille au diable !

Ginevra lui recommanda de parler plus bas.

— Il y a sans doute des espions derrière la porte, Laurent. Tu es censé être à la chapelle pour prier et moi, un niais incapable de comprendre les subtilités de la diplomatie.

Deux semaines s'étaient écoulées et Laurent n'approchait toujours pas du but. Son oisiveté forcée l'exaspérait. Il avait passé le temps en donnant des festins et des fêtes à tous les Toscans et en assistant à des banquets donnés en son honneur. Il avait libéré les esclaves de la galère sur laquelle il avait fait le voyage jusqu'à Naples et doté une douzaine de jeunes filles pauvres choisies par l'archevêque. Il avait écrit à sa famille, à ses amis, à la Seigneurie, aux responsables de ses écuries, aux intendants de ses villas, aux professeurs de l'université de Pise. Il avait lu, écrit des poèmes, chassé le faucon avec Federigo, commencé un badinage amoureux avec Ippolita. Mais les négociations étaient toujours dans l'impasse.

L'observation de Ginevra força Laurent à abandonner un moment sa colère pour penser à elle.

— Excuse-moi, dit-il tout bas. Tu as raison. En perdant mon calme, je joue le jeu de Ferrante. Je vais essayer de penser à des choses plus gaies. Tu sais que demain, c'est notre anniversaire. Qu'est-ce qui te ferait plaisir ?

— De l'argent, répondit-elle aussitôt.

Laurent, choqué, n'en crut pas ses oreilles.

— Pourquoi pas ? dit-il d'une voix amère. C'est ce que tout le monde veut.

Il défit une lourde bourse attachée à sa ceinture et en versa le contenu sur le sol. Les lourdes pièces d'or tintèrent en roulant par terre.

Ginevra était malheureuse que Laurent la juge mal mais elle ramassa la bourse en murmurant simplement : « Merci. » Elle avait un plan mais pour le réaliser, il lui fallait de l'argent. C'était plus important que ce que Laurent pouvait penser d'elle.

1480

Chapitre 32

Le lendemain, Ginevra mit son plan à exécution. Depuis plus d'une semaine, elle errait dans le château, le regard absent, sans but apparent, en tenant des propos incohérents, ponctués de petits rires idiots et de brusques délires religieux. Son comportement éveilla d'abord les soupçons mais elle jouait si bien la folie douce que les serviteurs et les soldats du château s'y laissèrent prendre et s'amusèrent à se moquer de « Tino ». Mais Tino ne s'offusquait ni des quolibets ni des insultes. Il souriait bêtement et tapait dans ses mains, tout heureux de l'attention qu'on lui accordait. Puis le jeu avait fini par les lasser et ils ne remarquaient même plus la silhouette de Tino. Ginevra pouvait commencer.

Elle avait identifié le valet de Ferrante, appris quelles étaient ses habitudes, où le trouver et quand. C'était un joueur invétéré et malchanceux. Ginevra y voyait un signe du destin. Elle introduisit une pièce d'or dans sa bouche et déambula dans la cour d'écurie où Carlo jouait aux dés avec le maître des chevaux et le premier palefrenier.

Leur permettre de découvrir son trésor et les amener à la convaincre de jouer avec eux ne fut pas très difficile. La fraude était manifeste mais Tino était trop stupide pour s'en apercevoir et si inoffensif qu'ils n'avaient pas besoin de se gêner devant lui. Les trois hommes parlaient librement. Carlo traitait ses compagnons avec hauteur parce qu'il côtoyait le roi régulièrement et recevait ses confidences. Ginevra perdait presque chaque jour un florin d'or mais le soir, dans la chapelle, elle répétait à Laurent ce qu'elle avait appris.

Il était impressionné par l'audace de la jeune fille.

— Tu es une merveille, Ginevra ! Je me félicite de t'avoir avec moi.

L'information glanée par Ginevra mettait souvent leurs nerfs à rude épreuve. Alfonso exerçait une pression constante sur son père pour qu'il renforce leur armée afin d'envahir la République florentine quand la guerre reprendrait. Le roi qui était un monstre de vanité caressait avec délectation l'idée d'entrer en conquérant dans Florence et d'enrichir avec Laurent son musée de personnages embaumés.

Mais Federigo et Ippolita faisaient également pression de leur côté. Et Ferrante était lucide. Il savait que Naples serait plus en sécurité si les ambitions du pape étaient contenues, si Florence, au nord, et Naples, au sud, tenaient Sixte IV en échec. Les lettres du souverain pontife avaient un ton autoritaire et irascible qui déplaisait fortement à Ferrante.

D'autre part, le roi de Naples prenait plaisir à souffler le chaud et le froid, à faire traîner les choses en longueur, à pousser Laurent à bout. Les semaines passèrent, puis les mois.

Ginevra, qui demeura tout ce temps une alliée fidèle et précieuse, eut l'occasion de découvrir la nature complexe de Laurent, ses contradictions, sa mélancolie et sa gaieté, son impétuosité, sa volonté de fer et son sens du devoir. Le respect et l'admiration qu'il lui inspirait se renforcèrent et enrichirent l'amour qu'elle avait pour lui. Elle était heureuse de partager le même danger que lui et, le soir, elle se remémorait chaque détail de leur entrevue à la chapelle pour les savourer. Mais elle pleurait souvent car elle voyait bien que Laurent ne lui rendait pas son amour, ne la voyait pas comme une femme. Elle était son associée dans une entreprise périlleuse, sa complice, presque une égale.

Nous sommes amis, se dit-elle. C'est déjà beaucoup. Il me fait confiance, il m'admire, il a de l'amitié pour moi. Je suis heureuse d'avoir ça. En tout cas, je dois m'en contenter.

Si seulement je n'étais pas si fatiguée. Ces mascarades

m'épuisent. Je déteste devoir me surveiller tout le temps, être obligée de faire attention à tout ce que je dis et à chacun de mes gestes, passer mes journées à interpréter ce que j'entends. Je déteste jouer à l'idiot avec ce méprisable Carlo et être confinée dans le rôle du jeune frère de Laurent.

Je ne sais pas si je pourrai continuer encore longtemps. Il le faut pourtant.

A la fin du mois de février, au bout de dix interminables semaines, Ferrante signa un traité de paix avec Florence.

— C'est notre œuvre commune, Ginevra. Maintenant on rentre à la maison.

Le bateau sur lequel ils firent le voyage du retour était un navire de commerce qui appartenait à un homme d'affaires florentin habitant Naples. Il n'était pas aussi luxueux que la galère de Ferrante mais le capitaine et l'équipage n'étant pas à la solde de l'ennemi, Laurent et Ginevra pouvaient se détendre. De Tino, il ne restait plus que le froc de moine que Ginevra continuait de porter.

Il n'y avait cette fois ni tension ni gaieté fébrile. Ils étaient tous les deux épuisés et rendus paresseux par le sentiment du devoir accompli et du repos bien mérité. Ils arpentaient lentement le pont ou, confortablement assis sur les balles empilées et les barriques du cargo, contemplaient la mer, respiraient l'air vif et jouissaient de l'étendue illimitée de la mer qui les changeait agréablement de la semi-détention qui leur avait été imposée à Naples.

Ils parlaient parfois mais restaient le plus souvent silencieux. Un jour, Laurent dit en passant qu'il regrettait que Julien n'ait pu être avec eux.

— Ce genre d'aventure lui aurait plu.

— Je crois que je n'ai jamais rencontré ton frère, dit Ginevra. Je sais qu'il te manque. Comment est-il mort ? De la peste ?

Laurent lui raconta le meurtre de Julien et la tentative des Pazzi pour s'emparer des commandes de l'Etat.

Ginevra fut trop choquée pour dire un mot.

Quelques heures plus tard, elle réussit à lui exprimer sa sympathie.

— Et malgré ce que les Pazzi vous ont fait, vous m'avez

recueillie, toi et ta mère, et vous m'avez soignée. Pourquoi ne pas m'avoir laissée mourir ?

— Tu étais innocente. Je n'ai jamais voulu de mal aux innocents. Sur les centaines de personnes qui l'étaient, tu es la seule qui nous a été ramenée. Et puis, comment pourrais-je fêter mon anniversaire sans toi ?

Le temps glissant comme le sable à travers ses doigts, Ginevra essaya de prolonger les journées, de rester éveillée tard la nuit comme le faisait Laurent, d'empêcher le soleil de se coucher et de provoquer son lever par la seule force de sa volonté. Lorsqu'ils approchèrent de Livourne, elle sut qu'elle allait le perdre. Elle le regardait écrire, lire et dormir pour imprimer dans sa mémoire la forme de son visage, de son corps, de ses mains et de ses pieds, la façon dont ses cheveux s'enroulaient au sommet de la tête, la cicatrice sur son cou, la forme carrée de ses ongles.

— Oh non ! s'écria-t-elle d'un air désolé quand il lui annonça qu'ils arriveraient le lendemain matin. J'aime tant la mer, ajouta-t-elle très vite.

— J'essaierai de me débrouiller pour que tu puisses faire d'autres traversées en mer. Qu'est-ce que tu aimes, en dehors de ça, Ginevra ? Je voudrais t'offrir quelque chose pour te remercier de l'aide que tu m'as apportée à Naples.

Je veux rester avec toi, cria-t-elle intérieurement.

Mais Ginevra garda le silence, la tête baissée pour cacher ses larmes.

Laurent lui releva le menton.

— Je t'interdis d'être timide, dit-il en riant. Cela ne te va pas. Vas-y, parle. Il doit bien y avoir quelque chose que tu aimerais avoir... Mais tu pleures ?

Ginevra ne pouvait fuir, les doigts de Laurent la tenaient fermement. Elle avait son visage tout près du sien.

— Je t'écoute, dit-il.

— Je ne veux pas te quitter, murmura-t-elle.

Laurent la lâcha et recula comme s'il avait été ébouillanté. Ginevra devina confusément que d'autres femmes, un grand nombre, peut-être, lui avaient déjà dit la même chose, avaient essayé de le retenir, de se l'attacher. Elle avait tout gâché, même le souvenir qu'il aurait d'elle.

— Je me suis tellement amusée, expliqua-t-elle. C'était

si passionnant, si extraordinaire. Mon déguisement, tenir un rôle, jouer aux dés, espionner. J'aimerais que cela dure toujours. La vie sera bien terne pour moi maintenant, pendant que toi, tu iras d'aventure en aventure.

Laurent la crut. Cela se voyait à l'expression de son visage et au relâchement de son corps.

— J'espère sincèrement que tu te trompes, dit-il en souriant. Je peux très bien me passer de ce genre d'aventure.

« Essuie ton visage, Ginevra, et arrête de renifler. Voyons ce que nous pouvons faire pour empêcher ta vie d'être ennuyeuse... Ma très sage et merveilleuse mère veut que je te trouve un mari. Je peux essayer de trouver un homme un peu fou. Quelqu'un qui aurait l'esprit aventureux. Que dirais-tu d'un capitaine au long cours ? Tu pourrais voyager avec lui, vivre sur un bateau ?

— Je ne veux pas me marier.

Elle était en colère à présent. Il allait disposer du reste de sa vie comme si elle était une de ces jeunes filles pauvres auxquelles il avait donné une dot ; lui acheter un mari serait sa récompense, son cadeau d'adieu, son souvenir de Naples.

— Mais toutes les femmes se marient, Ginevra.

— Je ne suis pas une femme normale. Elles font des bébés, moi, je suis stérile.

Laurent essaya de lui prendre la main.

— Je sais. Mamina me l'a dit. La chute que tu as faite...

Ginevra s'écarta de lui, furieuse.

— Quelle chute ? Je suis stérile par la faute des soldats qui m'ont violée. Tes soldats ! Je ne laisserai jamais un homme me toucher parce que je ne pourrai jamais oublier ça. Regarde, Laurent. Tu vois ces marques ? s'écria-t-elle en découvrant sa poitrine. Ce sont leurs morsures. Et ces autres ici, les endroits où les mailles de leurs armures m'ont déchiré la peau. Tu es un homme. Est-ce que tu aimerais avoir une femme qui porte des marques laissées par d'autres ? Qui a été plus mal traitée qu'aucune putain, puis jetée comme un tas d'ordures ? Quel homme de rien me trouveras-tu ?

La lanterne oscillant au-dessus de leurs têtes balayait la peau blanche horriblement balafrée de Ginevra. Laurent aurait voulu détourner les yeux pour ne pas voir les cicatrices, nier la tragédie qu'elles mettaient en évidence. Il se laissa tomber à genoux devant le banc où la jeune fille était assise.

— Laisse-moi te couvrir, dit-il. Ma pauvre petite fille. Je ne savais pas. Je ne savais pas.

Du bout des doigts, il prit les plis de sa robe de moine et les rapprocha, sans la toucher.

Puis ses mains retombèrent. Il leva la tête et rencontra le regard sec et dur de la jeune fille.

— Je ne peux pas te demander pardon, Ginevra. Il y a des choses qu'on ne peut pas pardonner. Je découvrirai les coupables et les tuerai.

Ginevra secoua la tête.

— Non, je ne veux pas. Je ne souhaite qu'une chose : oublier.

Son regard était terne, sa colère retombée. D'une main aussi légère qu'une plume, elle effleura la tête de Laurent.

— Je t'ai pardonné il y a déjà longtemps. Mais je ne pourrai pas oublier si tu m'obliges à me marier.

— Tu as ma parole.

Ginevra ferma les yeux et soupira.

— Merci, dit-elle.

Il y avait des drapeaux, de la musique et une foule joyeuse pour les accueillir à Livourne. La nouvelle de l'alliance avec Naples les avait précédés. Les conseillers municipaux revêtus de leurs habits d'apparat saluaient sans fin Laurent et le regardaient comme s'il était un dieu.

— Le Magnifique, déclara le chef, la ville de Livourne a l'honneur d'offrir ce modeste tribut à la République en hommage à notre sauveur.

Un groupe de jeunes garçons en costume blanc présentèrent une bannière frangée d'or sur laquelle étaient brodés les emblèmes de Livourne, de Florence et des Médicis.

Laurent improvisa avec brio un discours dans lequel il remerciait les habitants de Livourne et exprimait sa reconnaissance à Dieu qui n'avait pas voulu la victoire des impies sur les justes.

Ginevra riait sous cape. Laurent avait écrit le discours trois jours plus tôt et l'avait répété devant elle pour mettre au point les effets de voix, les silences et les phrases en suspens qui donneraient à son propos un caractère impromptu.

Debout sur le pont, elle aperçut, derrière la foule, des hommes portant la livrée des Médicis. Ils tenaient à la longe trois files de chevaux, certains sellés, d'autres lourdement chargés. Le retour à Florence serait moins amusant qu'à l'aller.

Laurent fit un autre discours pour opposer un refus gracieux à une invitation à un banquet de fête. Ginevra descendit en courant la passerelle de débarquement. Elle avait hâte de remonter à cheval, de galoper aussi vite que le vent et de crier sa joie.

Laurent lui avait promis qu'elle partagerait ses aventures. « Tu seras comme un frère pour moi, avait-il dit, libre des restrictions imposées aux femmes, tu seras mon compagnon et mon amie. Si besoin est, je ferai une loi. »

Et il connaissait une rivière, à seulement quelques heures de là, où il pourrait lui apprendre à nager.

Chapitre 33

« Le Magnifique ! » « Le Magnifique ! » « Le Magnifique ! »

Toutes les villes et tous les villages qu'ils traversaient étaient décorés de banderoles et de bannières multicolores ; les places noires de monde attendaient Laurent pour lui offrir des fleurs, du vin et des gâteaux. Partout on l'appelait le Magnifique.

Ce n'était pas un titre honorifique créé spécialement pour Laurent de Médicis. On était facilement emphatique en Italie et, étant donné l'absence de titres de noblesse dans la république de Toscane, on appelait les hommes riches ou importants : « Excellence », « Votre Grandeur », « Votre Honneur », « Illustre ». Ou encore « le Magnifique ». Laurent avait déjà reçu tous ces titres tour à tour. Ce qui était nouveau, c'était l'unanimité qui se faisait spontanément dans toute la Toscane pour choisir « le Magnifique ».

Ginevra cueillit quelques jeunes pousses de laurier avec lesquelles elle tressa une couronne.

— Tiens, voici un diadème pour ta magnifique personne, dit-elle pour le taquiner en posant la couronne sur sa tête. Dorénavant, je t'appellerai Lauro.

Lauro, qui signifie laurier en italien, est aussi un diminutif de Laurent. Ginevra ne comprit pas l'étrange réaction de Laurent. Il pâlit, rougit, retira la couronne de sa tête et la tint dans ses mains un long moment, en silence.

— J'espère l'avoir vraiment méritée, dit-il enfin en contemplant ce symbole de la victoire.

Puis il se tourna vers Ginevra et sourit.

— Merci, dit-il. Il y avait des années que je n'avais pas entendu ce nom. C'est ainsi que mon grand-père m'appelait quand il était content de moi.

— Pourquoi changeons-nous de route, Laurent ? Nous sommes presque arrivés. J'aperçois la boule dorée du dôme.

— Il vaut mieux arriver demain. J'ai fait dire que ce serait fête. Ce sera une journée très fatigante. Je préfère être bien reposé. Et puis je me sens mieux que n'importe où ailleurs à Careggi. Et je veux voir comment vont mes vignes.

Ginevra comprit tout de suite pourquoi la villa de Careggi était si chère à Laurent. C'était une petite maison au cœur d'une oliveraie avec, autour, des champs et les bâtiments d'une ferme. Cela rappelait si vivement La Vacchia que le cœur de Ginevra se serra douloureusement. A la différence du grand palais citadin des Médicis, c'était une maison où l'on pouvait se sentir vraiment chez soi.

Laurent salua chacun des domestiques, les écouta avec attention pendant qu'ils lui racontaient ce qui s'était passé en son absence, puis il emmena Ginevra vers les écuries. En approchant, il siffla. Un hennissement prolongé lui répondit.

— Morello ne m'a pas oublié, dit-il avec un grand sourire qui illumina son visage. Viens. Je vais te présenter.

Il caressa le grand étalon et le conduisit dans le champ clôturé.

— Non, espèce de grande brute, tu vois bien que je n'ai pas de sucre. Tu dois être heureux de me voir pour moi-même. Je te présente Ginevra. Elle peut dompter n'importe quelle bête à quatre pattes, toi y compris, même avec tes sales petites manies. J'espère que vous allez vous entendre.

Ginevra plaça sa paume sous le nez de Morello qui renifla prudemment. Puis, avant qu'il ait eu le temps de réagir, elle agrippa sa crinière et grimpa sur son dos.

Laurent s'écarta et observa le cheval et sa cavalière. Ce fut une lutte rapide et violente. Morello tremblait de tous ses membres, prêt à s'emballer ; Ginevra ne cessait de lui parler d'une voix impérieuse et grave, les jambes serrées contre ses flancs. En moins d'une minute, elle avait gagné.

— Bravo, Ginevra. J'étais sûr que tu réussirais. Il te reconnaîtra maintenant... Morello, tu as mérité un sucre. Montre à Ginevra où on les range.

La jeune fille se laissa glisser à terre et, la main sur l'encolure du cheval, marcha à côté de lui jusqu'à un placard fermé par un loquet.

— C'est un animal superbe, dit-elle pendant qu'elle lui donnait à manger. Je suis impatiente de le monter ; quelle puissance il a !

Laurent hocha fièrement la tête.

— C'est le joyau de mon écurie. Je suis le seul à le monter. Avec Julien, quand il était là. Maintenant il y aura toi aussi.

— C'est un grand honneur pour moi, dit-elle d'une voix à peine audible, indifférente aux coups de tête insistants de Morello.

Je ne veux pas chausser les bottes d'un mort, cria-t-elle intérieurement. Je veux que tu m'aimes pour moi-même, pas à la place d'un autre. Elle regarda Laurent, se mordit les lèvres. Le principal était qu'elle puisse rester près de lui. Il oubliera Julien, se dit-elle. Puis ce sera moi qu'il voudra. Je ne dois pas gâcher mon bonheur en posant des conditions.

— Tu dois t'habiller correctement, Ginevra. Le froc de bure, c'est terminé.

— Mais c'était si confortable. Et si pratique.

— Tu n'as plus besoin de te déguiser. Nous sommes chez nous, maintenant.

— En tout cas, il n'est pas question que je monte en amazone !

— Si. Nous allons faire une entrée triomphale. Je ne veux pas que tu fasses scandale... Pourquoi ris-tu ?

— Tu ne crois pas que tout Florence est déjà au courant ? Maurizio et Guido y sont allés hier. Comme je les connais, ils ont dû se vanter, et à l'heure qu'il est, tout le monde doit être au courant de leurs multiples exploits à Naples et savoir qu'une femme bizarre accompagne Laurent le Magnifique.

Laurent se frappa le front de la main.

— Mais oui, tu as raison.

Il éclata de rire.

— On doit te prendre pour ma maîtresse, une sorcière et une demeurée. Une centaine de poètes vont t'adresser des poèmes épiques et une demi-douzaine de sculpteurs doivent déjà être en train de faire une statue de toi sous les traits d'Athéna.

— A moins qu'on ne m'attende pour me lyncher. Je crois qu'il vaut mieux que je reste ici jusqu'à ce que le calme soit revenu.

Ginevra réussit à convaincre Laurent que son idée était la bonne et elle rentra à Florence de la même façon qu'elle en était partie. Elle franchit la porte à pied, le capuchon ramené sur le front pour dissimuler son visage. Mais cette fois, elle n'avait pas peur. Et aucun désir de vengeance. Les Florentins qu'elle croisa en chemin chantaient tous les louanges de Laurent en faisant assaut de superlatifs. Cette débauche de compliments et d'éloges mit Ginevra aux anges.

Quel changement avec ce que Tino entendait à Naples ! songea-t-elle, le cœur léger. Il lui tardait de tout rapporter à Laurent.

La porte du jardin était gardée mais entrebâillée. Pour moi, pensa Ginevra. Elle sourit au garde bien qu'il ne puisse la voir.

Une servante attendait de l'autre côté.

— Madame Lucrèce vous attend, dit-elle en essayant de ne pas dévisager la jeune fille avec trop d'insistance. Elle est dans votre chambre.

La cour était pleine d'admirateurs qui voulaient voir Laurent. Ginevra longea le mur à la faveur de l'ombre en se sentant de nouveau dans la peau d'une espionne. Elle avait le fou rire quand elle se faufila en catimini dans sa chambre.

Lucrèce vint vers elle, les bras ouverts.

— Bienvenue à la maison, mon enfant.

Ginevra reconnut le parfum délicat émanant des cheveux et de la peau de Lucrèce ; son étreinte trahissait toute l'affection qu'elle avait pour la jeune fille.

— Je suis si heureuse d'être de retour, dit la jeune fille. J'étais désolée d'être partie sans vous avoir prévenue.

— Chut ! dit Lucrèce.

De ses mains douces dont la blancheur tranchait sur la robe de moine marron, elle tint la jeune fille éloignée d'elle et l'embrassa sur les deux joues.

— Laurent m'a prévenue. Je n'ai pas eu à m'inquiéter longtemps. Maintenant, laisse-moi te regarder. Tu es toute bronzée et resplendissante de santé. Tu as de belles couleurs et les yeux brillants. La mer t'a réussi.

— Il n'y a pas que la mer qui m'a fait du bien, madame Lucrèce. J'ai beaucoup de choses à vous raconter.

Lucrèce hocha la tête.

— Je sais. Laurent m'a raconté toutes tes aventures en détail. Il ne tarit pas d'éloges sur toi. Tu as été sa providence !

« J'ai apporté un plateau avec des gâteaux et du vin. Nous pouvons fêter ton retour et ta bonne mine... Mais avant, j'aimerais te demander une faveur, tu veux bien ?

— Bien sûr.

— Merci, ma chérie. Voilà, je serais plus à l'aise si tu retirais ce costume. Je t'ai préparé des affaires sur le lit. Je regarderai les peintures pendant que tu te changes. Je les aime beaucoup et j'ai rarement l'occasion de les voir. Préviens-moi quand tu seras prête : j'attacherai tes lacets derrière.

Les vêtements étaient neufs. Il y avait une chemise de satin blanc, une *gamurra* en soie rose et une lourde *cioppa* blanche en soie moirée, brodée de roses et doublée de velours du même vert clair que les feuilles. Il y avait aussi des bas de soie blancs et des mules en velours vert.

C'était un magnifique cadeau et une attention délicate. Mais avec sa peau brunie par le vent et le soleil, et son corps musclé, Ginevra avait d'elle-même l'image d'une aventurière. Elle se voyait mal toute de rose et de blanc vêtue.

Mais elle ne voulait pas offenser Lucrèce. Elle enleva ses bottes, se débarrassa de ses vêtements et enfila la chemise et la *gamurra*. Le tissu était froid sur sa peau. Elle se sentait gauche et mal à l'aise en se tournant vers Lucrèce.

— Je suis prête.

De ses doigts agiles, Lucrèce entreprit d'ajuster les lacets.

— Du jus de citron t'éclaircira la peau, dit-elle. Je demanderai à la cuisine qu'on t'en prépare.

Ginevra se raidit.

— Madame Lucrèce, j'ai eu une explication avec Laurent. Il est d'accord. Tout est arrangé. Je ne veux pas vivre comme les femmes, enfermée à la maison, habillée de soie...

Lucrèce l'interrompit :

— Oui, je sais. Laurent m'a expliqué... Voilà, j'ai attaché tes lacets... Viens t'asseoir un peu avec moi, Ginevra. Il faut que je te parle.

Ginevra aurait voulu s'échapper, aller retrouver Laurent, se moquer avec lui de l'air emprunté de Tino dans sa *gamurra* de soie rose. Elle redoutait d'entendre ce que Lucrèce avait à lui dire. Et si Laurent était revenu sur sa promesse ? S'il avait changé d'avis et l'abandonnait à une réclusion domestique dans un mariage de convenance !

Lucrèce la mena par la main jusqu'à un banc rembourré, près d'une table sur laquelle étaient disposées ses pâtisseries préférées : des gâteaux aux amandes.

— Ma chère enfant, commença Lucrèce, j'ai beaucoup d'affection pour toi. Je te considère comme ma fille, Ginevra. La première fois que je t'ai vue, tu ressemblais à un petit oiseau tombé du nid. J'ai eu envie de te prendre dans mes bras et de te réconforter. Je sens la même chose à présent.

« Je devine en partie ce que tu as dû ressentir... ta confusion, ta colère, tes peurs. Même les grandes émotions que tu as eues à Naples.

« Mais, ma chérie, tu ne peux pas passer le reste de ta vie déguisée. Tu es une femme, avec un cœur de femme et les besoins d'une femme. Tu dois avoir un foyer. Et un mari qui prenne soin de toi. »

Ginevra retira sa main de celles si douces de Lucrèce.

— Je ne veux pas me marier. Je veux être libre.

— Aucune femme n'est libre, Ginevra. Les hommes non plus. Le monde qui nous entoure a ses règles et ses lois. Tu veux mener la vie d'un homme ou plutôt d'un adolescent insouciant. C'est impossible. Tu n'es pas un garçon. Tu n'en seras jamais un ; Dieu t'a faite femme. Si tu essayais de vivre comme un homme, tu ressemblerais à une de ces créatures mythiques qui ont le corps d'un certain animal et la tête d'un autre. Un être monstrueux. C'est impossible.

Ginevra détourna les yeux pour ne pas voir le regard bienveillant de Lucrèce, pour échapper à sa sagesse et à son amour. C'était comme si les murs de la pièce se resserraient autour d'elle, l'étouffaient. Elle aurait voulu se boucher les oreilles ou bâillonner Lucrèce pour ne plus entendre.

— ... plus raisonnable, continuait Lucrèce. Laurent a toujours été impétueux et autoritaire. Mais toi, tu as plus de bon sens, tu te laisses moins facilement emporter par tes élans.

Ginevra serra le bras de Lucrèce.

— Vous voulez dire que Laurent n'est pas d'accord avec vous ?

— Non. Il a pris son air buté et parlé d'une promesse.

Ginevra jeta ses bras autour du cou de Lucrèce et embrassa de nouveau sa joue, riant, pleurant, tout à la fois.

— Alors, il ne va pas me renvoyer ?

Lucrèce serra la jeune fille contre elle en lui caressant le dos et les cheveux.

Lorsque Ginevra eut retrouvé son calme, Lucrèce essuya ses larmes avec ses doigts.

— Tu l'aimes donc tant ?

Ginevra essaya de se ressaisir, de nier, de mettre en avant son goût de la liberté et de l'aventure.

Mais elle ne pouvait pas mentir à Lucrèce.

— Vous ne lui direz pas ? dit-elle enfin. Je vous en prie, madame. Promettez-moi que vous ne le lui direz pas.

Des larmes brillaient dans les yeux de Lucrèce.

— Non, mon enfant, je ne te trahirai pas. Mais si je fais la folie de t'encourager à choisir une vie faite pour les hommes, ce sera une autre sorte de trahison. Je ne peux pas croire que tu trouveras le bonheur, Ginevra. Et si tu commences, il n'y aura pas de retour en arrière possible. Tu seras bannie du monde normal.

— Cela m'est égal. Je ne veux pas revenir en arrière. Je veux seulement ce que j'ai eu ces derniers mois. J'étais si vivante, si heureuse. Plus que je ne l'ai jamais été ni osé l'espérer.

— A cause de Laurent ?

— Oui, mais pas seulement. Je me suis sentie renaître à la vie avant même de l'aimer.

Lucrèce inclina la tête.

— Alors je n'ai rien à dire. Tu vois, Ginevra, je suis partagée entre le désir de te protéger contre toi-même et celui d'aider mon fils. Il ne se fie plus à personne parce qu'il a été trop confiant autrefois et que Julien l'a payé de sa vie.

— Il vous fait confiance.

— Oui, bien sûr. La famille, c'est différent. Mais il a abandonné ses amis. Il est devenu distant. Prudent. Tu as gagné sa confiance. Avec toi, il se sent à l'aise. J'espère qu'il reprendra le goût de l'amitié grâce à votre bonne entente.

« C'est mon souhait le plus cher, vois-tu, car je sais que cela lui est nécessaire. T'utiliser pour le rapprocher de ses amis n'est pas un marché très avantageux pour toi, Ginevra. Tu sais qu'il ne pense pas à toi comme à une femme.

— Je sais. Ça ne fait rien. Ce n'est pas ce que je veux.

Lucrèce secoua lentement la tête.

— Je ne te comprends pas.

Les yeux pleins de larmes, elle regarda Ginevra et sourit.

— Mais tu as ma bénédiction, mon enfant, et toute ma gratitude, ajouta-t-elle. Je crois que tu apporteras le bonheur à Laurent. Je prie pour que ton cœur ne soit pas brisé dans cette aventure.

Ginevra embrassa les mains de Lucrèce. Son visage hâlé rayonnait.

— Merci, madame. Je vous promets que tout se passera bien. J'aimerais raconter à Laurent ce que j'ai entendu en ville. Où est-il ?

— Il est dans le grand salon avec Clarice et les enfants qui ouvrent les cadeaux que leur père a rapportés de Naples. Viens. Nous allons monter les retrouver.

Ginevra resta clouée sur place. Laurent a voulu voir sa femme et ses enfants, songea-t-elle. Elle les avait toujours imaginés retranchés dans un monde lointain. Mais ils étaient bien réels.

— Je finis de m'habiller et j'arrive.

Elle courut jusqu'au lit et ramassa les bas de soie blancs. Lorsque Lucrèce fut partie, elle les tint contre sa poitrine comme pour cacher la blessure de son cœur.

Chapitre 34

Ginevra conçut pour Clarice une antipathie immédiate. Elle détesta son petit air hautain au moment où Lucrèce fit les présentations, trouva insupportables les reproches constants qu'elle faisait à Laurent d'être trop indulgent avec leurs enfants et ridicule sa façon de mettre les plis de sa *cioppa* hors de leur atteinte pour qu'ils ne risquent pas de l'abîmer.

Ils étaient, à vrai dire, turbulents et envahissants. Il y en avait huit en tout, et c'était à qui crierait le plus fort. Même le dernier-né, Julien, qui n'avait que six mois, braillait dans son berceau. Ils grimpaient sur Laurent, l'attrapaient par ses habits, lui tiraient les cheveux, demandaient à monter sur ses épaules ou sur son dos, ne cessant de réclamer l'attention de leur père : « Regarde, regarde. »

Ginevra songea qu'elle devrait demander à Lucrèce le prénom de chacun des enfants. Sauf pour Jules, son premier amour. Elle l'avait reconnu tout de suite. Il avait un peu plus d'un an maintenant. Il n'était pas moins bruyant et remuant que les autres mais ses solides petites jambes étaient encore potelées et il avait toujours le même petit nez adorable dans une bouille toute rose.

Lorsqu'il aperçut Ginevra debout près du fauteuil de Lucrèce, Laurent cria plus fort que ses enfants pour réclamer le silence qu'il finit par obtenir, non sans quelques rires nerveux. Il les présenta un par un avec une solennité qui les fit pouffer encore plus.

— Voici ma fille aînée, Lucrèce, qui a dix ans et nous trouve très bêtes... Pierre, qui aura bientôt huit ans et pense qu'il en a vingt... Madeleine, bientôt sept ans, si elle n'éclate pas avant à force de se gaver de bonbons... Jean, cinq ans, le désespoir de son précepteur... Luisa, à trois ans, c'est déjà la plus belle femme de Florence... Contessina, presque deux ans, une extraordinaire danseuse... Jules, le meilleur chanteur de la bande... Et Julien, qui a la bonne idée de s'endormir dès qu'il est couché.

« Tenez-vous bien pour une fois dans votre vie, espèces de garnements, et dites bonjour à Ginevra. Je vous ai raconté ses exploits. Elle a ramé avec moi pour conduire la galère jusqu'à Naples. »

Les enfants se pressèrent autour de Ginevra, les plus grands demandant poliment si elle voulait bien leur montrer sa robe de moine ou les grimaces qu'elle faisait pour ressembler à un idiot. Et était-il vrai qu'elle avait grimpé tout en haut du mât de la galère et qu'elle réussissait à monter Morello ? Les plus jeunes la regardaient, les yeux écarquillés, Jules avec son pouce dans la bouche.

— Ils sont tuants, dit Clarice après que les enfants eurent été emmenés par leurs bonnes avec force protestations. Laurent les gâte horriblement.

— Je ne gâte pas seulement mes enfants, dit Laurent. Maintenant que la tribu est partie, on va pouvoir déballer sans risque le reste des cadeaux.

Il ouvrit un coffre d'où il retira un écrin de velours.

— Pour fêter le retour de la paix, dit-il avec un baiser sur la joue de Clarice en posant le coffret sur ses genoux.

— Et ceci est pour mamina, dit-il en soulevant une brassée de dentelle.

— Oh, Laurent, que c'est beau !

Lucrèce leva la tête pour recevoir le baiser de son fils.

— Merci, Laurent, dit Clarice en levant le collier d'énormes perles à la lumière pour en apprécier l'orient.

Laurent plongea de nouveau les mains dans le coffre. Il releva la tête et sourit à sa femme.

— J'ai observé les enfants qui plongent pour aller chercher des perles sous l'eau. Ils doivent avoir des poumons encore plus développés que ceux de nos enfants.

Il sortit un grand objet soigneusement enveloppé de soie matelassée.

— Ça, c'est un petit cadeau pour moi.

En déroulant prudemment l'emballage, il mit au jour un vase de jaspe rose qu'il caressa tendrement.

— Rien que pour ça, je suis content d'être allé voir Ferrante, dit-il. Je le ferai monter sur un socle en argent et décorer de dessins de coquillages et de marsouins pour avoir un souvenir de Naples.

— Le reste est pour toi, dit-il à Ginevra. Je suis trop fatigué après mon combat avec les enfants pour tout sortir moi-même.

Ginevra courut jusqu'au coffre. Il contenait encore beaucoup d'objets bien empaquetés. Ginevra hésitait à les prendre car ses mains tremblaient et elle craignait de les laisser tomber. Elle s'agenouilla en se tenant au bord du coffre.

— J'adore les cadeaux, dit Lucrèce en venant s'agenouiller à côté d'elle. Laisse-moi t'aider.

Le cadeau de Laurent à Ginevra était une collection de santons mesurant environ un cinquième des figurines qu'ils avaient admirées dans la cathédrale de Naples. On retrouvait le même souci du détail. Chaque manche, chaque paire de bottes, chaque col de dentelle, chaque minuscule bijou leur arrachait des exclamations d'admiration. Clarice, qui vint les rejoindre, se montra tout aussi enthousiaste.

Laurent les laissa.

— Au rythme où vous allez, vous déferez le dernier à Noël, dit-il. Je vous laisse, j'ai des gens à voir.

— Mon Dieu, j'ai oublié de le remercier, dit Ginevra un peu plus tard. J'étais tellement fascinée...

— Tu ne pouvais pas lui faire de plus grand compliment, dit Lucrèce en riant. Je suis sûre qu'il a passé autant de temps à les choisir, sinon il n'aurait pas pu s'en aller.

Laurent dit la même chose à Ginevra quand elle le remercia un peu plus tard.

— Les santons m'ont donné une idée dont je te parlerai une autre fois, ajouta-t-il.

Ginevra n'eut pas la possibilité de le questionner sur ses projets. Déjà Lucrèce l'emmenait.

— Je veux que tu sois près de moi quand les membres

de notre famille arriveront, dit-elle. Ainsi, je serai sûre que tu rencontreras tout le monde.

Laurent assistait le soir même avec les prieurs à un banquet donné en son honneur mais avant, ils recevaient la famille.

On aurait dit qu'ils s'étaient donné le mot pour arriver en même temps. Au bout de trois minutes, Ginevra perdit tout espoir de se rappeler tant de noms et de visages nouveaux. Il y avait les sœurs de Laurent, leurs maris et les aînés de leurs enfants, un oncle dont elle ne connaissait pas l'existence, ses jeunes cousins, les familiers du palais, le nouveau prêtre pour la chapelle du palais, et l'astrologue des Médicis, les premiers précepteurs de Laurent, les directeurs de la banque familiale, des négociants en laine, des agents maritimes...

Ce n'est qu'une fois couchée que Ginevra comprit que la femme corpulente qui l'avait embrassée et serrée dans ses bras n'était autre que Bianca de Pazzi, la sœur de Laurent. La dernière fois qu'elle avait vu Bianca, c'était dans la famille Pazzi avant la procession et le *Scoppio*. C'était une époque révolue, pensa Ginevra, et elle pleura longtemps avant de trouver le sommeil.

Dans les semaines qui suivirent, Ginevra fit partie à part entière de la famille Médicis. Lucrèce était la mère qu'elle avait toujours désiré avoir, et Clarice, une sœur aînée, distante et indifférente. Et Laurent, fidèle à sa promesse, transformait sa vie en un perpétuel tourbillon.

Il l'emmena avec lui faire le tour des fermes et des villas Médicis et elle retrouva le bonheur des chevauchées en pleine campagne, les galops effrénés sur des routes inconnues.

Chez les fermiers, elle se réhabitua très vite au dialecte paysan et apprit les chansons populaires que Laurent considérait comme la poésie authentique du peuple toscan. Elle choqua les fermiers et amusa Laurent en essayant d'apprendre à jouer de la cornemuse, instrument traditionnellement réservé aux bergers.

— Quand tu chantes, c'est encore pire que les sons horribles que tu tires de cet instrument, dit-il.

— Toi, si tu chantais, tu aurais tous les ânes de la région derrière toi, répliqua-t-elle.

Ils passèrent ensemble de merveilleux moments, libres et insouciants.

De retour à Florence, Laurent emmena Ginevra à la banque Médicis où il donna des instructions pour qu'elle puisse tirer facilement de l'argent. Puis il la conduisit chez un notaire habitant juste à côté.

— Qu'allons-nous faire ? demanda Ginevra.

— Signer quelques papiers. Je te lègue La Vacchia. C'est un endroit que tu connais et si la propriété est bien gérée, elle te rapportera un bon revenu. Si tu veux être libre, ma petite paysanne, tu dois gagner de l'argent. Prends ce que tu veux à ma banque tant que tu en as besoin mais cherche à faire prospérer ta propriété.

Il était inutile d'en dire plus. Ginevra avait beau se sentir comme chez elle au palais, les Médicis n'étaient pas sa vraie famille. S'il arrivait quelque chose à Laurent... non, elle se refusait à y penser, feignant de trouver tout naturel que des gardes armés les escortent.

Ginevra signa les documents avec un grand geste de la main.

— Voilà. C'est mon nouveau nom.

Le notaire fit des yeux ronds.

— Il faudra faire de nouveaux papiers, le Magnifique, dit-il à Laurent. Et ce sera le tarif habituel pour un changement de nom.

Laurent sourit et haussa les épaules.

— Voyez avec cette jeune dame. Elle dirige elle-même ses affaires ; elle vous remettra un bon sur sa banque.

Lorsqu'ils sortirent de chez le notaire, Laurent s'inclina devant Ginevra.

— Ginevra di Antonio della Vacchia aimerait-elle voir quel effet produit son nouveau titre dans l'atelier d'un vieil ami ? J'ai l'intention de passer voir Andrea del Verrocchio.

— Elle en serait enchantée, Laurent di Piero de' Medici. J'étais si triste quand j'ai dû arrêter mes leçons de musique et cesser d'aller chez Andrea.

L'atelier de Verrocchio était un capharnaüm.

— Bonjour ! cria Laurent, à la cantonade. Mais Andrea, que se passe-t-il ?

Le visage d'Andrea s'éclaira en voyant Laurent. Il se débarrassa de sa brassée de rouleaux de papier et se précipita vers les visiteurs mais, en approchant d'eux, il ralentit le pas.

— Ta visite m'honore, Excellence, et toutes mes félicitations pour ce que tu as fait.

Laurent donna un coup de poing dans la poitrine de Verrocchio, juste assez fort pour le faire tituber et, rattrapant son ami déséquilibré, il le serra dans ses bras.

— Voilà pour ton accueil glacé, dit Laurent. Est-ce que notre amitié est morte, espèce de pitre ?

Verrocchio éclata d'un rire joyeux.

— Comme preuve de mon affection, je t'écraserais bien le nez mais le bon Dieu est passé avant moi. Comment vas-tu, Laurent ? Ta beauté m'a beaucoup manqué ces derniers mois. Je ne trouvais pas de modèle pour peindre mes lutins.

Il passa son bras autour des épaules de Laurent et l'entraîna vers la porte.

— Viens. Nous serons mieux dehors pour parler. Il y a trop de bruit ici. Je vais demander à un apprenti de nous apporter une bouteille de vin... Oh, mais qui est-ce ? demanda-t-il en se plantant devant Ginevra. Tout Florence parle de Tino. Est-ce lui ? C'est-à-dire elle ? Est-ce vraiment cette petite fille qui m'aidait à broyer les couleurs quand elle avait fini de tourmenter Léonard de Vinci ? Tu bois avec nous, petite héroïne ? J'aimerais que tu me racontes comment tu as réussi à duper ce diable de Ferrante.

Laurent poussa Andrea et Ginevra dehors.

— Avec tout ce vacarme et si tu n'arrêtes pas de parler, tu ne pourras rien entendre, cria-t-il. Utilise plutôt ta salive pour commander du vin, puis laisse-nous une minute de repos.

Les yeux de Laurent pétillaient. Ses disputes avec Andrea lui avaient manqué.

Ils discutaient, assis sur les marches en pierre au bout de la rue qui descendait jusqu'à l'Arno, puisant de l'eau dans le fleuve pour couper leur vin, les gardes de Laurent formant un mur humain en haut de l'escalier.

Ginevra parlait peu, heureuse d'écouter les deux hommes, d'entendre la voix animée de Laurent tout en contemplant le flot impétueux grossi par les eaux de printemps.

Sur d'autres volées de marches et sur les jetées en pierre qui s'avançaient dans l'eau, des hommes lavaient la laine. Les longueurs de tissu, secouées par les turbulences du courant, dégorgeaient leur excédent de couleur en longs rubans rouges, verts, bruns, bleus et jaunes qui s'effaçaient au fil de l'onde ou prenaient d'autres teintes en se rejoignant, se transformant dans les tourbillons d'écume en petites bulles de toutes les couleurs.

Ginevra, fascinée, regardait ce tableau changeant qui se déroulait sous ses yeux. Laurent dut la pousser du coude lorsque Verrocchio leur dit au revoir.

— Au revoir, maître, dit-elle en sursautant. Dites bonjour de ma part à Léonard de Vinci.

— Je n'y manquerai pas. Tu dois revenir faire de la musique avec nous. Nous ne t'avons pas oubliée.

— Merci. Ça me ferait très plaisir.

Elle agita la main en signe d'adieu jusqu'à ce qu'Andrea ait disparu au coin de la rue.

— Je l'aime bien, dit-elle à Laurent. J'aimerais revenir.

— Oui, c'est un brave homme, renchérit Laurent. Si je perdais son amitié, je serais encore plus seul. Cette guerre avec Naples et Rome m'a coûté plus cher que je ne le pensais. J'ai perdu contact avec un grand nombre de gens qui comptaient beaucoup pour moi. Tu as vu comme il était distant au début. Je ne me rendais pas compte que le temps passait aussi vite quand je ne voyais que des généraux et des politiciens. Mes amis me manquent.

« Nous avons encore le temps d'aller rendre visite à Botticelli avant ma prochaine conférence. Il est à peine resté cinq minutes lors de la dernière réunion de famille. Viens, Ginevra. »

Laurent se leva, manqua de tomber.

Les gardes, un peu plus haut, esquissèrent un pas en avant mais il leur fit signe de rester où ils étaient et s'appuya sur l'épaule de Ginevra.

— Qu'y a-t-il ? Tu as mal quelque part ? demanda-t-elle, effrayée.

— Ne fais pas ton Tino. Ce n'est rien du tout. Mes

jambes sont un peu raides à cause de l'humidité, c'est tout. Aide-moi à monter les marches ; ça va aller mieux.

Laurent se remit à bavarder en marchant apparemment sans effort.

— Tu as entendu ce qu'Andrea a dit ? Il déménage. C'est pour ça qu'il y avait autant de désordre. Sa guilde lui a accordé le bail de l'atelier où travaillait Donatello autrefois, derrière la cathédrale. Il est fier comme un paon. A mon avis, il est persuadé que la poussière qui est sur les murs rendra ses œuvres aussi célèbres que celles de son maître. Il a été l'apprenti de Donato.

« Je l'ai fait jurer de me laisser la première sculpture qu'il fera. Une fontaine pour Careggi, peut-être. Qu'en penses-tu ? Le jardin n'est pas formidable. Je pourrais demander à Andrea de le redessiner en plaçant sa fontaine au centre. »

Ginevra suggéra un saint François.

— Comme ça, précisa-t-elle, quand les oiseaux viendront boire, on croira qu'ils font partie de la sculpture.

Mais Laurent n'écoutait pas. On aurait dit qu'il se parlait à lui-même.

— S'il n'y avait que mes amis... mais j'ai perdu contact avec tous les habitants de cette ville. Tout le monde doit être au courant du déménagement d'Andrea alors que moi, je l'ignorais. Avant, je savais tout ce qui se passait. Avant... ça.

Il jeta un coup d'œil en direction des gardes.

— Il faudrait que je m'en passe. Je ne peux pas continuer à être coupé ainsi de Florence.

Il fixa de nouveau son attention sur Ginevra.

— Alors, ma petite paysanne, que penses-tu de mon idée de demander une fontaine à Andrea ?

Il l'écouta attentivement, parla avec enthousiasme de tous les oiseaux qu'il avait vus dans le jardin et de ceux qui pourraient venir s'il plantait plus de buissons de myrtilles ou d'églantiers. Il était égal à lui-même.

Mais l'amour aiguisait les sens de Ginevra et elle remarqua une légère raideur dans sa jambe gauche.

D'ailleurs, Laurent ne parla plus de passer voir Sandro Botticelli avant de rentrer au palais.

Ginevra raconta à Lucrèce ce qui était arrivé à Laurent dans l'escalier.

— J'ai cru qu'il allait tomber. Et ensuite, quand nous avons marché, il m'a semblé qu'il boitait. Cela m'inquiète. Vous ne pensez pas qu'il devrait voir un médecin ?

Le doux visage de Lucrèce s'assombrit et elle parut soudain très vieille.

— Je ferai tout mon possible pour qu'il n'y ait pas de médecin, dit-elle. Je m'y attendais et, en même temps, je faisais des prières pour que cela n'arrive pas. C'est la goutte, Ginevra, la malédiction des Médicis.

Elle regarda ses mains, découvrit qu'elles étaient nouées ensemble, les força à se relâcher.

— Ne dis rien à Laurent ni à personne. Je vais l'emmener en cure thermale. Cela lui fera du bien. Je vais lui dire que j'ai besoin de voir où en sont les travaux à Morba. Qui sait ce qui a pu se passer pendant cette guerre absurde ? Et je lui demanderai son avis. Les hommes adorent ça. Merci de m'avoir prévenue, ma chérie... Mais, bien sûr, tu ne m'as rien dit, n'est-ce pas ?

— Ne craignez rien, madame. Rappelez-vous : je suis une espionne chevronnée et je sais faire la bête.

Chapitre 35

Lucrèce et Laurent furent absents deux semaines.

Aussitôt après leur départ, Ginevra s'enferma dans sa chambre et s'apitoya sur son sort. Pourquoi ne m'ont-ils pas invitée à venir avec eux ? gémit-elle. Madame Lucrèce sait à quel point je suis attachée à Laurent. C'est moi qui me suis aperçue qu'il était malade. C'est sur mon épaule qu'il s'est appuyé quand sa jambe le faisait souffrir. Je devrais être avec lui.

La pensée de Laurent souffrant la torturait. Elle commença même à ressentir des douleurs dans sa jambe, comme si elle pouvait prendre sur elle la maladie de Laurent et l'en soulager. Il lui manquait terriblement. Elle l'imagina à cheval, recevant des chocs à la jambe sur la route accidentée, s'angoissant de ne pouvoir ni l'aider ni atténuer ses souffrances.

L'image de Laurent en route pour les thermes s'effaça, remplacée par les souvenirs qu'elle avait de lui. Elle revit son dos large comme elle l'avait vu si souvent devant elle, le mouvement de ses épaules s'ajustant à l'allure de son cheval, la façon dont son corps se ramassait juste avant de partir au galop, l'alternance des taches d'ombre et de lumière quand il traversait les oliveraies des villas Médicis...

Elle repensa aux repas autour des tables de cuisine dans les fermes qu'ils avaient visitées, se rappela toutes les fois où ils avaient chanté ensemble, se souvint de son visage à la lueur du feu, adouci par un sentiment de bien-être.

Ginevra repassa tous ses souvenirs un à un pour compter sa richesse. Et sa pensée s'élança au-delà de la chambre, sur la route de Morba en criant : « Ne me quitte pas, j'ai besoin de toi. »

En entendant son cri muet, elle eut l'impression de recevoir un seau d'eau froide sur la figure.

Non, Ginevra, tu ne dois jamais dire une chose pareille. Si tu ne veux pas le perdre, tu ne dois même pas le penser. Quand tu as déclaré sur le bateau que tu voulais rester avec lui, il a eu aussitôt une réaction de rejet.

C'est compréhensible. Il n'y a rien de plus étouffant qu'une telle demande. Je ne peux pas passer ma vie accrochée à lui comme une sangsue.

Elle promena son regard autour d'elle en se rappelant le combat qu'elle avait mené dans cette même chambre. A force de discipline et de volonté, elle avait rendu vigoureux son corps blessé. Elle dominerait ses émotions de la même façon.

Une fois sa décision prise, le temps passa très vite. Ginevra demanda à l'un des intendants de l'escorter en ville car les femmes de sa condition ne sortaient pas dans les rues sans être accompagnées. Elle alla à la banque, puis au marché, se mêla à la foule qui se pressait autour des étals de vêtements usagés, et reprit le chemin du palais avec un tas de paquets mal ficelés que l'intendant était manifestement gêné de porter. Mais à partir de ce jour, elle n'eut plus besoin d'escorte.

Elle s'était acheté une *gamurra* rapiécée en laine très fine et une *cioppa* toute simple, comme en portaient les femmes qui n'étaient pas astreintes aux règles de la bienséance auxquelles étaient soumises les dames élevées dans les palais.

Elle avait également acheté un *lucco* d'occasion, vêtement long que Laurent préférait à tout autre. C'était aussi l'uniforme des étudiants mais coupé dans des tissus ordinaires contrairement à ceux de Laurent. Ginevra enfila celui qu'elle avait acheté.

— C'est plus un *lucco* de cinquième main que de deuxième main, dit-elle tout haut en riant.

A présent, elle pouvait aller n'importe où. Elle avait deux

déguisements, et non un seul comme à Naples. Elle progressait.

Elle ouvrit les autres paquets, rangea le tablier et les bas reprisés, mit les bottes et le *cappuccio*, le chapeau des étudiants. Ses cheveux encore courts n'étaient pas plus longs que ceux des hommes. Ginevra battit des mains, heureuse d'avoir trouvé ce stratagème.

Elle allait pouvoir se promener seule, connaître les différents quartiers de Florence, écouter ce qu'on disait, être les yeux et les oreilles de Laurent, lui offrir ce qu'il avait perdu dès le moment où il avait dû s'entourer d'une garde personnelle.

La découverte de Florence fascina Ginevra qui, dans sa jeunesse, n'avait pas eu l'occasion de voir beaucoup de choses. Elle était étonnée par l'étendue de la ville et sa diversité, stimulée par l'animation dans les rues, amusée et exaspérée tour à tour par les commérages qui venaient à ses oreilles.

« Quelle conduite honteuse ! » disaient les gens. Ou encore : « Quel courage... une aberration... pathétique... ridicule... magnifique... romantique... une effrontée... un destin tragique... » A sa grande surprise, tout le monde savait qu'elle avait failli mourir de ses blessures mais selon la version officielle, elle avait eu un accident ! Que s'était-il réellement passé ? Les suppositions allaient bon train et approchaient souvent très près de la vérité. D'un commun accord, il fut admis que ses souffrances l'avaient rendue légèrement folle. Cela expliquait son brusque départ à Naples et le succès avec lequel elle avait joué le rôle d'un simple d'esprit. Cela excusait ses comportements bizarres.

Ginevra fut ravie d'entendre ça.

Ce qu'elle entendit au sujet de Laurent lui donna envie de monter sur une estrade pour faire un long discours aux Florentins et leur parler de leur ingratitude. Ils reprochaient à Laurent d'avoir été trop conciliant avec le roi Ferrante. L'alliance paraissait fragile. Naples aurait dû payer pour la paix, au lieu de ça, les taxes étaient augmentées parce qu'il fallait payer les armées et assurer une forte indemnité annuelle au fils de Ferrante, Alfonso, duc de Calabre, installé à Sienne, à seulement quarante kilomètres au sud. Et

Laurent aurait dû faire fléchir le pape. Ce n'était pas suffisant que Sixte ait accepté la paix et retiré son armée. Il aurait dû rendre les villes occupées et relever l'excommunication prononcée contre Florence. Laurent avait fait les choses à moitié.

D'un autre côté, tout le monde s'accordait à dire qu'aucun autre chef politique n'aurait agi aussi bien que lui. Il était l'homme le plus courageux d'Italie. Et il avait ramené la paix. Avec l'ouverture des routes commerciales, les récoltes et les fermes épargnées par les destructions de la guerre, c'était la promesse d'une prospérité nouvelle. Ils avaient de la chance d'avoir à la tête du gouvernement un homme de la stature de Laurent le Magnifique.

Ginevra passait la plus grande partie de son temps à connaître Florence mais cela ne l'empêcha pas d'aller de temps en temps à La Vacchia.

La première fois qu'elle parcourut la route qui montait du portail au sommet de la colline où se trouvait la maison, elle faillit faire demi-tour à plusieurs reprises. Elle s'obligea à se concentrer sur l'état des oliviers qui bordaient la route. Ils avaient grand besoin d'être taillés ; elle devrait dire deux mots au régisseur que Laurent avait engagé.

En entendant frapper à la porte, il sortit de la maison. Ginevra détourna les yeux des ombres du hall d'entrée et l'attaqua sur sa négligence avec tant de véhémence qu'il partit immédiatement se mettre au travail.

Restée seule, Ginevra entra dans la villa pour affronter ses souvenirs et exorciser les fantômes.

A partir de ce jour, il lui fut chaque fois un peu plus facile de revenir à la villa. Elle se rappela les bons moments qu'elle y avait passés, profita du jardin, prit plaisir à regarder les magnifiques panneaux de céramique émaillée de Della Robbia et, enfin, tira un trait sur l'épisode sanglant qui avait mis un terme à sa vie à La Vacchia. Sa vie, désormais, était auprès de Laurent. Elle veillerait à ce que la propriété de La Vacchia soit mise en valeur et redevienne productive mais ce ne serait jamais sa vraie maison.

Sa maison et sa famille étaient désormais au palais Médicis.

Le soir, Ginevra faisait connaissance avec les enfants.

Laurent leur avait parlé d'elle d'une telle façon qu'ils la considéraient comme une héroïne et poussaient des cris de joie chaque fois qu'elle venait les voir.

Ange Politien se renfrogna.

— Je suis le précepteur de Pierre et de Jean, dit-il d'un air pincé. Je trouve inacceptable qu'ils soient dérangés pendant leurs heures d'étude.

Ginevra en fut blessée. Ange était le meilleur ami de Laurent. Pendant leur voyage à Naples, il lui avait si souvent parlé de lui en termes affectueux qu'elle aimait le Politien avant même de le rencontrer. Elle avait lu ses poèmes dans la bibliothèque du palais et voulait lui dire combien elle l'admirait. Elle pensait qu'ils auraient pu être amis.

Mais Ange se montra froid et cassant.

Ginevra comprit qu'il devait être jaloux. Il prend ombrage du temps que Laurent passe avec moi, songea-t-elle. Il se sent abandonné. Mais quand on aime quelqu'un, on veut son bonheur avant tout et on aime les gens qui le rendent heureux, on ne les déteste pas.

Je suis contente de ne pas être aussi égoïste et mesquine que le Politien, pensa-t-elle avec suffisance.

— Quelle mine superbe tu as, Laurent ! Bienvenue à la maison.

— Merci, Ginevra. Je me sens rajeuni, en effet. Les bains de mamina ont tenu toutes leurs promesses, y compris leurs tarifs exorbitants. C'est la meilleure femme d'affaires de la famille... Mais dis-moi, ma chère Ginevra, quelles sont ces guenilles dégoûtantes que tu portes ?

Ginevra ôta son chapeau et salua avec un grand geste du bras.

— Je ne suis qu'un humble étudiant à votre service, le Magnifique. Oh, Laurent, si tu savais comme je me suis amusée. Je me sens enfin une vraie Florentine. Je vais te raconter tout ce que j'ai entendu dans les rues...

D'abord amusé, Laurent se montra vite très intéressé.

— Attends une seconde, Ginevra. Je voudrais que mamina entende tout ça. Nous manquions justement d'informations.

C'est ainsi que Ginevra devint le troisième membre du cercle intime des Médicis.

Lucrèce désapprouvait les expéditions de Ginevra en ville mais elle se fit une raison. Les renseignements étaient trop précieux et la joie de la jeune fille trop manifeste. Elle se dit que Ginevra avait sans doute besoin de se construire une vie indépendante de celle de Laurent. Quoi qu'il en soit, ce n'était pas une raison pour s'habiller comme un vagabond.

— Porte un *lucco* s'il le faut, mais tu pourrais au moins en choisir un plus décent.

Chapitre 36

— Je vous présente mon ami Tino, dit Laurent en entrant avec Ginevra dans l'atelier de Botticelli. Il est étudiant.

Laurent expliqua à Sandro et à son apprenti, Filippino, la raison du déguisement de Ginevra. Ils trouvèrent l'idée de la jeune fille formidable.

— Imagine, elle peut aller n'importe où dans Florence, chose qu'aucune femme n'a jamais faite. Je ne serais pas étonné qu'elle soit élue un jour prieur.

Les compliments de Sandro firent rougir de plaisir la jeune fille. Et ceux de Ghirlandaio, le jeune peintre que Laurent alla voir ensuite, produisirent le même effet.

Laurent proposa en riant d'aller essayer le déguisement de Ginevra dans une taverne. Elle le prit au mot et le cajola jusqu'à ce qu'il accepte de mettre son idée à exécution.

Plus tard, elle fit remarquer qu'il faisait si sombre à la *Sandracca* qu'elle aurait pu y aller toute nue, personne n'aurait remarqué qu'elle était une femme.

— Je n'aurais jamais dû accepter de t'emmener là-bas, dit Laurent. Te voilà contaminée par Gigi.

Luigi Pulci avait passé une heure avec eux à la *Sandracca*. Il était en verve comme toujours et d'humeur plus grivoise que jamais, mais Laurent ne pouvait rien faire pour protéger la pudeur de Ginevra sans révéler son déguisement. La jeune fille avait trouvé l'embarras de Laurent encore plus drôle que les histoires de Gigi.

— Ne joue pas au pudibond, dit-elle à Laurent. Ce que j'entends dans les rues est souvent beaucoup plus grossier et loin d'être aussi amusant.

Les propos paillards des hommes vantant leurs exploits sexuels lui avaient fait horreur au début. Cela lui rappelait trop l'agression sauvage dont elle avait été victime. Mais après avoir entendu les femmes parler avec une égale concupiscence, elle avait conclu qu'elle était différente des autres et décidé de garder son dégoût secret.

— Tu n'arrêteras jamais de m'étonner, Ginevra, dit Laurent. Je t'adore.

La jeune fille aménagea une petite place à part dans sa mémoire pour y mettre ces mots, aussi précieux qu'un collier de perles fines.

— Un peu de sérieux, maintenant, ajouta-t-il. Nous allons passer voir un vieux sculpteur qui n'apprécierait pas qu'on se moque de lui. Tu seras Ginevra, l'excentrique, et non Tino.

— Je me tiendrai bien, promis. Qui est-ce ?

— Bertoldo. Un artiste qui a travaillé avec Donatello. C'est un homme modeste ; il dit qu'il serait plus utile à l'art en polissant les bronzes de Donatello qu'en créant lui-même. Mon grand-père, Cosme de Médicis, était le protecteur de Donatello. Moi, je prends soin de son ancien apprenti. Mais Bertoldo a hérité de son maître le mépris de l'argent. Ça ne me facilite pas la tâche. Je ne peux pas me contenter de lui donner de quoi vivre ; il faut que je lui trouve du travail. J'espère que la crèche que nous avons vue à Naples fera l'affaire. S'il veut bien réaliser nos petites figurines grandeur nature, cela l'occupera pendant des années.

Mais Bertoldo refusa tout net.

— Copier des poupées napolitaines, moi qui ai travaillé pour le grand Donatello ! Sors d'ici, mon garçon, et va passer ta commande à un fabricant de jouets. Je ne veux pas de ton argent. Je m'en sors très bien avec mes étudiants. Il y a encore des gens dans ce monde qui respectent les valeurs de l'art, le vrai. Ils viennent les apprendre chez moi.

Laurent fit une sortie aussi digne que possible. Lorsqu'ils eurent laissé derrière eux le logis du vieillard, il s'arrêta et éclata de rire.

— Tu l'as entendu m'appeler « mon garçon » ? Je dois m'estimer heureux de ne pas avoir reçu quelques coups de bâton en prime. Il doit terrifier ses étudiants. S'ils existent vraiment.

— Que vas-tu faire... mon garçon ?

— Te plonger la tête dans la fontaine, tout habillée, si tu ne me montres pas un peu plus de respect. Et chercher autre chose pour Bertoldo.

— Andrea aura peut-être une idée. Allons le voir.

La jovialité bruyante de Verrocchio était un merveilleux antidote à l'aigreur du vieux sculpteur.

— Entre, mon ami, brailla-t-il. J'étais justement en train de penser au carnaval. Il ne nous reste pas beaucoup de temps pour trouver un thème. Que dirais-tu de Pallas et du Centaure ? Nous pourrions donner au Centaure le visage boursouflé de Ferrante.

— Et mon amie qui est ici pourrait être Pallas si elle acceptait de porter une robe.

Laurent passa son bras autour de la taille de Ginevra.

— Qui est-ce ?

Andrea se rapprocha pour regarder sous le chapeau.

— Ce n'est pas un étudiant. Il a l'air trop intelligent. Je n'ai pas été dupe une seconde.

— Gigi n'y a vu que du feu.

— Gigi ? C'est incroyable ! Raconte-moi tout. Quand ? Où ? Comment ? Qu'est-ce qu'il a dit ?

Verrocchio trépignait de joie.

Ginevra n'avait jamais été si heureuse. Elle était acceptée, aimée, faisait partie des amis de Laurent, et de tous, c'est elle qui était le plus proche de lui.

Ce soir-là, au lieu de dîner en compagnie de Lucrèce et de Clarice, elle se joignit au groupe de Laurent qui l'installa à sa droite.

Ange Politien ne desserra pas les dents mais Ginevra n'y prêta pas attention.

— Je vais te présenter les gens qui comptent le plus pour moi, dit Laurent à Ginevra le lendemain matin quand il l'invita à venir avec lui à Fiesole.

Ils chevauchèrent jusqu'à une petite maison, pas plus grande que la plus petite des fermes de La Vacchia. Ginevra se demanda si Laurent avait voulu plaisanter mais l'impatience se lisait sur son visage.

En entendant les chevaux, trois hommes vinrent à la porte. L'un d'eux était un évêque. Laurent sauta à terre et courut s'agenouiller devant lui.

— Reçois ma bénédiction, Laurent, dit l'évêque en traçant le signe de la croix sur son front. Et sois le bienvenu parmi nous.

Il avait un sourire radieux.

Comme il est élégant, songea Ginevra, et comme il a l'air jeune en dépit de ses cheveux blancs. Pourtant il y a dans son visage quelque chose qu'on ne trouve pas chez les gens jeunes. Ce sont ses yeux. Il a le regard d'un sage. Il pourrait avoir cent ans. Je me demande qui c'est.

C'était Gentile de Becchi, apprit Ginevra, le premier précepteur de Laurent, à présent évêque d'Arezzo. Les deux autres étaient Cristoforo Landino, le second pédagogue de Laurent et Marsile Ficin, propriétaire de la maison.

Ils serrèrent tous les trois Laurent dans leurs bras et accueillirent Ginevra avec chaleur.

— Il y a du vin, dit le Ficin en leur faisant gagner la terrasse d'où l'on pouvait contempler le ruban argenté de l'Arno et Florence.

Ange Politien était là.

— *Ave !* dit-il.

Ces hommes qui avaient rétabli l'Académie platonicienne parlaient entre eux le latin.

— Nous devrions parler en grec, expliqua Laurent en latin, mais je ne l'ai pas appris, malheureusement. Par altruisme, chacun feint de préférer le latin. Tu devras te montrer aussi conciliante, Ginevra, car comme eux, je suis sûr que tu utiliserais plus volontiers le grec.

Ginevra était perdue tout à coup. Elle avala sa salive, chercha un mot gracieux à répondre en latin mais il ne lui vint à l'esprit que des fragments de poème, des conjugaisons, des formes de verbes irréguliers et des déclinaisons. La timidité lui ôtait tous ses moyens.

Peu à peu, ce qu'elle avait appris lui revint en mémoire et elle fut capable de comprendre pratiquement tous les mots employés par les philosophes. Mais le sens exact de leurs paroles lui échappait.

Ils ne discutaient pas de Platon et d'Aristote de la même façon que son grand-père et son précepteur. Antonio et Mateo débattaient de leurs œuvres d'un point de vue théorique ; ces hommes parlaient des concepts platoniciens comme de quelque chose d'inhérent à leur vie quotidenne. Ils appliquaient leurs idées sur l'esthétique et l'idée du Bien à l'art, au gouvernement, à la nature et à l'homme.

Ils discutaient, riaient, s'encourageaient et se critiquaient. Ils étaient tous éloquents, érudits et d'un esprit créatif. Mais le Politien était le plus brillant d'entre eux. Il parlait latin aussi couramment que l'italien et était doué d'une intelligence exceptionnelle. Les hommes âgés l'écoutaient avec admiration. Ginevra se sentait honteuse d'avoir pu se considérer supérieure à lui.

— Tu t'es bien amusée ? lui demanda Laurent quand ils regagnèrent Florence. Tu es restée très silencieuse.

— C'est parce que je suis très ignorante, répondit-elle. Mais j'ai passé un très bon moment. J'avais oublié à quel point c'était passionnant d'étudier et d'apprendre. Dès que nous serons rentrés, je m'arrangerai un petit coin pour travailler dans la bibliothèque.

Elle enfonça son chapeau plus bas sur sa tête.

— Ce sera une raison supplémentaire de porter des vêtements d'étudiant.

Chapitre 37

Quand Gigi Pulci apprit le tour que lui avaient joué Ginevra et Laurent, il éclata de rire.

— Comment ne pas s'éprendre à la folie d'une femme pareille ! dit-il à ceux qui se trouvaient autour de lui.

Puis, les bras chargés de fleurs des champs, il se rendit d'un pas énergique au palais Médicis pour faire la cour à Ginevra.

Gigi ne fut pas le moins surpris de tomber réellement amoureux de Ginevra.

Mais, fidèle à lui-même, il tourna sa nouvelle passion en dérision, jurant à qui voulait l'entendre qu'il avait succombé à son penchant pour la perversion.

— C'est l'idée d'une femme travestie en homme qui me plaît, déclara-t-il. On sait qu'en déshabillant un étudiant on peut trouver un joli derrière rose, mais imaginer sous des vêtements d'homme deux petits seins et le ventre rond d'une femme, ça me met dans tous mes états.

Il composa à l'attention de Ginevra une brillante parodie des poèmes chevaleresques où le bouffon s'alliait au sérieux et truffée de mots paillards alternant avec des passages d'une grande beauté.

— Mon histoire s'intitule *Morgant le Géant*, dit-il en remettant à Ginevra l'épaisse liasse de feuilles manuscrites. Il s'agit bien sûr d'un récit autobiographique.

Morgant était un géant si gigantesque qu'il déracinait les

pins pour se tailler des cure-dents. Il multipliait les gaffes et intervenait à tout bout de champ dans les batailles que livraient héroïquement Orlando et Rinaldo Chiaramonte pour venir à bout du mal.

Au dîner, Ginevra essaya de lire le poème de Gigi au groupe réuni autour de la table, mais elle se mit bientôt à rire si fort qu'elle dut rendre le manuscrit à l'auteur pour qu'il en fasse la lecture lui-même.

Morgant le Géant devint leur distraction favorite. Chaque soir, quelqu'un lisait un nouvel épisode de ses aventures ou demandait à Gigi d'en ajouter un.

Pulci leur donnait toujours satisfaction et terminait régulièrement par ces mots : « A Tino, ma muse, qui me rend fou de désir. »

Pulci déclara n'avoir qu'une ambition : être le petit chien de Ginevra.

— Donne-moi des coups de pied, ma bien-aimée inaccessible, disait-il. Ainsi je pourrai lécher le pied adorable qui me brise les côtes.

Il portait un ruban autour du cou et quand ils se trouvaient ensemble dans une pièce, il la suivait souvent à quatre pattes.

Laurent et ses amis applaudissaient les bouffonneries de Gigi et les plaisanteries truculentes de son héros. Une seule personne savait que sous des dehors excentriques, le poète nourrissait pour Ginevra un amour véritable. La confidente inattendue de Gigi n'était autre que Lucrèce de Médicis.

— Madame Lucrèce, pendant de nombreuses années, vous m'avez conseillé d'abandonner ma vie d'amuseur public. Vous disiez qu'un jour je regretterais le temps perdu et que j'aurais envie de devenir quelqu'un de respectable. Vous aviez raison.

« J'aime Ginevra pour son courage et son intelligence. Si j'étais un parti convenable, je la courtiserais. Chaque jour, je lui écrirais des poèmes. Et à force de dévouement, je lui ferais oublier tous les malheurs qu'elle a endurés. Je consacrerais ma vie à essayer de la rendre heureuse.

« Mais le rire est la seule chose que je peux lui donner. Je ne suis que Luigi Pulci, bouffon, poète de taverne, fou du palais Médicis. »

Lucrèce secoua la tête en souriant.

— Tu te sous-estimes, Gigi. Tu es un négociateur talentueux. Tu as mené à bien plusieurs missions de confiance pour le compte de Laurent. Beaucoup de gens te respectent et ont pour toi une profonde affection. Moi notamment.

Pulci lui baisa la main.

— Vous me faites beaucoup d'honneur, madame. Mais vous savez bien que j'ai raison. Je ne suis pas assez bon cavalier pour essayer d'obtenir les faveurs de Ginevra en participant à un tournoi. Je n'ai pas d'argent, pas de métier. Je n'ai rien à lui offrir.

« Et puis, elle est amoureuse de Laurent.

— Qui te l'a dit ? demanda Lucrèce trop vite.

— Vous vous êtes trahie, madame. Mais ça n'a pas d'importance. Je le savais. L'amour aiguise les sens. Quand elle croit que personne ne l'observe, elle le dévisage d'une telle façon... un peu comme je dois la regarder moi-même quand je me sens à l'abri de la curiosité des autres. C'est une situation aussi vieille que le monde. C'est presque une farce. Voici pourquoi Pulci l'humoriste pleure au lieu de rire.

Gigi s'assit aux pieds de Lucrèce et posa sa tête contre ses genoux.

— Je pleure avec toi, cher poète, dit-elle doucement en passant la main dans ses cheveux ébouriffés. Sur ton sort et sur celui de Ginevra.

Ginevra n'aurait pas compris le chagrin de Lucrèce. Sa seule contrariété était d'avoir à dormir quelques heures par nuit. Elle trouvait la vie si belle qu'elle ne supportait pas de perdre une minute.

Elle ne prenait pas au sérieux les déclarations enflammées de Gigi, mais c'était délicieux d'être l'objet d'une telle passion. Bien qu'elle portât le plus souvent des vêtements d'homme, elle se sentait différente, plus féminine.

Elle pensait aussi que l'adulation que lui vouait Pulci pourrait amener Laurent à porter sur elle un regard différent. Puisque ce n'était qu'un jeu, ça ne prêtait pas à conséquence. Le plus important était qu'elle eût chaque jour mille choses passionnantes à faire et à voir. Et, chaque soir, elle accompagnait les habitués qui dînaient avec Laurent.

Dans la journée, Laurent était très occupé. La guerre

avait pris fin mais toute menace n'était pas écartée. Le fils de Ferrante était toujours à Sienne avec son armée. Et Girolamo Riario, le neveu du pape, renforçait ses troupes dans le Nord en vue d'attaquer Ferrare.

Riario avait tramé un nouveau complot contre Laurent. Les conspirateurs ayant manqué de prudence, leur projet s'était ébruité et ils avaient été arrêtés et exécutés, mais Laurent avait dû renoncer à se défaire de sa garde personnelle.

Les comptes rendus de Ginevra qui continuait à prendre la température de la rue devinrent particulièrement précieux. Les gens parlaient surtout de Sixte IV. Ils se demandaient ce qu'il manigançait et pourquoi il avait refusé de lever l'interdit s'il était vrai que le roi de Naples allait renouveler son alliance avec Rome.

Le peuple de Florence était inquiet. On rapportait que des vaches avaient mis bas des veaux à deux têtes et que pendant deux nuits consécutives, il s'était produit un bombardement de météorites. On vit une sorcière près de la Piazza Santa Croce qui prédisait toutes sortes de catastrophes en tenant au bout de son bras tendu l'œil qu'elle avait retiré de son orbite. Onze nouveaux astrologues avaient dressé des tentes sur le marché et on se pressait autour pour connaître l'avenir.

— La réussite du carnaval est capitale, dit Lucrèce. Un succès leur redonnerait confiance en la République.

— Pour moi, ce sera forcément le plus beau car ce sera le premier, fit observer Ginevra.

Elle attendait le grand jour avec une impatience fébrile, passant des heures dans l'atelier secret où l'on construisait le char de Laurent, acceptant toutes les tâches subalternes que Verrocchio lui assignait.

Elle prenait des leçons de musique avec Léonard de Vinci, pour apprendre les chansons traditionnelles du carnaval et essayer d'en composer elle-même.

Et il y avait aussi les visites à La Vacchia afin de surveiller les récoltes et rappeler à l'intendant ses obligations.

Et quand Ginevra avait un moment de libre, elle étudiait Platon ou les commentaires de ses œuvres. Ou bien encore elle jouait avec Jules et les jeunes enfants de Laurent en prenant soin d'éviter le Politien.

Le carnaval dépassa toutes les attentes de la jeune fille. Elle n'en perdit pas une miette. Elle applaudit tous les spectacles et goûta à tout ce que proposaient les vendeurs ambulants. Elle chanta, dansa et resta éveillée toute la nuit.

Elle confia à Laurent qu'elle s'était particulièrement amusée en défilant derrière le char avec Gigi et quelques-uns de ses amis. Ils portaient tous le costume traditionnel du carnaval : des masques et des habits de femme. C'était un double déguisement pour Ginevra qui simulait un homme travesti en femme. C'était doublement excitant.

Elle ne dit pas à Laurent que Gigi avait passé son bras autour de sa taille pour l'empêcher d'être emportée par la foule ni ce qu'il lui avait murmuré à l'oreille.

— La seule chose qui m'a déplu, ajouta-t-elle, c'est que les Strozzi ont remporté le *Palio*. Si je pouvais monter Morello, je suis sûre qu'on gagnerait.

Après le carnaval, la vie à Florence adopta un rythme plus lent, estival. Clarice et les enfants prirent le chemin de Fiesole. Lucrèce se rendit à Careggi.

— J'ai besoin d'un peu de tranquillité, dit-elle.

Quant à Ginevra, elle décida de rester à Florence. Elle expliqua à Laurent qu'elle ne voulait pas manquer les dîners ni les aventures de *Morgant*.

— De toute façon, où que tu ailles, Gigi s'arrangerait pour te retrouver, dit-il en riant.

Avec toi, ce genre d'aventure ne risque pas de m'arriver, pensa Ginevra.

Elle avait rêvé de ces mois d'été, imaginé des scènes idylliques entre Laurent et elle dans lesquelles elle recréait l'atmosphère joyeuse de leur traversée en bateau jusqu'à Naples.

La réalité n'en fut pas très loin.

Ginevra aida Laurent à mettre en œuvre son projet destiné à donner du travail au sculpteur Bertoldo. Ils passèrent en revue la liste des propriétés des Médicis, cherchèrent leur emplacement sur les cartes, visitèrent tout ce qui leur paraissait pouvoir convenir et fixèrent leur choix sur un terrain abandonné près du monastère San Marco.

— C'est mon grand-père qui l'a fait construire, expliqua

Laurent. De toutes ses contributions à la ville, c'est celle qu'il avait le plus à cœur. Plus encore que l'agrandissement de l'église San Lorenzo.

« Je continue d'enrichir la collection d'œuvres religieuses qu'il a offerte à la bibliothèque. Il quittait souvent son palais pour venir méditer ou se retirer dans sa cellule privée. Les moines me la gardent prête mais je n'ai jamais réussi à faire retraite dans le silence. L'inactivité me rend malheureux. En vieillissant, j'y arriverai peut-être.

« Ce jardin sera l'apport personnel de Laurent le Magnifique à l'œuvre de Cosme. Les moines n'y font plus pousser de légumes. On y formera des artistes. Je veillerai à ce que Bertoldo ait les étudiants qu'il désire. S'il ne m'envoie pas promener quand je lui en parlerai. »

Le vieux sculpteur accepta la proposition de Laurent en laissant entendre qu'il lui accordait une grande faveur de condescendre, lui, le gardien de la tradition de Donatello, à enseigner dans le jardin de San Marco.

Laurent, pour sa part, ne mesura pas ses remerciements. Après quoi, il fit défricher le terrain, construire un abri pour le vieil homme et quand le jardin eut été redessiné, il y fit transporter quelques-unes des statues romaines et grecques du palais Médicis.

— Comme Donatello en personne cherchait l'inspiration en les regardant, je suppose que Bertoldo consentira à leur faire de la place, dit-il.

Alors qu'il s'ingéniait à apporter son soutien au vieux sculpteur, Laurent décida de s'attaquer à un artiste encore plus irascible.

Antonio Squarcialupi, l'organiste de la cathédrale, était un musicien célèbre dans toute l'Europe autant pour son talent que pour son caractère acariâtre et ses invectives.

— Il paraît que je suis fin diplomate, dit Laurent d'un air ironique. C'est une chance car cette entrevue sera autrement difficile que mon bras de fer avec le roi de Naples. Je veux demander à Squarcialupi de donner des cours.

Ginevra observait Laurent, l'âme pleine d'un trouble grandissant. Lorsqu'il s'enthousiasmait pour une idée, une flamme semblait l'éclairer de l'intérieur. Ses yeux brillaient, il souriait, son teint devenait plus coloré. Il s'animait en parlant, et tandis qu'il marchait de long en large, ses longs doigts gracieux décrivaient dans l'espace ce que son esprit concevait.

— La musique est un art, peut-être le plus parfait de tous, dit-il. Parce que c'est celui qui se rapproche le plus de l'harmonie absolue...

Avec ses mains, il donna une image d'équilibre parfait.

— Pourquoi ne pas considérer la musique comme un nouvel outil pour les peintres et les sculpteurs ? Est-ce que l'homme qui est capable de reproduire la beauté en peignant ou en sculptant le bronze ou le marbre n'est pas plus doué pour la musique que le commun des mortels ?

« Prends ton Léonard de Vinci, par exemple. Il peint des plateaux pour Verrocchio. Des coffres aussi. Et des tableaux, je suppose. C'est peut-être son don pour la peinture qui fait de lui un musicien de génie.

« Je voudrais que Squarcialupi dirige une école d'harmonie. Les étudiants seraient des peintres et des sculpteurs. Nous pourrions donner des récitals dans le jardin. Avec les murs tout autour, il y aurait une bonne résonance. Ou sur les places de Florence pour permettre à tous d'en profiter...

« Qu'en penses-tu, Ginevra ? Ne serait-ce pas merveilleux ?

— Merveilleux.

Je pense surtout, songea Ginevra, que mon cœur va exploser tellement je t'aime.

Un assistant de Squarcialupi, manifestement dans ses petits souliers, leur annonça que le maître était en train de composer. Personne ne pouvait le déranger, pas même le Magnifique.

— Mon honneur de diplomate est sauf pour un temps, dit Laurent. Allons voir le gardien des lions. J'ai fait provision de formules respectueuses pour Squarcialupi. Je trouve dommage de ne pas les utiliser.

Le lion, symbole du courage et de la puissance, avait tout naturellement été adopté par Florence. La ville entretenait une ménagerie derrière le palais de la Seigneurie. Une douzaine de lions y vivaient dans des cages superbes disposées autour d'une fosse profonde et vaste où ils pouvaient s'ébattre. La ménagerie comptait aussi trois ours et un éléphant mais c'étaient de simples objets de curiosité alors que les lions étaient considérés avec un respect mêlé d'effroi.

Toucher un lion était un crime qui vous condamnait à avoir la main coupée. Blesser un lion entraînait la peine de mort.

On venait tirer des présages de l'état de santé des fauves. Si l'un ou l'autre était malade ou mourait, c'était le signe d'une catastrophe imminente ; chaque naissance, surtout si la portée était nombreuse, garantissait la prospérité de la ville.

L'homme chargé de nourrir les lions et de veiller sur eux était vénéré et inspirait une sorte de crainte révérencielle comme les grands prêtres des religions païennes de l'Antiquité. C'était un colosse aux bras et aux mains velus, doté d'une abondante barbe rousse, la seule barbe de la République. On ne lui connaissait pas de nom. On l'appelait simplement : le gardien des lions.

S'appuyant sur la barrière en fer entourant la fosse, Ginevra et Laurent observèrent les lions qui, pendant les mois de forte chaleur, dormaient à l'ombre des bâches tendues à chaque coin de la fosse. Ginevra était beaucoup plus intéressée par l'éléphant mais elle savait qu'il valait mieux taire sa préférence.

Le gardien des lions quitta l'ombre de sa maison et s'approcha d'eux.

— Salut à toi, gardien des lions, dit Laurent. Tes bêtes ont l'air en pleine forme aujourd'hui.

Le gardien hocha la tête d'un air condescendant.

— Comment va la patte du jeune mâle ? demanda Ginevra.

Le gardien s'accouda à la barrière à côté de la jeune fille et décrivit en détail le nouveau cataplasme qu'il avait mis au point, les herbes qui entraient dans sa composition, celles qu'il hachait très fin, le temps pendant lequel d'autres devaient bouillir, les proportions, la fréquence et la durée de l'application de cette mixture.

— J'ai réussi à éliminer totalement le poison, conclut-il joyeusement. Ce matin, il s'est servi de sa patte pour déchirer sa viande.

Laurent ajouta ses félicitations à celles de Ginevra.

— Et on prétend que je suis un diplomate-né, dit Laurent à Ginevra quand ils quittèrent la ménagerie. Comment as-tu fait pour être aussi rapidement en si bons termes avec cet homme ?

— Je ne sais pas. Je m'arrête souvent pour parler à l'éléphant et, un jour, le gardien des lions a commencé à discuter avec moi.

Lorsque Squarcialupi eut enfin terminé sa composition, Laurent se rendit chez lui, bien décidé à venir à bout des résistances du musicien en déployant tout le charme dont il était capable. Ce fut un succès : l'école d'harmonie ouvrirait ses portes au mois de septembre.

Auparavant, Laurent avait consolidé sa réputation de grand maître de la diplomatie et sa renommée s'était étendue à toute l'Europe.

La nouvelle qu'Alfonso, duc de Calabre, mobilisait ses troupes postées autour de Sienne était parvenue à Florence. Les soldats s'apprêtaient à se mettre en marche en tirant leurs canons derrière eux.

Les espions de Laurent surveillaient les corps de troupe jour et nuit et les courriers voyageaient sur des chevaux de relais pour rapporter l'avance de l'armée.

Puis il n'y eut plus de doute : Alfonso n'avait pas l'intention d'attaquer la République. Il rentrait à Naples.

Le même jour, un messager apporta au palais Médicis une dépêche de Pise. Une flotte turque avait attaqué Otrante, ville du royaume de Naples, et massacré plus des deux tiers de la population. Sept mille Turcs campaient dans le talon de la botte italienne.

Naples avait besoin de l'armée d'Alfonso pour se défendre. L'Italie entière serait menacée si les Turcs ouvraient les hostilités.

Le pape exhorta tous les Etats à oublier leurs différends pour unir leurs forces et chasser les infidèles. Il fit savoir aux Florentins qu'il était prêt à accorder son pardon et à lever l'interdit.

Le bruit courut que Laurent le Magnifique avait été l'instigateur de l'occupation turque. « Il a tant d'amis à la cour de Constantinople, disait-on. Aucun monarque n'a autant de pouvoir que lui. Son influence est sans limites. »

— Laurent, c'est vrai ce qu'on raconte ? Tu as demandé aux Turcs de t'aider à sauver Florence ?

— Même si j'en avais eu l'idée, cela n'était pas en mon pouvoir. Mais c'est notre secret, ma petite paysanne. Que les gens le croient ne peut faire de tort à personne.

Chapitre 38

Sa renommée étant solidement établie et la sécurité de Florence assurée, Laurent décida que c'était un moment propice pour songer à l'avenir de ses enfants. Chaque jour, il se rendait à Fiesole ou à Careggi pour parlementer avec sa femme et sa mère.

Lucrèce, l'aînée de ses enfants, avait été considérée depuis sa naissance comme un beau parti par tous les Florentins ayant un fils. Ne sachant quelle alliance était la meilleure pour les Médicis, Laurent avait jusque-là repoussé tous les prétendants. Mais Lucrèce allait bientôt avoir onze ans. Il ne restait que trois ou quatre ans pour prendre une décision. Laurent accepta de commencer des négociations avec les Salviati — une des plus riches familles de Toscane dont les attentes concernant la dot étaient modestes. Ils désiraient prouver qu'ils soutenaient les Médicis et n'avaient pas trempé dans les conspirations de leur parent, l'archevêque Salviati, l'un des assassins de Julien.

Laurent voulait combler les fossés que la conspiration avait creusés dans la société florentine. Mais avant de renouer avec les Salviati, il tenait à leur rappeler la gravité du crime qui avait été commis. Il accepta de discuter du mariage de Lucrèce avec Jacopo Salviati uniquement après avoir déclaré publiquement qu'il acceptait une union entre sa fille de deux ans, Contessina, et le fils d'Antonio Ridolfi, l'ami qui avait risqué sa vie en suçant sa blessure au cou.

Luisa, qui avait un an de plus que Contessina, fut fiancée à son cousin Giovanni, le second fils de Pier Francesco de Médicis.

Clarice désirait que son fils ait pour épouse une femme appartenant à l'aristocratie romaine. Laurent ne demandait pas mieux. Il avait appris à ses dépens ce qu'il en coûtait d'avoir le pape pour ennemi et n'avait pas oublié que la famille de Clarice lui avait envoyé une armée pour soutenir Florence. Les Médicis devaient étendre leur influence à Rome.

Laurent écrivit une lettre à l'oncle de Clarice, le chef de la maison Orsini, dans laquelle il exprimait clairement le souhait de marier Pierre à une Orsini et demandait l'appui du Vatican pour favoriser l'avancement de son second fils, Julien, qu'il destinait à la carrière ecclésiastique. Il voulait que son fils soit nommé cardinal.

Il est bien naturel que Laurent prenne à cœur le sort de sa famille, se dit Ginevra. C'était enfantin de sa part de se sentir délaissée, d'autant plus qu'elle pouvait bénéficier de la compagnie de Gigi Pulci à tout moment et que Laurent rentrait tous les soirs pour dîner avec ses amis.

Mais, un jour, Laurent ne rentra pas.

Le dîner eut lieu malgré tout. « Tino » fut élu à l'unanimité leur hôte à tous.

Ginevra posa son regard à tour de rôle sur chacun des convives avec des yeux embués. Elle comprit qu'elle était acceptée pour elle-même, pas seulement comme l'ombre de Laurent. Les esprits les plus brillants rassemblés autour de la table, poètes, peintres et sculpteurs, étaient tous ses amis. Elle était la femme la plus heureuse et la plus riche du monde.

Chapitre 39

— Je suis une femme comblée, annonça Ginevra à Lucrèce à la fin de l'été, au moment où chacun rentrait à Florence. Je suis totalement libre et j'ai des amis merveilleux. Vous voyez, madame, j'avais raison. La vie que je mène me rend très heureuse.

— Je m'en réjouis pour toi, ma chère enfant.

— Laurent aussi est mon ami, ajouta Ginevra pour répondre à la question muette de Lucrèce. Exception faite des affaires de l'Etat, il me fait participer à presque toutes ses activités.

Elle prit la main de Lucrèce dans les siennes et ajouta :

— C'est ce que je désirais le plus au monde. Je ne souhaite rien de plus. Vraiment.

Une semaine plus tard, Ginevra posa sa tête sur les genoux de Lucrèce et pleura amèrement.

— Il aurait dû me dire de rester ici. C'était cruel de me conduire là-bas.

Laurent avait emmené Ginevra à une réception donnée par sa maîtresse, Lucrèce Donati.

Lucrèce de Médicis essaya de raisonner Ginevra. Il y avait d'autres invités, parmi lesquels un grand nombre de poètes et d'artistes dont elle était si fière d'être l'amie. Sandro Botticelli et Andrea del Verrocchio étaient présents et elle était accompagnée d'Ange Politien et de Laurent.

— De plus, ajouta Lucrèce, en devinant ce qui blessait la jeune fille, cet amour est de l'histoire ancienne. Lucrèce Donati est devenue la maîtresse de Laurent il y a une douzaine d'année. Elle a conservé sa position mais la passion qu'il y avait entre eux est morte depuis longtemps. Si Laurent continue de la voir, c'est uniquement parce qu'il se sent responsable d'elle.

— Mais elle est si belle. Et moi, je suis si laide.

Lucrèce secoua Ginevra par les épaules.

— Tu n'as pas le droit de parler ainsi, dit-elle. Tu ne peux pas tout avoir, Ginevra. Tu as choisi d'être un garçon manqué, un camarade. Tu ne peux pas juger de tes mérites en te comparant aux autres femmes.

Relevant le visage de Ginevra inondé de larmes, Lucrèce y vit tout le chagrin du monde.

— La beauté est le plus éphémère des attributs féminins, Ginevra. Réfléchis un instant. Aimerais-tu vraiment être à la place de Lucrèce Donati ? Aimerais-tu savoir que l'homme qui t'a aimée te rend désormais visite uniquement par devoir ? Un miroir n'est pas une compagnie très distrayante.

Ginevra s'essuya les yeux sur sa manche.

— Vous avez raison, dit-elle. Je suis stupide. Ça ne m'arrivera plus.

Ginevra fut incapable de tenir sa promesse. Elle retourna souvent dans le salon de Lucrèce pour se faire consoler.

Être traitée d'égal à égal par Laurent et ses amis était un privilège qui n'allait pas sans contrepartie. Au milieu d'un débordement de propos paillards, elle apprit des choses qui étaient comme autant d'aiguilles plantées dans son cœur : les ruses inimaginables employées par Laurent à Naples pour faciliter sa liaison avec Ippolita ; les talents surprenants de la prostituée égyptienne qui venait d'arriver à Florence ; les poèmes d'amour que Laurent écrivait à plusieurs femmes négligées par leur mari ; les virées de Laurent et de Gigi Pulci dans les villages des environs à la recherche de jeunes et fraîches paysannes au tempérament ardent.

Savoir que tous les hommes se conduisaient de la même façon et que les règles de la société leur laissaient toute latitude de mener une vie sexuelle dissolue était une piètre consolation pour Ginevra. Lucrèce lui expliqua que Gigi avait sans doute poussé sciemment Laurent à se vanter de ses exploits amoureux.

— Gigi voulait que tu saches que Laurent n'est pas un saint, Ginevra. Il a dû penser que tu l'apprécierais davantage si tu estimais Laurent un peu moins. Il est jaloux, c'est humain.

— C'est un démon. Il essaie de pervertir Laurent.

Lucrèce décida que Ginevra avait besoin de s'éloigner quelque temps.

— Je souhaite que tu m'accompagnes à Morba, dit-elle d'un ton qui n'admettait pas de réplique. Je vais faire une cure thermale d'une semaine avant que le froid ne rende le voyage trop difficile.

Ainsi que Lucrèce l'avait espéré, l'éloignement donna à Ginevra le recul nécessaire pour réfléchir. La jeune fille réexamina le choix qu'elle avait fait, prit la mesure du prix à payer, et conclut que cela demeurait pour elle le meilleur mode de vie. La liberté dont elle jouissait était réelle et précieuse. Avec Laurent, chaque jour était une fête ; son intelligence et son imagination étaient constamment stimulées et elle ne cessait d'apprendre. Grâce à lui, elle était au centre de tout ce qui se passait de plus passionnant à Florence, en Italie et dans toute l'Europe.

La veille de leur retour à Florence, Ginevra alla trouver Lucrèce pour la remercier de lui avoir donné l'occasion de remettre de l'ordre dans ses idées.

Elle frappa et entra sans attendre, impatiente de parler.

La servante qui se trouvait à l'intérieur se rua sur la porte et la referma brutalement.

— Allez-vous-en ! s'écria-t-elle. Allez-vous-en !

Ginevra battit en retraite. Mais elle avait eu le temps d'entendre la quinte de toux qui déchirait la poitrine de Lucrèce. Et par-dessus l'épaule de la femme, elle l'avait aperçue courbée en deux, tenant devant sa bouche un linge taché de sang.

— Oui, c'est vrai, lui avoua Lucrèce plus tard. Je suis phtisique, depuis un certain temps déjà, mais ça s'est aggravé cette année. C'est pour cette raison que j'ai voulu passer l'été seule à Careggi. Cacher ma maladie est si fatigant.

« Ginevra, tu m'as priée un jour de ne jamais révéler à Laurent que tu l'aimais. J'ai gardé ton secret. A présent, je te demande de lui taire ma maladie le plus longtemps possible.

— Je ferai tout ce que vous demandez, madame.

— Alors promets-moi aussi qu'il n'y aura pas de médecins. Et essaie de ne pas avoir trop de chagrin, mon enfant. J'ai encore du temps devant moi, peut-être beaucoup.

Lorsqu'elles rentrèrent au palais, on riait dans toutes les maisons de la ville. Lucrèce, ayant appris la raison de cet accès de gaieté, s'y associa de bon cœur. Ginevra aussi.

A l'occasion de la réconciliation entre le pape Sixte IV et la République, Sa Sainteté avait exigé de Florence une pénitence publique. Les ambassadeurs qui représentaient la ville durent se prosterner sur les marches de Saint-Pierre et recevoir du pape un coup de verge symbolique pendant qu'ils s'excusaient tout haut de leurs péchés, cause de l'excommunication.

— Nous nous sommes agenouillés et le pape a frappé nos épaules avec sa verge, racontèrent les ambassadeurs, mais ce qu'il a pris pour des excuses était loin d'en être.

Malgré l'interdit du pape, les églises de Florence n'avaient jamais été fermées. Le retour officiel au sein de l'Église fut néanmoins un soulagement même pour ceux qui s'étaient montrés le plus ostensiblement provocants. On célébra une nouvelle fois un grand nombre de baptêmes, de mariages et de funérailles qui avaient eu lieu pendant les années d'excommunication.

Et puis Noël approcha. Lucrèce et Ginevra disposèrent la crèche napolitaine sur une plate-forme, dans la loggia, de sorte que tous les Florentins puissent l'admirer. Chaque jour, une longue file se formait devant.

1481

Chapitre 40

— Il faut reconnaître que le toupet de ce vieux brigand est admirable, dit Laurent en secouant la tête avec un petit rire forcé.

Le pape lui demandait d'envoyer à Rome les meilleurs peintres de Florence pour décorer la grande chapelle du Vatican dont il avait entrepris la reconstruction.

— Il a fait son possible pour nous détruire, son neveu essaie de conclure une alliance avec Venise pour s'emparer de nos villes frontières et Sixte veut que je le fasse profiter de la gloire de Florence.

— Que décides-tu ? demanda Ginevra.

— Je vais d'abord en discuter avec les premiers concernés. Ce n'est pas un mince honneur pour un peintre de recevoir une commande du pape. C'est même la célébrité assurée. Toutes les églises d'Italie voudront engager un peintre ayant travaillé pour le Vatican.

— Et ce peintre fera don de son talent à Dieu, intervint Lucrèce.

Elle se désolait de l'attachement de plus en plus vif que son fils manifestait pour les biens de ce monde. Il pensait trop à l'argent, pas assez aux valeurs spirituelles.

Laurent, il est vrai, n'avait jamais confié à personne la situation catastrophique de la banque Médicis. La filiale de Bruges — autrefois la plus solide — était sur le point de fermer.

Mais Laurent ne parlait jamais des problèmes financiers avec sa mère. Ils débattaient uniquement des questions de diplomatie et de politique. Ginevra assistait souvent à leurs réunions. Au début, à cause des informations précieuses qu'elle glanait dans la ville. Plus tard, parce que c'était devenu une habitude. Mais elle ne prenait jamais la parole sans qu'on lui demande son avis.

Son intervention surprit Laurent.

— Si tu aides le pape, il sera ton obligé, dit-elle. La chapelle doit compter beaucoup pour lui s'il ne craint pas de t'être redevable.

— C'est un raisonnement astucieux, Ginevra. Eh bien, soit, je l'aiderai. Moi, ce que veux, c'est qu'il muselle son neveu. Comme c'est impossible, je me contenterai de recommander Jean à son attention. Je ne veux pas que, plus tard, il mette un obstacle à son avancement.

Lucrèce marqua son approbation d'un hochement de tête.

— Quels artistes enverras-tu à Rome ? demanda Ginevra. Je veux dire lesquels vas-tu aller voir ?

Pour des raisons personnelles, elle espérait qu'il ne songeait pas à Sandro Botticelli.

— Ghirlandaio, bien sûr. Sixte veut des fresques représentant des scènes de l'Ancien et du Nouveau Testament. Domenico est notre meilleur peintre narratif... Verrocchio, non, les fresques ne sont pas son fort. Il les laisse presque toutes faire au Pérugin, alors c'est lui que j'irai voir. Et aussi ce nouvel apprenti, le jeune Bernardino Pintoricchio. Andrea le tient en grande estime.

Ginevra proposa Léonard de Vinci.

— Certainement pas, dit Laurent. C'est un bon peintre mais il manque trop de discipline. Depuis qu'il a quitté Andrea, il a passé plus de temps à faire des expériences qu'à travailler.

Ginevra se mordit les lèvres. Elle était obligée de reconnaître que Laurent disait vrai mais elle cherchait un moyen d'aider Léonard. Elle continuait à prendre des leçons de musique avec lui et savait que le peu d'argent qu'elle lui donnait était sa seule source de revenu.

— Et, bien sûr, j'irai voir Sandro, poursuivit Laurent. Il pourrait être le maître d'œuvre de la décoration.

Ginevra ne protesta pas.

Le lendemain, aussitôt le soleil levé, elle courut à l'atelier de Botticelli. Il faisait froid dans les rues noyées d'ombre et pas beaucoup plus chaud dans l'atelier du peintre.

— Brrr, dit-elle en claquant des dents. Je plains ta pauvre déesse qui n'a presque rien sur elle.

Botticelli éclata de rire et, d'un coup de pinceau assuré, éclaircit le vêtement de soie aussi léger qu'un voile.

— Dans les veines des déesses coule un fluide éthéré et non du sang comme chez nous autres, pauvres mortels. Elles ne sentent jamais le froid.

Ginevra lui répondit par une grimace puis elle alla dans le coin où se trouvait le poêle en céramique. Il était à peine chaud. Elle remua quelques morceaux de charbon dans un brasero et ajouta du bois dans le poêle. Puis elle s'installa sur un tabouret entre les deux sources de chaleur et attendit tranquillement. Elle venait souvent regarder Sandro travailler. Contrairement aux autres artistes, ça ne le dérangeait pas d'avoir un public. Ginevra trouvait fascinantes les différentes phases de l'exécution d'un tableau.

Et elle avait découvert que Botticelli bavardait volontiers quand il travaillait. Il suffisait de l'encourager un peu pour qu'il se mette à raconter ses souvenirs du temps où il vivait au palais Médicis, de Laurent quand il était jeune.

Mais, ce jour-là, il n'était pas d'humeur loquace. Un détail de la robe de la déesse absorbait toute son attention. Au prix d'un grand effort, Ginevra garda le silence.

Puis Filippino, l'apprenti de Sandro, arriva en cachant dans son pourpoint une miche de pain achetée au marché autant pour la garder chaude que pour se réchauffer. Sandro posa tout de suite son pinceau.

— Je meurs de faim, dit-il.

Flippino fit chauffer des saucisses et partit chercher un fromage dans sa chambre.

— C'est un vrai festin, dit Ginevra. Merci, Filippino.

Elle aimait bien le jeune peintre. Il était sérieux et leur âge les rapprochait : il avait vingt-trois ans.

Pendant qu'ils mangeaient, Ginevra les fit jurer de garder pour eux ce qu'elle allait leur dire puis elle annonça à Sandro que Laurent viendrait le voir, et lui donna la raison de sa visite.

— Tout doit être terminé beaucoup plus tôt que prévu, dit Ginevra. Il se peut que tu restes à Rome plusieurs années.

La peinture posée sur le chevalet était un cadeau que la Seigneurie voulait offrir à Laurent. Le sujet en était Pallas et le Centaure choisi par Laurent pour le carnaval. Dans la version de Sandro, le Centaure n'était pas une caricature du roi Ferrante mais l'allégorie restait facile à comprendre. La déesse portait une couronne de laurier et dans le fond, on voyait la baie de Naples. En clair, Laurent avait terrassé le monstre napolitain.

— Ce n'est pas la peine de t'inquiéter, Ginevra. Encore quelques journées de travail et j'aurai terminé. De toute façon, on ne peut pas voyager par ce froid.

— Mais l'autre peinture, Sandro ! Tu ne l'as pas encore commencée.

— Il vaut peut-être mieux attendre encore. Le temps atténuera le choc.

Botticelli avait promis de finir le portrait de Julien sur lequel il travaillait à l'époque où le plus jeune des Médicis avait été assassiné. Ginevra voulait l'offrir à Lucrèce pour son anniversaire au mois de juin.

— Non, dit Ginevra. Ça ne peut pas attendre. Cette peinture me tient trop à cœur.

Pour rien au monde, la jeune fille n'aurait trahi la confiance de Lucrèce. Elle ne pouvait pas expliquer à Sandro que Lucrèce risquait de mourir pendant qu'il serait à Rome.

Quatre jours plus tard, Ginevra quitta de nouveau le palais à la première heure pour déambuler dans le marché et se faire une idée de ce que pensaient les gens du départ de quelques peintres pour Rome. Laurent avait parlé à chacun des artistes qu'il avait choisis. Ils avaient tous accepté. Les crieurs publics allaient annoncer la nouvelle ce matin même en commençant par la place du marché. Il était difficile de prévoir quelle serait la réaction des Florentins. Eprouveraient-ils un sentiment de fierté à l'idée que le souverain pontife reconnaissait la suprématie des peintres florentins ? Ou seraient-ils furieux de se voir enlever leurs meilleurs artistes au profit de celui contre qui, encore tout récemment, Florence était en guerre ? Louanges ou critiques, elles seraient toutes adressées à Laurent.

A mi-chemin, alors que lui parvenaient déjà les bruits du marché, Ginevra s'arrêta, inclina la tête en arrière et inspira.

Il y avait dans l'air un petit goût printanier.

Le mois de janvier n'était pas encore terminé et le froid était encore vif mais il y avait une douceur qu'on ne sentait pas la veille, la promesse d'une vie nouvelle et de jeunes pousses vertes.

Ginevra sauta en l'air et rit tout haut. Elle parcourut le reste du chemin d'un pas léger et alerte.

Les Florentins accueillirent favorablement l'annonce des crieurs. Ginevra ne fut pas surprise. Rien de mauvais ne pouvait arriver par une journée aussi radieuse.

Elle écouta discrètement les commentaires des uns et des autres puis, quand elle en eut assez entendu, elle retourna en courant au palais.

— Faites-moi seller un cheval pendant que je me prépare, dit-elle au garde posté devant la porte. Si quelqu'un me demande, je suis à La Vacchia.

Il était temps qu'elle s'occupe de ses terres. Il fallait répartir les cultures, commander des grains de semence et du matériel. Cette année, pour la première fois, elle dirigerait elle-même l'exploitation de sa propriété. C'était l'occasion ou jamais de faire prospérer La Vacchia.

— Notre Ginevra a l'esprit complètement ailleurs, se plaignit Gigi.

Laurent sourit.

— Elle est heureuse.

— Mais si distraite. Je parie qu'elle n'a pas écouté une seule strophe de *Morgant le Géant*, ce soir. Et regarde-la. Elle a les ongles tout noirs. Elle fait de moins en moins attention à son apparence.

— Ta fierté de poète est blessée, Gigi. Laisse-la vivre sa vie. Elle est dans son élément : elle secoue l'intendant, discute avec les fermiers de la région, apprend les rudiments de la culture. Quand les champs auront été semés et les vignes taillées, elle recommencera à nettoyer ses ongles et appréciera de nouveau ton talent. Pour le moment, c'est secondaire pour elle. Il n'y a qu'à attendre que ça passe.

Le 25 mars — début officiel de la nouvelle année — Florence fit ses adieux aux quatre artistes. Leur équipage composé de chevaux de selle et de somme, et de soldats pour les protéger des bandits de grand chemin, quitta la ville sous une pluie de fleurs et un tonnerre d'applaudissements.

La veille, il y avait eu un banquet au palais Médicis avec des musiciens, des clowns et une pièce de théâtre écrite tout spécialement pour l'occasion par le Politien.

Botticelli avait donné à Laurent le tableau commémorant son triomphe à Naples puis on se remit à manger et à boire.

— Ils n'iront pas très loin aujourd'hui, dit Laurent quand le dernier cheval eut disparu dans un virage. Ils ont tellement bu hier et si peu dormi... A ce propos, un petit somme ne me ferait pas de mal. Tu rentres avec moi au palais en attendant l'heure de la procession à la cathédrale, Ginevra ?

— Non, vas-y tout seul. Je te retrouverai plus tard. J'ai à faire.

Ginevra devait passer voir Filippino qui travaillait dans l'atelier de Sandro. Le maître avait mis la dernière touche au portrait de Julien quelques minutes avant le début du banquet. Il n'y avait plus qu'à le laisser sécher. Ginevra voulait rappeler à Filippino de ne le montrer à personne et de la prévenir dès qu'elle pourrait venir le chercher.

J'espère qu'il sera là, songea-t-elle en poussant la porte.

— Filippino, c'est moi, Ginevra. Oh, excuse-moi, dit-elle en s'arrêtant net.

Filippino travaillait.

Il ne releva même pas la tête. D'un mouvement rapide de la main, il faisait des esquisses au fusain d'un visage.

Le sujet, un jeune homme, tourna la tête pour regarder la visiteuse.

Quelque chose dans le regard indolent qui se posa sur Ginevra lui donna terriblement envie que le temps puisse s'inverser et le jour se lever. Elle aurait nettoyé ses ongles et, au lieu d'un *lucco*, aurait mis une robe.

Chapitre 41

Le jeune homme dit à Ginevra qu'il était milanais et s'appelait Franco Soranzo.

— Ça ne fait qu'une semaine que je suis dans votre belle ville de Florence. Je me sens un peu comme un étranger ici.

Ginevra bredouilla quelques paroles de bienvenue au nom de ses concitoyens.

Mais qu'est-ce que j'ai ? se dit-elle. J'ai une voix bizarre. Et je reste plantée là comme une ahurie. Elle se tourna vers Filippino. Mais elle ne vit que les croquis qu'il avait faits du visage du Milanais. Le menton rond et rebondi s'incurvait profondément sous la lèvre inférieure. Les pommettes étaient saillantes et la bouche semblait avoir été modelée par les doigts du sculpteur. Les lèvres pleines au tracé vigoureux avaient une expression sensuelle, légèrement boudeuse.

Cette bouche allait bien avec les yeux inhabituellement espacés et les sourcils très hauts, bien dessinés. L'iris était d'un brun doré avec une transparence étrange comme le topaze qui donnait un regard insondable, infini, mystérieux, secret, provocant. Pénétrant.

— Vous voulez bien me piloter dans la ville, tout à l'heure, madonna Ginevra ? demanda Soranzo.

Sa voix chaude coulait comme du miel.

— A Milan, ajouta-t-il, nous fêtons la nouvelle année

tout autrement. Alors je suis très curieux de voir comment ça se passe ici.

Ginevra ne pouvait détacher son regard de celui du jeune homme. Il lui sembla que sa respiration était très faible.

D'un mouvement puissant de félin, le Milanais se leva. Les muscles fuselés de ses jambes étaient nettement visibles sous ses hauts-de-chausses très moulants de soie rouge. Il se retourna et se pencha pour prendre la cape doublée de fourrure posée sur le banc.

Il portait le court pourpoint en vogue à Milan qui ne dépassait que de quelques centimètres la taille ceinturée et se terminait par un galon brodé encadrant des fesses hautes et fermes.

Jetant sa cape autour de ses épaules, Soranzo se retourna vers Ginevra.

— On y va ? dit-il.

De ses longs doigts, il fixa l'agrafe de sa cape puis lissa les plis de son pourpoint sur son ventre plat. Le galon bleu vif du pourpoint se répétait sur les rubans qui attachaient sa braguette rembourrée en soie jaune à ses hauts-de-chausses rouges.

Il jeta un coup d'œil à Filippino.

— A demain, peintre.

Puis les commissures de ses lèvres se relevèrent lentement et, souriant à Ginevra, il lui tendit la main.

La jeune fille recula.

— Je ne peux pas, dit-elle... Je... j'ai rendez-vous... avec un ami.

Soranzo ne cacha pas sa déception.

— Alors à une autre fois, peut-être, dit-il.

En franchissant la porte, il frôla Ginevra avec l'épaule et la jeune fille pivota sur elle-même pour se retrouver face à la rue.

Il bouge comme un lion, pensa-t-elle en le regardant s'éloigner.

— Ah, Milan ! grogna Laurent. C'est toujours de là que viennent tous nos ennuis.

Ginevra sursauta et son vin se répandit sur la table.

— Pourquoi dis-tu ça ?

Laurent replia le message qu'on venait de lui apporter.

— La duchesse Bona et son fils ne gouvernent plus, répondit-il d'une voix lasse. Ludovic Sforza en a eu assez d'être corégent. Il a pris le pouvoir et exilé le garçon et sa mère. C'était inévitable, mais j'espérais que ça n'arriverait pas aussi tôt. Il va falloir conclure une nouvelle alliance et flatter un nouveau duc. Je me demande quel est son prix.

Laurent repoussa son assiette et posa ses bras sur la table, le front dans ses mains.

— Si tu savais comme je suis las, Ginevra.

La jeune fille voulut protester. Elle n'avait jamais vu Laurent fatigué et il ne lui était jamais venu à l'esprit qu'il pourrait un jour connaître la fatigue. Elle tendit la main vers lui, mais suspendit son geste, n'osant toucher ses épaules, intimidée dans ce monde soudain instable.

Laurent souleva la tête et sourit. Ginevra se sentit aussitôt rassérénée.

— Finis de manger, dit Laurent. Nous ne devons pas être en retard à la procession.

Il toucha du doigt le nez de la jeune fille.

— Ne te fais pas de souci, mon petit lapin pâlot. Ma jambe est un peu enflammée, ça me rend morose, voilà tout.

— Tu ne devrais pas sortir si tu as mal. Tu dois reposer ta jambe.

— Mange et arrête de dire des sottises. Je n'ai pas mal. Et les gens comptent sur moi.

Ginevra resta auprès de Laurent, attentive à chacun de ses pas et de ses gestes, prête à tout instant à lui offrir son bras ou son épaule. A aucun moment, il ne parut souffrir, et il avait retrouvé sa bonne humeur. Laissant ses gardes derrière lui, il fendit la foule, parlant, riant avec les uns et les autres, puisant de la force dans ce contact avec son peuple.

Mais le soir même, lorsque Ginevra et Lucrèce le retrouvèrent pour discuter avec lui des conséquences des derniers événements à Milan, Laurent avait étendu sa jambe sur un banc et l'avait calée par des coussins. Le genou était très enflé.

— Tu dois aller à Morba, dit Lucrèce. Tout de suite.

— C'est impossible, mamina. Chaque jour, il arrive des messages de Milan.

— Alors va aux thermes de Ripoli. Ce n'est pas loin. Les courriers peuvent t'apporter les lettres là-bas. Si tu emmènes ton secrétaire, il se chargera de répondre. Tu dois prendre des bains sulfureux, Laurent. Il le faut absolument. Je connais cette maladie mieux que toi.

Laurent accepta.

— Je partirai à l'aube. A présent, parlons un peu de Ludovic Sforza. Que savons-nous de lui, en dehors du fait qu'il a le teint foncé et qu'on le surnomme Ludovic le More ? On dirait un nom de clown.

La douleur rendait les yeux de Laurent brillants mais il y avait dans sa voix une intonation amusée.

Ginevra attendit que Lucrèce eût regagné son appartement. Puis elle demanda à Laurent si elle pouvait l'accompagner aux thermes.

— Non, dit-il.

— Je t'en prie, Laurent.

Il passa la main sur l'arête de son nez, lissa son front.

— Non, Ginevra. J'emmènerai peut-être mes fils aînés et le Politien, mais c'est tout. Pourquoi veux-tu aller là-bas ? Tu es souffrante ?

— Non. J'ai juste envie de quitter un peu Florence.

— Tu peux aller dans l'une de nos villas. Ou à La Vacchia. Surveille tes vignes. Fais ce que tu veux. Mais à présent, sois gentille, laisse-moi. Je voudrais me coucher.

— Je vais t'aider.

— Je peux me débrouiller tout seul.

L'irritation de Laurent ne cessait de croître. Ginevra lui souhaita une bonne nuit.

Contrairement à son habitude, elle eut beaucoup de mal à s'endormir. Elle avait l'impression que le lit était plein de creux et de bosses et n'arrivait pas à trouver une position confortable. Son corps était étrange, sa peau sensible au contact des couvertures, ses muscles tendus.

Je suis peut-être malade, pensa-t-elle. Mais elle savait qu'il y avait autre chose.

Quand l'heure du couvre-feu arriva, la taverne près de l'université avait fermé depuis longtemps. Les trois hommes qui se trouvaient encore à l'intérieur devraient passer la nuit là ou risquer d'être arrêtés s'ils choisissaient de rentrer chez eux. Le patron commençait à avoir sommeil mais il ne se plaignait pas. Le trio avait l'air disposé à boire jusqu'à l'aube et il commandait le meilleur vin.

— J'ai fait la connaissance de la maîtresse dingo du Magnifique, raconta Franco Soranzo.

Il était assis sur un banc, la tête appuyée contre le mur, les pieds sur la table.

— C'est une drôle de petite bonne femme maigrichonne. Ou ce Laurent a des goûts pervers, ou elle a des talents cachés. Je me fais fort de les découvrir.

— C'est toi le cinglé, Franco, dit l'un des hommes en parlant avec difficulté. Laurent le Magnifique a tous les pouvoirs dans cette ville. Il te coupera les couilles.

— Le danger rend la chose encore plus excitante, non ? Ça met un peu de piment.

Le troisième homme à la voix rauque partit d'un gros rire.

— Ecoutez-moi ce blasé de Milanais. Qu'est-ce qui te fait croire qu'une femme qui a Laurent le Magnifique te regardera, Franco ? On est des petits freluquets à côté de lui. Toi le premier.

Franco leva les sourcils.

— C'est vous qui le dites, les Florentins. Moi, je soutiens que je peux l'avoir. Je suis prêt à parier tout ce que vous voulez.

— Je mets mille florins.

— Et moi, mille.

Franco sourit.

— Ça fait deux mille florins. Apporte une autre bouteille, tavernier ! Je veux fêter ma fortune bientôt faite.

— Non, je n'irai pas ! s'écria Ginevra.

Réveillée par le bruit de sa voix, elle s'assit dans son lit, essaya de remettre de l'ordre dans les draps et les couvertures qu'elle avait bouchonnés en remuant. Ses efforts ne firent qu'aggraver les choses.

Tu te conduis comme une imbécile, se dit-elle. On dirait Tino. Cette pensée lui arracha un sourire. Elle était fière de ce qu'elle avait accompli à Naples.

Elle alluma une chandelle, se leva, fit tomber toutes les couvertures par terre, les remit en place l'une après l'autre en tirant bien pour qu'il n'y ait pas de plis. Puis elle tapota les oreillers et les disposa à leur tour. Elle recula pour juger du résultat. Le lit lui tendait les bras.

Elle grimpa bien vite dans ce nid douillet et à peine eut-elle soufflé la bougie qu'elle dormait déjà.

Dardant ses rayons obliques par les hautes fenêtres de la chambre, le soleil réchauffa ses paupières et la tira du sommeil.

Ginevra cligna les yeux et tourna la tête de l'autre côté. Jamais elle ne s'était réveillée aussi tard.

Mais elle avait merveilleusement bien dormi ; je vais aller à pied à La Vacchia, se dit-elle, ou en courant, pourquoi pas ? Elle s'étira, tendit les pieds, sentit les muscles de ses jambes, anticipa le plaisir qu'elle aurait à suivre les chemins escarpés des collines en respirant un air printanier.

Une heure plus tard, elle quittait le palais, après un petit déjeuner et une conversation rassurante avec Lucrèce. A son réveil, Laurent s'était senti beaucoup mieux ; il avait pris joyeusement le chemin des thermes de Ripoli en compagnie du Politien et des garçons.

Je rapporterai des fleurs à Lucrèce, se promit Ginevra. Les iris devaient être prêts. Les tulipes aussi. Elle composait des bouquets dans sa tête, associant des couleurs et choisissant parmi la collection de vases de Lucrèce quand elle se rendit compte qu'elle avait pris la mauvaise direction. Arrête-toi, s'écria-t-elle intérieurement, mais cela ne servit à rien. Elle ralentit mais ne fit pas demi-tour. Elle marchait comme une somnambule vers l'atelier de Botticelli.

Chapitre 42

Tous les jours, c'était la même chose. Ginevra avait beau lutter de toutes ses forces, elle essuyait chaque fois une nouvelle défaite. Elle essayait bien de se raisonner et d'en appeler à sa force de caractère, tout était inutile. Elle ne pouvait s'empêcher d'aller voir Franco Soranzo.

Elle se méprisait d'être aussi faible et se répétait que c'était un individu indigne. Il était tout ce qu'elle détestait le plus : il était inscrit à l'université mais ne montrait aucun goût pour l'étude ; il buvait trop ; il était paresseux et complaisant ; il n'avait pas d'esprit et aucun sens de l'humour ; il traitait les gens ordinaires comme des domestiques et les domestiques comme des bêtes.

Seulement voilà, il la traitait, elle, comme une femme, une femme désirable.

Non qu'il le lui ait dit. Il n'avait pas de conversation et ne récitait jamais de poèmes. Il se contentait de suivre du regard le mouvement de ses lèvres quand elle parlait avec une gaieté forcée pour remplir le silence et maintenir entre eux une certaine distance. Il avait toujours un petit sourire à la bouche en écoutant les excuses que la jeune fille inventait quand elle venait les déranger pendant les séances de pose. Et chaque jour, son corps compact et musclé se rapprochait d'elle un peu plus quand il marchait jusqu'à la table pour remplir sa coupe ou restait debout près d'elle, le temps de boire son vin.

— Mon portrait est bientôt fini, dit-il un jour. Tu veux bien venir chez moi... pour m'aider à choisir le meilleur emplacement ?

Ginevra sut alors qu'elle irait.

Elle aurait aimé se confier à Lucrèce, lui demander conseil car elle avait peur de commettre une bêtise. Toute sa volonté semblait l'avoir abandonnée. Elle s'effrayait des sensations nouvelles qui traversaient son corps et des rêves qui perturbaient son sommeil et dont elle ne pouvait se souvenir à son réveil.

Mais Ginevra ne pouvait aller voir Lucrèce qui était malade. Si elle n'avait pas mauvaise mine — ses yeux étaient vifs et elle avait des couleurs —, ses mains étaient chaudes et sèches. Lucrèce s'enfermait de longues heures seule dans ses appartements. Ginevra savait que de terribles quintes de toux devaient la plier en deux comme à Morba. Elle n'avait pas le cœur d'alourdir le fardeau de Lucrèce en lui parlant de ses problèmes.

Elle passait presque toutes ses journées à La Vacchia et s'efforçait de calmer la tempête de pensées et de sentiments qui se déchaînait en elle en se dépensant sans compter dans les vignes et les écuries jusqu'à ce que son corps rompu de fatigue tarît le flot impérieux de ses désirs.

Elle passait souvent la nuit à la villa. Sandro à Rome et Laurent absent, les dîners au palais Médicis n'étaient plus ce qu'ils avaient été. Andrea del Verrocchio, privé de ses deux meilleurs apprentis, se plaignait constamment de ne plus pouvoir honorer toutes ses commandes. D'autres artistes, qui s'étaient sentis gratifiés d'être inclus dans le groupe, cherchaient à présent à en imposer en donnant d'un ton péremptoire leur point de vue sur des détails techniques et raillaient les projets de tel ou tel.

Et l'humour grivois de Gigi qui essayait de maintenir un ton léger mettait à rude épreuve les nerfs de Ginevra qui supportait mal toute allusion à la sexualité.

Elle refusait de s'avouer qu'il y avait un lien entre les histoires de Gigi et ce qui lui arrivait.

Cela ira mieux quand Laurent sera de retour, se dit Ginevra. Nous irons chasser et nous visiterons les fermes comme au printemps dernier. Je lui montrerai ce que je fais à La Vacchia ; les dîners seront plus gais et, chaque jour, je saurai qu'il est là, je pourrai aller le voir et je ne penserai à personne d'autre.

Mais Laurent resta à Ripoli plus de trois semaines. Et lorsqu'il rentra, les menaces de guerre au nord de la République et les progrès incertains de la mission diplomatique qu'il avait envoyée auprès de Ludovic Sforza l'occupèrent tout entier. Lors de la réunion avec sa mère et Ginevra, le soir même de son arrivée, il ne parla que de Milan.

Chaque fois que Laurent prononçait ce mot, le cœur de Ginevra s'arrêtait de battre et elle était saisie d'une brusque angoisse. Milan la renvoyait automatiquement à Franco. Elle voyait son épaisse chevelure auburn et l'étroite ligne de poils soyeux qui prenait naissance entre les omoplates et disparaissait dans le sillon au bas de ses reins.

Laurent était resté absent trop longtemps. Pour Ginevra, la chambre aux volets clos de Franco Soranzo était devenue le centre du monde.

Elle ne prenait pas la peine de chercher des prétextes à ses visites. Pas même la première fois. Franco avait dit qu'il aimerait avoir son avis sur l'emplacement de son portrait mais Ginevra n'y avait même pas jeté un coup d'œil. Elle était restée debout au milieu de la pièce, attendant qu'il arrête de parler. Elle était là, contre sa volonté, parce que le besoin de sentir ses grandes mains d'homme sur sa peau, de goûter ses lèvres charnues et de respirer la virilité hautaine de ce corps était plus fort que tout.

Franco agrippa les bras de Ginevra juste au-dessus des coudes ; il planta ses yeux dans ceux de la jeune fille et apprit qu'elle se rendait.

— Ah, bien ! dit-il.

De la langue, il suivit doucement le contour de la bouche qui se levait vers lui. Ginevra frissonna et entrouvrit les lèvres pour recevoir son baiser.

La jeune fille ne croyait pas si bien dire en le comparant à un lion. Franco était un prédateur. Ses proies étaient les femmes. Il vivait à Florence sur un grand pied, aux frais d'un aristocrate milanais qui tenait à le maintenir éloigné de sa femme.

Sa mère était morte lorsqu'il avait douze ans. La seconde femme de son père n'avait pas attendu très longtemps pour commencer l'éducation sexuelle de son beau-fils. Franco avait quatorze ans. A seize ans, il alla livrer une cape que son père, tailleur, avait confectionnée pour la veuve d'un marchand. Il n'était jamais rentré chez lui.

Son accent s'améliora. Ses manières aussi. Ses victimes lui servaient à monter dans l'échelle sociale. Quand il eut vingt-deux ans, la comtesse Alessandra l'engagea comme garde du corps et lui acheta tant de vêtements et de bijoux que son mari dut monter très haut les enchères pour convaincre Franco de partir à Florence.

Franco choisissait en général des femmes plus âgées que lui, bien qu'il se divertît parfois avec les jeunes servantes travaillant dans les maisons où il habitait. Toutes étaient conquises par l'éventail des plaisirs que Franco avait à leur offrir. Il était devenu un virtuose de l'amour physique.

Mais malgré toute son expérience, Ginevra fut une surprise pour lui.

Elle répondit à son baiser avec tant d'ardeur qu'il se sentit embrasé de désir. La pointe de ses seins menus, haut plantés, sillonnés de cicatrices en demi-lune rouges et brûlantes, se tendit vers les mains qui les dénudaient. Sous les caresses qu'il lui prodiguait, la peau de la jeune fille s'enflamma, lui brûlant la paume des mains. Et quand il déchira sa propre chemise pour coller sa poitrine contre la sienne, les petits poils invisibles qui recouvraient le corps de Ginevra se dressèrent comme des ongles minuscules et lui éraflèrent la peau. Il caressa le ventre qui s'offrait à lui, provoquant de longues contractions musculaires qui propagèrent à leur tour des vibrations dans son corps à lui, l'incitant à descendre toujours plus bas vers le triangle sombre où ses doigts rencontrèrent une humidité chaude puis s'insinuèrent dans une chair gonflée d'où s'échappa une sécrétion abondante. Des frissons secouèrent Ginevra. Il l'entendit crier puis un autre cri jaillit du feu brûlant de son corps à lui tout tremblant et se mêla à celui de la jeune fille.

Quand il voulut dire les phrases rituelles qu'il connaissait par cœur, Ginevra posa ses doigts sur sa bouche. Elle lui interdit de simuler l'amour, empêcha de voir dans la force qui les poussait l'un vers l'autre autre chose qu'un désir sauvage poussé à son paroxysme.

Mais elle lui refusa une chose : la pénétrer. Elle le repoussa avec une telle violence qu'il la crut réellement folle et prit peur.

Puis elle le toucha sans mot dire, savourant ce corps d'homme avec ses mains brûlantes, ses bras, ses jambes et ses lèvres jusqu'à ce qu'il fût repris par la même fièvre qu'elle et désireux de la satisfaire par ses caresses.

Au fil des semaines, il devint l'esclave de Ginevra et le prisonnier de sa passion. Soumis à une force primitive qu'il ne maîtrisait pas, le prédateur était devenu la proie.

Un jour, elle lui annonça que c'était fini.

— Je me suis servie de toi, Franco, dit Ginevra. Tu m'as permis d'apprendre ce que c'est d'être une femme et je t'en suis reconnaissante mais maintenant, j'ai terminé.

— Être débarrassé d'elle vaut bien ça, dit Franco avec un rire forcé quand il paya sa dette à ses compagnons de beuverie. J'avais peur de ne pas y parvenir.

Bien qu'il se conduisît comme il l'avait toujours fait, ses amis s'accordèrent pour le trouver changé.

Ginevra aussi avait changé mais c'était si subtil que seule Lucrèce le remarqua et encore ne put-elle définir en quoi exactement consistait ce changement.

Ginevra pensait pouvoir être en mesure de comprendre ce qui s'était passé. Le feu de la passion m'a consumée, se dit-elle, et j'en remercie Dieu. Je me sens en paix à présent. Je ne suis même pas dégoûtée par ma faiblesse et mes désirs honteux. Il y a une bête en chacun de nous. Ceux qui ont construit les mythes l'ont bien compris. Quand cette bête se libère, elle est trop puissante pour qu'on la maîtrise. Ma bête a eu ce qu'elle voulait. Maintenant elle est morte. Je n'ai plus besoin de la craindre.

Lorsque le carnaval arriva avec son cortège de divertissements licencieux, Ginevra y prit part avec enthousiasme. Comprenant toutes les allusions sans être troublée cette fois par une excitation ambiante qui lui échappait, elle se sentit infiniment plus vieille et plus sage.

« Comme elle est belle, la jeunesse qui s'envole si vite hélas !... », chanta-t-elle avec la foule exubérante qui se déversait dans les rues. Elle était heureuse que sa jeunesse à elle soit passée.

Il lui fut même possible de comprendre pourquoi Laurent était tombé amoureux d'une femme masquée qu'il avait rencontrée sur la Piazza Ognissanti.

Malgré la jalousie qui lui transperçait le cœur.

Chapitre 43

— Laurent, qui est cette Luisa Felceroccia ? demanda Lucrèce. J'ai reçu un mot de Clarice. Elle est dans tous ses états. Quelqu'un lui a dit que tu te donnais en spectacle.

— Mamina, je ne répondrai pas à ce genre de questions. Quant à Clarice, ses critiques sont intolérables. Elle n'a pas le droit de s'immiscer dans ma vie privée. Et toi non plus.

La voix perçante de Laurent vibrait d'une colère mal contenue.

Il était d'autant plus furieux qu'il y avait du vrai dans les accusations portées contre lui. Sa liaison avec Luisa Felceroccia était loin d'être aussi discrète que ses aventures précédentes. Son engouement pour cette femme ressemblait à une maladie. Il agissait comme une fièvre lui ôtant l'usage de la raison.

Ginevra le sauva du courroux de Lucrèce. Elle glissa la tête dans la pièce et demanda si elle pouvait entrer. Lucrèce fusilla son fils du regard et déclara qu'elle devait partir.

— Que veux-tu, Ginevra ? demanda Laurent en reportant sa mauvaise humeur sur la jeune fille.

Ginevra n'y fit pas attention.

— J'aimerais que tu viennes dans ma chambre pour voir le cadeau d'anniversaire que j'offrirai, demain, à ta mère. Il vaut mieux que tu sois préparé. C'est le portrait de Julien par Botticelli.

Laurent oublia tout le reste.

— Tu as réussi à le lui faire terminer ? Tu es merveilleuse, Ginevra. Comme elle va être heureuse ! Moi aussi. Bon, on y va.

Se levant de sa chaise d'un bond, il dut se rattraper au bureau pour ne pas tomber.

Ginevra fit un pas vers lui mais il lui fit signe de reculer.

— Ce n'est rien. J'ai simplement tendance à oublier que je ne peux plus faire les mêmes choses qu'avant.

Sa dernière attaque de goutte avait touché les deux genoux.

— Avec ton aide et cette canne, j'arriverai à me débrouiller.

Ginevra glissa son épaule sous le bras de son ami.

— Je peux aller chercher le portrait, si tu préfères, dit-elle.

— Non, il vaut mieux que je fasse l'effort de descendre. Je dois bouger. J'ai peur que mes articulations ne finissent par se bloquer si je ne fais plus d'exercice.

— C'est bien lui, dit Laurent dans un souffle en s'appuyant un peu plus sur Ginevra. Julien, mon frère.

Laurent et Ginevra contemplèrent ensemble le tableau.

— J'aurais aimé le connaître, dit la jeune fille. En regardant cette peinture, je comprends pourquoi tout le monde l'aimait.

C'était le portrait de trois quarts d'un jeune homme esquissant un sourire, ou sur le point d'éclater de rire, et dont la bonne humeur paraissait contagieuse.

Il avait le teint frais de la jeunesse mais ses yeux baissés — paupières mi-closes — rappelaient qu'il s'agissait du visage d'un défunt.

Le jeune homme posait devant une fenêtre munie de volets intérieurs, le premier ouvert, le second fermé, autre symbole de la mort. Par la fenêtre, on apercevait le ciel toscan d'un bleu lumineux : l'Éternité, destination de son âme.

La peinture ne laissait aucune place au chagrin.

— Tu ne peux pas savoir combien je l'aimais, dit Laurent.

Ginevra rapprocha un peu plus son épaule pour lui communiquer sa force.

— Tu me donnes une grande joie, Ginevra, dit Lucrèce. Ce tableau sera mon bien le plus précieux.

Elle embrassa la jeune fille et Laurent puis s'installa face au portrait de son fils qui lui ressemblait tant.

— J'aimerais parler à Julien, à présent, ajouta-t-elle.

Alors ils la laissèrent.

— Que savons-nous de la mort ? demanda Laurent.

Il tenait à la main un rameau d'olivier qu'il avait détaché d'un arbre dans le jardin de Marsile Ficin. Il y avait cinq olives parmi les feuilles et, de ses longs doigts, il les cueillit l'une après l'autre tout en parlant.

C'était le début du mois de décembre, l'époque de la récolte des olives quand les autres plantes ne donnaient pas encore signe de vie.

Le Politien répondit le premier. Ginevra l'écouta se référer aux œuvres de Platon en observant les visages attentifs des hommes assis autour de la table. Elle se sentait à l'aise à présent au milieu de tous ces grands philosophes. J'ai beaucoup de chance, songea-t-elle, d'être admise parmi eux et de pouvoir oublier pendant quelques heures les petits soucis de la vie quotidienne pour réfléchir avec eux sur les grandes questions de la vie.

Tout en écoutant la réponse d'Ange Politien puis le commentaire du Ficin, ses pensées prirent un tour plus personnel : pourquoi Laurent avait-il choisi d'aborder le thème de la mort ? Avait-il remarqué l'extrême faiblesse de Lucrèce ? Il n'en donnait pas l'impression. Mais peut-être feignait-il de ne s'apercevoir de rien parce qu'il avait deviné qu'elle voulait lui cacher son état ? Ou était-ce sa propre affection qui le faisait songer à la mort ? Les longues manchettes de sa tunique dissimulaient ses poignets mais Ginevra savait qu'ils étaient terriblement gonflés. La goutte n'attaquait plus seulement ses genoux.

Ginevra se concentra sur la discussion, cita un passage d'Aristote et rit avec les autres lorsque Laurent récita d'une voix sanglotante l'oraison funèbre d'un paysan pour sa truie morte en mettant bas.

Il est merveilleux, se dit-elle. L'érudition et l'intelligence de Landino et des autres méritent le respect mais Laurent est de loin le plus brillant. Il les dépasse tous. Et c'est lui le plus gai.

Elle se rappela que lors de la dernière réunion, il s'était montré également le plus passionné. « Qu'est-ce qu'aimer ? » avait-il demandé avant de s'étendre très longuement sur ce sujet. C'était l'été, le début de sa liaison avec la fameuse Luisa Felceroccia. Le bruit courait maintenant que c'était une histoire terminée.

Au milieu de l'hilarité générale, le sourire satisfait de Ginevra passa inaperçu.

1482

Chapitre 44

— Joyeux anniversaire, Laurent.

— Joyeux anniversaire, Ginevra. Tu as vu le cadeau que le ciel nous envoie ?

Dans la nuit, il s'était mis à neiger, fait rarissime à Florence.

Après le petit déjeuner, Ginevra, Laurent, les gardes de Laurent, le Politien, les bonnes et les enfants se promenèrent sous la neige qui continuait de tomber. Les rues étaient pleines de gens faisant des glissades, riant, attrapant des flocons dans leurs mains ou sur le bout de la langue. Il n'y avait pas de vent et il neigeait tout doucement mais la couche atteignait déjà quarante centimètres.

— Et si nous construisions une statue ? dit Laurent. Qui veut m'aider ?

— Moi, moi, crièrent les enfants en se pressant autour de lui.

— Moi aussi, s'écria Ginevra.

Ils en firent trois. Dans le jardin, derrière le palais. Quand ils eurent fini, Laurent envoya les trois aînés chercher des chapeaux pour les statues ; il souleva les trois plus jeunes à tour de rôle et les installa sur les grosses masses bosselées.

Ginevra s'agenouilla à côté de Luisa et Jean qui n'avaient rien à faire et semblaient s'ennuyer.

— Luisa, dit-elle, on dirait que Judith a froid. Si tu

enlèves la neige qui est sur sa tête, Jean pourra lui mettre mon capuchon.

Ce disant, elle souleva la petite fille dans ses bras.

Jean, qui allait sur ses sept ans, ne voulut pas qu'on l'aide. Il grimpa tout seul sur la statue de bronze recouverte de neige, le chapeau entre les dents. Tout le monde applaudit quand il couronna le chef-d'œuvre de Donatello avec le chapeau rouge de Ginevra.

— Jean coiffera un jour le chapeau rouge de cardinal, dit Laurent dans l'après-midi.

La neige s'était arrêtée de tomber ; le ciel était d'un bleu très clair et un soleil radieux rendait la neige éblouissante.

L'assurance de Laurent étonna Ginevra.

— Tu as eu des nouvelles du pape ?

— J'ai appris qu'il était ravi de l'admirable décoration de sa chapelle et qu'il se démenait pour avantager un autre de ses neveux. Giuliano della Rovere qui a maintenant la faveur de son oncle et déteste l'ancien favori, Girolamo. Girolamo étant mon ennemi, Giuliano est mon ami. Mon fils Jean profitera de la situation. Il sera nommé cardinal. Mais assez parlé de politique et d'ambition, dit Laurent en souriant. Je vais glisser. On fait la course ?

Sans prendre le temps de répondre, Ginevra se lança dans une longue glissade le long des ornières laissées par une charrue en agitant les deux bras pour essayer de garder l'équilibre.

— C'est de la triche ! cria Laurent en s'élançant à sa poursuite.

Ils atterrirent les quatre fers en l'air dans la même congère, crachant la neige qui était entrée dans leur bouche, et riant de leurs grimaces. Ginevra montra du doigt les gardes de Laurent qui tombaient en tentant de les rejoindre et ils rirent de plus belle.

Comme je suis heureuse, se dit Ginevra. C'est notre anniversaire. J'ai dix-neuf ans, Laurent en a trente-trois, et nous nous amusons comme des enfants et plus encore car nous savons que ces moments sont rares... et que les jours où la goutte lui laisse un peu de répit sont comptés.

Laurent aida Ginevra à se relever, puis ils brossèrent leurs vêtements et reprirent leur destination première :

l'école de sculpture de Bertoldo. Comme ils l'avaient espéré, le vieil homme utilisait de la neige pour enseigner l'art du modelage. Les neuf étudiants réalisaient des copies des marbres antiques que Laurent avait fait transporter dans le jardin.

— Pour l'amour de Dieu, ne dis pas à Bertoldo que tu as mis ton chapeau sur la Judith de Donatello, chuchota Laurent à l'oreille de Ginevra quand ils s'approchèrent du vieux sculpteur.

Ils observèrent l'éphémère beauté des statues toutes blanches jusqu'à ce que les ombres s'allongent et leur donnent des reflets bleus, puis ils rentrèrent au palais.

Comme si l'hiver s'était dissous dans la tempête de neige, la température se radoucit et le temps se mit au beau. On se serait cru au printemps. Chaque jour, les gens disaient : « Cela ne va pas durer, on ferait mieux d'en profiter. »

Mais le temps radieux persista. Au début de février, un tapis vert tendre couvrait les collines entourant Florence.

Les artistes rentrèrent de Rome en bénissant la température clémente qui avait rendu possible un tel voyage.

— Tu ne peux pas imaginer comme je suis heureux d'être de retour, dit Sandro Botticelli à Ginevra. Raconte-moi vite tout ce qui s'est passé. Les lettres de Laurent ne m'ont rien appris. Il ne parle que de politique et de Platon... Où est-il ? Je veux le taquiner à propos de son grand amour. Heureusement que j'ai des amis qui m'ont donné des nouvelles autrement plus distrayantes. Je vais lui conseiller de porter des lunettes. On m'a dit que la célèbre Luisa est un vrai laideron.

— Laurent est au palais de la Seigneurie, dit Ginevra. Il ne va pas tarder. Comme il savait que tu arrivais aujourd'hui, il m'a demandé d'organiser un dîner en ton honneur. Gigi a composé une chanson de bienvenue et c'est moi qui l'accompagnerai. Il y a plus de trente couplets, alors ne prévois pas de te coucher trop tôt.

« Ne sois pas trop dur avec Laurent, ajouta Ginevra. Il est très malheureux. Madame Lucrèce est gravement malade.

— Qu'est-ce qu'elle a ? Puis-je la rencontrer ?

— Oui, elle t'a réclamé. Mais il faut te préparer. Elle est mourante, Sandro... Excuse-moi, je lui avais promis de ne pas pleurer mais je ne peux pas m'en empêcher. Une seule chose l'afflige, c'est de nous voir tous si malheureux.

Ginevra se tut, incapable de parler davantage.

— Je la reconnais bien là, dit Botticelli. Mamina... Je lui raconterai les histoires incroyables qui se passent à Rome. J'en rirai moi-même.

Il s'essuya les yeux, sourit.

— Je suis capable d'être gai si cela peut la rendre heureuse. Je sais ce que je vais faire... Je la supplierai de me commander quelque chose à manger... Et je le mangerai devant elle.

Lucrèce de Médicis mourut paisiblement dans son sommeil, à l'aube du premier jour de la nouvelle année, le 25 mars. L'église San Lorenzo ne put contenir tous ceux qui l'avaient aimée et voulaient lui rendre un dernier hommage.

Ginevra s'alarma de voir Laurent si maître de lui. Il reçut les condoléances des parents et des amis de la défunte, répondit personnellement à tous les témoignages de sympathie qui lui furent adressés, consola ses enfants, composa une élégie et dessina le monument commémoratif sur lequel elle serait gravée, choisit son emplacement — à l'intérieur de l'hospice qui était l'œuvre de bienfaisance préférée de Lucrèce — et désigna un architecte pour faire agrandir l'établissement en son nom à elle. Tout cela en plus de ses tâches habituelles pour la République. Ginevra ne le voyait plus.

Jusqu'au jour où il la convoqua dans son bureau. Il était assis à sa table de travail qui disparaissait sous des piles de papiers. Lorsqu'il leva les yeux vers elle, Ginevra vit dans son regard toute la détresse qu'il avait cachée aux autres.

— Mamina t'a légué Morba, dit-il en tendant une feuille de papier vélin attachée par un ruban. C'est le titre de propriété.

Sa main était agitée d'un tremblement.

— Je n'en veux pas, dit Ginevra, croyant qu'il souffrait de la décision de Lucrèce.

Ses paroles lui firent comprendre qu'elle se trompait.

— Tu dois accepter, Ginevra. Il faut respecter ses dernières volontés.

Il lut le document sur son bureau ; sa voix tremblait, comme sa main.

— Je laisse les eaux sulfureuses de Morba à Ginevra della Vacchia avec l'espoir qu'elle saura persuader mon fils d'y faire des cures pour soigner son mal...

Laurent essaya de sourire.

— Je la vois comme si elle était là. Elle détestait tellement les médecins. Tu te souviens comme elle serrait les poings et les agitait d'un air menaçant quand elle parlait d'eux ?... Ah, Ginevra, je ressens un tel vide dans ma vie depuis qu'elle nous a quittés.

Il lança à la jeune fille un regard poignant ; une profonde tristesse se peignait sur son visage.

— Je sais, dit-elle. Je sais.

Elle alla vers lui et le prit dans ses bras en faisant reposer sa tête contre sa poitrine.

Il referma ses bras autour de sa taille, la tint serrée contre lui et pleura.

Tout doucement, Ginevra le berça, lui caressant les cheveux de ses doigts, retirant les mèches collées à sa bouche et au coin de ses yeux. Les larmes de Laurent qui transperçaient sa robe lui étaient douces. Au chagrin qu'elle partageait avec lui se mêlait une joie immense qui dilatait son cœur. Son vœu le plus cher s'est enfin réalisé, se dit-elle : je l'aime et il désire mon amour.

Lorsque les sanglots de Laurent laissèrent place à de longs soupirs, Ginevra prit son visage dans ses mains et le leva vers elle.

— Tu dois aller dormir, maintenant, murmura-t-elle.

De ses pouces, elle ferma les paupières de l'homme qu'elle chérissait par-dessus tout et y déposa un baiser.

Quelques larmes, restées prisonnières de la barrière des cils, lui laissèrent dans la bouche un goût salé.

Chapitre 45

Comment ira-t-il aujourd'hui ? se demanda Ginevra en ouvrant les yeux. Que dira-t-il ? Que répondrai-je ? Quelle attitude dois-je adopter maintenant que tout a changé entre nous ?

Elle sortit de son lit en dansant de joie, se lava en fredonnant, rit toute seule en s'aspergeant avec le parfum dont elle ne s'était pas servi depuis plus d'un an.

Puis elle se planta devant sa garde-robe et toute sa gaieté s'évanouit.

Que vais-je mettre ? Un *lucco*, pour lui faire comprendre que je reste sa camarade ? Il se peut que nous fassions le tour des fermes. A moins que nous n'allions dans l'une des villas. Et si je mettais la *gamurra* rapiécée ? J'aurais l'air d'une vraie paysanne. Ça lui plairait peut-être. Mais il peut aussi avoir envie que je me fasse belle pour fêter ce qui s'est passé hier soir.

Posant les mains sur sa poitrine, à l'endroit où Laurent avait appuyé sa tête, elle se balança comme elle l'avait fait la veille pour le bercer.

Elle sortit de l'armoire la *cioppa* brodée de roses, la secoua et la leva à la lumière pour admirer les couleurs chatoyantes de la soie.

Non, décida-t-elle. Je porterai un *lucco* comme d'habitude. Personne n'a besoin de savoir que c'est un jour spécial. Ce sera notre secret. Mais c'est dommage. J'aurais été plus jolie dans des vêtements de femme.

— Clarice, dit-elle tout haut.

Le bruit de sa voix la fit sursauter et, instinctivement, elle plaqua sa main sur sa bouche.

Elle n'avait jamais aimé Clarice. Elle pensait rarement à elle et la voyait encore moins. Clarice vivait dans un autre monde que Ginevra jugeait sans intérêt et superficiel. Elle se représentait Clarice au milieu du cercle de ses amies prenant plaisir à parler d'accouchements, de servantes paresseuses et de toilettes.

Mais Clarice était la femme de Laurent. Elle avait droit à des égards.

Ginevra jeta la magnifique *cioppa* sur le lit et prit un *lucco*. On ne devait s'apercevoir de rien. Laurent et elle étaient des amis, ni plus ni moins.

Avant de s'habiller, elle se passa de l'eau sur le corps pour effacer l'odeur du parfum.

— Ce n'est pas possible, dit Ginevra.

— Mais si, je vous assure, mademoiselle. Il est parti ce matin de bonne heure avec son fils Pierre et son précepteur. Si je me souviens bien, il a dit qu'il voulait aller rendre visite à des cousins à la villa de Castello.

Ginevra congédia l'intendant et regarda fixement l'assiette de son petit déjeuner. Elle s'était fait des illusions.

Ce n'est pas la première fois que cela m'arrive, se dit-elle. C'est presque une habitude. Je prends mes désirs pour des réalités. Je me consolerai. Il le faut.

Elle ne toucha pas à la nourriture qui était devant elle. Elle mangerait plus tard. Les produits de La Vacchia. Et une fois qu'elle se serait assurée que le domaine était bien géré, elle irait à Morba pour assumer ses nouvelles responsabilités.

Et avec le temps, elle pourrait redevenir la camarade de Laurent.

Chapitre 46

— Pourquoi ne pas réunir les membres de l'Académie platonicienne dans ta villa de Fiesole ? demanda un jour Ginevra à Laurent. Marsile ne sort jamais de sa petite maison. Le changement lui ferait du bien.

— Il ne voudra jamais, répondit Laurent. Et les autres non plus. Lorsque mon grand-père a créé l'Académie, il a donné cette maison à Marsile Ficin qui travaillait à sa traduction de Platon. C'est là qu'ils se rencontraient quand j'étais enfant ; c'est le foyer de l'Académie. Il faudrait une explosion pour les faire changer d'endroit.

L'explosion se produisit au mois de mai.

Elle avait pour nom Jean Pic de la Mirandole.

— C'était un présage, dit Marsile Ficin.

Il venait tout juste de mettre la dernière main à la traduction sur laquelle il travaillait depuis plus de vingt ans quand son serviteur lui annonça qu'un jeune philosophe demandait à le voir.

Jean Pic était un puits d'érudition ; non seulement il maîtrisait les thèmes du néoplatonisme dans toute leur complexité mais il se faisait fort de montrer les liens entre les différentes religions et d'élaborer ses propres thèses philosophiques à l'aide des théories de la kabbale. Il connaissait vingt-deux langues dont l'hébreu qu'il avait appris tout seul.

— Il faut absolument que je fasse son portrait, dit Sandro Botticelli à l'instar de tous les artistes de Florence.

Jean Pic représentait l'idéal de la beauté masculine. Ses cheveux flottant librement sur ses épaules étaient de la couleur des blés et ses yeux du même bleu que le ciel de Toscane. Il avait un corps souple parfaitement proportionné et un beau visage aux traits réguliers, éclairé par un esprit alerte et une insatiable curiosité intellectuelle.

« C'est un saint », disaient les habitants de Florence car malgré ses qualités athlétiques et sa beauté, Jean Pic vivait seul. Il ne condamnait pas la pratique répandue du libertinage mais ne s'y associait pas. On ne lui connaissait ni maîtresse ni amant bien que l'homosexualité fût largement répandue.

— On dirait une comète, dit Laurent. Son intelligence lumineuse éclaire le monde.

Laurent, qui admirait le génie du jeune philosophe, lui offrit tout de suite un appartement au palais Médicis.

J'ai un nouvel ami et il est fabuleux, pensa Ginevra, captivée comme tout le monde par Jean Pic.

Ce qu'elle aimait le plus chez lui, c'était sa jeunesse : il n'avait que dix-neuf ans, quelques mois de moins qu'elle. Pour la première fois de sa vie, elle avait un compagnon de son âge.

Jean Pic s'intéressait à tout ; son ouverture d'esprit était totale. Il se passionna autant que Ginevra pour les inventions et les idées de Léonard de Vinci à qui elle l'avait présenté.

— Avec son parachute, déclara Jean Pic, on pourrait franchir les montagnes beaucoup plus facilement, et on devrait redresser tout de suite le cours de l'Arno comme il le préconise. Cela donnerait à la ville un plan plus géométrique et entraînerait la destruction des bâtiments les plus laids.

Mais même avec le soutien de Jean Pic, tout le monde y compris Laurent continuait de se moquer des inventions de Léonard de Vinci. Jean Pic réussit cependant à persuader Laurent de trouver un patron au jeune artiste. Ludovic le

More ayant demandé à Laurent de lui envoyer quelqu'un de talentueux, celui-ci chargea Léonard de fabriquer un nouveau luth en forme de tête de cheval, en argent cette fois.

— Je ne peux pas affirmer que cet inventeur est un artiste, mais je suis sûr de ses dons de musicien. Le duc de Milan décidera de ses talents artistiques quand il verra le luth que je lui offrirai. Je joindrai une lettre dans laquelle je vanterai la musique de ce Léonard de Vinci qui pourra lui remettre l'un et l'autre en personne.

Le luth et le musicien n'étaient qu'un échantillon des nombreux cadeaux que Laurent envoya à Milan. L'alliance avec Sforza était plus vitale que jamais. Girolamo Riario, le neveu du pape, avait attaqué Ferrare à la fin d'avril, avec l'appui de Venise.

Au mois de mai, Girolamo déclara la guerre au petit Etat-cité au nom de l'alliance entre Venise, Gênes, Sienne, et son propre Etat d'Imola. Et du fait de son lien de parenté avec Sixte IV, l'appui de Rome lui était acquis.

Laurent avait prévu le danger. Pour lutter contre Riario, il avait conclu une alliance avec Milan et Naples et nommé Costanza Sforza, apparenté au duc de Milan, à la tête de l'armée de la République.

Il ne pouvait rien faire de plus, sinon maintenir une correspondance régulière entre les alliés et les troupes qui se battaient au nord. Et calmer les inquiétudes de la Seigneurie et des Florentins.

Malgré des crises de goutte périodiques, Laurent voyagea beaucoup cet été-là. Dans toutes les villes vassales de la République, en plus des banquets donnés en l'honneur des notables et des marchands, il participa à de nombreuses fêtes populaires.

— C'est toi qui devras t'occuper des préparatifs du carnaval, dit-il à Ginevra.

La jeune fille accepta cette tâche avec plaisir. Jean Pic l'aiderait et, de plus, elle avait une idée.

L'admiration que les Florentins vouaient à Jean Pic était réciproque. La diversité et la richesse des œuvres artistiques l'émerveillaient au plus haut point. Il avait passé les dix dernières années à étudier. A quinze ans, diplômé de la faculté de droit de Bologne, il était allé d'université en université pour parfaire son instruction. Outre la pratique de plusieurs langues étrangères, ses connaissances en poésie, en histoire, en philosophie et en théologie étaient très étendues. Il pouvait à présent consacrer un peu de temps à son éducation artistique.

Ginevra emmena le jeune homme dans les ateliers de Florence et elle le présenta aux peintres, aux sculpteurs, aux orfèvres, aux ébénistes et aux potiers. Elle lui montra aussi les trésors de la ville — dans les églises et les chapelles, dans les rues et sur les places, au palais Médicis, et à La Vacchia. L'enthousiasme et la curiosité de Jean Pic ne connaissaient pas de bornes.

— Dieu, ayez pitié de moi, gémit Andrea del Verrocchio, ton ami est aussi fatigant que toi, Ginevra. Et « pourquoi ci, pourquoi ça ? » et « est-ce que je peux essayer ? ». Ça me rappelle quand tu étais petite et que tu étais toujours dans mes jambes.

Mais Andrea était ravi au fond d'être admiré et dérangé par le jeune génie qui était devenu l'idole de Florence. Il accepta sans hésitation de travailler avec les deux jeunes gens sur le char du carnaval.

Laurent revint d'une visite à Pise juste à temps pour le début de la fête.

— Est-ce que le char est terminé ? demanda-t-il à Ginevra et Jean Pic. Quel thème avez-vous choisi ? Andrea m'a dit qu'après mon départ, vous changiez d'avis toutes les cinq minutes.

Ginevra et Jean Pic échangèrent des sourires de conspirateurs.

— Tu seras surpris, on ne t'en dit pas plus, répliqua Ginevra.

La première surprise arriva quelques heures avant que le char ne fût exposé. Morello, le cheval de course de Laurent, monté par Ginevra habillée en page, gagna le *Palio*.

C'était la première fois dans l'histoire de Florence que le gagnant était disqualifié. Même avec une nouvelle coupe de cheveux et déguisée, Ginevra était trop connue pour se faire passer pour un homme et il était inconcevable que des femmes participent à la course.

Laurent ne feignit même pas d'être en colère.

— Tu as déshonoré les Médicis, dit-il en souriant, mais tu m'as apporté la plus grande victoire de ma vie. Morello pourra avoir autant de sucre qu'il le désire jusqu'à la fin de ses jours, et toi, petite diablesse, tu as aussi le droit de me demander ce que tu veux.

— J'ai déjà tout ce que je désire, dit Ginevra.

C'était presque vrai.

Les décorations du char dessinées par Jean Pic étaient si recherchées, si chargées de symboles que personne à Florence ne put en comprendre la signification. Ce fut de ce fait le plus acclamé de tous.

— Je vais te faire une confidence, murmura Laurent à l'oreille de Ginevra. Je ne sais pas ce que ça représente.

— Moi non plus, dit Ginevra en riant. Pourtant j'étais là quand Jean Pic l'a expliqué à Andrea et je hochais la tête d'un air entendu.

Sandro Botticelli devint rapidement le meilleur ami de Jean Pic. Néo-platonicien convaincu, il comprenait mieux que quiconque la pensée et les associations du jeune philosophe.

— On dirait un feu d'artifice, dit Sandro en parlant de Jean Pic. Quand il parle, les mots jaillissent comme des fusées et ses idées partent dans toutes les directions à la fois en formant de magnifiques bouquets multicolores. Je m'étonne que sa jolie tête n'ait pas encore explosé.

Botticelli venait de commencer un grand tableau que Laurent lui avait commandé pour la villa de son jeune cousin. Le motif en était la naissance de Vénus. Jean Pic annonça qu'il serait l'assistant de Sandro.

— Pendant que tu peins, je te parlerai du culte de Vénus et de celui, plus intéressant, d'Aphrodite. Cela t'aidera beaucoup, j'en suis sûr.

Sandro eut un petit rire.

— Moi, je te montrerai comme casser les œufs en séparant les blancs des jaunes, les couleurs qu'on mélange avec les blancs et celles qu'on fixe avec les jaunes. Puis je travaillerai en t'écoutant parler.

Jean Pic servit aussi de modèle pour l'un des Zéphyrs

qui soufflaient pour pousser vers le rivage la coquille portant Vénus.

Ce fut Ginevra qui mélangea les peintures.

— Les génies ne sont pas très habiles de leurs mains, dit-elle en riant.

Jean Pic était si occupé à parler qu'il écrasait les œufs dans ses mains.

Ginevra était heureuse de pouvoir s'investir dans quelque chose d'aussi amusant que la peinture. Une nouvelle passion occupait Laurent. Il violait toutes les lois du couvre-feu et du bon sens pour se rendre chaque nuit à la villa de Bartolommée de Nasi d'où il ne rentrait qu'à l'aube. Avec le froid qui commençait à s'installer, le mécontentement montait parmi les gardes de Laurent obligés d'attendre dehors la fin de ses ébats amoureux.

1483

Chapitre 47

Peu de temps après le début de la nouvelle année, *La Naissance de Vénus* peinte par Botticelli rejoignit la villa de Castello. Il faisait assez froid pour geler la surface de la route et un magnifique cortège, organisé par Laurent, accompagnait la charrette construite tout spécialement pour transporter le tableau de près de trois mètres de long.

Des rubans ornaient les crinières et les queues tressées des chevaux et des rosettes fixées sur la charrette et les manches de tous les cavaliers flottaient au vent.

Le Politien et Ginevra, qui fermaient la marche, surveillaient les enfants avec une égale vigilance. Ils participaient tous au voyage. Même Jules, qui n'avait pas encore quatre ans, était assis devant l'un des gardes de Laurent sur une petite selle fabriquée exprès pour lui.

Lors de la restauration de la villa de Castello, Laurent avait fait construire beaucoup plus de cheminées qu'il n'était habituel et les garçons passaient presque toute l'année à la villa, plus claire et plus confortable que leur demeure citadine. Lorsque la procession, transie de froid, arriva, de grands feux pétillaient dans toutes les pièces.

— Quel luxe ! s'écria Ginevra en apercevant la flambée dans le hall d'entrée.

Elle calcula mentalement combien de tonneaux de vin et de barils d'huile La Vacchia devrait produire pour qu'elle ait les moyens d'ajouter des cheminées.

Le jeune Laurent qui était très fier d'être le maître d'une si belle demeure lui proposa la visite de la maison.

Elle accepta avec plaisir. Jean Pic les accompagna. C'était leur première visite à la villa de Castello. Leurs exclamations de surprise et d'admiration firent sourire de plaisir le jeune cousin de Laurent.

Comme c'est étrange, songea Ginevra, sans la conspiration des Pazzi contre Laurent et Julien, j'aurais été l'épouse de ce garçon et j'aurais vécu dans cette maison. C'est étrange, presque angoissant. Il a mon âge mais ce n'est encore qu'un enfant. Malgré toutes les cheminées et le luxe qu'on trouve ici, j'aurais été très malheureuse.

Ginevra ne voyait le jeune Laurent qu'aux réunions de famille ; c'était la première fois qu'elle parlait avec lui. Dans la mesure où elle n'était pas obligée de l'épouser, elle l'aimait bien.

Les heures passant, elle se découvrit plusieurs points communs avec lui. Tout en se montrant un hôte attentif et charmant, il était clair qu'il n'avait pas beaucoup de sympathie pour Pierre. Ginevra non plus.

Elle avait bien essayé d'aimer le fils aîné de Laurent. En vain. Jean qui n'avait que six ans, était déjà plus avancé dans ses études que Pierre qui avait quatre ans de plus que lui. Pierre n'était pas très intelligent et en plus, il n'avait aucun charme. Un comble pour un enfant dont le père en avait à revendre.

Si les autres enfants étaient tous adorables, chacun avec sa personnalité propre, le préféré de Ginevra restait Jules car elle l'avait connu tout bébé. C'était son petit protégé. Il était maintenant en âge de savoir qu'il n'était pas réellement l'enfant de Laurent même si celui-ci disait toujours « mon fils » en s'adressant à lui. Ginevra soupçonnait Pierre d'avoir traité Jules de bâtard. C'était bien dans son caractère.

Ginevra s'aperçut que Giovanni, le frère de Laurent, n'aimait pas Pierre non plus. Elle lui sourit, heureuse de savoir qu'il était fiancé à Luisa pour qui elle avait un faible.

Une fois le tableau accroché et applaudi, Sandro félicité, et Jean Pic complimenté pour avoir fait un si beau Zéphyr, la réunion, sous l'impulsion des enfants, tourna comme d'habitude au chahut. En l'espace de quelques minutes, les adultes durent lutter avec eux, jouer à chat ou encore leur servir de montures. Même les fils de Pier Francesco, abandonnant leur dignité d'hôtes, se mirent à quatre pattes pour les joutes que Laurent organisa entre deux équipes sélectionnées en fonction de l'âge et de la force de chacun.

Botticelli avait dû porter sur son dos Contessina qui n'avait cessé de lui donner des coups de pied en lui criant d'aller plus vite.

— Cinq minutes de plus, déclara-t-il à la fin, et j'aurais eu tellement pitié des chevaux que je me serais obligé à voyager à pied le restant de mes jours.

Laurent annonça au milieu des protestations des enfants qu'il était temps de partir.

Sans la charrette, le voyage de retour fut beaucoup plus facile et rapide. Lorsqu'ils arrivèrent à la Porta San Gallo, Laurent, qui était en train de parler avec les gardes de leur travail et de leurs enfants, se retourna sur sa selle.

— Est-ce que vous aimeriez que l'aventure continue, jeunes monstres ? demanda-t-il avec un grand sourire à l'adresse des enfants.

Ils répondirent par des cris de joie qui firent sourire les gens autour d'eux.

— Bien, alors nous ne rentrons pas tout de suite à la maison, dit Laurent. Nous allons dîner dans une trattoria.

Les enfants étaient aux anges. Ils n'avaient encore jamais mangé dans un restaurant.

L'hospice de San Gallo était un long bâtiment d'un étage attaché au monastère, juste derrière les remparts. A l'origine, c'était un refuge aux installations rudimentaires réservé aux voyageurs arrivant à Florence après la fermeture des portes de la ville. Laurent l'avait fait agrandir en souvenir de sa mère. Des chambres confortables remplaçaient désormais les anciens dortoirs. Dans la journée, on servait à manger aux Florentins sans ressources dans la vaste salle où dînaient les voyageurs qui restaient pour la nuit.

L'établissement n'était ouvert que depuis quelques mois mais déjà le bruit courait que la cuisine y était meilleure que partout ailleurs. Beaucoup de Florentins venaient y acheter leurs repas.

Le restaurant était tenu par plusieurs personnes de la même famille qui se partageaient les bénéfices. Laurent qui leur avait procuré ce travail fut accueilli comme s'il était Zeus en personne.

En moins d'une minute, les longues tables furent disposées de façon à n'en laisser qu'une seule au centre de la pièce, largement séparée des autres. En un rien de temps, vinrent s'ajouter une nappe blanche, des pichets de vin aux quatre coins et des coussins sur les bancs.

— Pour une fois, la rumeur ne s'est pas trompée, dit Sandro une heure plus tard. La nourriture est vraiment excellente.

— C'est meilleur qu'à la maison, dit Maddalena. Est-ce que nous pouvons venir ici tous les jours, père ?

— Non, c'est impossible, dit Laurent, et tu ferais mieux de ne pas répéter ce que tu viens de dire aux cuisiniers si tu ne veux pas qu'ils te mettent à l'eau et au pain sec pendant des semaines... Maintenant, essuyez-vous la bouche et les mains et allez dire à la patronne que c'était très bon. Il fait presque nuit. Il est l'heure de rentrer.

Pendant que les enfants se rassemblaient autour du propriétaire et de sa femme, Laurent se versa une coupe de vin.

— Ange... Ginevra... est-ce que vous voulez bien ramener les enfants à la maison ? Je vais rester un peu pour voir comment est géré l'hospice. Sandro... Jean Pic... vous pouvez partir ou rester, comme vous voulez.

Sandro tendit la main vers le pichet de vin.

— Moi, je reprendrais bien un peu de viande, dit-il. J'ai encore un petit creux.

Jean Pic déclara qu'il partait. Il voulait écrire. L'air de la campagne l'inspirait toujours.

La serveuse rapporta de l'osso buco pour Sandro ; Laurent indiqua qu'il n'en voulait plus. Il tournait son verre entre ses doigts en suivant des yeux la fille qui s'éloignait. Sandro sourit.

— Un nouveau centre d'intérêt, Laurent ? C'est donc fini, ton histoire avec cette intrigante de Bartolommée ?

Laurent grimaça.

— Ne te moque pas de moi, Sandro. J'ai été assez puni comme ça. Je me demande parfois si la goutte n'affecte pas autant mon cerveau que mes jambes.

Botticelli mâchait lentement, le regard pensif.

La fille revint pour demander à Sandro s'il voulait reprendre de la viande. Il secoua la tête.

— Le Magnifique ? dit-elle.

Elle se tenait derrière Laurent, la poitrine tout contre son épaule. Comme Sandro tournait la tête pour la dévisager, elle recula brusquement.

— Pas maintenant. Peut-être plus tard, répondit-il à la place de Laurent.

La fille rougit et partit.

— Tu as trop d'imagination, Sandro, dit Laurent, furieux.

Botticelli éclata de rire.

— Je n'y suis pour rien. C'est mon petit doigt qui me l'a dit.

Sa plaisanterie ne parvint pas à dissiper la tension qui s'était installée en eux. Alors il haussa les épaules, passa ses jambes par-dessus le banc et se leva.

— Je crois que je ferais mieux de rentrer.

Mais au moment de mettre sa cape, il se ravisa et la rejeta sur le banc.

— Je t'aime comme un frère, Laurent, dit-il en se rasseyant. Chasse donc ta mauvaise humeur. Je voudrais te montrer quelque chose. Ça fait longtemps que j'attends l'occasion.

La curiosité de Laurent fut plus forte que sa colère.

— Tu as intérêt à ce que ce soit intéressant, espèce de fort en gueule qui se mêle de ce qui ne le regarde pas.

Sandro hocha la tête.

— Tu verras.

Il se leva et marcha rapidement jusqu'à la cheminée d'où il retira un bout de bois du feu ; en soufflant très fort dessus trois fois de suite, il éteignit la flamme. Il se rassit et après avoir repoussé les couverts sur le côté, il se mit à dessiner sur la nappe blanche avec le charbon de bois fumant.

Oubliant son ressentiment, Laurent se rapprocha de Sandro.

— Tu dois deviner qui c'est, dit Botticelli en traçant de grands traits d'une main assurée.

Un visage apparut.

— C'est la serveuse, dit Laurent. Bravo, Sandro. Je ferai encadrer la nappe. Ça fera un beau cadeau.

Il tendit la main vers le portrait mais Botticelli fit barrage avec son bâton.

— Attends encore un peu, mon ami, dit-il, l'artiste n'a pas terminé.

En huit traits, il fit surgir un deuxième portrait.

— L'illustre Bartolommée.

De la main gauche, Sandro fit tomber les assiettes par terre et, dans le bruit de la vaisselle cassée, il croqua un autre visage.

— Madame Luisa Felceroccia, dit-il.

Debout à présent, Botticelli reproduisit les figures de trois autres femmes à une vitesse telle que Laurent n'arrivait pas à suivre ses mouvements.

Sandro frappa avec son morceau de bois chacun des portraits en les nommant :

— La veuve du paysan lors de notre partie de chasse, l'été dernier ; la prostituée que tu vas voir si souvent ; la femme de ta dernière réunion à la commission des finances.

« Tu te souviens d'elles, n'est-ce pas ? dit-il avec un grand sourire. Tu as été très occupé tous ces derniers mois, le Magnifique. »

Laurent haussa les épaules. Il fronçait les sourcils mais sa grande bouche réprimait un fou rire.

— Je ne suis qu'un homme comme les autres, dit-il d'un air narquois. Heureusement que tu ne m'accompagnes pas plus souvent quand je voyage. La nappe n'y suffirait pas.

Botticelli leva la main pour réclamer son attention.

— Regarde bien, Laurent, dit-il, soudain sérieux.

Avec le pouce, il rectifia la ligne du menton de la prostituée et ajouta une ombre à côté du nez. Puis il passa au visage suivant, adoucissant un trait, arrondissant un angle ou ajoutant une nouvelle dimension. Et ainsi de suite pour chaque dessin. Un grognement sourd monta de la gorge de Laurent. La main de Botticelli resta suspendue au-dessus du visage de Luisa Felceroccia.

— Ça suffit ! ordonna Laurent en saisissant le poignet du peintre.

— J'ai fini, dit Sandro doucement. Tu vois, mon ami. Ce serait la même chose avec celui-là.

Après quelques modifications imperceptibles, les six portraits représentaient tous une seule et même femme : Ginevra.

— Je ne comprends pas, dit Laurent en secouant la tête. C'est un tour de passe-passe.

— Non. Tu ne veux pas voir la vérité, c'est tout. L'étonnant, c'est que toi, un poète, tu restes sourd à ton cœur.

Chapitre 48

— Pourquoi me regardes-tu comme ça, Laurent ? Ça me rend nerveuse.

Ginevra passa les doigts dans ses cheveux.

— Est-ce que j'ai un bouton sur le nez ? Des épinards entre les dents ?

Laurent eut un rire contraint.

— Non, pas du tout, excuse-moi, je pensais à quelque chose. Je ne faisais pas vraiment attention à toi.

Les révélations de Botticelli le perturbaient. Moi, amoureux de Ginevra ! C'est impossible, se dit-il. Un homme sait bien s'il désire une femme. Tout ce que lui avait raconté Sandro sur la différence entre l'amour et le désir ne tenait pas debout. Il était allé jusqu'à soutenir que Laurent cherchait Ginevra dans les bras des autres femmes. Non, vraiment, il n'avait jamais rien entendu d'aussi absurde. C'était bien le genre d'idée qui pouvait naître dans le cerveau d'un homme qui s'était laissé mourir après le décès d'une femme qu'il n'avait jamais rencontrée.

Ce qui ennuyait Laurent, c'est que Ginevra semblait différente. Il avait l'impression d'avoir affaire à une inconnue. Même physiquement, elle avait changé. Elle avait l'air plus mûre. Ce n'était plus l'adolescente espiègle et insouciante qu'il connaissait si bien. C'était une femme. Ses vêtements masculins n'arrivaient pas à cacher sa féminité. Elle était aussi bronzée qu'un homme, mais avec une peau de velours et un visage d'une grande douceur...

— Regarde plutôt les murs, Laurent, si tu n'arrives pas à te concentrer.

Quelques semaines plus tard, Ginevra, à bout de nerfs, alla trouver Gigi Pulci.

— Je ne comprends pas pourquoi Laurent se conduit ainsi avec moi, Gigi. Ça me rend folle. Est-ce que tu sais quelque chose ? Ce n'est pas la goutte, j'en suis sûre. Dieu merci, il n'a pas eu de crise ces derniers temps.

Pulci se frotta le menton comme chaque fois qu'il voulait différer une réponse.

— Ah, je vois que tu es au courant. Dis-moi ce qu'il a, dit Ginevra en retirant d'un geste brusque la main que Gigi passait sur son visage.

Gigi se mit à rire.

— Tu tires trop vite tes conclusions. Je n'en sais rien de rien, je te le jure. J'ai vu comment il était avec toi, au dîner. J'ai pensé que vous aviez eu une explication particulièrement orageuse et j'espérais que tu nous raconterais ce qui s'était passé. J'ai deviné ? Vous vous êtes disputés ? A quel propos ?

La jeune fille secoua la tête.

— Si nous nous sommes disputés, je ne m'en souviens pas, dit-elle. Un jour, sans raison apparente, il a changé d'attitude envers moi. Il a commencé à m'observer comme si j'étais une statue qu'il pourrait ajouter à la collection de Bertoldo. Et après ça, il m'a évitée. Il prend même son petit déjeuner dans ses appartements. Je ne sais plus quoi faire, Gigi. Dois-je lui dire que je suis désolée d'avoir fait quelque chose dont je ne me souviens plus ?

— Est-ce que tu es désolée ?

— Certainement pas ! explosa Ginevra. Je ne vois pas de quoi j'aurais à m'excuser. Mais je n'en peux plus. S'il ne faisait pas aussi froid, j'irais à La Vacchia travailler dans les champs. Ça me calmerait. J'aimerais vraiment pouvoir quitter cette maison.

— J'ai une idée, dit Pulci. Je vais emmener Laurent faire le tour des tavernes. Ça lui déliera la langue.

— Et tu me diras tout ?

— Parole d'honneur.

Ginevra le serra dans ses bras.

— Tu es vraiment un ami, Gigi. Je t'aime beaucoup.

Et je devrai m'estimer heureux avec ça, songea Gigi à part soi. Il ne faisait plus de longues déclarations brûlantes à Ginevra. Comme toutes les bonnes comédies, les outrances de sa passion avaient été de courte durée mais son affection pour elle ne se démentirait jamais.

Gigi ne put rien apprendre de la bouche de Laurent car celui-ci partit prendre les eaux le jour même où Ginevra était venue lui demander son aide.

Deux semaines plus tard, Laurent écrivit de Ripoli qu'il se rendait à Pise pour assister à des conférences à l'université. Il invitait Jean Pic à venir le rejoindre.

Ginevra était furieuse. Libérée de la tension instaurée par l'attitude distante de Laurent, elle s'amusait beaucoup avec Jean Pic en aidant Domenico Ghirlandaio à peindre une fresque ambitieuse dans la petite église de Santa Trinita.

C'était une commande des Sassetti en guise d'offrande votive pour le rétablissement de leur fils malade. En plus des parents, beaucoup d'autres Florentins seraient représentés dans les différents groupes assistant à la résurrection de saint François. Jean Pic avait réussi l'impossible : tous les érudits de l'Académie platonicienne venaient poser dans l'atelier de Ghirlandaio.

Pendant que Domenico dessinait des esquisses, Jean Pic s'occupait de distraire les vieux philosophes en développant sa dernière théorie sur la vraie nature des sorcières.

Ginevra traduisait en latin les requêtes de Ghirlandaio pour obtenir telle ou telle attitude de ses modèles, afin que le cours de leurs pensées ne soit pas rompu par une intervention en toscan.

Si Jean Pic s'en va, il va falloir que je fasse tout, grommela-t-elle, discuter de l'origine du diable et remettre le bras du Ficin là où Ghirlandaio veut qu'il soit. Eh bien, non ! Je vais leur écrire de ne pas venir. Je suis de trop mauvaise humeur. Même moi, j'ai du mal à me supporter.

Elle griffonna un mot à l'attention du Ficin, puis le reprit des mains du messager à qui elle avait demandé d'aller le porter.

— Attendez ici, dit-elle. Je vous le rapporte dans une heure.

Son irritation ne justifiait pas d'envoyer une lettre presque illisible et pleine de taches. Elle monta au deuxième étage du palais.

C'était un endroit où elle avait rarement l'occasion d'aller. C'est là que logeaient le prêtre, l'astrologue, les servantes, les hommes d'armes et la douzaine de scribes que Laurent employait pour faire des copies de ses livres qu'il offrait à la bibliothèque du monastère San Marco, aux gouverneurs des cités, aux membres de l'Académie ou aux universités. Il avait créé une collection pour le Politien depuis que celui-ci habitait au palais. Quatre livres pour Jean Pic étaient déjà terminés. Un relieur disposait d'un atelier près de la grande salle percée de nombreuses fenêtres où travaillaient les scribes.

Ginevra entra comme une tornade dans la salle d'écriture.

— Bonjour, dit-elle. Est-ce que quelqu'un veut bien me faire une belle lettre ? J'ai une écriture épouvantable aujourd'hui.

Toutes les têtes se tournèrent vers le plus jeune des scribes. Ginevra lui sourit et lui donna la feuille qu'elle tenait à la main.

— Tu as de la chance, dit-elle. Ce n'est pas la peine d'utiliser du parchemin. Du papier suffira. Pas d'or, pas de fioritures, rien de compliqué. Je reviens dans une demi-heure.

Avant qu'il ait pu dire un mot, elle était partie.

Ginevra erra dans le labyrinthe des couloirs en se demandant s'il y avait des ambassadeurs dans les suites qu'on gardait toujours prêtes pour les visiteurs de marque. C'était toujours intéressant de parler à des gens d'autres villes.

— Bonjour, dit une voix grinçante.

Ginevra passa la tête derrière le battant d'une porte à moitié ouverte. C'était la chambre de l'astrologue. Elle voulut s'en aller mais il l'invita à entrer avec tant d'insistance et il avait l'air si seul qu'elle finit par se laisser fléchir.

Elle resta plus d'une heure.

En s'en allant, elle était si préoccupée qu'elle partit dans la mauvaise direction et, au lieu d'entrer dans la salle d'écriture, elle se retrouva dans l'une des salles à manger du deuxième étage.

— La prochaine fois, je tomberai sur le Minotaure, marmonna-t-elle en revenant sur ses pas.

Au moment où elle poussait enfin la bonne porte, le jeune scribe saupoudrait sa lettre de sable.

— J'ai fini, madame, dit-il en présentant son travail.

— Merci, dit Ginevra.

Elle ne prêta même pas attention à la splendide lettre rouge et or par laquelle débutait la missive ni à l'impatience du messager qui avait attendu tout ce temps. Ses pensées tournoyaient dans sa tête telle une mer démontée.

Elle se dirigea comme une automate vers le salon de Lucrèce de Médicis, seul endroit du palais où par le passé elle avait toujours reçu appui et réconfort quand elle se sentait perdue.

Rien n'avait changé dans la pièce confortable baignée de lumière. Et il flottait encore dans l'air un reste de parfum à la rose ; cela venait d'un petit panier en paille contenant un pot-pourri que Lucrèce avait composé avec des fleurs du jardin. Sa femme de chambre le remuait chaque jour en souvenir de sa maîtresse bien-aimée.

Ginevra avança par à-coups, touchant les tables, le coffre, le bureau de Lucrèce, le banc sous la fenêtre qui donnait sur le jardin, et enfin la chaise sur laquelle Lucrèce s'asseyait pour écrire ses poèmes. Le siège faisait face à un mur tendu de brocart vert au centre duquel était accroché le portrait de Julien. Sous le tableau, deux piédestaux cannelés en terre cuite soutenaient les bustes de ses deux fils.

Ginevra marcha lentement vers celui de Laurent.

— Je ne comprends pas ce qui se passe, dit-elle tout haut.

Du bout des doigts, elle effleura le visage sculpté. Un sanglot la secoua puis elle pressa la tête entre ses mains. Comme elle avait tant de fois désiré le faire dans la réalité, elle explora le front, la ride profonde au-dessus de l'arcade sourcilière, les contours irréguliers du nez et la ligne droite de la bouche.

Mais la terre cuite restait dure et froide, bien que Ginevra cherchât à lui communiquer sa propre chaleur.

La jeune fille recula, les bras tendus vers le buste puis elle poussa un long soupir et se retourna.

— Madame Lucrèce, s'écria-t-elle, j'ai tant besoin de vous.

Renouant avec une vieille habitude, elle s'agenouilla près de la chaise de Lucrèce, enfonça son visage dans le coussin et pleura comme elle avait si souvent pleuré sur les genoux de la mère de Laurent.

— Je me sens totalement désemparée mais à qui puis-je me confier ? Il n'y a personne pour m'aider à comprendre ce qui se passe. Laurent me fuit. On dirait que ma vue lui est odieuse. Et je ne sais même pas pourquoi. Je ne le reconnais plus. Il est froid, distant, méconnaissable.

« Il est allé voir l'astrologue, madame. Vous savez que ce n'est pas dans ses habitudes. Il le consulte bien sûr comme tout le monde avant des événements importants, par exemple quand il veut connaître le meilleur jour pour entreprendre un voyage, signer un traité ou commencer la construction d'une maison. Mais, cette fois, c'est différent. Il a demandé qu'on lui tire les cartes pour tout savoir sur moi et sur mon avenir. Pourquoi ? Que cherche-t-il ? Suis-je devenue une Pazzi pour lui, une ennemie dont il doit se méfier ? J'ai peur. »

Ginevra s'assit sur ses talons et pivota pour regarder le buste.

— Tu n'avais pas le droit, cria-t-elle en brandissant le poing dans sa direction. Si tu voulais apprendre quelque chose sur moi, tu n'avais qu'à me le demander. Je t'aurais répondu... je t'aurais tout dit, excepté mon secret, mais de toute manière, ça ne t'intéresse pas. Pourquoi te cacher de moi et demander à cet horrible vieillard de fouiller dans mes étoiles ?

Retournant sa colère contre elle-même, elle essuya avec ses poings les larmes qui ruisselaient sur son visage. Quand elle n'eut plus de larmes, elle s'appuya contre le fauteuil de Lucrèce et allongea ses jambes par terre.

— Je suis si malheureuse, madame, dit-elle doucement.

Elle regarda le soleil éclairer obliquement les oiseaux peints sur le sol carrelé. Le jour baissa peu à peu, les couleurs s'estompèrent mais elle ne bougea pas. Elle se sentait trop fatiguée.

Un courant d'air souleva les rideaux. Ginevra se releva brusquement en se tournant vers la porte qui s'ouvrait dans le mur plongé dans l'ombre, cherchant dans sa tête une excuse pour expliquer sa présence dans l'appartement de Lucrèce.

— Ginevra ?

C'était Laurent.

— Que fais-tu ici ?

— Excuse-moi. Je sais que je ne devrais pas être ici. Je m'en vais. C'est la dernière fois...

Mais Ginevra resta sur place. La silhouette sombre de Laurent se découpait devant la porte, l'empêchant de passer.

— Ne pars pas, dit Laurent. Je t'en prie.

Dans la lumière déclinante, il avança vers elle, la main tendue.

Ginevra regarda la main de Laurent puis son visage.

— Tu veux bien rester avec moi, ma petite paysanne ?

Elle mit sa main dans la sienne.

— Ta main est froide, dit-il.

— La tienne est chaude.

Laurent parcourut du regard chaque objet dans la pièce.

— Mamina, murmura-t-il. Je suis heureux qu'on n'ait touché à rien. J'ai presque l'impression qu'elle est encore là. Toi aussi ? C'est pour ça que tu es ici ?

— Non, dit Ginevra.

Elle ne pouvait pas lui mentir.

— Je suis venue la chercher mais je ne l'ai pas trouvée.

— C'est moi que tu as trouvé alors.

Laurent lui serra la main.

— Je croyais que tu étais à Pise, dit-elle.

C'était une accusation.

Laurent lui lâcha la main et s'éloigna.

— J'en avais l'intention mais j'ai changé d'avis. J'ai rencontré Jean Pic en chemin et nous sommes rentrés ensemble.

Il regarda par la fenêtre, ouvrit un volet, le referma.

— Ginevra, dit-il en se retournant vers elle. Aide-moi, je t'en supplie.

Elle ne pouvait voir son visage à contre-jour mais en

entendant le ton implorant de sa voix, elle s'élança dans sa direction. Il lui ordonna de s'arrêter.

— Je préfère parler à distance, dit-il. Je suis venu te dire quelque chose que je dois d'abord confier à mamina, comme je n'aurais pas manqué de le faire si elle était encore avec nous. Je me demandais... J'aurais aimé... c'est si difficile à expliquer. Si je pouvais exprimer ma pensée par des paroles, tout deviendrait plus clair... C'est toujours ainsi que cela se passait. Tu comprends ?

— Je crois que oui.

Laurent éclata d'un rire bref et cassant.

— Mais non, tu ne peux pas comprendre. Ce que je dis n'a ni queue ni tête. Ginevra, retourne-toi, s'il te plaît. Je ne peux pas dire ces choses-là en te regardant, avec la lumière qui éclaire ton visage.

— Je m'en vais alors.

— Non, reste ! s'écria-t-il. C'est déjà assez pénible. Je ne veux pas recommencer une seconde fois. Ginevra, tu ne fais rien pour m'aider.

— Que veux-tu que je fasse ? cria-t-elle aussi fort que lui.

— Je veux, hurla Laurent, que tu me dises que tu m'aimes. Comme ça, je me sentirais moins stupide si je te dis à mon tour que je t'aime... Est-ce que tu te moques de moi ? Par tous les saints, si tu ris, je te tue.

Ginevra plaqua ses deux mains sur sa bouche, mais incapable de réprimer son fou rire, elle les laissa retomber, les paumes tournées vers l'extérieur, implorant le pardon de Laurent.

— Je t'aime plus que ma vie, dit-elle en riant aux larmes. Je t'aime, je le jure.

Laurent traversa la pièce, attrapa Ginevra par les épaules et la secoua.

— Tais-toi ! dit-il sèchement. Tu me trouves donc si risible ?

Ginevra était dégrisée.

— Laurent, dit-elle en posant les mains sur les siennes.

Il arrêta de la secouer. Elle glissa ses doigts entre les siens et le regarda. A travers leurs mains étroitement unies, il sentit qu'elle tremblait et quand elle prit la parole, il entendit dans sa voix une profonde émotion.

— Écoute-moi bien, mon très chéri, dit-elle. Tu ne peux pas savoir comme j'ai désiré que tu acceptes mon amour. Je t'aime depuis toujours. Et je t'aimerai toute ma vie. Tu comprends ce que je dis ? Tu me crois ?

Son regard était fixé sur lui, plus parlant que les mots.

Laurent lut dans les yeux de Ginevra comme à livre ouvert. L'étonnement, le soulagement, la gratitude et la joie se peignirent tour à tour sur sa figure et sur ses traits anguleux se répandit bientôt une douceur radieuse qui est le portrait même de l'amour.

Ginevra posa un doigt sur ses lèvres.

— Ne dis rien, murmura-t-elle. Laisse-moi...

Elle leva les mains et les fit glisser sur sa peau pour en sentir le grain, acceptant sans poser de questions ce bonheur infini qui lui était donné.

Laurent porta les paumes de Ginevra à ses lèvres et les baisa.

— Pourquoi riais-tu ? demanda-t-il en parlant à travers les doigts de la jeune fille.

Une ride soucieuse s'était creusée entre ses sourcils.

— Je ne me moquais pas de toi, répondit Ginevra.

Un frémissement agitait encore ses lèvres et ses yeux brillaient gaiement.

— J'avais imaginé toutes les façons dont tu pourrais me dire que tu m'aimais, sauf une : en me le criant. Alors j'ai compris que ce devait être vrai.

Ce fut au tour de Laurent de rire mais comme Ginevra levait ses lèvres vers les siennes, ils se perdirent dans le mystère solennel de leur premier baiser.

Livre III

Careggi

1483-1492

1483

Chapitre 49

Ce soir-là, Laurent et Ginevra entrèrent ensemble dans la salle à manger. Ils avançaient côte à côte, sans se toucher, exactement comme les autres soirs, semblait-il. L'habitude voulait que les deux premiers venus s'assoient de part et d'autre de Laurent qui occupait le haut bout de la table, les autres invités se plaçant à la suite les uns des autres au fur et à mesure qu'ils arrivaient. Ginevra prit la première place disponible comme si c'était un jour ordinaire.

Mais c'était loin d'être le cas. Dès que Laurent et Ginevra pénétrèrent dans la pièce, les quatorze hommes présents devinèrent tout de suite qu'il s'était produit quelque chose d'extraordinaire. Leur visage rayonnait d'un tel bonheur que leurs amis, se sentant de trop, détournèrent la tête.

Laurent prit sa place et frappa la table du plat de la main. Quand tous les regards furent fixés sur son visage épanoui et souriant, il déclara :

— Je me sens très bien aujourd'hui et je suis heureux de me retrouver parmi vous. Faisons une série de *rispetti*. Je commence.

Battant le rythme avec le dos d'une cuillère, il entonna d'une voix de fausset :

« Saluons le génie de Sandro
Ses dessins sont sans égal
Mais quand on les suspend
On a un tas de vieux chiffons. »

Chacun se mit à rire en frappant du poing sur la table. Ils se moquaient souvent de l'habitude de Botticelli de dessiner sur tout ce qui se trouvait à sa portée.

Filippino Lippi, assis à la droite de Laurent, développa le thème choisi par leur hôte.

« Mon maître me donne en pâture
Aux regards des femmes qui de la rue
M'admirent par la fenêtre
Quand je dors nu comme un ver. »

Un tambourinement joyeux ébranla la table. Tout le monde connaissait l'histoire de Sandro arrachant les draps de Filippino quand il était à court de ces immenses feuilles de papier dont il se servait pour les croquis grandeur nature.

Les regards se tournèrent vers Jean Pic, assis à côté de Filippino. Les *rispetti* étaient un jeu sicilien qui remontait au déluge. Sur un thème proposé par le premier joueur, chaque convive improvisait de courtes strophes chantées. Celui qui hésitait, bredouillait ou cassait le rythme se faisait automatiquement huer par les autres.

Jean Pic, absorbé par une idée complexe qui lui était venue sur le lien entre les mathématiques et la hiérarchie des anges, s'aperçut trop tard que c'était à lui. Il fut bombardé de morceaux de pain et Ange Politien, qui venait après lui, continua à sa place en le prenant pour cible.

« Ah, voyez comme le sort
Est cruel pour ce grand penseur.
Il nous assure qu'il ne boit pas
Mais il a moins d'esprit qu'un ivrogne. »

Chacun continua dans la même veine, raillant l'apparence de Jean Pic, sa verbosité, sa lenteur, son mauvais caractère. La strophe de Gigi Pulci fut la plus applaudie. Il vida son verre de vin et se gargarisa en chantant.

« Je bois à la santé de Pic
Auréolé de beaux cheveux d'or
Puisse-t-il perdre sa virginité
Avant de devenir vieux. »

Le jeune philosophe rougit et fit mine de se lever.

Ginevra, assise à côté de Pulci, chanta alors si fort que ses fausses notes leur firent grincer des dents.

« Jean Pic, mon très cher ami,
Ne laisse pas Gigi te rendre fou
Car en vingt langues, tu peux dire
Pulci, ta blague est stupide. »

Jean Pic se rassit en adressant un sourire reconnaissant à Ginevra et tout le monde s'en prit alors à l'humour de Gigi.

L'humoriste releva le défi avec délectation et répondit à chacune des strophes chantées en accélérant le rythme.

Le jeu prit fin au moment où les serviteurs apportèrent les plats. Jean Pic proposa alors sa nouvelle théorie comme sujet de discussion.

Sans perdre le fil embrouillé du débat très vif qui faisait rage, Laurent attira l'attention de Botticelli. Il ne dit rien ; ce n'était pas nécessaire. Les quelques paroles qu'il avait prononcées avant de commencer les *rispetti* étaient l'aveu que Sandro avait vu juste et l'expression indirecte de sa gratitude.

A la fin de la soirée, Laurent fit appeler des porteurs de flambeaux et une escorte de gardes pour ramener ses amis chez eux. C'était la façon dont tous les dîners se terminaient les mois d'hiver quand le couvre-feu commençait de bonne heure.

Ginevra leur souhaita bonne nuit sans rien montrer du combat intérieur qui l'agitait. Comment dire à Laurent que son amour était sans limites, qu'elle voulait l'exprimer de toutes les manières possibles et mourait d'envie de faire l'amour avec lui mais pas encore, pas ce soir ?

Pas dans cette maison, avec sa femme et ses enfants dormant paisiblement sous le même toit. Non, c'était impossible.

Ginevra ne mettait aucune restriction à son amour pour Laurent. Si la sexualité lui avait longtemps inspiré de la terreur, c'était fini à présent. Elle voulait se fondre en lui et qu'il fasse partie d'elle, même si son corps devait souffrir.

Mais son cœur aspirait à beaucoup plus qu'une simple invitation de Laurent à le rejoindre dans sa chambre ou à aller dans la sienne. Le secret et l'hypocrisie terniraient la beauté du moment le plus important de sa vie, l'exaucement de ses vœux les plus chers.

Comment pourrait-elle expliquer à Laurent que sa réticence ne signifiait pas qu'elle ne l'aimait pas ?

Tous les invités prirent congé, à l'exception de Jean Pic qui ne semblait pas disposé à s'en aller. Il reprit la thèse qu'il avait soutenue au cours du dîner.

Laurent leva les mains en l'air.

— Pitié, dit-il en riant. Je veux bien discuter avec toi toute la nuit, cher philosophe, mais Ginevra ne mérite pas cette épreuve. Garde tes arguments jusqu'à mon retour.

Il marcha vers Ginevra avec un regard débordant d'amour.

— Viens avec moi, ma petite paysanne.

Elle se leva du banc pour le suivre, partagée entre l'immense désir d'être avec lui et une forte réticence due aux circonstances.

Laurent la conduisit dans le hall en la tenant fermement par la taille. En haut de l'escalier, il s'arrêta et la fit se tourner vers lui.

— Bonne nuit, ma chérie. Tu prendras ton petit déjeuner avec moi ?

Une grande joie inonda le cœur de Ginevra. Comme elle avait été bête. Laurent comprenait, bien sûr, sans même qu'il soit nécessaire de lui expliquer.

— A demain matin, dit-elle.

— Tu m'aimes ?

— De tout mon cœur.

— Moi aussi je t'aime.

Il lui baisa la main, promesse d'autres caresses qui la souleva de bonheur.

Elle ignorait que Laurent n'avait aucunement l'intention de faire l'amour avec elle, ni ce soir-là ni aucun autre soir.

Les semaines passèrent jusqu'au jour où Ginevra fut convaincue que l'amour que Laurent lui jurait était d'une autre nature que celui qu'elle éprouvait pour lui.

Les regards que Laurent avait pour elle, ses paroles, ses baisers et ses mains tenant les siennes faisaient s'élever une douce musique dans son cœur. Mais ce n'était pas suffisant.

Elle connut de longues périodes d'abattement pendant lesquelles elle se lamenta sur ses défauts. Si j'étais plus intelligente, il m'aimerait davantage, se dit-elle. Alors elle étudia la nuit. Si j'étais plus douée en musique... Elle travailla le luth pendant des heures. Elle se regarda dans le miroir en argent de sa chambre et pleura. Elle était trop laide, voilà tout.

Un matin, elle se rendit Via delle Belle Donne, la rue des Belles Femmes, bordée tout du long de maisons de prostitution. Tous les hommes se retournaient sur son passage. Prenant son courage à deux mains, Ginevra frappa à la porte de l'établissement le plus imposant.

— Je veux voir la patronne, dit-elle à la servante qui lui ouvrit. J'ai de l'argent.

Quand on l'introduisit dans le bureau de la tenancière, elle fit tinter la bourse attachée à sa ceinture.

— Je paierai ce qu'il faut pour être belle, dit-elle.

Alors une journée de torture commença.

En premier lieu, on la déshabilla et on la frotta de la tête aux pieds avec une pierre ponce. Puis, pendant qu'elle était plongée dans un bain de jus d'ortie pour éclaircir sa peau, la patronne lui épila les sourcils. Les prostituées se relayaient pour lui épiler les cheveux afin de lui donner le grand front qui représentait le comble de la beauté.

— Maintenant il y a une raie blanche sur ce visage bronzé, espèce d'idiotes, fit remarquer la patronne en sifflant entre ses dents quand elles eurent fini. Filez au marché et rapportez-moi en vitesse tous les ingrédients nécessaires à la lotion spéciale pour éclaircir le teint.

A Ginevra, elle dit :

— Vous pouvez déjà rivaliser avec les plus belles femmes de Florence. A la fin de la journée, vous les surpasserez toutes.

Ginevra n'avait rien à répondre à cela. Le jus d'ortie brûlait sa peau irritée par la pierre ponce et elle ressentait dans la tête comme des milliers de piqûres.

Elle se laissa frictionner, sécher, recouvrir d'une pâte noire d'une odeur infecte puis envelopper comme une momie dans des bandes de lin trempées dans du blanc d'œuf. C'est pire que lorsque j'avais des bandages partout pour ressouder mes os, pensa-t-elle, mais je le supporterai.

Ses cheveux furent lavés dans du vinaigre puis passés à travers la couronne ouverte d'un chapeau à large bord et recouverts d'un onguent blanc.

— Maintenant nous montons sur le toit pour laisser le soleil agir, dirent les prostituées gaiement.

Pendant que Ginevra souffrait de terribles démangeaisons et transpirait à grosses gouttes, elles jouèrent aux dés en criant à tous les hommes qui franchissaient le seuil : « Rentre chez toi et surprends ta femme avec son amant. On est fermé, aujourd'hui. »

S'élevant par la porte ouverte de la maison, de bonnes odeurs chatouillèrent le nez de Ginevra et lui donnèrent des gargouillements dans le ventre. Comment puis-je avoir faim alors que je souffre autant ? se demanda-t-elle. Mais c'était ainsi et elle mangea de bon appétit le pain et la soupe aux choux que madame lui apporta.

— Qu'est-ce que vous faites cuire d'autre ? demanda-t-elle. Ça sent délicieusement bon.

La patronne se tordit de rire ; tous ses bourrelets de chair rose bien huilée tremblotaient de délices.

— Ça ne se mange pas, expliqua-t-elle. C'est une lotion cosmétique bien meilleure que celles qu'on trouve chez l'apothicaire.

Fière de sa compétence, elle donna la recette à Ginevra. Il fallait prendre une colombe du blanc le plus pur, plumée, décapitée, éviscérée, les ailes et les pattes enlevées, la laver cent fois dans une quantité égale de jus de raisin et d'huile d'amande, avec une poignée de cresson haché très fin, amener à ébullition le liquide dans lequel on avait lavé la colombe et le distiller.

— C'est une lotion de ma fabrication et dans toutes les autres maisons de la rue on meurt d'envie d'en connaître la formule.

Ginevra jura solennellement de ne pas la révéler.

Au moment où elle se demandait si elle pourrait rester une seconde de plus sur les tuiles brûlantes du toit, ses esthéticiennes la ramenèrent dans la maison pour continuer les soins. Elle n'arrivait plus à compter combien de fois ses cheveux et son corps avaient été lavés avec des substances aromatiques mystérieuses.

Enfin, on lui passa une chemise et on l'assit près d'une table sur laquelle était disposé un assortiment de bocaux en cristal de roche et de boîtes de pommade en or. Jamais elle n'avait vu une telle richesse, même dans la rue des orfèvres. Le commerce de la prostitution devait être très lucratif, songea-t-elle. Je demanderai à Laurent combien coûte une visite dans une maison comme celle-ci.

Pour la première fois depuis son arrivée dans la matinée, Ginevra se rappela pourquoi elle était là.

— Serai-je belle ? demanda-t-elle d'une voix vibrant d'espoir.

— Mais bien sûr, répondit la tenancière. Je connais mon métier. Maintenant, fermez les yeux.

Ginevra obéit.

Le contact de doigts experts palpant son visage, ses épaules et ses cheveux était très agréable. Elle serait belle, et Laurent dirait que même Lucrèce Donati n'avait jamais été aussi désirable.

— Voilà, c'est fini, madame, annonça triomphalement la patronne.

Ginevra ouvrit les yeux.

Une des prostituées tenait un miroir devant elle pour lui permettre de s'admirer. C'était un de ces miroirs vénitiens argentés d'une valeur inestimable qu'on ne trouvait même pas dans le palais Médicis. Il renvoyait une image d'une pureté exceptionnelle que Ginevra découvrait pour la première fois.

C'était bien elle et pourtant elle ne se reconnaissait pas. Son visage était enduit d'une pâte blanche et elle avait les joues plâtrées d'un fard très rouge qui remontait jusqu'au front. De minces traits noirs entouraient ses yeux et dessinaient deux arcs au-dessus ; un cœur en velours noir était collé au coin de sa bouche.

Son long nez, tout blanc entre les pommettes rouges, était plus proéminent que jamais.

D'autres cœurs en velours noir agrémentaient sa coiffure — un échafaudage compliqué de faux cheveux de soie blonds qui remplaçait sa longue natte et cachait en grande partie ses cheveux devenus plus pâles et plus roux que leur couleur naturelle, châtain clair.

Un cœur en velours rouge était niché dans le creux de sa gorge toute blanche.

Elle était grotesque. Laurent éprouverait en la voyant une répulsion instinctive.

Ginevra regardait avec désespoir l'image que lui renvoyait le miroir quand, derrière ses épaules peintes et poudrées, elle aperçut les visages pleins de fierté de la tenancière et des prostituées.

— Quelle transformation, dit la plus jeune d'entre elles. Vous devez être très heureuse, madame.

— Oh oui, dit Ginevra. Vous avez fait des miracles.

Pourquoi les rendre aussi malheureuses qu'elle ?

— Vous avez une jolie robe à vous mettre ? De la soie rouge, par exemple, ou du velours améthyste ? Des bijoux ?

Ginevra dit qu'elle avait tout ça. Elle enfila sa *gamurra* d'occasion et sa *cioppa* et tendit sa bourse à la patronne.

— Je prendrai deux florins, madame, s'empressa de dire la tenancière. Vous comprenez, avec ce que coûtent les colombes en ce moment et ce que mes filles auraient pu gagner...

— Oui, je comprends, dit Ginevra. Prenez tout. Vous avez toutes été si gentilles. Je dois me sauver... quelqu'un m'attend.

Dès qu'elle échappa au regard des femmes qui la saluaient de la main, elle se mit à courir, tête baissée. En traversant la rivière, elle ralentit pour reprendre sa respiration.

Puis elle prit la route des collines qui menait à La Vacchia, en se débarrassant en chemin de ses longues mèches de faux cheveux blonds.

Chapitre 50

Ginevra arrachait les mauvaises herbes avec ces mêmes ongles brillants et polis dont les prostituées étaient si fières la veille. Elle voulait effacer toute trace de sa tentative stupide de devenir une autre.

— Où est-elle ?

C'était la voix de Laurent. Il était dans la maison ! Ginevra ramena son fichu sur son front pour cacher l'affreux sillon blanc, là où les cheveux avaient été épilés, et elle se courba davantage au-dessus de la plate-bande en regrettant de ne pouvoir s'enfoncer dans la terre. Elle essaya de ne pas entendre le bruit de pas sur le gravier et s'interdit de chercher Laurent des yeux, bien qu'elle en eût très envie.

— Ginevra ! cria-t-il.

Il avait l'air en colère. Elle rentra la tête dans les épaules.

— Ginevra, regarde-moi.

Elle ne pouvait faire autrement.

Les bras de Laurent débordaient de fleurs. Au-dessus des délicats pétales roses, son visage ressemblait à un ciel d'orage.

— Pourquoi n'es-tu pas rentrée, hier soir ? demanda-t-il d'un air furieux. J'ai envoyé mes gardes patrouiller dans la ville jusqu'à l'aube en pensant que tu étais morte.

— Tu étais inquiet ?

— Evidemment. Et ce matin, je me suis retrouvé avec tout ça sans savoir qu'en faire. La charrette venant de

Careggi était la première à franchir les portes pour apporter à mademoiselle Ginevra son bouquet du 1er mai. Mais où était Ginevra ? Elle jouait à faire des pâtés de terre dans le jardin de sa villa.

Ginevra eut l'impression que son corps était rempli de bulles et qu'elle aurait pu flotter tant elle se sentait heureuse. Il l'aimait. Il s'était fait du souci pour elle. Il lui offrait des fleurs. A Florence, le 1er mai, les hommes attachaient un bouquet devant la maison de leur bien-aimée.

Laurent lança à Ginevra un regard furieux, puis il poussa une exclamation, jeta les fleurs par terre et tomba à genoux à côté d'elle.

— Ma chérie, pardonne-moi. Laisse-moi te prendre dans mes bras, dit-il en l'attirant contre lui. Que s'est-il passé ? Tu es blessée ? Comment est-ce arrivé ?

Il leva la main vers le front de Ginevra, souleva un peu le fichu.

Ginevra le rabattit de toutes ses forces vers l'avant.

— Je ne veux pas que tu voies. Arrête. Arrête, Laurent, je t'en supplie.

— Mais qu'y a-t-il ? Je dois savoir. Je tuerai celui qui t'a fait ça.

Ginevra entoura sa tête de ses bras.

— C'est moi, dit-elle en éclatant en sanglots.

Laurent la tenait contre sa poitrine et la berçait comme elle l'avait fait une fois pour lui.

— Là, là, dit-il tendrement. Ma toute petite, ma chérie, mon gros bêta. Je ne veux pas que tu pleures.

— Je ressemble à un bouffon, gémit-elle.

— Mais non. Tu ressembles seulement à une paysanne plutôt mal soignée qui a une drôle de coupe de cheveux. Mais les cheveux repoussent, Ginevra. Et j'adore les paysannes.

— J'ai été stupide.

Elle sanglotait à présent en chérissant son malheur qui lui valait d'être si tendrement réconfortée.

— Oui... Et maintenant, on est deux à être bêtes, assis ici, à même la terre alors que la fête du village est déjà commencée. Sèche tes larmes et allons-y.

Ginevra ne demandait pas mieux. Elle n'avait encore jamais participé à une fête villageoise.

— Mais si on me voit comme ça ! s'écria-t-elle en portant les mains à sa tête.

— J'attacherai bien ton fichu et je fixerai une fleur dessus.

La fête du 1er mai dans les campagnes était beaucoup plus animée qu'à la ville. Il y avait toujours de la musique, parfois des joueurs de cornemuse et souvent un âne portant sur son dos des cymbales, avec un chardon fixé sous sa queue pour le faire avancer constamment et produire un bruit retentissant.

Et la coutume de l'arbre de mai que l'on plantait chaque année devant la porte de quelqu'un en signe d'honneur avait persisté sous la forme du mât enrubanné. Les jeunes villageoises, portant des guirlandes et des ceintures de fleurs, sautaient et dansaient en entrelaçant les rubans du mât.

Il y avait déjà de la musique quand Laurent et Ginevra arrivèrent au village. Ils se joignirent aux paysans qui s'amusaient à regarder l'âne musicien et tapaient dans leurs mains à chaque coup de cymbale.

— Le mât enrubanné ! cria la foule.

Le vent qui jouait avec les rubans solidement attachés à la cime du mât mais noués sommairement à la base les libéra. Ils montèrent dans le ciel, ondulant comme des queues de cerfs-volants multicolores et les villageois couraient après en riant, levant leurs mains très haut pour essayer d'attraper les rubans insaisissables. Laurent mit ses mains autour de la taille de Ginevra et la souleva.

— J'en ai un, cria-t-elle, non, deux... trois... oh, il y en a un qui s'est échappé...

Les jeunes filles sortirent en courant de la chapelle où elles attendaient qu'on les appelle. Elles aussi furent soulevées de terre par des mains solides pour attraper leur ruban.

— La danse, la danse ! cria-t-on de toutes parts.

Les villageois reculèrent à la périphérie de la minuscule place et applaudirent, tapèrent du pied, sifflèrent, crièrent.

— Je peux danser avec vous ? demanda Ginevra aux filles autour d'elle.

— Bien sûr, répondirent-elles.

— Commence, dit l'une des filles.

Ginevra lui fit face et leva les bras en l'air pour l'imiter. Puis, suivant les mouvements des autres danseuses, elle se faufila sous un pont de rubans, fit passer le sien par-dessus la tête fleurie qui s'inclinait vers elle, par-dessous, par-dessus, sautant et riant, par-dessus, par-dessous, puis de plus en plus vite, dessus, dessous, toujours plus près du centre jusqu'à ce que ses bras entourent le mât, mêlés à ceux des villageoises, embrassant les rubans de couleur entrelacés tout autour.

Au-dessus de leur tête, les rubans qui n'avaient pas trouvé de danseuses voltigeaient follement dans le vent.

— Encore, crièrent les villageois, et les jeunes gens accoururent pour soulever très haut les jeunes filles dans leurs bras.

Laurent prit la main de Ginevra et l'emmena à l'écart.

— Nous devons partir, dit-il tout bas. Quelqu'un m'a reconnu. Ça ne sera plus pareil maintenant.

— Par-dessus ce mur, dit Ginevra. Je vais te montrer.

Les terres de La Vacchia s'étendaient jusqu'à l'extrémité sud du village ; Ginevra s'était assise des centaines de fois sur ce mur quand elle était jeune pour regarder l'animation de la petite place. Elle conduisit Laurent à l'endroit où les racines d'un arbre avaient déséquilibré les pierres et fait s'écrouler une moitié du mur.

L'herbe du champ, haute de quelques centimètres, disparaissait sous des milliers de fleurs jaunes, rouges et blanches. Ginevra courut en spirale sur ce tapis multicolore avant de s'arrêter tout étourdie à côté de Laurent.

— J'étais découragée tout à l'heure et maintenant je suis ivre de bonheur.

— Moi aussi, dit-il.

Sentir Ginevra libre comme l'air, l'abandon qu'elle manifestait dans son amour pour la vie, la musique et la nature, le grisait.

Son fichu de guingois laissait voir la bande blanche en haut du front qui ressortait sur son visage bronzé aux joues roses et lui donnait l'air vulnérable. Laurent posa les mains sur ses épaules pour l'aider à reprendre son aplomb. Puis il tira doucement sur le bord du fichu. Ginevra chercha désespérément à ramener le tissu pour couvrir sa calvitie.

— Arrête, dit Laurent. Tu vas te faire mal. Pourquoi as-tu arraché tes cheveux, Ginevra ? Et tes beaux sourcils ?

Ginevra regarda les fleurs à ses pieds.

— Je voulais être belle. J'ai été stupide.

Elle ravala ses craintes et leva les yeux vers lui. Il fallait qu'elle sache une bonne fois. Elle devait lui poser la question même si la réponse pouvait l'anéantir.

— Qu'est-ce qui ne te plaît pas chez moi ? Le fait que je sois laide ou bien autre chose, quelque chose que je peux changer ? Je ferai n'importe quoi pour te plaire, Laurent.

Il était ahuri.

— Je ne comprends pas ce que tu veux dire. Je t'aime, Ginevra. J'aime tout en toi. J'aime te regarder, t'entendre parler, te regarder bouger.

— Mais tu ne me fais pas l'amour.

Laurent tomba des nues. Il secoua la tête pour essayer de s'éclaircir les idées et comprendre ce que cherchaient à lui dire ces grands yeux qui le regardaient avec inquiétude.

— Ginevra, dit-il. Assieds-toi ici à côté de moi.

Il la saisit par le poignet et la tira près de lui sur l'épais tapis de fleurs. Sans la quitter des yeux, il lui parla lentement en essayant de lui expliquer que leur relation était encore un mystère pour lui.

— J'ai trente-quatre ans, Ginevra, et je me sens comme un enfant face à l'amour que j'éprouve pour toi. J'ai aimé si souvent que je croyais savoir ce qu'était l'amour. Mais vois-tu... je me sens totalement ignorant à présent.

« Faire l'amour était ce que j'appelais l'amour. Mais un homme peut aussi vouloir une femme sans autre raison que le plaisir qu'il en tirera. Quand je pensais être amoureux, c'était la possession que je désirais.

« Avec toi, ma chérie, tout est différent. Je sens que nous étions depuis toujours destinés l'un à l'autre ; tu étais mienne avant le commencement du monde tout comme j'étais à toi. Nous faisons partie l'un de l'autre.

« Mon amour pour toi existe indépendamment de moi... ou plutôt, je t'aime en faisant abstraction de mes désirs. Quand je me lève le matin, mes mains se tendent instinctivement vers toi mais mon cœur les arrête. Je t'aime trop ; je ne veux pas t'imposer le désir d'un homme... il me suffit pour ça de penser à tes cicatrices et à ce que tu as enduré. »

Ginevra prit la main de Laurent dans les siennes en posant sur lui un regard plein de tendresse.

— J'ai été vraiment trop bête. Je te promets que je ne me morfondrai plus. Et toi, promets-moi de ne plus jamais me cacher tes pensées les plus indignes ou les plus nobles. Si nous devons être bêtes, au moins soyons-le ensemble.

« Je te désire. J'ai envie depuis si longtemps que tu touches mes seins, comme ça », dit-elle en posant les mains de Laurent sur sa poitrine.

Sous les paumes de Laurent, les petits seins se tendirent. Il poussa un cri, puis pressa ses lèvres sur le cœur de Ginevra et le sentit bondir.

Ils s'aimèrent sur un lit de fleurs en allant à la découverte de leurs corps avec une douceur qui se transforma peu à peu en une force impétueuse. Et elle les emporta en unissant dans une même flamme leur cœur, leur âme et leur corps.

Après, lorsque leurs yeux se cherchèrent, la lumière de l'amour éclairait leur regard alangui. Laurent embrassa les cicatrices sur les seins de Ginevra. Et Ginevra embrassa la cicatrice sur le cou de Laurent. Ainsi fut refermé l'épisode sanglant de la conspiration des Pazzi.

Chapitre 51

— Viens, je vais te montrer mon œuvre, dit Ginevra à Laurent une fois qu'ils se furent rhabillés.

Comme ils traversaient les champs, les vignes et les oliveraies de La Vacchia, ils croisèrent un fermier qui eut l'air si intimidé en voyant Laurent que Ginevra comprit pourquoi ils avaient quitté le village aussi précipitamment. Pour ces gens, Laurent était « le Magnifique ». Sa présence les paralysait.

— C'est toujours comme ça ? dit-elle.

— Sauf avec mes amis. Mais parfois, quand ils veulent quelque chose, c'est pareil.

— Tu dois te sentir bien seul, dit-elle en lui prenant le bras.

Laurent sourit.

— Ne te méprends pas, ma petite paysanne. J'avais le choix quand j'étais jeune. J'ai choisi le pouvoir en connaissance de cause et le prix à payer ne m'a jamais paru trop élevé.

Ginevra n'en pensa pas moins que l'isolement de Laurent était bien triste et elle formula secrètement le vœu de l'entourer d'amour pour qu'il ne connaisse jamais plus la solitude.

A midi, ils retournèrent dans le pré fleuri avec du pain, du fromage et du vin. Ils mangèrent, burent et firent de nouveau l'amour.

— Je ne couperai jamais cette herbe, dit Ginevra en soupirant. Je veux que cet endroit reste tel qu'il est. J'y viendrai en pèlerinage.

Laurent se mit à rire.

— Je te rappellerai cette promesse en septembre quand tu penseras au bon foin que toute cette herbe pourrait donner.

Il bondit de côté pour éviter les coups qu'elle faisait mine de lui donner.

Dans l'après-midi, ils se rendirent à cheval à Careggi.

— Ce sera notre maison, dit Laurent. J'ai toujours été heureux ici. Plus que n'importe où ailleurs. C'est l'endroit idéal pour nous aimer.

Une quinzaine de jours plus tard, Laurent, à la recherche de Ginevra, se précipita dans le jardin. Il la trouva en train de transplanter ses chers iris de La Vacchia dans les platesbandes qu'elle avait aménagées sous les arbres le long de la table.

Il la releva et lui fit faire un tour sur elle-même.

— Je t'avais bien dit que tu me portais chance, s'écria-t-il. Mon vœu le plus cher est en train de se réaliser.

Il la souleva dans ses bras, l'assit sur la table et l'embrassa.

Ginevra était trop essoufflée pour poser des questions. Mais ce n'était pas nécessaire. Laurent s'était déjà lancé dans une explication volubile en marchant de long en large devant elle.

Le roi de France avait répondu positivement aux lettres que lui avaient envoyées, à la demande de Laurent, un grand nombre de chefs d'Etat, d'ambassadeurs et d'aristocrates. Il offrait à Jean de Médicis l'abbaye de Fontdouce. Sixte IV ne pourrait plus mettre d'obstacle à l'accession du petit Jean aux dignités ecclésiastiques.

— Ce n'est qu'un début. Je veux que mon fils coiffe le chapeau rouge de cardinal, déclara Laurent.

Ginevra fronça les sourcils.

— Je ne vois pas comment tu peux attendre des faveurs du pape alors que la guerre a repris contre Ferrare. Est-ce que Rome n'est pas l'ennemi de Florence ?

Laurent eut un petit rire.

— Oui, mais la France me soutient et elle est plus puissante que Rome. Sixte ne peut pas se permettre d'offenser Louis XI. Voilà pourquoi c'est à lui que toutes les lettres ont été adressées.

Ginevra sourit.

— Tu es très malin. Cela me rappelle la chaîne avec les fleurs de lys que tu arborais à Naples. Je ne m'étonne plus après ça que tu joues si bien aux échecs.

— Je ne gagnerais pas toujours, répliqua Laurent tout sourires, si tu ne t'avouais pas vaincue au beau milieu de la partie pour que nous allions nous coucher. Tu devrais avoir honte.

Sur ce, il embrassa les petits cheveux qui repoussaient sur son front.

Depuis le début de leur courte histoire ensemble, ils s'étaient créé une vie qui leur convenait merveilleusement bien. Florence restait le centre de leur univers et ils étaient très occupés chacun de leur côté, mais à cheval, Careggi n'était pas loin et ils trouvaient toujours le moyen de s'échapper quand ils désiraient un peu d'intimité et de calme.

Il leur arrivait de passer la nuit à la villa ou de se retrouver pour un déjeuner champêtre. Parfois, ils y allaient séparément pour effectuer les changements qu'ils avaient décidé dans la maison afin de s'y sentir vraiment chez eux. Careggi était à la fois un refuge et un sanctuaire. C'était le seul endroit où ils pouvaient être vraiment eux-mêmes et se donner entièrement l'un à l'autre. Cela leur permettait de jouer plus facilement le rôle de bons camarades auquel ils se cantonnaient à la ville. Leur amour était un trésor trop neuf pour pouvoir être partagé avec quiconque.

Le 31 mai, un message arriva de Rome : le Vatican avait ratifié le don du roi Louis XI au petit Jean.

Laurent, qui s'y attendait, avait déjà préparé l'étape suivante. Le lendemain, son ancien tuteur, Gentile de Becchi, évêque d'Arezzo, vint au palais. En présence de la famille rassemblée dans la petite chapelle, il confirma Jean puis lui coupa les cheveux au sommet de la tête en guise de tonsure.

Au cours de la fête qui suivit, Laurent but au succès de

son fils Jean en l'appelant messire, dénomination correspondant à son titre clérical.

— Curieux système que cette république de Florence, dit Jean Pic à Ginevra. On donne un titre à un bambin alors que son propre père, à la tête de l'Etat, n'en a pas.

— Je n'y comprends rien, reconnut Ginevra. Comment un garçon de sept ans peut-il être le supérieur d'un monastère ?

Le visage de Jean Pic s'éclaira d'un beau sourire.

— Ginevra, ta naïveté me ravit. Tu crois vraiment que le rôle de l'Eglise consiste simplement à former des prêtres qui iront porter la parole de Dieu ? L'Eglise, c'est d'abord une affaire de politique, de diplomatie et de pouvoir... et ensuite seulement, elle est le dépositaire de la Vérité et la gardienne du ciel. Tout est possible au sein de l'Eglise.

Ginevra se rappela ces paroles une semaine plus tard quand arriva la nouvelle que Jean venait d'être nommé archevêque d'Aix-en-Provence.

— Il m'avait semblé que nos adversaires montraient des signes de mésentente, dit Laurent à la mi-juillet. Maintenant, j'en suis sûr. Venise va lâcher le neveu du pape et du même coup, creuser sa tombe.

Arrivant tout juste de Florence, il était en nage et couvert de poussière. Ginevra versa de l'eau dans une cuvette et humidifia un linge qu'elle passa sur le visage et le cou de Laurent.

— Merci, ma chérie, dit-il.

Quand Laurent se fut lavé de la poussière des routes, le pourtour de ses lèvres apparut très pâle, comme chaque fois qu'il souffrait. Ginevra maudit en silence la guerre qui l'obligeait à ces chevauchées quotidiennes jusqu'à la ville pour travailler à son bureau et discuter avec les membres du gouvernement et des différents conseils. La dernière attaque de goutte n'avait pas été aussi forte que les précédentes mais elle avait duré plus d'une semaine. La guerre assombrissait leur été à Careggi.

Par chance, Florence était épargnée. Tous les combats se déroulaient au nord et la République n'était pas en danger. Son rôle se limitait dans l'immédiat à soutenir Milan qui pouvait se trouver en difficulté si les ambitions de Venise ne se bornaient pas à prendre la ville de Ferrare, objectif annoncé. Mais malgré un engagement limité, Laurent se devait d'accorder toute son attention aux rapports des informateurs qui venaient chaque jour au palais et d'assister à d'interminables réunions avec toutes sortes de personnages officiels.

— Et si Venise rompt avec Riario, la guerre sera bientôt terminée ? demanda Ginevra.

— Les combats, probablement pas avant la trêve de l'hiver. Et la répartition du butin peut prendre des années. Il faudra de longues et difficiles négociations.

Ginevra était sombre.

— Courage, Ginevra, dit Laurent. Même une guerre peut réserver de bonnes surprises. Tu ne veux pas savoir pourquoi je suis certain que Venise va abandonner Riario ?

— Pourquoi ?

— Parce que les doges ont passé une commande à Andrea. Bien que Riario déteste tout ce qui a un rapport quelconque avec la République, ils veulent un artiste florentin. J'en conclus qu'ils se moquent que ça lui plaise ou pas et que, par conséquent, leur alliance n'est pas aussi solide qu'avant.

Ginevra avait dressé l'oreille.

— Qu'a dit Andrea ? Il a accepté ?

Laurent éclata de rire.

— Tu le connais. A condition d'être suffisamment payé, Verrocchio ne refuse jamais rien. Mais c'est un homme qui aime le confort. Je ne sais pas si la richesse de Venise sera un attrait suffisant pour l'arracher à son atelier et à sa maison.

« Il doit être bien embarrassé. Je parie qu'il n'arrive pas à se décider. Je lui ai envoyé un mot pour lui dire que sa présence bruyante à table nous manquait ; j'espère qu'il viendra dîner. Ça m'amuserait de le voir tergiverser à n'en plus finir. »

Les dîners avec leurs amis avaient lieu désormais à Careggi. Les longues journées leur permettaient de rentrer à Florence avant la fermeture des portes. Et l'entente entre Ginevra et Laurent était si totale qu'ils n'avaient plus besoin de se protéger des autres.

— Tout le monde peut se tromper, dit Ginevra à Laurent pour le taquiner. Je n'ai jamais vu quelqu'un d'aussi décidé qu'Andrea. Et c'est la première fois qu'il manifeste un tel enthousiasme pour quelque chose.

Venise avait commandé à Verrocchio une statue équestre en bronze glorifiant le grand condottiere Colleoni. Padoue, petite ville de l'Etat vénitien, possédait la seule œuvre en bronze de cette taille commémorant un autre condottiere vénitien. Erigée par le grand Donatello, c'était l'une des merveilles de l'époque.

Andrea en parlait avec respect.

— Vous vous rendez compte, avoir l'occasion d'égaler le maître ! C'est le travail le plus passionnant qu'on m'ait jamais demandé. Si je réussis, j'entrerai dans l'immortalité.

Il quitta Florence un mois plus tard. Lors du dîner d'adieu que Laurent et Ginevra donnèrent en son honneur, le vin et les larmes coulèrent abondamment car Andrea serait absent pendant plusieurs années.

Ginevra avait déjà pleuré dans l'après-midi en s'entretenant avec l'artiste qui s'était arrangé pour arriver à Careggi avant Laurent.

— Je voulais te voir seule, dit-il. J'ai un cadeau pour toi. Un souvenir en quelque sorte. Et comme je m'en vais, je peux te dire certaines choses dont je n'aurais pas osé parler sinon. Je te connais depuis que tu es petite fille. J'ai toujours eu beaucoup d'affection pour toi, tu le sais, mais depuis cet été, je t'aime énormément pour la joie que tu apportes à mon ami Laurent et pour la grande leçon que tu as donnée à ce vieux cœur cynique. Vous êtes tous les deux la preuve qu'un amour parfait peut exister. Je n'aurais jamais cru que je pourrais y croire.

— Merci... Andrea.

— Arrête de pleurnicher, Ginevra, ou je vais devoir me moucher. Tu n'as même pas encore vu ton cadeau. C'est une des meilleures choses que j'ai faites dans ma vie. Exactement ce qu'il faut pour cette oasis de bonheur que tu as créée.

Andrea déballa le paquet qu'il avait sorti de ses bagages et Ginevra découvrit le beau sourire d'un chérubin ailé. En équilibre sur un pied, il était tout potelé, avec ces bonnes joues et ce ventre rond qui rendent les enfants si attendrissants. Il serrait dans ses petits bras un grand poisson qui se tortillait pour essayer de lui échapper.

— Andrea, c'est splendide. Tu es adorable. C'est un chef-d'œuvre et...

— Arrête, Ginevra. C'est une fontaine pour le jardin que tu es en train de réaliser ici. L'eau sortira de la bouche du poisson. Je n'aimerais pas apprendre que tu as choisi quelque chose d'aussi banal qu'un saint François avec des oiseaux.

1484-1486

Chapitre 52

— Il faut que nous soyons un peu fous, dit Laurent.

Ginevra éclata de rire.

— Tu as l'air peut-être un peu bizarre, dit-elle, mais tu es superbe.

Il était nu. La pluie ruisselait sur son corps athlétique et plaquait ses cheveux sur sa tête. Sa large poitrine était arrosée par un filet d'eau continu qui coulait de la couronne de vigne vierge posée de travers sur son front.

— Toi, tu ressembles à une naïade qui serait tombée dans la rivière, dit Laurent avec un sourire.

Il enleva d'une chiquenaude une goutte d'eau qui pendait au nez de Ginevra. Elle aussi était nue et sa couronne de fleurs sauvages dégoulinait. Laurent les avait cueillies et tressées avant qu'il ne se mette à pleuvoir. Ils se trouvaient dans le champ où ils avaient fait l'amour pour la première fois des années auparavant. Ils y retournaient chaque année, le 1er mai, pour revivre l'émotion de cette découverte. C'était la première fois qu'il pleuvait.

Ginevra remit la couronne de Laurent d'aplomb ; les doigts de Laurent touchèrent les siens. Il fit glisser ses mains le long des bras trempés de la jeune femme puis le long de ses flancs et enfin, il l'attira contre lui. Elle passa ses bras autour de son cou et, les yeux dans les yeux, ils échangèrent des serments silencieux. Au moment où leurs lèvres se touchaient, la pluie s'arrêta aussi soudainement qu'elle avait commencé et un vent chaud réchauffa leurs corps mouillés.

Ginevra leva une main au-dessus du visage de Laurent pour abriter ses yeux du soleil, pendant son sommeil. De son autre main, elle retira les cheveux mouillés qui lui tombaient sur le front. Elle était toujours ravie quand il faisait un somme. Dormir lui permettait de récupérer un peu. Les crises de goutte, de plus en plus invalidantes, lui prenaient une grande partie de ses forces. Ces courts moments de repos donnaient aussi à Ginevra l'occasion de s'abîmer dans la contemplation de l'homme qu'elle aimait, à la façon dont un avare se délecte à peser son or. Mais elle devait attendre qu'il dorme car il n'aimait pas qu'elle le dévore des yeux. Il lui avait dit un jour que ça lui donnait l'impression d'être un de ces barils d'huile qu'elle comptait en se frottant les mains après le pressurage annuel des olives à La Vacchia.

Elle lui avait bien sûr parlé du plaisir qu'elle prenait à le regarder dormir. Elle ne lui cachait rien. Et, de son côté, il lui disait tout. Ils formaient un couple uni de corps et d'esprit.

Ginevra chassa un insecte qui s'était posé sur l'épaule de Laurent et huma l'odeur suave de l'herbe et des fleurs séchant au soleil. Elle seule savait que Laurent était au fond un homme très sentimental. C'est lui qui avait imaginé cette commémoration amoureuse du 1er mai, de même que la façon particulière dont ils célébraient leur anniversaire. Il n'y avait jamais d'invité, ce jour-là. Ils restaient tous les deux seuls à Careggi. Pendant le dîner, ils fêtaient tous les événements heureux survenus dans l'année puis à la fin du repas, ils buvaient à leur santé en disant : « Je te donne mon cœur » et enfin, ils faisaient l'amour.

Elle sourit en se rappelant la première année. Ils avaient failli mourir de froid car la villa de Careggi n'était pas conçue pour les grands froids et encore moins pour des ébats amoureux le 1er janvier. Au printemps, Laurent avait fait construire une loggia. Elle prolongeait la maison côté sud et les arches étaient fermées par des vitres. Tous leurs amis avaient ricané : une loggia fermée n'était plus une loggia.

Mais l'hiver venu, ils avaient changé d'avis en déjeunant dans la nouvelle pièce chauffée par le soleil et bordée de citronniers précocement fleuris.

— Ton bras ne se fatigue pas à servir de parasol ? demanda Laurent en se réveillant.

Ginevra plia son bras.

— Maintenant que tu en parles, si, un peu. Je n'en avais même pas conscience. J'étais en train de penser à notre premier anniversaire à Careggi.

Laurent sourit.

— Nous étions encore plus fous que maintenant. Tu étais bleue de froid.

— Et toi, tu étais vert !

— Tu dis des bêtises, femme. Je suis un Italien au sang chaud. Viens ici, je vais te le prouver.

Ginevra se blottit contre lui, nicha avec délectation sa tête au creux de son épaule et ses mains partirent lentement à la découverte du corps qu'elles connaissaient si bien.

— C'est très agréable. Va un peu plus à gauche et gratte-moi. Quelque chose m'a piqué.

— Comme ça ?

— Parfait. Tu peux aller plus loin maintenant.

— Avec plaisir si tu décides de faire attendre Jean Pic.

Laurent émit un grognement.

— Je l'avais complètement oublié, celui-là. Nous devons partir.

Il se retourna sur le côté et la tête de Ginevra glissa sur l'herbe.

— Brute, dit-elle. Pour ta peine, tu iras seul. Je vais inspecter les vignes pendant que les fermiers sont en train de se soûler au village.

— Lâche, dit Laurent.

Il rit en la voyant hocher la tête avec véhémence.

— Ne crois pas t'en tirer à si bon compte, dit-il. Ce soir, je ne t'épargnerai pas un mot de tout ce que Jean Pic m'aura raconté.

— Ça m'est égal tant que tu ne m'obliges pas à être d'accord avec lui.

Ginevra était en colère contre Jean Pic et ce d'autant plus que Laurent s'en amusait. Elle reconnaissait à contrecœur que les réunions de l'Académie platonicienne étaient plus passionnantes et plus agréables quand Jean Pic y assistait. Stimulés par le jeune philosophe qui n'était jamais à court d'idées, les membres de l'Académie avaient trouvé une inspiration nouvelle et sous son influence, ils étaient devenus plus souples et plus humains. A présent, ils acceptaient même de venir à Careggi où les séances se déroulaient dans des conditions plus confortables. Et une fois la fresque de Ghirlandaio terminée, ils étaient allés tous les jours à l'église Santa Trinita pour être sûrs que les milliers de personnes qui venaient admirer l'œuvre du maître les reconnaissent dans le groupe de gauche.

Mais Ginevra jugeait que l'amour-propre de Jean Pic dépassait la mesure. Deux ans plus tôt, il s'était rendu au Vatican et avait remis à la Curie romaine une liste de neuf cents propositions philosophiques en s'offrant de les défendre et d'en débattre publiquement.

Les thèses développées par Jean Pic englobaient tous les sujets, des mathématiques à la théologie — et se basaient sur des textes hébreux, arabes et chaldéens —, y compris ses préférés, ceux de la kabbale, qu'il avait tous étudiés à fond. Mais le débat n'avait pas eu lieu car les cardinaux, après avoir examiné le texte de Jean Pic, avaient jugé treize de ses propositions hérétiques.

Jean Pic avait réussi à quitter Rome à temps pour échapper à la vindicte pontificale et il s'était enfui en France. Mais l'influence du Vatican s'étendant au-delà des frontières, il avait été fait prisonnier à Vincennes. Il ne fallut pas moins d'un an à Laurent, et en usant de toute son influence, pour obtenir sa libération.

Ginevra croyait que Jean Pic serait reconnaissant d'avoir été relâché car, en Espagne, les hérétiques étaient brûlés vifs.

Mais lorsque le philosophe rentra à Florence, il clama haut et fort que ses propositions étaient justes et que l'Eglise s'était trompée.

Il voulait à présent donner à Laurent le traité dans lequel il en apportait la preuve.

Laurent attacha la *gamurra* de Ginevra.

— Voilà, dit-il, en lui donnant une tape sur les fesses. Je

t'aime dans des vêtements mouillés, ma petite paysanne. Cela met tes charmes en valeur.

— Je t'aime nu et dégoulinant d'eau, répondit Ginevra avec un regard exagérément concupiscent. Dommage que tu doives aller écouter Pic de la Mirandole te prouver de mille et une manières qu'il est l'homme le plus intelligent du monde.

Laurent sourit.

— Hargneuse. Cruelle. Mais pourquoi est-ce que j'aime une femme aussi méchante ?

Il la prit par la main.

— Accompagne-moi jusqu'à mon cheval, harpie. Tu es sûre et certaine que tu ne veux pas venir ?

— Oui. S'il m'énerve trop, je ne sais pas ce que je suis capable de lui faire.

Avant de monter à cheval, Laurent serra Ginevra contre lui.

— Joyeux anniversaire, ma chérie.

Ginevra attendit que Laurent fût assez éloigné puis elle retourna à cheval à Careggi. Il était encore trop tôt pour inspecter les vignes. Et La Vacchia n'était plus son principal centre d'intérêt. Elle surveillait de près ses terres et les thermes de Morba que lui avait légués Lucrèce, mais désormais sa vraie maison était la villa de Careggi.

L'argent que lui rapportait l'exploitation de La Vacchia et de l'établissement thermal allait directement dans un coffret à bijoux fermé à clef. Quand Laurent avait essayé de la convaincre de le mettre à la banque, elle avait répliqué qu'elle avait l'âme d'un paysan et voulait pouvoir regarder ses pièces d'or chaque fois qu'elle en avait envie.

— Je les coudrais bien dans mon matelas mais tu te plaindrais des bosses.

Laurent dormait rarement dans sa propre chambre à Careggi.

En arrivant à la villa, Ginevra donna son cheval à l'un des palefreniers et eut une longue conversation avec Emilio, vieil homme tyrannique, responsable des écuries, qui était à la fois éleveur et entraîneur. Grâce à lui, les chevaux de course de Laurent étaient connus dans toute l'Europe.

Il fallut toute la patience et le charme de Ginevra pour

écouter jusqu'au bout ses plaintes et apaiser sa fierté outragée. Laurent avait vendu le cheval qui aurait dû, selon lui, remporter haut la main la course du *Palio*, cette année-là.

En partant, Ginevra s'arrêta devant la clôture du pré et siffla Morello. Voir le bel étalon arriver au galop pour répondre à son appel était toujours un spectacle fascinant.

— Mon beau, dit-elle en caressant sa crinière. J'ai volé du sucre à Emilio pour toi.

Elle ouvrit la paume de sa main et sourit de la précision avec laquelle Morello attrapa le petit morceau de pain de sucre.

— C'est pour te consoler, champion. Laurent ne rentrera que demain.

Elle était sûre qu'il passerait la nuit à Florence. Il n'avait pas vu ses enfants depuis trois jours et ils lui manquaient.

Morello poussa le bras de Ginevra avec son museau pour réclamer une autre friandise.

— Désolée, mon ami, c'est tout ce que j'avais, dit Ginevra.

Elle avança sa bouche près de l'oreille de Morello et murmura :

— Emilio a perdu son vainqueur du *Palio* et il en veut à la terre entière. Mais toi et moi, on s'en moque, n'est-ce pas ? Quand ce sera notre tour, on gagnera.

Avant d'entrer dans la villa, Ginevra traversa l'oliveraie en direction de la porcherie dont venait de se doter Careggi. Laurent avait importé du sud de Naples des cochons réputés pour donner un jambon digne des dieux.

Elle gratta le dos d'une truie à l'aide d'un bâton tout en écoutant le porcher lui donner des détails sur la nourriture qu'il leur donnait et le poids que ses locataires avaient pris.

Une fois dans sa chambre, Ginevra inscrivit dans son journal les renseignements qui venaient de lui être communiqués. Elle consignait tout ce qui se passait à Careggi : la date des plantations et des récoltes ; les rendements ; le temps ; le résultat des expériences de Laurent, en quête d'un fromage parfait.

Elle notait aussi les événements marquants de sa vie. Même les plus tristes. Une page bordée d'un large trait à l'encre noire marquait le jour de février où Gigi Pulci était mort. Il y avait eu par chance beaucoup moins de sujets d'affliction que de joies. Après les observations sur les porcs, elle écrivit : 1er mai. Pluie.

Elle n'avait pas besoin d'en écrire plus pour se remémorer toute la scène.

Un rire silencieux fit frémir ses lèvres. Laurent avait raison. Ils devaient être fous.

Cette nuit-là, quand elle s'agenouilla pour ses prières, elle remercia Dieu de leur folie.

Chapitre 53

— Ton ami Jean Pic est vraiment fou à lier, dit Laurent en rentrant le lendemain.

Il riait tellement qu'il avait du mal à parler.

De la part de Jean Pic, Ginevra s'attendait à tout.

— Voilà qu'il a écrit un brillant traité dans lequel il défend ses thèses jugées hérétiques. Dans l'introduction, il soutient qu'il ne devrait pas avoir à se justifier car, étant donné la manière dont est rédigé le jugement de la Curie romaine contre lui, il est clair que les cardinaux sont des illettrés et qu'ils n'ont de ce fait rien dû comprendre aux idées qu'il a développées. S'ils l'ont condamné, c'est parce que ses conclusions sont trop subtiles pour eux, non pas parce qu'il est tombé dans l'erreur.

Ginevra était horrifiée.

— Comment peux-tu trouver ça drôle, Laurent ? S'il envoie ça au Vatican, il risque beaucoup plus que la prison, cette fois.

Elle en voulait à Jean Pic, mais pas au point de lui souhaiter du mal.

Toutefois sa sollicitude disparut quand Laurent ajouta :

— De plus, cet idiot m'a dédicacé son traité en remerciement du soutien que je lui ai apporté.

— Oh non, c'est trop ! Je ne peux pas croire que Jean Pic soit assez inconscient pour ignorer les ennuis que cela peut t'attirer. Tu devrais le jeter toi-même en prison,

Laurent. Et murer sa porte. Il va réussir à faire échouer tes projets au moment où tu touches au but. Le pape va se retourner contre toi.

Il s'agissait d'Innocent VIII qui avait succédé à Sixte IV, le vieil adversaire de Laurent, mort deux ans plus tôt. C'était un homme aimable qui s'intéressait surtout aux avantages matériels que lui apportait sa position et qu'il utilisait au bénéfice de ses enfants illégitimes.

Laurent, qui contribuait pour une grande part à rendre agréable la vie du pape, avait beaucoup d'influence sur lui. Il espérait la renforcer encore. Très prochainement. La colère de Ginevra contre Jean Pic n'était pas totalement injustifiée. Les quelques mois qui allaient venir étaient d'une importance capitale pour la réussite des plans de Laurent.

— Calme-toi, Ginevra. Je ne vais pas laisser Jean Pic saboter mes efforts. Je l'ai persuadé de me laisser son manuscrit pour que mes calligraphes puissent en faire une magnifique copie. Quand il rentrera, il se sera certainement pris de passion pour autre chose et nous pourrons tirer un trait sur cette histoire.

— Où va-t-il ? En Chine, j'espère.

— Non, mais c'est presque aussi bien. Au château de la Mirandole, pour voir sa famille. Au moment de son arrestation, son père lui a coupé les vivres. Même Jean Pic a besoin d'un certain temps pour rentrer dans les bonnes grâces du prince.

Ginevra décida de changer de sujet. Jean Pic lui donnait mal à la tête.

— J'ai l'impression que les porcs profitent bien, dit-elle. Ils reçoivent une nouvelle alimentation...

Ce soir-là, les membres de l'Académie platonicienne vinrent à Careggi. Ginevra s'attacha à encourager les jeunes gens que Laurent avait invités. Elle voulait les aider à surmonter leur timidité car elle se rappelait comme elle-même était impressionnée la première fois qu'elle avait été introduite dans le cercle érudit et philosophe de Florence. Et ils bénéficiaient à ses yeux d'un préjugé favorable du seul fait qu'ils n'étaient pas Jean Pic. Mais elle était bien forcée de reconnaître que sans lui, les discussions étaient prévisibles et légèrement ennuyeuses.

Les membres de l'Académie passèrent la nuit à la villa. Le lendemain, Ginevra scruta le ciel toute la journée avec anxiété jusqu'au moment où elle décida que tout le monde pouvait s'installer sans risque dans le jardin pour écouter le concert qu'allaient donner les musiciens de l'Ecole d'harmonie.

Tandis que le ciel rosissait, la musique se mêla au riche parfum des magnolias en fleur. Ginevra goûta avec délices la perfection de ce moment.

— C'était parfait, n'est-ce pas ? dit-elle à Laurent après que tout le monde fut parti.

— Oui, parfait.

— C'est grâce à toi que cette école de musique a vu le jour.

Laurent baisa la main de Ginevra.

— Tu me le rappelles après chaque concert.

— Vraiment ? Je ne m'en rendais pas compte. Je ne le ferai plus, promis.

Ils restèrent silencieux, main dans la main, savourant le calme de leur maison et la beauté des magnolias aux grandes fleurs blanches luisant comme d'innombrables lunes très pâles dans les arbres autour d'eux. La fontaine de Verrocchio murmurait dans le silence.

Jean Pic parti, les bons rapports entre Laurent et Innocent VIII étaient momentanément préservés. Au milieu de l'été, Laurent décida qu'il était temps de lui proposer l'alliance qui renforcerait son influence auprès de lui.

Ginevra se trouvait à Morba quand la réponse d'Innocent arriva à Florence. A son retour, un coup d'œil lui suffit pour deviner que le pape avait accepté.

— Dieu bénisse ces chers oiseaux, s'exclama-t-elle.

Depuis deux ans, Laurent ajoutait régulièrement des ortolans à chacun de ses courriers pour Rome. Innocent était très friand de leur chair délicate.

— Il a dit oui, n'est-ce pas ?

Laurent hocha la tête.

— Oui à tout. Mes problèmes sont résolus.

Franceschetto Cibo, le fils d'Innocent VIII, était fiancé à

la fille de Laurent, Maddalena. Et le pape confiait de nouveau la gestion des revenus du Saint-Siège à la banque Médicis.

— Hourra ! cria Ginevra.

Elle virevolta de bonheur. Personne ne connaissait mieux que Ginevra les difficultés financières de Laurent. Pour le mariage de sa fille aînée, Lucrèce, afin d'augmenter la dot, il avait dû vendre à Ludovic Sforza le grand palais qui abritait la banque Médicis à Milan. Et quand son jeune cousin Laurent avait atteint sa majorité, il lui avait donné la villa de Cafaggiolo et les fermes du Mugello pour rembourser le prêt qu'il s'était octroyé quelques années plus tôt.

— Hourra ! Viens danser avec moi, le Magnifique !

Ginevra attrapa la main de Laurent et voulut l'entraîner dans une ronde endiablée.

— Ginevra, non !

Il vacilla et tomba contre elle.

Ginevra s'arrêta aussitôt et jeta ses bras autour de la taille de Laurent pour le soutenir.

— J'ai une idée, dit-elle en souriant comme si de rien n'était. Allons fêter ces bonnes nouvelles à Morba. Les thermes sont superbes et il fait frais dans les montagnes.

Laurent caressa la joue de Ginevra.

— Tu n'as jamais su mentir, ma chérie. Tu veux surtout que je fasse une cure.

— Mais bien sûr. L'année dernière, cela t'a fait énormément de bien. Pendant plusieurs mois, tu n'as pas souffert. De plus, j'aurais dû rester un peu plus longtemps à Morba. J'ai fait construire des chambres et j'aimerais les voir terminées. Si nous partons demain...

Laurent posa un doigt sur les lèvres de Ginevra.

— Chut ! J'irai, c'est décidé. C'était mon intention de toute façon. Je n'attendais que la réponse d'Innocent.

Il retira son doigt et déposa un baiser sur les lèvres de Ginevra qui se tendaient vers lui.

— Mais je n'irai pas à Morba avec toi, poursuivit-il. Je n'ai pas envie d'être l'« ami de la propriétaire ». Je préfère un endroit où je peux me plaindre tant que je veux et me montrer désagréable comme tous les vieillards qui ont la goutte. Je vais essayer Spedaletto. Pendant ce temps, tu peux aller surveiller les travaux à Morba. Nous reviendrons ici le même jour.

— Non, je t'accompagne à Spedaletto. Il m'est très utile de voir ce que font mes concurrents. J'ai entendu dire qu'ils avaient un excellent masseur. J'aimerais savoir ce qu'il en est.

Elle avait l'intention de demander des leçons à ce masseur dont on disait en effet grand bien. Les jambes de Laurent devenaient raides en hiver et les massages qu'elle lui faisait ne semblaient plus aussi efficaces qu'avant.

1487-1488

Chapitre 54

Il y avait de la neige sur la terrasse devant la loggia vitrée. Ginevra et Laurent lancèrent des miettes de pain pour que les oiseaux fêtent avec eux leur anniversaire.

— Qu'est-ce que tu as préféré cette année ? demanda Ginevra en se conformant à leur rituel.

— Le 1er mai sous la pluie, répondit aussitôt Laurent. Et toi ?

— C'est ce que j'aurais répondu, mais maintenant, je dois trouver autre chose... La chanson que tu as écrite pour le carnaval. C'était si drôle que les gens avaient le fou rire en la chantant... Tu te souviens du garçon avec des cheveux roux bouclés ? Il était si obtus que même après toutes les répétitions, il n'avait pas encore compris ce que ça voulait dire.

Laurent éclata de rire.

— Et quand on lui a expliqué, dit-il, son visage est devenu aussi rouge que ses cheveux... Va chercher les instruments, Ginevra, et chantons.

— ... Regarde, Laurent, nous avons effrayé les oiseaux.

Ils étaient assis sur les bancs l'un en face de l'autre, Laurent avec le luth, Ginevra avec la mandoline. Ils riaient de leurs couacs et de la chance de se trouver avec la seule autre personne au monde que cette cacaphonie ne dérangeait pas.

Ils jouaient souvent ensemble parce qu'ils aimaient la

musique et qu'ils étaient de bons instrumentistes. Quand ils ne chantaient pas, aucune fausse note ne troublait leurs morceaux. C'était un plaisir plus sérieux. Mais le jour de leur anniversaire, ils prenaient plaisir à tout partager, y compris leurs points faibles.

Ce jour-là, ils avaient décidé d'un commun accord de n'aborder que des sujets agréables. Laurent attendit donc le lendemain pour parler à Ginevra du problème qui s'était posé avec le pape.

— Je n'aurais jamais pensé que cet homme indolent puisse se montrer un jour pressé, dit-il avec humeur, mais rien qu'hier, j'ai reçu quatre lettres de lui. Toutes dictées le même jour. Et la semaine dernière, j'en avais déjà reçu cinq. Il paraît que son fils s'impatiente mais comment est-ce possible ? Cibo est encore plus nonchalant que son père.

Le pape voulait que le mariage entre son fils et Maddalena ait lieu au printemps, dès que le temps permettrait à la jeune fiancée d'entreprendre le voyage jusqu'à Rome.

Laurent voulait attendre que la gestion des biens épiscopaux lui ait rapporté assez d'argent pour constituer l'énorme dot qu'il avait promis de donner à sa fille.

— Je t'avais dit que tous mes problèmes financiers étaient résolus, tu te souviens ? Eh bien, faute d'argent, l'alliance qui devait tout arranger ne va pas se faire. Je ne peux évidemment pas donner à Innocent la raison qui m'oblige à retarder cette union. Je dois trouver une excuse plausible.

— L'âge de Maddalena ?

— Elle a presque quatorze ans ; ça n'ira pas. Non, je dois trouver quelque chose d'autre. Je pourrais dire que Clarice ne veut pas la laisser partir mais je ne sais pas si ce sera suffisant, bien que Clarice soit une Orsini et qu'à Rome, cela compte, même pour un pape.

« En tout cas, cela vaut la peine d'essayer. Je vais dire à Innocent que je désire ce mariage autant que lui mais que Clarice est souffrante et me prie de laisser à ses côtés sa fille préférée qui lui est d'un grand réconfort.

« D'ailleurs, ce ne sont pas des mensonges. Les espions d'Innocent pourront le lui confirmer. Clarice n'est pas très bien depuis plusieurs semaines. Elle a eu une grave indigestion... »

Ginevra regarda Laurent. Il venait de violer leur règle d'or : ne jamais parler de Clarice.

Ils pouvaient l'évoquer en tant que personnage officiel mais pas d'une façon personnelle. Ginevra n'oubliait jamais totalement qu'elle était adultère, que Laurent était un époux et un père. Mais elle parvenait à ne pas trop y penser en évitant de voir Clarice et de la nommer.

— Je suis jalouse, avait-elle expliqué à Laurent.

Il avait tenté en vain de lui démontrer que sa jalousie était injustifiée.

— Je suis jalouse, Laurent, un point c'est tout. Je ne veux pas entendre parler de Clarice. Jamais.

Il s'en était toujours souvenu jusque-là. En voyant l'expression de Ginevra, il se le rappela.

Innocent VIII accepta les excuses de Laurent et l'ajournement du mariage, en raison du mauvais état de santé de Clarice à qui il envoya un cadeau, un crucifix qu'il avait béni, et une fiole d'eau du Jourdain pour en asperger sa chambre.

Laurent dit seulement à Ginevra que le pape lui avait accordé un délai.

Elle le serra très fort dans ses bras.

— Il n'y a pas meilleur diplomate que toi, lui assura-t-elle.

Elle le lui redit quelques jours plus tard quand Ludovic Sforza envoya à Laurent un ensemble de cartes sur lesquelles étaient peints sur un fond doré des figures, des symboles et des chiffres. Les jeux de cartes étaient quelque chose de nouveau en Europe ; même Laurent n'en avait pas.

— Sforza dit dans sa lettre qu'on peut s'en servir pour lire l'avenir ou pour jouer. Qu'est-ce que tu préfères ? Je peux envoyer chercher une diseuse de bonne aventure.

— Je préfère le présent à l'avenir. Nous pouvons trouver une façon de les utiliser. Nous jouerons après le dîner. Chacun essaiera d'inventer un jeu.

Les cartes rencontrèrent un succès immédiat auprès de leurs amis. Botticelli essaya de persuader Laurent de lui en commander une série. Laurent refusa en riant.

— J'ai déjà un jeu, Sandro, je ne peux pas me permettre d'en acheter un autre.

Ce qui fit rire tout le monde.

Le cadeau que Laurent reçut au printemps du sultan d'Egypte fit sensation dans toute la Toscane. C'était une girafe.

Les Florentins tombèrent tout de suite amoureux de cet animal exotique et gracieux. La girafe déambula dans la ville entre deux haies de spectateurs qui allèrent ensuite l'admirer dans la ménagerie construite spécialement pour elle près de l'église Santa Maria Novella. Au fur et à mesure que se répandait la nouvelle de la présence à Florence de cet animal fabuleux, les gens commencèrent à affluer de la campagne, puis des villes voisines et enfin des cités plus éloignées, dans un rayon de plus de cent kilomètres autour de Florence.

La guilde des orfèvres fabriqua une chaîne pour l'attacher ; hommes et femmes adoptèrent des tissus de soie marqués de taches brunes rappelant le pelage de la girafe ; les prostituées imitèrent son déhanchement et collèrent sur leurs paupières des cheveux noirs raidis pour imiter ses longs cils ; les artistes de la ville la dessinaient, la peignaient, la modelaient en argile, la sculptaient dans le marbre ; des femmes élégantes de tous âges coiffaient leurs cheveux en torsades qui rappelaient les petites cornes de la girafe.

Pour le 1er mai, Laurent introduisit à Florence la coutume paysanne du mât enrubanné. Ce jour-là, les religieuses de Santa Trinita avaient pour habitude de nourrir les pauvres sur la place de l'église. Laurent décida de faire ériger le mât juste au centre. Il persuada une douzaine de parents que la danse de l'arbre de mai était parfaitement respectable et que leurs filles pouvaient l'exécuter sans craindre pour leur réputation.

— Ma propre fille Maddalena dansera elle aussi, dit-il.

Ginevra eut pour tâche d'apprendre cette danse aux jeunes filles, Ange Politien écrivit un poème pour la musique que composa Laurent ; un joueur de luth et un chanteur l'interprétèrent.

— Le plus drôle, c'était l'âne avec ses cymbales, dit Ginevra cet après-midi-là. Mais c'était charmant et tout le monde a trouvé ça parfait.

— Nous en parlerons tout à l'heure, dit Laurent. Après la célébration de nos premières amours.

Il délaça sa robe et l'attira sur le tapis de fleurs.

Au cours de l'année, ils retournèrent une fois aux thermes. A Filetta, près de Sienne. L'établissement bénéficiait de nouveaux aménagements somptueux. Ginevra fut si occupée à prendre des notes en vue des améliorations qu'elle envisageait pour Morba qu'elle eut à peine le temps de profiter des bains.

Laurent s'amusait à la taquiner en lui disant qu'elle aurait beau faire construire un bâtiment avec des colonnes de marbre, ça ne lui amènerait pas la source d'eau chaude sulfureuse de Filetta qui était bien meilleure que celle de Morba. Il y avait des années qu'il ne s'était pas senti aussi bien.

Mais un courrier arriva et sa bonne humeur s'évanouit.

— Ginevra ! s'écria-t-il, éperdu. Je pensais ne jamais te trouver. Il faut partir tout de suite. Dépêche-toi. Quelqu'un se chargera de nos affaires. Nous ne pouvons pas nous permettre d'être ralentis par une bête de somme.

Ses bonnes couleurs avaient disparu. Il avait le visage blême, décomposé.

— Clarice est morte, dit-il d'une voix douloureuse.

Pendant leur cavalcade à bride abattue vers Florence, Laurent ne desserra pas les dents et, une fois au palais, il alla directement voir ses enfants.

Ginevra se rendit dans sa chambre et attendit qu'on lui donne des instructions. Elle se sentait seule au monde.

Chapitre 55

— Ginevra, je ne vais pas avoir beaucoup le temps de te voir, j'en ai peur. Je dois me consacrer le plus possible aux enfants, j'ai un tas de lettres à écrire aux Orsini à propos de l'enterrement, il faut que je m'occupe des fiançailles de Pierre avec Alfonsina Orsini et du mariage de Maddalena, sans compter...

— Ce n'est pas la peine de t'inquiéter pour moi, Laurent. Je comprends très bien.

Ginevra comprenait très bien en effet. Cela ne l'ennuyait pas de rester seule à Careggi. Ce qui l'agaçait, c'est que Laurent se fasse du souci pour elle. Elle n'aimait pas l'idée de lui être à charge, comme ses enfants ou le gouvernement. Mais elle se tourmentait plus encore de le voir si fatigué. Et elle se désolait par-dessus tout de ne pouvoir lui être utile à un moment où il avait tant besoin d'aide et de réconfort.

Au fond de son cœur, elle était malheureuse qu'il soit si abattu par la mort de Clarice, mais elle refusait de se l'avouer.

Bien qu'elle se tînt éloignée de Florence pour fuir les ragots et la sympathie embarrassante de ses amis, entre La Vacchia et Careggi, il y avait assez de travail pour remplir ses journées.

Et avec les jours qui raccourcissaient, elle avait de longues soirées pour penser.

A Laurent. A elle-même. A eux deux.

Ginevra décida qu'elle n'existait pas assez en dehors de lui.

Si elle était une femme réellement indépendante, Laurent ne se sentirait pas aussi responsable d'elle, il n'éprouverait pas le besoin de s'excuser quand il devait la laisser se débrouiller toute seule.

Mais son cœur se rebellait contre une telle pensée : je fais partie de lui, comme il fait partie de moi, lui soufflait-il. Nous ne pouvons être séparés. Il est toute ma vie.

Vous serez séparés un jour ou l'autre, rétorqua une voix en elle. Laurent a quatorze ans de plus que toi.

Ginevra se boucha les oreilles pour ne pas entendre.

Cependant ses pensées continuèrent de se dérouler, lucides et cruelles : il est malade ; son état va empirer ; tu as une santé de fer.

Ginevra refusait d'envisager le pire mais la voix de la raison revint à la charge au moment où elle s'y attendait le moins.

En ouvrant son journal pour écrire le nombre des nouveaux oliviers, elle tomba sur les quelques lignes qu'elle avait écrites des années auparavant, le jour où Gigi était mort sur le sol de sa taverne favorite, au milieu d'une flaque de vin.

Et plusieurs fois, en pleine nuit, des rêves affreux la réveillèrent.

Jusqu'au moment où elle sut ce qu'elle devait faire.

— Ma chérie, si tu savais comme je suis heureux de rentrer, dit Laurent en refermant ses bras autour d'elle. Laisse le jardinage et entrons dans la maison. J'aimerais manger et boire du vin dans la loggia, notre havre de paix. J'ai beaucoup de choses à te raconter.

Toutes les dispositions pour les noces de Maddalena avaient été prises. La jeune fille quitterait Rome aussitôt après Noël et Pierre conduirait l'escorte. Laurent aurait amplement l'occasion de discuter avec Innocent de la promotion cardinalice de Jean pendant les quelques semaines qu'il resterait à Rome avant le mariage.

Laurent parlait vite et mangeait peu. Ginevra attendit qu'il lui explique la raison de sa nervosité.

— Il me manque encore de l'argent pour la dot, ma petite paysanne. Alors, pour la compléter, j'ai pensé à leur donner le palais Pazzi et la villa de Montughi.

Ginevra sourit.

— Tu craignais que cela ne m'ennuie ? Pas du tout. Je ne connais pas ces maisons. Je n'ai habité qu'à La Vacchia.

Rassuré, Laurent sauça son assiette avec un morceau de pain.

— C'est exactement ce dont j'avais envie. Je suis affamé.

Entre deux bouchées, il lui parla du mariage de Pierre. Il aurait lieu le 22 mai et non le 1er mai comme c'était prévu au début.

— J'ai écrit aux Orsini qu'avant le 2 mai, c'était absolument impossible, dit-il avec un regard malicieux. Je leur ai appris que le 1er mai, je me mettais tout nu dans les champs pour faire des choses païennes.

Ginevra pouffa de rire. Après les longues semaines de séparation, elle éprouvait devant lui une sorte de timidité qui la jetait dans un trouble mêlé de désir.

Laurent avait l'air un peu intimidé lui aussi et son sourire était presque celui d'un jeune homme. Il la prit par la main.

— Quand nous en aurons fini avec le mariage de Pierre, déclara-t-il, nous pourrons prendre un peu de repos. Puis nous nous marierons ici en présence de nos meilleurs amis. Ce sera une fête joyeuse, pas un spectacle pompeux.

— Mais, mon chéri, dit-elle sans se départir de son sourire, tu sais très bien que je ne me marierai jamais. Pas même avec toi. J'ai besoin d'être libre pour être heureuse.

C'était la première fois qu'elle lui mentait depuis qu'ils étaient amants. Elle s'y était résolue par amour pour lui. Elle ne pouvait le laisser mourir en se demandant avec anxiété ce qu'elle allait devenir. Pendant les années qu'il leur restait à vivre ensemble, il faudrait encore beaucoup d'autres mensonges pour arriver à le convaincre qu'elle était tout à fait capable de vivre sans lui.

Laurent répétait toujours qu'elle ne savait pas mentir mais, au cours de la très longue discussion qui suivit, l'amour donna à Ginevra une force de conviction suffisante pour repousser ce qu'elle désirait le plus au monde sans manifester la moindre tristesse.

Elle crut voir une lueur de soulagement passer dans le regard de Laurent quand elle l'eut persuadé qu'elle l'aimerait toujours mais ne deviendrait jamais sa femme. Je crois que j'ai pris la bonne décision, songea-t-elle.

Elle en eut la certitude un peu plus tard quand, après les moments de bonheur qu'ils connurent en faisant l'amour, Laurent pleura dans ses bras.

— J'aurais dû me trouver près de Clarice quand elle est morte, dit-il. Je lui devais bien ça. Elle a toujours rempli ses devoirs. Savoir que j'avais su l'apprécier aurait été important pour elle. Je n'étais pas là pour le lui dire. Un homme est responsable du bien-être de sa femme. J'ai manqué à mon devoir. Je ne lui ai pas donné ce à quoi elle avait droit.

Après cet accès de désespoir, Laurent s'endormit. Et Ginevra, qui ne se lassait jamais de la vue de l'homme qu'elle aimait tant, le regarda dormir.

En découvrant les cicatrices sur les articulations enflées de ses belles mains, un grand froid pénétra son cœur. Le bout du petit doigt de la main gauche était courbé et définitivement rigide.

Oh, mon Dieu, je Vous en supplie, pas si vite, implora-t-elle. Je ne suis pas prête. Je sais que je dois le perdre un jour mais faites que ça n'arrive pas trop vite.

1488

Chapitre 56

Le bruit que le cortège arrivait courut de bouche à oreille.

— Les voilà ! Les voilà ! cria la foule impatiente massée sur la place.

Ginevra tendit le cou. Il était encore trop tôt, elle le savait, et les gens qui l'entouraient également. Cela ne les empêchait pas de se dresser à tout instant sur la pointe des pieds pour essayer d'apercevoir quelque chose car il régnait dans la ville l'excitation contagieuse des jours de fête.

Les bannières colorées ornant le palais de la Seigneurie claquaient au vent et sur la grande plate-forme au-dessous, les prieurs tenaient à deux mains leurs superbes robes rouges de cérémonie pour les empêcher de se relever. Le soleil faisait étinceler les étoiles dorées de la robe du gonfalonier. Tout était prêt pour recevoir l'ambassadeur de Bologne.

Il arriva enfin et les vivats fusèrent, se mêlant aux ovations qui résonnaient encore le long du chemin suivi par le cortège. Au milieu des cris, des exclamations et des rires, chacun y allait de son commentaire.

La suite de l'ambassadeur était conduite par un cavalier portant une bannière à frange dorée garnie de pompons sur laquelle était brodé le sceau de Bologne. Quand il déboucha sur la grande place, le vent qui soufflait en rafales essaya de lui arracher la bannière des mains et son cheval harnaché d'or se mit à faire dc dangereux écarts. Des paris passionnés s'engagèrent aussitôt pour savoir qui l'emporterait de l'apparat ou des forces de la nature.

Mais le vent tomba. La foule déçue exhala un soupir qui traversa la place comme une petite brise.

Outre un chapeau orné de bijoux crânement surmonté d'un plumet que le vent avait hélas déchiqueté, l'ambassadeur portait un costume somptueux qui recueillit un murmure approbateur et quand son cheval exécuta une courbette devant la Seigneurie, ce fut un tonnerre d'applaudissements.

Les membres de sa suite, sanglés dans de beaux uniformes en soie avec des plastrons dorés, et les quarante fantassins arborant des lances étincelantes enjolivées de rubans qui flottaient au vent soulevèrent sur leur passage des applaudissements tout aussi nourris.

Puis l'ambassadeur mit pied à terre et fit face aux membres du gouvernement florentin qu'il gratifia d'un salut gracieux. Les trompettes du palais retentirent, la cloche de la grande tour sonna et l'ambassadeur monta les marches en haut desquelles l'accueillit le gonfalonier.

Le son de la cloche fut noyé sous les acclamations.

A cet instant, trois cavaliers s'avancèrent sur la place. Deux d'entre eux, vêtus de la livrée en soie à damiers rouge et blanc des Médicis et chevauchant des chevaux noirs au poil brillant, encadraient le troisième, monté sur un énorme étalon blanc. C'était Laurent, en *lucco* de laine noire, comme un simple citoyen, l'énorme diamant sans prix des Médicis accroché négligemment à sa coiffe en velours noir.

— Le Magnifique ! Le Magnifique ! Le Magnifique ! cria-t-on de toutes parts et ces mots, répercutés par les pierres de Florence, roulaient comme le tonnerre.

Comme la puissance, songea Ginevra, aussi émue que tous les Florentins.

Laurent s'arrêta au bas des marches et sauta lestement à terre. Il adressa un salut élégant à l'ambassadeur puis un salut respectueux à la Seigneurie, sans paraître remarquer le triomphe que son peuple lui réservait.

Son costume sombre dépourvu d'ornements éclipsait les magnifiques habits des prieurs et rendait soudain déplacée la magnificence avec laquelle était vêtu l'ambassadeur.

Oh, toi, politicien hors pair, songea Ginevra. Et elle cria avec les autres :

— Le Magnifique !

Après les discours, quand les portes se furent refermées derrière les personnages officiels, on se dispersa en parlant gaiement du feu d'artifice qui allait avoir lieu et de la rumeur alléchante selon laquelle la ville de Bologne offrait à tout le monde du vin dans le parc bordant la rivière, près de la Porta al Prato. Les Florentins se plaisaient cependant à répéter que Bologne était peu de chose, comparé à Florence. Et c'était pareil pour Venise, Milan, Rome, la France, l'Espagne et la Bourgogne. Ils avaient de la chance d'avoir à la tête de l'Etat un homme tel que Laurent le Magnifique. La grandeur de Florence, c'était lui.

Ginevra marchait dans les rues en souriant. Laurent serait heureux comme un enfant à qui on donne un paquet de friandises quand elle lui rapporterait les propos des gens. Comme il les aimait, ces Florentins inconstants ! Comme il prenait plaisir à savoir qu'ils lui rendaient l'amour qu'il avait pour eux.

Elle ne lui dirait pas qu'ils se demandaient déjà quand arriverait le prochain ambassadeur pour avoir encore une journée sans travail et un feu d'artifice. Elle aussi se posait la question. La ville de Bologne était la troisième cette année à avoir envoyé une ambassade et on n'était qu'en avril.

A moins d'une guerre, il y avait toujours eu des envoyés d'autres Etats à Florence comme dans toutes les villes importantes. Mais c'était le plus souvent des hommes d'affaires ayant surtout pour fonction de stimuler le commerce. En plus de leur rôle d'espion. Les nouveaux ambassadeurs étaient de vrais diplomates habilités à parler au nom de leur gouvernement.

Leur venue à Florence était la preuve de l'autorité grandissante de Laurent dans toute l'Italie où il était considéré comme le grand pacificateur. Son coup de maître à Naples lui avait valu une réputation de négociateur téméraire et persuasif et la rumeur selon laquelle les Turcs avaient envahi l'Italie à sa demande avait renforcé le prestige dont il jouissait. Mais c'était le traité de paix mettant fin à la guerre contre Ferrare qui avait le plus contribué à le placer sur un piédestal. Laurent ne s'était pas contenté de défendre les intérêts de Florence, il avait réussi à convaincre tous les combattants d'accepter l'accord de paix qu'il avait conçu. Ludovic Sforza s'en était attribué le mérite mais chacun avait reconnu la marque de Laurent.

Dans toutes les capitales européennes, Laurent fut surnommé « l'aiguille du compas italien ».

C'était Bologne à présent qui venait lui demander son aide car Laurent, assuré du soutien de la papauté, était devenu capable de faire plus qu'arrêter une guerre. Il pouvait en empêcher une. Après des siècles de lutte, les belliqueux Etats italiens commençaient à se rendre compte que, à condition d'avoir le maître de Florence pour médiateur, il était plus sage d'arbitrer leurs différends que de se battre. En se rangeant à son avis, ils n'avaient pas à redouter qu'il associe ses forces à celles de l'Eglise pour mieux les combattre.

Depuis les César, jamais homme n'avait été plus respecté.

Ginevra se laissa porter par le flot de la foule en savourant la gaieté ambiante et le soleil enfin revenu. Le printemps avait été froid et pluvieux. En entendant un groupe de paysans non loin d'elle parler d'aller voir la girafe, elle se fraya un chemin entre deux grosses femmes pour se joindre à eux. La ménagerie se trouvait dans la direction qu'elle voulait prendre.

Elle resta quelques instants avec eux à contempler la girafe.

— Pauvre bête, dit une des femmes.

Ginevra était du même avis. La girafe, emmaillotée dans des couvertures, faisait peine à voir dans un si petit espace. Le climat de Florence était trop rigoureux pour cet animal délicat qui avait grandi sous le soleil d'Afrique. Tout l'hiver, les hommes s'étaient relayés jour et nuit pour essayer de réchauffer son enclos en faisant brûler des torches.

Ginevra observa l'ombre que projetait le bâtiment sur les pavés. Il était temps d'aller retrouver Ange Politien. Elle se dirigea vers la Via de Fossi où se trouvait l'atelier de Ghirlandaio.

Ayant trop à faire avec les ambassadeurs et le mariage prochain de Pierre, Laurent avait chargé Ange et Ginevra de s'occuper du char du carnaval. Domenico Ghirlandaio avait accepté de le construire et de le décorer. Ange rayonnait ; le style narratif de Domenico convenait parfaitement aux thèmes inspirés de la mythologie classique qu'il avait choisis.

Ginevra prenait plaisir à l'exécution minutieuse de leur projet et elle s'y donnait totalement, mais depuis le départ d'Andrea del Verrocchio, ce n'était plus pareil. Les plaisanteries piquantes, la grosse voix enjouée et le rire communicatif du grand artiste lui manquaient. Cette année, elle pensait à Andrea avec une tristesse plus grande encore. Il était mort à Venise, au mois de février, avant d'avoir achevé sa statue équestre en bronze.

Ginevra avait pleuré pendant des heures, tremblante de froid, au bord de la fontaine où souriait le chérubin qu'Andrea avait sculpté pour la villa de Careggi.

Au moment où Ginevra atteignait la porte de l'atelier, elle aperçut Ange qui venait d'une autre direction. Elle lui fit signe et l'attendit.

Après s'être longtemps évités, ils avaient fini par se lier d'amitié. Ginevra trouvait le Politien différent maintenant qu'il n'était plus le précepteur des fils de Laurent. Il était plus détendu, moins didactique. Il lui arrivait même de rire.

Ginevra s'expliquait ce changement par le soulagement qu'il devait ressentir à être débarrassé de Pierre. Sans Pierre, la vie était beaucoup plus agréable pour tout le monde.

Seul Laurent restait aveugle aux défauts de son fils, même quand Pierre se trouvait mêlé à des rixes et que ses gardes abandonnaient ses soi-disant ennemis dans un piètre état. Laurent doit espérer que le mariage fera mûrir son fils, pensa Ginevra. C'est très jeune pour un garçon de se marier à seize ans.

Laurent avait expliqué à Ginevra que l'avenir des Médicis reposait sur ses fils. Il exerçait une pression constante sur le pape pour qu'il nomme Jean cardinal.

— Quelle coïncidence, dit Ange en souriant. Bonjour, Ginevra. Tu as vu le Bolonais ?

Ginevra lui rendit son sourire.

— Je l'ai vu à son avantage quand son cheval a effectué un pas de danse devant la Seigneurie.

— Moi, je l'ai vu dans sa posture la plus comique quand le vent a déchiré son joli plumet pendant la traversée du pont.

Ils riaient en entrant dans l'atelier.

— Ça fait plaisir de voir des gens heureux ! dit Ghirlandaio. Moi, je déteste ces fêtes. Mes apprentis pensent que ça leur donne le droit de traînasser dans les rues.

Ginevra promena son regard dans le vaste atelier. Il était désert, à l'exception d'un jeune garçon qui frottait le sol à genoux. Ghirlandaio s'approcha de Ginevra et lui parla tout bas.

— C'est ma dernière recrue mais je crois qu'il n'a rien à faire chez moi. Je voudrais te parler de lui.

Il éleva la voix :

— Buonarroti, ça suffit pour aujourd'hui. Va t'amuser, toi aussi. La poussière attendra.

Le garçon se leva, esquissa un petit salut et s'échappa en courant par la porte de derrière. Ginevra eut juste le temps d'apercevoir un garçon robuste avec un beau visage qui lui donnait l'air plus vieux que son âge.

Le garçon avait treize ans et s'appelait Michel-Ange Buonarroti.

— Il veut devenir sculpteur sur marbre, expliqua Domenico. Mais son père l'a mis en apprentissage ici parce qu'il pense que la peinture est un art plus convenable.

Ghirlandaio sourit.

— Parce qu'on se salit moins, ajouta-t-il. J'ai pris l'argent et j'ai mis le garçon au travail... Puis, hier, je suis tombé là-dessus.

Domenico souleva le couvercle d'un petit coffre et en sortit un papier tout froissé. Il le lissa de son mieux sur la table devant eux.

— C'est ce jeune garçon qui a fait ça. Il ne sait pas que je l'ai ramassé. Il croit l'avoir jeté. Je trouve que ça change tout. Il a un énorme talent.

Le papier était couvert d'esquisses au charbon représentant des bras, des pieds, des jambes, des dos et des épaules, toutes exécutées rapidement avec des parties ombrées révélant le réseau des os et des muscles.

— Ange, dit Ginevra. Viens voir. Qu'est-ce que tu en penses ?

Le Politien examina les croquis.

— On dirait qu'on a voulu dessiner des morceaux de statue.

Ghirlandaio et Ginevra hochèrent la tête.

— Le garçon connaît son point fort, dit Domenico. C'est un sculpteur. Peut-être un grand. Il n'avait pas de modèles, sinon dans sa tête. J'aimerais que vous demandiez à Laurent s'il veut bien le faire entrer chez Bertoldo. Je lui donnerais sa pension d'apprenti.

— Nous pouvons parler au nom de Laurent, dit Ginevra sans hésiter. Envoie Michel-Ange demain à San Marco. J'irai voir Bertoldo aujourd'hui même.

Six semaines plus tard, une fois que fut célébré en grande pompe le mariage de Pierre, Ginevra prit un air mystérieux.

— J'ai une surprise pour toi, dit-elle à Laurent. Tu dois me suivre sans poser de questions.

Elle le conduisit dans le jardin de l'Académie des beaux-arts de San Marco et, en s'éloignant de lui, elle ajouta :

— C'est quelque part ici. Tu dois trouver tout seul de quoi il s'agit.

— Ginevra, mais c'est absurde.

— Ne t'inquiète pas. Ce n'est pas un minuscule camée. C'est assez grand. Et superbe.

Laurent fit la grimace. Bertoldo arrivait déjà à grands pas en lui reprochant de n'être pas venu le voir pendant des mois. Il prit Laurent par le bras et l'entraîna en causant à bâtons rompus des problèmes qu'il rencontrait dans son travail, de la stupidité et de la paresse des étudiants, de l'art qui n'était plus ce qu'il était.

Ginevra les suivait d'assez près pour pouvoir observer Laurent mais d'assez loin pour ne pas être vue de Bertoldo.

Michel-Ange polissait un petit marbre, accroupi au bord du chemin. Laurent s'arrêta, contempla la statue, parla au garçon.

Ginevra sourit. Puis Laurent se remit à avancer en écoutant d'une oreille les lamentations de Bertoldo. Ginevra était consternée. Contrairement à son attente, il ne s'était rien produit. Elle regarda Michel-Ange et retint un cri. Le garçon s'était saisi d'un ciseau et en frappait le marbre tendre.

— Arrête, malheureux, s'écria-t-elle en courant vers lui. Ne détruis pas ta statue.

Michel-Ange leva les yeux vers elle.

— Je ne la détruis pas, dit-il. Je l'arrange.

Ginevra retint un autre cri. Le beau visage du jeune adolescent était défiguré par un nez grotesque.

— Mais que t'est-il arrivé ? demanda-t-elle.

Michel-Ange eut un sourire gamin. Il toucha l'arête aplatie de son nez.

— Je me suis battu avec lui, là-bas, répondit-il en montrant du doigt un étudiant richement habillé. Il m'a cassé le nez mais il a fini par reconnaître qu'il avait tort.

— A propos de quoi ?

— De l'art. Il pensait du bien d'un peintre qui est très mauvais et ne savait pas que Masaccio est un maître. Je le lui ai appris.

Ginevra éclata de rire.

— J'admire les gens qui ont des convictions... Que fais-tu à ta statue ? Je peux regarder ?

Le garçon lui montra son œuvre sans fausse timidité. Il savait que c'était du bon travail. Il avait sculpté un vieux satyre d'une laideur repoussante. Il avait un visage flasque sillonné de rides et un sourire mauvais qui faisait froid dans le dos.

— C'est tout à fait abominable, dit Ginevra, admirative. Comment as-tu eu l'idée de faire ça ?

— J'observe les gens dans la rue, répondit le jeune sculpteur.

Il contempla son œuvre.

— Il n'était pas aussi effrayant avant. C'est le Magnifique qui m'a aidé à l'améliorer. Il m'a expliqué que quelqu'un d'aussi vieux ne pouvait pas avoir un tel sourire. Il m'a dit : « Ton satyre a toutes ses dents, comme un jeune homme. »

Michel-Ange passa son doigt sur les lèvres de sa statue.

— Alors j'ai éliminé quelques dents. Maintenant il a une vraie bouche de vieillard méchant.

— Le Magnifique ne t'a rien dit d'autre ?

— Si ! dit le garçon dont le visage s'illumina de joie. Il m'a dit de lui envoyer mon père. Il va lui demander de me laisser habiter au palais Médicis pour que je puisse étudier la sculpture.

Ginevra se releva et, les mains sur les hanches dans un geste qui lui était habituel quand elle était en colère, elle s'exclama :

— Il a dit ça, vraiment ? Et à moi, rien !

Elle lança un regard noir à Laurent qui lui tournait le dos tout au bout du jardin, à côté de Bertoldo.

Puis elle éclata de rire.

— Tel est pris qui croyait prendre, dit-elle au garçon qui ne comprit pas.

Michel-Ange rejoignit les dizaines de résidents au deuxième étage du palais. Mais à la différence des autres, il fut invité par Laurent à se joindre au groupe d'artistes et de philosophes qui dînaient avec lui le soir.

En apprenant la façon dont chacun se plaçait à table, le jeune garçon n'en crut pas ses oreilles. S'il arrivait le premier, il pouvait être assis juste à côté de Laurent. Chaque soir, quand les intendants venaient ouvrir les portes et préparer la pièce, le jeune sculpteur était déjà là.

Lorsque Laurent dînait au palais, Michel-Ange buvait ses paroles et ne pouvait détacher son regard de son visage. Lorsque le maître des lieux était absent, le garçon s'asseyait le plus près possible de sa chaise et par moments, il la touchait avec beaucoup de respect. Laurent était son héros, son bienfaiteur et son dieu. Et Ginevra se prit d'affection pour Michel-Ange à cause de l'adoration qu'il vouait à l'homme de sa vie.

Chapitre 57

Un cri affreux tira Ginevra d'un profond sommeil. Elle s'assit dans son lit. Au même instant, un autre cri, tout près d'elle, déchira le silence. C'était Laurent.

— Qu'y a-t-il, mon chéri ?

Elle tendit la main pour le chercher dans le noir.

— Non ! gémit-il. Laisse-moi... ne me touche pas, ne fais pas bouger le lit... Seigneur, aidez-moi à supporter cette souffrance... !

Il poussa un long cri plaintif.

Ginevra roula rapidement sur elle-même et se laissa tomber sur le sol. Elle rampa jusqu'à la table, trouva une chandelle et un briquet, alluma.

Le corps de Laurent était raidi par la douleur. Les veines de son cou ressortaient affreusement, un rictus hideux déformait sa bouche, ses yeux étaient agrandis par la peur.

— Les draps, grogna-t-il, enlève-les... doucement...

Ginevra eut beau les soulever le plus légèrement possible, elle lui arracha de nouvelles plaintes.

Son genou droit était aussi gros qu'une tête d'enfant ; la peau rougie semblait tendue à craquer.

Laurent haletait, le visage exsangue.

— C'est mieux... il ne faut aucun poids sur moi... excuse-moi... de t'avoir effrayée...

Ginevra éclata en sanglots.

— Ne parle pas, mon chéri. Inutile de t'inquiéter pour

moi. Si seulement je pouvais faire quelque chose pour que tu aies moins mal, dit-elle en se tordant les mains.

Laurent tenta de mettre un sourire sur ses lèvres déformées par la douleur.

— Chante... pour... moi..., murmura-t-il d'une voix tremblante.

Ginevra porta les mains à sa bouche pour refouler ses larmes.

Puis elle chanta, d'une voix forte et discordante. Elle chanta toutes les chansons qu'elle connaissait, les chants de carnaval, les chants à danser, les hymnes, les cantiques, les chansons populaires et les berceuses. Elle eut la bouche toute sèche, puis la gorge. Elle les chanta une deuxième fois. Puis une troisième fois, d'une voix cassée, avec les lèvres gercées. La flamme de la chandelle crachota, s'éteignit ; la fenêtre devint grise, puis rose. Lorsque le bleu lumineux d'un ciel d'été s'y encastra, Ginevra chantait toujours.

Peu à peu, la respiration oppressée de Laurent se ralentit et il respira plus facilement. Après un soupir, il s'endormit. Alors seulement, Ginevra s'arrêta de chanter.

Quand il se réveilla, il la trouva à son chevet, surveillant avec anxiété le mouvement paisible de sa poitrine.

— C'est passé, dit-il. Ne t'inquiète pas, Ginevra.

Elle sourit.

— Veux-tu que je t'apporte un bol d'eau fraîche ? Un linge pour ton front ?

Elle gardait les yeux fixés sur son visage pour ne pas voir son genou cruellement enflé.

— De l'eau avec une goutte de citron.

Il fut capable de tenir seul son verre et de boire. Plus tard, il mangea un peu de pain. La douleur était devenue supportable à condition qu'on ne touche pas son genou et de ne pas bouger.

Le genou de Laurent commença à désenfler dans la nuit. Deux jours plus tard, il allait clopin-clopant. Le troisième jour, il marchait sur ses deux jambes.

— Il faudrait que tu fasses une cure thermale, dit Ginevra.

— Bientôt, promit Laurent. Dès que je pourrai monter à cheval.

Après les bains, lorsqu'il se fut remis, il parla à Ginevra.

— Je t'aime, ma petite paysanne.

Laurent embrassa Ginevra sur le front et elle chercha le creux de son épaule. Elle était toute chaude avec cet éclat particulier qui se répandait sur son visage après l'amour.

— Je t'adore, le Magnifique, murmura-t-elle.

Laurent la tint contre lui et lui parla d'une voix douce.

— Je me souviens des cris que poussaient mon grand-père et mon père. Je sais que ça va recommencer. De façon de plus en plus rapprochée... Non, ne bouge pas, tu dois m'écouter maintenant que je vais bien et que je peux parler en toute sérénité. Je ne sais pas pourquoi la maladie me frappe si tôt alors que j'ai tant de choses à faire. Je pensais que ce serait graduel, et que la douleur resterait supportable. Je ne croyais pas que le pire viendrait si vite.

Devinant qu'elle allait protester, il la serra plus fort.

— Je ne suis pas encore près de la fin, ma chérie, mais ça va venir et tu ne l'empêcheras pas en disant que ce n'est pas vrai. Je vais devenir grincheux et exigeant comme mon grand-père et mon père. Je serai estropié puis infirme. Tu n'as pas besoin de voir ça, Ginevra. Tu n'es pas obligée de rester.

Cette fois-ci, il ne réussit pas à la faire rester tranquille. Elle se dégagea et lui martela la poitrine à coups de poing.

— Je te tuerai, cria-t-elle. Je te tuerai si tu essaies de m'éloigner. Pour qui te prends-tu pour m'insulter ainsi ? Pour insulter l'amour que j'ai pour toi et ton amour pour moi ? Comment oses-tu avoir pitié de moi comme si j'étais une faible femme ? Je suis capable de supporter ta mauvaise humeur et quand tu ne pourras plus marcher, je te porterai sur mon dos. Mais je ne te quitterai pas et si tu cherches à te débarrasser de moi, je prendrai un couteau et je te percerai le cœur.

Laurent saisit les poignets de Ginevra.

— Arrête, dit-il en riant. Arrête de battre un vieil homme. Tu as une façon de soigner la goutte un peu trop énergique à mon goût. Reste donc avec moi. Je préfère boiter avec toi plutôt que tu m'assassines. Tu seras mon soleil. Reste et aime-moi. Mais moins brutalement.

Ginevra ne cherchait plus à libérer ses mains. Elle le regarda en souriant.

— Tu me mets parfois hors de moi, Laurent. Tu ne

devrais pas faire ça. C'est dangereux... Est-ce que je t'ai déjà dit que j'avais failli te tuer quand nous sommes allés à Naples ? Non ? Si tu m'embrasses, je te raconterai une histoire pour t'endormir...

— Tu es une femme terrifiante, dit Laurent quand elle lui eut raconté les stratagèmes qu'elle avait imaginés pour le tuer. Puis-je savoir à quoi je dois d'avoir eu la vie sauve ?

— J'ai compris que je t'aimais... Je crois que c'est ta belle voix de ténor qui a gagné mon cœur.

— Sorcière. Je ne vais plus oser dormir à côté de toi. Je dois passer le temps en te faisant l'amour.

Ginevra s'étira comme une chatte.

— Je t'attends.

Ginevra apprit à ne pas anticiper la tragédie et à vivre dans l'instant. Les longues journées d'été s'écoulèrent dans la joie.

Le seul malheur qu'elle pensait avoir à redouter était la maladie de Laurent. Mais, en octobre, Luisa, la fille de Laurent, attrapa mal à la gorge. Vingt-quatre heures après, elle était morte.

Elle n'avait que onze ans.

Le chagrin de Laurent fut immense. Ginevra souffrit de la perte de cette enfant qu'elle avait beaucoup aimée, et plus encore de ne pouvoir réconforter Laurent. Il lui était impossible de partager l'angoisse d'un père car elle n'avait jamais été mère. La seule chose qu'elle pouvait faire était de respecter le silence de Laurent. Ils restaient assis côte à côte, marchaient et montaient à cheval sans jamais prononcer un mot.

Au bout de dix jours, Laurent rompit le silence.

— Merci, dit-il en lui prenant la main.

Lorsque le temps commença à se rafraîchir, Laurent quitta Careggi pour le palais Médicis.

— Tu viendras bientôt ? demanda-t-il. J'aimerais t'avoir près de moi.

— Bien sûr, répondit Ginevra.

Elle savait ce qu'il passait sous silence. Les accès de goutte étaient toujours plus graves en hiver. Il n'y aurait plus de joyeuses chevauchées jusqu'à Careggi, plus de dîners se prolongeant dans la loggia inondée de soleil. La maison que Laurent avait choisie pour leur amour redevenait une simple villa d'été. Les folles fêtes d'anniversaire, c'était fini tout ça. Au lieu de célébrer le cours inexorable du temps, ils devaient essayer de l'arrêter.

A Florence, Ginevra emménagea dans une nouvelle chambre, contiguë à celle de Laurent.

Le nouveau locataire du palais avait lui aussi une chambre voisine de celle de Laurent. Il s'appelait Pierre Leoni et il était médecin.

Ginevra supplia Laurent de le renvoyer.

— Il va te tuer, mon chéri. Rappelle-toi ce que ta mère nous a dit. Elle a vu les médecins torturer ton père avec leurs remèdes de charlatan et précipiter sa mort. Il n'y a pas de meilleur traitement que les bains et les extraits d'herbes médicinales qui calment et fortifient. Nous irons à Morba. Ou à Filetta, si tu préfères. Aux thermes de Ripoli. Les membres des conseils peuvent aller te voir là-bas. Ou ailleurs si tu préfères. Je t'accompagnerai là où tu iras, n'importe où, et je prendrai soin de toi.

Elle tomba à genoux pour l'implorer.

Laurent posa la main sur sa tête penchée.

— Je ne le renverrai pas, Ginevra. J'ai besoin d'avoir Leoni près de moi. Les médecins connaissent des remèdes qu'on ne trouve pas dans le jardin d'herbes aromatiques.

Comme elle insistait, Laurent perdit patience et lui demanda de le laisser seul.

— Bien, je m'en vais, dit-elle, mais je n'ai pas dit mon dernier mot. Je reviendrai à la charge jusqu'à ce que tu entendes raison.

Ginevra se réveilla au milieu de la nuit. Elle perçut d'abord les battements de son cœur, puis à travers l'épaisseur du mur, elle entendit Laurent crier.

Elle s'agenouilla au pied de son lit et pria en tendant l'oreille. Brusquement, les cris s'arrêtèrent.

Elle se précipita dans la chambre de Laurent sans prendre la peine, dans son affolement, de jeter une couverture sur elle. Le médecin la vit avec effroi surgir échevelée et nue.

— Vous l'avez tué ! s'écria-t-elle. Je le savais.

Elle se jeta sur lui comme une tigresse en cherchant à lui écorcher les yeux et le visage. D'une détente du bras, Leoni la jeta à terre.

— Taisez-vous, femme ! Il dort. Vous allez le réveiller. Retournez dans votre chambre et couvrez votre nudité honteuse.

Etourdie, Ginevra se mit à genoux en secouant la tête. Elle entendit la respiration régulière de Laurent.

— Il dort ! murmura-t-elle. Oh, merci, mon Dieu.

Elle se mit debout péniblement, vit la fiole près de la bougie.

— Merci, docteur, dit-elle en s'en allant d'un pas chancelant.

Elle aurait remercié le diable en personne s'il pouvait mettre un terme aux souffrances de Laurent.

Ginevra ne put se rendormir. Elle pria, pleura et chercha à mettre de l'ordre dans le tumulte de ses pensées. Lucrèce de Médicis lui avait tenu lieu de mère ; elle l'avait admirée et lui avait fait aveuglément confiance. Elle aurait voulu lui ressembler.

Lucrèce l'avait sauvée de la mort. Elle avait pansé les àblessures de son corps et de son âme, toute seule, sans l'aide des médecins. Dans le cœur tendre de Lucrèce, il n'y avait de place ni pour la colère ni pour la haine, sauf à l'égard des médecins. Comment Lucrèce, si sage, aurait-elle pu se tromper ?

Pourtant... Laurent dormait paisiblement. Mais si la drogue le tuait ? Les médecins étaient tous des assassins, disait Lucrèce.

Ginevra voulait croire de toutes ses forces que Laurent guérirait et qu'ils vivraient toujours ensemble.

Si elle était trop honnête pour se bercer d'illusions, l'espoir restait permis. Et ce médecin n'avait-il pas réussi à vaincre la douleur ? Presque vingt ans avaient passé depuis que le père de Laurent était mort. La médecine avait peut-être fait des progrès. On avait peut-être découvert de nouvelles plantes, de nouveaux remèdes.

Le matin, Ginevra s'habilla et alla voir Leoni. Elle lui demanda humblement pardon.

On ressortit la chaise qui avait servi à Cosme et, après lui, à Pierre et à Ginevra. La goutte s'était fixée dans le pied gauche qui refusait de désenfler. Laurent, qui ne voulait pas pour autant cesser de travailler et de se divertir, se faisait transporter d'une pièce à l'autre comme son père et son grand-père avant lui, pour manger, lire, écrire, accueillir des visiteurs, recevoir ses amis et voir ses enfants.

Il essaya de ne pas dramatiser son invalidité.

— C'est un excellent système, dit-il. J'économise tant d'énergie que je peux faire deux fois plus de choses.

Mais dans le regard opaque de Laurent, Ginevra lut une angoisse indicible. Elle aussi se sentait angoissée. Et s'il ne pouvait plus jamais remarcher ? La nuit, quand il n'arrivait pas à dormir et restait seul avec sa peur, elle se rendait dans sa chambre. Elle le massait sans toucher à son pied et chantait jusqu'à ce qu'il oublie sa peur, rie et la supplie d'arrêter de lui percer le tympan.

A l'approche de Noël, Ginevra demanda aux servantes de transporter le coffre napolitain dans la chambre de Laurent.

— Tu te souviens de Naples ? demanda-t-elle avec un sourire en sortant quelques-uns des santons en terre cuite que Laurent lui avait offerts.

— Débarrasse-moi de ces vieux souvenirs, dit Laurent d'une voix dure. Je ne suis pas un enfant malade qu'il faut distraire avec des jouets. Ça ne m'amuse pas de penser à l'époque où j'avais l'usage de mes jambes et où je pouvais être un homme, un vrai. Laisse-moi seul, Ginevra. Je ne supporte pas de voir ta bonne mine et ton courageux petit sourire.

Michel-Ange aida Ginevra à disposer la crèche dans la loggia du palais. Il examina chaque santon avec un enthousiasme qui raviva celui de Ginevra.

— A Naples, les personnages de la crèche ont l'air vivants, dit Ginevra, et ils peuvent se mouvoir. C'est magnifique à voir. Je suis souvent allée l'admirer.

Le jeune visage enlaidi de Michel-Ange s'éclaira.

— Oh, racontez-moi, madame Ginevra, s'il vous plaît.

— Parle-lui donc du drôle de moine qui me servait d'espion, dit Laurent depuis le seuil.

Ginevra serra le minuscule enfant Jésus en terre cuite contre sa poitrine et remercia le ciel. Laurent était debout !

— Nous avons un invité, dit-il d'une voix claire et enjouée. Il paraît qu'il n'a pas mangé à sa faim depuis des mois.

Sandro Botticelli était rentré de Pise.

— Sandro ? Où est-il ?

Ginevra posa la figurine sur la table et courut à la porte.

— Qu'est-ce que tu crois ? Il est dans la salle à manger. Ce qu'il y a de bien avec Botticelli, c'est qu'il ne change pas.

Avant de sortir de la pièce, Ginevra se tourna vers Michel-Ange.

— Michel-Ange, remets les santons dans le coffre. Nous ferons la crèche plus tard. Monte vite nous rejoindre. Je te présenterai à mon peintre préféré.

Michel-Ange rangea les figurines avec des doigts tremblants. Il fit le signe de la croix et murmura une prière de gratitude. Sandro Botticelli, ici ! Et il allait manger avec lui.

1489-1490

Chapitre 58

Depuis Noël, on se serait cru au printemps. Certains voyaient dans la clémence du temps une manifestation de l'amour de Dieu. D'autres interprétaient la floraison prématurée des fleurs comme un avertissement.

Pour Ginevra, ce beau temps signifiait simplement qu'elle pouvait aller à Careggi avec Laurent pour leur fête d'anniversaire.

Lorsqu'elle caressa le corps meurtri de son amant, elle embrassa les cicatrices laissées par la goutte au niveau des articulations et lui assura qu'elles étaient très petites, presque invisibles. Il fit semblant de la croire.

— Bah, ce n'est pas grave, dit-il en riant, la partie la plus importante pour un homme n'est jamais touchée par la goutte.

Il était sexuellement aussi vigoureux que dans sa jeunesse et il en était fier.

— On ne croirait jamais que je suis un vieil homme de quarante ans, n'est-ce pas ? Toi aussi, tu te conserves bien, ma petite paysanne, pour une femme qui n'est plus toute jeune.

A la fin du mois de janvier, le froid revint. La girafe tant aimée mourut. Tout le monde à Florence la pleura et toutes les villes de la République adressèrent des messages de condoléances à la Seigneurie.

Lucrèce Donati s'éteignit elle aussi. Laurent versa quelques larmes.

— Deux douces et belles créatures sont parties, dit-il.

Quelque temps après, Jean Pic de la Mirandole, toujours aussi beau, et débordant plus que jamais d'énergie et d'entrain, réapparut un beau jour au palais. Laurent fut si heureux de le voir que Ginevra pardonna à Jean Pic toutes ses folies et l'embrassa avec effusion. Le soir du jour où il rentra à Florence, il était presque possible de croire que le temps s'était inversé. Le philosophe subjuguait Michel-Ange et les nouveaux venus dans le groupe, stimulait l'esprit de repartie du Politien et amusait Laurent pendant que Sandro faisait des esquisses de son visage mobile sur la nappe.

— Je te le jure, s'exclama Jean Pic. C'est le plus grand prédicateur que je connaisse. Je l'ai suivi de Brescia à Padoue puis jusqu'à Bologne. Partout, il captive l'assistance. Il peut même prédire l'avenir. Laurent, tu dois absolument le faire venir à Florence. Il remplira la cathédrale et les gens se presseront sur le parvis en criant pour qu'on les laisse entrer.

Laurent sourit.

— Il me semble que tu as déjà dit la même chose à propos de Fra Mariano. Allons l'écouter demain à San Gallo. Tu tomberas peut-être de nouveau sous le charme. Il parle bien et ses sermons sont toujours intéressants.

— Avec plaisir, Laurent. J'apprécie énormément l'humanisme et la modération de Fra Mariano. Mais l'homme dont je te parle a quelque chose en plus. Fra Mariano fait appel à notre raison. Il s'adresse à notre âme à travers notre esprit. C'est un philosophe aristotélicien, un logicien. Les paroles du dominicain vont droit à l'âme. Son auditoire est formé de gens très simples.

Laurent était intéressé car il savait que l'Eglise était la principale source de distraction du peuple. Un prédicateur captivant lui plaisait encore plus que les pièces sacrées, les jours de fête.

— Très bien, dit Laurent. Pour t'être agréable, mon cher ami, et pour la ville de Florence, je vais demander au prieur de San Marco d'inviter ton visionnaire à prêcher à San Lorenzo. Comment s'appelle-t-il déjà ?

— Fra Girolamo Savonarole. Tu verras, Laurent. C'est un magicien. Tu ne regretteras pas de l'avoir appelé.

Au cours de l'hiver, Laurent s'employa à faire aboutir les pourparlers de paix et récolta le fruit de ses efforts : un ambassadeur arriva de Naples avec un rouleau de parchemin richement décoré, document officiel par lequel le roi Ferrante dotait le jeune Jean de l'abbaye de Mont-Cassin ; deux semaines plus tard, Ludovic Sforza, duc de Milan, faisait don à l'enfant de l'abbaye de Miramond tandis que d'autres Etats moins importants lui donnaient des bénéfices mineurs. Mais les largesses du pape furent sans commune mesure : il offrit à Jean Passignano, l'abbaye la plus riche de toute la Toscane.

— Mon rêve est en train de devenir réalité, confia Laurent à Ginevra. Jean sera cardinal. Florence et les Médicis seront pour toujours protégés.

Il fit de nouveau pression sur Innocent afin d'obtenir le chapeau rouge pour son fils Jean. Des lettres adressées au pape, aux Orsini et aux défenseurs de la cause de Laurent au Sacré Collège partaient chaque jour pour Rome. Et Laurent envoya des chasseurs dans les montagnes, au nord, pour qu'ils attrapent des ortolans en plus grand nombre ; une fois engraissés, ils étaient envoyés à Innocent avec des tonneaux du meilleur vin toscan.

En mars, le pape consentit à un compromis. Il acceptait de nommer cardinal le fils de Laurent, âgé de treize ans. A une condition.

La promotion cardinalice qui n'avait encore jamais concerné quelqu'un d'aussi jeune devait être gardée secrète sous peine d'excommunication. En attendant, le jeune garçon irait étudier la théologie à l'université de Pise. A seize ans, quand il aurait obtenu son diplôme de droit canon, la nomination serait rendue publique.

— Donne-moi un baiser, ma chérie, dit Laurent. Est-ce que tu te rends bien compte de la chance que tu as ? Peu de paysannes ont le privilège d'embrasser le père d'un cardinal.

Laurent rayonnait. Quand arriva la nouvelle que le prédicateur dominicain dont avait parlé Jean Pic arrivait à Florence, Laurent organisa un comité d'honneur à la Porta San Gallo.

— Nous laisserons Jean Pic monopoliser l'attention, dit-il en riant. Il pourra faire le discours à ma place.

— J'aimerais bien te voir empêcher Jean Pic d'attirer à lui toute l'attention, répliqua Ginevra. Je crois qu'il serait plus facile d'arrêter les éclairs pendant un orage.

Le moine chevauchait un âne blanc, le visage dissimulé sous le profond capuchon noir des dominicains, les mains glissées à l'intérieur de ses larges manches blanches. Il était accompagné de nombreux partisans — des paysans mais aussi beaucoup d'hommes et de femmes richement vêtus — qui tous marchaient pieds nus. L'âne était conduit par un paysan ; tous les autres suivaient derrière en chantant des hymnes religieux.

— Il aurait aussi bien fait d'attendre le dimanche des Rameaux, souffla Ginevra à l'oreille de Laurent.

— Blasphématrice, répliqua-t-il tout bas. Ne me fais pas rire. Mon ami le philosophe ne me le pardonnerait jamais.

Cependant Jean Pic s'avançait, la main levée pour faire signe à la procession de s'arrêter. Mettant un genou à terre, il ôta son chapeau avec un grand geste du bras.

— Je vous demande humblement votre bénédiction, saint homme, dit-il en baissant la tête.

Laurent sourit. La foule se rassemblait devant les portes pour regarder la scène.

A cet instant, une femme de l'escorte de Savonarole se mit à crier. Elle tournoya comme une toupie au milieu de la route, les bras tendus vers le ciel. Puis elle s'immobilisa et se tut. Ses bras redescendirent le long de son corps et, d'un doigt tremblant, elle désigna Jean Pic.

— Quel malheur, proféra-t-elle d'une voix sépulcrale en roulant des yeux, qu'une telle beauté doive quitter ce monde à l'époque des lys.

— Qu'est-ce que ça veut dire ? demanda Ginevra, apeurée, en serrant le bras de Laurent.

— Chut !

Jean Pic qui s'était remis debout fulminait.

— Emmenez cette femme ! cria-t-il. Je veux parler à Fra Savonarole.

Mais personne ne l'écoutait. Les gens qui se trouvaient à proximité des portes reculèrent tandis que les disciples de

Savonarole se signaient à genoux en murmurant des prières, serrés les uns contre les autres. La prophétesse s'était évanouie et gisait dans la poussière de la route.

Laurent fit un mouvement en direction de ses gardes.

— Conduisez-la à l'hospice, ordonna-t-il.

Puis il adressa un sourire au groupe venu souhaiter la bienvenue au moine.

— Venez, allons au-devant de notre invité.

Sur ce, il s'avança vers Jean Pic.

— Fra Savonarole appréciera mieux ton discours un autre jour, lui dit-il. Présente-nous, s'il te plaît, puis nous le laisserons partir. Le voyage a dû l'épuiser.

Jean Pic présenta Laurent à Fra Savonarole et Laurent présenta les dignitaires de la ville. Le moine n'eut pas un mot, pas un geste. Quand le dernier nom eut été prononcé, il sortit une main de ses manches, fit le signe de la croix, puis après avoir indiqué à l'homme qui tenait l'âne par la bride d'avancer, il remit sa main dans sa manche.

Les notables regardèrent Laurent avec appréhension. Jamais pareil affront n'avait été fait au plus haut personnage de la République. Laurent leur sourit.

— Voici le moine, déclara-t-il, que le comte de Mirandole nous assure être le prédicateur le plus éloquent de toute l'Italie.

Tout le monde partit à rire. Excepté Jean Pic qui s'éloigna en marmonnant.

Ginevra non plus ne rit pas.

Elle avait regardé Savonarole s'en aller. Juste avant d'entrer dans la ville, l'âne ayant fait tressauter le moine, son capuchon avait glissé vers l'arrière. Ginevra avait frémi en découvrant son visage en pleine lumière. Il avait un énorme nez crochu, une bouche lippue violacée, de noirs sourcils broussailleux et une lueur cruelle dans son regard ombré de cils roux. Le soleil lui fit baisser les paupières mais Ginevra eut le temps de voir ses yeux rougeoyer.

Une terreur glacée la pétrifia. Sa nuque devint toute raide et elle sentit ses cheveux se dresser sur sa tête. Réellement terrifiée pour la première fois de sa vie, elle se signa.

Pour Ginevra, Savonarole était le diable personnifié.

Elle essaya de convaincre Laurent qui se moqua d'elle.

— Ce qui te fait peur, ma chérie, c'est sa terrible laideur. Tu as trop l'habitude des beaux hommes comme moi.

— Ne plaisante pas, Laurent. Et cette femme qui a maudit Jean Pic ? C'est une sorcière, une disciple du diable.

— C'était Camilla Rucellai, la cousine de mon beau-frère Bernardo Rucellai. Elle est folle. Depuis toujours. Ce que tu appelles une malédiction n'est que la prophétie d'une illuminée. Les gens pensent que Jean Pic mourra dans la fleur de l'âge, comme les lys qui fanent vite. Mais la jeunesse de Jean Pic est déjà du passé. Bien qu'il fasse très jeune, il a vingt-six ans, le même âge que toi, ma petite paysanne. Ce n'est plus un enfant.

Ginevra confia ses craintes à Fra Mariano. Il ne se moqua pas d'elle mais tenta de la raisonner.

— Fra Girolamo est un homme de Dieu, Ginevra. Il porte la bonne parole avec laquelle nous sommes mieux armés pour lutter contre Satan.

Ginevra secoua la tête.

— Non, Fra Mariano, Savonarole ne prêche pas l'Evangile. Je suis allée l'écouter à San Lorenzo. Il dit aux gens qu'ils sont des pécheurs et que Florence est mère de tous les vices. Il prend même à partie Laurent.

Fra Mariano prit la main de Ginevra dans les siennes.

— Ma chère enfant, tu n'as pas de souci à te faire pour Laurent. On ne peut rien lui reprocher. Il n'y a pas de profane plus chrétien que lui. Il a une vie spirituelle plus riche que la plupart des ecclésiastiques...

« Cela te surprend ? Et pourtant tu le connais très bien. Ce que tu ignores peut-être, c'est que Laurent vient souvent me voir. Nous parlons d'Aristote et du Christ. Je pense que cela le change agréablement après toutes ces années consacrées à Platon.

— Mais Platon...

— Oui, oui, mon enfant, je connais aussi Platon. Tu n'as pas besoin de m'expliquer sa philosophie ni de le défendre. J'ai passé beaucoup d'heures à Fiesole avec les membres de l'Académie... Toi aussi, Ginevra. Tu sais que la théorie néoplatonicienne est une synthèse de la sagesse des anciens et de l'enseignement de notre Sauveur. L'accent porte sur le Christ, pas sur Platon. As-tu lu les poèmes de Laurent ?

Ginevra hocha la tête.

— Alors tu sais que beaucoup d'entre eux sont des hymnes religieuses. Son amour pour Dieu est sincère. Et son attachement aux valeurs spirituelles est profond. On ne peut nuire à Laurent avec des mots. Son âme n'est pas en danger.

— Mais...

Incapable d'exprimer le fond de sa pensée, Ginevra se tut.

Le moine lui tapota la main.

— Nous autres, religieux, nous en savons plus sur le monde que tu ne le penses, Ginevra. Est-ce le fait que Laurent soit adultère qui t'inquiète ? Sa femme est décédée. Est-ce le péché de la chair ? Dieu nous a créés avec une âme et un corps. Il connaît nos faiblesses et nous pardonne.

Ginevra sourit au moine. Il avait une élégance qui lui était propre mais sa douceur lui rappelait Fra Marco, le moine de La Vacchia qui lui avait donné sa première éducation religieuse.

— Je vous remercie pour votre gentillesse, Fra Mariano, dit-elle, et pour votre compréhension. Mais je crois, sans vouloir vous offenser, que vous vous trompez sur Savonarole. Il cherche à détruire Laurent, j'en suis persuadée. Il l'accuse d'être un tyran et d'entraîner Florence dans le péché. Il dit que Dieu le punira... Il affirme que la mort ne tardera pas à le frapper.

Fra Mariano vit le regard angoissé de Ginevra.

— Mon enfant, dit-il doucement, chaque homme doit mourir pour pouvoir trouver le salut.

Ginevra et Laurent se sentirent réconfortés l'un et l'autre par les paroles de Fra Mariano. Il était manifeste que Laurent était de plus en plus préoccupé par les questions spirituelles. Il assistait chaque jour, dans la chapelle du palais, à la messe que le prêtre célébrait souvent pour lui seul. Ginevra était tranquillisée sur le salut de son âme.

Mais, malgré les paroles rassurantes et pleines de bon sens de Fra Mariano, elle restait convaincue que Savonarole était le diable en personne. En voyant le nombre de ses auditeurs grandir à chacun de ses prêches, elle s'alarma.

Les amis de Laurent ne la prenaient pas au sérieux. Parler à Jean Pic ? Ce n'était même pas la peine d'essayer. Sandro, peut-être, comprendrait son inquiétude.

Il lui dit qu'elle blasphémait.

Ange Politien, qu'elle perdait la tête.

Le diable les éloigne de Laurent, se dit-elle. Il cherche à isoler Laurent, à le rendre vulnérable. Je ne le laisserai pas faire.

Le 1er mai, Laurent et Ginevra essayaient de garder leur sérieux à la vue des jeunes filles qui dansaient à contretemps autour du mât enrubanné quand, tout à coup, Ginevra entendit Laurent suffoquer en même temps qu'elle sentit sa main agripper son épaule.

Elle chercha les gardes des yeux. Ils regardaient les danseuses. Il fallait agir vite, les doigts de Laurent s'enfonçaient plus profondément.

— Le mât ! hurla-t-elle. Il va tomber !

Et elle poussa un grand cri.

Sur la place, la foule couvrait le moindre pouce de pavé. Au cri de Ginevra, les gens voulurent s'enfuir. Mais, se sentant pris au piège, ils commencèrent à paniquer et se mirent à hurler.

Ginevra appela les gardes pour protéger Laurent du grouillement humain autour d'eux.

— Tu peux crier, mon chéri, dit-elle. Personne ne t'entendra.

Elle rejeta la tête en arrière et hurla pour couvrir les cris de douleur de Laurent que les gardes entraînaient loin de la foule, trop affolée pour lui prêter attention.

Quand elle arriva au palais, Laurent était déjà plongé dans un profond sommeil induit par la drogue de Leoni.

— Vous pouvez partir, madame, dit le médecin. Il va rester comme ça longtemps.

Ginevra alla à cheval jusqu'à La Vacchia en refoulant ses larmes. Dans le champ où ils fêtaient chaque année le jour de leur première union, elle pleura comme une enfant.

Puis elle cueillit des fleurs sauvages et les enveloppa dans des feuilles qu'elle avait pris soin d'humecter dans le ruisseau. Elle les rapporta au palais pour Laurent tout en sachant qu'elle ne pourrait pas les lui donner car elles seraient fanées avant qu'il ne se réveille de son sommeil artificiel.

Chapitre 59

— Ginevra, tu es encore là ?

— Oui, mon chéri, je suis là. Dors.

— Je ne ſais que ça depuis... combien de temps ?

— Trois jours. Mais ce n'était pas un sommeil réparateur. Maintenant tu dors sans l'aide de drogues. Cela te fait du bien.

— Est-ce que je me suis déjà réveillé...

— Oui et tu t'es rendormi. Ne lutte pas contre le sommeil... Tu désires boire quelque chose ? Tu aimerais que je chante ?

— Je veux d'abord te parler. Après, tu pourras me bercer de ta voix de rossignol, dit Laurent avec un petit rire. Je me demande si l'Ecole de musique nous accepterait.

— Nous pourrions leur apprendre un nouveau genre d'harmonie.

— Ma petite paysanne...

— Oui, Laurent.

— J'ai quelque chose à te dire... Non, ne me dis pas de rester tranquille. C'est très important.

— Très bien. Je t'écoute.

— Je t'aime, ma Ginevra. Et tu m'aimes, je le sais. Je me demande si tu as conscience qu'une relation comme la nôtre est extrêmement rare... Quand je voyais mon père et ma mère ensemble, je me disais qu'une entente aussi parfaite que la leur était un miracle... Mais ce miracle s'est reproduit pour nous, Ginevra. Je n'imaginais pas connaître un jour un tel bonheur. Je me suis trompé. J'avais envie que tu le saches...

— Je le sais, mon tendre amour. Et rien ne peut me faire plus plaisir que de t'entendre me dire que tu m'aimes. Mais je le sais. Tu me l'as dit de mille façons différentes.

— ... Je vais dormir maintenant. Tu veux bien chanter pour moi ?

Longtemps après qu'il se fut endormi, elle continua de chanter des chansons d'amour, sans lutter contre les larmes qui ruisselaient de ses yeux.

Chapitre 60

Le docteur Leoni accompagna Laurent et Ginevra aux thermes de Spedaletto, puis ils s'installèrent tous les trois à Careggi pour y passer l'été ; Laurent ne voulait pas se séparer de son médecin ni de ses précieux remèdes. Les attaques de goutte étaient moins intenses mais plus fréquentes.

Lorsqu'ils rentrèrent à Florence en octobre, Laurent déclara qu'il voulait aller écouter Savonarole.

— Non, n'y va pas, Laurent, protesta Ginevra horrifiée. Cet homme est un démon.

Laurent éclata de rire.

— Il paraît que dans ses prêches mon nom revient plus souvent que celui de Dieu. J'aimerais bien savoir ce qui me rend si important.

Il paraissait songeur en quittant l'église.

— Je ne comprends pas pourquoi les gens aiment à s'entendre dire qu'ils vivent dans l'état de péché et qu'ils iront sûrement en enfer. Mais, en tout cas, il y avait un monde fou.

— Oui, beaucoup plus qu'avant, dit Ginevra partagée entre la colère et l'inquiétude.

Laurent déclara qu'il allait profiter de la paix en Italie pour se consacrer à la politique intérieure.

— Tu devrais te débarrasser de Savonarole, insista Ginevra. Le monastère de San Marco est entretenu par tes donations. Le prieur le renverra si tu le lui demandes.

— Je n'ai pas peur d'un moine fanatique. De plus, il est très populaire. Mon seul souci pour le moment est de consolider les institutions politiques. Pierre n'a pas assez de bon sens pour le faire lui-même.

Ginevra fut surprise. Elle l'avait cru aveugle aux défauts de son fils.

Laurent lut dans ses pensées et sourit.

— J'ai trois fils, ma petite paysanne. Le premier est idiot, le deuxième est intelligent, le troisième est bon. Si je devais décider aujourd'hui lequel est le plus apte à devenir le maître de Florence, je choisirais encore Pierre. Il est préférable que ce soit le plus intelligent des trois qui soit cardinal car il saura défendre les intérêts de la famille et de la République.

« Julien est trop doux. Il serait vite la proie de tous les profiteurs de Toscane.

« Il reste le plus bête. Je peux essayer de lui faciliter la tâche en consolidant nos institutions politiques. »

Avec le défilé des visiteurs, il y avait dans la cour du palais un brouhaha et un va-et-vient continuels. Il n'y avait pas de domaine dans lequel Laurent n'intervenait pas. Il persuada même la Seigneurie de promulguer une loi rendant son approbation nécessaire pour célébrer des fiançailles.

— Je sais quelles sont les familles qui aimeraient prendre le pouvoir quand je serai parti. Il n'y aura pas d'alliances entre elles.

Ginevra regarda les mains tremblantes et les yeux brûlants de fièvre de Laurent. Il s'épuisait à travailler ainsi jour et nuit en s'obligeant à supporter le plus longtemps possible la douleur avant de recourir aux remèdes de Leoni.

Elle le supplia de prendre un peu de repos.

— Je ne peux pas, Ginevra. Je ne sais pas combien de temps il me reste.

Elle n'avait rien à répondre à cela. Chacun savait dans leur entourage qu'il était très malade.

L'étonnant est que Laurent ne succomba pas à son emploi du temps de plus en plus chargé. A la fin de l'hiver, il paraissait même en meilleure forme. Il avait moins souvent besoin de prendre du repos et était aussi dynamique qu'avant.

Il présidait les dîners avec tout l'esprit, la bonne humeur et la verve dont il faisait preuve par le passé. Les discussions entre Jean Pic, le Politien et Laurent se situaient à un niveau si élevé que les autres n'arrivaient plus à suivre et supplièrent Laurent d'être exemptés de sujets aussi profonds.

Laurent transféra l'arène philosophique dans le bureau de Fra Mariano dans le monastère nouvellement construit près de la Porta San Gallo où il allait, le matin, et il remit en usage les *rispetti*, le soir au dîner.

Chaque jour, il rencontrait les membres des conseils et des différents comités, s'entretenait avec des hommes d'affaires et des négociants, leur accordant son temps et son attention, de l'avancement et des privilèges, cherchant à la fois un soutien à sa politique et à imposer son fils.

Il rendait visite à Pierre dans la partie du palais qu'il occupait, charmait Alfonsina, son épouse, et parlait à son fils de l'art de la diplomatie et du rôle stimulant qu'il devrait jouer au sein du gouvernement.

Il eut des entretiens avec les précepteurs de ses plus jeunes enfants pour lesquels il fit copier des livres par ses scribes. Et comme il ne pouvait plus chahuter avec eux ni les prendre sur son dos, il inventa de nouveaux jeux pour jouer avec Contessina, Jules et Julien.

Le jour de l'an, il alluma le feu d'artifice qu'il offrait aux Florentins et, à Pâques, il conduisit la procession de la guilde des banquiers pour la présentation des bougies à la cathédrale.

Il s'occupa lui-même du char du carnaval et supervisa les détails avec un soin si minutieux que Ghirlandaio le menaça d'en arrêter la construction. Laurent se fit pardonner en écrivant un sonnet dans lequel il vantait les décorations du peintre. Et il composa quatre nouvelles chansons.

— Laurent, je t'en supplie, arrête-toi un peu, répétait sans cesse Ginevra.

Il souriait, l'embrassait et lui disait d'aller chercher les luths, les cartes ou les dés.

Mais la nuit, il criait de plus en plus souvent. Réveillée

par ses cris, Ginevra s'habillait en hâte car Laurent envoyait souvent Leoni la chercher une fois que le pire était passé. Il aimait s'endormir en l'entendant chanter. Il était sûr, disait-il, que son cœur pouvait l'entendre même s'il n'était plus conscient.

Les accès de goutte étaient de plus en plus forts. Les cicatrices étaient plus marquées et l'enflure mettait chaque fois plus de temps à se résorber.

Laurent se battit comme un lion contre la maladie. Lorsque ses pieds et ses jambes refusaient de le porter, il se faisait transporter dans la chaise de Cosme jusqu'à ce qu'il puisse marcher de nouveau. Puis il demandait des chevaux et emmenait Ginevra et les enfants à la chasse au faucon dans les bois, près de la villa de Fiesole.

— Leoni et moi avons vaincu la malédiction des Médicis, aimait-il à dire.

Mais, en novembre, une crise aiguë laissa ses mains si gonflées qu'il ne pouvait plus écrire. Il était désespéré.

— J'ai beaucoup de lettres et de cadeaux à envoyer pour l'Epiphanie. Les courriers sont si lents en hiver que je dois les faire partir bientôt. Innocent est malade, peut-être mourant. Je dois le convaincre d'annoncer officiellement la promotion cardinalice de Jean. Et ce qui se passe en France me cause beaucoup de soucis. Charles VIII n'a que dix-neuf ans et les jeunes gens sont avides de gloire. J'aurais aimé que Louis XI vive plus longtemps. C'était un ami sur qui je pouvais compter. Ferrante est malade. Alfonso ne m'aime pas. Je dois en faire un allié avant que son père ne meure et qu'il monte sur le trône.

Entendre Laurent parler de morts et de mourants donnait à Ginevra envie de pleurer. Ne pouvait-il penser à rien d'autre ? Elle avait l'impression que Laurent courait tête baissée au-devant de ce qu'il redoutait le plus. Il n'arrivait plus à dormir sans drogue. Les rares nuits où il venait la rejoindre, la détente apportée par le plaisir était de courte durée. Les siestes dont elle profitait autrefois pour le regarder à satiété n'étaient plus qu'un souvenir.

Au milieu de la nuit précédant l'avent, Ginevra entendit Laurent crier. Elle s'habilla rapidement et attendit que Leoni vienne frapper à sa porte.

Mais les cris de Laurent ne s'arrêtèrent pas.

— Faites quelque chose, s'écria-t-elle en se précipitant dans la chambre de Laurent. Pour l'amour de Dieu, docteur, soulagez-le.

Leoni pleurait.

— J'ai essayé, madame. Seulement il lui faut des quantités de plus en plus grandes. La dose qui serait capable d'arrêter ses souffrances risque de le tuer.

Le lendemain, au moment où toutes les cloches de Florence carillonnaient, un petit groupe quitta discrètement le palais Médicis. La nervosité rendait les porteurs maladroits et leur progression inégale arrachait des gémissements à la silhouette emmitouflée couchée à l'intérieur.

Ginevra della Vacchia marchait à côté de la litière.

— Nous allons aux bains de Ripoli, mon chéri, dit-elle d'une voix enjouée. Ce n'est pas très loin. Nous pouvons y être en deux jours. Tu vas te remettre, là-bas. Les bains chauds t'ont toujours fait beaucoup de bien. Les gardes nous suivent avec nos chevaux et des bêtes de somme. Nous ne manquerons de rien et quand tu seras rétabli, nous rentrerons au galop comme nous l'avons toujours fait. Et dans les villages que nous traverserons, les gens diront : « Voici le Magnifique. » Tout sera comme avant.

1491-1492

Chapitre 61

— Les bains me remettent toujours sur pied, dit Laurent.

— C'est bien vrai, dit Ginevra.

Ils mentaient tous les deux et ils le savaient.

Laurent était terriblement amaigri. Sa selle avait été rembourrée pour amortir les chocs et un dossier rehaussé lui soutenait le dos. Ils avançaient au pas et s'arrêtaient souvent pour se reposer au bord du chemin.

Il leur fallut trois jours pour parcourir à cheval la distance que Ginevra avait franchie à pied en deux jours.

Lorsqu'ils arrivèrent au palais, la chaise de Cosme était prête. Les intendants transportèrent Laurent dans sa chambre et s'occupèrent de le mettre au lit.

Ginevra demeura dans la cour. Laurent lui avait fait promettre d'attendre qu'il l'envoie chercher.

Le cœur lourd, elle déambulait dans le jardin quand un bruit de sanglots étouffés la fit s'arrêter. Le jeune Michel-Ange essayait de se dissimuler derrière une colonne antique.

Ginevra courut vers lui.

Il leva vers elle un visage tout barbouillé de larmes.

— Je l'ai vu, madame. Il est mourant. Je l'aime tant. Pourquoi faut-il qu'il meure ?

— Je ne sais pas, dit-elle en fondant en larmes.

Ginevra serra les mains que Michel-Ange tendait vers

elle pour lui témoigner sa sympathie. Et ils pleurèrent ensemble la mort prochaine de Laurent le Magnifique.

Laurent lutta. La fièvre ne le quittait plus et la goutte assassine déformait une à une ses articulations mais il continuait de travailler. Quand il devint incapable de rester debout, il s'assit à son bureau. Quand il ne lui fut plus possible de tenir droite sa colonne vertébrale déformée, il dicta ses instructions et son courrier depuis son lit.

Les remèdes de Leoni n'agissaient plus.

Quand il pouvait supporter qu'on le touche, Ginevra le massait.

Rien ne le soulageait.

Laurent se battait seul.

Le jour de leur anniversaire, Ginevra enfila la robe de moine qu'elle portait à Naples et marcha à côté de la litière garnie de rideaux qui transportait Laurent sur la tombe de son grand-père.

Les porteurs se retirèrent et refermèrent derrière eux les grandes portes de l'église. Ginevra leur avait demandé d'attendre dehors qu'elle les appelle.

Elle ouvrit les rideaux destinés à cacher aux Florentins le corps difforme de Laurent.

— C'était si pénible que ça ? demanda-t-elle.

— Les porteurs ont fait ce qu'ils ont pu, dit Laurent.

Sa voix n'avait pas changé ni son sourire. Ginevra posa sur ses lèvres un baiser d'ange.

— Appelle-le pour moi, dit Laurent.

Elle s'agenouilla devant la plaque de marbre sous laquelle reposait Cosme et suivit avec le doigt l'inscription funéraire.

PATER PATRIAE

Laurent, qui regardait de la litière, prit la parole quand elle eut fini :

— Cosme, voici ton petit-fils, Laurent. Si tu peux m'entendre, sache que j'ai rempli la mission que la vie m'avait confiée. J'ai pris soin de l'Etat. J'ai donné à notre famille six enfants en bonne santé. Un de mes fils est cardinal. J'ai maintenu la paix que tu avais instaurée dans la République et pacifié toute l'Italie. Lorsque nous nous reverrons dans le royaume des cieux, je pourrai te regarder le front haut. Je t'avais fait une promesse, il y a vingt-deux ans, le jour où j'ai atteint l'âge d'homme. Je l'ai tenue.

Laurent ferma les yeux et, à bout de forces, soupira. Son pèlerinage était terminé.

— Bravo, Laurent, dit Ginevra.

Chapitre 62

— C'est ça que vous m'apportez quand je demande du rouge ? Idiot !

Ginevra entendit la voix de Laurent aussitôt qu'elle entra dans le vestibule. Elle hâta le pas tandis qu'un sourire se formait sur ses lèvres. Il paraissait furieux. Et en pleine forme. Ce serait une bonne journée.

Laurent était calé contre une pile d'oreillers, le visage rasé de frais et rouge de colère ; ses yeux lançaient des éclairs ; ses mains impotentes froissaient un coupon de soie rouge déroulé en travers du lit.

Le marchand de soie faisait révérence sur révérence en bredouillant des excuses incohérentes ponctuées de petits cris plaintifs. La colère de Laurent était terrible. Et magnifique.

— Le rouge est le symbole de la force et du pouvoir, cria-t-il. C'est la couleur des hommes. Et vous, qu'est-ce que vous m'apportez ? Du rose, tout juste bon pour un boudoir de femme. Vous devez être aveugle ou croire que je le suis.

Il repoussa le tissu avec le dessous des poignets.

— Enlevez-moi ça et rapportez-moi de la belle soie ROUGE !

Ginevra courut vers le lit, dégagea le tissu des doigts déformés de Laurent et en fit une boule qu'elle jeta dans les bras du marchand.

— Dépêchez-vous, dit-elle avec un sourire.

Tout bafouillant, l'homme détala avec force courbettes. Laurent se tourna alors vers Ginevra.

— Tu les as ? demanda-t-il d'un ton menaçant.

— Bonjour, Ginevra, répliqua-t-elle sur un ton très doux en imitant la voix nasale de Laurent. Comme je suis heureux de te voir ! Est-ce que tu as pu aller chercher les dessins des décorations chez Sandro ? Tu les as ? Oh, comme c'est gentil ! Je te remercie du fond du cœur.

Laurent la fusilla du regard.

Ginevra feignit de ne pas comprendre, puis elle reprit sa voix normale.

— Oui, je les ai. Ils sont très beaux. Les intendants sont en train de les disposer sur des chevalets. Ils les apporteront dans ton bureau dès qu'ils auront fini.

— Je suis heureux de te voir, dit Laurent.

— Moi aussi, je suis heureuse de te voir, mon très chéri. Tu vas bien, on dirait, mais tu as l'air d'une humeur de chien. Tu veux que je te masse ?

— Non. J'ai trop de choses à faire. Viens t'asseoir près de moi. Voici l'idée qui m'est venue pour la musique.

Elle approcha un tabouret du lit, s'assit à son chevet et, avec d'infinies précautions, glissa ses doigts dans la pauvre main infirme de Laurent de façon que le pouce tordu vienne s'emboîter par-dessus.

La cérémonie pour la promotion cardinalice de Jean était prévue le 6 mars. Il restait un peu plus d'un mois à Laurent pour tout organiser. Il voulait donner à cet événement un caractère grandiose et un éclat exceptionnel. Ce projet l'avait revigoré mais il payait cher ses sursauts d'énergie. Il éprouvait parfois des douleurs atroces ou traversait des périodes d'abattement pendant lesquelles il n'avait pas même la force d'ouvrir les yeux. Il se mourait mais il était résolu à vivre assez longtemps pour voir la réalisation de son rêve.

Le jour de l'entrée officielle de Jean à Florence, dès que fut terminée la cérémonie au couvent bénédictin de La Badia, les observateurs envoyés par Laurent se dépêchèrent de rentrer pour lui apporter un compte rendu minutieux. De même, des cavaliers, postés le long du cortège, regagnaient rapidement le palais après son passage pour tout raconter à Laurent dans les moindres détails.

L'arc de triomphe imaginé par Botticelli était une débauche de soies de couleurs somptueuses suspendues au-dessus de la Porta San Gallo, du haut de laquelle vingt trompettes saluèrent l'entrée du cardinal dans la ville.

Toutes les fenêtres étaient ornées de bannières, de drapeaux et de tapisseries, et les rues, jusqu'à la cathédrale, étaient jonchées de fleurs. A l'intérieur, il y avait tant de monde que la procession eut du mal à se frayer un chemin. Tous les Florentins voulaient voir leur cardinal, le fils de Laurent le Magnifique, et lui rendre hommage.

Par la fenêtre ouverte, Laurent pouvait entendre les acclamations de la foule. Des larmes de félicité ruisselaient de ses yeux. Ginevra les arrêtait avec un tissu très doux avant qu'elles atteignent son pourpoint de velours cousu de magnifiques bijoux, témoignant de la grandeur de Laurent le Magnifique dans le rôle dont il était le plus fier, celui de père du cardinal Jean de Médicis.

Après la messe, la procession se reforma. Suivie par tous les dignitaires de Florence, elle se déroula vers le palais Médicis à une allure majestueuse, au milieu des vivats de la foule. Le banquet qui suivit se prolongea jusqu'au soir.

Le maître de Florence fut conduit dans le grand salon, couché sur une litière, pour voir son fils.

— Il était au centre de la table, raconta Laurent à Ginevra en regagnant son lit. Il portait son chapeau rouge...

La voix de Laurent était de plus en plus faible.

— Chante-moi quelque chose, ma petite paysanne. A présent, je peux dormir.

Sur les murs du grand salon où avait lieu le banquet, le beau blason des Médicis brodé en fil d'or luisait sur fond de soie rouge.

Et cette nuit-là, sur tous les toits de Florence, des torches brûlèrent pour éclairer les musiciens qui jouaient et chantaient la musique que Laurent avait écrite pour la cérémonie de son fils.

— Ginevra ?

— Oui.

— Je voudrais aller chez nous, à Careggi.

Chapitre 63

Le monde entier savait désormais que Laurent de Médicis se mourait. Les courriers apportaient à Careggi des lettres en provenance de toutes les grandes cités d'Europe. Le secrétaire de Laurent répondait à chacune, avec l'aide d'une phalange de scribes installés dans la loggia, transformée en salle d'écriture.

Les membres du gouvernement et les ambassadeurs des alliés de Florence arpentaient par petits groupes le jardin et la cour. Parlant à voix basse comme des conspirateurs, ils s'avançaient jusqu'au pied de l'escalier chaque fois que Leoni apparaissait sur le perron pour faire un compte rendu de l'état de santé de Laurent.

Du haut de sa chaire, à San Lorenzo, Savonarole portait des accusations qui roulaient comme des coups de tonnerre au-dessus de l'assemblée des fidèles terrorisés.

— Laurent, le tyran, subit le châtiment de Dieu ! Il se meurt, souillé par la vanité et la luxure. La colère divine frappera tous ceux d'entre vous jugés coupables des mêmes vices. Repentez-vous avant que ne sonne la trompette du Jugement dernier !

La chambre de Laurent à Careggi était une petite pièce toute simple ne comportant qu'une fenêtre. Les murs et le sol étaient nus. Le lit se trouvait au centre. Les citronniers en pot apportés de la loggia, un dans chaque coin, exhalaient une note de fraîcheur dans l'air confiné de la pièce ; la fenêtre restait fermée car Laurent ne supportait pas le souffle léger du vent printanier.

Deux moines infirmiers du monastère de Camaldoli le veillaient, assis sur des tabourets, de chaque côté du lit. Ils priaient en silence, ne bougeant que si le médecin avait besoin de leur aide.

Leoni ne cessait d'arpenter la chambre en suivant le triangle qui allait de la fenêtre à la porte, de la porte au lit et du lit à la fenêtre. Ses petits éperons en or cliquetaient sur les carreaux d'argile. Tout en marchant, il frottait ses mains potelées l'une contre l'autre, le dos voûté, effondré. Il avait toujours espéré que Laurent finirait par guérir.

Ginevra qui l'observait eut pitié de lui. Puis elle reporta son attention sur Laurent.

Avec son teint gris, ses jambes et ses bras noueux, il lui fit penser à un olivier. Elle se demanda si elle pouvait le lui dire. L'olivier était caractéristique de la campagne toscane si chère à son cœur ; dans nombre de ses poèmes, il avait cherché à exprimer la grâce de ses branches et la beauté délicate de ses feuilles vert pâle d'un côté, argentées de l'autre.

Elle attendrait de savoir s'il voulait qu'elle parle. Quand il ouvrait les yeux, il préférait de plus en plus souvent la trouver simplement près de lui. Ecouter le fatiguait et il avait besoin du peu de force qui lui restait pour faire ses adieux.

Il convoqua d'abord Pierre pour lui confier ses dernières volontés.

— Je désire que tu veilles sur Contessina et sur Julien, déclara-t-il. Et dis à Jean que je confie à ses soins mon neveu, Jules, le fils de mon frère que j'aimais tant. Notre famille lui doit assistance. Il aura bientôt quatorze ans. Ce serait une bonne chose qu'il entre dans les Ordres. Jean pourra l'aider à accéder aux dignités ecclésiastiques... Tu feras ça, Pierre ?

— Oui, père.

Laurent sourit à son fils. Puis il essaya une dernière fois de lui inculquer de bons principes et de lui expliquer en quoi consisteraient ses tâches à la tête de l'Etat.

Ginevra lut sur le visage de Laurent qu'il n'avait pas

d'illusions. Il savait que ses paroles tombaient dans l'oreille d'un sourd.

Plus tard, quand il eut retrouvé la force de parler, il reçut l'un après l'autre les membres les plus âgés de l'Académie platonicienne et s'adressa à eux dans son beau latin à l'accent chantant inimitable.

Ange Politien raccompagnait les philosophes jusqu'à la porte, le bras passé autour de leurs épaules voûtées par le chagrin.

Il avait demandé à Laurent la permission de rester auprès de lui. Laurent avait accepté.

On était le 5 avril.

Ginevra entendit des voix dehors. Elle se leva pour aller voir mais Ange la devança. Il ouvrit très doucement la porte et sortit en la refermant sans bruit derrière lui.

— Qu'est-ce que c'est, Ginevra ? s'enquit Laurent en soulevant les paupières.

— Je ne sais pas. Ange nous le dira...

Comme elle disait ces mots, le Politien revint accompagné d'un homme de grande taille, à la tête chenue, qui portait une robe à somptueuse bordure de fourrure.

— Laurent, dit Ange, Ludovic Sforza t'envoie son médecin personnel, Lazaro de Pavie.

L'homme s'approcha du lit en frappant les carreaux de ses lourds éperons en or sur lesquels étaient gravés des griffons. Il dévisagea Laurent. Puis son regard descendit lentement le long du corps difforme et, d'une main où brillaient des bijoux à chaque doigt, il rejeta le drap remonté jusqu'aux hanches.

Ginevra se leva d'un bond pour l'expulser de la chambre.

— Je peux le guérir, énonça alors Lazaro d'une voix forte.

Laurent ouvrit tout grands ses yeux brouillés par la souffrance et un fol espoir étincela au fond de ses prunelles. Le cœur de Ginevra se serra douloureusement. Détournant la tête pour cacher à Laurent sa compassion, elle lut dans le regard du Politien le même sentiment douloureux.

— Bien, je te laisse, dit Ange à Laurent en s'efforçant de mettre un sourire sur ses lèvres. Le temps que messire Lazaro prépare son remède.

Et il sortit de la chambre.

Je l'envie, songea Ginevra. Au moins, il va pouvoir pleurer.

— Le duc de Milan doit beaucoup t'aimer pour t'envoyer son propre médecin, dit-elle à Laurent avec un sourire.

Lazaro commanda ce dont il avait besoin pour composer la potion qui, à l'en croire, apporterait au malade la guérison : des perles, des rubis et des émeraudes. Le reste, précisa-t-il, il l'avait apporté avec lui.

Leoni réduisit en poudre les pierres précieuses dans un mortier en argent sous l'œil attentif de Lazaro qui insista, quand ce fut terminé, pour que chacun se tourne pendant qu'il ajoutait les autres ingrédients qu'il avait sortis d'un coffret en santal.

Il transversa la poudre dans une coupe en or, la dilua dans du vin, et donna ce mélange à boire à Laurent.

Ginevra blêmit en voyant les efforts affreux qu'il dut faire pour ingurgiter la potion.

Le même traitement fut renouvelé, le lendemain. Comme il pleuvait, Ginevra courut dans sa chambre et respira à pleins poumons les fraîches bouffées humides qui entraient par les fenêtres ouvertes, afin de chasser sa colère contre Lazaro.

Quand elle revint, Laurent parlait au Politien.

— Pourquoi Jean Pic n'est-il pas passé ?

— Il ne veut pas te déranger, répondit Ange.

— Fais-lui savoir que j'aimerais le voir. Qu'il vienne après la tempête, dit Laurent dans un souffle.

La présence de Jean Pic fit voler en éclats l'atmosphère feutrée de la chambre. Il parlait vite, pétillait d'esprit, et soutenait ses opinions avec sa fougue habituelle. Ginevra lui était reconnaissante de se comporter comme si Laurent n'était pas malade, comme si la mort n'était pas déjà présente.

Discutant d'iconographie avec Ange, Jean Pic affirma que le lion était impropre à représenter Jésus-Christ. Ange prétendait, quant à lui, que le roi des animaux était tout indiqué pour figurer le Second Avènement du Messie. Le regard de Laurent allait de l'un à l'autre ; pour la première fois depuis des semaines, il semblait revivre.

— Le lion est trop souvent utilisé, déclara Jean Pic, ce qui diminue sa force symbolique. Trop de cités, trop d'Etats le prennent pour emblème. Florence est loin d'être la seule. De plus, c'est un animal versatile auquel on ne peut se fier. Hier, pendant la tempête, l'éclair a frappé la cathédrale et un morceau de marbre s'est détaché de la lanterne. Les lions ont commencé à s'agiter puis ils se sont battus. Deux d'entre eux ont été tués.

— Où le morceau de marbre est-il tombé ? demanda Laurent d'une voix cassée, avec un regard plein d'appréhension.

— Il n'y a pas eu de mal, répondit Jean Pic. Il n'a même pas cassé les tuiles du dôme. Il s'est écrasé sur la place, près de la Via Ricasoli, mais il n'y avait personne à cause de la pluie.

Laurent laissa échapper un gémissement.

— Dans la direction du palais Médicis..., murmura-t-il. Je vais mourir... Ange, va chercher Fra Mariano.

Il ferma les yeux ; toute vie semblait s'être retirée de sa figure exsangue.

Fra Mariano lui administra les derniers sacrements et récita la prière des morts.

Mais les souffrances de Laurent n'étaient pas encore terminées.

Le lendemain, la porte de la chambre s'ouvrit brusquement en provoquant un tourbillon d'air. Ginevra se retourna pour protester.

Savonarole se tenait sur le seuil. Son capuchon rejeté en arrière découvrait ses yeux pareils à des flammes vertes au-dessus de son grand nez de prédateur. Un filet de salive coulait de sa bouche lippue.

— Catin ! s'écria-t-il en la dévisageant, l'index pointé vers elle. Veux-tu entraîner un mourant dans les flammes éternelles ? Sors d'ici.

Ginevra se tourna vers Laurent. Il considérait le moine

fanatique d'un regard calme qui se troubla quand il vit l'homme se ruer vers Ginevra, le poing levé.

Elle lui fit face, les bras tendus, faisant à Laurent un bouclier de son corps pour le protéger du diable. Elle tremblait de la tête aux pieds, le cœur glacé d'effroi.

— Va, dit Laurent.

Frappée au cœur par ce rejet, Ginevra chancela. Puis les bras serrés autour d'elle pour endiguer sa douleur, elle gagna la porte en passant sous le bras tendu de Savonarole.

Le Politien la trouva sur le sol de sa chambre, grelottant de froid, les bras repliés sur sa tête et couchée en chien de fusil pour essayer de se réchauffer.

— Ginevra, viens vite. Il est près de la fin.

— Et le diable ?

— Il est parti.

— Il ne lui a pas fait de mal... ?

— Mais non, bien sûr. Il a demandé à Laurent s'il était en paix avec Dieu et il lui a donné sa bénédiction... Viens, maintenant. Il te demande.

Libérée de son angoisse, elle courut dans la chambre de Laurent.

Les yeux fermés, il remua les lèvres mais sa voix était si ténue que Ginevra dut approcher son oreille tout contre sa bouche pour comprendre ce qu'il disait.

— Ma... *conta... di... na...*

Elle sentit son cœur battre à grands coups.

— Je suis là, mon chéri, chuchota-t-elle.

— Chante... pour m'aider à m'endormir.

Les paupières de Laurent frémirent mais ne purent se soulever. Il bougea faiblement la main.

Ginevra glissa ses doigts entre les siens puis elle chanta des chants populaires d'une voix que l'amour rendit forte et claire.

Du même auteur
aux Éditions Belfond :

CHARLESTON, 1983.

SCARLETT, 1991.

RETOUR À CHARLESTON, 1992.

LA DEMOISELLE DU MISSISSIPPI, 1993.

POUR TOUT L'OR DU SUD, 1995

IMPRIMÉ EN FRANCE PAR BRODARD ET TAUPIN
Usine de La Flèche (Sarthe).
LIBRAIRIE GÉNÉRALE FRANÇAISE - 43, quai de Grenelle - 75015 Paris.
ISBN : 2 - 253 - 13973 - 4 31/3973/0